谭
帆
林
莹
著

中国小说评点
研究新编

华东师范大学出版社
·上海·

图书在版编目（CIP）数据

中国小说评点研究新编 / 谭帆，林莹著. —上海：
华东师范大学出版社，2023
ISBN 978 - 7 - 5760 - 3831 - 6

Ⅰ. ①中… Ⅱ. ①谭… ②林… Ⅲ. ①古典小说评论
—中国 Ⅳ. ①I207.41

中国国家版本馆 CIP 数据核字（2023）第 082676 号

中国小说评点研究新编

著 者 谭 帆 林 莹
策划编辑 王 焰
责任编辑 孙 莺
特约审读 沈 奕
责任校对 林小慧 时东明
装帧设计 卢晓红

出版发行 华东师范大学出版社
社 址 上海市中山北路 3663 号 邮编 200062
网 址 www.ecnupress.com.cn
电 话 021 - 60821666 行政传真 021 - 62572105
客服电话 021 - 62865537 门市（邮购）电话 021 - 62869887
地 址 上海市中山北路 3663 号华东师范大学校内先锋路口
网 店 http://hdsdcbs.tmall.com

印 刷 者 上海盛隆印务有限公司
开 本 787 毫米×1092 毫米 1/16
印 张 25.75
字 数 400 千字
版 次 2023 年 7 月第 1 版
印 次 2023 年 7 月第 1 次
书 号 ISBN 978 - 7 - 5760 - 3831 - 6
定 价 98.00 元

出版人 王 焰

本书为国家社科基金重大项目《中国小说评点史及相关文献整理与研究》（21&ZD273）的阶段性成果

引　言

本书取名"新编"，与之相对应的自然是旧作《中国小说评点研究》。

《中国小说评点研究》初版于 2001 年，由华东师范大学出版社出版。而之所以还要以"新编"的形式增订出版，主要有以下两个因素。

一是缘于拙作《中国小说评点研究》对小说评点整体状况的一些"误判"。其中最为典型的是对文言小说评点的评价过低，并直接导致《中国小说评点研究》在文言小说评点研究方面的薄弱乃至"缺失"。以下的评述颇为典型：

> 中国古代小说由文言小说和白话小说两大门类所构成，小说评点则主要就白话小说而言。虽然小说评点之肇始——署为刘辰翁评点的《世说新语》是文言小说，清代《聊斋志异》亦有数家评点。但一方面，明清两代的文言小说在整体上已无力与白话小说相抗衡，其数量和质量都远逊于白话小说。同时，小说评点在明万历年间的萌兴从一开始就带有明显的商业意味，在某种程度上可看作是白话小说在其流传过程中的一种"促销"手段。因此，哪一种小说门类能够拥有最多的读者，在一定程度上也便成了小说评点的存在依据。据此，白话小说能够赢得评点者的广泛注目也就自然而然了。而这同样也从另一个方面证明了小说评点何以不萌生于文言小说复苏的明初而兴起于白话小说渐兴的万历时期。❶

---

❶ 谭帆：《中国小说评点研究》，华东师范大学出版社 2001 年版，第 13、14 页。

现在看来,这一段评述对文言小说及其评点的认识有明显误差。文言小说评点同样源远流长,同样作品繁多,也同样有优秀的评点作品。但在上述认知的影响下,拙作《中国小说评点研究》的上编"小说评点总体研究"几乎没有涉及文言小说评点;而在下编"小说评点编年叙录"的220余种叙录中,有关文言小说评点的叙录仅有9种。这显然不合实际,也反映了旧作所持有的研究观念和研究路径都是以白话小说评点为主体,所得出的结论也更多地来源于白话小说评点。"偏颇"相当明显,确实需要做修订。恰好数年前林莹从北京大学中文系博士毕业,来华东师范大学中文系从事博士后研究工作,我是她的合作导师。林莹博士是刘勇强教授的高足,对小说评点也有兴趣,经过认真讨论和对文言小说评点及小说评点研究史的梳理,我们最终确认以"文言小说评点研究"为博士后出站报告之选题,以弥补拙作《中国小说评点研究》之缺憾。三年后,林莹顺利出站,完成了二十五万余言的《中国文言小说评点研究》,研究路数与拙作《中国小说评点研究》颇相吻合,框架结构也以"总体研究"和"评点叙录"为上下两编。因此从研究性质而言,两部书稿可看作小说评点的分类研究(白话小说评点与文言小说评点)。于是就有了《新编》,有了上编"白话小说评点研究"和下编"文言小说评点研究"的框架布局(上编由谭帆撰写,下编由林莹撰写,全书的统稿和审订工作由谭帆完成)。需要特别说明的是,本书上编专门讨论白话小说评点,但为行文方便计,仅在"上编 白话小说评点研究"的标目中出现"白话小说评点"这一表述,上编正文基本上仍然称"小说评点";而下编则在标题和正文中均称"文言小说评点",以示区别。

二是出于对小说评点拟作整体研究的考虑。2021 年,我们以"中国小说评点史及相关文献整理与研究"为题申报了国家社会科学基金重大项目,顺利获批。本项目力求在回顾总结前人研究的基础上,补足 20 世纪以来小说评点研究的缺憾和突破现有小说评点研究的格局。对此,我们将围绕如何系统完整地呈现中国小说评点的历史进程,如何创新中国小说评点研究的学术视域和理论方法,如何还原小说评点原有的本体存在和文化语境,最终建构中国小说评点史。我们希望通过深入细致的研究,能在历史研究和文献整理两个方面整体提升中国小说评点研究的学术水平。项目的最终成果拟定为《中国小说评点史》《历代小说评点总目提要》《中国小说评点研究史论》和《稀见小说评点本丛刊》等。很明显,项目的研究格局突出纵向的历史研究和文献整理,而"新编"的要点在于横向的综合研究和理论研究,故而可以作为项目的前期成果先行出版。在框架上,"新编"将两部书稿的理论研究部分独立出来,而将各自的"评点叙录"并入重大项目的子课题《历代小说评点总目提要》之中。

拙作《中国小说评点研究》对晚清民初的小说评点也有评价不高、重视不够的缺陷。其实,晚清民初的报刊小说评点还是非常兴旺的,不仅数量庞大,据初步统计,短短十余年的报刊小说评点竟达近两百种,且由于媒介的变化(报刊)和评点者身份的变化(报人),此时期的小说评点与传统小说评点无论是形式还是内涵都有很大的不同,值得加以发掘和评判。好在我们已经开始着手《中国小说评点史》和《历代小说评点总目提要》的撰写,在晚清民国小说评点研究和资料整理方面都会有比较大的突破,为避重复,本书就不再涉及。

"新编"保留了导师郭豫适先生为拙作《中国小说评点研究》撰写的序言,虽然序言主要针对白话小说评点研究,但所关涉的思想内涵和研究思路均有普遍性,所提出的意见和建议亦具理论价值,故而仍作为《中国小说评点研究新编》之序言。黄霖先生的序言原是《中国文哲研究集刊》编辑部约请黄先生撰写的书评,该刊设立书评栏目,由编辑部在海内外遴选人文学科的相关书籍,再约请专家撰写,拙作有幸被选中。原文载台湾"中研院"中国文哲研究所编《中国文哲研究集刊》第 22 期(2003),题为《评谭帆〈中国小说评点研究〉》。黄霖先生的书评视野开阔,评述细致,所提出的观点也不拘于白话小说评点,对小说评点研究的深入开展有颇多启发。今征得黄先生同意,将书评作为本书之序言。

"新编"把笔者新近发表的《小说评点研究之检讨——以近二十年来小说评点研究为中心》(《中国文学批评》2021 年第 3 期)作为"导论"置于开首,而原书导论"小说评点的解读"改为上编第一章,标题照旧。增加了《经典的产生:从金圣叹到张竹坡》作为上编第二章"小说评点之源流"中的一节,以突出白话小说评点中经典作品的地位和影响。"参考书目"也有较大幅度的增补,时间一直延续至今,以给读者一个相对完备的书目。本书还增加了两个附录,一是林莹撰写的

《论海外学界的中国小说评点研究》，二是陈飞整理的《21 世纪以来小说评点研究总目》。这两个附录均属小说评点的研究资料，对小说评点研究当有一定的参考价值。

谭　帆

序 一

郭豫适

读了谭帆同志的《中国小说评点研究》，我很高兴在近年来多有研究成果的中国古代小说研究领域中，又增添了一部认真写成的有学术价值的新著。❶

这部专著有哪些特点，或者说有哪些地方值得注意呢？

我觉得首先是，它在前人已有成果的基础上，将中国古代小说评点研究向谭帆所说的"综合融通研究"推进了一步。大家知道，在近现代的古代小说研究中，先后有一些学者对金圣叹、毛宗岗、张竹坡等人的小说评点，对《儒林外史》《石头记》上的评点颇加注意。但"五四"时期以后相当长的一段时间，除脂砚斋评以外，小说评点的研究似乎有点沉寂。这种状况到了当代产生了明显的变化，近些年来随着人们对古代小说、对古代小说理论批评的兴趣日增，小说评点引起了更多研究者的爱好和重视，并已发表出版了不少有益的著述。但这些著述多着眼于个案研究，将中国古代小说评点视为一个完整的课题而对之做整体性的研究则很少。在这方面，林岗《明清之际小说评点学之研究》已由北京大学出版社1999年11月出版，谭帆同样是下功夫为之做出努力并有显著创获的一个。他这部专著设立四章，即《小说评点之源流》《小说评点之形态》《小说评点之类型》《小说评点之价值》，对小说评点的历史演变、形态特征、基本类型、价值系统进行了比较系统、全面的考述和评论。著者设置的研究框架以及多方面论题的展开，使这部著作对中国古代小说评点的学术探讨呈现出整体性研究的面貌。对小说

---

❶ 本文是导师郭豫适先生为拙作《中国小说评点研究》所写的序言，华东师范大学出版社2001年版。也作为书评刊发于《文学评论》2001年第4期，题为《评谭帆〈中国小说评点研究〉》。

评点做多种多样的个案研究无疑是有益的、必要的,但对之进行综合融通的研究有利于突破小说评点研究范围比较狭窄的现状,更不可少。谭帆此项研究,知难而进,选题确有其开拓性和必要性。

谭帆这部专著,是在其同题博士学位论文基础上增补完成的。作为在职攻博人员,他平时需要承担系里的教学任务,难以像其他脱产攻博的同志那样全力投入学位论文的撰写工作。为了保证有足够时间和精力写好学位论文,他宁愿申请推迟论文答辩期限,而不愿削弱或降低既定的综合融通研究的要求。对他这种既从实际出发而又不肯马虎从事的坚毅的治学态度,我当即同意和支持,至今还觉得是一件值得回忆的往事。是的,学术研究的过程,其实也就是征服困难的过程,写博士论文,搞科学研究,就是要有勇气和毅力,就是要劳心费力、下苦功夫,因为学术研究没有快捷方式可走。在我看来,就谭帆这部著作本身而言,当然绝不能说已经很完整、很完备;但作者为促使小说评点研究格局之逐步趋于完整完备,他这部书以及为这部书所做出的辛勤和努力,人们当会给予肯定的评价。

其次,谭帆此书体现了一种新的研究思路,对小说评点的内涵、意义和价值做出了新的阐释。谭帆此书的撰写,反映了他对中国古代小说评点整体性的思考和认识。他在"导言"中提出了一个贯穿本书的基本观点:"中国古代小说评点是一个独特的文化现象,而非单一的文学批评,评点在中国小说史上虽然是以'批评'的面貌出现的,但其实际所表现的内涵远非文学批评就可涵盖。"谭帆这个观点很重要,这使他自己对小说评点的研究,从单一的文学批评这一较为有限的研究范围拓展开来,使他对小说评点的现象和规律进行了更多方面的观察,也因此而有了不少新的发现,做出了具有新意的阐释。例如在研究中国古代小说批评为何以评点为主体形式时,论者写道:

> 南宋以来的文学评点以选评为一体,以实用性、通俗性为归趋,在宋以来的文学批评中可谓别开生面,赢得了读者和批评者的广泛注目,尤其在白话小说领域,这种批评方式和批评特性深深地契合于白话小说的文体特性和传播方式。从整体而言,中国古代白话小说是一种最能体现"文学商品

化"的文体，这是白话小说区别中国古代其他文体的一个重要标志，而推进小说文本的商业性传播无疑也成了小说批评的一个重要功能，南宋以来的文学评点以通俗性和实用性为其主要特性，正与白话小说的这种文体特性深深契合。

这里将明清小说评点与南宋以来的文学评点联系起来考察，指出"以实用性、通俗性为归趋"的"这种批评方式和批评特性深深地契合于白话小说的文体特性和传播方式"，这反映了他对小说评点的功能和特性的研究和判断具有独到之见。此外，在研述中国古代小说评点的独特个性时，他指出，"小说评点融'批''改'为一体是一个颇为独特的现象，因为评点作为一种文学批评形式其实并不负有修改文本的功能"，然而这"在中国小说评点史上"却是一种"普遍"的现象。在研述中国古代小说评点的研究格局时他又指出，对于那些并不具备理论价值的小说评点本的研究，"我们不能采用常规的以文学或者文学批评为本位的研究方法，而应运用历史研究的方法，将其作为一种历史现象加以探究，采用思想史、文化史和传播史等多种研究方法和研究视角，从发生、传播、接受等角度全面梳理其历史文化价值"。这些都是一些具有启发性的见解，有益于拓宽和加深小说评点的研究思路和方法。

谭帆此书，一方面是注意研究的面要拓宽，另一方面也注意对所立论题研究要有深度。此书对小说评点的源流、形态、类型、价值这几个论题的展开，内容相当丰富，论述也颇为充分。以《小说评点之价值》一章而言，就写得既有广度也有深度。他提出，小说评点有三方面的价值，即文本价值、传播价值、理论价值。一般地说，人们只着重于小说评点的理论价值，对于它的文本价值、传播价值不甚注意，或已有所注意而未详加研述。而谭帆研讨小说评点的文本价值时，不但对文本价值进行了历史评估，还研述了文本价值的生成原因、文本价值的内在演化与表现形态。研讨小说评点的传播价值时，更是着力多方探讨，既研究小说评点传播价值的独特个性，又研述了小说评点作为一种商业手段，突出其对中国白话小说的"促销作用"，还探讨小说评点与小说鉴赏学的关系，并论及中国古代小说评点本在域外的传播。谭帆曾将博士论文的部分内容先后在《文学评论》《文学遗产》《学术月刊》等刊物上发表,据我所知,这些论文颇受到同志们的关注,这都是作者对有关论题认真探索、深入开掘的结果。

再一点是,谭帆此项研究观点与史料结合得好,理论阐释具有坚实的史料基础。此书有关小说评点的研究框架以及重要的论题或观点,并非心血来潮、凭空设置,而是建立在对200余种评点本以及大量相关材料的浏览、摘录、梳理、考辨和分析的基础上的。在社会科学研究中,观点和材料的结合或者说论和史的结合非常重要,因为只有两者结合,才能够做到言之成理、持之有据。但是,观点和材料的结合其实存在着两种不同的基本倾向,一种是研究者率先列出若干论题、子题,然后依这些论题、子题的需要,去寻找有关的材料来作填充式的论述,这就是"以论带史";另一种是研究者首先搜集、浏览大量的史料,对之进行排比、梳理、考辨、思索,从中归纳、提升出若干学术论题,论题和史料之间的关系处于自然形成的状态,这就是"论从史出"。不用说,前一种办法比较轻便省事,后一种办法比较繁重笨拙,但从遵循学术研究规律、追求科研结论的可靠性而言,后者明显地优于前者。谭帆此项研究符合"论从史出"的路子,他这本书,"小说评点总体研究"是上编,"小说评点编年叙录"是下编,其实在整个研究过程中,编年叙录主要是前期的工作,而总体研究则基本上是后期的工作。《小说评点编年叙录》的编撰,得益于《中国通俗小说总目提要》《古本小说集成》《古本小说丛刊》诸书甚多,但平心而论,谭帆的工作并不轻松,他这个编年史,将明清两代近四百年间小说评点的发展历程划分为"萌兴""繁盛""延续""转型"四个时期,对二百多种小说评点本的题署、版本、作者、评者、评点形态和主要内容、评点之价值和影响,逐一做了介绍和评述,内容丰富,叙次井然,其间史料的辨识和取舍,落笔的轻重和详略,都见出执笔者费去许多心力。谭帆希望这一部分工作能够"给读者一个相对完整的小说评点本总目",同时使它"亦具小说理论批评之史料价值",应当说这个目的基本上是达到了。此书下编的编年叙录,并非只是对于上编总体研究的注释,它本身具有独立的史料价值和阅读价值,对人们了解小说评点史乃至进一步的查询和研究均会有所帮助。

如上所述,谭帆这部专著选题有开拓性,且有不少优点。但因为过去小说评点的综合融通研究毕竟进行得少,这方面缺乏可资借鉴的经验,有些论题还需大家共同探讨,使研究继续深化、更加成熟。譬如中国古代小说评点的形态,情况非常复杂,很不容易做出总结评析。谭帆在此书有关章节中已经做出自己的努力,评述相当详细,不过如何将古代小说评点生动活泼的原生形态,将其巧妙的运思和笔意,勾勒展示得更细致、更真切,还可以进一步思考。假如结合汉语言文字本身的特性,结合古人文学欣赏的爱好和习惯,以及中国人的审美情趣及其特点,对之做出更深入的研究和评析,当会更受读者欢迎。又譬如,小说评点作为一种评论方式,固然有它的特点、优点,但这并不等于说旧时那些评点本身都是很好的评论,其实是鱼龙混杂,精彩优美的和庸俗无聊的同时存在。除已指出应当区别对待之外,可否设立一个专节,对古代那些优秀的评点择其佳例,进行评论和总结,归纳和分析其所以成功的原因和经验,那也会对今人有所启发。我想这些工作做得更多一些,必将有助于更好地揭示和弘扬古代小说评点这一富有民族特性的批评方式的意义和价值。

　　谭帆勤奋好学,长于理论思考。他不仅对古代小说评点很感兴趣,对整个中国古代小说学都很有兴趣。目前他正在撰写《中国小说学史》,很希望他继续保持踏实认真的态度,潜心研究,争取在学术上做出更多的贡献。

序 二

黄 霖

　　中国近现代对于小说评点的重视,是在 19、20 世纪之交。这时,随着西方小说观的输入与反清排满形势相结合,金圣叹被人们重新张扬。1897 年,邱炜萲在《菽园赘谈》中回顾了小说评点的历史,高度评价了金圣叹《水浒》评点的成就和在小说理论批评史上"集大成"的地位。同年,日本吉川幸次郎在他的《中国小说戏曲史》中也专列一节"金圣叹",说:"自古以来中国古代的小说戏曲批评家不乏其人,可是称得上具有卓见博识而成大家的,我看只有金圣叹一人当之。"他们的这类观点很快在社会上得到了响应,如狄葆贤、浴血生、定一等在《新小说》上连连肯定金圣叹小说评点的业绩。与此同时,还有一些论者,如解弢等对毛宗岗、《儒林外史》的评点也纷纷予以肯定。但是,由于在 20 世纪的前 80 年中,接连不断地或有人从民族斗争的角度,或有人从阶级斗争的立场上否定金圣叹,或者认为"这种机械的文评正是八股选家的流毒"(胡适《水浒传考证》),因此,尽管海内外有一些学者陆续对金圣叹做了不同程度的比较客观的研究,但总体上并不成气候,至于对其他小说评点的研究,除了脂砚斋的评点主要作为文学资料还较重视外,可以说是一片空白。直到 20 世纪 80 年代前后,随着金圣叹被"翻案"与学界对于小说理论批评的重视,一系列小说评点家才都受到了重视,在《中国文学批评史》及《中国小说批评史》一类著作中都有相当的篇幅论列。后来又出现了若干专论"评点"及"小说评点"的著作。正是在这样的背景下,谭帆的《中国小说评点研究》以其资料丰赡,观照全面,论述系统严谨而可视为一个世纪以来中国小说评点研究

的一次小结。❶

　　谭著之所以具有总结性的意味,首先表现在对明清小说评点作品做了一次全面的梳理。以往的研究只是集中在一些大家、名家或新发现的评点作品。1985 年,我在为复旦大学出版社编的三卷本《中国文学批评史》撰写小说部分的内容时,曾论述了李贽、叶昼、冯梦龙、金圣叹、毛纶父子、张竹坡、脂砚斋及《聊斋志异》与《儒林外史》等有关评点的议论,后出的不少著作与论文所涉及的对象大致也不出我所论,不少人还只是因袭前人的材料,几乎没有人对明清小说的评点著作做一次认真的检阅。❷ 当然,当时的客观条件也多有限制,不少作品分散在海内外各地。后来,随着天一出版社的《明清善本小说丛刊》、中华书局的《古本小说丛刊》、上海古籍出版社的《古本小说集成》及《中国通俗小说总目提要》《中国小说大百科全书》等书的相继出版,给研究者带来了莫大方便。谭著及时运用了这些材料和时人新的发现,细心地阅读与梳理,在这个基础上,以编年的形式,对嘉靖元年(1522)至宣统三年(1911)近 400 年间的 220 余种评点本进行了叙录,介绍与评价了各书的题署、版本、作者、评者和评点形态、评点内容、评点价值与影响等,第一次为学界整理了一份详备的小说评点总目。其中对不少书目的考论辨证又十分精审。这一工作,无疑具有相当高的史料价值,为后来者提供了方便,同时也是他的小说评点研究之所以能显示出总结意味的基石。他这部著作之所以能比一般之作高出一筹,就由于他确实下了功夫,从全面搜集,积累原始资料做起,而不是接过别人现成的材料敷衍一番而已。

　　谭著之所以具有总结性的意味,还突出地表现在其论述纵横交叉,"综合融通",显示出一种完整性。这部著作共分四章,即"小说评点之源流""小说评点之形态""小说评点之类型""小说评点之价值"。显然,第一章是纵向的历时性的观照,除小说评点的渊源之外,分"萌兴""繁盛""延续"与"转型"四个阶段,论述了小说评点演变的轨迹,要言不烦。后三章是横向的总结,三个问题也抓得恰当,且在横向梳理时,也有纵向的考察。这样的格局突破了以往在中国小说评点研

❶ 黄霖:《评谭帆〈中国小说评点研究〉》。载台湾"中研院"中国文哲研究所编:《中国文哲研究集刊》2003 年第 22 期。

❷ 例外是 David L. Rolston, ed. , *How to Read the Chinese Novel* (Princeton, N. J. : Princeton University Press, 1990)一书。

中国小说评点研究新编

2

究方面重史轻论，重微观轻宏观的传统。而且，从总体来看，不但后三章是横向的通论，即使是第一章，实质上也属史论。全书就是从四个角度，论述了中国小说评点的一些基本问题。这种多角度的研究格局，就能给人以一种完整感、全局感，为以后的中国小说评点研究打开了新的思路。

谭著能拓展小说评点研究新思路，显示其研究的完整性，不仅仅表现在从章节安排、形式结构等方面，而更重要的是将小说评点放在大文化的背景下，从文本、评家、传播、接受等不同方面来考虑小说评点的特点与价值，不再将小说评点只是看作一种"文学批评"。这一点，贯串于后三章的论述之中，可以说是本书的最大创获。从文本而言，小说评点本往往是"评""改"一体，评家对于小说的修订，"介入"了自身的思想、意趣，使新的文本体现了新的个性风貌。评点者的队伍则相当复杂，除了真正出于对小说的爱好而选择有价值的作品品赏与批评的文人之外，也有作者本人或受作者委托批评的文人，此外，书坊主及其周围的下层文人也是一支较为庞杂的队伍。这就使评点本形成了文人型、书商型和综合型的不同格局，从而就顺理成章地归结到小说评点本的价值，不仅仅表现在文学理论批评方面，同时也有它的"文本价值"与"传播价值"。应该说，这些思想在以往的小说评点的研究中，也有学者提到过类似的问题，如围绕着金批《水浒》、毛批《三国》的正文修改，就有不少文章讨论，如日本的名作家幸田露伴就认为金圣叹批《水浒》主要是出于商业动机等，只是这些研究没有像谭著那样提得集中，并在总体上把握。因此，一经谭著的概括并系统化，将使人们更加自觉地跳出了"文学批评"框框，以全方位的视角去研究中国小说的评点。

正因为谭著着力拓展研究中国小说评点的视角，使其研究的"面"更加完整，所以对每个问题、每位评家与每种评本如何作细微的论述，尚有进一步深入探讨的余地。以往局限于"文学批评"来看小说评点，固然眼光偏狭，但小说评点的各种价值，毕竟还有主次轻重之分。小说评点中还有一些问题也值得探讨，就其文学批评方面而言，则何以有那么多的伪托冒名的评家，何以有诸多的抄袭重复，中国的小说评点有没有体系，有没有理论，金圣叹以后有没有发展，表现何在，白话小说的评点与文言小说的评点有何异同，与戏曲、诗文乃至八股的评点关系又如何，等等，都是有深入研究的必要问题，谭帆未来或许可以就此再加耕耘。

目 录

上编　白话小说评点研究

下编　文言小说评点研究

导论　小说评点研究之检讨

拙著《中国小说评点研究》出版至今已有二十余年，小说评点的研究状况如何？有哪些推进，又有哪些不足？的确值得检讨。值此"新编"出版之际，我们首先以 21 世纪以来的小说评点研究为中心对中国小说评点研究史做一番梳理。需要说明的是，以近二十年来的小说评点研究来检讨中国小说评点研究之得失出于两个层面的考虑：一是这个时段是小说评点研究史上内容最丰富、视角最广阔和成果最突出的阶段，足以观照和总结 20 世纪以来的中国小说评点研究，也可借此构想未来小说评点研究的新格局和新领域；二是出于研究对象数量之考虑，据不完全统计，近二十年来的小说评点研究空前活跃，其研究成果接近 20 世纪小说评点研究百年之总和，达 1200 种左右，故缩短时段有利于研究史梳理的准确、合理和到位。

一　简短的回顾

从历史角度看，小说评点很早就引起了研究者的关注，与小说评点的出现几乎同步；而在明清时期的文人笔记、小说序跋和评点文本等著述中，对小说评点的记录、评判和研究更是所在多有。但从现代学术史的视角言之，中国小说评点研究史的起始应该是在 19 世纪末叶，其中标志性的研究文献是 1897 年邱炜萲在《菽园赘谈》中对小说评点历史的回顾和对金圣叹《水浒》评点成就及其在小说评点史上"集大成"地位的评价。此举迅速引起了学界的呼应，狄葆贤、浴血生、定一等在《新小说》上连连肯定金圣叹小说评点的业绩。与此同时,人们对毛氏父子批点《三国演义》和评点《儒林外史》也纷纷予以肯定。由此,小说评点研究史正式拉开帷幕,至今持续了 120 余年。

20 世纪以来,中国小说评点的研究历史大致可分为四个阶段,分别以 1950年、1980 年和 2000 年为节点,即 1950 年之前为一个时期,1950 年至 1979 年为一个时期,1980 年至 1999 年为一个时期,2000 年至 2020 年为一个时期。据不完全统计,此时期的小说评点研究(含著作、期刊论文和学位论文)之总量约2270 种。其中 1950 年之前五十年的研究论著约 110 种,1950 年至 1979 年三十年的研究论著约 240 种,1980 年至 1999 年二十年的研究论著约 760 种,2000 年至 2020 年二十年的研究论著约 1160 种。❶ 递增之趋势非常明晰,而近二十年无疑是小说评点研究史上最为发达的时期。

1950 年之前的研究时段实则还可划分为晚清和民国两个阶段,晚清时期的小说评点研究采用的形式是"小说话",大多是感悟式的评价,如邱炜萲《菽园赘谈》、平子《小说丛话》(《新小说》1903 年第 8 期)等。研究性的文献是从民国时期开始的,如俞平伯《论〈水浒传〉七十回古本之有无》(《小说月报》1928 年第 19 卷第 4期)、隋树森《金圣叹及其文学评论》(《国闻周报》1932 年第 9 卷第 24、25、26 期)、胡适《跋乾隆庚辰本〈脂砚斋重评石头记〉钞本》(《国学季刊》1932 年第 3 卷第 4 期)等。在研究内涵上形成了金圣叹评点《水浒》和《红楼梦》"脂批"两个核心。

1950 年至 1979 年之间的三十年是小说评点研究非常特殊的时段,其中前十余年间,小说评点研究接续民国时期研究之余脉,继续以金圣叹、脂砚斋的小说评点为研究中心,并逐步扩展到对李卓吾评点《水浒传》、毛氏父子评点《三国演义》和张竹坡评点《金瓶梅》等的研究。如俞平伯编《脂砚斋红楼梦辑评》(上海文艺联合出版社 1954 年版)、金兆梓《谈谈金圣叹的批改〈水浒〉和〈西厢〉》(《新建设》1962 年第 1 期)、吴世昌《论〈脂砚斋重评石头记〉(七十八回本)的构成、年代和评语》(《中华文史论丛》第 6 辑,中华书局 1965 年版)等。而在 1966 年到 1976 年的十年间,小说评点研究无甚可观,一片荒芜,绝大部分沦为政治运动的工具。20 世纪

❶ 笔者指导的研究生陈飞以《20 世纪中国小说评点研究史》为硕士论文选题,本文采纳之资料均据其初步整理的《20 世纪中国小说评点研究总目》。特为说明并致谢。

70年代后期,小说评点研究很快重新步入正轨,仅1977年到1979年的三年间,小说评点研究成果就达30余种,王利器《〈水浒〉李卓吾评本的真伪问题》(《文学评论丛刊》第2辑,中国社会科学出版社1979年版)、郭豫适《谈〈红楼梦〉研究史上的评点派》(《上海师范大学学报》1979年第1期)等著述都颇具学术内涵。

20世纪八九十年代是小说评点研究史上的第一个高潮,此时期的小说评点研究不仅数量庞大,研究内涵和研究视野也大为改观,其中最值得注意的是80年代初和90年代末两个时间段。

经过短暂的三年过渡,进入20世纪80年代以后,小说评点研究迅速升温,并快速完成了向学术研究的转型,奠定了小说评点研究的基本格局。这种"转型"和"奠基"作用主要表现在如下标志性成果之中。

一是叶朗《中国小说美学》(北京大学出版社1982年版)的出版奠定了从"小说理论"角度研究小说评点的基础,在学术界影响巨大,刺激了小说评点研究的进一步开展。此后陆续出版的多种小说理论批评史都是这一研究格局影响下的产物,如黄霖《古小说论概观》(上海文艺出版社1986年版)、王先霈和周伟民合著《明清小说理论批评史》(花城出版社1988年版)、陈谦豫《中国小说理论批评史》(华东师范大学出版社1989年版)等。

二是朱一玄、刘毓忱编《水浒传资料汇编》(百花文艺出版社1981年版)开启了包括评点资料在内的经典小说研究史料整理之先河,至80年代中期,各种经典小说资料汇编陆续推出。而黄霖、韩同文选注《中国历代小说论著选》(江西人民出版社1982年版)以选文的形式整理小说评点史料,为研究者提供了很大的方便。值得注意的是,经典小说的会评本也在此时期发轫,如陈曦钟等辑校的《水浒传会评本》(北京大学出版社1981年版)、李汉秋辑校的《儒林外史会校会评本》(上海古籍出版社1984年版)等。

三是郭豫适《红楼梦研究小史稿》《红楼梦研究小史续稿》(上海文艺出版社1980、1981年版)和孙逊《红楼梦脂评初探》(上海古籍出版社1981年版)等著作推动了经典小说评点的研究。这些论著既是"红学史"上的重要著作,也是小说评点研究的开创性论著,并引发了对经典小说评点的研究热潮。

四是张国光出版《〈水浒〉与金圣叹研究》(中州书画社1981年版),竭力为金圣叹"翻案",进一步强化了金圣叹在小说评点研究中的核心地位,虽观点有偏激之处,但对改变金圣叹研究的面貌确有推进之功。而《金圣叹全集》(曹方人、周锡山编校,江苏古籍出版社1985年版)的出版又为金圣叹研究奠定了文献基础。值得注意的是,上述四个方面的研究成果是在短短五年左右时间内完成的,以后十余年的小说评点研究大多是在这些基础上的延伸。并在理论研究、资料整理和经典小说评点的研究方面取得了较高的研究成就,确立了小说评点的研究价值和地位。而随着小说评点研究的深入和小说评点研究范围的扩大,小说评点研究的视野和格局也慢慢出现了变化。

出现变化的时间在20世纪90年代末叶,而格局的变化表现为整体研究的加强。一个有趣的现象是,从80年代初到90年代中叶,小说评点研究很少有整体研究的论著(小说理论批评史除外),基本都是小说评点的个案研究,研究内涵也以小说评点涉及的小说理论思想为主。这种格局是符合学术史规律的,因为只有学术个案的长久积累和深化,才能带动整体研究,而缺乏以个案研究为根基的整体研究往往显得空洞和浮泛。同时,小说评点研究是在中国文学批评史这一学科背景下产生和发展的,以理论思想为研究主体即这一背景下的产物。正是经过十余年的积累,小说评点研究在90年代末出现了对小说评点做整体研究的实践和要求打破仅对小说评点作理论批评研究这一狭隘格局的呼声。以下几位研究者的成果可为代表。一是林岗的系列论文及其结集的专著《明清之际小说评点学之研究》(北京大学出版社1999年版),从社会思潮和思想文化的视角探讨了小说评点在明清之际的发生、成熟和价值,观点和视角都一新耳目,产生了较大的学术影响。二是笔者的系列论文《中国古代小说评点的价值系统》(《文学评论》1998年第1期)、《论中国古代小说评点之类型》(《文学遗产》1999年第4期)等和以此为基础的博士论文《中国小说评点研究》(华东师范大学中文系,1998年),提出小说评点具有"文本价值""传播价值"和"理论价值"的价值系统,指出小说评点是一个文化现象而非单一的文学批评,呼吁小说评点应形成多元化的研究格局。这些观点也在小说评点研究中产生了较大反响。三是孙琴安《中国评点文学史》(上海社会科学院出版社1999年版)将小说评点纳入中国文学评点史的长河中加以考察,虽然"评点文学"之概念似可再斟酌,但这种宏观的视野和历史的梳理是值得称道的。四是杨义的《中国叙事学》(人民出版社 1997 年版),这是较早采用"叙事学"理论来分析中国叙事文体的专著。虽不以古代小说及小说评点为主体研究对象,但这种观念和思路对小说评点研究产生颇多影响,小说评点的叙事学研究开始出现。如陈果安《明清小说评点与叙事学研究》(《中国文学研究》1998 年第 1 期)、郑铁生《明清小说评点对中国叙事学的意义》(《南开学报》1998 年第 1 期)等,数量不多,但风气已开。

以上我们对 20 世纪的小说评点研究做了粗浅的梳理和分析,目的是给近二十年小说评点研究的分析提供一个历史的背景和发展的源流。我们不难看到,20 世纪以来的小说评点研究走了一条颇为艰难的研究之路,一直到 80 年代,小说评点研究才真正走上正轨,在研究观念、研究视角和研究方法上都取得了很大成绩,这为 21 世纪的小说评点研究打下了扎实的基础,21 世纪以来的小说评点研究正是上述研究史的自然延伸。

二　小说评点研究的著述方式

关于近二十年的小说评点研究,我们拟从横向展开的角度加以梳理,主要包括两方面:一是从"著述体式"入手整理此时期小说评点研究的基本状况,二是从研究思路的角度分析此时期小说评点研究的特色和成绩。

所谓著述体式,按常规一般分为三种形式:著作、期刊论文和学位论文。近二十年的小说评点研究用资料来统计的话,大致是这样:著作(包括专著、论集、批评史、学术史和资料集)260 种左右,论文(主要是期刊论文)580 篇左右,学位论文(硕士、博士)320 种左右,总数近 1 160 种。

著作中最值得注意的是关于小说评点的研究专著,其中较有影响的有(按时间排序):谭帆《中国小说评点研究》(华东师范大学出版社 2001 年版)、白岚玲《才子文心:金圣叹小说理论探源》(北京广播学院出版社 2002 年版)、曹立波《红楼梦东观阁本研究》(北京图书馆出版社 2004 年版)、吴子林《经典再生产——金圣叹小说评点的文化透视》(北京大学出版社 2009 年版)、石麟《中国古代小说评点派研究》(中国社会科学出版社 2011 年版)、陈洪《金圣叹传》(人民文学出版社 2012 年版)和陆林《金圣叹史实研究》(人民文学出版社 2015 年版),等等。这些论著或整体研究,或个案分析,或史实考订,对小说评点的研究均有深度和广度。除专著外,还应关注的是近二十年来小说理论史、小说学术史中的评点研究和小说评点专题史料的整理,前者如王汝梅、张羽合著的《中国小说理论史》(浙江古籍出版社 2001 年版)、黄霖等《中国小说研究史》(浙江古籍出版社 2002 年版)、竺洪波《四百年〈西游记〉学术史》(复旦大学出版社 2006 年版)和吴敢《金瓶梅研究史》(中州古籍出版社 2015 年版)等。后者如孙中旺《金圣叹研究资料汇编》(广陵书社 2007 年版)、刘强《世说新语会评》(凤凰出版社 2007 年版)、蔡铁鹰《西游记资料汇编》(中华书局 2010 年版)和李汉秋《儒林外史研究资料集成》(上海古籍出版社 2017 年版)等。

这一时期小说评点研究的期刊论文高达 580 余篇,这一数目显示了小说评点研究的繁荣。与以往相比,其中最突出的现象是整体研究的学术论文明显增多。这些论文拓展了小说评点的研究领域,兼具小说评点研究的方法论意义。如宋莉华《明清小说评点的广告意识及其传播功能》(《北方论丛》2000 年第 2 期)、吴子林《小说评点知识谱系考索》(《浙江学刊》2001 年第 2 期)、纪德君《明清小说编创与评点的互动及其影响——以明清时期世情小说为例》(《文艺研究》2010 年第 10 期)等都是这一时期小说评点研究论文中影响较大的作品。而在个案研究中,一些考据文章也颇为出色,如潘建国《凌濛初刊刻、评点〈世说新语〉考述》(《上海师范大学学报(哲学社会科学版)》2004 年第 5 期)、周兴陆《元刻本〈世说新语〉补刻刘辰翁评点真伪考》(《文艺研究》2011 年第 11 期)、胡胜《抄本〈西游记记〉发微》(《文献》2007 年第 2 期)等都考证精审,具有较高的学术价值。当然,二十年时间有 580 余篇论文,看似成果丰硕,但也不能以此说明小说评点研究获得了多高的成就。如果从当下的评价体系来检讨的话,则问题能看得更为清晰,如以 CSSCI 来源期刊为标准,580 余篇期刊论文中,发表在 CSSCI 来源期刊的有 250 篇左右,约占总数的 43%;而如以权威期刊来衡量的话,250 余篇 CSSCI 来源期刊论文中发表在《文学评论》《文艺研究》《文学遗产》等杂志的仅寥寥数篇。研究的总体水准其实不容乐观。

将学位论文纳入研究成果体系之中是基于这样的考虑:随着中国学位制度

的发展和研究生(包括硕士和博士)招生数量的大幅度增加,学位论文的地位日渐提升。由于在研究生(主要是博士)培养的评价体制中有论文发表的强制要求,以学位论文为基础发表的论文和以学位论文(主要是博士论文)为基础出版的专著都非常普遍,可以说,学位论文已成为研究成果整体中的一个重要组成部分。小说评点研究同样也是如此,在短短的二十年中,研究小说评点的学位论文约有320种。以硕士、博士来划分,则硕士论文270种左右,博士论文50种左右。以小说语言为白话或文言来区分,则白话小说评点研究280余种,文言小说评点研究40余种。以经典文本排序,则《水浒传》评点研究80余种(其中研究金圣叹评点《水浒》的硕博士论文近60种,金圣叹以外的《水浒传》评点研究20种左右),《红楼梦》评点研究31种,《聊斋志异》评点研究25种,《金瓶梅》评点研究20种,《三国演义》评点研究18种,《西游记》评点研究11种,《儒林外史》评点研究8种,《世说新语》评点研究5种。值得注意的是,在近二十年近260种评点论著中,有22种以博士论文为基础,可见学位论文已是一个不容轻视的成果类别。但从上述资料看,问题也很多,比如硕士、博士论文之比例严重失调,影响了学位论文的整体水准。因为从常规来看,硕士论文转化为研究成果的概率偏低,大量的硕士论文仅仅是为完成硕士学业和取得硕士学位而撰写的,学术性并非第一要义,故博士论文占比偏低是影响学位论文整体质量的重要因素。再如,对经典小说评点的研究,整体上也数量偏多,在320余篇学位论文中,研究经典小说评点的竟达近200篇,这个资料很能说明问题。所以,重复研究的论题、陈陈相因的思路在学位论文中比比皆是,影响了学位论文整体的学术质量。

三 小说评点研究的三种视角

近二十年来,小说评点研究主要形成了三种研究角度:批评史背景下的理论研究、文化史视野下的综合研究和文章学观照下的文法研究。这三种研究角度在著作、期刊论文和学位论文三种著述体式中都有体现,因而也是具有方法论意义的研究视角。

由于受中国文学批评史研究格局的影响，长久以来，小说评点研究一直以"理论思想"为主要对象，于是对各种"学说"的阐释成了小说评点研究的首要任务，由此，小说评点研究也在很大程度上等同于小说理论研究。这一境况在 20世纪末的小说评点研究中已有明显变化，但因为中国文学批评史研究的影响很大，而小说评点本身也确有理论的特质，故而近二十年来小说评点研究中的理论研究仍然是一条重要线索。只不过阐述理论思想的方法和视角已有明显的变化，传统小说理论诸如"典型""结构""本体""形象"等不再是小说评点理论思想研究的主体，代之而起的是"叙事理论"的崛起和普遍化。这一点较早见于王平《中国古代小说叙事研究》(河北人民出版社 2001 年版)，其中第八章"古代小说评点家的叙事理论"即专门以叙事理论来阐述小说评点中的理论思想。此后，"叙事理论"俨然成为小说评点研究的理论"新贵"，出现了大量的研究成果，如高小康《中国古代叙事观念与意识形态》(北京大学出版社 2005 年版)、杨爱君《明清小说评点中的叙事结构论》(博士学位论文，北京师范大学文学院，2005 年)、张曙光《叙事文学评点理论的现代阐释》(山东人民出版社 2012 年版)、方志红《小说评点"春秋笔法"理论与中国叙事学》(《语文知识》2010 年第 2 期)、刘玄《论陈其泰〈红楼梦〉评点中的叙事理论》(《红楼梦学刊》2015 年第 1 期)等，可见无论宏观研究还是微观研究，叙事理论都是重要的理论思想和方法。

从文化史角度研究小说评点由来已久，但较早从理论上明确提出这一思路的是笔者，"中国古代小说评点是一个独特的文化现象，而非单一的文学批评，评点在中国小说史上虽然是以'批评'的面貌出现的，但其实际所表现的内涵远非文学批评就可涵盖。小说评点在中国小说史上所起到的作用远远超出了'批评'的范围，形成了'批评鉴赏''文本改订'和'理论阐释'等多种格局，而其价值也显现为'传播价值''文本价值'和'理论价值'三个层面"。❶ 近二十年来，从文化史角度研究小说评点主要表现在两个方面。一是从小说传播角度分析小说评点的功能和价值，如蒋玉斌《清代的小说评点与小说刊印》(《兰州学刊》2016 年第 6 期)、甄静《元明清时期〈世说新语〉传播研究》(博士学位论文，暨南大学中文系，2008 年)等

---

❶ 谭帆：《小说评点的解读——〈中国小说评点研究·导言〉》，《文艺理论研究》2000 年第 1 期。

都是从传播方面研究小说评点的论著。与此相关,书坊与小说评点的关系研究在此时期成为热门选题,其中影响较大的当属程国赋《明代书坊与小说研究》(中华书局 2008 年版),此书虽不是评点研究的专门论著,但其第九章"明代书坊与小说评点"分四节全面梳理了书坊与小说评点的关系。余者如原方《余象斗"评林体"初探》(《明清小说研究》2007 年第 3 期)和刘海燕《明建阳刊小说的评点形态与编辑活动》(《南开学报》2019 年第 1 期)等。小说评点的传播研究及由此引发的书坊研究、建阳本小说评点研究等成为一时选题的热点,对小说评点研究的深入开展确乎有推进作用。二是从"评改一体"角度看待小说评点,虽非此时期之特色,但此时期对"评改一体"的研究是最自觉的,成果也是最丰硕的。如吴子林于 2009 年出版《经典再生产——金圣叹小说评点的文化透视》,从"经典再生产"的视角评价金圣叹对《水浒传》的评改。纪德君在系列论文的基础上出版《明清通俗小说编创方式研究》(社会科学文献出版社 2012 年版),其中第三章"评点与通俗小说的编创"分别从"历史演义小说评点与编创的互动""神魔小说评点对编创的引导"和"世情小说评点对编创的影响"等多方面探讨了评点与通俗小说编创之关系,所论颇有深度。曾晓娟于 2017 年出版专著《"评"与"改":中国古典白话小说之雅化过程——以〈水浒传〉为中心》(南开大学出版社)。论述比较深入,尤其文本比照非常细致。笔者在《中国小说评点研究》和《"四大奇书":明代小说经典之生成》(王瑷玲、胡晓真主编:《经典转化与明清叙事文学》,联经出版事业股份有限公司 2009 年版)中也系统揭示了小说评点"评改一体"的特性,并以"四大奇书"为例分析了通俗小说的经典化问题,在学界也有一定的影响。

文章学观照下的小说文法研究也是评点研究的常规思路,其研究亦由来已久。但由于小说评点采用的思路和术语与八股文有密切关系,小说评点之文法一直受到研究者诟病。如胡适认为,这些技法"是八股选家的流毒,读了不但没有益处,并且养成一种八股式的文学观念,是很有害的","读书的人自己去研究《水浒》的文学,不必去管十七世纪八股选家的什么'背面铺粉法'和什么'横云断山法'"❶。鲁迅在《谈金圣叹》一文中对金圣叹将小说批评"硬拖到八股的作法"

---

❶ 胡适:《中国章回小说考证》,安徽教育出版社 1999 年版,第 4、8 页。

也深为不满❶,而 20 世纪 50 年代以来,小说文法长期难以进入研究者的视野。一直到 80 年代以后,小说文法才得到了真正的研究❷,如张国光《金圣叹小说理论的纲领——驳所谓〈读《第五才子书》法〉是"八股文法"论》(《古典文学论争集》,武汉出版社 1987 年版)等。到 21 世纪,小说文法及文法术语研究蔚为大观,成了研究者关注最多的领域之一,如陈文新《金圣叹论小说"文法"》(《水浒争鸣》第 6 辑,光明日报出版社 2001 年版)、罗德荣《古代小说技法学成因及渊源探迹》(《明清小说研究》2002 年第 1 期)、陈才训《文章学视野下的明清小说评点》(《求是学刊》2010 年第 2 期)等。其中有两位研究者的成果最丰富,对小说文法研究的贡献也最突出,一位是暨南大学的张世君,一位是江西师范大学的杨志平。张世君长期关注小说技法研究,发表相关论文数十篇,于 2007 年出版专著《明清小说评点叙事概念研究》(中国社会科学出版社)。杨志平于 2008 年完成博士论文《中国古代小说技法论研究》(华东师范大学中文系),以后专注于这一领域,发表十余篇小说文法术语的考释论文,并于 2013 年出版专著《中国古代小说文法论研究》(齐鲁书社)。古代小说文法及其术语源远流长,内涵丰富,是古代小说叙事法则的独特呈现,也是古代小说批评的主流话语,对古代小说的创作和传播均产生了重要作用。作为曾经在中国小说史上产生过重要影响的批评话语和思想系统,古代小说文法及其术语值得我们重视,尤其在"以西例律我国小说"的大背景下,更需要探究中国古代小说批评的思想传统和话语系统。❸

四　中国港台地区的小说评点研究

我国香港地区的评点研究主要包括三个板块。一是《红楼梦》评点资料的整理。1966 年,香港中文大学新亚书院中文系成立了"《红楼梦》研究小组"(由新

---

❶ 鲁迅:《谈金圣叹》,《文学》1933 年第 1 卷第 1 号。
❷ 谭帆、杨志平:《中国古典小说文法术语考论》,《文学遗产》2011 年第 3 期。
❸ 同上。

亚书院选修"《红楼梦》研究"课程的学生组成❶),次年出版了《红楼梦研究专刊》,工作计划就包括各脂本评语的收集和校订。❷ 二是《明报月刊》上有关古代小说的文章,以胡从经在《明报月刊》上连载的《东瀛访稗录》为代表,后结集收入《胡从经书话》。这批文章记录了胡从经在日本遍览小说珍本的发现。例如,据1988年发表的《〈型世言〉探溯》,他目验了佐伯文库所藏《别本拍案惊奇二集》,认定它并非郑振铎所说"杂凑各书"或刘修业所说"采用《幻影》",而应早于《幻影》。他根据卷末"雨侯"评语,推论此书与《型世言》有密切承袭关系,又将这些评点语有违碍而在《幻影》中尽遭删落的情况,作为《幻影》系入清后刊印的佐证。❸ 三是香港高校师生的研究成果。例如,现执教于香港大学的学者邓昭祺的《金圣叹本〈水浒传〉的叙事角度》❹,香港理工大学学者杨昆冈的《论〈石头记〉脂评本南北方音并存的现象》❺,如香港中文大学2003年傅琳娜硕士论文《〈聊斋志异〉诸评研究》、2016年黎必信硕士论文《论毛纶、毛宗岗对〈三国志演义〉的修订与评点》。

　　台湾地区的评点研究成果可谓富矿一座。台湾地区一则作为与日韩欧美汉学交流的中转站,体现出接受各处研究资讯、为各地汉学家提供亲近中国文化土壤的便利。1976年,台湾大学文学院出版陈万益的《金圣叹的文学批评考述》❻,与美国、日韩的同期研究相呼应。二则由于中国学界问题意识较为趋同,一手资料小说文献和二手资料研究动态亦无语言隔阂,再加上台湾地区的小说研究积学深厚,这使其能够与大陆保持最有效、最及时的对话。例如,丁豫龙的《世说新语》刘辰翁评点研究❼吸收了潘建国、刘强等大陆学者的新近成果,对学界将刘辰翁视为"中国小说评点之祖"的观点提出商榷。就研究涉及面之广、掌握材料之多而言,台湾地区的评点研究同样遥遥领先。除去海外学界普遍关注的"六大

❶ 张桂琼:《香港红学史研究述评》,《曹雪芹研究》2019年第3期,第150页。
❷ 胡文彬、周雷:"前言",《香港红学论文选》,百花文艺出版社1982年版。
❸ 胡从经:《胡从经书话》,北京出版社1998年版,255—260页。
❹ 收入邝健行、吴淑钿编选:《香港中国古典文学研究论文选粹1950—2000(文学评论篇)》,江苏古籍出版社2003年版,第485—502页。
❺ 原载香港浸会大学《人文中国学报》2000年4月,第7期,收入邝健行、吴淑钿编选:《香港中国古典文学研究论文选粹1950—2000(小说·戏曲·散文及赋篇)》,江苏古籍出版社2002年版,第226—252页。
❻ 陈万益:《金圣叹的文学批评考述》,台湾大学出版中心1976年版。
❼ 丁豫龙:《〈世说新语〉刘辰翁评点研究——中国小说评点之祖的商榷》,《成大中文学报》2014年第44期,第207—253页。

名著""三言二拍"等话题,台湾学者对通俗小说《东周列国志》《型世言》《醋葫芦》《女才子书》《花月痕》《女仙外史》《驻春园小史》《绿野仙踪》《笑林评》《续笑林评》、文言小说《世说新语》《奇见异闻笔坡丛脞》《艳异编》《古今谭概》《夜谭随录》等评本皆有专论。另如蔡淑华的吴趼人《毒蛇圈》批语研究❶所示,台湾学者的评点研究已推及近代翻译小说评本。此外,蒲彦光《金圣叹〈小题才子书〉评语初探》❷、陈守志《文新堂本〈绣像红楼梦〉刊刻时间考——兼论文新堂本是〈红楼梦〉版本史上首个刊刻批评本》❸是基于新材料的研究;侯美珍《明清士人对"评点"的批评》❹、黄碧玉《水浒传、金瓶梅与红楼梦评点借鉴绘画用语研究》❺采用新角度,颇见眼光。

五　小说评点研究之展望

回顾小说评点研究史,尤其是近二十年的小说评点研究,我们完全可以得出小说评点研究成果非常丰硕这样的结论,情况也确实如此。但其中的不足也是明显的。首先,小说评点在中国古代延续了数百年,作品繁多,内涵丰富,有其自身的发展脉络,对中国小说史的发展产生了深远影响。但纵观小说评点研究史,迄今尚无一部完整的中国小说评点史❻,这与小说评点的成就及其在小说史上的地位是不相称的。其次,小说评点涉及面广,主要包括三个领域:以"章回体"小说为代表的白话小说评点,以"笔记体"小说为中心的文言小说评点和以"新小说"为主体的近代报刊小说评点,这三者的总和构成了中国小说评点的整体面貌。但至今学界未对中国小说评点资料进行系统整理,致使小说评点的"家底"

---

❶ 蔡淑华:《阅读西方——吴趼人〈毒蛇圈〉批语研究》,《中极学刊》2007年第6期,第171—191页。

❷ 《彰化师大学志》2015年第31期,第159—200页。

❸ 《书目季刊》2020年第4期,第61—74页。

❹ 《中国文哲研究通讯》2004年第3期,第223—248页。

❺ 高雄师范大学国文学系博士学位论文,2020年。

❻ 对小说评点的历史进行梳理的主要有两部论著,一是黄霖和万君宝合著的《古代小说评点漫话》(辽宁教育出版社1992年版),二是拙作《中国小说评点研究》(华东师范大学出版社2001年版)第一章"小说评点之源流"。前者是一部普及性论著,仅选取数位小说评点史上的评点者及其评点本逐个介绍;后者作为一个章节仅简要梳理了小说评点的历史。

仍然不明。据初步统计,现存的小说评点本有约 1 000 种,需要加以全面系统的整理和研究。再次,小说评点研究"重白轻文"倾向非常严重。以近二十年的小说评点研究为例:580 篇左右的期刊论文中,文言小说评点研究约 40 篇;320 余种学位论文中,文言小说评点研究 40 种左右;而在近 260 部评点研究著作中,文言小说评点研究仅 6 部。其中除董玉洪《中国文言小说评点研究》(博士学位论文,华东师范大学中文系,2005 年)、林莹《文言小说评点研究及编年叙录》(博士后出站报告,华东师范大学中文系,2020 年)等之外,大多是对《世说新语》《聊斋志异》和《阅微草堂笔记》评点的个案研究。复次,小说评点的研究视角和理论方法虽有所拓展,但在整体上仍然受传统中国文学批评史研究格局的影响,对小说评点作为一种文化现象的认识尚需进一步突出和彰显。最后,在小说评点研究中,对小说传播最具影响力的"文本批评"被忽略和淡化。有鉴于此,未来的小说评点研究或许可以在以下几个方面进行突破。

1. 加强小说评点的理论研究

在现有研究的基础上,从三个方面推进小说评点的理论研究。第一,拓宽思路,跳出小说评点研究的自身格局和狭隘范围,接续西方叙事理论和新批评等理论资源,在更高的理论视野中评价和阐释小说评点的内涵。尤其要加强叙事理论的本土化研究,所以,如何使叙事理论更切合小说评点之实际仍然是未来研究的重要内容。第二,加强对小说评点的形式研究,探讨小说评点的形式之源。厘清小说评点与传统经典注疏、章句之关系,小说评点与经义、八股之关系,小说评点与诗文、戏曲评点之关系,白话小说评点与文言小说评点之关系等,从而揭示小说评点独特的文体内涵及形成机制。第三,加强作为一种"文化现象"的小说评点研究,广泛探讨小说评点与社会文化之间的关系,同时加强作为思想载体的小说评点研究,挖掘小说评点的思想意义,展现小说评点的思想文化属性。

2. 强化小说评点的历史研究

小说评点的历史研究首要的是夯实基础,对小说评点史进行多视角、多类型的研究。如小说评点的编年史、小说评点的断代史、小说评点的分体史、小说评点的形态史、经典小说的评点史、"评改一体"的编创史等。在此基础上,结合以往小说评点研究中成果比较丰富的理论史和文法史,撰写系统的小说评点通史。而就当下的研究基础和研究格局而言,更为紧迫的是从编年史、断代史和分体史做起。具体而言,编年史旨在勾勒小说评点的历史全貌,为小说评点史的撰写打好史料基础;断代史则以晚清民初的小说评点为对象,尤其是对最有特色的"报刊小说评点"进行专门的历史研究;而分体史重在弥补以往小说评点研究"重白轻文"的偏向,切实加强文言小说评点的研究,将文言小说评点纳入小说评点历史研究的整体框架之中。

3. 完善小说评点的基础研究

小说评点的基础研究仍然是一个薄弱环节,故小说评点研究要得到发展,一些基础性的工作需要完善。第一,全面整理小说评点总目,编纂小说评点总目提要。总目的整理可以先分为"白话小说评点""文言小说评点"和"报刊小说评点"三个领域分别梳理;提要的撰写以"评点"为核心,版本考证也要侧重于不同版本之间评点之源流。第二,全面梳理小说评点者的生平资料,编纂系统的小说评点者小传。在中国古代,小说评点者是一个职业性较强的批评群体,大致可分为四种类型:书坊主及其周围的下层文人、小说评点者中的文人、"自评"的小说家和近代报刊小说评点的报人。这四类评点者各具特色,也有不同的评点宗旨。第三,系统梳理小说评点研究史,包括整理研究总目,梳理从古至今有关小说评点的评论和研究文献;选择其中最具特色、影响和价值的有关小说评点的评论和研究文本,编选贯通历代小说评点研究史的选本,展示小说评点研究的脉络、特色和成就。第四,进一步加强个案研究。在研究史的框架中寻找小说评点个案,或开拓,或补足,或重写,视角上要有所创新,史料上也要有所发现。第五,稀见小说评点本的整理。搜集稀见小说评点本,包括稿本、抄本、刻本等,所收之书应为海内外现存,但未经影印或整理出版,同时具有较高评点价值和版本价值的评点本。❶

---

❶ 笔者以上对 20 世纪以来的小说评点研究做了梳理和评析,并在反思研究史的基础上对小说评点研究的未来格局和领域提出了建议。由于 20 世纪以来小说评点研究的丰富复杂,笔者没有对研究史上的众多学术观点和学术争鸣进行详细的介绍和评价,而主要是就研究方法及研究的整体面貌对小说评点研究做了简要的回顾和分析,给出的建议也纯然是个人的思考。挂一漏万和评价不当处敬请方家同好多多指正。

上　编
白话小说评点研究

第一章　小说评点的解读

评点是中国古代文学批评的一种重要形式，它发端于诗文，盛行于小说戏曲领域，是中国古代颇富民族特性的文学批评体式，在中国文学史、文学批评史、文学传播史上都产生了深远的影响。尤其在白话小说领域，评点与古代白话小说的创作、理论批评和出版传播结下了难解之缘。叙述中国小说史，我们不能忽略评点者对白话小说所作的改订；梳理中国小说传播史，我们可以强烈地感到评点对白话小说传播所起到的"促销"作用；而探究小说理论批评史的发展，评点所提出的小说理论思想更是一脉不可或缺的主流线索。凡此种种，都充分说明了评点在中国小说史上的重要地位。

第一节　评点：小说批评的主体形式

评点是中国古代小说批评的主体形式已是一个不争的事实。就文学批评史角度而言，宋以来的诗学以传统诗话为主要体式，评点只是其中一脉分支，虽流传广远，但并不居于主导地位。明清曲学也以曲律、曲话为基本形式，戏曲评点虽十分兴盛，并出现了如金批《西厢》、毛批《琵琶》和"吴吴山三妇"评点《牡丹亭》等评点名作；但就总体而言，由于戏曲艺术独特的体制所限，专注于文学赏评的戏曲评点与戏曲艺术的自身特性还颇多间隔，因而常常遭人讥评。而小说评点则不然，小说评点是古代小说批评的主体形态，不仅数量繁多，且名家名作不绝，可以说，小说评点中的理论思想是古代小说理论批评的主体。那评点何以能成为小说批评的主体形式？或者说，中国古代小说批评家为何选择评点作为其主要批评形式呢？

中国古代文学批评源远流长，而文学批评之形式也是不断变更、丰富多样的。一般认为，先秦时期的文学批评蕴含于诸子思想之中，两汉文学批评则大多为经学之附庸，而魏晋南北朝乃文学批评之自觉时期，这"自觉"实则也包含着批评形式之独立。《四库全书总目提要》云：

> 文章莫盛于两汉，浑浑灏灏，文成法立，无格律之可拘。建安黄初，体裁渐备，故论文之说出焉，《典论》其首也。其勒为一书，传于今者，则断自刘勰、钟嵘，勰究文体之源流，而评其工拙；嵘第作者之甲乙，而溯厥师承，为例各殊。至皎然《诗式》，备陈法律，孟棨《本事诗》，旁采故实，刘攽《中山诗话》、欧阳修《六一诗话》，又体兼说部。后所论著，不出此五例中矣。❶

《提要》对中国古代文学批评的产生和文学批评主要体式的概括基本成立。但无视南宋以来业已流行的文学评点形式则令人遗憾❷，实际上，文学评点一方面在两宋以来已涉及诗、文、小说和戏曲等多种重要文体，且各自出现了许多重要的评点论著。如文学评点中的诗文评点一脉就有吕祖谦《古文关键》、真德秀《文章正宗》、谢枋得《文章轨范》、方回《瀛奎律髓》、茅坤《唐宋八大家文钞》和谭元春、钟惺的《古诗归》《唐诗归》等在文学史上享有盛誉的选评著作。同时，在宋以来的文学批评中，"评点"与"话"实际已成为两种运用最普遍、影响最深广的批评形式。如果说，"话"是在传统的"诗论""诗品""诗格"的基础上，借鉴"笔记"的写作方法而形成的一种批评形式，那"评点"则是以"经注""史评"和"文学选评"为基础形成的一种批评体式。两者均产生于宋代，而在后世绵延不绝。

如果对中国文学批评形式史稍作梳理，我们便不难看到，在《提要》所涉及的五种文学批评体式中，像《文心雕龙》这种"笼罩群言""体大而虑周"的文论著作

---

❶ （清）永瑢等：《四库全书总目·集部·诗文评序》，中华书局 1965 年版，第 1779 页。

❷ 《提要》没有在《诗文评序》中列评点为文学批评重要形式之一，南宋以来的诗文评点著作则在"总集提要"中加以论述，然对评点形式本身亦较少论及。

实际上是古今无二、孤标独立的,这种成体系的著述方式并未受到后世文学批评家的普遍认可和采用,故以孤立之"一种"概括推演为文学批评之一种"体式"其实并不符合实际。而钟嵘《诗品》"思深而意远",融"评论""品第"和"溯源"为一体的撰述方式在后世亦不普遍;❶尤其是"溯流别"一端,章学诚认为"非后世诗话家流所能喻也"。❷ 后世诗论著作多汲取其论诗一端而非形式上的全面继承,故一般将钟嵘《诗品》视为后世诗话之远源。至于偏于诗法的皎然《诗式》及其他"诗格"类著作乃流行于唐五代,宋以后已呈式微之势;而重于纪事的《本事诗》虽在后世衍为"纪事"一类诗评之作,但此种形式亦不普遍。随着"诗话"的兴起,"诗法""纪事"等内涵均被融入"诗话"一"体"之中。故一般将《诗式》《本事诗》等引为"诗话"形式之近源。由此可见,在宋以降的文学批评史上,自魏晋以来业已形成的文学批评形式并没得到全面的继承和普遍的采用,而是将其中的基本内涵包容到"诗话"体式之中,诗、词、曲等的文学批评均以"话"为最基本而又最重要的形式。故以"评点"和"话"作为宋以来文学批评的两种最为重要的形式是符合文学批评实际的。那在古代小说批评中,小说批评家为何不以"话"而以"评点"为其主要批评形式呢? 概而言之,其原因主要有两个方面。

其一,"话"这一批评形式自宋以来逐步形成了自身的批评个性和形式特性,而这种特性与中国小说尤其是白话小说的文体特性并不相吻合。关于"话"的批评特性,清代章学诚在其《文史通义·诗话》中作了这样的分析:

> 唐人诗话,初本论诗,自孟棨《本事诗》出,乃使人知国史叙诗之意,而好事者踵而广之,则诗话而通于史部之传记矣。间或诠释名物,则诗话而通于经部之小学矣。或泛述闻见,则诗话而通于子部之杂家矣。虽书旨不一其端,而大略不出论辞论事,推作者之志,期于诗教有益而已矣。❸

---

❶ 以"品"命名的文学批评著作在古代并不多见,《二十四诗品》虽以"诗品"为题,但在评论体式上与钟嵘《诗品》绝不相类。明代曲论著作吕天成《曲品》和祁彪佳《远山堂曲剧品》在体式上相近,惜此种形式亦不多见。
❷ (清)章学诚著,叶瑛校注:《文史通义校注·卷五内·篇五·诗话》,中华书局 1985 年版,第 559 页。
❸ 同上。

章学诚以"诗话""通于史部之传记""经部之小学""子部之杂家"和"大略不出论辞论事"概言"诗话"之特色，颇有见地。郭绍虞先生即以"醉翁曾著《归田录》，迂叟亦题《涑水闻》。偶出绪余撰诗话，论辞论事两难分"❶概括北宋诗话的基本特色。就诗话的演变历史而言，"大抵宋人诗话，自六一创始以来，率多取资闲谈，其态度本不甚严正。迨其后由述事而转为论辞，已在南宋之际，张戒、姜夔始发其绪，至沧浪而臻于完成"❷。故从欧阳修到严沧浪，诗话这一形式的基本表现内涵已经奠定，即"辞"与"事"，"论辞"由"诠释名物"到"摘句批评"再到完整的诗论，"论事"则以考订诗歌本事和叙述作家轶事为主。其中更以"摘句批评"和"本事批评"最能体现"话"这一批评形式的特性。

"摘句批评"并不始于诗话，它发端于先秦时期"用诗"和"赋诗"中的"断章取义"。魏晋以来，"摘句批评"在文学批评中已成为一种风气，《世说新语·文学》载："谢公因子弟集聚，问《毛诗》何句最佳？遏称曰：'昔我往矣，杨柳依依；今我来思，雨雪霏霏。'公曰：'订谟定命，远猷辰告。'谓此句偏有雅人深致。"❸《南齐书·丘灵鞠传》亦云："宋孝武殷贵妃亡，灵鞠献挽歌诗三首，云'云横广阶暗，霜深高殿寒'。帝摘句嗟赏。"❹同书《文学传论》称"张视摘句褒贬"，并将其与陆机《文赋》、李充《翰林》等相比并，称："各任怀抱，共为权衡。"❺而在钟嵘《诗品》中，摘句批评更为成熟。降及唐代，摘句批评亦非常风行，一方面，批评家们沿用"摘句"这一批评方法评论诗歌，同时，更出现了大量的摘取古今佳句并裒而成集的秀句集书籍，如元兢《古今诗人秀句》等。这类书籍或为读者提供鉴赏之精品，或为作者展示创作之模板，创作者还可作为"随身卷子"以作"发兴"之材料。❻宋以来，"话"这一形式便继承了"摘句批评"这一传统，在"诗话""词话""赋话"乃至

❶ 郭绍虞：《题〈宋诗话考〉效遗山体得绝句二十首》，《宋诗话考》，中华书局 1979 年版，第 3 页。
❷ 郭绍虞：《宋诗话考》，中华书局 1979 年版，第 106—107 页。
❸ （南朝宋）刘义庆撰，（南朝梁）刘孝标注，龚斌校释：《世说新语校释》，上海古籍出版社 2011 年版，第 465—466 页。
❹ （梁）萧子显：《南齐书》卷五十二《列传第三十三》，中华书局 1972 年版，第 889—890 页。
❺ 同上书，第 907 页。
❻ 《文镜秘府论·论文意》云："凡作诗之人，皆自抄古人诗语精妙之处，名为随身卷子，以防苦思。作文兴若不来，即须看随身卷子，以发兴也。"［日］遍照金刚撰，王利器校注：《文境秘府论校注》，中国社会科学出版社 1983 年版，第 290 页。

"曲话"中均成为一种重要的批评方法。❶

　　"本事批评"亦非由"话"这一批评形式所创立,这种由读诗而及本事,由本事推知诗意的方法诚由来已久。如《左传》隐公三年:"卫庄公娶于齐东宫得臣之妹,曰庄姜。美而无子,卫人所为赋《硕人》也。"❷而《毛诗序》可谓是对《诗经》本事的记录,钟嵘《诗品》亦颇多诗人轶事的记载。至唐孟棨《本事诗》出,"本事批评"乃蔚为大观。孟棨自言"触事兴咏,尤所钟情。不有发挥,孰明厥义,因采为《本事诗》",列"情感、事感、高逸、怨愤、征异、征咎、嘲戏"七题,"各以其类聚之"。❸ 宋人诗话既以《本事诗》为近源,则"本事批评"乃其题中应有之意。诚如罗根泽先生在其《中国文学批评史》中所云,"我们知道了'诗话'出于《本事诗》,《本事诗》出于笔记小说,则'诗话'的偏于探求诗本事,毫不奇怪了"。❹ 一般认为,"诗话"以欧阳修《六一诗话》为起始,该书乃"居士退居汝阴,而集以资闲谈也"❺,所谓"资闲谈"之功能即"记事"之谓也。以后司马光作《温公续诗话》,其《自题》作谦辞曰:"诗话尚有遗者,欧阳公文章名声虽不可及,然记事一也,故敢续书之。"❻后世之"诗话"内容虽富有变化,但"记事"一项仍为"诗话"之大宗,中国古代文学之创作本事、作家轶事大多赖此得以保存。

　　由此可见,"摘句批评"和"本事批评"是古代"话"这一批评形式最为基本而又最为重要的批评方法。然而这种方法适合中国古典诗歌(广义),与中国古代白话小说则难以契合。何以言之? 缘由约有二端。一是"摘句批评"是以古代诗歌追求佳句妙语的艺术传统为基础的。陆机《文赋》云:"立片言以居要,乃一篇之警策。"又云:"石韫玉而山辉,水怀珠而川媚。"❼所指称的均是佳句妙语在诗文中的重要性。晋以后,追求佳句妙语在诗歌创作中已成传统❽,人们"俪采百

---

❶ 本节内容参考张伯伟《摘句论》(《文学评论》1990 年第 3 期)、曹文彪《论诗歌摘句批评》(《文学评论》1998 年第 1 期)和曹旭《诗品研究》的有关章节(上海古籍出版社 1998 年版)。

❷ (清) 洪亮吉撰,李解民点校:《春秋左传诂·卷五》,中华书局 1987 年版,第 192 页。

❸ (唐) 孟棨:《本事诗·序》,古典文学出版社 1957 年版,第 3 页。

❹ 罗根泽:《中国文学批评史》,上海书店出版社 2003 年版,第 540 页。

❺ (宋) 欧阳修:《六一诗话》,(清) 何文焕辑:《历代诗话》,中华书局 1981 年版,第 264 页。

❻ (宋) 司马光:《温公续诗话》,(清) 何文焕辑:《历代诗话》,中华书局 1981 年版,第 274 页。

❼ (晋) 陆机著,张少康集释:《文赋集释》,人民文学出版社 2002 年版,第 145 页。

❽ (宋) 严羽:《沧浪诗话》:"汉魏古诗,气象混沌,难于句摘,晋以还始有佳句。"(清) 何文焕辑:《历代诗话》,中华书局 1981 年版,第 696 页。

字之偶,争价一句之奇"。❶ 甚而认为江淹之所谓"才尽",乃在于"为诗绝无美句"。❷ 至唐代,杜甫"为人性僻耽佳句,语不惊人死不休"❸和贾岛"两句三年得,一吟双泪流"。❹ 所强化的也是这一创作传统,这一传统在诗歌史上可谓弥久而不绝。"摘句批评"在"诗话"中之所以成为最为重要的批评方法,正是以这一创作传统为基础的,故而是一个必然的结果。如果我们以这一创作传统衡之以中国白话小说,那我们不难发现,两者在艺术创作上的差异是十分明显的。作为叙事文学,白话小说所追求的已不是个别词句的警策和局部语言的精妙,而是整体艺术结构的完善和人物形象的鲜明。故追求"摘句批评"的"话"的形式显然与白话小说不相契合。二是"本事批评"是以作家的可考性和文坛上流传着大量创作轶事为前提的,而这恰恰是白话小说最为薄弱的。古代白话小说由于文体地位的低下,大量作家无可考求,甚至一些名篇巨作的作者是谁至今仍是疑案。许多作家创作白话小说不愿公开自己的姓名,或以随意之名号,或干脆无署。作家尚且难考,更遑论创作轶事的传播了,故对于小说批评家而言,最直接、最真切的唯有文本自身。"本事批评"在白话小说领域真可谓无"用武之地"。

　　明确了"话"这一批评形式的基本特性和白话小说的文体特性,那我们不难看到,古代小说批评家不以"话"为其批评方式是十分自然的。❺ 其"抛弃""话"这一形式或许是一种明智的行为。

　　其二,宋以来盛行的"话"这一形式不适合白话小说,而同样发端于宋代且亦非常风行的"评点"形式则在批评旨趣和传播形式上与白话小说颇相契合。就传播形式而言,文学评点之兴起是以多种传统学术文化因素为其根底的,这是一种在传统"注释学"和"文选学"基础上发展起来,并逐渐形成自身个性的批评形式。传统注释学对文学评点影响最大的是经注和史注,经注在形式上奠定了评点的基本格局——附注于经、经注一体,史注体例亦然。这种以阅读为归趋的评注方

❶ (南朝梁)刘勰著,范文澜注:《文心雕龙·明诗》,人民文学出版社 1958 年版,第 67 页。
❷ (唐)李延寿:《南史》卷五十九,中华书局 1975 年版,第 1451 页。
❸ (唐)杜甫著,(清)仇兆鳌注:《杜诗详注》,中华书局 1979 年版,第 810 页。
❹ (唐)贾岛:《题诗后》,《全唐诗》卷五七四,中华书局 1960 年版,第 17 册,第 6692 页。
❺ 类似"话"这种形式的随笔性小说批评在一些笔记中也时有出现,如胡应麟《少室山房笔丛》、钱希言《戏瑕》、谢肇淛《五杂俎》等,但毕竟不成气候。至近代,方较多出现以"丛话"命名的"小说话",如饮冰、梦生、侗生等均有《小说丛话》的同名"小说话"刊于报章,但这已是提倡"小说界革命"的时代了。

式是以后文学评点的形态之源,小说评点即由此发展而来。当然,无论是经注还是史注,其与文学评点相比还是有较大差异的,它们虽然都是以对"文本"的阅读为旨归,然并不以"鉴赏"为目的,与文学评点之功用相差甚远。南朝梁昭明太子萧统主持编选先秦以降之诗文,以"事出于沉思,义归乎翰藻"为选录标准,编成我国现存最早的一部诗文总集——《文选》,对后世文学的发展产生了深远影响。《文选》名重一时,注释继之蜂起,"选学"遂极一时之盛,其中又以李善注影响最大,流播最广。"文选学"的兴盛将注释学引入文学领域,对文学之传播有深刻影响。但李善等注《文选》仍未脱文字训诂、校勘辑佚之范围,《四库全书简明目录》谓:"《文选》为文章渊薮,善注又考证之资粮。"❶所谓的评,释事训义乃其重心,而文意之解析和文法之赏评仍付阙如。故从文学批评而言,以李善为代表的"选学"仅资诗文之阅读,而乏诗文之赏鉴,还难以真正进入文学批评的范畴。南宋以来,融"文选"与"注评"为一体的书籍渐次流行,一般认为,南宋吕祖谦的《古文关键》是现存最早的融"选""评"为一体的古文选评本,该书选评了唐宋古文家韩愈、柳宗元、欧阳修、苏轼等七家文六十余篇。《古文关键》问世后,社会反响较大,踵武者不绝,如楼昉《崇古文诀》、真德秀《文章正宗》、谢枋得《文章轨范》和刘辰翁《班马异同评》等,可谓一时称盛。由此,文学评点脱离了传统注释学之框范,确立了在文学批评中的自身地位。尤其是署名刘辰翁的《世说新语》评点,虽仅有少量眉批,但在三言两语的评说中已能注意人物的神态和语言特性,实开古代小说评点之先河。故文学评点以传统经注、史注评为源,"文选学"又将注释引入文学领域,对文学评点之影响推进一步,而南宋以来的文学选评则基本奠定了文学评点之格局。

从批评旨趣和功能来看,评点的兴起是文学批评走向世俗化、通俗化,并追求功利性、实用性的一个重要标志,这是文学批评所开辟的新域。我们且看几则评论:

取韩愈、柳宗元、欧阳修、曾巩、苏洵、苏轼、张耒之文,凡六十余篇,各标

---

❶ (清)永瑢等:《四库全书简明目录·集部八·总集类》,上海古籍出版社1985年版,第827页。

举其命意布局之处，示学者以门径。(《古文关键》)❶

大略如吕氏《关键》，而所取自《史》《汉》而下，至于本朝，篇目增多，发明尤精当，学者便之。(《迂斋古文标注》)❷

坤所选录，尚得烦简之中。集中评语，虽所见未深，而亦足为初学之门径。一二百年以来，家弦户诵，固亦有由矣。(《唐宋八大家文钞》)❸

南宋以来的文学评点以选评为一体，以实用性、通俗性为归趋，在宋以来的文学批评中可谓别开生面，赢得了读者和批评者的广泛注目。尤其在白话小说领域，这种批评方式和批评特性深深地契合于白话小说的文体特性和传播方式。从整体而言，中国古代白话小说是一种最能体现"文学商品化"的文体，这是白话小说区别于古代其他文体的一个重要标志，而推进小说文本的商业性传播无疑也成了小说批评的一个重要功能。南宋以来的文学评点以通俗性和实用性为其主要特性，正与白话小说的这种文体特性深深契合。在中国白话小说史上，一个十分明显的现象是：当白话小说在明代万历年间走向兴盛时，小说的创作、刊刻和批评常常是融为一体的，而在其中起决定作用的又往往是书坊和书坊主，这无疑是白话小说发展史上一个极富个性的现象。我们且不说明末那些人们已经熟知的现象和史料，就是入清以后，当白话小说的文人评点有所发展的时候，书坊的控制依然故我，如烟水散人的《赛花铃》评点即由书坊主敦请，"忽今岁仲秋，书林氏以《赛花铃》属余点阅"。❹ 蔡元放的《东周列国志》评点亦然，"坊友周君，深虑于此，嘱予者屡矣。寅卯之岁，予家居多暇，稍为评骘，条其得失而抉其隐微"。❺ 由此可见，在白话小说的发展史上，书坊对于白话小说的控制是十分强烈的，故对于小说批评体式的选择无疑也会受到商业传播性的制约。而评点能与小说文本一起同时进入传播渠道，其传播价值和"促销"功能的优越性十分显

❶ (清) 永瑢等：《四库全书总目·集部四十》，中华书局 1965 年版，第 1698 页。
❷ (宋) 陈振孙：《直斋书录解题》，上海古籍出版社 1987 年版，第 452 页。
❸ (清) 永瑢等：《四库全书总目·集部四十二》，中华书局 1965 年版，第 1719 页。
❹ (清) 烟水散人：《赛花铃题辞》，引自丁锡根编：《中国历代小说序跋集》，人民文学出版社 1996 年版，第 1271 页。
❺ (清) 蔡元放：《东周列国志序》，(清) 蔡元放编：《东周列国志》，上海古籍出版社 1995 年版，第 4 页。

著,故一开始就受到了批评者的"青睐",以后便相沿成习,成了小说批评的主体形式。

第二节　小说评点的独特个性

评点是古代小说批评的主体形式。在漫长的小说评点史上形成了哪些基本特性呢？概而言之,约有三个方面。

首先,中国古代小说评点是一个独特的文化现象,而非单一的文学批评。评点在中国小说史上虽然是以"批评"的面貌出现的,但其实际所表现的内涵远非文学批评就可涵盖。小说评点在中国小说史,尤其是明末清初的小说创作中所起到的作用远远超出了"批评"的范围,形成了"批评鉴赏""文本改订"和"理论阐释"等多种格局,尤其是融"评""改"为一体的格局是小说评点不容忽视的一个重要特性。

小说评点融"评""改"为一体几乎贯串于中国小说评点史。在小说评点萌兴的明万历年间,批评家们就以"评""改"作为其最为重要而又最为基本的功能。如刊行《三国志通俗演义》的书坊主周曰校就"购求古本,敦请名士,按鉴参考,再三雠校"。❶ 虽着重于文字考订,但毕竟已表现出了对文本的修订。余象斗的《水浒志传评林》则明确表现了对文本内容的修订,其《水浒辨》云:"今双峰堂余子改正增评,有不便览者芟之,有漏者删之,内有失韵诗词欲削去,恐观者言其省漏,皆记上层。"❷尤其是容与堂本《水浒传》,该书之评者在对文本作赏评的同时,对作品情节做了较多的改定,但在正文中不直接删去,而是标出删节符号,再加上适当的评语。明末清初的小说评点接续这一传统并进一步加强了对小说文本的修订,尤其是对明代"四大奇书"的评点,更体现了评点者对小说文本的"介入",并在对文本的修订中突出地表现了评点者自身的思想意趣和个性风貌。如金圣叹对《水浒》的修订就体现了他的内心矛盾,他既忧虑天下纷乱、揭竿斩木者

❶ 《三国志通俗演义》(万卷楼本)封面"识语",明万历十九年(1591)刊本。
❷ (明) 余象斗:《水浒辨》,《水浒志传评林》(《古本小说集成》本),上海古籍出版社1994年版,第2—3页。

此起彼伏，又对社会黑暗、奸臣当道深恶痛绝，故其一方面突出"乱自上作"，另一方面却又腰斩《水浒》，并妄撰"惊恶梦"一节。这种批改体现了金氏独特的主体特性。毛氏父子对《三国演义》的批改进一步强化了"拥刘反曹"的思想倾向，并将这一观念融入到对作品的删改和修订之中，从而使毛批本成了《三国演义》文本中最重正统、最文人化的版本。此时期小说评点对文本的"介入"还突出地表现在对白话小说艺术上的修订，从情节构架的调整、细节疏漏的补订到语言的润色、回目的加工等，评点者对小说文本的修订可谓整体上提高了白话小说的艺术品位，从而使明代"四大奇书"以明末清初的评点本为其定本在清以后广泛流行。乾隆以后，小说评点者对文本的修订已有所降温，但这一现象仍然屡见不鲜，突出者如"红学"史上的"脂批"，评点者对《红楼梦》稿本的批改是《红楼梦》流传史上不容忽视的一个重要现象。其他如蔡元放对《东周列国志》的批改、王希廉对《红楼梦》的"摘误"、《齐省堂增订儒林外史》所作的"改订回目""补正疏漏""整理幽榜""删润字句"的工作等，都体现了小说评点对小说文本的"介入"。

　　小说评点融"批""改"为一体是一个颇为独特的现象，因为评点作为一种文学批评形式其实并不负有修订文本的功能。然而这一现象在中国小说评点史上的普遍出现是有其内在原因的，这原因大致表现为两个方面。一是小说的文体地位。中国古代小说是一种地位卑下的文体，虽创作繁盛，影响深远，但始终处在中国古代各体文学之边缘。一方面是流传的民间性、刊刻的商业性使小说文本在传播过程中不断变异，故小说评点在某种程度上就成了一种对小说文本重新修订和增饰的行为，而小说创作队伍的下层性又使这种行为在一定程度上趋于公开和"合法"。二是小说的编创方式。中国古代小说的编创方式体现了一条由"世代累积型"向"个人独创型"的发展轨迹，而其中以"世代累积型"的编创方式延续最长、影响最大。这一编创方式是指有很大一部分小说在故事题材和艺术形式两方面都体现了一个不断累积、逐步完善的过程，故小说文本并不是一次定型和独立完成的。这种编创方式为小说评点"介入"小说文本提供了基本的前提。评点对小说文本的"介入"在中国小说史上是一个有意味的现象，这个现象的出现就文学批评的本性而言并不是正常的，但基于中国古代白话小说创作和传播的实际情况，这一现象的出现有其合理性。同时，从中国小说史的发展来看,评点对小说文本,尤其是明末清初小说评点家对明代"四大奇书"的文本修订,对小说创作的影响是非常之大的,可以说,它使古代小说的发展迈上了一个新的台阶。

其次,小说评点就理论批评一端而言也形成了一个多元的格局。如果以批评功能和批评旨趣为评判准则,则在总体上构成了三种基本格局:文人型、书商型和综合型。文人型的小说评点强化评点者的主体意识,注重在小说评点中通过小说的规定情境发抒自身的情感思想、现实感慨和政治理想;书商型的小说评点则以追求小说的商业传播为主要目的;而综合型的小说评点则试图融合上述两种思路并以"导读性"为其重要功能。

小说评点的这一格局是历史地形成的,因为小说评点的产生,其最初的动机是为了促使小说的流传,带有明显的商业目的。这与中国古代小说,尤其是白话小说所特有的艺术商品化的特殊性有关,故小说评点在书坊主的控制下常常以注释疏导为其主体,其目的也主要是有利于读者尤其是下层读者的阅读。随着文人的参与,小说评点在理论批评的层次上有了明显的提升,但文人最初从事小说评点却是其在阅读过程中一种心得的记录,一种情感的投合,而并无有意于导读或授人以作法,这是小说评点走向成熟并获得发展的契机。而当将文人阅读过程中带有自赏性的阅读心得与带有功利性的导读结合起来时,小说评点才最终成了一种公众性的文学批评事业。这一过程在明代万历年间的小说评点中就已完成,余象斗的小说评点开启了书商型小说评点的传统,李卓吾对《水浒传》的批读是文人型小说评点的源头,而在署为"李卓吾批点"的"容本""袁本"《水浒传》公开出版时,综合型的小说评点便已奠定了它的基础。同时,小说评点的这一格局又是在评点史上始终同时并存的,三种类型在小说评点的发展中并不表现为相互取代的关系,而是相互吸收、依存,从而形成了一个多元的评点格局。

小说评点形成多元化的格局也有其内在的因素,而最为主要的在于小说评点者的队伍构成。在中国文学批评史上,与其他文体的批评者相比,小说评点者的队伍构成最为独特,在总体上形成了三种主要人物。一是书坊主及其周围的下层文人。这一类批评者包括书坊主本身,如余象斗、夏履先、袁无涯、陆云龙等,更多的则是聚合在书坊主周围的下层文人,这一类人物很少署名,一般假托社会文化名流,如李卓吾、徐文长、汤显祖、钟伯敬等,这是小说评点者中的最大多数,从而形成了一脉以小说的商业传播为目的的评点线索。二是"文人",亦包括两类人,一种是对小说有浓厚兴趣的文人士大夫,他们评点小说出自对小说的兴趣甚至痴迷,故其评点小说有强烈的文人色彩,对所评小说的选择也以小说的思想艺术品位为准则,这是小说评点中最富价值和最有理论色彩的一类评点本。另一种则是受朋友所托为其小说作评,如杜濬为李渔小说作评、许宝善为杜纲小说作评等。小说评点者中的第三类人物是小说家自身,这在小说评点史上也不绝如缕,如冯梦龙、袁于令、陆云龙、于华玉、顾石城、陈忱等。尤其是近代小说家,几乎所有著名的小说家多曾为自己的小说作评,如梁启超、吴趼人、刘鹗等。小说评点者由上述三类人组成,由于他们各自的批评目的、情感旨趣和思想内涵存在着很大的差异,从而使小说评点呈现出多元化的格局。

第三,小说评点在其自身的不断发展中形成了富于民族特色的批评风格和形式特性。就形式特性而言,小说评点的最大特性是评点对小说文本的依附,这种源于中国传统注释方式的批评格局使得小说评点体现了强烈的传播性和批评的实用性。而就批评风格而言,小说评点最为突出的特点是机动灵活,形式多样,它可以从小说的具体情节出发,或长或短,自由发挥,做到心之所欲,笔即随之,且思无限制,谈古论今。心中之块垒可以借人物故事而得以宣泄,思想议论亦可随作品情节得以阐发。这种自由的批评格局和灵活的形式特性无疑是小说评点吸引评点者和读者的一个重要因素。小说评点长久以来深得读者之喜爱,而其之所以引人入胜,往往并不在于理论上的逻辑论证,更重要的是评点者独特的审美感悟和艺术情趣;尤其是运用生动灵活和富于情感的语言将这种感悟和情感传递给读者,对读者具有强烈的感染力。这种寓鉴赏于批评的特性也是小说评点具有旺盛生命力的一个重要因素。

第三节　小说评点的研究格局

明确了小说评点的独特个性,我们就可以对小说评点的研究格局做一番清理了。我们认为，对于小说评点的研究不能取一种单一的视角如"理论批评"的角度进行研究，而是应该充分把握小说评点在中国小说史上的独特内涵，并对其做出多元的、整体的研究。具体而言，可以从三种"关系"中梳理和研究古代小说评点。

一是从评点与中国古代小说创作史的关系中来揭示小说评点的价值。上文说过，小说评点融"评""改"为一体，在中国小说史上始终参与着小说的创作。这种对于小说文本的直接参与是小说评点的一大特性，整理和研究这一独特的现象，有利于更清晰地把握中国小说尤其是白话小说的成长和发展脉络。故小说评点史研究可以纳入中国小说史、中国文学史的研究范畴，把小说评点对小说文本的直接参与视为一种独特的创作现象加以对待，这样的研究或许更能贴近小说创作的实际情况和符合小说评点的固有状态。

二是从评点与中国古代小说传播史的关系中研究小说评点的独特内涵。尤其是对大量并不具备理论价值的小说评点本的研究更应从传播角度进行梳理。在中国文学批评史上，小说评点者的社会地位最为低下，很少有一定社会地位的人参与其中，甚至有大量评点者的真实姓名湮没无闻；但正是这一批地位并不显赫的批评家成了中国文学批评史上最具职业性的批评队伍，故而从传播角度研究这一历史文化现象无疑也有相当的价值。就研究方法而言，对于这一批评点者及其评点著作的研究，我们不能采用常规的以文学或者文学批评为本位的研究方法，而应运用历史研究的方法，将其作为一种历史现象加以探究，采用思想史、文化史和传播史等多种研究方法和研究视角，从发生、传播、接受等角度全面梳理其历史文化价值。如对于小说评点者的综合研究、评点者与书坊主的关系、评点者与小说读者及作者的关系等，都是富有价值的研究课题。

三是从评点与小说理论批评史的关系中评判其得失。从理论史角度研究小说评点是当今小说评点研究中最为重要的部分，也是研究比较深入的部分，而小说评点确乎是深深影响了中国小说理论史的发展进程。如小说评点对中国小说理论批评整体风格和特性的形成有重要的影响。我们不难看到，以小说评点为主体的中国小说理论批评实际形成了一个以"鉴赏"为中心的批评传统，它在整体上不以对小说的理论概括和理论架构为依归，而是结合作品实际，以阐释作品的思想艺术内涵为目的。同时，这种以"鉴赏"为中心的批评格局又是以小说评点对作品的依附性为前提的，理论阐释是在对具体作品的分析评判中附带完成的。于是我们在小说批评史上常常看到这样一个现象：小说评点的理论内涵和理论品位往往受制于批评对象的思想艺术水平，评点的质量与所评作品之间表现为一种"水涨船高"的关系。故而小说批评史上一些重大理论问题的提出几乎都在《三国演义》《水浒传》《金瓶梅》《红楼梦》和《儒林外史》等名作的评点之中。而大量的小说评点文字如果脱离了作品也便失去了实际的价值。中国小说理论批评的这一特点就好处而言，表现为理论与作品的贴近，理论批评对创作现实的直接针砭；但其痼疾亦十分明显，一些"形而上"的理论命题往往难以得到深入的阐发，而较多的是阐述小说的技巧问题，这不能不说是这种批评形态对小说理论构建的制约。❶

---

❶ 参见陈洪：《中国小说理论史·绪论》，安徽文艺出版社 1992 年版。

第二章　小说评点之源流

　　文学评点在中国古代源远流长，从时间而言，大致从六朝发其端，南宋走向兴盛，历元明清三代，一直延续至民国；而就文学形式而言，中国古代文学中几乎所有的重要文体都有评点出现，如诗、词、曲、赋、文、小说、戏曲等；而中国古代重要的作家作品几乎都经过了评点家的批点，有的还是一批再批，如《诗经》《楚辞》《史记》《水浒》《三国》《西厢》等名著，这些中国文学史上的名家巨作在其自身的传播史上都留下了评点者的深深痕迹。

第一节　小说评点之渊源

　　"评点"作为一种批评形式在中国古代延续长久，而"评点"作为语词也已成为一个常用语。我们对于小说评点的研究和阐释便以对"评点"一词的释义作为起始。

一　"评点"释义

　　在中国文学批评史上，评点作为一种批评形式在其自身的发展中所使用的语词并非划一，自宋以来，这种批评形式有大量的名称。其中较为主要的有："评点""批点""批评""评林""评释""评品""评定""评订""评""评阅""批""评次""评较""评论""阅评""批阅""点评""品题""参评""批较""加评""点阅""评选""批选""评钞"等。这些语词或用于题目,或在题署中说明。其中内涵约略相同,但在具体使用和使用的时间上也有一定的差异。兹择其要者做一申述。

中国古代文学评点中最常用的是"评点"和"批点"。"批点"一词或许是使用最早的一个词汇,在南宋的古文选本中就运用得较为普遍,如《新编诸儒批点古今文章》(刘将孙编)、《批点分格类意句解论学绳尺》(魏天应编)等。南宋以后的文学评点中,"批点"一词也普遍运用,在使用的频率上甚至超过"评点"一词。文学评点中的一些其他用语基本上都是从"批点"一词化出,如"批抹""眉批""旁批""夹批""总批"等。按"批点"一词,"批"即指评论,"点"即为圈点。"批"字从语源上来看有多重义项,其中除"评论"一项的后出义与"批点"之"批"相关外,"批郤导窾"之"批","批风抹月"之"批"或与"批点"一词的来源不无关联。"批郤导窾"一词语出《庄子·养生主》:"批大郤,导大窾。"《注》谓:"有际之处,因而批之令离。"❶即击开骨节衔接之处,其他部分即随之分解。"批风抹月"为文人家贫无可待客的戏言,苏轼《和何长官六言次韵》之五曰:"贫家何以娱客,但知抹月批风。"❷"抹"为细切,"批"为薄切。可见"批"字历来就有指动作的精细之义。文学批点着重于词句精细处的分析,"批点"一词的来源或与此有关。故"总批"可易为"总评",因其往往从大处评析,而专从细微处分析的"眉批""夹批""旁批"则较少有"眉评""夹评""旁评"等称谓。"评点"一词虽已成为这种文学批评形式的通用语,然这一语词的普遍使用要晚于"批点"一词,宋元时期的文学评点著作很少用"评点"命名的,入明以后,"评点"一词的使用见多,如《诸名家评点庄子辑注》(卢复辑,明刊本)、《评点荀子》(孙矿评,明万历刊本)等用于书名,而在具体评论中也常常见到,如"书尚评点,以能通作者之意,开览者之心也"。❸ 但在总体上,"评点"一词犹未成为这一批评形式使用最广泛的语词,一直到清代,这一语词才真正地得到了普遍的运用。总之,"批点""评点"是古代文学评点中最常

❶ (清)郭庆藩撰,王孝鱼点校:《庄子集释·养生主第三》,中华书局 2012 年版,第 126 页。

❷ (宋)苏轼著,(清)冯应榴辑注,黄任轲、朱怀春校点:《苏轼诗集合注》卷二十,上海古籍出版社 2001 年版,第 1029 页。

❸ (明)罗本撰,(明)李卓吾批评:《出像评点忠义水浒全书发凡》,《忠义水浒全书》,《明清善本小说丛刊初编》第十七辑,天一出版社 1985 年版,第 18 页。

见的两个语词,两者之间并没有明显的界线,古人在使用上也是比较自由的。

在文学评点中较有特殊性的一个语词是"评林"。作为对文学评点的一个特殊称呼,"评林"一词较多出现在明代,尤其是在明代万历以后的文学评本中使用较为普遍,如《史记评林》(凌稚隆辑,明万历刊本)、《新刻注释草堂诗余评林》(李廷机辑,明万历刊本)、《老子评林》(翁正春辑评,明刊本)、《京本增补校正全像忠义水浒志传评林》(余象斗评,明万历刊本)、《三国志传评林》(余象斗评,明万历刊本)、《唐诗选脉会通评林》(周挺辑,明崇祯刊本)等。一般地说,所谓"评林"乃集评之意,如万历初年凌稚隆辑《史记评林》即然,徐中行《史记评林序》曰:"凌以栋之为评林何为哉……推本乎世业,凌氏以史学显著,自季墨有概矣,加以伯子稚哲所录,殊致而未同归,以栋按其义以成先志,集之若林而附于司马之后。"❶因此所谓"评林"是将评语"集之若林",即集评。作为一种集评形式,"评林"主要见于诗文评选,白话小说评本中以"评林"命名者仅有余象斗评本,但余氏仅取"评林"之名而无集评之实,戏曲评点则反是,有集评之实,而不用"评林"之名,如起凤馆明万历三十八年(1610)刊本《元本出相北西厢记》题王凤洲、李贽评,乌程闵氏明天启刊本《西厢会真传》题沈璟、汤显祖评,汇锦堂明崇祯刊本《三先生合评元本北西厢》题汤显祖、李贽、徐渭评等。

至于"评释""评品""评订""评较""评阅""评论"等语词则一般无特殊内涵,而"参评""加评"等则是指称在原评本基础上的评点。

古人对评点这种批评形式的直接阐释并不见多,尤其是对于"评点"的名实、义界问题探讨得更少,加上对评点的一些零星阐释大多出自文学评点的实践家之手,故以经验之谈为多,着重探讨的是文学评点的由来、功能、方法等问题。倒是今人对"评点"颇多界定,他们对"评点"的理解和阐释出自于研究的需要,是为自己的研究对象划定范围。近年来,随着评点越来越受到研究者的重视,对于"评点"定义的阐释渐多,歧义也不断出现。兹略加梳理和辨证,在此基础上确定本书的"评点"义界。

今人对于"评点"的理解大多持一种传统的观念即"评点"就是一种特殊的文

---

❶ (明) 徐中行:《史记评林序》,(明) 李光缙增补:《史记评林》,天津古籍出版社 1998 年版,第 119 页。

学批评方式,其中"评"是一种与文学作品连在一起的批评文字,"点"即为圈点。但也有一些研究者为"评点"做出了新的界定,其中较有代表性的有这样几种意见。

一种意见认为:"评点的含义有广、狭之分,狭义的评点专指批点结合的形式,离开作品的评论不包括在内。广义的评点是开放的概念,凡是对作家和作品的评论都可以纳入评点学的范畴。"故"评点"的"常用语则有'批''评'之分,'批'也是'评',但在形式上必须与被批作品结合,离开原作则无从批,而'评'在形式上是可以脱离原作的"。❶ 这种意见将文学评点分为狭义和广义两种内涵,在用词上亦将"批"与"评"分开,貌似对"评点"的内涵做出了精细的界定,实则混乱了文学评点的实际内涵,将评点这一特殊的文学批评形式做了无限制的扩大。按照这种意见,所谓"评点"实际等同于一般的文学批评,这种界定也就"抽去"了评点作为文学批评一种形式的特殊性。这样,评点史研究就在某种程度上可以取代文学批评史研究。故这种观念显然不尽合理。

另一种意见则对文学评点的研究做了反思,指出对于评点的研究,"我们过去常强调其批评的一面,即认为它是对文学进行批评和评议的一种形式,表达自己文学观念的一种方式",认为这种研究"并不完整",并将文学评点这一概念在语序上做了调整,以"评点文学"替代了以往的"文学评点"。那什么是"评点文学"呢?研究者做了这样的界定,"评点文学是一种由批评和文学作品组合而成又同时并存的特殊现象,具有批评和文学的双重含义。它既是一种批评方式,同时又是一种文学形式;既是一种与文学形式密切相关、结合在一起的文学批评形式,同时又是一种含有批评成分、与批评形式连为一体的文学形式。因为通常来说,文学批评和文学作品尽管都属文学领域之内,但却是两种属性,两种文本……所以,评点文学是一种兼有文学批评和文学作品双重属性的特殊文学形态",并认为在"评点文学"这一概念中,"评点"与"文学"二词之间的关系"既不是偏正关系,也不是动宾关系,而是一种并列关系","兼有批评方式和文学形式相结合的双重含义"。❷ 以"评点文学"取代"文学评点"其实并不仅仅是一种语词

❶ 朱世英等:《中国散文学通论》,安徽教育出版社 1995 年版,第 907 页。
❷ 孙琴安:《中国评点文学史》,上海社会科学院出版社 1999 年版,第 2 页。

的调整问题,涉及对评点这一形式的性质界定。对这一界定我们也不能苟同,因为在中国文学中,并不存在"评点文学"这一"特殊文学形态",而所谓"评点文学"实际只是"带有评点的文学作品",包括诗词、散文、戏曲、小说等众多文体。这不能说是一种"文学形态",而是文学传播过程中的一种"特殊文本形态"。至于说"评点文学"兼有"文学批评和文学作品双重属性"则更易混淆评点的特殊性质。在中国文学批评中,确有兼具双重属性的文学批评形式,但不是评点,而是那些以文学形式表达创作思想的批评文字,如陆机《文赋》、杜甫《戏为六绝句》等。故把评点与作品视为一体,一方面混淆了两者的性质,同时也不利于对评点做出深入的研究。

还有一种意见是对评点这一形式做了望文生义的阐释和推演,认为:"所谓'评点','评'是指评议,'点'是指'一语点破'的意思——这个'破',如'读书破万卷'之'破',禅语的'悟破'之'破'。中国的诗论、文论,向来有以禅议诗、以禅议文的论法,'一点即破',即有这种'一棒喝破如灌醍醐'的意味。评点的'点',正有这个经'点破'而'妙悟'的意思,也是论禅之法在小说领域的借用。"❶这种界定只能说是一家之言,看似有一定道理,但缺乏相应的文献依据,因为在中国文学评点史上,"点"的义界是固定的,即圈点。

本书对"评点"做出如下界定:

(1)评点是中国古代文学批评的一种重要形式,与"话""品"等一起共同构成古代文学批评的形式体系。这种批评形式有其独特性,其中最为重要的是批评文字与所评作品融为一体,故只有与作品连为一体的批评才称之为评点,其形式包括序跋(指评点本之序跋)、读法、眉批、旁批、夹批、总批和圈点。

(2)正因为评点与所评作品融为一体,故带有评点的文学作品成了一种独特的文本形式,这种文本可称之为"评本"(或"评点本")。"评本"是文学作品在其传播过程中一种特殊的文本形态,而非"文学形态",这种文本形态对中国文学批评史的研究和中国文学传播史的研究有重要价值。

(3)评点在总体上属于文学批评范畴,是一种对文学作品的评价、判断和分

---

❶ 白盾:《说中国小说的评点样式》,《艺谭》1985 年第 3 期。

析;但在古代文学批评史上,文学评点尤其是俗文学(如戏曲和小说)评点则越出了文学批评的疆界,介入了对作品本身的修订和润色,这是一个不应忽视的现象。

二　小说评点的形式之源

小说评点萌生于明代万历年间,兴盛于明末清初,是中国传统的评点形式在小说领域的延伸,而古代的文学评点形式又是以中国传统的学术方法为基础的。从总体而言,小说评点得以在形式上成熟,其形式源于三方面的因素,即注释、史著之体例和文学之选评。

与所评作品勾连在一起的评点方式源于对典籍的注释,而在中国古代,最早得以注释的一批典籍是儒家的经典,即"六经":《易》《书》《诗》《春秋》《礼》《乐》。"经"在中国古代有着崇高的地位,所谓"恒久之至道,不刊之鸿教也"。❶ 故中国古代的注释是由注经开始的,而经学也成了古代最为显赫的学问,并形成了系统的方法和术语。清顾炎武云:"先儒释经之书,或曰传,或曰笺,或曰解,或曰学,今通谓之注……其后儒辨释之书,名曰正义,今通谓之疏。"❷其实名称还远不止于此,如"章句""章指""音义""校""证""订""诠""诂""训"等。

经注正式开始于西汉时期,据《汉书·艺文志》记载,西汉时期的经注已有一定的规模,而随着儒家典籍逐渐成为国家的法定经典,一方面所谓"经"的领域在不断扩大,同时经注也成了传统的显学,在中国古代延续了数千年历史;仅《四库全书总目提要》所著录的经学著作就有一千七百多种,这还不包括未著录或散佚的著作以及《四库全书》以后的经学著作。❸ 所谓"经注"乃对于经典"文本"的诠释,但不仅仅是对于经典词语的解释,它包括释词义、句义,揭示义理乃至概括文本主旨。这在《春秋》"三传"中已有表现,如《左传》重史实的叙述,《公羊传》《穀

❶ (南朝梁)刘勰著,范文澜注:《文心雕龙注·宗经》,人民文学出版社 1958 年版,第 21 页。
❷ (清) 顾炎武著,(清) 黄汝成集释:《日知录集释》,上海古籍出版社 2014 年版,第 404 页。
❸ 参见董洪利:《古籍的阐释》,辽宁教育出版社 1995 年版,第 3 页。

梁传》则旨在微言大义之探求,这可视为后世经注的渊源。而在《毛诗》中,这种体例已基本完备,毛亨传《诗》有释词、释句,并通过释词句阐明诗歌的主旨,虽在具体的阐释中颇多牵强附会之处,但阐释方法和体例已颇为完整。东汉以后,由于政府的倡导,经注有了蓬勃的发展,注释范围扩大,"六经"之外,《论语》《孟子》《楚辞》《国语》《战国策》等的注本先后出现。经注中的派别论争还推动了经学的发展,如古文经注重视名物训诂,以阐释语言文字为根本,并以此为基础分析义理,成为后世注释之正宗。而今文经注追求"微言大义",借经典的阐释表现其政治思想,这种经注理念与方式亦为后世所重视。魏晋以来,以经注为基础发展起来的典籍注释进展迅速,在经注之外,子、史、集三大门类的典籍都进入了注释的范围,裴松之《三国志》注释、郦道元《水经》注释、李善等的《文选》注释等都在当时及后世产生了很大影响。以阐释经典表现自身思想乃至形成哲学流派者也代不乏人,如魏晋时期援老庄入儒,阐发玄理而形成玄学,由初唐开疑经之风,至宋发展为疑经改经,形成直接从经文寻求义理的"性理之学",直至康有为作《孟子微》《中庸注》,更从阐释儒家经典入手来宣扬变法维新。

　　注释对后世评点形式的影响主要在体例上,尤其是注文与正文的融为一体是后世小说评点的直接之源。这一形式最早来源于经注,"经注一体"的格局是评点附丽于文本的直接之源。如汉赵岐注《孟子》,即于每章之末,概括其要旨。西汉以后,经学家每每将传注附于经文之下,有的将传注附于整部经文之后,有的则将传注附于各篇、各章之后,而像郑玄《毛诗笺》《礼记注》,更是传注与经文句句相附。这种附注于经的方式从根本上来说是为了读者的阅读和理解,于是注文与正文的一体遂成为后世注释在体例上的定制。而小说评点中的夹批、旁批和评注等即源于此。

　　史著之体例对小说评点的影响亦甚大,这种影响主要来自史著的"论赞"。"论赞"作为史著的一种独特评论方式,是史学家对历史现象和历史人物的直接评述,在中国古代史学史上已成为一种常规形式。这种方式最早来自《左传》,《左传》是《春秋左氏传》的简称,形式上是一部《春秋经》的传,它是以《春秋》为纲、博采史实而加以编订的编年体史籍。在《左传》中,作者不仅详记史实,还记录了古人对史实的评价,一般泛称"君子曰"。在司马迁《史记》中,这种形式有了明显发展,《史记》每篇篇末均有署为"太史公曰"的一段评语,表达作者对篇中人物和事件的看法。以后这一形式成为定制,如班固作《汉书》,仿《史记》体例在每篇末加"赞曰"一段;范晔撰《后汉书》,除"赞曰"外,另加"论曰",且"赞曰"用骈文,"论曰"用散文;陈寿《三国志》亦然,"评曰"即作者对史实和历史人物的评价。后出史书大多沿用这一体例。值得一提的是汉末荀悦所撰的《前汉纪》,此书乃作者奉旨对班固《汉书》的缩写,有"词约事详"之美誉。全书 20 万字中,竟有 30 余则作者评论,直署为"荀悦曰",字数达万余言,阐明作者对史实和历史人物的认识,对后世影响颇大。范晔评其"论辩多美"❶,刘知幾谓其深得"义理"❷,唐太宗更称其"论议深博,极为治之体,尽君臣之义"❸,可见其影响之大。从《左传》以来所形成的这一史著传统对中国古代史学影响甚巨,《左传》《汉纪》等编年体史书,其史论偏于论事,而《史记》《汉书》等纪传体史书,其史论则重在论人。同时,这一传统又使中国古代的史论更趋丰富,成为古代史学中的一份重要遗产。❹

中国古代史著体例的这一传统对后世文学评点有很多影响,特别是史书中对文学家传记的篇末论赞,即可视为颇有价值的文学评论。如《史记》对屈原、贾谊、司马相如等的评论,是中国文学批评史上不可多得的精彩专论;如沈约《宋书·谢灵运传》等的篇末评论都是在文学史上有着广泛影响的批评文字。就小说评点而言,史著的篇末论赞无论是论事还是论人,都是小说评点回末总评的直接渊源。尤其在历史小说的评点中,这种影响更为明显,明万历年间的历史小说评点,还直接保留了"论曰"这一形式,如万卷楼本《三国志通俗演义》题"论曰"、《征播奏捷传通俗演义》题"玄真子论曰"、《列国前编十二朝传》题"断论"等都有史著体例的明显痕迹。而史著论赞评断事理的思路也深深地影响了小说评点,蔡元放《东周列国志》评点就明言:"只是批其事耳,不论文也。"❺

小说评点之形式当然还得益于评点这一批评形态的内部发展。文学选评在

---

❶ (宋) 范晔撰,(唐) 李贤等注:《后汉书》卷六十二,中华书局 1965 年版,第 2062 页。

❷ (唐) 刘知幾著,(清) 浦起龙通释,王煦华整理:《史通通释》卷四,上海古籍出版社 2009 年版,第 76 页。

❸ (后晋) 刘昫等:《旧唐书》卷六十二,中华书局 1975 年版,第 2388 页。

❹ 此段论述参见张志哲所著《中国史籍概论》(江苏古籍出版社 1988 年版)中的有关观点。

❺ (清) 蔡元放:《东周列国志读法》,黄霖、韩同文选注:《中国历代小说论著选》(修订本)上编,江西人民出版社 2000 年版,第 422 页。

中国古代源远流长，从评论与文本一体而言，《毛诗》和东汉王逸的《楚辞章句》实开其端，尤其是《毛诗》和《楚辞章句》中每一篇的小序可视为后世文学选评的源头。如果说，《毛诗》小序尚多以经立义的痕迹，与文学批评还相差甚远，那《楚辞章句》的小序则已然是纯粹的文学批评了。如《九歌序》："《九歌》者，屈原之所作也。昔楚国南郢之邑，沅湘之间，其俗信鬼而好祠，其祠必作歌乐鼓舞以乐诸神。屈原放逐，窜伏其域，怀忧苦毒，愁思沸郁，出见俗人祭祀之礼，歌舞之乐，其词鄙陋，因为作《九歌》之曲。上陈事神之敬，下见己之冤结，托之以讽谏。"❶这种言论无疑有极高的文学批评价值，并直接开启了唐以后诗歌评点的先声，如殷璠《河岳英灵集》、高仲武《中兴间气集》等。真正意义上的文学评点乃是从南宋开始的，尤其是古文评点，在体式和功能上都奠定了后世文学评点的基本格局。吕祖谦《古文关键》、楼昉《崇古文诀》、真德秀《文章正宗》、谢枋得《文章轨范》、刘辰翁《班马异同评》等都有一定的代表性。宋以来，评点一直在诗文领域有较大发展，明中叶以后，此风复炽，唐顺之、茅坤评点唐宋八大家，杨慎选评《风》《雅》，钟惺、谭元春编撰《古诗归》《唐诗归》，与此同时，评点也逐步延伸到了小说戏曲等俗文学领域。

三　小说评点产生的基本条件

小说评点的产生有两个基本条件：

一是小说创作与传播的相对繁盛。自明嘉靖元年（1522）《三国演义》结束了长期以钞本流传的形式而公开出版之后，白话小说的创作和流传进入了一个新的历史时期。随后不久，同样产生于明初的《水浒传》等也得以刊出。从"钞本"到刊行，古代小说就其传播而言具有划时代的意义，它不仅扩大了小说的影响，同时也为小说创作的发展提供了良好的范例。在嘉靖元年到万历四十八年（1620）的近百年中，白话小说的创作逐渐兴盛并平稳发展，据现存资料考知，此时期共出版白话小说五六十种，这虽然不是一个大的数目，但在白话小说的初创

---

❶　（宋）洪兴祖撰，白化文等点校：《楚辞补注》，中华书局1983年版，第55页。

期这已是一个不容轻视的现象。且在这一时期，白话小说的四种基本类型即"历史演义""英雄传奇""神魔小说"和"世情小说"都已完备，并各自出现了一部名垂千古的作品，这就是《三国演义》《水浒传》《西游记》和《金瓶梅》，这四部被时人称为"四大奇书"的作品在当时和以后都产生了深刻的影响。我们不难想见，这些小说的问世对小说的发展和读者对小说的接受具有何等重要的影响，而这无疑也为小说评点的兴起奠定了坚实的基础。尤其值得注意的是，此时期的小说创作者除少数文人外，有较多的书坊主也参与其间，这一现象一方面促进了小说的创作和传播，但也使小说创作在很大程度上朝商业化方向发展。故在这百来年的小说史上，我们不难看到这样一些值得思考的问题：在这百来年的小说创作中，"四大奇书"可谓孤标独立，余者创作成就殊不足观；而在白话小说的四种基本类型中，以题材来源较为现成的演义小说和神魔小说最为发达，而相对来说个体创造成分较重的英雄传奇和世情小说的创作则显得比较冷寂。前者除《水浒传》"坊间梓者纷纷"被不断刊行外，相类似者唯有《杨家将通俗演义》《于少保萃忠全传》等有限几部历史内涵较重的作品。而后者除《如意君传》《绣榻野史》等专以表现情色内容的小说外，《金瓶梅》几乎是一枝独秀。这种现象的形成我们不能不归结于此时期小说创作的商业特征，这是当时小说创作的一个基本特性，也是评点作为小说传播的商业手段而兴起的一个重要前提。

其次，小说评点在万历年间的萌兴与此时期文人对白话小说的逐渐注目密切相关。一种批评形态的萌生与发展在很大程度上依赖于文人的参与，如果此种批评形态始终处于民间状态，则难以真正进入艺术理论批评的殿堂。那从嘉靖至万历时期，小说评点的文人参与具有怎样的外部环境呢？

自嘉靖以来，白话小说在文人中间渐次流行，而在阅读欣赏的同时，人们对小说的认识有了明显提高，其中一个突出的迹象是对小说地位的鼓吹。袁宏道即谓："少年工谐谑，颇溺《滑稽传》。后来读《水浒》，文字益奇变。六经非至文，马迁失组练。"❶而李卓吾将《水浒传》称为"古今至文"更为人们所熟知。这种对小说地位的鼓吹无疑为文人参与小说评点廓清了观念和心理上的障碍。小说作

---

❶ （明）袁宏道：《听李生说水浒》，（明）袁宏道著，钱伯城笺校：《袁宏道集笺校》，上海古籍出版社 1981 年版，第 418 页。

为一种叙事文学,其独特的叙事方法自嘉靖以来也开始得到文人的注意,人们在与正史叙事法的比照中,逐步认识到了优秀的小说在叙事方法上亦有不少出色的地方值得借鉴。嘉靖时的李开先在《一笑散·时调》中就引述了这样一段话:

> 《水浒传》委屈详尽,血脉贯通,《史记》而下,便是此书;且古来更无有一事而二十册者。倘以奸盗诈伪病之,不知序事之法,学史之妙者也。❶

胡应麟亦谓:

> 第此书(指《水浒传》)中间用意非仓卒可窥,世但知其形容曲尽而已。至其排比一百八人,分量重轻纤毫不爽,而中间抑扬映带、回护咏叹之工,真有超出语言之外者。❷

注意小说的叙事法则和人物塑造是将小说作为一个独特艺术品种加以认识的开端,也是小说得以艺术性赏鉴的前提,这种认识为文人对小说作出艺术评点开启了先路。当然,文人对小说的接受是有所选择的,他们对小说的欣赏除了小说的文学内涵外,更注重在小说的赏鉴中求得自身情感的契合。袁宏道赞美《金瓶梅》:"云霞满纸,胜于枚生《七发》多矣。"❸而细味其所以取《七发》为比较对象并赞《金瓶梅》远胜于《七发》,或正在于袁氏在《金瓶梅》中读出了作品如《七发》那样对社会人生的批评和讽刺。而李卓吾对《水浒传》的阅读和评点也在于他在《水浒传》的情感内核中获得了某种心灵和情感的契合。这种文人对小说的有意选择使得小说鉴赏在文人与民众之间形成了明显的分途,同时这也是中国小说评点从一开始就形成商业评点与文人评点双向分渠的重要因素。小说评点的产生还与小说"市场"的形成密切相关,我们甚至可以说,明中晚期小说评点的产生和发展是小说形成商业化"市场"的一个必然结果。

---

❶ 黄霖、韩同文:《中国历代小说论著选》(修订本)上编,江西人民出版社 2000 年版,第 119 页。

❷ (明)胡应麟:《庄岳委谈下》,《少室山房笔丛》卷四十一,上海书店出版社 2009 年版,第 437 页。

❸ (明)袁宏道:《与董思白书》,(明)袁宏道著,钱伯城笺校:《袁宏道集笺校》,上海古籍出版社 1981 年版,第 289 页。

第二节　小说评点的萌兴

小说评点继承了经学、史评等注释学传统，又在诗文评点的影响下萌兴于明万历年间，它在中国古代绵延了数百年历史，对古代小说的传播和小说的创作都产生了重要的影响。综观古代小说评点的发展历史，大致可以划分为四个时期：明万历年间，这是小说评点的萌生阶段；明末清初，这是小说评点最为繁盛的阶段；清中叶以后，小说评点之"热"有所降温，然仍平稳发展；而晚清的小说评点在形式与内涵上均呈"转型"之态势。

一　万历年间小说评点之大势

我们将万历年间的小说评点作为一个阶段加以描述基于这样的考虑：万历时期是中国古代小说评点的重要阶段，它对小说评点的发展产生了颇为深刻的影响；小说评点之所以能在后世的小说理论批评和小说流传中起到重要作用乃是由万历时期小说评点的文人参与和评点的商业化所决定的。万历时期的小说评点又是一个相对完整的阶段，一方面，评点从万历时期引入白话小说领域，随即就形成了一个颇为兴盛的局面，它与古代白话小说的发展基本同步。如果说，万历时期是白话小说走向兴盛的起始，那这一时期同样也是小说评点的奠基阶段。同时，万历年间又是小说评点形态的定型时期，在小说评点的形态特性、宗旨目的等方面都逐步趋于稳定。

确切地说，小说评点在万历年间的萌兴实则是以万历二十年（1592）左右为起始的，故所谓万历年间的小说评点仅有二十七八年的历史。然而在这短短的二十余年中，小说评点却颇为兴盛。

万历二十年左右，是中国小说评点史上颇为重要的岁月，正是在这一时期，有两位中国小说史和小说评点史上的重要人物开始了小说活动，这就是著名文人李卓吾和著名书坊主人余象斗。❶ 这两位重要人物同时开始小说评点活动，仿佛向我们昭示了中国小说评点的两种基本特性：以书坊主为主体的小说评点的商业性和以文人为主体的小说评点的自赏性。而小说评点正是主要顺着这两种态势向前发展的。

就现有资料而言，万历年间小说评点的最早作品是刊于万历十九年(1591)的万卷楼刊本《三国志通俗演义》。据该书封面《识语》所云，此书在校正上做了五项工作：圈点、音注、释义、考证和补注。其形式均为双行夹注，正文中标有的批注形式有七种："释义""补遗""考证""音释""论曰""补注""断论"。其中前四种是比较单纯的注释，而后三种则已颇富评论性质。如"诸葛亮博望烧屯"节，徐庶评孔明："某乃萤火之光，他如皓月之明，庶安能比哉！"《补注》："此是徐庶惑军之计也。"故此书虽未标出"评点"字样，但实已具备评点的性质，可视为小说刊本由注本向评本的过渡。越一年，余象斗刊出《新刻按鉴全像批评三国志传》，首次明确标出了"批评"字样，且与"全像"并列，"全像与批评"是万历以来小说刊刻的两个重要组成部分，而其目的是更有利于小说的传播。全书正文页面分三栏：上评、中图、下文，这是余氏刊刻小说的一个特殊形态，即所谓的"评林"体式。两年后，余氏又刊行了《水浒志传评林》，此书之外部形态悉同前书，并形成了如下三个基本特色：首先是余氏对原书做了有意的删改，这主要是文中的错讹和"不便观览"之内容；其次，余氏在原书上端添加了评语，对《水浒传》做出了赏评；第三，余氏删去了原书中的"失韵诗词"，但为了便于读者阅读，仍将其置于上层并特为标出。可见，余象斗之"评林"乃是将"改"与"评"融为一体的，这一格局开启了古代小说评点的一个重要传统，它说明在中国小说史上，评点也在一定程度上参与和影响着古代小说创作的发展进程。而这种参与又使小说评本不仅是一种小说批评著作，同时也获得了小说个体发展中的文本价值。余氏《水浒志传评林》在理论批评上也颇有特色，该书评点均为眉批，置于上栏，每则批文均设标题，如"评宋江""评李逵""评诗句"等，紧扣每回局部之内容进行阐释和

❶ 万历十九年(1591)"不佞斗始辍儒家业，家世书坊，锓笈为事"(余象斗《新锓朱状元芸窗汇辑百大家评注史记品粹》自序)。越一年，李卓吾开始了《水浒传》评点，袁小修记曰："万历壬辰(1592)夏中，李龙湖方居武昌朱邸，予往访之，正命僧常志抄写此书，逐字批点。"(《游居柿录》卷九)

评判。

从万卷楼本《三国志通俗演义》到双峰堂本《水浒志传评林》，小说评点逐步由注释向评论过渡。但余象斗毕竟是以一个书坊主的身份从事小说评点的，受着自身艺术素养和商业性的制约，其评点的理论品位相对比较低下。因而小说评点要张扬自身的理论生命和求得发展，正期待着具有较高素质的文人的参与。对此，李卓吾醉心于《水浒传》并予批点是小说评点获得发展的一个重要契机。李卓吾评点《水浒传》有一个过程，他最初接触该书大约在万历十六年（1588），"闻有《水浒传》，无念欲之，幸寄与之，虽非原本亦可"。❶ 四年后，袁小修访李卓吾，见其"正命僧常志抄写此书，逐字批点"。❷ 又四年，他犹然醉心于《水浒》的赏评，云："《水浒传》批点得甚快活人，《西厢》《琵琶》涂抹改窜得更妙。"❸一部作品的评点经数年仍在进行，可见其评点是一种不求功利的、自娱的艺术赏评行为，而这正是文人评点小说的最初动机。李卓吾于万历三十年（1602）系狱自尽，其评点之作生前没有刊出，这在以后的小说评点史上成了最大的疑案。

作为早期的小说评点者，李卓吾和余象斗为小说评点确立了文人参与和书坊主控制这两个基本源头。同时，他们对于评点对象的选取也较有特色，即《三国演义》和《水浒传》这种流传既久且已有相当知名度的作品，而没有将评点伸向新创的小说之中。这种现象的形成就文人一端而言固然表现了他们对作品的选择和挑剔，而从书坊主一端来说则是从商业性考虑的。因为此时期毕竟是小说评点的发端时期，带有尝试性质，能否有利于小说的传播，他们还心中无底，因此选取业已在社会上产生影响且销路看好的作品相对而言比较保险。以后，随着小说评点的广泛流传及社会的逐步接受，小说评点便改变了这一格局。

从万历三十年左右到万历四十八年（1620），除了继续刊刻《三国演义》和将李卓吾评本《水浒传》公开出版外，十余年中出版的小说评本几乎都是新创的小说。据不完全统计，此时期新创小说的评本有十余种，其中除《三教开迷归正演义》和《绣榻野史》外，余者均为历史演义，如《征播奏捷传通俗演义》《两汉开国中

---

❶ （明）李贽：《复焦弱侯》，《焚书》增补二，《焚书　续焚书》，中华书局1975年版，第269页。
❷ （明）袁中道著，步问影校注：《游居柿录》卷九，上海远东出版社1996年版，第211页。
❸ （明）李贽：《与焦弱侯》，《续焚书》卷一，《焚书　续焚书》，中华书局1975年版，第34页。

兴传志》《列国前编十二朝传》《东西两晋志传》《春秋列国志传》《隋唐两朝史传》《片璧列国志》《全汉志传》等，而评点者的身份仍以书坊主为主。更值得注意的是，由于评点已在社会上产生了一定的影响，故冒用名人评点之举也开始风行。如《春秋列国志传》冒用陈继儒，《绣榻野史》冒用李卓吾，《片璧列国志》亦署"李卓吾先生评阅"，但实际并无评语。此风之盛行说明此时期的小说评点仍然控制在书坊主之手。由于上述原因，也因为评点之小说本身并无太高的艺术价值，故此时期的小说评点除了容与堂本和袁无涯本《水浒》外，整个评点的理论批评成就不高，"注释"仍是评点之主要内容。如《列国前编十二朝传》于每回末分别列有"释疑""地考""评断""附记""答辩"等名目，这些注解文字虽数量较多，但几乎与文学批评了无关涉。

二 "容本"与"袁本"《水浒》评点

万历年间最有价值的小说评本当推分别刊于万历三十八年（1610）和三十九年左右的容与堂本和袁无涯本《水浒传》。此时距李贽系狱自尽已过八九年时间，故真伪难辨。自明末迄今，对此可谓聚讼纷纭，莫衷一是。尤其是 20 世纪 90 年代以来的研究更为细致深入。但一个有趣的现象是：人们或认"容本"为真，或定"袁本"为真，其理由均凿凿有据而又难以彻底辩倒对方。造成这一现象的一个根本原因是：现存的材料已基本穷尽，但仍无法彻底解决这一问题。面对这种情况，我们不妨拟设这样一个"假想"：我们设定李贽于万历二十四年（1596）左右完成了《水浒传》的评点，以后便在朋友之间传阅。卓吾死后，流传渐广，或全本，或部分，或直接以评点文字流传。故在万历三十八年以前，李卓吾之《水浒传》评点已流散在外，于是书坊主假借其盛名，在其评点之基础上聘请文人加以模仿、增改、扩充、定型，使其成为完整的《水浒传》评点本。"容本"或由叶昼所为，"袁本"或由袁无涯、冯梦龙等所为。因此我们的假设结论是："容本""袁本"均非李卓吾之真评本，但又都以李卓吾之《水浒传》评点为基础，在某种程度上可以说，其中之精神血脉犹然是李卓吾的。

从小说评点史角度而言，"容本""袁本"其实不会因是否真出自李氏之手而贬其价值，视其为万历小说评点之双璧亦不为过。这种地位的确认源于三个方面的因素。

首先，万历年间小说评点的主导线索是在书坊主的控制下沿着商业性和功利性的道路向前发展，李卓吾加入小说评点行列突破了这一格局；但由于李氏没有可靠的评本传世，人们还无以从整体上得见李卓吾评点的精神风貌。"容本""袁本"以李氏评点为基础，作模仿、生发和延伸，从而以一种崭新的面貌出现在小说评点史上。这是一种强化主体创造和情感投入的批评精神，开启了小说评点的一条新路，后世之金圣叹、毛宗岗、张竹坡等评点大家均缘此而发展了小说评点，并由此壮大了小说评点的声威。

其次，"容本"和"袁本"是小说评点形态的实际奠定者。小说评点作为一种独特的批评形式，有其自身的形态特征，这一形态特征又是在其自身的发展过程中逐步形成的。"容本""袁本"所奠定的小说评点的基本形态为：开首有序，序后有总纲文字数篇，如"容本"有署"小沙弥怀林"文章四篇，"袁本"有杨定见《引》和袁无涯《发凡》，正文部分有眉批、夹批和总批三部分组成，这一形态遂成后世小说评点之定制。

第三，"容本"和"袁本"完成了古代小说评点在批评内涵上的转型。万历年间的小说评点一般不脱训诂章句和对历史事实的疏证，真正对小说做出艺术的、情感的赏评还并不多见。而"容本""袁本"则在根本上改变了这一格局，从整体倾向而言，"容本"的理论批评价值要高于"袁本"，往往能高屋建瓴地提出一些有价值的理论见解。而"袁本"则在对小说的具体赏析上颇见功力，尤可注意者，"袁本"是小说评点史上较早借用八股文法总结归纳小说文法的批评著作，其提出的诸如"叙事养题""逆法""离法"等虽价值不高，但可视为小说评点史上文法论之开端。

如前所述，小说评点的产生，其最初的动机是为了促进小说的传播，带有明显的商业目的，这与中国古代小说，尤其是白话小说所特有的艺术商品这一特殊性质有关。故小说评点在书坊主的控制下常常以注释疏导为其主体，其目的也主要是有利于读者尤其是下层读者的阅读，这是万历年间小说评点的主流。随着文人的参与,小说评点在理论批评的层次上有了明显的提升;但文人最初从事小说评点却是其在阅读过程中一种心得的记录,一种情感的投合,而非有意于导读或授人以作法,这是小说评点走向成熟并获得发展的契机。而当将文人阅读过程中带有自赏性的阅读心得与带有商业功利性的导读结合起来时,小说评点才最终成了一种公众性的文学批评行为。这一结合在万历年间的小说评点中,就是由李卓吾评点《水浒》到"容本""袁本"《水浒》评点的公开出版而得以完成的。

作为小说评点萌兴期的万历小说评点,虽然其理论批评成就并不非常突出,但它对后世的影响却很深远,尤其是李卓吾等著名文人的参与,对小说评点的发展更具号召力和影响力。万历以后,小说评点进一步呈发展壮大之势,作为一种批评形态逐渐占据了中国小说批评的主导地位,而奠定这一地位的无疑是万历年间的小说评点。

第三节 明末清初小说评点的繁盛

所谓"明末清初"在本书中主要是指明天启、崇祯和清顺治、康熙四朝的一百来年,这百来年是古代小说评点最为繁盛的时期。在这百来年中,小说评点不仅数量庞大,已然在小说传播中充当了十分重要的角色,且评点质量有了大幅度提升。可以说,小说评点史上有质量、有价值的评点著作大多是在这一时期完成并公开出版的。

一 小说评点繁盛之标志

明末清初的小说评点接万历小说评点之绪而呈发展壮大之势,这是小说评点由萌兴走向繁盛的百年,同时,小说评点也在此时期度过了它的黄金岁月。这一时期小说评点的繁盛有如下标志。

首先,明末清初是中国古代小说有着较大发展的时期,而此时期的小说评点正是以这一小说创作背景为依托共同参与了古代小说的传播和推动着小说艺术的发展。

明末清初的新创小说虽然没有像"四大奇书"那样出色,那么有影响,但小说创作数量庞大,门类齐全,传播久远。历史演义、神魔小说等传统小说形式进一步延续,而以才子佳人小说为主体的人情小说有了很大的发展。另外,以"三言二拍"为代表的拟话本小说在小说传播中反响强烈。更值得注意的是,在中国小说传播史上影响最大、流传最广的明代"四大奇书"也正是在这一时期最终定型并在有清一代成为最流行的小说读本的。与这一繁盛的小说创作现象相一致,此时期的小说评点数量有了大幅度增加,且评点质量也有根本性的提高,在金圣叹评《水浒》到张竹坡评《金瓶梅》的这一评点系列中,中国小说评点史上的重要评本几乎囊括殆尽。

其次,明末清初的小说评点接续万历时期之传统,小说评点的商业性和文人性同步发展,且呈逐步趋于合流之态势。

小说评点在经历了万历时期的尝试,尤其是"容本""袁本"《水浒》在社会上引起较大反响后,得到了小说刊行者和小说读者的普遍认可,故评点作为一种商业手段已完全进入了小说的传播过程之中。这种小说评点的商业性大致表现在两个方面。一是此时期小说评点受书坊主商业考虑的影响还比较强烈,故大多数的评点者对于评点对象有意识、有目的的选择较少,小说作品自身的思想艺术价值在大量的小说评本中并未成为重要的选择之依据和评判之准绳。这一时期的小说创作良莠不齐,呈两极分化状态,"四大奇书"的进一步改造定型,使之登上古代小说之峰巅,冯梦龙的"三言"也达到了较高的思想艺术水平。但大量小说仍是平庸之作,对于这一部分作品,小说评点并未完全履行批评的职责,而是一味地以评点来推动这些小说的传播。在明末清初的小说评点中,这一类评本占最大多数,从而明显地体现出了小说评点的商业意味。二是小说评点的商业手段越来越丰富。除冒用名人之举仍层出不穷外❶,一些正当的商业手段也在

---

❶ 如署李卓吾评点的在明末尚有《武穆精忠传》《西游记》《三国演义》《详情公案》《英雄谱》等数种,在清代仍有《后三国石珠演义》《混唐后传》等。另如署为钟惺、冯梦龙、金圣叹等的亦有多种。有的评本更将众多名人集于一书,如上引清代二书,前者署"圣叹外书""李卓吾先生批评";后者署"卓吾评阅""竟陵钟伯敬定",卷首序亦署"竟陵钟伯敬题",然此序实与《隋唐演义》之褚人获序同,唯对少数字做了更改。

不断地引入评点领域,如"批点系列丛书""集评"等手段在小说评点中被广泛使用,这说明小说评点也在逐步走向成熟和规范,从而在小说流通中体现重要的传播作用。

小说评点的文人性在此时期也有了明显增强,一方面表现在大量的文人加入了小说评点行列,大大改变了万历时期主要由书坊控制的格局,使小说评点的理论性和思想性都有明显提高。同时,评点者也逐步将小说评点视为其立身之事业和情感表现之载体,这是小说评点进一步走向繁荣和提高其思想理论品位的重要因素。此时期的小说评点接续李卓吾小说评点之传统,以评点来表达自身的思想情感,这在金圣叹的《水浒》评点中就有充分体现,他将自身的现实感慨、政治理想和忧患意识一并诉之于笔端,从而使评点成了他情感表现的载体。这种批评内涵随着金批《水浒》的广泛流播,得到了多数评点者的认同,在毛氏父子、张竹坡等的评点作品中得以发扬光大。张竹坡在谈到其评点动机时就明确指出,他"迩来为穷愁所迫,炎凉所激",本欲自撰一书,又恐"前后结构甚费经营",故借评点《金瓶梅》"以排遣闷怀",且明确申明:"我自做我之《金瓶梅》,我何暇与人批《金瓶梅》也哉!"❶明末清初小说评点的这一特色使得此时期的评点体现了较高的思想理论价值。更值得注意的是,这些文人评点家虽然接续了李卓吾的评点传统,但并未一味沉迷于个体情感的抒写之中,他们的评点笔触更多地伸向了对作品情感内涵的把握和作品艺术技巧的揭示,从而起到一种导读的作用。故在这一些小说评点中,情感的认同和艺术的激赏是其从事小说评点的两大基本动机。于是小说评点的商业传播性又在更高层次上得到了提升,小说评点的文人性与商业性正是在这一意义上趋于融合。

第三,此时期小说评点的繁荣还体现在小说评点整体价值的提高,小说评点价值的三大层面"文本价值""传播价值"和"理论价值"在此时期的小说评点中都达到了前所未有的成就。

就"传播价值"而言,评点本的大量增加,评点质量的大幅度提高推动了古代小说的传播。此时期小说评点者对作品的修订增饰也提高了小说的思想艺术价

---

❶（清）张竹坡:《竹坡闲话》,朱一玄编:《〈金瓶梅〉资料汇编》,南开大学出版社 2012 年版,第 417 页。

值，除明代"四大奇书"得到评点者的广泛修订外，其他一些小说也程度不同地获得了增补修订。如崇祯四年（1631）人瑞堂刊刻《隋炀帝艳史》、崇祯六年（1633）剑啸阁刊刻《隋史遗文》，一直到康熙年间四雪堂刊出褚人获改编自评本《隋唐演义》，这一题材的作品经过不断的修订，思想艺术都有一定的提高，而《隋唐演义》遂成该题材在后世最为流行的读本。此时期评点的理论价值更是达到了古代小说评点史上的高峰。冯梦龙的"三言"评本在形态上为"一序一眉"，其中眉批甚简约，但三篇序言均是颇有价值的小说论文。金批《水浒》的英雄传奇小说批评、毛批《三国》的历史演义小说批评和张批《金瓶梅》的人情小说批评都是同类型小说批评中的代表作品，同时又体现了小说理论的普泛性，理论内涵丰富深刻。《西游证道书》的评点虽以阐明《西游》主旨为归趋，在理论上不能与上述三书相比，但也表达了一些有价值的理论思想。其他如署为钟伯敬的《水浒》《三国》评点、杜濬的李渔小说《无声戏》《十二楼》评点、托名"贯华堂批评"的《金云翘》评点、《女仙外史》评点中的刘廷玑"品题"、褚人获的《隋唐演义》评点等都是此时期值得重视的富有理论思想的评点之作。

二 "四大奇书"的评点

　　明末清初的小说评点最出色的无疑是对"四大奇书"的评点，这是"四大奇书"在中国小说史上出版最风行、评点最热门的时期，也是"四大奇书"的刊本由纷繁复杂逐步走向定型的时期。同时，除《西游记》外，《水浒传》《三国演义》和《金瓶梅》都在此时期走完了各自评点的全过程，金、毛、张三家评本成了康熙以后的通行读本而广为流行。❶

　　"四大奇书"之名较早见于李渔在康熙十八年（1679）为《三国志演义》所作的序言之中：

---

❶ 《金瓶梅》以后还有文龙批本，但这是未刊行的文人自赏评本。《水浒》有燕南尚生的《新评水浒传》，但也影响不大，还不足与金批《水浒》相抗衡。

昔弇州先生有宇宙四大奇书之目：曰《史记》也，《南华》也，《水浒》与《西厢》也。冯犹龙亦有四大奇书之目：曰《三国》也，《水浒》也，《西游》与《金瓶梅》也。两人之论各异。愚谓书之奇，当从其类。《水浒》在小说家，与经史不类。《西厢》系词曲，与小说又不类。今将从其类以配其奇，则冯说为近是。❶

这四部小说在当时享有盛誉固然与其自身的思想艺术品格密切相关，但评点者的广泛注目和极力鼓吹也起到了关键的作用。正是这百来年的评点，使得"四大奇书"的文本内涵和传播流通都跃上了一个新的台阶。"四大奇书"在此时期的评点情况大致如下。

《三国演义》有评本七种：《李卓吾先生批评三国志》（明末建阳吴观明刊本，叶昼评点）、《李卓吾先生评新刊三国志》（明末宝翰楼刊本，无名氏评点）、《钟伯敬先生批评三国志》（明天启刊本）、《新锓校正京本大字音释圈点三国志演义》（明天启崇祯间建阳宝善堂刊本，无名氏评点）、《绘像三国志》（清初遗香堂刊本，无名氏评点）、《四大奇书第一种三国演义》（清康熙十八年醉耕堂刊本，毛氏父子评点）、《李笠翁批阅三国志》（清芥子园刊本）。

《水浒传》主要有评本三种：《钟伯敬先生批评忠义水浒传》（明末四知馆刊本）、《贯华堂第五才子书水浒传》（明崇祯十四年［1641］贯华堂刊本）、《醉耕堂刊王仕云评论五才子水浒传》（清顺治十四年［1657］刊本）。

《金瓶梅》评本两种：《新刻绣像批评金瓶梅》❷、《第一奇书金瓶梅》（清康熙年间刊本、张竹坡评点）。

《西游记》评本两种：《李卓吾先生批评西游记》（明末刊本，叶昼评点）、《西游证道书》（清初刊本，汪象旭、黄周星评点）。❸

---

❶ （清）李渔：《古本三国志序》，见丁锡根：《中国历代小说序跋集》，人民文学出版社 1996 年版，第899 页。

❷ 关于此书的刊刻年代有多种说法，孙楷第、郑振铎先生认为刊于明崇祯年间，刘辉先生则认为刊于清初，不早于顺治十五年，评点者为李渔。分别见孙楷第《中国通俗小说书目》、郑振铎《谈〈金瓶梅词话〉》、刘辉《论〈新刻绣像批评金瓶梅〉》（《文学遗产》1987 年第 3 期）。

❸ 关于此书的评点者参见黄永年先生为该书作的"前言"，参见《黄周星定本西游证道书》，中华书局 1993年版。

在上述评本中，"四大奇书"各自形成了自身的评点系列，而从小说评点史角度来看则又体现了较多共性，这"共性"概括起来有以下几个方面。

首先，"四大奇书"的评点都程度不同地体现了对小说文本的修订，并在各自的评点系列中逐步形成了一种定型的小说文本。这也有两种形式。一是修订的文本与评点文字一起构成了一个完整的整体，成了以后的通行读本，《水浒传》的金批本、《三国演义》的毛批本、《金瓶梅》的张批本即然。二是修订的文本得到了后世读者和评点者的认可，但其评点文字没有连同小说文本一起广泛流传，如《新刻绣像批评金瓶梅》和《西游证道书》。如《西游证道书》以后的多数评点本基本上袭用该书文本，再各自评说批注，如嘉庆年间刊刻的刘一明《西游原旨》、道光年间刊刻的张含章《通易西游正旨》、光绪年间刊刻的含晶子《西游记评注》等。对小说文本加以修订，是明末清初小说评点的一个较为普遍的现象，尤其在"四大奇书"的评点中表现得更为强烈。这一现象对古代小说的发展有重要影响，就小说流传而言，"四大奇书"的文本修订是一种文人化的改造，它使小说文本更趋精致，从而扩大了白话小说的流通领域，成了文人和普通读者共同喜爱的小说文本。而就小说创作而言，改订的"四大奇书"在古代小说史上亦具有某种文本"范式"的作用，从而影响了以后的小说创作。

其次，"四大奇书"的评点在小说评点史上具有承上启下的作用。白话小说的文人评点发端于李卓吾，而在"容本""袁本"《水浒》评本中，小说评点的文人性与商业传播性得到了结合，这是以后小说评点一个最为重要的特性。"四大奇书"的评点正是继承了这一评点传统，并使这种"结合"迈上了一个新的台阶。以评点形态而言，由金圣叹所确立的综合性的评点形态，即由"读法""眉批""夹批""总批"等构成的评点形态是一种最能体现小说评点的文人性与商业导读性相结合的批评形式，这一形式经毛氏父子、张竹坡等人的进一步发展而成小说评点史上最为规整的形态类型。同时，"四大奇书"的评点从根本上抛弃了视白话小说为"小道"的传统观念，将小说与《庄子》《史记》等优秀文化典籍相提并论，以此为前提，他们探究作品的情感内涵，精研作品的形式技巧，从而使批点小说成了一件有价值和有一定文化品位的工作。清中叶以后的《西游记》《红楼梦》《儒林外史》和《聊斋志异》等小说的评点正是循着这一格局向前发展的。

"四大奇书"经历了百余年的评点历史,至康熙后期张评本《金瓶梅》出,已经在社会上产生了深远的影响,而人们对众多评本的取舍也已逐步见出分晓。对此,刘廷玑的一段评述可作为代表,这位对白话小说情有独钟又颇富鉴赏力的官僚文人对"四大奇书"的评点做出了颇为精彩的分析,兹摘录如下:

> 金圣叹加以句读字断,分评总批,觉成异样花团锦簇文字,以梁山泊一梦结局,不添蛇足,深得剪裁之妙。(《水浒传》)
>
> 杭永年一仿圣叹笔意为之❶,似属效颦,然亦有开生面处。(《三国演义》)
>
> 汪憺漪从而刻画美人,唐突西子,其批注处大半摸索皮毛,即《通书》之"太极无极",何能一语道破哉。(《西游记》)
>
> 彭城张竹坡为之先总大纲,次则逐卷逐段分注批点,可以继武圣叹。是惩是劝,一目了然。(《金瓶梅》)❷

刘廷玑的这一评述带有总结性质,基本概括了"四大奇书"评点本在当时的流传情况,也颇有先见地昭示了这些评点本在后世的流播态势。康熙以后,金、毛、张三家评点独领风骚,而《西游》评点则在《西游证道书》的基础上还形成了一次评点之热潮。

第四节　经典的产生:从金圣叹到张竹坡

在明末清初的小说评点中,金圣叹的影响至大,他的评点使万历年间的小说评点黯然失色,又在他的影响下,小说评点名作迭生并推向高潮。因此从明天启年间到清康熙年间,小说评点形成了百年奇观,这是小说评点史上最为丰硕的百

❶ 毛批本《三国演义》的刻本署"圣叹外书、茂苑毛宗岗序始氏评、声山别集、吴门杭永年资能氏定",故后人或误认杭永年为《三国演义》的评点者。参见陈洪:《〈三国〉毛批考辨二则》,《明清小说研究》第三辑,中国文联出版公司1986年版。

❷ (清)刘廷玑撰,张守谦点校:《在园杂志》卷二,中华书局2005年版,第83—84页。

年,也是中国古代小说评点的黄金岁月。

一 金圣叹的文学评点观念

一个文学评点家的理论创造之所以能超越前人,其评点观念和思维方式是一个不容忽视的因素。金氏一生著述丰富,内容广泛,仅文学评点就为后人留下了十种著作(含未完稿):《贯华堂第五才子书水浒传》《贯华堂第六才子书西厢记》《贯华堂选批唐才子书》《唱经堂杜诗解》《唱经堂释小雅》《唱经堂古诗解》《唱经堂批欧阳永叔词十三首》《天下才子必读书》《左传释》《序离骚经有引》,涉及诗、文、词、小说、戏曲五大文体。在中国文学评点史上,金圣叹的成就是非常突出的,他不仅突破了传统"雅俗"之分的域界,深切关注通俗小说和戏曲文学,同时在评点观念和评点方式上也有许多独到的见解。

金圣叹是一个职业文学评点家,他所从事文学评点活动的时间几乎与他的生命进程相始终。据他自述,他十二岁伊始便开始了文学评点,一生都在呕心沥血地从事这项工作,直到其生命的终止。在《绝命词》中他犹叹惋:"且喜唐诗略分解,《庄》、《骚》、马、杜待何如?"❶表现了对自己未竟事业的沉痛叹息。

我们不难发现,金圣叹的文学评点实际上形成了两组序列,"六才子书"是他从事文学评点的一组序列,而"六才子书"以外的评点,诸如《天下才子必读书》《贯华堂选批唐诗》等则构成了他文学评点的另一组序列。两组序列虽然在评点年代上并无明显的前后之别,但在评点主旨、评点路径和理论形态上有着较为明晰的区别。

作为第一序列的"六才子书"评点是金圣叹最为看重的,在对杜甫诗歌的评述之中,在对《离骚》《西厢记》的批注当中,我们不难感觉到,其中有着评点者与作品之间的情感契合,也不乏评点者人生理想的复现和提出,这是一种难以自己的行为。在《第六才子书西厢记·序一》中,他这样说过:

---

❶ (清) 金昌:《叙第四才子书》,(清) 金圣叹:《唱经堂第四才子书杜诗解》,万卷出版公司 2009 年版,第 42 页。

或问于圣叹曰：《西厢记》何为而批之刻之也？圣叹悄然动容，起立而对曰：嗟乎！我亦不知其然，然而于我心则诚不能以自已也。❶

金圣叹族兄金昌在《叙第四才子书》中也说过一段颇为知心的话：

余尝反复杜少陵诗，而知有唐迄今，非少陵不能作，非唱经不能批也……乃其所为批者，非但剜心抉髓，悉妙义之宏深，正复祛伪存真，得天机之剀挚。盖少陵忠孝士也，匪以忠孝之心逆之，茫然不历其藩翰，况于壶奥？❷

正是在这种主客体之间的情感契合中，文学评点才成为生命运动的一个组成部分。在"六才子书"的评点中，金圣叹的感情是浓烈的、诚挚的，当然这种情感有时也妨碍了他从事文学评点的客体性制约。

金圣叹的现实遭际是穷厄的，故他对文学评点倾注了巨大的热情。他以此为"消遣"，作为"留赠后人"的立言途径，又"恸哭古人"，要在文学评点中寻求心灵的慰藉、抒发内心的情感和表达人生的理想。金圣叹在晚年曾说过一段极为沉郁的话：

弟于世间，不惟不贪嗜欲，亦更不贪名誉。胸前一寸之心，眷眷惟是古人几本残书，自来辱在泥涂者。却不自揣力弱，必欲与之昭雪。只此一事，是弟前件，其余弟皆不惜。❸

这是金圣叹在"行年向暮"之际对人生的一种叹惋，而同时却是对文学评点一种极高的褒奖。因而在"六才子书"的评点中，我们可以明显地感觉到，与他的另外一些评点论著相比，他是别具一番笔墨和高出一般手眼的。

---

❶ （清）金圣叹著，陆林辑校整理：《金圣叹全集》（修订版）第一册，凤凰出版社 2016 年版，第 847 页。

❷ （清）金昌：《叙第四才子书》，（清）金圣叹：《唱经堂第四才子书杜诗解》，万卷出版公司 2009 年版，第42 页。

❸ （清）金圣叹著，陆林辑校整理：《金圣叹全集》（修订版）第一册，凤凰出版社 2016 年版，第 102 页。

金圣叹文学评点的第二组序列则不然,这些评点活动更多是出自一种外在的功利需求和目的,比如《才子必读书》,金圣叹自己便有这样一段评述:

> 仆昔因儿子及甥侄辈要他做好文字,曾将《左传》《国策》《庄》《骚》《公》《谷》《史》《汉》、韩柳、三苏等书,杂选一百余篇……名曰《才子必读书》,盖致望读之者之必为才子也。❶

《贯华堂选批唐才子诗》也是如此,金圣叹自谓:

> 顺治十七年春二月八之日,儿子雍强欲予粗说唐诗七言律体,予不能辞,既受其请矣,至夏四月望之日,前后通计所说过诗可得满六百首。❷

因而这是一种近乎"教科书"式的评点体式,它的首要特征便是文学评点情感因素的减弱、对内容评点比重的减少和形式特征评点比重的增大。在这些评点论著中,我们已很难捉摸到评点主体的情感特征,更多的是理性化的条分缕析和观念式的形式评判。

明确了金圣叹的文学评点有这样两组序列,那么,我们不妨这样认为:金圣叹文学评点的第一组序列是其从事文学评点的主流,他的评点观点的确立、评点体式和思维方法的成形主要存在于第一序列之中。我们对金圣叹文学评点观念的把握亦以第一组序列作为主要对象。

金圣叹文学评点的第一个特点是强调"主体性",这是他的内在情感和人生理想在文学评点中的延伸,渗透着强烈的"主体意识"。清代乾隆年间的周昂在对《第六才子书西厢记》的批注中曾这样评述金圣叹的《西厢记》评点:

> 吾亦不知圣叹于何年月日发愿动手批此一书,留赠后人。一旦洋洋洒洒,下笔不休,实写一番,空写一番。实写者,《西厢》事,即《西厢》语,点之注

---

❶ (清)金圣叹著,陆林辑校整理:《金圣叹全集》(修订版)第二册,凤凰出版社 2016 年版,第 856 页。
❷ 同上书第一册,第 91 页。

之,如眼中睛,如颊上毫;空写者,将自己笔墨写自己性灵,抒自己议论,而举《西厢》情节以实之,《西厢》文字以证之。❶

周昂以"实写一番"和"空写一番"概括金圣叹文学评点的特色,是颇有见地的。而所谓"实写"和"空写"正是金圣叹在文学评点中所要着力构筑的"两层结构",即评点客体的"审美结构"和评点主体自身的、由客体"审美结构"所延伸出来的"理论结构"。前者是评点主体对客体对象的审美观照,后者则是评点主体对审美客体的超越和再创造。而所谓文学评点的"主体性"正是要求肯定评点者具有超越客体对象而不为之所拘的评点权利和具备再创造的自身能力。也正是在这一意义之上,金圣叹不无自豪地说:

圣叹批《西厢记》是圣叹文字,不是《西厢记》文字。❷

金圣叹同时还认为,评点主体有着超越审美客体而进行再创造的权利;而鉴赏主体同样也具备这种权利,他也不是简单的审美受动者,因而在审美客体、评点主体和鉴赏主体三者的关系上,金圣叹同样也强调鉴赏主体的再创造性:

天下万世锦绣才子,读圣叹所批《西厢记》,是天下万世才子文字,不是圣叹文字。❸

金圣叹在文学评点理论中强调评点者的"主体性",而他的文学评点也正强烈地体现着这种"主体意识"。在"六才子书"的评点中,我们能够明显地感到评点主体与作品中形象主体之间的情绪流动和情感交融,以及对形象主体的超越和理论再创造。然而,金圣叹在文学评点中"主体性"的实现并非脱离对象的"架空评点",他认为,评点主体要力求摸捉创作主体之"文心",在审美静观中与创作

---

❶（清）周昂:《绘图西厢记》中《后候》之眉批,上海扫叶山房 1931 年版,第 243 页。
❷（清）金圣叹著,陆林辑校整理:《金圣叹全集》(修订版)第二册,凤凰出版社 2016 年版,第 865 页。
❸ 同上。

主体达到某种心灵的默契,从而来实现文学评点的"主体性":

> 《西厢记》不是姓王字实父此一人所造,但自平心敛气读之,便是我适来自造,亲见其一字一句,都是我心里恰正欲如此写,《西厢记》便如此写。❶

金圣叹的这段话表面看来似乎难以理解,其实金圣叹旨在说明:文学评点的"主体性"并不游离于客体对象,它是评点家在力图把握对象之基础上的一种理论生发和延伸,虽然这种把握并不能确指是客体对象之实际意蕴,而这也正为文学评点提供了足可回旋之余地,因而金圣叹明确宣称:

> 我真不知作《西厢记》者之初心,其果如是,其果不如是也。设其果如是,谓之今日始见《西厢记》可;设其果不如是,谓之前日久见《西厢记》,今日又别见圣叹《西厢记》可。❷

金圣叹在文学评点中提出的"主体性"问题是有一定价值的。而他在文学评点中所追求的所谓"实写"和"空写"的结合也正是我们的文学批评所应努力的方向。文学批评如若只注目于前者,那往往会流于一种简单的"诠释",而文学批评如若又只强调了后者,那它又会偏离客体对象的审美意蕴,而成为一种"架空式"的批评。金圣叹强调文学评点的"主体性"正是要求尽可能地达到上述两者的有机统一。

金圣叹提出文学评点的"主体性",一方面提高了文学评点的地位,评点者"主体意识"的消失,在某种程度上实际意味着文学评点自我价值的丧失。而强调文学评点的"主体性",正是旨在说明文学评点具有自身独立的价值和地位,它和文学创作一样,本身也是一种"创造",而不是文学作品的附庸。金圣叹在这种理论观念的制约下所从事的文学评点,在某种程度上也说明了上述理论观念的价值和历史地位。以《西厢记》批点为例,《西厢记》在明代的批点本可谓多矣,但

---

❶ (清) 金圣叹著,陆林辑校整理:《金圣叹全集》(修订版) 第二册,凤凰出版社 2016 年版,第 865 页。
❷ 同上书,第 853 页。

在清代,明代的《西厢》刊本几乎被金批《西厢》所淹没。这从一个方面说明了金圣叹文学评点的生命力,而这恰恰与他在文学评点中所注入的强烈的"主体意识"有着密切的关系。金圣叹提出文学评点的"主体性",在另一方面也意味着呼唤评点个性的出现,一个文学评点家的评点个性并不完全依凭他所运用的独特的评点体式和评点方法,而更多地取决于文学评点家"主体意识"的渗透程度和这种渗透的自觉程度。金圣叹的文学评点有着颇为自觉的"主体意识",因而说金圣叹是中国文学评点史上最富有个性色彩的评点家之一,是并不夸张的。

金圣叹在文学评点中强调"主体性",是有他的哲学思想为其理论基础的,我们且看他对所谓"象"的一段表述:

> 象之一字,还要料检,多了一个境界,比于大千世界,多一光影,则已走样,但不曾直落下来。如人是人,狗是狗,墙壁是墙壁,凭你入三昧中之王,毕竟法身边事。❶

金圣叹的所谓"象"其实就是我们现在所说的"认识",在这里,金圣叹否定了人对客观世界认识的纯客体性;认为人的认识就客体世界来说,是"多了一个境界""多一光影",而这"境界"和"光影"实际上就是人的主体意识的渗透。因而他严格区分了"象"和"器"的区别,认为:"'见乃谓之象,形乃谓之器',象者独见,器者共见。"❷也就是说,"象"是主客体的融合。金圣叹的这一思想在哲学认识论上是有一定道理的,作为自在自为的人,他对客体世界的认识并不是机械的、被动的摄取和反映,而是在认识过程中,始终贯穿着人的主观能动作用。正如瑞士心理学家皮亚杰所说过的:

> 认识既不能看作是在主体内部结构中预先决定了的——它们起因于有效的和不断的建构;也不能看作是在客体的预先存在着的特性中预先决定了的,因为客体只是通过这些内部结构中的中介作用才被认识的,并且这些

❶ (清)金圣叹著,陆林辑校整理:《金圣叹全集》(修订版)第六册,凤凰出版社 2016 年版,第 837 页。
❷ 同上。

结构还通过把它们结合到更大的范围之中（即使仅仅把它们放在一个可能性的系统之内）而使它们丰富起来。❶

金圣叹对"象"的认识也包含着这个道理。因而在文学评点中，金圣叹明确认定了人的主体能动作用，所谓"文者见之谓之文，淫者见之谓之淫"，在《水浒传》的评点中，金圣叹提出了这样的评点总纲：

> 呜呼！以大雄氏之书，而与凡夫读之，则谓"香风荽花"之句，可入诗料；以北《西厢》之语，而与圣人读之，则谓"临去秋波"之曲可悟重玄。夫人之贤与不肖，其用意之相去，既有如此之别，然则如耐庵之书，亦顾其读之之人何如矣……一部《水浒传》悉依此批读。❷

可见，关于文学评点的"主体性"是在金圣叹的文学评点观中带有纲领性质的理论思想，他的文学评点理论都是由此所做出的延伸。

金圣叹文学评点的第二个特性是追求文学评点的"解义性"。金圣叹在文学评点中确立了评点主体的地位，肯定了文学评点对于客体对象的审美再创造，从而为他对文学作品的内容意蕴做出体现主体意识的把握和评判廓清了观念上的障碍。

在文学评点中，金圣叹反对对文学作品只作外在形相的把握和事的注解，而要求文学评点把握作品深层次的内在意蕴。他在与友人的一封书信中这样写道：

> 昔李北海，以其尊人讳善所注《文选》未免释事忘义，乃更别自作注，一一附事见义。尊人后见而知不可夺也，因而与己书两行之。今弟亦不敢诋刘之释事忘义，亦不敢谓己之附事见义。❸

---

❶ ［瑞士］皮亚杰著，王宪钿等译：《发生认识论原理》，商务印书馆 2017 年版，第 16 页。
❷ （清）金圣叹著，陆林辑校整理：《金圣叹全集》（修订版）第三册，凤凰出版社 2016 年版，第 146 页。
❸ 同上书第一册，第 96 页。

金圣叹此处所言"刘之释事忘义",刘指梁代刘孝标,曾注刘义庆《世说新语》,《四库全书总目提要》评其注曰:"孝标所注特为典赡……其纠正义庆之纰缪尤为精核……与裴松之《三国志注》、郦道元《水经注》、李善《文选注》同为考据家所引据焉。"因而金圣叹所举李北海、刘孝标等人的方式实则代表了中国古代文学批评的两个传统,即一为理论形态式的批评,一为注事诠释式的批评,两者应是相辅相成,互为补足的。而金圣叹的上述言论也透露了他对"解义性"的重视。

在《第五才子书水浒传·序三》中,金圣叹又谓:

> 《水浒》所叙,叙一百八人,其人不出绿林,其事不出劫杀,失教丧心,诚不可训。然而吾独欲略其形迹,伸其神理者,盖此书七十回,数十万言,可谓多矣,而举其神理,正如《论语》之一节两节,浏然以清,湛然以明,轩然以轻,濯然以新,彼岂非《庄子》《史记》之流哉!❶

在这里,金圣叹区分了文学作品中"形迹"和"神理"之差异,所谓"形迹"是指文学作品外在的情节框架,而所谓"神理"则是指称蕴蓄在作品情节之中的深层次的"义"。金圣叹注重"神理"的探究正是强调了文学评点的"解义性",要求文学评点努力摆脱作品表层情节的束缚,而进入作品内在的深层领域。在他看来,如若仅注目于作品的表层结构,那历来奉为经典的《国风》《春秋》亦无非是"淫污居半"或"弑杀十九",更何况稗官传奇了,因而文学评点的一个重要目的便是"略其形迹"而"伸其神理"。

文学评点怎样才能"伸其神理"呢?金圣叹认为,首先要探寻作者之"文心",也即他的创作主旨。他说:"大凡读书,先要晓得作书之人是何心胸。"他把《史记》和《庄子》做了比较,认为正是庄生和司马迁创作志向的不同,从而形成了各自不同的内在意蕴:

---

❶ (清)金圣叹著,陆林辑校整理:《金圣叹全集》(修订版)第三册,凤凰出版社2016年版,第22页。

夫以庄生之文杂之《史记》，不似《史记》；以《史记》之文杂之庄生，不似庄生者。庄生意思欲言圣人之道，《史记》摅其怨愤而已。其志不同，不相为谋有固然者，毋足怪也。❶

其次，金圣叹要求评点者努力把握作品的奥曲之处，而不为作品的外在形迹所羁绊。在《水浒传》的评点中，他认为："一部书中写一百七人最易，写宋江最难，故读此一部书者，亦读一百七人传最易，读宋江传最难也。"为什么呢？金圣叹做了如下解释：

盖此书写一百七人处，皆直笔也，好即真好，劣即真劣。若写宋江则不然，骤读之而全好，再读之而好劣相半，又再读之而好不胜劣，又卒读之而全劣无好矣。❷

金圣叹认为，作者在这里运用了"曲笔"描写，他没有从正面刻画宋江之"恶"，而是把它隐蓄于情节内涵之中，因而文学评点要力求探索这种"曲笔"。金圣叹提出这种评点观念是与他对文学的认识分不开的。他认为，文学创作和"正史同法"，"褒贬固在笔墨之外"，故而在"事"和"义"的关系上，金圣叹是扬"附事见义"而抑"见事忘义"。

中国古代文学素来与"史"有着不解之缘，因而在文学批评中，文学意识和史学意识是并行而不悖的，史学家"寓褒贬于笔墨之外"的创作意识深深地浸染在文学批评家的批评意识之中。故而他们总是力求探究作品的"微言大义"，寻求作品内在的深层次意蕴，而不为外在的情节框架所拘。金圣叹在文学评点中强调对于文学创作"曲笔"的重视，正是对这一传统的继承。

非独小说评点是如此，金圣叹在诗歌评点中，同样也是力求深刻地把握作品的"曲笔"而别出"妙解"。杜甫《遣闷戏呈路十九曹长》中有这样两句："晚节渐于诗律细，谁家数去酒杯宽。"对此，人们总是从正面来理解杜甫晚年对于诗律的精

---

❶（清）金圣叹著，陆林辑校整理：《金圣叹全集》（修订版）第三册，凤凰出版社 2016 年版，第 21 页。
❷ 同上书，第 643 页。

审追求,而金圣叹则做出了如下批释:

> 人而至于晚节,发既苍苍,视既茫茫,成名乎?就利乎?老妻可以免于
> 交谪,稚子可以免于饥寒乎?要之无一也,然则闷极矣。乃顾盼自雄,鼓腹
> 自诩,独不知我诗律之渐细乎?不知者谓之满足自夸,岂知全是十成无赖,
> 所谓"戏"也,所谓"遣"也。❶

　　除上述两点之外,金圣叹认为,文学评点要"伸其神理",那必欲"知人论世",
而"论世"之目的在于"知人"。因而文学评点要把作品放在特定的环境氛围和在
此影响下的特定的作家心理氛围之中加以理解,从而对作品的内在意蕴做出把
握。金圣叹的这种观念在他的《杜诗解》中表现得最为突出。可以这样说,金圣
叹对杜诗的评点是他在力求理解杜甫及其时代,以及杜甫之志向、人格、情趣和
其所处时代的关系中所做出的评判。因而金昌在辑录金圣叹的杜诗评以后,谓
"有唐迄今,非少陵不能作,非唱经不能批"的评判诚为知音之言。

　　通览金圣叹对杜诗的评点,他是每每在捉摸杜甫的内心情感及其在作品中
的反映,他对杜甫诗的评判往往抓住两点:"致君尧舜,返俗黄虞"的志向和遭际
困厄的人生境况所引起的情感压抑。他评《孤雁》云:"此先生自写照也。……先
生集中,都是忠孝切实之言。"❷评《登楼》云:"先生生多难之时,身适在蜀,徘徊
吊古,欲图祸乱削平,无日不以诸葛忠武为念。"❸他不时地揭示出杜甫诗中那种
沉郁顿挫的思想情调和不遇于世、难抒抱负的人生叹息。

　　正是在对这种情感基调的深刻把握之中,金圣叹对杜诗的理解和评析往往
能切中肯綮,而自矜之言也常常露之于言外。杜甫《羌村》(二)诗云:"晚岁迫偷
生,还家少欢趣。娇儿不离膝,畏我复却去。"对此,金圣叹批曰:

> 此解用意最曲,不说不知,说之便朗如日月之在怀也。既归后,忽然自

---

❶ (清)金圣叹著,陆林辑校整理:《金圣叹全集》(修订版)第二册,凤凰出版社 2016 年版,第 775—
776 页。

❷ 同上书,第 750 页。

❸ 同上书,第 717 页。

想早岁出此门去，岂不自谓致君尧舜，返俗黄虞，功成名遂，始奉身退？壮矣大哉！快乎乐也！乃今心短计促，迫为偷生，窜身还乡，昔图总废，咄咄自诧，又何愬欤！娇儿心孔千灵，眼光百利，早见此归不是本意，于是绕膝慰留，畏爷复去。四句，总是曲写万不欲归一段幽恨。❶

在金圣叹的这段赏析中，作品的情感意蕴昭然若揭，而作品中抒情主人公的形象也呼之欲出了。

金圣叹在评点理论和实践中从上述三个方面阐明了他的关于文学评点"伸其神理"的"解义性"。他的这种观念的提出根植于他对文学创作主体性的认识，在《水浒传》的批点中，金圣叹曾提出了"文"和"史"的区别，他认为："夫修史者，国家之事也，下笔者，文人之事也。"而"国家之事，止于叙事而止，文非其所务也"。文人之事则不然，它"固当不止叙事而已"。金圣叹在此区分了"史"和"文"的不同，这是否与上文所说的金圣叹文学评点中"史学意识"的渗透有矛盾呢？其实不然，金圣叹在这里是从"史"的创作集体性和"文"的创作主体性来立论的，而他对《左传》《史记》等作品同样也是从主体创作的角度来看待的，即他把这些论著同样也列入了"文"的范畴。因而作为主体创作的"文"，那必定是"心以为经，手以为纬，踌躇变化，务撰而成绝世之奇文"，它可以在事的基础之上更多地融入创作主体"志"的内核，如《史记》，"马迁之传伯夷也，其事伯夷也，其志不必伯夷也"，而"恶乎志？文是已"。❷ 换句话说，文者，志也。因而作为主体创作的"文"，它必定有着深刻的"主体性"和鲜明的"主体特征"；故文学评点也便不单是对于"事"的解释，更多应是对体现主体特征"志"的阐发。质言之，文学评点应该是"解义性"的。金圣叹如下一段话就明确地表达了这种主张：

> 吾特悲读者之精神不生，将作者之意思尽没，不知心苦，实负良工。故不辞不敏，而有此批也。❸

---

❶ （清）金圣叹著，陆林辑校整理：《金圣叹全集》（修订版）第二册，凤凰出版社 2016 年版，第 648 页。
❷ 同上书第三册，第 529 页。
❸ 同上书第三册，第 41 页。

从"主体性"到"解义性",金圣叹的文学评点理论形成了第一个"链结",这是一对互为补足的观念。如果说,"主体性"是金圣叹文学评点理论的中心观念,那么"解义性"的提倡正是为文学评点主体性的实现创造了必要的前提。在对作品形象和情感特征的把握中,在对作家"文心"的探究中,"解义性"原则为评点家主体意识的渗透提供了足可驰骋的、游刃有余的"空间"。

金圣叹在《第六才子书西厢记》的序文中说过:他的文学评点一是为了"恸哭古人",二是为了"留赠后人"。如果说,文学评点的"解义性"是在评点主体意识的制约下求得与"古人"(即作者)的情感同一,那"留赠后人"的"向导性"则是金圣叹文学评点的另外一面。

金圣叹文学评点的第三个特性是加强文学评点的"向导性"。所谓文学评点的"向导性"是指这样一种评点观念:文学评点之目的并不是评点者本身自足的,它要求评点者在理解和领悟审美对象的基础之上给读者(当然亦包括创作者)以某种引导,从而影响文学创作和文学鉴赏。因而文学评点有着一种桥梁作用,要力图沟通作品与读者之间的关系。

金圣叹的文学评点在观念和实践上正是自觉地在履行着这种职责,他曾说:

> 后之人必好读书,读书必仗光明。光明者,照耀其书所以得读者也。我请得为光明,以照耀其书而以为赠之。❶

金圣叹把文学评点比作光明的使者,这是对文学评点一种很高的褒奖,同时也是对文学评点自身价值和地位的承认。

文学评点要实现其"向导性"的目的,那必定是建立在文学作品的可理解性和可解析性这一基础之上的。我国古代的文学批评素来受庄子哲学的影响,庄子云:"可以言论者,物之粗也,可以意致者,物之精也。"❷强调对于客体对象的认识只能以心灵的契合,而难以达至言表,因而古代文学批评十分重视对审美客体的"悟",而文学批评也便就是这种"悟"的直接传递,其中难以用语言做出精审

---

❶ (清) 金圣叹著,陆林辑校整理:《金圣叹全集》(修订版)第二册,凤凰出版社 2016 年版,第 851 页。
❷ (清) 郭庆藩集释:《诸子集成》第三册《庄子集释》,中华书局 1954 年版,第 253 页。

详尽的分析。刘勰便这样说过："至于思表纤旨，文外曲致，言所不追，笔固知止。"❶这种观念使得古代的文学批评带有浓重的神秘性和模糊性。而金圣叹则反其道而行之，他说：

> 仆幼年最恨"鸳鸯绣出从君看，不把金针度与君"之二句，谓此必是贫汉自称王夷甫口不道"阿堵物"计耳。若果知得金针，何妨与我略度？（《读第六才子书西厢记法》）

因而金圣叹认为，文学批评要在批评者把握作品的基础上"善度金针"，在批点杜甫诗歌的时候，他不无自豪地说：

> 先生既绣出鸳鸯，圣叹又金针尽度，寄语后人，善须学去也。❷

在"六才子书"的评点中，我们能够明显地看到，金圣叹的文学评点不仅能"悟"出作品之绝妙之处，而且还进行了深入细致的分析，揭示出绝妙之所以然来，所谓"灵眼觑见"，又要"灵手捉住"。他认为，作为一般的文学鉴赏者，或多或少都能读懂作品，但把这种感性的认识上升到理性的把握，并融贯在鉴赏者的主体意识之中，却不是每个人都能做到的。因而文学评点的一个重要任务是要把这种感性的认识上升到理性的高度，并直接传递给读者。他的文学评点就是在履行这种责任，他曾说：

> 圣叹深恨前此万千年，无限妙文已是觑见，却捉不住，遂成泥牛入海，永无消息。今刻此《西厢记》遍行天下，大家一齐学得捉住。仆实遥计一二百年后，世间必得平添无限妙文，真乃一大快事！❸

---

❶ （南朝梁）刘勰著，范文澜注：《文心雕龙注》，人民文学出版社 1958 年版，第 495 页。
❷ （清）金圣叹著，陆林辑校整理：《金圣叹全集》（修订版）第二册，凤凰出版社 2016 年版，第 724 页。
❸ 同上书，第 858 页。

既然文学作品是可理解的和可解析的,而文学评点又是在把这种理解和解析传递给读者。那么,作为评点者来说,则要确立一定的评点态度,金圣叹认为,文学评点者要"自爱其言",评点要审慎,要真诚,要作为读者之"知心"。为此,金圣叹对文学评点又有一"比":

> 后之人既好读书,必又好其知心青衣。知心青衣者,所以霜晨雨夜,侍立于侧,异身同室,并兴齐住者也。我请得转我后身便为知心青衣,霜晨雨夜,侍立于侧,而以为赠之。❶

金圣叹的这个观念是正确的。文学评点不是居高临下的、教条式的评判,它首先要求评点者以真诚的态度来力求理解作者及其作品;并再以真诚的态度和面目来对待读者。因为读者也是一个创造者,他不需要评点家指手划脚地给予审美的"赏赐",而要求评点家以平等的态度与读者做出知心的情感交流和审美传递。金圣叹把文学评点者比作"知心青衣",正是要求文学评点在"真诚"的基础之上,求得与读者心灵的融合,从而达到文学评点的"向导"目的。

金圣叹认为,在文学评点中大致有两类人物:一类是"冬烘先生",另一类则是"英伟奇绝大人先生"。这两类评点者在对于文学评点"向导性"的认识上有着极为明显的差异,他对这两种人物做出了如下的评析:

> 弟自幼最苦冬烘先生辈辈相传"诗妙处正在可解不可解之间"之一语。弟亲见世间之英绝奇伟大人先生,皆未尝肯作此语;而彼第二第三随世碌碌无所短长之人,即又口中不免往往道之。无他,彼固是有所甚便于此一语。盖其所自操者至约,而其规避于他人者乃至无穷也。❷

可见,这两种评点者之间最大的不同,在于一是自铸伟词,认为文学评点是

---

❶ (清)金圣叹著,陆林辑校整理:《金圣叹全集》(修订版)第二册,凤凰出版社 2016 年版,第 858 页。
❷ 同上书第一册,第 102—103 页。

一种"创造性"的事业；而另一种人物则是"随世碌碌无所短长"之辈，他们的文学评点"自操者至约"而缺乏创造性，对于文学评点的"向导性"不予重视，而往往以"妙处在可解不可解"之辞来敷衍搪塞。

由此也可以看出，金圣叹强调文学评点的"向导性"和他提倡文学评点的"主体性"有着颇为密切的联系。正因为文学评点是主体性的、创造性的，所以评点者能够凭借自身的理论勇气超越审美客体而做出创造性的理论批评，从而给读者以引导和启迪。

金圣叹提出文学评点的"向导性"，与他的人生理想是分不开的。如前所述，金圣叹把文学评点视为其生命运动的一部分来加以看待。因而文学评点也是其追求人生理想的一种途径，他尝言："太上立德，其次立功，其次立言。"然而，现实未能让金圣叹的"立功""立德"之志一试利钝，他退而求其次，试图以"立言"来传扬后世，"留赠后人"。他希冀着这种境况的出现，"国信其书，家受其说"，甚而至于"口口相授，称道不歇"。❶ 正是在这种人生理想的促迫之下，金圣叹力求使自己的文学评点成为一种创造性的事业，从而流芳后世，供后人以"消遣"。

以上我们从"主体性""解义性"和"向导性"三个方面概括并分析了金圣叹的文学评点观，这是金圣叹文学评点理论的"总体结构"。在这个结构中，文学评点的"主体性"是他评点理论的中心观念，在这一观念的制约下，他一方面把评点触角伸向了创作主体和审美客体，要求对作家的"文心"和作品的内在意蕴做出符合评点者主体意识的解释和概括；另一方面又使评点者面向鉴赏主体，把文学评点视为流芳后世、遗泽后人的工具和途径，并作为一种创造性的活动来赢得评点者主体价值的实现。在中国文学批评史上，金圣叹的文学评点观念诚为空谷足音，他对文学评点主体性的强调，突出了评点者的主体价值，从而也强化了文学评点的自身地位。在这种观念的引领下，文学评点已不再作为文学附庸，而是一种评点者自身价值的实现，是一种超越，同时也是一种创造。"解义性"的提倡、"向导性"的标举，对传统文学批评无疑也是一种很大的冲击。首先，它从

---

❶ （清）金圣叹著，陆林辑校整理：《金圣叹全集》（修订版）第二册，凤凰出版社 2016 年版，第 1079 页。

"释事"引向了"解义",摒弃了传统琐碎的本事考原和逸事钩沉,而直奔作品深层次的内容意蕴。其次,它把文学评点的点滴感悟上升到了解析式的理性评判。在中国传统的文学评点中,把对作品的心灵感悟直接进行文字物化是它的一大特征,人们常说,中国的文学评点是为"利根"准备的、而不为"钝根"所接受,其实也不无道理。金圣叹的文学评点在对作品的分析上是较为突出的,虽然他还未有一套体系严密的批评原则和理论思想,但对传统文学批评的推进已然明显。

然而,金圣叹的文学评点观仍然是一个并不完善的理论结构,他提出了许多有价值的理论观念,但在这背后也蕴含着不少不尽合理甚至是错误的地方。这同样表现在他文学批评理论的中心观念——"主体性"之中,在对于文学评点主体性的提倡中,金圣叹的理论勇气和胆识是卓越的;然而在评点主体与审美客体的关系中,他虽然也强调了文学评点不能游离于客体,但他在理论上并没有做出比较妥善的处理。他强调文学评点对审美客体的超越,但是这种超越恰恰为他凭个人的直觉和见解来解释作品提供了极大的便利。金圣叹生活的时代,正是王派"心学"刚刚度过了它的黄金时代之时,"心学"对客体的认识方式无疑在他的心中留下了深深的投影,他对"格物"的认识和理学是有二致的,他没有视"格物"为认识客体的途径,而是把"格物"框范在对主体心理的发见。因而随着主体心理的变异,客体的真实性制约也便逐渐地淡薄了。在文学评点中,当金圣叹的主体意识得以张扬的时候,审美客体在某种程度上反而成了他抒情言志、自抒怀抱的工具。

金圣叹的文学评点在理论和实践上都做出了对审美客体的超越,但在这种超越的同时他又深深地坠入了评点主体的自身框范之中而难以自拔。文学评点的"主体性"除了要求评点者超越审美对象而做出理论再创造之外,还包含着评点对象的审美内涵对评点主体自身的影响和反拨,因而这是一种对评点主体内部固有的"审美结构"的超越。文学评点者要随着评点对象的更新和审美内涵的演化而不断地调整评点主体的内在结构,使评点主体自身得到一种"新质",从而使自身的审美结构得以超越。然而金圣叹对此没有做出理论上的把握,他只强调了评点主体对审美客体的超越,而忽略了评点主体在审美客体的影响下也要求得自身的超越。这种批评理论上的缺陷给他的文学评点带来了颇为严重的后果，如上文所述，金圣叹文学评点的涉猎面是较为广泛的，他一生中评点了诗歌、散文、小说和戏曲等多种文体。因而按理说，各种文学样式的审美内涵都会在评点者的主体意识中留下痕迹。比如黑格尔，他也广泛研究了史诗、抒情诗和戏剧诗等多种文体，他从史诗中提炼了"客体性"的审美特征，又在抒情诗中揭示了"主体性"的美学内涵，而认为戏剧诗正是"主体性"和"客体性"的融合。可见，黑格尔对审美对象的把握并未坠入研究主体的自身框范之中，而是随着对象的转移，主体的理论结构也不断地得以超越。金圣叹则不然，他的全部文学评点都带有一种"文"的意味，有着一种评点的"一体化"倾向，审美对象的更新并未使他的理论结构有所改变；他固有的审美结构深深地盘踞在他的主体意识之中，从而使他把不同的审美对象框范在较为同一的主体审美结构中加以审视。故金圣叹自诩的所谓"六部书圣叹只是用一副手眼读得"（《第六才子书西厢记读法》），其实正是其文学评点颇为明显的不足。

二　金圣叹的《水浒传》评点

关于金圣叹《第五才子书施耐庵水浒传》之成书和刊刻年代一般据金圣叹《序三》末署之时间而定为崇祯十四年（1641），然金氏在同一篇序中，说明了其批点《水浒传》是有一段时间的。其云："嗟乎！人生十岁，耳目渐吐，如日在东，光明发挥。如此书，吾即欲禁汝不见，亦岂可得？今知不可相禁，而反出其旧所批释，脱然授之于手也。"❶说明《水浒》批点乃其"旧所批释"，该文更自述其"旧所批释"是于十二岁时就已完成，这当然不可信，但其批点《水浒》经历了较长一段时间确是真实的。

金批《水浒》的思想倾向表现在对文本的修改和具体的评述两个方面，在内涵上主要是关于"盗"的认识，即对于《水浒》基本情节的看法问题。对这一问题，

---

❶（清）金圣叹著，陆林辑校整理：《金圣叹全集》（修订版）第三册，凤凰出版社2016年版，第22页。

金圣叹有着比较明显的矛盾，他一方面对"盗"的行为本身是明确反对的，在《序二》中，他就表达了他评点此书是有"当世之忧"，即忧天下纷乱、揭竿而起者此起彼伏，故其评改《水浒》乃是为了"诛前人既死之心""防后人未然之心"。❶但在具体评述中，尤其是对《水浒》人物的评价上却并非如此，一个有趣的现象是：金圣叹在《水浒》评点中最为赞美的人物恰恰是那些造反意识最强烈的人物，如李逵、鲁达、武松、阮小七等，而其最深恶的却是极力想招安的宋江。这一矛盾贯穿于整部金批《水浒》之中，那他怎样在这一矛盾中求得评点的思想一致性呢？金圣叹大致采用了两种方式：在对于人物的评判中，金氏将人物行为的政治价值判断和人物个性的道德价值判断分开，故从政治价值出发，金圣叹反对《水浒》人物的起义行为，而从道德价值入手，人物的"真假"就成为评判人物高下的准则。前者是整体性的，后者则是具体的。故在《水浒》评点中，虽有着对于作品整体内涵的否定，但一进入具体的评述，就可明显感受到一种由衷的赞美和充沛的情感贯穿在他的评点文字之中。在对于"为盗"的起因上，金氏则突出"乱自上作"，强化其"不得已而至于绿林"，并对此做了大量的评述和阐析，突出了高俅之流对梁山英雄的迫害。归结起来，金氏对所谓"盗"的认识持有一种矛盾的态度，他向往天下清明，忧世道纷乱，故其反对"造反"这种行为本身，但他更深恶那些逼迫人"为盗"的社会环境，并以此为其开脱。而在具体评述中，则对《水浒》英雄表现出的率直、真挚的个体性格赞美不已。

金批《水浒》的价值是多方面的，他对《水浒》文本的改订，他所总结的《水浒传》的艺术手法和创作经验，他所提出的大量的理论观点，都是富有新意和价值的，对此，时贤论述颇多，不再赘述。兹就小说评点史的角度对金批《水浒》的价值做一申述：首先，从评点形态而言，由金批《水浒》所确立的评点形态，即由"序""读法""眉批""夹批""总批"等构成的评点形态是一种最能体现小说评点的文人性与导读性相结合的批评形式，这种综合性的评点形态由金批《水浒》所奠定，以后经毛氏父子、张竹坡等的进一步发展而成小说评点史上最为规整的形态类型。其次，在小说评点内涵上，金批《水浒》实际开创了古代小说批评的一种新

❶（清）金圣叹著，陆林辑校整理：《金圣叹全集》（修订版）第三册，凤凰出版社 2016 年版，第 18 页。

格局,简言之,即从叙事文学角度评判小说的人物形象和情节结构,又从文章学的视角分析小说的行文布局和遣词造句。故"人物性格"评判和"结构章法"分析构成了金批《水浒》的重要内涵,而这开创了后世小说评点的基本格局。复次,金批《水浒》在其具体的评点中,可以说是融析理、议论、评述于一体,既重视小说文本的具体评述,同时又注重在具体评述基础上理论思想的提炼和概括,金批《水浒》理论思想的丰厚正得于此。如在对小说与史书的比较中,提出了《史记》"以文运事"、《水浒》"因文生事"的不同,认为小说"因文生事",故其创作"只是顺着笔性去,削高补低都由我",明确肯定了小说艺术的虚构特性,并由此探讨了小说创作中诸如"因缘生法""格物""动心"等一系列小说的创作观念和理论思想。在金批《水浒》中,金氏还长于议论,将小说的具体情节与社会现实和历史内涵结合起来,借题生发、抒发悲愤、指责时弊的评述可谓比比皆是,不胜枚举。这是评点者在小说批评中融入情感,将其作为人生事业的一个重要因素,同时也是读者沉迷于金批《水浒》的一个主要原因。另外,金批《水浒》在批评思维和行文风格上也颇有特色,其中最为突出的是在评点过程中评者主体情感的饱满和投入以及评论语言的生动、灵活和优美。对朝廷、政局的批判,对贪官污吏的抨击,金圣叹都是满含情感,表现出了强烈的入世意识和社会责任心。而对于《水浒》英雄,尤其是那些性格率真的人物,其赞美之情溢于言表,如评鲁达:"写鲁达为人出力,一片热血直喷出来,令人读之深愧虚生世上,不曾为人出力。"金批《水浒》的评点语言也极有个性,这在古代小说评点史罕有其匹,或泼墨如注、洋洋洒洒,或诙谐佻达、笔含机锋,尤其是采用大量的描述笔法,使评点文字充满了生机和活力。当然,金批《水浒》的上述特性也是利弊各具,主观生发、借题发挥处亦充斥其评论之中,这也对后世的小说评点带来消极的影响,从而为人所诟病。金批《水浒》的影响很大,以后的小说评点几乎没有不受其影响的,毛氏父子的《三国》评点、张竹坡的《金瓶梅》评点等在体式和思想上均与金批《水浒》一脉相承,而"圣叹外书"更是充斥于后世的小说评本中,成为书商推销其小说的一个促销手段。同时,金批《水浒》问世后,有清一代的《水浒》刊本以金批本为主体,基本占据了《水浒传》文本的流通市场。

三　毛氏父子的《三国志通俗演义》评点

　　毛批本《三国志通俗演义》的评者历来题署不一,如醉畊堂本封面刻"声山别集",正文题"茏苑毛宗岗序始氏评,吴门杭永年资能氏评定",乾隆三十四年(1769)世德堂本扉页题"毛声山评三国志",清大魁堂扉页上栏题"金圣叹外书",右题"毛声山评点三国志",同治二年(1863)聚盛堂本扉页题"毛声山批点三国志"等。涉及毛声山、毛宗岗、金圣叹、杭永年四人,其中金圣叹乃书坊伪托,清刻本《第一才子书》之"金圣叹序"亦从醉畊堂刊本李渔序删改而成,学界已有定论。❶而杭永年其人,一般推测是毛声山的学生,曾参与《三国志通俗演义》的批点,后欲窃为己有,遭声山叱责,评本刊刻中辍。声山去世后,或由毛宗岗主持付梓,遂折中其间,在刊本扉页刻上"杭永年"之名。对这一问题黄霖《毛宗岗批评三国演义·前言》(齐鲁书社1991年版)、陈洪《中国小说理论史》(安徽文艺出版社1992年版)均有考证。故确切地说,此书是由毛声山、毛宗岗和杭永年三人共同完成,而以毛氏父子为主。对此,毛声山在《第七才子书总论》中有明确说明:"昔罗贯中先生作《通俗三国志》,共一百二十卷,其纪事之妙,不让史迁。却被村学究改坏,予甚惜之。前岁得读其原本,因为校正。复不揣愚陋,为之条分节解,而每卷之前,又各缀以总评数段,且许儿辈亦得参附末论,共赞其成。书既成,有白门快友见而称善,将取以付梓,忽遭背师之徒欲窃冒此书为己有,遂使刻事中阁,殊为可恨。今特先以《琵琶》呈教,其《三国》一书,容当嗣出。"❷毛氏父子的生平情况,现在所知不多。今据浮云客子《第七才子书序》、褚人获《坚瓠集》等记载简单叙述如下:毛声山,本名纶,字德音,江苏长洲(今苏州)人,五十岁左右双目失明,"乃更号声山,学左丘著书以自娱"。❸其评点是在极艰苦的境况中从事的,"比年以来,病目自废,掩关枯坐,无以为娱,则仍取《琵琶记》,命儿辈诵之,而我

---

❶　详见陈翔华:《毛宗岗的生平与〈三国志演义〉毛评本的金圣叹序问题》,《文献》1989年第3期。

❷　《第七才子书·总论》,侯百朋编:《琵琶记资料汇编》,书目文献出版社1989年版,第286页。

❸　浮云客子:《第七才子书序》,同上书,第271页。

听之以为娱。自娱之余，又辄思出以公同好。由是乘兴粗为评次。我口说之，儿辈手志之"。❶《坚瓠补集》收有他六十岁时汪啸尹所作的祝寿诗，其中有云："两字饥寒一腐儒，空将万卷付嗟吁。世人不识张司业，若个缠绵解赠珠"，"久病长贫老布衣，天乎人也是耶非。止余几点穷途泪，盲尽双眸还自挥"。❷ 可谓其生活的真实写照。毛宗岗（1632—1709 以后），字序始，号子庵，毛纶之子。有文才，尝坐馆课徒，与褚人获、尤侗、金圣叹、蒋灿、蒋铭、蒋之逵、蒋深等有交往，除协助父亲评点《三国志通俗演义》和《琵琶记》外，还有笔记《孑庵杂录》及诗文若干，晚年为其弟子蒋深所藏《雉园公戊辰朱卷并遗嘱手迹合装册》题跋，文中有云："予不肖，空读父书，迄于老而无成。"可见其一生郁郁不得志。❸

　　毛氏父子评点《三国志通俗演义》也是有感于作品"被村学究改坏"，故假托"悉依古本"，对"俗本"进行校正删改并作评点，他们所谓的"俗本"是指"谬托李卓吾先生批阅"的本子，即一般认为是叶昼伪托的《李卓吾先生批评三国志》。在毛氏父子看来，"俗本"在文字、情节、回目、诗词等方面均有不少问题，故其"悉依古本改正"。❹ 而评论中也"多有唐突昭烈、谩骂武侯之语"，故亦"俱削去，而以新评校正之"。❺ 毛氏的所谓"古本"其实并不存在，这是评点者一种惯常伎俩，故其对"李评本"的删改纯然是独立的改写，有着较高的文本价值，体现了他们的思想情感和艺术趣味。毛氏批改《三国演义》最为明显的特性是进一步强化"拥刘反曹"的正统观念，其《读法》开首即云："读《三国志》者，当知有正统、闰运、僭国之别。正统者何？蜀汉是也。僭国者何？吴魏是也。闰运者何？晋是也……陈寿之《志》，未及辨此，余故折中紫阳《纲目》，而特于演义中附正之。"❻本着这种观念，毛氏对《三国演义》做了较多的增删，从情节的设置、史料的运用、人物的塑造乃至个别用词（如原作称曹操为"曹公"处即大多改去），毛氏都循着这一观念和精神加以改造。最为典型的例子是第一回中有关刘备和曹操形象的改写：

---

❶《第七才子书·总论》，侯百朋编：《琵琶记资料汇编》，书目文献出版社 1989 年版，第 287 页。
❷（清）褚人获：《坚瓠集》第 4 册，浙江人民出版社 1986 年影印民国柏香书屋校印本。
❸ 详见陈翔华：《毛宗岗的生平与〈三国志演义〉毛评本的金圣叹序问题》，《文献》1989 年第 3 期。
❹《三国演义凡例》，朱一玄、刘毓忱编：《〈三国演义〉资料汇编》，南开大学出版社 2012 年版，第 214 页。
❺ 同上书，第 215 页。
❻《读三国志法》，朱一玄、刘毓忱编：《〈三国演义〉资料汇编》，南开大学出版社 2012 年版，第 254—255 页。

（刘备）那人平生不甚乐读书，喜犬马，爱音乐，美衣服，少言语，礼于下人，喜怒不行于色。（李评本）❶

那人不甚好读书，性宽和，寡言语，喜怒不行于色，素有大志，专好结交天下豪杰。（毛批本）❷

（曹操）为首闪出一个好英雄，身长七尺，细眼长髯，胆量过人，机谋出众，笑齐桓、晋文无匡扶之才，论赵高、王莽少纵横之策。用兵仿佛孙、吴，胸内熟谙韬略。（李评本）❸

为首闪出一将，身长七尺，细眼长髯。（毛批本）❹

修改中评者的主观意图已十分明显，但作者犹不满足，于回前批语中再加申说："百忙中忽入刘、曹二小传，一则自幼便大，一则自幼便奸。一则中山靖王之后，一则中常侍之养孙，低昂已判矣。"❺此种评改在毛批本《三国志演义》中所在多有。对于这一问题，学界长期以来颇多争执，所说角度不一，但均以为毛氏批本有着明确的政治倾向和民族意识。我们以为，毛批本中的政治倾向固然十分明显，但也不必过多地从明清易代角度立论，其"拥刘反曹"的正统观念实际体现的还是传统的儒家思想，更表现出作者对于一种理想政治和政治人物理想人格的认同，即赞美以刘备为代表的仁爱和批判以曹操为典型的残暴，故其评改体现了政治与人格的双重标准。另外，毛批本的文本价值还体现在评者对于《三国志演义》文本的艺术加工上，尤其是在文字修正、回目整理、诗文改换和故事情节的增删方面着力颇多，从而使作品的语言和情节叙述更为流畅、简洁，人物性格也更为鲜明。总之，经过毛氏父子的修改，作品的艺术性有了较大提高。

毛氏批本在理论批评方面直接继承了金圣叹评点《水浒传》的传统，尤其在评点的外在形式和评点笔法上确乎是"仿圣叹笔意为之"，但由于所评对象不同，故而在理论观念上也提出了许多新的见解。如关于小说的虚构与史实的关系问

❶ （明）罗贯中编次：《三国志通俗演义》，《古本小说集成》本，上海古籍出版社1994年版，第13页。
❷ 陈曦钟、宋祥瑞、鲁玉川辑校：《三国演义会评本》，北京大学出版社1986年版，第4页。
❸ （明）罗贯中编次：《三国志通俗演义》，《古本小说集成》本，上海古籍出版社1994年版，第27—28页。
❹ 陈曦钟、宋祥瑞、鲁玉川辑校：《三国演义会评本》，北京大学出版社1986年版，第9页。
❺ 同上书，第1页。

题,《三国志通俗演义》作为一部历史演义,自有其与其他小说不同的创作法则和特性,即其有一个与历史史实的关系问题。一般认为,毛批本倾向于"实录"准则,肯定作品"实叙帝王之事,真而可考"的特性,但仔细分析,其实并非完全如此。首先,毛批本在对《三国演义》与《水浒传》的比较中,确乎肯定《三国演义》,云:"读《三国》胜读《水浒传》,《水浒》文字之真,虽较胜《西游》之幻,然无中生有,任意起灭,其匠心不难。终不若《三国》叙一定之事,无容改易而卒能匠心之为难也。"❶可见,毛氏所肯定的其实并不是所谓"实录"问题,而是从艺术匠心的角度,即《三国演义》是在历史史实的制约下写出绝妙文章的,故其创作明显难于《水浒》。这个观点毛纶在《第七才子书总论》中也有明确表述:"予尝谓《西厢记》题目不及《琵琶记》,因思《水浒传》题目不及《三国志》……《水浒》所写崔苻啸聚之事,不过因《宋史》中一语,凭空捏造出来。既是凭空捏造,则其间之曲折变幻,都是作者一时之巧思耳。"❷故在毛批本中,批者认为《三国》之妙,关键是在于三国时期历史事件本身之妙,"有此天然妙事,凑成天然妙文"❸,"天然有此等波澜,天然有此等层折,以成绝世妙文"。❹ 其次,毛批本一方面肯定《三国》以"天然妙事"写出"天然妙文",同时常常以《三国》与"本可任意添设"的"稗官"对举,指责其不能如《三国》那样写出"绝世妙文"。如第二回总评:"三大国将兴,先有三小丑为之作引,三小丑既灭,又有众小丑为之余波。从来实事,未尝径遂率直,奈何今之作稗官者,本可任意添设,而反径遂率直耶!"❺不难看出,评者其实并不反对"虚构",只是讥讽那些不能"虚构"出"绝世妙文"的作者。复次,在对作品的具体批改中,评者虽也删去一些"后人捏造之事",但对那些有利于表现人物性格,却明显违背历史史实的内容,如关云长"单刀赴会""千里独行""义释华容道"等照样加以赞美。可见,评者对于虚构内容的增删标准主要还在于艺术价值的高低。在对于《三国演义》情节结构的批评中,毛批本也有许多有价值的见解。如明确以"结构"概念批评《三国演义》,认为《三国》之结构有如"天造地设",而小

---

❶ 《读三国志法》,朱一玄、刘毓忱编:《〈三国演义〉资料汇编》,南开大学出版社 2012 年版,第 304 页。
❷ 《第七才子书·总论》,侯百朋编:《琵琶记资料汇编》,书目文献出版社 1989 年版,第 286 页。
❸ 陈曦钟、宋祥瑞、鲁玉川辑校:《三国演义会评本》,北京大学出版社 1986 年版,第 599 页。
❹ 《读三国志法》,朱一玄、刘毓忱编:《〈三国演义〉资料汇编》,南开大学出版社 2012 年版,第 257 页。
❺ 陈曦钟、宋祥瑞、鲁玉川辑校:《三国演义会评本》,北京大学出版社 1986 年版,第 14—15 页。

说的结构艺术乃是从"天地古今自然之文中"悟出（九十四回评语）；以"一线贯穿"分析作品的结构特色，认为《三国演义》"头绪繁多，而如一线穿却"，艺术结构达到了完美统一。还以"关目"一词评判小说的情节，这"关目"即指小说情节中的主要事件和表现人物时的关键情节，如："前于玄德传中忽然夹叙曹操，此又于玄德传中忽然带表孙坚。一为魏太祖，一为吴太祖，三分鼎足之所从来也。分鼎虽属孙权，而伏线则已在此。此全部大关目处。"❶（第二回评语）。又如："盖阿斗为西川四十余年之帝，则取西川为刘氏大关目，夺阿斗亦刘氏大关目。"❷"结构""关目"等词在晚明以来的小说戏曲评点中逐步为人所重视，尤其是李渔在《闲情偶寄》中标举"结构第一"以后产生了很大影响，视为在小说戏曲史上重视结构艺术的标志。但李渔创作《闲情偶寄》不早于康熙五年（1666），至康熙十年（1671）犹远未定稿❸，而毛批本约于康熙五年就已完成❹，由此可见毛批本在小说艺术结构批评的地位和价值。在对人物的具体批评中，毛批本在总体上没有金批《水浒》出色，其道德评价多于性格分析，对《三国》人物的类型化倾向也只揭示其特色，而殊少批评，但对人物的把握还是比较准确的。总之，毛批本以其出色的文本改订和理论批评在《三国演义》流传史上有突出的地位，从嘉靖本开始，《三国演义》受到了众多评点者的关注，署名评本即有余象斗评本、李卓吾评本、钟惺评本、李渔评本和毛氏父子评本等，但在毛批本问世以后的《三国演义》版本史上，毛批本独领风骚，压倒了其他评本，成为《三国演义》的定本，在《三国演义》的传播史上风靡了数百年。

四　张竹坡的《金瓶梅》评点

　　张竹坡的《金瓶梅》评点成书于清康熙三十四年（1695），全称《皋鹤堂批评第一奇书金瓶梅》。本书版本甚伙，题署不一，如"在兹堂本"扉页题"李笠翁先生著

---

❶ 陈曦钟、宋祥瑞、鲁玉川辑校：《三国演义会评本》，北京大学出版社 1986 年版，第 14 页。
❷ 同上书，第 752 页。
❸ 详见黄强：《李渔研究》，浙江古籍出版社 1996 年版，第 419 页。
❹ 详见王先霈、周伟民：《明清小说理论批评史》，花城出版社 1988 年版，第 365 页。

第一奇书","本衙藏板本"封面题"彭城张竹坡批评金瓶梅第一奇书","影松轩藏板本"封面题"彭城张竹坡批评绣像金瓶梅"等。实则是张竹坡以《新刻绣像批评金瓶梅》为底本加批而成。评者张竹坡(1670—1698),名道深,字自得,以号行,江苏铜山人,祖籍浙江绍兴。生性颖慧,以博闻强记闻名乡里,但科举之途不畅,五次应乡试均告落第。康熙三十二年(1693),北游京师,以诗歌创作得人赞誉。返里后生活相对平静,康熙三十四年(1695),竹坡于家中之皋鹤草堂评点《金瓶梅》,后于康熙三十七年(1698)春赴永定河工地图谋进身,永定河工程竣工时,竹坡突发暴病身亡,时年仅二十九岁。竹坡一生命运多舛,早年失怙,怀才不遇,悲愤忧郁,常有"人情反复,世事沧桑"之叹,他把这种个人的感情融入批评之中,遂使《金瓶梅》评点成为一种极具个性色彩的评点之作。张竹坡的《金瓶梅》评点上承金圣叹、毛氏父子,尤其受金批《西厢》之影响甚为强烈,而其主旨在于揭示作品之情感内涵和寻求作品之情节线脉。这种批评自金圣叹开端,至张竹坡乃大畅其趣,他将一部百回大书逐段梳理,烛幽探微,给出了一个有其强烈个人风格的解读文本。

此书的评点形式非常丰富,首有《序》,署"时康熙岁次乙亥清明中浣,秦中觉天者谢颐题于皋鹤堂",一般认为,"谢颐"即张潮之托名。次有张竹坡自撰的"总论"性质文字10种,计为:《竹坡闲话》《〈金瓶梅〉寓意论》《第一奇书〈金瓶梅〉寓意说》《苦孝说》《第一奇书非淫书论》《第一奇书〈金瓶梅〉趣谈》《杂录》《冷热金针》《批评第一奇书〈金瓶梅〉读法》《凡例》和《第一奇书目》(此书目是张竹坡据一百回情事缩为二字简目,认为全书采用的是两对章法,故每回前后两事,计两百件事,并略作评语,亦应视为"总论"之一部分)。正文中有回前总批、夹批、旁批和眉批。这一评点形态明显袭自金批《水浒》,且《读法》部分的语言风格、思维方式均极相似。虽然他有意识地想做出与金氏相异的批评特色,尝言:"《水浒传》圣叹批处,大抵腹中小批居多⋯⋯《水浒》是现成大段毕具的文字,如一百八人,各有一传,虽有穿插,实次第分明,故圣叹只批其字句也。若《金瓶》乃隐大段精彩于琐碎之中,止分别字句,细心者皆可为,而反失其大段精彩也。"❶张竹坡此

---

❶ (清) 张竹坡:《第一奇书凡例》,(明) 兰陵笑笑生著,(清) 张竹坡评:《金瓶梅》,齐鲁书社 1991 年版,第 1 页。

论正确地揭示了《水浒传》与《金瓶梅》在结构艺术上的差异,即《水浒》一百零八人各有一传的线性结构和《金瓶梅》"隐大段精彩于琐碎之中"的网状结构之间的差异,但其指出金氏"只批字句"的结论却不尽准确,也许这是张竹坡抬高自己的一种狡狯。实际上,张竹坡在小说评点的方法上全面继承了金圣叹的传统,不仅是《水浒》评点,对其《西厢》评点亦深有会心,而金圣叹在小说评点中体现出的主要精神正构成了张评《金瓶梅》的基本方法。这种传承关系大致表现在三个方面。一是金氏文学批评强化批评者的主体意识,认为"圣叹批《西厢记》是圣叹文字,不是《西厢记》文字"。❶而张竹坡也明确宣称:"我自做我之《金瓶梅》,我何暇与人批《金瓶梅》也哉!"❷这种批评精神使他的评点文字表现出了颇为独特的批评个性和个人主观色彩。二是金氏的文学批评追求"解义性",如云:"吾独欲略真形迹,伸其神理",又云:"吾特悲读者之精神不生,将作者之意思尽没,不知心苦,实负良工,故不辞不敏而有此批也。"❸要求文学批评透过文字的表面现象而探求作品深层的内涵。张竹坡对此亦十分重视,他以"寓言"看待《金瓶梅》乃至一切小说,正是为了由此解读作品中隐藏的内涵,并做出主观性的判断。他认为小说"其假捏一人,幻造一事,虽为风影之谈,亦必依山点石,借海扬波。故《金瓶》一部,有名人物不下百数,为之寻端竟委,大半皆属寓言。庶因物有名,托名撰事,以成此一百回曲曲折折之书"。❹所谓"依山点石,借海扬波",所谓"因物有名,托名撰事",即认为小说中的人名和物类名称皆有深意,而小说情节正是在这种具有独特内涵的物类名称和人名中展开的,小说评点即据此确认和探寻作品中所隐含的深层意思。这种批评思路几乎贯穿于《金瓶梅》评点之中。三是金氏的文学批评重视总结文学作品的文法,所谓"鸳鸯绣出从君看,又把金针度于君"。张竹坡的《金瓶梅》评点亦注意对小说创作法则的揭示,"使天下人共赏文字之美"。❺ 总的来说,张氏的小评点大致承续金圣叹的传统,在强调"主体性"

---

❶ (清)金圣叹著,陆林辑校整理:《金圣叹全集》(修订版)第二册,凤凰出版社 2016 年版,第 865 页。

❷ (清)张竹坡:《竹坡闲话》,(明)兰陵笑笑生著,(清)张竹坡评:《金瓶梅》,齐鲁书社 1991 年版,第 11 页。

❸ (清)金圣叹著,陆林辑校整理:《金圣叹全集》(修订版)第三册,凤凰出版社 2016 年版,第 41 页。

❹ (清)张竹坡:《金瓶梅寓意说》,(明)兰陵笑笑生著,(清)张竹坡评:《金瓶梅》,齐鲁书社 1991 年版,第 11 页。

❺ (清)张道渊:《仲兄竹坡传》,《张氏族谱·传述》,乾隆四十二年(1777)刊本。

和对文学法则的揭示上两者是基本对等的,但在"解义性"一端,张竹坡比金氏走得更远,其主观任意性更为强烈,故在其批点中,牵强附会、主观臆断之处比比皆是。

张竹坡评点《金瓶梅》的主要动机是什么呢? 涉及这一内涵的批评资料大致有这样几条。

(1) 批点《金瓶梅》乃针对当时读者对作品的误读:"不意世之看者,不以为惩劝之韦弦,反以为行乐之符节,所以目为淫书……予小子悯作者之苦心,新同志之耳目,批此一书。其'寓意说'内,将其一部奸夫淫妇,悉批作草木幻影,一部淫词艳语,悉批作起伏奇文……我的《金瓶梅》上洗淫乱而存孝悌,变账簿以作文章,直使《金瓶》一书冰消瓦解。"❶

(2) 批点《金瓶梅》乃是为了发泄自己内心的愤激之情:"迩来为穷愁所迫,炎凉所激,于难消遣时,恨不自撰一部世情书,以排遣闷怀;几欲下笔,而前后结构,甚费经营,乃搁笔曰:我且将他人炎凉之书,其所以前后经营者,细细算出,一者可以消我闷怀,二者算出古人之书,亦可算我今又经营一书。"❷"竹坡彭城人,十五而孤,于今十载,流离风尘,诸苦备历,游倦归来,向日所为密迩知交,今日皆成陌路……亲朋白眼,面目含酸,便是凌云志气,分外消磨,不禁为之泪落如豆。乃拍案曰:'有是哉! 冷热真假,不我欺也。'乃发心于乙亥正月人日批起,至本月廿七日告成。"❸

(3) 批点《金瓶梅》非为谋利,而是为使天下人共赏奇文。"(兄)曾向余曰:'《金瓶》针线缜密,圣叹既殁,世鲜知者,吾将拈而出之。'""或曰此稿货与坊间,可获重价。兄曰:'吾且谋利而为之耶? 吾将梓以问世,使天下人共赏文字之美,不亦可乎?'"❹"然则《金瓶梅》我又何以批之也哉? 我喜其文之洋洋一百回,而千针万线,同出一丝,又千曲万折,不露一线。闲窗独坐,读史,读诸家文,少暇,

❶ (清) 张竹坡:《第一奇书非淫论》,(明) 兰陵笑笑生著,(清) 张竹坡评:《金瓶梅》,齐鲁书社 1991 年版,第 20—21 页。

❷ (清) 张竹坡:《竹坡闲话》,(明) 兰陵笑笑生著,(清) 张竹坡评:《金瓶梅》,齐鲁书社 1991 年版,第 11 页。

❸ (清) 张竹坡:《金瓶梅寓意说》,(明) 兰陵笑笑生著,王汝梅校注:《皋鹤堂批评第一奇书金瓶梅》,吉林大学出版社 1994 年版,第 10 页。

❹ (清)张道渊:《仲兄竹坡传》,《张氏族谱·传述》,乾隆四十二年(1777)刊本。

偶一观之曰:'如此妙文,不为之递出金针,不几辜负作者千秋苦心哉!'"❶

　　张竹坡的《金瓶梅》评点在中国小说史和小说评点史上有重要价值,这是毫无疑问的,那怎样才能正确地确认其价值呢? 笔者以为,以往的研究将张批《金瓶梅》视作中国小说理论史上的一部重要著作加以对待,有其合理性,但并不能真正指出张批的价值所在。张批《金瓶梅》的主要价值在于传播,在于评点者对作品独特的解读,从而对读者产生了深远的影响。就小说文本而言,张竹坡对《金瓶梅》的修订极为有限,他基本上是以《新刻绣像批评金瓶梅》为底本的,故在《金瓶梅》的文本演变中,张竹坡无甚贡献。而就理论角度言之,张氏对《金瓶梅》就小说创作法则和创作精神的总结也是有限的,在整体上与金圣叹评点《水浒传》还有一段距离,甚至在理论的概括性方面还不如"容本"《水浒传》的评点。因此可以这样认为,张竹坡《金瓶梅》评点,其首要价值在于:在《金瓶梅》的传播中,在对世情小说的欣赏中,张竹坡为读者提供了一个出色的范例,破除了人们的一些欣赏习惯,并引导读者走出阅读欣赏《金瓶梅》的误区。这可从以下几方面来认识。

　　(1) 张竹坡对《金瓶梅》的情节内容做出了比较深入且富于主观色彩的评析,对《金瓶梅》传播中一直被人视为"淫书"的传统观念做了辨析。视《金瓶梅》为"淫书",是晚明以来颇为流行的观念,在读者中有较大反响,作品中确也存在着大量的性描写。对此,张竹坡无法回避,也不能简单地加以否定。在对于这一问题的辨析中,张氏没有单纯地走金圣叹评点《西厢记》时"文者见之谓之文,淫者见之谓之淫"❷的老路,而是有意识地阐发他从《金瓶梅》的"淫欲世界"中所悟出的"圣贤学问",即《金瓶梅》不是淫书,而是反映世态炎凉的"世情书",是一部深刻批判现实的"史公文字"。为了辨明这一观念,张竹坡提出了一系列的理论观点,如"泄愤""苦孝""奇酸""冷热""真假"等,其中"泄愤""苦孝""奇酸"旨在说明《金瓶梅》的创作是有所为,亦有所指的,是作者"丑其仇"的一种手段,同时又借此表现作者内心深沉的悲愤酸痛之情。所谓"是愤已百十二分,酸又百二十

---

❶ (清) 张竹坡:《竹坡闲话》,(明) 兰陵笑笑生著,(清) 张竹坡评:《金瓶梅》,齐鲁书社 1991 年版,第11 页。

❷ (清) 金圣叹著,陆林辑校整理:《金圣叹全集》(修订版)第三册,凤凰出版社 2016 年版,第854 页。

分,不作《金瓶梅》,又何以消遣哉?"❶"作者不幸,身遭其难,吐之不能,吞之不可,搔抓不得,悲号无益,借此以自泄,其志可悲,其心可悯矣。"❷而"冷热"则指世态之反复,"真假"即揭示人情之虚伪。总之,这是作者借对这一恶俗世界、淫欲世界的描绘来发泄心中之愤懑和批判现实之丑陋。❸当然,破除《金瓶梅》为"淫书"的观念,在当时也已成一股风气,张潮《幽梦影》云:"《水浒传》是一部怒书,《西游记》是一部悟书,《金瓶梅》是一部哀书。"❹江含征在此附评曰:"不会看《金瓶梅》而只学其淫,是爱东坡者但喜吃东坡肉耳。"❺但张竹坡对此的辨析最为深刻,其目的正是要破除人们的欣赏习惯,而使《金瓶梅》所隐含的丰富生活和现实内涵得以抉发和认识。

(2)张竹坡对《金瓶梅》的表现形式有较为深入的认识,在其评点中揭示了《金瓶梅》作为一部世情小说所独具的审美特性。《金瓶梅》作为一部世情小说,有其独特的艺术特性,它往往不是抓取生活中的典型事件来作奇异的情节描写,而是全景式地描摹日常生活中的细节,因此常会给人一种拖沓、琐碎的感受。明末张无咎在《三遂平妖传序》中便这样认为:《金瓶梅》"如慧婢作夫人,只会记日用账簿,全不曾学得处分家政,效《水浒》而穷者也"。❻这一观点在《金瓶梅》传播史上有较大影响,张竹坡试图改变人们的这一认识局限,便首先是从反"账簿说"入手的。他尝言,其评点《金瓶梅》就是要"变账簿以作文章"❼,使人们在琐碎的情节描写中领会作者的深意和把握小说的结构章法,从而认清世情小说所独具的审美特色。为了证明《金瓶梅》非为"账簿"而是"文章"这一观点,张竹坡对《金瓶梅》的人物关系和情节构成做了详细的品析。认为小说中的人物关系和情节安排都是一个有机而又有序的整体,前后相因,千里伏脉。在此,他主要做

中国小说评点研究新编

---

❶ (清)张竹坡:《竹坡闲话》,(明)兰陵笑笑生著,(清)张竹坡评:《金瓶梅》,齐鲁书社1991年版,第10页。
❷ 同上书,第9页。
❸ 对这一问题,陈洪《中国小说理论史》(天津教育出版社2005年版)有关章节有较好的评述,可参看,笔者不再赘述。
❹ (清)张潮著,谢阳校注:《幽梦影》,文化艺术出版社2015年版,第73页。
❺ 同上。
❻ (明)张誉:《北宋三遂平妖传叙》,朱一玄、刘毓忱编:《西游记资料汇编》,南开大学出版社2012年版,第224页。
❼ (清)张竹坡:《第一奇书非淫论》,(明)兰陵笑笑生著,(清)张竹坡评:《金瓶梅》,齐鲁书社1991年版,第21页。

了两件工作。一是从"寓言"角度出发,抉发小说的人物名称所隐含的象征意义,认为小说的情节发展,甚至整体框架就是这种象征性的人物名称的外化,如"瓶因庆生也""梅又因瓶而生",甚至孙雪娥受辱守备府也是由于"梅雪争春",乃"梅雪不相下,故春梅宠而雪娥辱,春梅正位而雪娥愈辱"。❶ 总之,在作者看来,书中人物大至西门及诸妾,小至奴仆丫环,均取名有因,托名摅事,人物及情节之间有着严密的内在关系。二是从"因果"角度出发,认为小说情节的发展虽"细如牛毛,乃千万根共具一体,血脉贯通"。❷ 情节与情节之间有着严整的因果关系。由此,他对作品的结构章法做了较为深入的分析,提出诸如"草蛇灰线""大间架""两对章法"等的结构法则。从而在情节分析中揭出了作品"无一事无来历"的"绝妙谨严章法"。张竹坡对《金瓶梅》结构章法和人物关系的分析对破除所谓的"账簿说"有较大的作用,他一方面揭示了《金瓶梅》"隐大段精彩于琐碎之中"的特性,从而张扬了世情小说的艺术风格,同时又力图以完整、谨严的分析为《金瓶梅》构造一个情节发展的"因果链",从而破除人们视《金瓶梅》作者不懂"处分家政"的认识错误。平心而论,张竹坡的《金瓶梅》评点确实达到了这一目的,基本完成了他的预期目标,对《金瓶梅》的欣赏传播乃至世情小说的创作是功不可没的。上文说过,张竹坡的批评方法和思维方式明显受金圣叹的影响,尤其是金批《西厢》,金圣叹在批评《西厢记》时,往往对人物的每一行为和情节的每一细节都揭示其"所以然",从而使《西厢记》的情节结构框范在一个严密的因果框架之中。这种批评方法乃利弊各具,李渔对此就有十分精彩的评述:"圣叹之评《西厢》,其长在密,其短在拘,拘即密之已甚者也。无一句一字不逆溯其源而求命意之所在,是则密矣。然亦知作者于此,有出于有心,有不必尽出于有心者乎?"❸金圣叹评述的《西厢记》是追求情节单一、结构谨严的杂剧作品,如此评述尚且有此弊端,而张竹坡所评则是以全景式描摹现实生活的世情小说,故其中所显示的主观臆断、牵强附会,可谓俯拾皆是。当然,张竹坡评点《金瓶梅》在理论上亦颇多创见,对此,时贤评述较多,不再赘述。张评《金瓶梅》在当时就影响甚巨,据张道渊

---

❶ (清) 张竹坡:《金瓶梅寓意说》,(明) 兰陵笑笑生著,(清) 张竹坡评:《金瓶梅》,齐鲁书社 1991 年版,第 13—14 页。

❷ (清) 张竹坡:《竹坡闲话》,同上书,第 11 页。

❸ (清) 李渔:《李渔全集》第三卷《闲情偶寄》,浙江古籍出版社 1991 年版,第 65 页。

《仲兄竹坡传》载，张氏于评点《金瓶梅》的次年携书稿至金陵，"远近购求，才名益振，四方名士之来白下者，日访以数十计"。❶ 而在康熙以后，张评本则基本取代了《金瓶梅词话》和《新刻绣像批评金瓶梅》在社会上的流传，而成了《金瓶梅》的通行读本，延续至今。

第五节　清中叶小说评点之延续

清中叶以后，小说评点仍然呈持续发展之态势，但已失去了前一时期的勃勃生机和广泛影响。有的研究者甚至认为小说评点在金批《水浒》到张批《金瓶梅》的半个世纪中"已过完了自己的好时光，后来评点派就成为多少带有贬义的名号"了。❷ 从小说评点的历史地位而言，此说有一定道理，然从小说评点史角度来看，清中叶以后的小说评点仍不容忽视。所谓清中叶在本书中是指清雍正、乾隆、嘉庆三朝，时间也约一百来年。

一　清中叶小说评点概观

清中叶的小说评点主要集中在乾隆和嘉庆时期。雍正年间仅有《二刻醒世恒言》等少数几部，且内容简略，无甚可观。乾隆以来，小说评点又复兴盛，各种评本层出不穷，保持着相当的数量。其中大致可分为两大评点系列：小说名著评点系列和其他小说评点系列。

小说名著的评点经明末清初"四大奇书"的广泛评点之后，至此出现了新的迹象：《水浒传》的金批、《三国演义》的毛批和《金瓶梅》的张批已深得读者之喜爱，故此时期仅是对这些评本的重复刊印。"四大奇书"中唯有《西游记》一书仍评本纷出，出现了多种新的《西游》评本，这就是张书绅的《新说西游记》（乾隆十

---

❶　(清) 张道渊：《仲兄竹坡传》，《张氏族谱·传述》，乾隆四十二年(1777)刊本。
❷　徐朔方：《金圣叹年谱·引论》，《徐朔方集》第二卷，浙江古籍出版社1993年版，第712页。

三年，1748）、蔡元放重订增评的《西游证道书》（乾隆十五年，1750）、悟一子陈士斌评点的《西游真诠》（乾隆四十五年，1780）和刘一明评点的《西游原旨》（嘉庆十三年，1808）等。❶ 但这些评本由于其评点思路基本延续《西游证道书》的路数，以阐释《西游记》之主旨为目的，而忽略了作为小说的《西游记》所应有的艺术价值的分析，评点质量不尽如人意，故仍未出现与金、毛、张批本相比肩的评点定本。此时期新出的白话经典小说是《红楼梦》和《儒林外史》，这是中国古代小说史上的名篇巨著。但《红楼梦》在乾隆五十七年（1792）才有刊本出现，《儒林外史》现在所能看到的最早刊本是嘉庆八年（1803）的卧闲草堂本。故此二书在当时社会上还未引起广泛影响，评点随之相对沉寂。乾隆时期对这两部小说名著的评点现在能看到的唯有《红楼梦》钞本的"脂批"，《儒林外史》未见乾隆刊本，虽然"卧本"闲斋老人序署"乾隆元年春二月"，但实际评点时间和评点流传情况迄无定论。故这两部名著的评点唯"脂批"有一定影响，但由于《红楼梦》钞本流传面的相对狭窄，终究未能引起读者的广泛注意。相对而言，此时期其他小说的评本系列倒颇引人注目。在这一系列之中，尤以蔡元放评点的《东周列国志》、董孟汾评点的《雪月梅》、水箬散人评阅的《驻春园小史》、许宝善为杜纲小说《娱目醒心编》《北史演义》《南史演义》所作的系列评点最为出色。如果说，小说名著的评点更重视文人思想意趣的表现，那这一系列的小说评点则在保持文人性的基础上，更强调与小说评点商业传播性的结合。

嘉庆时期的小说评点以《儒林外史》的卧评本为翘楚，这是以后《儒林外史》评点中的唯一祖本。在《儒林外史》的流传史上，卧评几乎已与小说文本融为一体，尤其是卧评对《儒林外史》思想主旨的分析、讽刺特性的揭示和人物形象的赏析在后来的评点者和读者中产生了广泛而又深远的影响。另外，何晴川评点的《白圭志》、素轩评点的《合锦回文传》等，对白话小说的艺术特性颇多揭示，也有较高的理论价值。

综观清中叶的小说评点，我们不难看到，小说评点在经历了明末清初的繁盛之后，此时期虽评本繁多，但已难脱前人之阴影而出现与之相比肩的评点家和评

---

❶ 参见王守泉：《〈西游原旨〉成书年代及版本源流考》，《兰州大学学报》1986 年第 1 期。

点著作,往往表现为在继承前人成果基础上的局部延续,小说评点的模仿痕迹也日益明显。脂砚斋、闲斋老人、蔡元放等是此时期小说评点的佼佼者,但影响已难与金圣叹等相比了。

二 小说评点"文人性"的增强

清中叶小说评点的一个重要特色表现为在评点内涵上文人趣味的不断提升,甚至片面发展。这是小说评点在延续时期的一个重要现象,也可视为小说评点逐步走向衰微的一个重要表征。

小说评点文人性的增强经历了这样一个发展历程:李卓吾在《水浒》评点中灌注的狂傲之性和现实情感开启了小说评点文人性的端绪,这一传统在"容本"和"袁本"《水浒》评点中得到了延续,并与商业导读性相结合,确立了小说评点的一个基本格局。这种格局经金批《水浒》、毛批《三国》和张批《金瓶梅》得以加强、固定并推向极致。这是古代小说评点中最富生命力的一脉线索,也是小说评点得以广泛流传,并深得文人和普通读者共同喜爱的一个重要原因。金圣叹、毛氏父子和张竹坡的成功对后世的小说评点产生了深远影响,尤其在文人心目中确立了小说评点的重要地位。在康熙以后的小说评点中,一些文人评点者片面接受了小说评点中表现文人意趣的传统,但在这种传统的延续中却又逐步抛弃了小说评点所固有的商业导读性,这就在很大程度上切断了小说评点的生命血脉。小说评点于是就在这种文人性的片面提升中逐步走向衰微。

清中叶小说评点文人性的增强约有两种表现方式。一是表现为小说评点缘于评点家与小说家之间的个人关系。如"脂批"《红楼梦》,这是一种带有个体自赏性的文学批评,这种批评建立在评点者与作者之间关系非常密切的基础之上,于是"一芹一脂"成了文学史上的一段佳话。就古代小说评点史角度而言,评点者与作家之间的关系或表现为评点者以自身的情感和审美意趣择取作家作品,从而做出主体性的评判;或表现为在商业杠杆的制约下,根本无视作家的存在而纯为旨在推动小说商业流通的鼓吹。清中叶以来的小说评点在这基础上出现的这一新格局无疑是小说评点走向文人自赏性和私人性的一个重要标志。二是表现为评点者通过一己之阅读纯主观地阐明小说之义理，此举较早见于汪憺漪、黄周星评点的《西游证道书》，而在张书绅的《新说西游记》和陈士斌的《西游真诠》中达到极致。张书绅曰："此书由来已久，读者茫然不知其旨，虽有数家批评，或以为讲禅，或以为谈道，更又以为金丹采炼。多捕风捉影，究非《西游》之正旨。将古人如许之妙文，无边之妙旨，有根有据之学，更目为荒唐无益之谭，良可叹也。"❶于是他们注明旨趣，为之破其迷茫。张书绅认为《西游记》一言以蔽之，"只是教人诚心为学，不要退悔"。❷ 而刘一明批注《西游记》则认为该书乃"三教一家之理，性命双修之道"。❸ 众说纷纭，各执一词，而离作品之实际内涵越来越远，几乎将评点成为他们炫耀才学、呈露学说的工具。

　　清中叶小说评点文人性的增强从正面来看说明了文人对小说的重视，这是小说发展史上一个值得重视的现象。而这一现象的出现一方面与明末清初以来小说评点的文人化传统有关，同时，它也与清中叶小说创作的整体背景密切相关。中国古代白话小说在自身的发展过程中经历了一条由民间性向文人化发展的历史轨迹，这一演化过程非常缓慢。元末明初《水浒》《三国》的出现是古代白话小说在宋元话本基础上的第一次文人化提升，对后世小说的发展产生了深远影响。明嘉靖以后《三国》《水浒》的重新修订出版以及《西游记》《金瓶梅》的出现标志了白话小说文人化的相对成熟。而至明末清初，一方面是颇富文人色彩的人情小说逐步占据了重要地位，使得白话小说的创作由"世代累积型"逐渐向"个人独创型"方向演化，同时，小说评点家也对白话小说做了整体性的修订整理，尤其是明代"四大奇书"的评点更为白话小说的发展提供了一个成功的艺术范例。故白话小说的文人化在明末清初又推进了一大步，它为清中叶迎来文人小说的创作高峰奠定了坚实的基础。清中叶小说的文人性程度是空前绝后的，文人独创小说已在很大程度上占据了主导地位，尤其是《红楼梦》《儒林外史》，更是中国

❶ （清）张书绅：《新说西游记自序》，（清）张书绅：《新说西游记》，《古本小说集成》本，上海古籍出版社1994年版，第1—3页。

❷ （清）张书绅：《西游记总论》，（清）张书绅：《新说西游记》，《古本小说集成》本，上海古籍出版社1994年版，第2页。

❸ （清）刘一明：《西游原旨序》，（清）刘一明：《西游原旨》，《古本小说集成》本，上海古籍出版社1994年版，第42—43页。

古代小说史上最富文人意味的小说杰作。清中叶小说评点的文人性正是以这种创作背景为依托,同时也以自身的观念和理论批评参与到这一整体性的小说文人化进程之中。

然而清中叶小说评点的文人性对小说评点发展所产生的负面影响更为强烈。在很大程度上我们可以这样认为:清中叶小说评点文人性的片面发展局部中断了小说评点业已形成的那种文人性与商业向导性相结合的批评传统。小说评点就其本原而言,它的活泼泼的生命力源于其独特的民间性和通俗性,而文人性的提升只是提高小说评点整体品位的一个重要手段而非终极目的。否则,它给小说评点所带来的只能是生命的枯萎并逐渐趋于衰竭。如《西游记》在清中叶虽评本纷出,但终未出现像金批《水浒》等那样的评点定本也正说明了这一问题。

第六节　清后期小说评点的转型

道光以后百来年的白话小说评点又呈另一番景象:一方面,传统意义上的小说评点余波不绝,尤其是清中叶以来的《红楼梦》和《儒林外史》吸引着大量的文人评点家,小说评点尤其是文人评点仍颇为兴旺。另一方面,大约在19世纪末,随着中西方思想文化的交汇,一些思想激进的小说家和小说理论家也大量采用评点这一旧的形式来表现他们的政治理想和现实感慨,这种"旧瓶装新酒"的现象在晚清着实热闹了一番,并随着新兴的报纸杂志在社会上流播广远。

一　传统小说评点的余波不绝

所谓"传统小说评点"大致有两个含义:一是指小说评点的对象是在思想内涵和艺术形式上与传统一脉相承的小说作品,以区别于19世纪末20世纪初的"新小说";二是指在评点内容和批评思路上仍然以李卓吾、金圣叹等为宗主的评点传统。故而这一类评点可视为传统小说评点之余波。

本时期的传统小说评点在评点对象上较之以往有了明显变化,明代"四大奇书"已经退出了评点的中心位置,而清代的小说名著即《红楼梦》《儒林外史》引起了评点者的广泛注目。其中对于《红楼梦》的评点尤为热闹,在道光年间就有人统计当时的《红楼梦》评本已"不下数十家"。❶ 在这众多的《红楼梦》评本中,王希廉、张新之和姚燮三家评点影响最大,流传最广。而就评点特色而言,陈其泰的钞评本桐花凤阁评《红楼梦》和蒙古族哈斯宝的蒙文评本《新译红楼梦》亦颇有思想深度和理论价值。《儒林外史》在卧评本之后,此时期也形成了一个评点高潮,咸丰同治年间的黄小田钞评本、同治十三年(1874)的《齐省堂增订儒林外史》都在小说评点史上有一定影响。尤其是光绪年间的天目山樵张文虎更是集结了一批欣赏和批评《儒林外史》的研究群体,他们以评点这一手段大大推动了《儒林外史》的传播。此时期的传统小说评点正是以上述小说名著为其评点核心的。除此之外,此时期值得注意的还有文龙在光绪五年(1879)、六年(1880)、八年(1882)三次作批的《金瓶梅》评点,这虽然是一部钞评本,手写于在兹堂刊本《第一奇书金瓶梅》之上,但其中蕴含的理论思想非常丰富,也体现了文人自赏这一小说评点的历史传统。余如光绪年间刊刻的《野叟曝言》评本、《青楼梦》评本、《花月痕》评本等都是此时期颇有价值的小说评点本。

我们之所以将上述小说评本称为传统小说评点之余波,除了其评点对象的一致外,更重要的是这些小说评点本在批评旨趣、批评功能和批评视角上都体现出了与传统小说评点一脉相承的特色。

在批评视角上,此时期的小说评点继承以往小说评点的传统,仍然以人物品评、章法结构等为其评点之重心。如王希廉评点《红楼梦》,以"福寿才德"为纲品评《红楼》人物,认为"福寿才德四字,人生最难完全。宁、荣二府,只有贾母一人……可称四字兼全"。余者皆有缺失,如黛玉"一味痴情,心地偏窄,德固不美,只有文墨之才",他并以此为准则评判了众多人物形象。❷ 对于章法结构的批评

---

❶ (清) 张新之:《妙复轩评石头记自记》附录张东屏《致太平闲人书》,朱一玄编:《〈红楼梦〉资料汇编》,南开大学出版社 2012 年版,第 700 页。

❷ (清) 王希廉:《红楼梦总评》,朱一玄编:《〈红楼梦〉资料汇编》,南开大学出版社 2012 年版,第 581—582 页。

也是这些小说评点的重要对象,王希廉将《红楼梦》一百二十回"分作二十段看",并以"宾主""明暗""正反""虚实""真假"等传统观念分析作品的章法结构。又如邹弢评论《青楼梦》,认为其"有闲笔、有反笔、有伏笔、有隐笔,无一笔顺接"。❶其评语也均采用传统评点术语。人物品评与章法结构是古代小说评点的基本内涵,已成为小说评点独特的术语和批评方法,此时期的小说评点将这一评点传统加以继承并在《红楼梦》等小说评点中推向了极致。

在批评旨趣上,此时期小说评点的传统意味更为明显。上文说过,中国古代小说评点发源于文人自赏的阅读赏评和旨在推动小说商业传播的书商评点,在明末清初两者得以融合,从而奠定了小说评点的基本格局。但清中叶以来的小说评点片面接受了小说评点表现文人意趣的传统,将小说评点引向了一条偏仄之路。这一传统在此时期的小说评点中又有所发展,文人性的评点明显成了小说评点之主流。这也有两种表现方式。一是表现为对作品主旨的探究仍然是评点者极感兴趣的课题,并依据个人的情感思想阐释作品的表现内涵。如张新之认为《红楼梦》"乃演性理之书,祖《大学》而宗《中庸》","是书大意阐发《学》《庸》,以《周易》演消长,以《国风》正贞淫,以《春秋》示予夺,《礼记》《乐记》融会其中"。❷其评点的主体性极为明显,但这种思想却与《红楼梦》基本无涉,故以此为立论依据的张新之评点虽篇幅庞大,然大多是牵强附会的无稽之谈。相对而言,陈其泰对作品的把握则比较真切,陈氏将《红楼梦》与《离骚》《史记》相提并论,谓:"《国风》好色而不淫,《小雅》怨悱而不怒,若《离骚》者,可谓兼之,继《离骚》者,其惟《红楼梦》乎?"并认为《离骚》《史记》均为发愤之作,《红楼梦》亦然,"吾不知作者有何感愤抑郁之苦心,乃有此悲痛淋漓之一书也。夫岂可以寻常儿女子之情视之也哉"。❸其他如《儒林外史》评点和《西游记》评点等亦将对小说情感主旨的分析视为评点之首务,从而体现了小说评点的文人意味。二是表现为小说评点的个体自赏性又有明显增强,自赏性的小说评点发端于李卓吾,在古代小说评点史上不绝如缕,至本时期,这一评点传统达到峰巅状态。此时期小说

---

❶《青楼梦》第十三回评语,(清)俞达:《青楼梦》,《古本小说集成》本,上海古籍出版社1994年版,第185页。

❷(清)张新之:《红楼梦读法》,朱一玄编:《〈红楼梦〉资料汇编》,南开大学出版社2012年版,第701页。

❸(清)陈其泰评,刘操南辑:《桐花凤阁评〈红楼梦〉辑录》,天津人民出版社1981年版,第316页。

评点的自赏性表现在如下三个方面。首先是小说评点缘于对作品的深深喜爱和痴迷。王希廉谓："余之于《红楼梦》，爱之读之，读之而批之，固有情不自禁者矣。"❶因而他们将小说评点首先看成一种个体的消闲和感情的需求，如文龙在《金瓶梅》六十七回回评附记中就这样说道："姬人夜嗽，使我不得安眠，早起行香，云浓雨细。……看完此本，细数前批，不作人云亦云，却是有点心思。使我志遂买山，正可以此作消闲也。"❷其次，正因为他们将小说评点视为个体的消闲，故此时期的小说评点除了公开出版的评本之外，未刊行的评点稿本越来越多，道光年间"不下数十家"的《红楼梦》评本其中多数即为自赏的稿本，余如《金瓶梅》有文龙评点稿本，《儒林外史》有黄小田评点稿本等。这一现象的大量出现正说明小说评点逐步进入了文人自赏领域。复次，由于小说评点用以自赏，故其评点并不追求功利性的一蹴而就，而是反复研读，间隔批点。常常要花费评点者大量的心血，甚至倾其半生心力，从而在评点过程中获得一种长久的情感满足。张新之评点《红楼梦》花费三十年工夫，陈其泰批点《红楼梦》亦自十七八岁始，而至四十五岁时终于写定，前后达二十五年之久。文龙评点《金瓶梅》也有三年时间，不断批改。而天目山樵平时好读《儒林外史》，在六十余岁时开始批点，历十余年而不辍。这种长久的批点是此时期小说评点的一个重要现象，充分说明了小说评点的那种自赏特性。

中国古代小说评点自李卓吾于万历二十年（1592）批点《水浒》开始，至此已历三百余年历史，其中演进过程纷繁复杂，评点风格丰富多样。但颇有意味的是，小说评点从李卓吾自赏性的文人评点开始，至此又以自赏性的文人评点收局，前者开创了小说批评的新貌，而后者则使小说评点趋于终结，正好形成了一个轮回。这一轮回，就其开端而言，有提高白话小说之地位、开启小说评点之功用，而就其收局而言，则表明了小说评点与业已形成的那种文人性与商业导读性相结合的评点格局的背离，从而使小说评点终趋于衰竭。

❶（清）王希廉：《红楼梦批序》，朱一玄编：《〈红楼梦〉资料汇编》，南开大学出版社 2012 年版，第 578 页。
❷ 刘辉：《金瓶梅成书与版本研究》之"附录·文龙批评《金瓶梅》"，辽宁人民出版社 1986 年版，第 247 页。

二　小说评点的"旧瓶装新酒"

小说评点大致在 19 世纪末出现了新的现象：传统意义上的小说评点已基本趋于消亡，代之而起的是一种可称之为"变体"的小说评点，这一"变体"在 20 世纪初终于为小说评点画上了句号。

所谓小说评点的"变体"有这样一些基本特征。首先是这些评点仅采用了评点之外在形态，如总评、眉批和夹批等，但在评点内涵和批评术语上则大多抛弃了传统小说评点的固有特性，尤其是在小说评点中大量表现其政治改良思想，从而使小说评点在内容上耳目一新。其次是这些小说评点大多出现在新兴的刊物上，并以连载的形式随小说一并刊行，如《新小说》《绣像小说》《月月小说》等均刊行了大量的小说评本。三是这些小说评点主要以"新小说"为评点对象，而这些"新小说"又是以表现当时的政治生活为主体，故小说评点在很大程度上也充任了改良社会、唤醒民众的工具，而小说评点所固有的那种评判章法结构、分析艺术特性的内涵常常付之阙如。

晚清小说评点的这一"变体"主要包括两种类型。一是"新小说"的提倡者运用评点这一传统形式为自己的新创小说作评，这一类型的评点者主要有梁启超、吴趼人、李伯元、刘鹗等；二是以评点形式对旧小说做出新的理论评判，这以燕南尚生的《新评水浒传》为代表。❶

为自己的新创小说作批主要有梁启超的《新中国未来记》、刘鹗的《老残游记》、吴趼人的《二十年目睹之怪现状》《两晋演义》、李伯元的《文明小史》等，其中又以梁启超的《新中国未来记》最有特色。该书为梁氏的一部未完成之作，思想庞杂、形式混乱，充满了政治的说教。故其评点也成了政治说教的一个组成部分，而全然忘了评点所应有的思想艺术评析。如小说第四回叙述主人公游大连旅顺，备感为列强瓜分之苦，回末总评曰：

---

❶ 此处概括参见康来新《晚清小说理论研究》(台北大安出版社 1986 年版)第二章的内容。

瓜分之惨酷,言之者多,而真忧之者少,人情蔽于所不见,燕雀处堂,自以为乐也。此篇述旅顺苦况,借作影子,为国民当头一棒,是煞有关系之文。❶

《新中国未来记》的评点大多可作如是观,故就小说评点而言已全然失去了它应有的本性。梁启超是一位鼓吹"小说界革命"的旗手,在小说史上功不可没,但并不是一个成功的小说家,故其对小说的艺术特性并无深刻的把握,其评点类同说教也在情理之中。倒是那些小说家如刘鹗、吴趼人等在对自己小说的点评中表现了一定的理论价值。如吴趼人在《两晋演义》第一回评语中对历史小说的一段评述:

作小说难,作历史小说尤难,作历史小说而欲不失历史之真相尤难,作历史小说不失其真相而欲有趣味,尤难之又难。其叙事处或稍有先后参差者,取顺笔势,不得已也。或略加附会,以为点染,亦不得已也。他日当于逐处加以眉批指出之,庶可略借趣味以佐阅者,复指出之,使不为所惑也。❷

此言历史小说之创作,其观念、术语已与传统小说评点大异其趣,体现了近代文学思想之特质。

光绪三十四年(1908)燕南尚生《新评水浒传》铅印出版,该书封面顶上小字直书"祖国第一政治小说",以明其评点之宗旨。其实此书与其说是评点小说,倒不如说是借小说评点来表现其政治理想。其《叙》云:

《水浒传》果无可取乎?平权、自由,非欧洲方绽之花,世界竞相采取者乎?卢梭、孟德斯鸠、拿破仑、华盛顿、克林威尔、西乡隆盛、黄宗羲、查嗣庭,非海内外之大政治家、思想家乎?而施耐庵者,无师承、无依赖,独能发绝妙政治学于诸贤圣豪杰之先。恐人之不易知也,撰为通俗之小说,而谓果无可

❶ 梁启超:《新中国未来记》第四回回末总评,《新小说》1902 年第 3 号。
❷ 吴趼人著,刘敬圻编:《吴趼人全集·历史小说集》,北方文艺出版社 2019 年版,第 9 页。

取乎？❶

他并由此认定，《水浒传》是"祖国之第一小说也，施耐庵者，世界小说家之鼻祖也"。而观其所叙之事，则《水浒传》乃"社会小说""政治小说""军事小说""伦理小说""冒险小说"，要之，此书乃"讲公德之权舆也，谈宪政之滥觞也"。❷ 基于这种认识，燕南尚生对《水浒传》的所谓"新评"充满了政治说教的色彩，而其对《水浒传》的"命名释义"更可谓登峰造极，如释史进，"史是史记的史，进是进化的进"，言"大行改革，铸成一个宪政的国家，中国的历史，自然就进于文明了"。❸这种任意比附、牵强附会的所谓"释义"在《新评水浒传》中可谓比比皆是。这其实已经把小说评点沦为表达个人政见、表现政治理想的工具了。由于此书所表现的思想在当时有一定的代表性，故《新评水浒传》在当时有一定的影响，在某种程度上或者可以说，这是小说评点史上一部最后的"名作"。

三　小说评点之批评

清后期的小说评点从整体而言已没有明末清初小说评点那么出色，从李卓吾、金圣叹到张竹坡、脂砚斋，小说评点确乎已走过了它的黄金时代，此时期的小说评点已成收局之势。"余波"亦好，"变体"也罢，均是这种"收局之势"的重要表征，而人们对小说评点这一批评体式的批评也是其中一个不可忽略的现象。

对小说评点做出比较集中的反思是在 19、20 世纪之交，这与当时对小说的推崇和对小说功能的认识密切相关，故其言论中充满了感性的，甚至是脱离实际的色彩。"昔金人瑞有言，自此以往，二百年后，凡百经书，均将消灭而无可读，惟变成一小说时代耳。呜呼！金人瑞之言，今日何其验也。此其所以然者，逆料古

---

❶ （清）燕南尚生：《新评水浒传叙》，朱一玄编：《〈水浒传〉资料汇编》，南开大学出版社 2012 年版，第343 页。

❷ 同上书，第 327 页。

❸ （清）燕南尚生：《〈新评水浒传〉三题》，阿英编：《晚清文学丛钞　小说戏曲研究卷》，中华书局 1960 年版，第 134 页。

书糟粕,不可以为转移社会之枢柄,惟小说之鼓舞民气,足以助成新世界之开通,而大浚其智钥耳。"❶由对小说的推崇进而对小说的评点及评点者予以高度评价,他们甚至认为:"混混世界上,与其得百司马迁,不若得一施耐庵;生百朱熹,不若生一金圣叹。"❷并对金圣叹不生于今世大感遗憾:"余于圣叹有三叹焉:一恨圣叹不生于今日,俾得读西哲诸书,得见近时世界之现状,则不知圣叹又作何等感想。二恨圣叹未曾自著一小说,倘有之,必能与《水浒》《西厢》相埒。三恨《红楼梦》《茶花女》二书,出现太迟,未能得圣叹之批评。"❸显而易见,他们对小说评点的推崇是由于评点者对小说地位的张扬,即在近代高扬小说地位的理论风潮中,人们是将金圣叹等小说评点者视为理论的先驱者加以看待的。邱炜萲云:

> 盖以小说之有批评,诚起于明季之年,时当小说风尚为极盛,一倡于好事者之为,而正合于人心之不容已。是天地间一种诙谐至趣文字,虽曰小道,不可废也,特圣叹集其大成耳。前乎圣叹者,不能压其才,后乎圣叹者,不能掩其美。批小说之文原不自圣叹创,批小说之派却又自圣叹开也。❹

觚庵则从《三国演义》的传播角度高度评价了毛氏父子的贡献:

> 《三国演义》一书,其能普及于社会者,不仅文字之力。余谓得力于毛氏之批评,能使读者不致如猪八戒之吃人参果,囫囵吞下,绝未注意于篇法、章法、句法,一也。得力于梨园子弟,如《凤仪亭》《空城计》《定军山》《火烧连营》《七擒孟获》等著名之剧,何止数十,袍笏登场,粉墨杂演,描写忠奸,足使当场数百十人,同时感触,而增记忆,二也。得力于评话家柳敬亭一流人,善揣摩社会心理,就书中记载,为之穷形极相,描头添足,令听者眉飞色舞,不

❶ (清)伯耀:《义侠小说与艳情小说具输灌社会感情之速力》,《中外小说林》1907 年第 7 期。
❷ (清)伯耀:《小说之支配于世界上纯以情理之真趣为观感》,《中外小说林》1907 年第 15 期。
❸ (清)平子:《小说丛话》,《新小说》1903 年第 8 号,转引自《晚清小说期刊·新小说》第 5 至 8 号,上海书店 1980 年影印本,第 172 页。
❹ (清)邱炜萲:《金圣叹批小说说》,《菽园赘谈》卷七,光绪二十三年(1897)刊本,引自黄霖、韩同文:《中国历代小说论著选》(修订本)下编,江西人民出版社 2000 年版,第 13—14 页。

肯间断,三也。有是三者,宜乎妇孺皆耳熟能详矣。❶

人们甚至还认为中国传统小说对人心所产生的不良影响也是由于太缺少金圣叹这样的批评家为人们指出"读法",故"新小说"的传播要以揭示"读法"为先:

> 泰西学术,有政治之哲学家,有格致之哲学家,有地理之哲学家,有历史之哲学家。而中国金圣叹氏,实小说之哲学家也。所评诸记,类例、读法数十则,善哉善哉……有李卓吾而后可以读《西厢》《拜月》,有金人瑞而后可以读《西游》《水浒》……沉沉支那不受小说之福,而或中小说之毒,无读人耳。小说固所以刺激人之神经,抟注人之脑汁,神经不灵,脑汁不富,欲种善因,翻得恶果,其弊在于不知读法。❷

这种饱含感情色彩的言论在近代小说批评中较为普遍,就是对小说评点的贬斥之词也是如此。"《水浒》本不讳盗,《石头》亦不讳淫。李贽、金喟强作解事,所谓买椟还珠者。《石头》诸评,更等诸邻下矣。"❸"《水浒传》,祖国之第一小说也;施耐庵者,世界小说家之鼻祖也……惜乎继起乏人,有言而不见于行,而又横遭金人瑞小儿之厉劫,任意以文法之起承转合、利弊功效批评之,致文人学士,守唐宋八家之文,而不屑分心;贩子村人,惧不通文章,恐或误解而不敢寓目,遂使纯重民权,发挥公理,而且表扬最早,极易动人之学说,湮没不彰,若存若亡,甘让欧西诸国,莳花而食果。金人瑞能辞其咎欤?"❹不难发现,近代人对小说评点之批评从根本上来说并不是为了研究小说评点这一批评体式,而是有着自身功利目的的,其褒与贬均然。褒者,是借传统评点来为其抬高小说地位张目,贬者,乃

---

❶ (清) 觚庵:《觚庵漫笔》,《小说林》1908 年第 11 期,引自黄霖、韩同文选注:《中国历代小说论著选》(修订本)下编,江西人民出版社 2000 年版,第 325 页。

❷ (清) 无名氏:《读新小说法》,《新世界小说社报》,光绪三十二年正月十五日(1906 年 2 月 27 日)第六期,第 1—2 页。引自黄霖、韩同文:《中国历代小说论著选》(修订本)下编,江西人民出版社 2000 年版,第 206—207 页。

❸ (清) 摩西:《小说林发刊词》,《小说林》1907 年第 1 期,引自黄霖、韩同文选注:《中国历代小说论著选》(修订本)下编,江西人民出版社 2000 年版,第 251 页。

❹ (清) 燕南尚生:《新评水浒传叙》,朱一玄编:《〈水浒传〉资料汇编》,南开大学出版社 2002 年版,第 343 页。

不满于传统小说评点的思想陈旧。故感性有余而理性不足,难以真正对小说评点做出公正的、富于学理意味的批评。

相对而言,一些传统评点家对小说评点方法的揭示倒颇堪玩味,由于他们对小说评点有亲身实践,对小说评点史的发展又比较熟悉,故对评点的理性思考更有理论价值和实践意义。光绪年间的文龙就对小说评点提出了很好的意见,如:"夫批书者当置身事外而设想局中,又当心入书中而神游象外。即评史亦有然者,推之听讼解纷,行兵治病亦何莫不然。不可过刻,亦不可过宽,不可违情,亦不可悖理,总才学识不可偏废。而心要平,气要和,神要静,虑要远,人情要透,天理要真,庶乎始可以落笔矣。"(第十八回评语)又如:"作书难,看书亦难,批书尤难。未得其真,不求其细,一味乱批,是为酒醉雷公。"(第二十九回评语)❶

中国古代小说评点历经三百余年,从总体而言,小说评点的式微有评点内部的原因,也有外部的影响,就内部因素来看,晚清小说评点的草率和鄙陋是小说评点逐步失去读者的一个重要原因,而报刊小说带有"补白"性的所谓"评点"则使小说评点沦为可有可无的"角色"。而从外部原因来看,晚清以来,小说渐由传统的"边缘"文体逐步跃为文学的"中心",也使得小说研究方式突破了传统格局,"本报论说,专属于小说之范围,大指欲为中国说部创一新境界,如论文学上小说之价值,社会上小说之势力,东西各国小说学进化之历史及小说家之功德,中国小说界革命之必要及其方法等"。❷ 评点这一专注于个体文本的批评体式已显然不适应这种对于"小说"的全方位研究。尤其是"小说界革命"在社会上的震动,迫切需要一种新的批评形式,于是伴随报刊形式而共生的"论文""丛话"等形式逐渐占据了小说批评的中心舞台,故小说评点的"让位"已成必然之势。

---

❶ 文龙评《金瓶梅》手批于在兹堂刊本《皋鹤堂批评第一奇书金瓶梅》上,引自刘辉:《金瓶梅成书与版本研究·附录》,辽宁人民出版社 1986 年版,第 210 页。

❷ (清) 新小说报社:《中国唯一之文学报〈新小说〉》,《新民丛报》1902 年第十四号,引自黄霖、韩同文选注:《中国历代小说论著选》(修订本)下编,江西人民出版社 2000 年版,第 32 页。

第三章　小说评点之形态

小说评点之形态是指小说评点的外部特征。评点在古代小说史上经历了漫长的发展历史，其形态特征并非固定划一，而是有着较为复杂的形式特性。从形态渊源而言，小说评点形态来源于传统经注、史评和文选注评，也与古人的读书方式密切相关。同时，小说评点在与古代小说尤其是白话小说的结合过程中又逐渐形成了有别于其他文学评点的形态特性。本章对此拟做两方面的探讨：小说评点形态之演化和小说评点形态之分解。

第一节　小说评点形态之演化

关于小说评点之形态，今人一般这样描述：

> 开头有个《序》，序之后有《读法》，带点总纲性质，有那么几条，十几条，甚至一百多条。然后在每回的回前或回后有总评，就整个这一回抓出几个问题来加以议论。在每一回当中，又有眉批、夹批或旁批，对小说的具体描写进行分析和评论。此外，评点者还在一些他认为最重要或最精彩的句子旁边加上圈点，以便引起读者的注意。❶

---

❶ 叶朗：《中国小说美学》，北京大学出版社 1982 年版，第 13 页。

这一段描述在总体上抓住了小说评点的形式特性。但这其实仅仅是对小说评点史上一些名著的概括，或者说，这是小说评点中最为完备的形态，而非小说评点的普遍形态。实际上，评点形态如此完备者在小说评点史上仅占极少数，大量小说评点并不具备这一特色。或仅眉批，或仅旁批，或仅回末总评，而"读法"类文字在小说评点中更在少数。因而小说评点形态并非如上描述那样正规划一，其自身有一个演化的线索，并根据不同的小说对象形成了不同的评点形态。同时，小说评点在古代小说尤其是白话小说的发展中有着浓重的商业气息，故评点形态的形成在某种程度上还受制于读者的接受和出版的商业考虑。据此，小说评点形态在古代小说的传播史上就形成了一个颇为复杂的现象，探寻这一现象不仅能清晰地勾勒出小说评点的演化之迹，也能从一个侧面反映出小说艺术的发展轨迹。对于小说评点形态演化的叙述我们将不做明确的阶段性划分，而只在总体上以明清为界勾勒其演化之迹。

一 明代小说评点之形态

明代小说评点的真正起始是万历年间，从万历到明末，小说评点形态经历了这样一个发展进程：小说评点从一开始带有浓重的"注释"意味，表现在形态上是以双行夹注为主导形式。以后小说评点由"注"逐步向"评"演化，评点形态也随之变更，眉批、旁批、总批等形式渐居主导地位，而至崇祯十四年(1641)的金批《水浒》，小说评点之形态趋于完备。在这同时，有两个相对独立的现象值得注意，一是余象斗的"评林"本，二是冯梦龙的"三言"评本。

为白话小说作注，较早见于嘉靖本《三国志通俗演义》，万历十九年(1591)，万卷楼本吸收了嘉靖本的部分内容而做了更为详尽的注评，该书周曰校"识语"云："俚句读有圈点，难字有音注，地理有释义，典故有考证，缺略有增补。"❶这五项工作明显属于注释范畴，而其形式均为双行夹注，正文中标有的形式有如下

---

❶《三国志通俗演义》(万卷楼本)封面"识语"，明万历十九年(1591)刊本。

七种：

释义：正文中比重最大，包括释地名、注音、释历史典实等。

补遗：正文中出现较少，大多是补正一些历史事实。

考证：正文中出现较多，内容与"补遗"大同小异，亦为补正史实。

论曰：正文中偶见，但颇具评论性质。

音释：主要为注音，与"释义"有时相混。

补注：正文中亦不多见，但亦颇有评论色彩。

断论：正文中亦不多见，然与"论曰"相类，具评论性质。

在以上七种形式中，其内容主要是注释，但已呈分化趋向，其中"论曰""补注""断论"三项所体现的评论性质实已表明白话小说评点由"注"向"评"演化的过渡态势。当然，万卷楼本《三国演义》注释中的所谓评论与一般意义上的小说评论还相去甚远，基本上都是对历史现象和历史人物的史实分析和道德评判。综观万卷楼本的评注形式，我们不难看出其所构成的"释义""考证""评论"三位一体的评注形式，这种评注形式实际上是对传统史注史评的直接延续。刘宋时期裴松之为陈寿《三国志》作注开创了此种评注形式，裴氏"奉旨寻详，务在周悉，上搜旧闻，傍摭遗逸"，"若乃纰缪显然，言不附理，则随违矫正，以惩其妄，其时事当否，及寿之小失，颇以愚意有所论辩"。❶ 这种在传统的名物训释基础上融补遗、考辨和评论为一体的评注方式在史学体例上有开创之功，对后世影响甚巨，小说评点之起始以注评为一体也可看出这一影响。尤其是《三国演义》，作为一部历史演义小说，其注评的史学影响也从一个侧面说明了演义小说与历史之关系。

这种对小说的注评在明代延续了一段时期，从现存资料而言，体现这一特色的还有如下数种：

---

❶ （晋）陈寿撰，（南朝宋）裴松之注：《三国志·上注表》，中华书局 1982 年版，第 1471 页。

《全汉志传》(题"汉史臣蔡伯喈汇编、明潭阳三台馆元素订梓、钟伯敬先生批评")

《京板全像按鉴音释两汉开国中兴传志》(题"抚宜黄化宇校正、书林詹秀闽绣梓")

《列国前编十二朝传》(题"三台山人仰止余象斗编集")

《新列国志》(题"墨憨斋新编")

在上述四种刊本中,有这样几个共同特色:四部小说均为历史演义,评注形式都是双行夹注,注释内容以注音、释义为主。与万卷楼本《三国演义》之评注稍有异者,是刊于万历三十四年(1606)的《列国前编十二朝传》增加了回末批注,标明之形式有"释疑""地考""总释""评断""鉴断""附记""补遗""断论""答辩""论断",但其中内容仍为史实考订和音义考释等。刊于崇祯年间的《新列国志》则注评分开,"注"在正文中为双行夹注,内容大多是注地名、官名和注音释义等,该书《凡例》云:"古今地名不同,今悉依《一统志》查明分注,以便观览。"❶虽仅言释地名,但所指其实不止于此,可见该书之注为独立之一部分。而"评"则另增眉批和少量旁批,内容为小说人物和情节的简约评论。这种注评分开的形式是受此前小说评点影响所致,因为万历二十年(1592)以后小说评点已逐步走向成熟,而这一形式的出现也标志了传统史注在古代小说领域的解体。由此以后,注释已不再在小说批评中占据重要位置,就是在清代的《三国演义》和《东周列国志》等历史演义评点中,简约的注释已完全淹没在浩繁的小说评论之中。

小说评点以"注释"为其起始,以后"注"便逐渐让位于"评",这一过程大致在明末基本完成。如果说,小说评点中的"注"来源于传统史学的影响,那么,小说评点中的"评"则是源于文人对于小说的阅读和赏评,那种在阅读过程中的随手点评、点滴感悟,是小说评点中思想和艺术评论的真正起始。在明代,从事这一工作而对后世小说评点影响最大的莫过于李卓吾,袁小修谓:"李龙湖方居武昌朱邸(时为万历二十年——引者),予往访之,正命僧常志抄写此书(指《水浒》),

---

❶ (明)冯梦龙:《新列国志·凡例》,上海古籍出版社 1987 年版,第 2 页。

逐字批点。"❶李氏自己亦云："《水浒传》批点得甚快活人。"❷这种文人个体性的阅读赏评在当时较为普遍，憨憨子谓："余慨然归取而评品批抹之（指《绣榻野史》）。"❸在吴中地区，更有众多的文人在传阅、品评着当时的流行小说。而当这种文人个体的阅读赏评与小说的刊行结合起来时，所谓小说评点就从个体的私人行为转化为一种公众事业，尤其是当书坊主人集合当时的下层文人参与其间时，小说评点本的刊行便日渐兴旺起来，明中晚期小说评点的发展即大致呈这一态势。

从评点形态而言，合辙于文人阅读赏评这一特性，小说评点形态最先发展起来的是眉批和旁批，尤以眉批更为普遍，而这正是古代文人在读书时的一种习惯行为。它以简洁、直接为特征，随感而发，随手批抹，有着强烈的随意性和感悟性，故而眉批是小说评点中最为轻便的形式，也是明代小说评点中运用最为普遍的形式。从笔者所寓目的明代数十种小说评点本中，眉批几乎是必有的形式（那些重在释义的历史演义除外）。相对而言，小说评点中回前或回末总评的出现要晚一些，因为眉批重在感悟，总评则意在总结，前者是随意性的，而后者则是有意识的，在某种程度上已带有意在刊刻的商业色彩。故小说评点中"总评"的出现即意味着小说评点已完成了从个体行为向公众事业的转化。据现有资料，明代小说评点中较早出现"总评"这一形式的是刊于万历三十八年（1610）的容与堂本《李卓吾批评忠义水浒传》，该书之评点者历来众说纷纭，或谓李贽，或谓叶昼，莫衷一是。但细绎书中评点，评点形态如此成熟周全似乎难以与李贽随心所之的评点风格相吻合，或许是以李评为基础，而在书商授意下由叶昼加工、充实、改造而成。如果此推论成立，那么，从万历二十年（1592）李卓吾开始从事《水浒》评点到万历三十八年容与堂刊出《水浒传》李评本，正体现了小说评点从个体行为向公众事业的转化。该书之评点形态包括：

❶ （明）袁中道：《游居柿录》卷之九，（明）袁中道著，钱伯城点校：《珂雪斋集（下）》，上海古籍出版社1989年版，第1315页。
❷ （明）李贽：《与焦弱侯》，《续焚书》，中华书局1975年版，第34页。
❸ （明）憨憨子：《绣榻野史序》，引自黄霖、韩同文选注：《中国历代小说论著选》（修订本）上编，江西人民出版社2000年版，第204页。

首有李卓吾《忠义水浒传叙》(北京图书馆藏本无此叙)，次有署名小沙弥怀林的总论文章四篇(《批评水浒传述语》《梁山泊一百单八人优劣》《水浒传一百回文字优劣》《又论水浒传文字》)，正文中有眉批和夹批，回末有总评，署"李卓吾曰""卓吾曰""秃翁曰"等，正文中字旁大多有圈点，评点者还在正文中多设拟删节符号，或上下钩乙，或句旁直勒，刻上"可删"二字。❶

可见，这是一个评点形态较为完备的小说评本，基本奠定了古代小说评点的外在形态；其中正文前评论文字的增多是其重要特色，并与正文评点构成了一个有机的整体。"容与堂本"以后，大约在万历三十九年(1611)左右，袁无涯本《新镌李氏藏本忠义水浒传》刊行，该评本正文评点形态相对简约，仅眉批和旁批，但正文前则有李贽《叙》，杨定见《小引》、《宋鉴》、《宣和遗事》(一节)，袁无涯《发凡》《水浒忠义一百八人籍贯出身》等多种，这种在正文前文字的增多标志了小说评点的进一步成熟。

万历四十年(1612)左右以后，小说评点缘此而发展，并据以不同的评点对象采用不同的评点形态，我们试将此时期的小说评点形态情况清理如下表("○"为有，"×"为无)：

表一

作 品 名 称	眉 批	夹 批	旁 批	总 评
东西两晋志传	○	×	×	×
春秋列国志传	○	×	×	○
隋唐两朝志传	×	×	×	○
韩湘子全传	×	×	×	○
钟伯敬先生批评忠义水浒传	○	×	×	×
于少保萃忠传	×	○	×	○

---

❶ 参见袁世硕：《李卓吾批评忠义水浒传·前言》，(明) 施耐庵：《李卓吾批评忠义水浒传》，《古本小说集成》本，上海古籍出版社 1994 年版。

作　品　名　称	眉　批	夹　批	旁　批	总　评
"三言"	○	×	×	×
钟伯敬先生批评三国志	○	×	×	○
李卓吾先生批评西游记	×	×	○	○
禅真逸史	×	×	×	○
魏忠贤小说斥奸书	○	×	○	○
警世阴阳梦	○	×	×	×
禅真后史	○	×	×	×
隋炀帝艳史	×	×	○	×
隋史逸文	×	×	○	○
东渡记	○	×	×	×
第五才子书水浒传	○	○	×	×
西游补	○	×	×	×
醋葫芦	○	○	○	○
宜春香质	×	×	×	○
弁而钗	×	×	○	○
鼓掌绝尘	×	×	×	×
岳武穆尽忠报国传	○	×	×	○
新列国志	○	○	○	×
石点头	○	×	×	×
辽海丹忠录	○	×	×	○
新平妖传	○	×	×	×
李卓吾先生批评三国志	○	×	×	○
残唐五代史演义	×	×	×	○

作 品 名 称	眉 批	夹 批	旁 批	总 评
欢喜冤家	×	○	×	○
七十二朝人物演义	○	×	×	○

在以上 31 种评点本中,其中有眉批的 19 种,夹批的 5 种,旁批的 7 种,总评的 22 种,眉批与总评并存的有 12 种。可见眉批和总评已成为小说评点的常规形式,其中总评的大量增加说明了小说评点已完全脱离了文人个体阅读赏评的格局,而成为一种有意识、有目的的文学批评行为。

崇祯十四年(1641),金圣叹《贯华堂第五才子书水浒传》刊行,这是中国古代小说史和小说评点史上的一部重要著作,也是明代小说评点中评点形态最为完备的评点本。该书之评点形态包括:开首金圣叹《序》三篇(题《序一》《序二》《序三》),次《宋史断》,次《读第五才子书法》,计有 69 条,次金圣叹伪托施耐庵《序》(题"贯华堂所藏古本《水浒传》前自有序一篇,今录之"),正文有回前总评、夹批和少量眉批,文中有圈点,对小说正文金氏还伪托"古本"做了大量删改。

在评点形态上,金圣叹做了三点改造:一是增加了《读法》,二是将总评移至回前,三是大量增加了正文中之夹批。这一评点形态突出了小说评点者的主体意识和主观目的性,它融文本赏读、理论评判和授人以作法于一体,从而开创了小说评点之派,成了后世小说评点的仿效对象。由此,小说评点的形态构造基本完成。

在明代,小说评点形态还有两个现象值得注意,一是余象斗的"评林"(我们留待下文详谈),二是冯梦龙的"三言"评本和署"墨憨斋评"的小说评本。❶ 这一类小说评本计有:

《警世通言》(署"可一主人评、无碍居士校")

《醒世恒言》(署"可一居士评、墨浪主人校")

《古今小说》(署"绿天馆主人评次")

---

❶ 署为"墨憨斋"(冯梦龙)的小说评点本还有大量的文言小说评点,此处仅谈白话小说评点。

这五种小说评本在形态上有一共同特色,均为"一序一眉",即正文前有序,文中评点仅为眉批,且眉批甚简约,只作感悟式的艺术赏评,而《序》则均为一篇有价值的小说评论文。这一形式简明扼要,别开生面,已成晚明署为"墨憨斋评"之小说评本的惯例("可一居士""绿天馆主人"学界已确认为冯梦龙),我们对此不妨称之为小说评点的"墨憨斋体"。

综观明代的小说评点形态,可以归纳出四种基本方式:一是在史注评影响下的历史演义评注,这一形式是传统注释在小说领域的延续和余波,可看作史注向小说评点的过渡形态,故而出现不久便消歇;二是由文人随意赏读向有意识评批的发展趋向,即在形态上呈这样一条发展线索:眉批—总评(包括眉批夹批等)—综合(读法、总评、眉批、夹批等),或者说,这是由李卓吾到金圣叹所奠定的小说评点形态;三是"一序一眉"的"墨憨斋体";四是余象斗的"评林体"。在这四种方式中,其中一、四两种方式明以后就消失了,第二种方式在清代的小说评点中影响深远,而"墨憨斋体"则在清代得到了部分延续。

二 清代小说评点之形态

清代小说评点形态接续明代之遗而主要呈两种发展态势:一是继承金圣叹的小说评点传统,在评点形态上更趋丰富完备;二是小说评点形态中眉批加总评的形态明显居于主流。以下我们依次加以叙述。

清代的小说评点是在金圣叹的影响下发端的,金氏所奠定的小说评点形态在清代刊刻的小说,尤其是一些重要的小说作品如《三国演义》《金瓶梅》《西游记》《红楼梦》等的评点中有着巨大影响并使评点形态日渐丰富完满。

金圣叹评本《水浒传》刊刻于明崇祯十四年(1641),时距明亡仅两年,入清以后,金氏又完成了《西厢记》(清顺治十三年,1656)、《贯华堂选批唐才子书》(清顺治十七年,1660)、《杜诗解》(清顺治十七—十八年,1660—1661)、《天下才子必读书》(清顺治十八年,1661)等评点本❶,故金圣叹评点的真正影响是在清初,一时仿效者蜂起,遂开小说评点之派。其中尤以康熙时期的毛氏父子评本《三国志通俗演义》和张竹坡评本《金瓶梅》影响最大。我们试将这两种评本的外在形态描述如下。毛本《三国》:开首有序(署"时顺治岁次甲申嘉平朔日金人瑞圣叹氏题")、次《凡例》十条、次《读法》二十六条,正文中有回前总评、夹批;评点者还对原著做了合并回目、改换诗词、增改情节和文字修润等工作。

张本《金瓶梅》:开首《第一奇书序》、次《第一奇书凡例》、次《杂录》、次《竹坡闲话》、次《冷热金针》、次《金瓶梅寓意说》、次《苦孝说》、次《第一奇书非淫书论》、次《第一奇书金瓶梅趣谈》、次《批评第一奇书金瓶梅读法》,总计一百零八条;正文中有回前总评、夹批和少量旁批。

这两种评点本代表了清代小说评点的最高成就。在评点形态上,毛氏全盘继承了金批《水浒》的格局,更"一仿圣叹笔意批之"❷,时人评其为效圣叹所评书之佼佼者。张氏评《金瓶梅》在评点形态上亦本之于金氏《水浒》评本,其中正文前文字增至十种,读法增至一百零八条,则明显超越金氏评本。在正文评点中,张氏还据所评对象的独特个性,增加了回前总评的篇幅,而减少了文中夹批的容量,并申述理由如下:

> 《水浒》是现成大段毕具的文字,如一百八人,各有一传,虽有穿插,实次第分明,故圣叹只批其字句也。若《金瓶》,乃隐大段精彩于琐碎之中,只分别字句,细心者皆可为,而反失其大段精彩也。❸

从金圣叹评点《水浒传》到张竹坡评点《金瓶梅》,小说评点在形态上明显地走了三步:金氏在容与堂本《水浒传》的基础上奠定了小说评点的形态特性,此

---

❶ 参见谭帆:《金圣叹与中国戏曲批评》第一章,华东师范大学出版社 1992 年版。
❷ (清) 刘廷玑撰,张守谦点校:《在园杂志》卷二,中华书局 2005 年版,第 83 页。
❸ (清) 张竹坡:《第一奇书凡例》,《金瓶梅》,齐鲁书社 1991 年版,第 2 页。

为第一步；毛氏父子评点《三国演义》接续金氏之传统，此为第二步；而张竹坡《金瓶梅》评点则在此基础上又有所发展，是古代小说评点中形态最为完整者。更为重要的是，张氏的《金瓶梅》评本还完成了小说评点由历史演义、英雄传奇向人情小说的重心转移。从评点形态而言，则表现为回前总评的增多和总评中人物评论的大量增加。同时，张氏还单列《杂录》《寓意说》二文对《金瓶梅》人物的姓名、居处等做了较多的分析，充分表现出了人情小说评点的独特个性。这一特色对后世评点影响颇大，在《林兰香》《红楼梦》的评点中表现得尤为突出，此为第三步。

在清代，与上述两种评本在形态上相仿者尚有汪憺漪笺评的《西游证道书》、张书绅评点的《新说西游记》、王希廉评点的《新评绣像红楼梦全传》、张新之评点的《妙复轩评石头记》、蔡元放评点的《东周列国志》、寄旅散人评点的《林兰香》、无名氏评点的光绪辛巳本《野叟曝言》等。这些评点本篇幅庞大，内容丰赡，其评点对象又大多是古代小说史上的重要作品，故与前此之"容与堂"、袁无涯、金批本《水浒》等，构成了小说评点史上一脉相承的重要系列。这一系列以明代"四大奇书"和清代《红楼梦》等小说名著的评点本为主体，在中国古代小说传播史上影响深远，而一般所谈及的小说评点即大多指这一系列。

当然，这种形态完备、内容丰赡的评点本在清代其实也并不多。因为小说评点是对个体小说作品的赏评，有着对作品个体强烈的依附性，评点形态的完备与评点内容的丰富与否在很大程度上受制于所评对象的自身特质，而那些在小说史上享有很高声誉并传播久远的作品毕竟还在少数。同时，这一类小说评点本常常过多地表现出了文人借此表现自身情感思想的固习，尤其在对作品主旨的阐释上更是连篇累牍，有的离作品本身相去甚远。这种格局在某种程度上助长了小说评点对读者的误导，而评点文字的增大有时也影响了读者阅读的连贯性，故而这种繁复的评点形态并未为小说评点者普遍接受，也未被小说刊刻者和小说读者所普遍接纳，它在清代并不居于主流地位。

小说评点在清代居于主流地位的是眉批加总评这一形式。据笔者简略统计（这一统计主要依据上海古籍出版社出版的《古本小说集成》1—5辑、中国文联出版社出版的《中国白话小说总目提要》和孙楷第的《中国白话小说总目》），从清初到晚清,小说评点中眉批仍为常规形态,而总评则逐步呈上升态势,基本上成了小说评点的一种最为普遍的形式。现列举清代几个主要时期的评点情况作为例证:

顺治年间,有评点本 14 种,其中有总评的 8 种。

康熙年间,有评点本 35 种,其中有总评的 26 种。

乾隆年间,有评点本 18 种,其中有总评的 14 种。

嘉庆年间,有评点本 11 种,其中有总评的 8 种。

道光年间,有评点本 7 种,其中有总评的 4 种。

光绪年间,有评点本 29 种,其中有总评的 21 种。

从以上统计中可以看出,小说评点中像明代"四大奇书"和清代《红楼梦》等名篇巨著毕竟是凤毛麟角,大多是思想艺术相对平庸的作品,这些作品难以真正吸引文人的视线,并在情感上引起强烈的共鸣。因而很少以较大的精力投入对作品细腻复杂的赏评之中,也没必要以完备的评点形态来评论一部相对平庸的小说作品。而眉批加总评这样一种简约的评点形式恰好满足了这一需要,从清初的才子佳人小说、拟话本小说,清中叶以后的人情小说、历史演义,一直到晚清以书刊形式出版的小说基本上都采用这一评点形式。另外,小说评点的兴起和发展是以推动小说的商业传播为其主要目的的,评点几乎已成了小说传播的一种促销手段。而白话小说的主要接受对象乃广大民众,这种独特的传播对象规定了小说评点主要是以世俗性、大众化的文化传播为其基本品位的,故而简约的形式、粗浅的评论反而更易为一般读者和出版商所接受。明乎此,那我们就不难理解古代小说史和小说评点史上所出现的一些独特现象,如古代小说可谓卷帙浩繁,但真正有思想和艺术价值的则占极少数。小说评点史亦然,评点在小说刊本中极为普遍,但具有较高价值的则少得可怜。然而这种创作数量与质量之间的不平衡并不影响小说和小说评点的广泛流播,这就是俗文学和俗文化在中国古代所形成的一种独特现象。因此,如果说,从金圣叹到张竹坡,小说评点体现为一种文人化的创造,那么,这一系列的小说评点则表现为一种大众化的制作,而大众化正是古代俗文学和俗文化的一个根本追求,故眉批加总评的评点形态遂成清代小说评点之主流。

第二节　小说评点形态之分解

明清小说评点的形态发展大致如上。在这一发展线索中,还有一些形态问题也值得重视,这些问题大多是上文未经深谈,但又较为重要的评点形式。这大约涉及两个层面:一是属于小说评点形态发展中相对独立或具有阶段性特征的评点形态,如"评林"和"集评";二是小说评点形态中分解出来的个体形式,如"读法"和"圈点"。

一　"评林"与"集评"

"评林"作为一种小说评点形态,在白话小说领域仅见于明代余象斗的小说刊本中,在小说评点史上是一特例。❶ 现存小说评点本三种:

《音释补遗按鉴演义全像批评三国志》(万历二十年双峰堂刊本)
《水浒志传评林》(万历二十二年双峰堂刊本)
《新刊京本春秋五霸七雄全像列国志传》(万历三十四年三台馆刊本)

以上三种刊本除《水浒志传评林》直书"评林"二字外,余二种均于封面标出,前者题"按鉴批点演义全像三国评林",后者题"按鉴演义全像列国评林"。此三种刊本在形态上均为"上评、中图、下文",这也是古代小说刊本中仅见的体例,而

---

❶ 清康熙二十二年(1683)王晫撰《今世说》,正文无评,序文之后、目录和例言之前有《今世说评林》,这在文言小说评点中也殊为罕见。此评林名实相副,《评林》胪列评者十三人,计:洪晖吉、林西仲、顾且庵、薛依南、张祖望、叶林屋、毛稚黄、吴庆百、黄主一、丁素涵、郑官五、周敷文、叔惊澜。

其评语相当于后来小说评点之眉批。余氏"评林"本就小说评点角度而言，没有太高的理论价值，评语颇为简略，每则评语均有标题，如"评诗词""评李逵"等。但这种将评点与图、文相配的刊本形态却在白话小说的传播中有一定的价值，余氏是一个集小说作者、评者、出版者于一身的通俗文学家，现知由其刊刻的小说有 20 种❶，其形态除评林本外，均为"上图下文"，因此这是一种旨在普及的通俗文学读本，而评点的加入也正是为小说的普及所服务的。

案"评林"一词在明万历年间的书籍刊本中较为常见，但其含义与余氏刊本有明显的不同。一般地说，所谓"评林"乃集评之意，如万历初年凌稚隆辑《史记评林》即然，徐中行《史记评林序》曰：

> 吴兴凌以栋之为评林何谓哉……推本乎世业，凌氏以史学显著，自季墨有概矣，加以伯子稚哲所录，殊致而未同归，以栋按其义以成先志，集之若林而附于司马之后。❷

因此所谓"评林"是将评语"集之若林"之意。据凌氏《史记评林凡例》称，该书所集评语有"古今已刻者"如倪文节《史汉异同》、杨升庵《史记题评》、唐荆川《史记批选》等，有"抄录流传者"，如"何燕泉、王槐野、董浔阳、茅鹿门数家"，"更阅百氏之书，如《史通》《史要》……之类，凡有发明《史记》者，各视本文标揭其上"。❸ 同时，辑者还将《史记》流传中的一些重要评注本如司马贞《史记索隐》、张守义《史记正义》、裴骃《史记集解》的内容一并分解阑入相应的正文之中，又在眉批中不时加上自己的按语，因而这是一种集古今评语于一书的评点形态。万历二十二年（1594）刊行的《新镌详订注释捷录评林》也明确标出由"修撰李九我集评"和"翰林李廷机集评"。由此可见，所谓"评林"者，集评之所谓也。那余氏"评林"是否也是如此呢？否，观余氏"评林"之眉批，未有标出其他评者，相反在

---

❶ 参见肖东发：《明代小说家、刻书家余象斗》，《明清小说论丛》第四辑，春风文艺出版社 1986 年版。

❷ （明）徐中行：《史记评林序》，（明）凌稚隆辑校、（明）李光缙增补：《史记评林》，天津古籍出版社 1998 年版，第 30—31 页。

❸ （明）凌稚隆：《史记评林凡例》，（明）凌稚隆辑校、（明）李光缙增补：《史记评林》，天津古籍出版社 1998 年版，第 119 页。

扉页题署和"识语"中均署上"书林文台余象斗评释"或"今余子改正增评"等字样，可见评点出自余氏之手乃无疑义。他在书名中标出"评林"这一在书籍流通中较有影响的词语，或许是余氏用以招徕读者的一种手段，而这种在刊刻时的弄虚作假又是余氏刊本的常见现象。

严格意义上的小说"集评"是在清代出现的，"集评"是古代经注、史注评和文学选评的常见体例，在古代文献的传播和研究中有很高的地位。"集评"一词并未出现在小说评点史中，但有集评意味的小说评点却屡见不鲜，这大致有以下两种基本方式。

一是同时敦请诸家评点，以扩大小说之影响。此举较早见于清顺治年间刊刻的《女才子书》，该书由烟水散人徐震所作，共十二卷，每卷各记一才女故事，卷末均有总评，评者有钓鳌叟、月邻主人、幻庵三人，并时有作者自评，署"自记"，每卷评语二、三、四条不等。在康熙年间刊刻的《女仙外史》中，这种形式则可谓登峰造极了，该书评语由正文前序、评和回末总评组成，而参加此书评点的竟有67人之多。且其中不乏高官显宦、文坛名流，如刘廷玑、陈奕禧（江西南安郡守）、叶南田（广州府太守）、八大山人等，虽其中较多依托者，但如此庞大的评点阵容在小说评点史上却是罕见的。嘉庆年间的《镜花缘》评点也是一次集体创作活动，该书评点者有许祥龄、萧荣修、孙吉昌、喧之、萌如、合成、冶成数人。许氏在一百回回末总评中云：

> 此集甫读两卷，余适有他役，及返而开雕已过半矣。惟就所读数本，附管见所及盲瞽数语于各篇之首，未识有当万一否？第回忆数年前捧读是书中间十余卷，其中细针密线、笔飞墨舞之处，犹宛然在目，而竟不获为之一一指出，实为恨事。然窃喜诸同志为之标题，谅有先得我心者矣，又何恨焉！❶

可见，这些评点者还是一批相得之友朋，构成了一个赏鉴、评判《镜花缘》的"沙龙"式的批评群体。

---

❶ （清）李汝珍：《镜花缘》，《古本小说集成》本，上海古籍出版社1994年版，第1838页。

"集评"的第二种方式表现为小说评点的不断累积,这一方式主要表现在明清两代的小说名著评点之中。较早采用这一方式的是清初的《三国演义》刊本,如清初遗香堂刊本《绘像三国志》,其评语有无名氏旁批,其中也较多袭自李卓吾评本。清初两衡堂刊本《李笠翁批阅三国志》之评点则或同毛本《三国》之夹批,或同遗香堂本之旁批。当然,这些刊本还无明确的集评意识,而只是书坊的一种伎俩。在清代,有明确集评意识的评点本是《儒林外史》《红楼梦》《聊斋志异》三组评本系列。如《儒林外史》评本现存卧评本、齐省堂评本和天目山樵评本,后两种评本均以卧评本为底本,悉数阑入卧评本的全部评语,故是一个评点不断累积的刊刻过程。《红楼梦》评点亦然,在《红楼梦》稿本阶段,所谓"脂批"本身就是一次集体评点活动。而自乾隆五十六年(1791)程伟元、高鹗木活字本行世后,嘉庆以后评本纷出,而集评性质的刊本也不时出现。如光绪年间的《增评补图石头记》署"王希廉、姚燮评",但所阑入的评语还有太平闲人的《读法》《补遗》《订误》,明斋主人的《总评》等。光绪十年的《增评补像全图金玉缘》亦署"王希廉、张新之、姚燮评",但实际评语并不止此。这种小说评点的集评活动在清代尤其是清晚期已成一时风气,而这一评点形态的出现正标志了小说评点在社会上的重视。另外,小说评点史上还出现了一种对于评点本的评点,如黄小田对《儒林外史》卧评本的评点,文龙对《金瓶梅》张竹坡本的评点,这些评本虽未刊出,但这一现象却是值得注意的。

当然,"集评"作为中国古代文学传播史上的一种重要形态,小说评点中的集评远没有诗文批评那么突出,真正意义上的集评其实并没出现。这一工作一直到 20 世纪 50 年代以后才真正得到重视,古典小说名著的"会评本"层出不穷,给研究者和读者提供了很大便利。

二 "读法"与"圈点"

"读法"是小说评点的一个组成部分,人们在论及小说评点形态时常常将"读法"视为小说评点的一个重要形式。但其实,"读法"并非小说评点的常规形式,在笔者所寓目的 220 余种小说评本中，有"读法"的仅有十多种。主要有：

《东游记》（崇祯八年金阊万卷楼刊本，九九老人评）

《贯华堂第五才子书水浒传》（崇祯十四年贯华堂刊本，金圣叹评）

《四大奇书第一种三国演义》（康熙十八年醉耕堂刊本，毛氏父子评）

《皋鹤堂批评第一奇书金瓶梅》（康熙三十四年刊本，张竹坡评）

《绣像西游证道书》（乾隆十五年文盛堂刊本，蔡元放评）

《东周列国志》（乾隆十七年刊本，蔡元放评）

《水浒后传》（乾隆三十五年刊本，蔡元放评）

《雪月梅》（乾隆四十年得华堂刊本，董孟汾评）

《妙复轩评红楼梦》（道光三十年刊本，张新之评）

《新译红楼梦》（道光二十七年刊本，哈斯宝评）

所占比例很小，可见视"读法"为小说评点不可或缺之形式乃是一种误解。"读法"这一形式较早见于南宋的古文选评，吕祖谦《文章关键》于卷首就标列《看古文要法》一文，其中又分"总论看文字法"和"看韩文法""看柳文法""看苏文法""看诸家文法""论作文法""论文字病"数款。其"总论看文字法"云：

> 第一看大概主张；第二看文势规模；第三看纲目关键：如何是主意首尾相应，如何是一篇铺叙次第，如何是抑扬开合处。第四看警策句法，如何是一篇警策，如何是下句下字有力处，如何是起头换头佳处，如何是缴结有力处，如何是融化屈折、翦截有力处，如何是实体贴题目处。❶

这一"总论"与众多"分论"、作文法等构成了吕氏"读法"的全部内容。这种格局也是后世小说评点"读法"的基本内容，只是由于文体的不同其论述重心有所变更而已。

---

❶ （宋）吕祖谦：《古文关键》，《丛书集成初编》，中华书局 1985 年版，第 1—2 页。

在小说评点史上，最早标列"读法"的是刊于崇祯八年（1635）的《东游记》，该书卷首有《阅东游记八法》，以六字对句形式加以表现：

不厌伦理正道，便是忠孝传家。

任其铺叙错综，只顾本来题目。

莫云僧道玄言，实关纲常正理。

虽说荒唐不经，却有禅家宗旨。

尊者教本无言，暂借师徒发奥。

中间妖魔邪魅，不过装饰闹观。

总来直关风化，不避高明指摘。

若能提警善心，便遂作记鄙意。❶

越六年，金圣叹批本《水浒传》刊出，"读法"的形式趋于固定。由于金批在清代的广泛影响，清代小说评点之"读法"便循此而发展，基本上没有越出金圣叹之格局。而模仿之迹更是昭然，且不论毛氏父子、张竹坡的有意仿效，在乾隆年间的《雪月梅》"读法"中，评者更是照本抄录。如："此书看他写豪杰是豪杰身分，写道学是道学身分，写儒生是儒生身分，写强盗是强盗身分，各极其妙"，"是他心闲无事，适遇笔精墨良，信手拈出古人一二事，缀成一部奇书"。❷ 其中因袭抄录之色彩颇重。在张竹坡《金瓶梅》批本中，"读法"之篇幅大增，但琐碎繁杂之弊愈益突出，乾隆时期，蔡元放评本均有"读法"，而篇幅则明显减少，以后的小说"读法"便基本上趋于简约。

小说评点之"读法"是以条目式的文字、发散式的视角和自由的叙述方式来表达评者对于整部小说的看法和向读者指明阅读之门径。其内容大致包括四个方面。

一是阐明小说之主旨，如毛批《三国》之"读法"一开始就以"正统""僭国"分

❶ （明）清溪道人：《阅东度记八法》，侯忠义主编：《明代小说辑刊》第一辑第三册，巴蜀书社 1993 年版，第 17 页。
❷ （清）童月岩：《雪月梅读法》，（清）陈朗：《雪月梅》，上海古籍出版社 1987 年版，第 465 页。

属蜀汉与吴魏，点明了毛本《三国》以蜀汉为正统的基本特性。二是分析小说之人物（尤以为人物定品为特色），这以金批《水浒》最为出色，金氏以将近三分之一的篇幅从总体人物塑造、人物个体品评和人物定品三方面全面分析了《水浒传》的艺术特性，对后来的"读法"影响颇大，尤以为人物定品已成"读法"之惯例。三是揭示小说之文法（主要是小说的叙事法则），这亦以金批为开端，以后绵延不绝，成为小说评点"读法"之大宗。但这一部分也最为后世所诟病，解弢谓："金、毛二子批小说，乃论文耳，非论小说也。"❶所讥评确也到位。四是指点阅读之方法，这一内容金批《水浒》较少论及，但其评点之《西厢》"读法"则有大量篇幅，故小说评点中的这一部分或许来自金批《西厢》的影响。相对而言，这一部分的内容值较小，有的纯属无稽之谈，如张批《金瓶梅》"读法"连置七个"读《金瓶》"，要求"不可呆看"，必须"置唾壶于侧、列宝剑于右、悬明镜于前、置大白于左、置名香于几、置香茗于案"。❷当然，也有一些观点值得重视，如《红楼梦》孙崧甫钞评本提出的"静读、共读、急读、缓读"四种法则：

> 读《红楼梦》宜一人静读。合观全书不下八十万言，若非息心静气，何由得其三昧？

> 读《红楼》宜众人共读。他书一览而尽，至《红楼》一书，有我之所弃未必非人之所取，有人之所弃未必非我之所取，必须择二三知己，置酒围坐，一篇一段，一字一句，逐层细究，方能曲尽其妙。

> 读《红楼》宜急读。必须尽数日之功，从首至尾，畅读一遍，然后知其何处是起，何处是结，何处是正文，何处是闲笔，不似他书，偶拈一本，便可作故事读也。

> 读《红楼》宜缓读。未开卷时，先要有一宝玉在意中，既开卷后，又要有一我在书中。必须尽数月之功，看到缠绵旖旎之处，便要想出我若当此境地更复如何，如此方能我即是书，书即是我。❸

❶ 解弢：《小说话》，中华书局 1924 年版，第 91 页。
❷ （清）张竹坡：《批评第一奇书〈金瓶梅〉读法》，《金瓶梅》，齐鲁书社 1991 年版，第 49 页。
❸ 转引自梁左：《孙崧甫评本〈红楼梦〉记略》，《红楼梦学刊》1983 年第 1 期。

这种"读法"对读者欣赏《红楼梦》确有好处。

小说评点中的"圈点"今人少有研究，它在古代小说刊本中虽较为普遍，但并不太重要。因为"圈点"在宋以来的文学选本中主要是针对诗文的局部艺术特性而加以标识，如"警语""要语""字眼""纲领"等，然小说之成功与否不在于局部字句之警策，更重要的在于全部规模之完善，故而"圈点"对小说传播的影响并不大，而古人对此也绝少论及。

"圈点"源于句读，在唐代已较为普遍。唐天台沙门湛然曰："凡经文语绝之处谓之句，语未绝而点之以便诵咏，谓之读。"❶清代袁枚也认为"圈点"始于唐代："古人文无圈点，方望溪先生以为有之则筋节处易于省览。按唐人刘守愚《文冢铭》云有'朱墨围'者，疑即圈点之滥觞。"❷但这种"圈点"还属一般意义上的断句，与文学评点中的"圈点"不同，前者属语法层面，后者为欣赏层面，而前后之延续关系则明白显豁。文学评点中的"圈点"较早见于南宋的古文选评，一般有"朱抹、朱点、墨抹、墨点"，其标识之义涵为："朱抹者，纲领、大旨；朱点者，要语、警语也；墨抹者，考订、制度；墨点者，事之始末及言外意也。"❸谢枋得"圈点"则更为复杂，他将圈点符号增至"截、抹、圈、点"四种，又依不同的色彩如"黑红黄青"对各种符号再作分解，如"截"："大段意尽，黑画截；大段内小段，红画截；小段、细节目及换易句法，黄半画截。"❹这种圈点法在后世有一定影响，被人称为"广迷山法"。

古文圈点自宋以来广为盛行，它对读者的赏读起过一定的作用。姚鼐谓："圈点启发人意，有愈于解说者也。"❺尤其是有的评点者将圈点与夹批、旁批等形式相结合，使圈点之意更为醒目。如谢枋得《文章轨范》在对文中字句警语作圈点的同时，又在字句旁标上"承上接下不断""文婉曲有味""好句法"等批语，使读者对文章的体会更为深入。当然，由于圈点之法没有形成相应的定规，各家圈点因人而异，具有一定的神秘色彩，故也较难对读者产生强烈的效果。

❶ （唐）湛然：《法华文句记》，引自赵朴初主编：《永乐北藏》第一五九册，北京线装书局 2005 年版。
❷ （清）袁枚：《小仓山房文集·古文凡例》，（清）袁枚著，周本淳标校：《小仓山房诗文集》，上海古籍出版社 1988 年版，第 1152 页。
❸ （清）钱泰吉：《曝书杂记》，《丛书集成初编》，中华书局 1985 年版，第 56 页。
❹ （元）程瑞礼撰，姜汉椿校注：《程氏家塾读书分年日程》卷二，黄山书社 1992 年版，第 76 页。
❺ （清）姚鼐：《答徐季雅》，《惜抱轩尺牍》，安徽大学出版社 2014 年版，第 35 页。

小说评点中的"圈点"在功能上与古文选评的"圈点"无大的差异,即一是标出文中警拔之处,二是句读作用。为小说做圈点,这在白话小说史上是一以贯之的,明万历十九年(1591)万卷楼本《三国志通俗演义》就在"识语"中明确其"句读有圈点",明天启崇祯年间建阳郑以桢《三国》刊本,其书名更明确标为《新镌校正京本大字音释圈点三国志演义》,这种在书名中标出"圈点"字样在小说评点史上颇为罕见,清以后几乎没有看到。可见在明代,"圈点"也是作为小说传播中的一个重要组成部分而进入小说刊本中的,以后便习以为常,故没必要再特为标出。

明清小说评点中的圈点形式多样,如点、单圈、双圈、套圈、连圈、三角、直线和五色标识等,且用法因人而异,故难以对其作出总体性的描述。而对于小说圈点的理论说明文字又极为罕见,这一类文字一般见于该小说的《凡例》之中,现据笔者仅见的几例作一说明。较早对小说圈点作说明的是九华山士潘镜若为《三教开迷归正演义》(明万历白门万卷楼刊本)所作的《凡例》,其曰:

> 本传圈点,非为饰观者目,乃警拔真切处则加以圈,而其次用点。❶

明天启年间刊刻的《禅真逸史》,首有夏履先撰的《凡例》,其中对书中圈点作如下说明:

> 史中圈点,岂曰饰观,特为阐奥。其关目照应、血脉联络、过接印证、典核要害之处则用"〵";或清新俊逸、秀雅透露、菁华奇幻、摹写有趣之处则用"○";或明醒警拔、恰适条妥、有致动人之处则用"〵"。❷

以上说明指出了该书圈点在于文中警拔之处,评者将小说的艺术特性划归为三类,并以三种不同的符号加以标识,看似颇为醒目,但这三种艺术特性其实本身缺少内在的逻辑区别,故而这种圈点的实际效用实难产生。

---

❶ (明)朱之蕃:《三教开迷演义凡例》,(明)潘镜若编次:《三教开迷归正演义》(上),《古本小说集成》本,上海古籍出版社 1994 年版,凡例第 4 页。
❷ (明)爽阁主人:《禅真逸史·凡例》,(明)清溪道人:《禅真逸史》,上海古籍出版社 1994 年版,第 2 页。

关于圈点句读作用的说明，以清乾隆年间《妆钿铲传》中的《圈点辨异》一文最为详备，兹引录如下：

凡传中用红连点、红连圈者，或因意加之，或因法加之，或因词加之，皆非漫然。

凡传中旁边用红点者，则系一句；中间用红点者，或系一顿或系一读，皆非漫然。

凡传中用黑圆圈者，皆系地名，用黑尖圈者，皆系人名，皆非漫然。

凡传中"妆钿铲"三字，皆红圈套黑圈者，以其为题也，皆非漫然。❶

《妆钿铲》是一钞本，题"昆仑襁褓道人著，松月道士批点"，《圈点辨异》一文署"松月道士"，可见书中圈点由评点者所为。

以上我们对小说评点的形态发展和其中的几种主要形式做了简略的清理，从中也可看出小说评点形态所隐含的合理内涵和对后世文学批评的影响。小说评点是中国古代一个独特的文化现象，是一种融理论批评与商业传播为一体的批评体式。小说评点正是在这一背景下形成了自身的形态特性，这种形态特性大致表现为两个层面。一是评点形态的多元化。小说评点形态在漫长的发展历史中并非固定划一，而是据以不同的批评旨趣和批评对象采用不同的评点方式。批评对象内涵丰赡且以表现自身情感为主的小说评点在形态上就比较完备，论辩色彩也相对比较浓烈，如金批《水浒》、毛批《三国》等。而旨在推动小说商业传播的评点则在形态上以简约的形式和感悟式的行文方式为主。这种多元化的评点形态使得小说评点既合辙于白话小说的审美格局又适合于多层次的小说鉴赏主体，从而在小说传播中确立了自身的地位。二是评点形态的实用性和通俗性。小说评点依附于小说作品，其眉批、夹批、总批等形式都与作品本身密切相关，而读法类文字更是对作品鉴赏的实用性和通俗性指导，这种与作品融为一体并以

---

❶（清）松月道士：《妆钿铲传　圈点辨异》，《古本小说集成》本，上海古籍出版社 1994 年版，第 4 页。

读者接受为归趋的批评形式是小说评点在中国古代盛行不衰的一个重要因素。小说评点形式已成为一个历史的陈迹，它在当今的文学批评中已不占重要位置，但这种独特的批评形态应该说还有其生命和价值，尤其是这种批评形态所体现的那种多层次、多元化的批评格局和以接受为归、以读者为本的批评精神无疑是一个值得借鉴的批评传统，亦可以此为鉴，疗救当今文学批评中某些蹈虚不实且与读者较少关涉的批评弊端。

第四章　小说评点之类型

小说评点之类型在本章中主要是指由于评点者人生道路、艺术素养和批评目的之差异,而在小说评点中所形成的不同的评点类型,这是从评点内容和思想旨趣方面给小说评点所做出的归纳和分析。本章拟分两节:第一,小说评点者之构成;第二,小说评点的基本类型。

第一节　小说评点者之构成

在中国古代文学批评史上,小说评点者是一个最为独特的批评群体,其人员构成复杂、评点目的各异,又在很大程度上受小说传播的商业渠道——书坊的影响和控制,故而小说评点是一种具有浓重民间色彩的文学批评行为。这种浓重的民间色彩又与古代白话小说的艺术审美品位相一致,从而在中国古代文学艺术史上独树一帜。对小说评点者的构成做一番分析,我们便不难看到,与传统文学批评家相比较,小说评点者社会地位普遍低下,很少有一定社会地位的人参与其中,甚至有大量的小说评点者的真实姓名湮没无闻。但小说评点者也有其特殊之处,其中最明显的是职业性明显增强,在传统文学批评家队伍中,小说评点者可以说是一个职业性最强的批评群体。以下我们大致将小说评点者划分为三种类型,逐一加以介绍。

一　书坊主及其周围的下层文人

小说评点就其人员而言源于二端：一曰书坊主，一曰文人，其流则衍为书坊与文人的共同参与。虽在其发展过程中有所变化，人员构成亦日益复杂，但书坊的参与仍是小说评点的重要线索，故书坊主及其周围的下层文人无疑是小说评点者中的一个重要组成部分。书坊参与着白话小说的创作，同时又将评点视为小说传播的一个重要手段，这种将创作与评论系于一身的行为是明清尤其是明代白话小说发展史上的一个重要现象，也是明清白话小说艺术商品化的一个重要表征。

在明清小说评点史上，书坊主及其周围的下层文人参与小说评点主要有两种方式。

一是书坊主人的直接参与，并明确标出其姓名。这种方式并不多见，笔者在小说评点史上仅见五例，这就是余象斗、夏履先、笔耕山房主人、袁无涯和陆云龙。

余象斗（约 1560—1637）❶，字文台，号仰止山人，福建建阳人。余氏出身于刻书世家，其祖辈在宋时就以刻书而闻名，叶德辉《书林清话》曰："夫宋刻书之盛，首推闽中。而闽中尤以建安为最，建安尤以余氏为最。"❷余氏刻书在明万历年间达鼎盛状态，余象斗正是其时余氏刻书之代表人物。尝自谓："辛卯之秋（万历十九年，1591），不佞斗始辍儒家业，家世书坊，锓籍为事。"❸可见其曾读书求官，然屡试不第，乃弃儒刻书。这一特殊经历对余氏以后从事白话小说的创作、评论和刊刻都有一定的影响，最起码在文化修养上奠定了他从事这一工作的基础。正因他是一个有一定文化的落第文人，故其能在刊刻小说的同时，自己动手编创小说；也正因为他是一个以商业牟利为目的的书坊主，故能迎合普通读者的需求，较早地将评点引入白话小说的刊刻之中，并在小说传播史和小说评点史上

---

❶ 本文关于余象斗的生卒年采用肖东发的考证，见《明代小说家、刻书家余象斗》一文，《明清小说论丛》第四辑。
❷ （清）叶德辉：《书林清话》卷二，上海古籍出版社 2012 年版，第 38 页。
❸ 《新锲朱状元芸窗汇辑百大家评注史记品粹》卷首，明万历十九年（1591）双峰堂刻本。

独创了"上评、中图、下文"这种颇富商业效果的"评林"体式。

余象斗作为一个书坊主能在小说创作和评论中留下自己的印迹,是以当时独特的商业文化背景为依托的。明叶盛《水东日记》卷二一云:"今书坊相传射利之徒伪为小说杂书,南人喜谈如《汉小王》(光武)、《蔡伯喈》(邕)、《杨六使》(文广)。北人喜谈如《继母大贤》等事甚多。"❶可见当时书坊刻印小说之盛,并出现了一批编创白话小说的书坊主人,如熊大木、余邵鱼等。将评点引入白话小说,余象斗是书坊主中的第一人,现存评点本三种,即《水浒》《三国》"评林"本和《春秋列国志传》。

以书坊主身份评点小说的另一人物是夏履先,号爽阁主人,明末杭州书坊主人,生平事迹不详。其评点的小说是刊于崇祯年间的《禅真逸史》,该书署"清溪道人编次、心心仙侣评订",其中清溪道人即明末方汝浩,除本书外,尚有小说《禅真后史》《扫魅敦伦东度记》行世。正文前有《凡例》八则,题"古杭爽阁主人履先甫识",其中有云:"爽阁主人素嗜奇,稍涉牙后辄弃去。清溪道人以此见示,读之如啖哀梨,自不能释,遂相与编次评订付梓。"《凡例》后有印,知履先为夏姓,以此可见评者"心心仙侣"即书坊主人夏履先。全书四十回,以"八卦"为序分为八卷,卷各五回,八卷评点者题署不一,依次为:心心仙侣、笔花居士、两湖渔叟、烟波钓徒、空谷先生、雕龙词客、绣虎文魔、梦觉狂夫,此均为夏氏之别号,非为多人评订。这在各卷总评中已明显透出消息,如"乾集总评"云:"(心心仙侣)愀然不乐,乃于笔花斋较《逸史》乾集。"可知笔花居士即心心仙侣。又书中八则总评一以贯之,前后相续,"坎集总评"曰:"余尝把一卮,独酌小斋,读《逸史》至坎集。""艮集总评"曰:"旨哉,林大空之以'澹然'号也,吾于艮集而翻得坎之妙。"❷均已表明其中评点乃出自一人之手,而在书中标出多个评点者正是书坊主一种特有的商业伎俩。

这种商业伎俩在明末笔耕山房刊刻的《宜春香质》《弁而钗》《醋葫芦》三种评本中亦有体现。此三书的作者和评者题署不一,《宜春香质》题"醉西湖心月主人著、且笑广芙蓉僻者评",《弁而钗》题"醉西湖心月主人著、奈何天呵呵道人评",

❶ (明)叶盛撰,魏中平校点:《水东日记》,中华书局 1980 年版,第 213—214 页。
❷ 以上引文参见(明)清溪道人:《禅真逸史》,《古本小说集成》本,上海古籍出版社 1994 年版。

《醋葫芦》之题署更为复杂，卷一题"西子湖伏雌教主编、且笑广芙蓉僻者评"，卷二题"伏雌教主编、心月主人评"，卷三题"大堤游冶评"，卷四题"弄月主人、竹醉山人同评"，卷首又有《序》，署"笔耕山房醉西湖心月主人题"。细检以上复杂的题署，我们不难看出此三书实则是作者自著自刊的，所谓醉西湖心月主人即西子湖伏雌教主，也即就是书坊主笔耕山房主人。而其中二书又有作者自评，据此，这众多的评点者或许也是书坊主的伎俩，故此三书很有可能是书坊主笔耕山房主人自编、自评和自刊的。

在明代小说评点中，除此三位书坊主外，明末苏州刻书家袁无涯也曾参与《新镌李氏藏本忠义水浒传》的评订，该书云袁氏得杨定见"卓吾先生所批定《忠义水浒传》"，"欣然如获至宝"而"愿公诸世"。❶ 但据许自昌：《樗斋漫录》卷六记载，袁无涯、冯梦龙诸人曾相与校对再三，其中当亦包括评订在内，其云：

> 顷闽有李卓吾名赞者……乃愤世疾时，亦好此书，章为之批，句为之点……李有门人，携至吴中，吴士人袁无涯、冯游龙等酷嗜李氏之学，奉为蓍蔡，见而爱之，相与校对再三，删削讹谬。❷

又袁中道《游居柿录》卷九云得袁无涯所遗"新刻卓吾批点《水浒传》"，但与其所知之卓吾批本"稍有增加耳"。可见，袁无涯参与《水浒传》之评订乃是无甚疑义的。

陆云龙在明代小说评点史上的地位亦颇重要。云龙，字雨侯，号翠娱阁主人，钱塘（今浙江杭州）人，生卒年约为明万历十四年至清顺治十年（1586—1653）。❸ 云龙少时家贫，苦学不辍，重名节，修德行，曾多次应举，然均铩羽而归。崇祯后，绝意仕进，专事著述，兼营刻书。刻书之斋名为峥霄馆，所编刻评订之古今诗文和晚明小品在当时有很高声誉，如《明文归》《皇明十六家小品》《翠娱

---

❶ （明）杨定见：《忠义水浒全书小引》，袁无涯刊本《新镌李氏藏本忠义水浒传》卷首。引自朱一玄：《〈水浒传〉资料汇编》，南开大学出版社 2002 年版，第 187 页。

❷ （明）许自昌：《樗斋漫录》卷六，《北京图书馆古籍珍本丛刊》第 65 册，书目文献出版社 1996 年版，第 304 页。

❸ 关于陆云龙的生卒年采用夏咸淳的考证，见《中国通俗小说家评传·陆云龙》，中州古籍出版社 1993 年版，第 108—116 页。

阁评选钟伯敬合集》等,故其首先是以一个选家和评家而成"名士"的。所著小说主要是《魏忠贤小说斥奸书》《型世言》等,前者署"峥霄馆评定",可见该书是陆云龙自编自评的。

在小说评点史上,书坊主直接参与小说的评点我们仅见以上五例,入清以后,这种现象已罕能见到。以此可见,小说评点在经历了明末清初这一阶段以后,已逐步转入文人之手,文人评点在清以后明显成为主流。

明代的小说评点在很大程度上受控于书坊主之手,但书坊主毕竟受着文化艺术素养的限制,不是每一个刊刻小说的书坊主都能从事小说评点的。于是在小说评点(主要是明代小说评点)史上,书坊参与小说评点的最常规方式乃是集合其周围的下层文人从事评点,并大多冒用名人姓氏加以刊刻。

较早采用这一方式的是仁寿堂主周曰校刊刻的《三国志通俗演义》,该书封面"识语"云:

> 是书也,刻已数种,悉皆伪舛。茫昧鱼鲁,观者莫辨,予深憾焉。辄购求古本,敦请名士,按鉴参考,再三雠校。俾句读有圈点,难字有音注,地理有释义,典故有考证,缺略有增补,节目有全像……❶

明确说明书中评点乃书坊主"敦请名士"所为。余象斗在刊刻"评林"本《三国志》时,也说明其中某些评点由"名公"所为,其《三国辨》一文云:

> 坊间所梓《三国》何止数十家矣,全像者止刘郑熊黄四姓。宗文堂,人物丑陋,字亦差讹,久不行矣。种德堂,其书板欠陋,字亦不好。仁和堂,纸板虽新,内则人名、诗词去其一分。惟爱日堂者,其板虽无差讹,士子观之乐然,今板已朦,不便其览矣。本堂以请名公批评圈点,校正无差,人物、字画各无省陋,以便海内士子览之。下顾者可认双峰堂为记。❷

---

❶《新刊校正古本出像大字音释三国志传通俗演义》封面"识语",明万历十九年(1591)万卷楼刊本。
❷ 余象斗:《三国辨》,转引自石昌渝主编:《中国古代小说总目·白话卷》,山西教育出版社2004年版,第299页。

以上两则识语明显带有广告意味，但也可看出书坊主对评点的重视，他们已认识到"名公""名士"之评点能扩大小说的销路。由此以后，书坊主便在白话小说的刊行时以"评点"相号召，且已不满足用笼统的"名公""名士"以广招徕，而是堂而皇之地"请"出了社会名流，尤其是在公众中声名显赫的人物。此举最为盛行的是万历中后期到明末这一阶段，而被冒用最风行的是李卓吾、陈眉公、钟伯敬、汤显祖诸名公。据粗略统计，此时期题李卓吾评点的白话小说约有10种，题钟伯敬评点的白话小说约有7种，题陈眉公评点的约有4种，题玉茗堂评点的约有3种，余如题为杨升庵、徐文长的亦有数种。不仅在书名中直接标出评点者，有的书坊主还在封面"识语"中特加说明，如刊于万历四十三年（1615）的姑苏龚绍山梓本《春秋列国志传》，在书名中冠上"陈眉公先生批评"字样，还特加"识语"云："本坊新镌《春秋列国志传批评》，皆出自陈眉公手阅。"而其实上述评点大多出自书坊之伪托。

在明代，书坊主有时还托名状元评点以广招徕，如万历年间的朱之蕃。朱之蕃，字符介，号兰嵎，南京上元（今属南京市江宁区）人，万历二十三年（1595）进士，殿试第一，授翰林院修撰，仕至吏部右侍郎，协理詹事府事兼翰林院侍读学士。其所评小说是刊于万历年间的《三教开迷归正演义》，署"九华潘镜若编次、兰嵎朱之蕃评订"，但观书中评语，仅为简略之眉批，托名之可能极大。且朱氏在万历时期的书坊中是一个常被冒用的名人，如余象斗刻《史记品粹》就署为"状元朱之蕃汇辑、会元汤宾尹校正、翰林黄志清同订"，而实际纯属乌有。

入清以后，明代诸名公已较少被冒用，然明末清初如冯梦龙、金圣叹、李渔等人又成为书坊之托名对象，"圣叹外书"字样便在白话小说刊本中常常出现。当然，随着清代的小说评点已逐步从书坊主转入文人之手，清代以来的书坊伪托现象已慢慢地趋于消歇。

书坊之伪托其实不独小说领域，这是晚明书坊的一种普遍现象。明末戏曲家沈自晋曾针对当时戏曲剧本出版借名汤显祖评点之举作曲加以讽刺："那得胡圈乱点涂人目，漫假批评玉茗堂，坊间伎俩。"❶苏时学《爻山笔话》亦对当时的伪

---

❶ （明）沈自晋：【解醒乐】《偶作·窃笑词家煞风景事》，引自徐朔方：《晚明曲家年谱·自序》，《徐朔方集》第二卷，浙江古籍出版社1993年版。

托之风做了讥评：

> 明人刻古人书，往往伪撰古人评注，如《管子》《庄子》……等皆有唐宋诸
> 公评，意若古书必借此而增重者。渐而至于经传亦伪为之，今市本所传有
> 《苏批孟子》，以为出于老泉，尤可哂也。❶

书坊之伪托成风当然不是一个正常的现象，这是文学艺术沾染商业气息的一个突出表征。但在客观上也促进了白话小说的流播，尤其是在白话小说不被人重视的年代，这种冒用名人评点之举也在某种程度上抬高了白话小说的社会地位。何况书坊主本身也有一个文化层次不断提高的过程，如姑苏书种堂主袁无涯、杭州峥霄馆主陆云龙在当时社会上都有一定的声誉，这是集文化名士与刻书家于一身的人物，故而他们加入小说评点者行列对扩大白话小说的影响有着较大的作用。

总起来说，明代的小说评点者是以书坊主及其周围文人为其主流的，因此我们不妨把这一阶段姑且称为小说评点的"书坊控制阶段"。

二　小说评点者中的"文人"

"文人"一词，其含义颇难界定，在中国古代情况更为复杂。中国古代较少职业的文学家，更少以文学创作谋生的作家，故而所谓的文学创作或是在政事之余的遣怀述志，或是在谋生之外的娱心适情。宋元以来，随着俗文学的兴起，文学的商品化逐渐抬头，出现了一些职业性的创作者，如宋元时期专门为勾栏编制剧本的"书会才人"。明中叶以后，随着白话小说的兴盛，职业性的小说家首先在书坊主周围形成，并在明末清初出现了一批以下层文人为主体的专业创作队伍。因此俗文学的兴起促成了古代创作队伍的分化，也使创作队伍日益多样化和渐

---

❶ （清）苏时学：《书伪评》，《爻山笔话》卷十四，清同治三年(1864)刻本。

趋职业化。当然,真正职业化的作家是近代文化的产物,是随着近代报刊业、印刷业的发展而逐渐定型的。古代文学批评家的境况大致也是如此,多样化的批评家队伍也是在俗文学发展以后才开始出现的。

白话小说的文人评点源于明代,李卓吾为其先导,从李卓吾到金圣叹,文人评点曾经历了一段辉煌的历史。这是明代小说评点在书坊控制之外一脉最富思想价值的评点线索,虽人数不多,但影响巨大,开启了清代白话小说文人评点之先河,使清以来的小说评点成为以文人为主体的评点阶段。

小说评点者中的"文人"大致有三种基本类型:一是对白话小说有着浓厚兴趣的文人;二是受朋友之托为其小说作评的各种文人;三是纯粹用以自娱的文人评点(这类评点大多是未刊本)。

文人评点白话小说最初是从兴趣出发的。李卓吾云:"《水浒传》批点得甚快活人,《西厢》《琵琶》涂抹改窜得更妙。"❶又云:"《坡仙集》我有披削旁注在内,每开看便自欢喜,是我一件快心却疾之书。"❷可见,寻求快活、以兴趣为基础是李卓吾评点文学作品的一个基本特色。金圣叹批点小说也首先出于对《水浒传》的强烈兴趣,他把《水浒传》视为才子之书,故而以才子之心读之批之。入清以后,白话小说在文人中的地位日益提高,文人阅读白话小说已成常事,上至王公贵族封疆大吏,下至落第士子民间文人,白话小说大多已为其几上之常备之书。这种境况刺激了文人对小说的评点,有清一代,文人评点小说不绝如缕,正是以小说的这种阅读环境为依托的。在近代,更有文人视评点小说之快乐甚于小说之创作,梦生云:

> 与其作小说,不如评小说。盖以我之作者,不知费几许经营筹画,尚远不能如前人所作,不如举前人所已经营筹画成就者,而由我评之,使我评而佳,则通身快乐,当与作书相等……与其评寻常小说,不如评最佳最美之小说,盖评寻常小说。既需我多少思量,且感得一身不快;不如评最美最佳之

---

❶ (明)李贽:《与焦弱侯》,《续焚书》卷一,中华书局 1975 年版,第 34 页。
❷ (明)李贽:《寄京友书》,《焚书》卷二,中华书局 1975 年版,第 70 页。

小说,头头是道,不觉舞之蹈之。❶

　　在小说评点史上,这种以阅读之兴趣为其评点基础的文人评点者举不胜举,尤其是对小说史上优秀作品的评点更是如此。这种评点大多抛开了小说评点的商业传播性,故成了小说评点中最有理论思想价值的部分。我们且将这一类评点者及其评点之作品排列如下:

　　　　李卓吾:《水浒传》

　　　　金圣叹:《贯华堂第五才子书水浒传》

　　　　王仕云:《醉耕堂刊王仕云评论五才子书水浒传》

　　　　王士祯:《聊斋志异》

　　　　张竹坡:《金瓶梅》

　　　　毛氏父子:《三国志通俗演义》

　　　　汪象旭、黄周星:《西游证道书》

　　　　紫髯狂客:《豆棚闲话》

　　　　脂砚斋等:《红楼梦》

　　　　张书绅:《新说西游记》

　　　　蔡元放:《水浒后传》

　　　　闲斋老人:《儒林外史》

　　　　刘一明:《西游原旨》

　　　　张文虎:《儒林外史》

　　　　王希廉、张新之、姚燮:《红楼梦》

　　以上这些评点者从事小说评点有一个共同的特色,这就是他们的小说评点都出自对该小说的强烈兴趣。有的甚至痴迷于小说的规定情境,反复批读,不厌

---

❶ 梦生:《小说丛话》,《雅言》1914 年第 1 卷第 7 期,引自黄霖编著:《历代小说话》第七册,凤凰出版社 2018 年版,第 2825 页。

其烦。如脂砚斋评点《红楼梦》："余批重出，余阅此书，偶有所得，即笔录之。""后每一阅，亦必有一语半言重加批评于侧。"❶张文虎批评《儒林外史》更是基于对作品的浓厚兴趣和深深痴迷，其"好读是书"，又"好坐茶寮，人或疑之，曰：'吾温《儒林外史》也'"。❷故其评是书历十来年而不辍，"凡四脱稿矣"。❸这种痴迷是这一类评点者的共同特色。

在小说评点者中，还活跃着一批纯然用以自娱的文人评点者，他们在阅读小说的同时，往往在小说刊本上加批，以记录阅读之心得。这种纯然用以自娱的评点是古代小说评点的一个重要组成部分，也是古代文人传统读书方法在小说领域的延伸，由此亦可看出小说在文人心目中地位的提升。这一类文人评点无功利性，亦无明确的目的性，纯然表现为对作品的喜爱。是政事之余的休闲，是闲读之时的享受。有的更表现为对某部作品的痴迷，如道光年间的陈其泰酷嗜《红楼梦》，倾半生精力批读，他在道光四年（1824）二十五岁时开始评点，至道光二十二年（1842）四十三岁时才全部批完。❹黄小田对《红楼梦》亦颇为痴迷，同时对《儒林外史》也情有独钟，"先君在日，尝有批本，极为详备"。❺而光绪年间的文龙则偏爱《金瓶梅》，他在南陵、芜湖县令任上三次批读《金瓶梅》，花了近三年时间。这种用以自娱的评点在清代当不在少数，仅《红楼梦》评点就有数十种之多，只是由于其为自我鉴赏的未刊本，故在古代影响甚微。

小说评点者中的文人还有这样一类人：他们评点小说并非一种自觉自愿的选择，而是出于对朋友所撰小说之关注或受朋友之托而为其小说鼓吹评说。这些评点者身份颇为复杂，其与小说评点之缘主要系于与小说家的特殊关系之中，或有同乡之谊，或为相得之友。

如清代顺治、康熙年间，李渔小说集《无声戏》《十二楼》和《连城璧》相继问

---

❶（清）脂砚斋：《红楼梦》甲戌本第二回眉批，引自朱一玄编：《〈红楼梦〉资料汇编》，南开大学出版社2001年版，第102页。

❷刘咸炘：《小说裁论》，《校雠述林》卷四，刘咸炘著，黄曙辉编校：《刘咸炘学术论集·校雠学编》，广西师范大学出版社2010年版，第243页。

❸（清）张文虎：《儒林外史评》"丁丑嘉平小寒天目山樵识语"，引自朱一玄、刘毓忱编：《〈儒林外史〉资料汇编》，南开大学出版社2003年版，第441页。

❹参见张庆善：《桐花凤阁主人陈其泰〈红楼梦〉评点浅谈》，《红楼梦学刊》1991年第三辑。

❺（清）黄安谨：《儒林外史序》，引自朱一玄、刘毓忱编：《〈儒林外史〉资料汇编》，南开大学出版社2003年版，第442页。

世，三部小说集均署"觉世稗官编次、睡乡祭酒批评"。睡乡祭酒即杜濬。杜濬（1611—1687），字于皇，号茶村，湖北黄冈人，少倜傥，明崇祯十一年（1638）为副贡生，明亡不仕，侨寓江宁凡四十年，性廉介，穷居自甘。杜濬为明遗民作家，才气奔放，诗风豪健，有《变雅堂文集》和《变雅堂诗钞》等行世。与李渔为友，李渔所刊小说均由杜濬为序作评，《连城璧序》云：

> 予谓古人著书，如班固、袁宏、贾逵、郑玄之徒，皆以经史传当世，子何屑屑此事焉？吾友（即李渔）微笑不答。予因取其所著之书，蚨坐冷然亭上，焚香煮茗而读之……予因拍案大呼，吾友洵当世有心人哉，经史之学，仅可悟儒流，何如此作为大众慈航也……故予于前后二集皆为评次，兹复合两者而一之。❶

与李渔、杜濬之关系相类似，杜纲与许宝善也是一对相得之朋友。杜于乾隆五十七年至六十年（1792—1795）连续刊出《娱目醒心编》《北史演义》《南史演义》三部白话小说，三书均由许宝善序、评。许宝善（约 1731—约 1803），字教虞，一字穆堂，号自怡轩主人，青浦（今属上海）人。乾隆二十五年（1760）进士，累官监察御史。丁忧归，遂不复出，以诗文词曲自娱。著有《穆堂词曲》《自怡轩诗草》《自怡轩乐府》等。杜纲一生科名不达，以布衣终生，晚年与许宝善为挚友。许宝善不仅为杜纲小说作评撰序，也资助与敦促杜纲之创作，《南史演义序》云：

> 余既劝草亭作《北史演义》……远近争先睹之为快矣。特南朝始末，未能兼载……乃复劝其作《南史演义》，凡三十二卷……持此以续《北史》之后，可谓合之两美矣。❷

这种作为小说作者之友的评点者在清代尚有不少。如《续金瓶梅》作者丁耀

---

❶ （清）杜濬：《连城璧序》，（清）李渔编：《连城璧》，《古本小说集成》本，上海古籍出版社 1994 年版，第 2—5 页。

❷ （清）许宝善：《南史演义序》，（清）杜纲编次：《南史演义》，《古本小说集成》本，上海古籍出版社 1994 年版，第 1—3 页。

亢与评者查继佐,《炎凉岸》《生花梦》《世无匹》作者娥川主人与评者青门逸史,《女仙外史》作者吕熊与评者刘廷玑等都是颇为相得之友人。《野叟曝言》评者韬叟与作者夏敬渠亦为好友❶,西岷山樵《序》云:"康熙中,先五世祖韬叟,宦游江、浙间,获交江阴夏先生,……旋吴之后,文宴过从,殆无虚日,先生亦幸订交于先祖,屏绝进取,一意著书。越数载,出《野叟曝言》二十卷以示先祖,始识先生之底蕴,于学无所不精,亟请付梓。先生辞曰:'……是书托于有明,穷极宦官权相妖僧道之祸,言多不祥,非所以鸣盛也。'先祖额之,因请为之评注,先生许可。"❷评者与作者之间关系的密切,有助于评点者了解作者的思想底蕴和创作意图,而评者在小说评点中结合作者生平的批评文字更为小说史留下了十分宝贵的史料。脂砚斋等的《石头记》评点就不仅具有艺术思想价值,更以大量珍贵的作者生平史料和创作背景资料而为后人注目。当然,由于这一些评点者大多带有对朋友作品的鼓吹意味,其评点往往过多溢美之词,而相对地有欠客观公允。

　　小说评点中文人的大量加入,明显地提高了小说评点队伍的社会层次。如果说,明代的小说评点以假托"名公"居多,其文人评点除个别真实之外,带有浓厚的商业性。那么,清代的文人评点就有了相对的实在性,文学名家如洪昇(评《女仙外史》)、杜濬、查继佐、黄周星等,亦官亦文如刘廷玑(江西廉使)、陈奕禧(江西南安郡守)、叶南田(广州太守,以上评《女仙外史》)、许宝善(监察御史)、弘晓❸等均为当世有一定影响的人物。这样一些文人从事小说评点对提高小说的地位和扩大小说的影响具有重要的作用。同时,与明代相比较,清代小说家的社会层次亦有相应提高,文人独创的编创方式和具有文人品位的小说作品亦逐步成为主流,而小说评点者的文人化正与这一创作现象相吻合,从而共同推进了小说艺术的发展。

---

❶ 此书的大部分评语袭自光绪七年(1881)的版本,为无名氏评。

❷ (清)西岷山樵:《野叟曝言序》,(清)夏敬渠:《野叟曝言》,清光绪八年(1882)申报馆本。

❸ 弘晓(1722—1778),清宗室,号秀亭,又号冰玉主人,别署讷斋主人、侍萱主人,雍正八年(1730)袭怡亲王爵,幼嗜声韵,喜欢图藏,乙卯残本《石头记》、庚辰钞本《石头记》均出自弘晓钞藏。所评小说为《平山冷燕》(静寄山房刊大字本),封面题"冰玉主人批点"。

三　小说家的"自评"

　　以创作家的身份从事文学批评,这不足为怪,因为以创作实践为依托,其评论更为真切,所论亦更为深入。中国古代的文学批评家大多本身就是文学家,故传统的文学批评重实践,重感悟,形成了与文学创作相表里的理论批评传统。

　　南宋以来,评点这一形式在各种文学体裁中普遍采用,但在诗文评点中,较少作家的自评。明中叶以后,小说、戏曲评点开始兴盛,"自评"形式也随之出现。较早对自己的戏曲作品进行评点的是戏曲家沈璟,但只是用以说明格律字音等问题,如《红蕖记》第二十六出集曲【醉罗歌】自批:"此乃【醉扶归】【皂罗袍】【排歌】合成者。"❶戏曲自评盛于对作品的改编,主要表现为对作品改编的文字说明,如臧晋叔评改《临川四梦》而自刻《玉茗堂四种曲》,冯梦龙评改《墨憨斋定本传奇》等。其中臧氏评点犹承沈璟之传统,仍以说明格律为主;而冯梦龙的评点已颇富艺术赏评意味,《风流梦总评》云:

> 生谒苗舜宾时,旦尚无恙也。途中一病,距投观为时几何,而《荐亡》一折,遂以为三年之后,迟速太不相照,今改周年为妥。❷

　　这种说明较之以往有所进展,他已注意作品情节的安排。真正意义上的戏曲自评是清初孔尚任的《桃花扇》评点,这是古代戏曲评点史上一部重要作品。但由于戏曲自评主要以改编本为对象,而古代戏曲史上的改编又集中在明末清初,故而清代以来,戏曲自评逐步消歇。❸

　　自评现象最为繁盛的是小说领域。据粗略统计,明清小说评点史上自评的评本有三十余种,其时间覆盖整个评点史。明代小说家如袁于令、冯梦龙、陆云

---

❶　(明)沈璟:《重校十无端巧合红蕖记》,《古本戏曲丛刊三集》,文学古籍刊行社 1957 年版。

❷　(明)冯梦龙:《墨憨斋复位三会亲风流梦传奇》,魏同贤主编:《冯梦龙全集》第十二册,凤凰出版社 2007 年版,第 1049 页。

❸　关于戏曲评点情况,参见吴新雷:《明清剧坛评点之学的源流》,《艺术百家》1987 年第 4 期。

龙,清代小说家如褚人获、陈忱,近代小说家如梁启超、李伯元、吴趼人等著名小说家都为自己改编或创作的作品加批点评,从而成了小说评点中的一大特色。

小说评点中的自评表现为以下三种形态。

小说中的自评源于史著的篇末论赞,是小说家在情节叙述时或就史实,或就形式,或就人物而做出的某种说明和评说。较早出现这一现象的是明万历年间的《征播奏捷传通俗演义》,该书为一部时事小说,由玄真子据《平播事略》等书"敷演其义而以通俗命名",作者还于回末不时直陈议论,题"玄真子论曰",颇似回末之总评。如卷二末的一段议论:

> 玄真子论曰:或云应龙听信田氏毁谤之谗,逐出张氏,赐族弟新鳏(无妻曰鳏)者配焉。愚谓夫妇系纲常之重,兄弟关人伦之首,弃己妻而赐弟,此禽兽之行,蛮夷之俗也。播州虽属夷地,犹习汉俗,出入还以汉服为贵,如此则亦知礼义廉耻之道也。安有嫂配于叔,而甘蹈禽兽之行者哉!即应龙可之,张氏出之名门,素知礼节,肯允之乎?逐出另居,理或有之。且道听山人《记略》亦是如此,予因据义演之,俟具只眼者别苍黄云。❶

这种形式在古代小说创作中有一定的普遍性,古代小说家在叙述时一般采用全知视角,并不时直陈个人感慨或跳出书外做一番艺术或道德上的评判,故小说史本身也留有大量珍贵的理论资料。尤其是那些标明"×××曰"等字眼者更与小说评点无异。近代林纾作小说《剑醒录》犹然常在叙述时插入"外史氏曰",以表达其创作主张,如三十二章:"外史氏曰:……今敬告读者,凡小说家言,若无征实,则稗官不足以供史料,若一味征实,则自有正史可稽。"其传统犹未断绝。

与戏曲自评相类似,小说评点中最普遍的自评也是出自小说改编者之手。这一类评本最多,主要有:冯梦龙"三言"和《新平妖传》、袁于令《隋史遗文》、褚人获《隋唐演义》、蔡元放《东周列国志》和李雨堂《万卷楼演义》等。在上述作品中,有的是辑录改订,如冯梦龙"三言";有的是在原作基础上的修订,如袁于令

❶ (明)名衢逸狂:《征播奏捷传通俗演义》,《古本小说集成》本,上海古籍出版社1994年版,第96—97页。

《隋史遗文》等。这些评本大多是对改编的说明或做简要的赏评,但清代的一些评本,尤其是褚人获《隋唐演义》和蔡元放《东周列国志》,其评点颇为精彩。如《隋唐演义》主要辑合《隋史遗文》《隋炀帝艳史》等书而成,其中评语也较多袭自袁于令评点,但褚氏发挥精彩处亦比比皆是,且越到后文评语越精警。如七十二回总评:

> 淫秽之事流毒宫闱,古今未尝无之,但在武氏,最彰明较著者也。然其最著处,又经后人十分描写,装点曲尽,而恶恶之心始觉快然无憾,或者当时未必尽然。子贡曰:纣之不善,不如是之甚也,是以君子恶居下流,天下之恶皆归焉。读者又宜谅之矣。❶

此类评语在作品中不胜枚举,其评点高出《隋史遗文》者多多,为清代小说评本中较有特色和价值者。

独创小说的自评较早见于陆云龙的《魏忠贤小说斥奸书》❷,而在明清两代不绝如缕,如明崇祯年间于华玉自编自评《岳武穆尽忠报国传》。❸ 入清以后,此种现象渐多,如顾石城《吴江雪》、苏庵主人钞评本《绣屏缘》、无名氏《巫梦缘》等。❹ 尤其是陈忱《水浒后传》,该书乃陈忱假托“古宋遗民”而作,其评点也十分成熟,首有《论略》六十余则,概括《水浒》与《水浒后传》各自的思想艺术及相互之间的区别,每回有旁批,回末有总评。进入近代以后,独创小说的自评达到高潮,近代小说史上几乎所有的小说名家都评点过自己的作品,如梁启超《新中国未来记》、吴趼人《二十年目睹之怪现状》、刘鹗《老残游记》等。这一现象的出现源于两方面的因素:首先,近代小说的重要门类是政治小说和谴责小说,这两种小说有着对社会现实政治强烈的批评性和参与性,小说的议论、政论占有较大的篇

---

❶ (清) 褚人获:《隋唐演义》,《古本小说集成》本,上海古籍出版社 1994 年版,第 1859 页。
❷ 该书题“吴越草莽臣撰”“峥霄馆评定”,据今人萧相恺考证,“吴越草莽臣”即峥霄馆主人陆云龙。
❸ 于华玉,字辉山,金坛人(江苏常州),崇祯十三年(1640)进士,初为信安令,崇祯十五年(1642)为义乌知县。该书署“卧治轩评”,据该书自序,知“卧治轩”即华玉在义乌之斋名。
❹ 《巫梦缘》存世有啸花轩刊本,不署作者,亦无序跋,大部分回末有短评,第十一回评曰:“《太平歌》,实实清渊,一才女所作,共七首,余删其二而并为改窜七字,聊为表出,不敢没其才也。”知评者即小说作者。

幅,因此评点本身也成了小说家们用以表现自身政治思想和政治理想的工具,并对小说的思想内容做提示和补充。最为典型的是梁启超的《新中国未来记》,该书仅五回,内容庞杂,"似说部非说部,似稗史非稗史,似论著非论著"❶,但梁氏犹不满足其政治思想的表达,在评点中进一步张扬其思想和政治理想。在第四回评语中,更脱离了小说之范围,而重申其"诗界革命"等口号:"今日之中国,凡百有形无形之事物,皆不可以不革命,若诗界革命、文界革命,皆时流日日昌言者也。"❷评点几乎已成其说教的工具。其次,近代小说是小说史上由古代向现代的过渡阶段,小说传统犹然延续,而"泰西"小说亦不断引进,两种小说形式的交汇和比较促使小说家们予以抉择和申说自己的主张,评点遂成小说家表达自身创作观点的一个有效途径。

小说家对自己的作品进行评点,确乎是一个独特的现象,这或许与小说的文体特色和文体地位有一定关系。就文体而言,小说是叙事文学,叙事内涵和叙事结构一般都比较复杂,而小说家对自己作品的分析更能切合实际,此乃小说自评之可行性。而就文体地位来看,小说在中国古代毕竟不受重视,并不像诗文般那么庄重、正规,故作家自评或自我吹嘘也不会引起太多的注意而为世人所侧目,此乃小说自评之可能性。但无论如何,小说家参与小说评点,对提高小说评点的艺术品位有一定的帮助,因为他们毕竟是"行家",其评点也是"行家之评",虽无高深的理论观念,但往往是一得之见,是其经验的总结。

第二节　小说评点的基本类型

由以上分析所知,小说评点者大致由文人、书坊主和小说家自身三种类型所构成。这三种类型的小说评点者在批评目的、情感旨趣和理论思想上都存在着很大的差异,从而使小说评点各呈异彩,风格迥异。概括起来说,文人的小说评点比较重视个体情感的抒发,他们所选取的小说作品也有着明确的情感指向性;

---

❶ 梁启超:《新中国未来记·绪言》,《新小说》1902 年第 1 卷第 1 期。
❷ 梁启超:《新中国未来记》第四回总批,《新小说》1902 年第 1 卷第 3 期。

书坊主及其周围的下层文人在小说评点中是以商业传播为其主要目的;而那些与小说关系比较密切的文人评点和小说家自身的评点则兼顾了评点的主体情感性和商业传播性。当然,作为个体的小说评点本而言,情况还是比较复杂的,也不能对其强分畛域,其中有着较多的重复和交叉,故上述划分只是就其主体而言。以下我们循此大致将小说评点划归为三种基本类型,即文人型,书商型和综合型。

一 文人型: 小说评点的主体性

文人型的小说评点在小说评点史上源远流长。李卓吾便是小说评点中文人评点的早期代表人物,当小说评点在书坊主的控制下缓缓行进之时,在书坊主们对小说作简略的、功利性的赏评注释时,李卓吾以其慧眼卓识为小说评点注入新的血液。他首次将个体的狂傲之性和情感内核贯融到小说评点之中,从而使小说评点成为一种带有个体创造性的批评活动。李卓吾是明中叶一位重要的思想家,他的异端思想带有浓烈的思想解放和人文主义色彩,在明中后期产生了深远的影响。故他是以一个思想家的身份惠顾小说的,他不是仅从技巧层次注目小说,而是一种高屋建瓴式的赏评,是在其整体思想的统一标领下对小说所做出的重意、重主体的评判。李卓吾对小说评点史的影响是深远的,文人型的小说评点由他发端,绵延于小说评点史上,成为一脉富于思想和主体特性的评点线索。

文人型小说评点的一个根本特性是强化评点者的主体意识,故而他们的小说评点在揭示小说内涵的同时,更注重通过小说的规定情境来发抒自身的情感思想、现实感慨乃至政治理想。基于这一根本特性,文人型的小说评点形成了一些颇为明显的特性。

首先,文人型的小说评点刚开始时大多视小说评点为一种自娱活动,以后自娱的成分逐渐减少,但把评点看作个体情感的一种抒写则越来越成为文人型评点的主流。

将小说评点视为一种不带功利目的的自娱活动是文人阅读赏评小说的最初

动机。李卓吾即然，他的小说评点就是在阅读过程中的随意"批抹"，在《焚书》卷六中，李卓吾有《读书乐》一诗概括了这种阅读赏评特色：

> 天生龙湖，以待卓吾；天生卓吾，乃在龙湖。龙湖卓吾，其乐何如？四时读书，不知其余。读书伊何？会我者多。一与心会，自笑自歌。歌吟不已，继以呼呵。恸哭呼呵，涕泗滂沱。歌匪无因，书中有人；我观其人，实获我心。❶

在《寄京友书》一文中，李卓吾又谓："大凡我书皆为求以快乐自己，非为人也。"❷李卓吾的小说评点与这种阅读赏评特色是相一致的，他所追求的正是那种"一与心会，自笑自歌。歌吟不已，继以呼呵"的境界，是为了在作品的规定情境中求得内心的精神快慰，而这种精神快慰的获得乃直接抒发郁结于内心的情感思想。虽然我们对李卓吾评本难辨真伪，但"容本"《批评〈水浒〉述语》所云"和尚一肚皮不合时宜，而独《水浒传》足以发抒其愤懑，故评之为尤详"，又云"据和尚所评《水浒传》，玩世之词十七，持世之语十三，然玩世处亦俱持世心肠也，但以戏言出之耳"，还是反映了李卓吾评点的精神实质的。这一评点精神在小说评点史上的影响是非常深远的，尤其是在金圣叹、张竹坡等评点大家身上更是留下了深深的烙印。乾隆年间的周昂曾这样评述金圣叹的《西厢记》评点：

> 吾亦不知圣叹于何年月日发愿动手批此一书，留赠后人。一旦洋洋洒洒，下笔不休，实写一番，空写一番。实写者，《西厢》事即《西厢》语，点之注之，如眼中睛、如颊上毫。空写者，将自己笔墨，写自己性灵，抒自己议论，而举《西厢》情节以实之，《西厢》文字以证之。❸

周昂以"实写一番"和"空写一番"概括金圣叹的《西厢记》评点是颇有见地

❶ （明）李贽：《焚书》卷二，《焚书　续焚书》，中华书局 1975 年版，第 227 页。
❷ 同上书，第 70 页。
❸ （清）周昂：《贯华堂第六才子书西厢记·后候》总批之批，见《此宜阁增订金批西厢》，引自韦乐辑录：《第六才子书西厢记汇评》，凤凰出版社 2016 年版，第 240 页。

的。但其实,那种"写自己性灵,抒自己议论"的特色在《水浒传》评点中表现得更为突出。一者,《水浒传》评点是金圣叹的早期之作❶,其个体之情感比较丰富,狂傲之个性亦较显豁,故其评点处处显示了急欲表现的主体特性,《西厢记》评点则相对比较平和、稳重。再者,《水浒传》的情感内涵与明末的社会情况及金圣叹当时的思想情感更为契合,因此他更能借《水浒传》的规定情境来发抒自身的现实感慨。张竹坡评点《金瓶梅》亦然,他首先认定《金瓶梅》之创作乃"作者不幸,身遭其难,吐之不能,吞之不可,搔抓不得,悲号无益,借此以自泄",而其评点也是"穷愁所迫,炎凉所激",故借评点来"排遣闷怀",宣泄情感的。❷ 这种借评点来宣泄个体情感的行为是文人型小说评点的一个重要特色,也是小说评点始终吸引文人视线的一个重要原因。与这种宣泄性相一致,文人型的小说评点还充满了社会评判、道德评判、历史评判乃至政治理想的宣讲。总之,他们是借小说作为其表现思想情感的载体。在近代小说评点中,这一特色可谓达到了极致,评点在一些小说评本中已成为其宣讲政治理想的工具。而最为突出的是燕南尚生在光绪三十四年(1908)推出的《新评水浒传》,这一年,正是清廷宣布九年立宪之期限,燕南尚生在其评点中围绕这一政治主题做了大量的发挥,甚至不惜胡编乱造。且看几则他对《水浒》人物的"释名":

> 宋江:宋是宋朝的宋,江是江山的江。公是私的对头,明是暗的反面。纪宋朝的事偏要拿宋江作主人公,可见耐庵不是急进派一流人物。不过要破除私见,发明公理,从黑暗地狱里救出百姓来,教人们在文明世界上,立一个立宪君主国。
>
> 史进:史是史记的意思,进是进化的意思……铸成一个宪政国家,中国的历史,自然就进于文明了。
>
> 柴进:柴是吾侪的侪,进是进取的进。柴进捏成周世宗的后代,犹言吾

---

❶ 金氏自言《水浒》评点在其 12 岁时就已完成,显为不经之谈,但较早从事却是真实的,而最后成书当在 1641 年,时金氏 34 岁。参见谭帆:《金圣叹与中国戏曲批评》,华东师大出版社 1992 年版,第 6—7 页。

❷ (清) 张竹坡:《竹坡闲话》,引自朱一玄编:《〈金瓶梅〉资料汇编》,南开大学出版社 2002 年版,第 416—417 页。

侪沿着这个阶级进取，才不愧是黄帝的儿孙。❶

以上所谓"释名"，其生造之意味不言而喻，但评点者以此作为其政治理想的宣传则颇为明显。这一现象不仅体现了文人评点小说的一贯性，同时更是近代小说和小说批评的重要特征。

其次，文人型小说评点以表达其情感思想为重要目的，故在对作品的具体阐释上，"释义"便成了他们评点的一个主要内容。金圣叹谓：

> 《水浒》所叙，叙一百八人，其人不出绿林，其事不出劫杀，失教丧心，诚不可训。然而，吾欲独略其形迹，伸其神理者，盖此书七十回，数十万言，可谓多矣，而举其神理，正如《论语》之一节两节，浏然以清，湛然以明，轩然以轻，濯然以新，彼岂非《庄子》《史记》之流哉！❷

在这里，金圣叹区分了小说作品中"形迹"与"神理"的差异，所谓"形迹"当指小说作品的外在情节框架，而所谓"神理"则指蕴涵在作品情节之中深层次的"义"，金圣叹注重"神理"的探究正是强调了小说评点的"释义性"。如下一段话代表了金氏的这种批评主张：

> 吾特悲读者之精神不生，将作者之意思尽没，不知心苦，实负良工，故不辞不敏，而有此批也。❸

金圣叹的这一主张在文人型的小说评点中有一定的代表性，故而所谓"释义"也便成了文人型小说评点的一个重要内容，尤其是小说史上的一些重要作品更是他们津津乐道、反复阐释的对象。

---

❶ (清) 燕南尚生：《〈新评水浒传〉三题·命名释义》，引自阿英编：《晚清文学丛钞·小说戏曲研究卷》，中华书局 1960 年版，第 134—135 页。

❷ (清) 金圣叹著，陆林辑校整理：《金圣叹全集》(修订版)第三册，凤凰出版社 2016 年版，第 22 页。

❸ (清) 金圣叹：《第五才子书水浒传》"楔子"总批，《第五才子书水浒传》，《古本小说集成》本，上海古籍出版社 1994 年版，第 6 页。

在明清小说评点史上,《水浒传》《金瓶梅》《西游记》《三国演义》和《红楼梦》是最受评点者青睐的小说作品。尤其是文人评点,他们对作品的选取是与其情感需要密切相关的,故这一类内涵丰富、思想深刻的作品成了他们评点的主要对象,并据以各自的情感需要阐释作品的表现内涵。如《水浒传》,李卓吾以"忠义"高度赞美"水浒"英雄,同时他又认为《水浒》乃作者"发愤之作",而"泄愤者谁乎?则前日啸聚水浒之强人也"。在他看来,"忠义"在水浒并不是件好事,他是希望要使"忠义"在朝廷、在君侧,从而改变当时"小贤役人""大贤役于人"的境况。❶这一观点影响很大,金圣叹评点《水浒》即继承了李卓吾"发愤之作"的思想传统,但对李卓吾以"忠义"论"水浒"英雄则颇有异议,从对"水浒"一词的释名,到腰斩《水浒》并妄增"惊恶梦"一节,金氏在理智上表现出了对乱世纷争的不满。在其具体评点中,我们能明确地感受到金氏思想中的两个侧面:对明末社会黑暗的强烈愤慨和对揭竿斩木者此起彼伏的深深忧虑。这种思想既反映了明末独特的社会现实,又真切地表现了一位不达文人希冀宁静生活的特殊心态。故本着这种思想,金圣叹对《水浒传》的表现内涵做了新的"释义",他既突出"乱自上作",揭示作品对社会现实强烈的批判性,并对水浒英雄"逼上梁山"之举深表同情和理解,但同时又通过妄增"惊恶梦"一节否定了这一行为的现实合理性。因此在《水浒传》的评点中,金圣叹陷入了深深的矛盾之中,他对现实的不满促使他对水浒英雄不吝赞美之词,而明末纷乱的社会现实又使他在心理上难以真正接受这一行为。于是,在其具体评点中,我们看到了一个颇有意味的矛盾体:对起义行为的整体否定和对个体英雄的极力赞美。这是金圣叹受时代情状和个体心理的双重制约而无法逾越的矛盾,故其"释义"也便体现了独特的时代与个人性质。

毛氏父子评点《三国演义》亦然,在蜀魏关系上,他们批评陈寿、司马光以曹魏为正统,而肯定朱熹《通鉴纲目》尊蜀汉为正统的观点,这一取舍明显地反映了清初汉族知识分子为明争正统的现实内涵。清代以后,对《西游记》《红楼梦》的释义曾一度成为热点。乾嘉时期的刘一明评《西游记》之多家释义云:

---

❶ (明) 李贽:《忠义水浒传序》,《焚书　续焚书》,中华书局 1975 年版,第 109—110 页。

（汪象旭）妄意私猜，仅取一叶半简，以心猿意马，毕其全旨……继此或目为顽空，或指为执相，或疑为闺丹，或猜为吞咽，千枝百叶，各出其说，凭心造作，奇奇怪怪，不可枚举。❶

正是在这一背景下，刘一明"不揣愚鲁"，"再三推敲，细微解释"，重加释义，他自诩其释义乃"原始要终，一目了然"，而《西游》之要旨是"三教一家之理，性命双修之道。"他甚而声言："至于文墨之工拙，则非予之所计也。"❷对于《红楼梦》的释义，乾隆以后也众说纷纭，考据索隐，歧见纷出，而道光年间的王希廉、张新之二公更以"括出命意所在"为务❸，从而据评点者的主观推演，将《红楼梦》解释成演说性理的劝惩之作。《西游记》《红楼梦》之释义就评点者的主观愿望而言乃为破除社会上视其为"游戏""诲淫"之陈见，但这种释义与作品实际内涵相去甚远。

释义乃文人评点小说之主要内容，是文人从事小说评点的一个基本目的。释义是一种文化现象，从古代文化渊源而言，它源于对儒家经典的诠释，当经典之原意不符合某一时代的需要时，人们便不惜穿凿附会，甚至窜改古书，从而使经典契合于当时的特殊需要。这一类例子举不胜举，如宋儒就十分典型，皮锡瑞云："宋儒体会语气胜于前人，而变乱事实不可为训。"❹这种行为以实用性为本，但在某种程度上也能"激活"经典的局部价值以适合当代之需。同时，这也是一种世界性行为，不独古代中国如此，美国苏珊·桑塔格《反对释义》一文云：

释义最早出现于古代古典文化的后期，那时，神话的威力和可信性被科学启蒙的"现实主义"世界观打破了。一旦困扰着后神话时期的意识——即宗教符合的适合性——问题受到质问以后，那些原始状态的古代文献就不再被人接受了。释义便被召唤来，使古代文献适应"现代"的要求。……释

❶ （清）刘一明：《西游原旨序》，《西游原旨》，《古本小说集成》本，上海古籍出版社 1994 年版，第 37—39 页。
❷ 同上书，第 43 页。
❸ （清）鸳湖月痴子：《妙复轩评石头记序》，引自朱一玄编：《〈红楼梦〉资料汇编》，南开大学出版社 2001 年版，第 707 页。
❹ 转引自汪耀楠：《注释学纲要》，语文出版社 1991 年版，第 330 页。

义本身必须用对人类意识的历史主义观点予以评价。在某些文化领域,释义是一种解放行为,它是修订的手段,重新估价的手段,逃避僵死的过去的手段。而在其他文化领域,它却是反动的、鲁莽的、胆怯的、窒息的。❶

小说评点中释义的出现和变异与上述观点是基本一致的。

追求评点的情感表现和重在对作品释义,其实是文人型小说评点非常一致的两个侧面,因为释义正是以评点者的情感需求为依归的。明清小说评点史上出现文人型评点一脉线索,尤其是文人型评点以释义为其首务,使小说评点获得了理论深度和思想力度。在中国古代文化思想史上,俗文学是在一定程度上游离于整体意识形态之外的,如戏曲小说中的情爱观之于传统伦理思想、价值观之于传统义利观念,以及对农民起义的认识、对历史进化的思考等都有其独到的思想价值,这一脉思想虽在传统文化中不占主流地位,却是意义深远的思想系统。而小说评点以释义为务,虽其中亦在思想上不尽一致,但那些出色的评点之作却是深切地揭示了俗文学中蕴含的这种思想意义,并将其发扬光大。

文人型的小说评点表现为一种思路、一个类型,而作为单个的评点本而言,其实光以表达情感和释义的评点本极为少见。在小说评点史上,比较典型的"文人型"评点是李卓吾的《水浒》评点,汪憺漪、刘一明、陈士斌、张书绅等的《西游记》评点,张新之、王希廉等的《红楼梦》评点和晚清梁启超、燕南尚生等的小说评点。而大量的评点并不局限于此,如金圣叹、毛氏父子、张竹坡等的小说评点均是如此。因而以上的分析仅揭示了一种现象,一种思路而已。

二 书商型:小说评点的商业性

小说评点的第二种类型是书商型,这是一种追求小说传播商业效果的评点类型。如果说,文人型的小说评点主要以评点者的情感需求为出发点,那么,书

---

❶ [英]洛奇编,葛林等译:《20世纪文学评论》(下),上海译文出版社1993年版,第471—473页。

商型的小说评点则以小说的传播和读者的接受为其主要目的。

书商型是小说评点中比重较大的一个评点类型，它实则包括两种评点者的评点之作：一种当然是由书坊主及其周围的下层文人撰写的评点作品；另一种情况有点特殊，评点者是文人，但他们评点小说并非出自其情感表现之需要，而是或受朋友之托，或受书坊之邀，为所刊小说摇旗鼓吹，故其虽非书商，但其评点带有明显的商业传播特性。正是两者在商业传播这一层面上有共同的趋向，故而将其纳入一种评点类型，姑且名之为书商型。

如上所述，小说评点中书坊主的介入主要是在明代，明代的小说评点是"书坊控制阶段"，入清以后，书坊主逐渐淡出小说论坛，但小说评点中那种以商业传播为目的的评点趋向仍十分明显，故书商型的小说评点在小说评点史上可谓绵延不绝。

书商型的小说评点有以下三个主要特色。

其一，书商型的小说评点在评点目的上有其自身的追求，主要是为了促进小说的传播和有利于普通读者的阅读。因而这是一种与发轫期的白话小说在艺术个性上颇相一致的评点类型，也即追求民间性和大众化。这一种评点类型没有高深的理论思想，也很少文人式的个体情感抒发，主要是简约的评论和简陋的注释，从而适应一般读者的需求。

这也有一个发展过程。在明代，白话小说的主要门类是历史演义，而其创作者也主要是书坊主及其周围的下层文人，他们按鉴演义，将历史著作通俗化。与此相应，小说评点也在书坊的控制下以疏通文义、注明典实和注音为主，以便使一般读者更能晓畅地阅读小说。这些注评文字极为通俗易懂，如万历年间三台馆刊本《全汉志传》，署"钟伯敬先生评"，但书中评点颇为简易，文中有一位名医叫孙祖，夹批云："后唐孙思邈善医，乃其嫡派也。"署名"墨憨斋新编"的《新列国志》亦然，其评点以注地名、官名和注音为主，其中第一回释"太宗伯"为"即今礼部尚书"，释"太宰"为"即今吏部尚书"。这种评注无疑是为了一般读者的阅读，而这一特色是明代书商型小说评点的普遍境况。与此同时，书商型的小说评点中评论的成分虽日益增强，但也不过是对历史事实的简约评述，而很少评点者寄寓其中的情感思想。《两汉开国中兴传志》评项羽初起云："按羽初起，即有子弟兵八千，又遇龙驹，顷刻之间，军将云集，不二三年，为王称帝，岂非天耶？"❶其思想之平庸显而易见。因而明代小说的书商型评点虽多托名名家者，但有价值的评点却微乎其微。入清以后，书商型的小说评点有所变化，那些注释性的文字逐步减少并渐趋消失，但小说评点思想的平庸依然故我，就是那些出自文人之手的评点，由于其评点目的的功利性和作品本身的平庸，也难以在评点中迸发出思想的火花，一般都是就事论事而作简略的评述。

其次，书商型的小说评点以对所评小说的鼓吹和小说情节的简约评述为主要内容。这一类型的评点由于以小说的传播为目的，以招徕读者的购买为归趋，故在具体的评点中，不吝赞美之辞。托名状元朱之蕃评点的《三教开迷归正演义》是这样评价该书的：

> 《西游》《水浒》皆小说之崇闳者也，然《西游》近荒唐之说，而皆流俗之谈；《水浒》以游侠之事，而皆无状之行。其于世教人心，移风易俗，俄顷神化，何居而得与《破迷正俗演义》相轩轾也。❷

《三教开迷归正演义》叙万历年间林兆恩与弟子宗礼、僧宝光、道士袁灵明兴三教盛会，创三教合一。全书杂糅神魔、说教和社会批评为一体，内容颇为丰赡，时杂诙谐，是一部有一定可读性的作品。但评点者将其与《水浒》《西游》相比，当属不伦。而突出其说教的一面，更为不当，书中不时杂以议论，且连篇累牍，难免令人生厌，其实是小说并不成功之所在。这种过于夸张的笔墨在书商型的小说评点中比比皆是，爽阁主人夏履先评《禅真逸史》云："是书虽逸史，而大异小说稗编。事有据，言有伦，主持风教，范围人心……乃史氏之董狐，允词家之班马。"是书"当与《水浒传》《三国演义》并垂不朽，《西游》《金瓶梅》等方之劣矣"。❸ 溢美处十分明显。就是一些出自文人手笔的评点也难免有这种商业性的鼓吹，最为

❶ （明）黄化宇：《两汉开国中兴传志》，《古本小说集成》本，上海古籍出版社 1994 年版，第 41 页。
❷ （明）朱之蕃：《三教开迷演义序》，《三教开迷归正演义》，《古本小说集成》本，上海古籍出版社 1994 年版，第 3—4 页。
❸ （明）爽阁主人：《禅真逸史·凡例》，《禅真逸史》，《古本小说集成》本，上海古籍出版社 1994 年版，第 1 页。

典型的是清代康熙年间吕熊《女仙外史》的评点,该书得六十余人评点,这本身就显现了浓烈的商业意味,而其中评点也殊少真正意义上的艺术赏评,大抵以鼓吹为其评论之主体。广州府太守叶南田更是赞美《女仙外史》"与正史相类,自有孚洽于人心者,垂诸宇宙而不朽"。❶ 评价不可谓不高,但与实际价值相差甚远。

书商型的小说评点在对作品的鼓吹上不遗余力,但有价值的思想艺术赏评则相对贫乏。一般而言,这一类的小说评点眉批大多三言两语,夹批以注释居多,而回末总批则是对该回情节和人物的简要评述。有的评语纯属无谓,如释"三从":"在家从父,出嫁从夫,夫死从子。"这种极为简单的内容在评点中亦常常出现。而有的更是趣味低下,如《金兰筏》评点释"勾搭上手"云:"言语挑动,打动春心,谓之勾搭也;两人交颈而睡,谓之上手也。"❷这种内容充分说明了书商型评点的世俗性和民间性。

第三,书商型的小说评点在评点形态上也颇有特色,由于评点者以促进小说的商业传播为目的,仅仅视评点为促销手段,故在评点中并不投入太多的精力,形式比较简单。在明代,书商型的小说评点以眉批和夹批为主,而夹批之评论成分颇为淡薄,性质与夹注相类。入清以后,夹注形式逐渐消失,书商型的评点形态就以眉批加总评为主流。总之,这是一种简易的甚至可说是简陋的评点形态。钱锺书先生在其《管锥篇》中论陆云《与兄平原书》时尝云:"按无意为文,家常白直,费解处不下二王诸《帖》。什九论文事,着眼不大,着语无多,词气殊肖后世之评点或批改,所谓'作场或工房中批评'(Workshop criticism)也。"其中"作场或工房中批评"一语与此种"书商型"的评点颇为相似。❸

总括以上三个特点,我们不难看出书商型的小说评点所显现的那种文学批评的商业性质。那怎样评价这一评点类型呢?首先,书商型的小说评点是古代白话小说"艺术商品化"的必然结果,没有白话小说创作和传播的商业性,书商型的小说评点也就无从立足,故而这一评点类型的出现有其合理性和现实依据。它在白话小说的发轫时期确乎推动了白话小说的传播,尤其是在明万历以后的

---

❶ (清)叶南田:《女仙外史·跋语》,《女仙外史》,《古本小说集成》本,上海古籍出版社 1994 年版,第 12 页。
❷ (清)惜阴堂主人:《金兰筏》第四回眉批,《古本小说集成》本,上海古籍出版社 1994 年版,第 68 页。
❸ 钱锺书:《管锥篇》(第四册),中华书局 1979 年版,第 1215 页。

小说传播中功不可没。其次,书商型的小说评点是以小说最普通也是最广大的下层读者为对象的,这是古代白话小说最基本的欣赏队伍。同时,这一评点类型涉及面广,它对所评小说没有过多的选择限制,故而从读者和作品两端而言,书商型的小说评点是古代小说读者和作者"受惠"最多的评点类型,故也不能因其理论的浅薄和思想的卑陋而否定其应有的传播价值。当然,文学批评沾染商业性并不是一个合理的现象,文学批评应该是一种高尚的精神活动,它要以敏锐的眼光、超拔的思想和富于灵气的语言针砭创作、感染读者,脱离了这一追求,那文学批评就徒具商业广告效用了。书商型的小说评点正是过于强化批评的商业广告性而失去了批评自身的思想精神和理论生命。因而这是一种有其存在的现实合理性但在很大程度上已迷失文学批评本性的小说评点类型。

三 综合型: 小说评点的向导性

小说评点中最有价值的是综合性的评点类型。而所谓综合型是指这一类型的小说评点既不像文人型那样主要以个体的情感表现和内涵阐释为目的,也与"书商型"的小说评点以商业传播为归趋的格局相异。这是一种融合上述两种思路并以"向导性"为其主要特色的评点类型。袁无涯本《水浒传》中《忠义水浒全书发凡》一文对"评点"的阐释可视为这一评点类型的纲领性文字:

> 书尚评点,以能通作者之意,开览者之心也。得则如着毛点睛,毕露神采,失则如批颊涂面,污辱本来,非可苟而已也。今于一部之旨趣,一回之警策,一句一字之精神,无不拈出,使人知此为稗家史笔,有关于世道,有益于文章,与向来坊刻夐乎不同。如按曲谱而中节,针铜人而中穴,笔头有舌有眼,使人可见可闻,斯评点所最贵者耳。❶

---

❶《李卓吾评忠义水浒全传》卷首,明万历年间袁无涯刊本,引自黄霖、韩同文选注:《中国历代小说论著选》(修订本),江西人民出版 2000 年版,第 214 页。

在这一段纲领性的文字中，所谓"通作者之意"即以评点者的情感内涵逆推作品的思想主旨，是为"释义"；"开览者之心"则指在作品的思想内涵和形式技巧上给读者以阅读指导，是为"传播"。而总其要者，是在整体上全面开掘作品的思想和形式特征，从而完成小说评点的"向导"目的。

综合型的小说评点亦源远流长，它是在书商型与文人型评点的结合过程中萌生并逐渐成熟起来的。上文说过，小说评点的产生，其最初的动机是为了促使小说的流传，带有明显的商业目的，这是书商型小说评点之发源；而随着文人的参与，小说评点逐步提高了它的理论品位；但文人最初从事小说评点却是其在阅读过程中一种心得的记录，一种情感的投合，并无意于导读和授人于作法，这是小说评点走向成熟并获得发展的契机。而当将文人阅读过程中带有自赏性的阅读心得与带有商业功利性的导读结合起来时，小说评点才最终成为一种公众性的文学批评事业。这一结合就是综合型小说评点形成之标志。就现存资料而言，这一结合形成于明代万历年间，具体地说，就是由李卓吾阅读赏评《水浒传》到"容本""袁本"《水浒》评点的公开出版而得以完成的。据此可以断言，小说评点中综合型的评点类型以"容本""袁本"《水浒》评点为其起始。

综合型的小说评点类型以"容本"和"袁本"《水浒》评点为起始，其标志大致有三。一是这两种评本都是以李卓吾评点的精神血脉为根底，是在书坊主和下层文人的共同参与下完成的，故其评点体现了文人评点的"主体性"和书商型评点"商业性"的结缘，而这正是综合型评点类型的首要特性。二是这两种评本奠定了古代小说评点的基本形态，如其卷首总纲性文字类同后世的读法，正文评点由眉批、夹批和回末总批三部分构成，文中又对小说文字和情节颇多指摘删削，故小说评点形态中的基本要素均在这两种评本中得以完成。三是这两种评本实现了古代小说评点在批评内涵上的转型，即完成了小说评点由音释疏证为主向单纯的小说思想艺术赏评为主的评点格局的转型。

"容本""袁本"《水浒传》以后，综合型的评点类型发展很快，尤其是历经金圣叹的《水浒传》评点、毛氏父子的《三国演义》评点和张竹坡的《金瓶梅》评点，可以说这一评点类型扎实地跨出了三大步，成为小说评点中的主体类型。在清代，受金圣叹、毛氏父子等影响下的小说评点，大多循着综合型评点一路发展，将小说评点的个体情感抒发和对作品的解析结合起来,形成了一批颇有价值的评点之作。其中有些评本虽很少被人提及,但蕴含的思想内涵还是较为丰富的,如顺治年间托名"贯华堂评"的《金云翘传》评本、康熙年间"鸳湖紫髯狂客评"的《豆棚闲话》评本、苏庵主人自编自评的《绣屏缘》评本、董月岩评点的《雪月梅》评本和水箸散人评阅的《驻春园小史》评本等,都有一定的理论思想价值。

综合型的小说评点类型有以下两个主要特点:

其一,综合型的小说评点也是以评点者的情感表现为出发点,这与"文人型"的评点相似而与书商型的小说评点相异,这是综合型的小说评点获得其理论思想价值的一个重要因素。因而在这一类型的小说评本中,充满了评点者的现实感慨和思想感情。如在"容本"《水浒传》评点中,评点者循着作品的规定情境,对李逵、鲁智深等的真率情感予以热烈的赞美,并以此为参照,对社会上的假道学行为进行了辛辣的讽刺。第六回总评曰:

> 如今世上都是瞎子,再无一个有眼的,看人只是皮相。如鲁和尚,却是个活佛,倒叫他不似出家人模样。请问似出家人模样的,毕竟济得恁事?模样要他做恁?假道学之所以可恶,可恨,可杀,可剐,正为忒似圣人模样耳。❶

"假道学"是晚明时期人们集中攻讦的一种社会现象,这是封建道学与当时商品经济发展所引起的各种社会现象相矛盾的必然结果,那种"阳为道学,阴为富贵,被服儒雅,行同狗彘"的行为曾得到李卓吾的猛烈抨击。❷"容本"《水浒》评点以此为评论重点,正是反映了独特的时代情状和评点者个体的思想感情。

在卧评本《儒林外史》中,评点者结合作品的实际内涵,对科举制度予以深刻的讽刺和揭露。二十五回总评曰:

---

❶ (明) 施耐庵集撰,罗贯中纂修:《李卓吾批评忠义水浒传》,《古本小说集成》本,上海古籍出版社 1994 年版,第 215 页。

❷ (明) 李贽:《释教》,《初潭集》卷一一,中华书局 1974 年版,第 144 页。

> 自科举之法行，天下人无不锐意求取科名。其实千百人求之，其得手者不过一二人。不得手者，不稂不莠，既不能力田，又不能商贾，坐食山空，不至于卖儿鬻女者几希矣。倪霜峰云："可恨当时误读了几句死书。""死书"二字，奇妙得未曾有，不但可为救世之良药，亦可为醒世之晨钟也。❶

卧评对科举制度的这一认识和反省是非常深刻的，同时又与作品的情感内涵相融无间，而不是脱离作品实际的蹈空之谈。这种以评点者的情感表现为出发点的评论思路就与书商型评点的商业鼓吹画出了明显的界线，从而体现了小说评点的严肃性，有较高的理论思想价值。

其次，综合型的小说评点明确地以"向导性"为其小说评点的根本目的，这一评点目的与文人型评点以情感抒发和释义为主导的批评宗旨又有异趣。所谓小说评点的"向导性"是指这样一种批评观念：小说评点要求评点者在理解和领悟作品的基础上给读者（当然也包括作者）以某种引导，从而影响小说鉴赏和小说创作，因此小说评点有一种桥梁的作用，要力图沟通作品与读者之间的关系。

这一批评观念在金圣叹的文学批评中表现得最为明晰。他在《水浒传》评点中还未有理论的总结，只是在评点实践中履行这一职责；但在其他文学评点中，金氏做出了理论上的说明，体现了他文学批评宗旨的一贯性。在《西厢记》评点中，金圣叹对文学评点曾有两个比喻：

> 后之人必好读书，读书必伙光明。光明者，照耀其书所以得读者也。我请得为光明，以照耀其书而以为赠之。
>
> 后之人既好读书，必又好其知心青衣。知心青衣者，所以霜晨雨夜侍立于侧，异身同室，并兴齐住者也。我请得转我后身便为知心青衣，霜晨雨夜，侍立于侧，而以为赠之。❷

---

❶ （清）吴敬梓：《儒林外史》，《古本小说集成》本，上海古籍出版社 1994 年版，第 867—868 页。
❷ （清）金圣叹：《第六才子书西厢记》序二《留赠后人》，引自韦乐辑录：《第六才子书西厢记汇评》卷之一，凤凰出版社 2016 年版，第 6—7 页。

金圣叹以"光明"和"知心青衣"比喻文学评点,可见其对文学评点"向导性"的重视;而他的文学评点大多是在实践这一批评主张,《水浒》评点正是其中一个很好的范本。金氏以后,小说评点大多以金批《水浒》为模仿对象,故这一批评宗旨成为小说评点共同追求的目标。

以"向导性"为评点之宗旨是建立在文学的"可解性"基础之上的。我们且看金圣叹对这一观点的阐释,金氏云:

> 仆幼年最恨"鸳鸯绣出从君看,不把金针度与君"之二句,谓此必是贫汉自称王夷甫,口不道阿堵物计耳。若果知得金针,何妨与我略度?❶
>
> 弟自幼最苦冬烘先生辈辈相传"诗妙处正在可解不可解之间"之一语。弟亲见世间之英绝奇伟大人先生,皆未尝肯作此语。而彼第二第三随世碌碌无所短长之人,即又口中不免往往道之。无他,彼固有所甚便于此一语,盖其所自操者至约,而其规避于他人者乃至无穷也。❷

金氏此语虽不免刻薄,但也不无道理,且借此为其"向导性"的评点宗旨张目。他的文学评点基本上体现了这一特色,在批点杜甫诗歌时他不无自豪地说:"先生既绣出鸳鸯,圣叹又金针尽度,寄语后人,善须学去也。"❸金圣叹的上述观点在综合型的小说评点中有代表性,并影响了以后的小说评点,前人所谓"小说评点之派"即指金氏所开创的这一注重"向导性"的评点格局。

综合型的小说评点以"向导性"为其宗旨,以"可解性"为小说评点之前提。故在评点内涵上形成了两个主要方面:一是对作品思想情感的深入解析,于是释义、考据、索隐等在清以来的小说评点中不绝如缕;二是对作品形式技巧的详尽分析,所谓"法"的重视即由此而来。同时,综合型的小说评点以对作品情感的深入解析和对作品形式技巧的详尽分析为特点,在文学批评的整体思路上开拓了新的境域,即小说评点突破了中国古代文学批评注重感悟而乏分析的批评传

---

❶ (清)金圣叹著,陆林辑校整理:《金圣叹全集》(修订版)第二册,凤凰出版社 2016 年版,第 859 页。
❷ 同上书第一册,第 102—103 页。
❸ 同上书第二册,第 724 页。

统,而使文学批评朝着感悟与解析相结合的道路发展。

　　小说评点之类型与小说评点者之构成是本章的两个基本内容,这是两个相关的理论命题。评点者的构成在很大程度上决定了小说评点的基本面貌,因此小说评点主体类型的多样性促成了小说评点的复杂性和丰富性,使小说评点朝着多元化方向发展。这种多元化的格局既迎合了小说鉴赏者的多种需要,又是古代小说尤其是白话小说自身存在方式的必然结果。故只有认清小说和小说评点的存在背景,才能把握小说评点的整体面貌和理解小说评点的多元化格局。

第五章　小说评点之价值

评点是中国古代文学批评的一种重要形式。它源自经注，发端于诗文批评，明中叶以后盛行于小说批评，对中国古代小说的发展产生了深远影响。近年来小说评点研究有了较大的发展，其研究价值得到了普遍的认可，但综观近年来的小说评点研究，人们往往将小说评点研究完全等同于小说理论批评研究，而对小说评点做了单一化的处理。实际上，评点作为中国小说尤其是白话小说创作和传播中的一个重要现象，它的影响远不能用"理论批评"加以涵盖，小说评点的价值系统实则应包括三个层面：文本价值、传播价值和理论价值。

第一节　文本价值：小说评点的重要层面

小说评点的文本价值是指评点者对小说文本所做出的增饰、改订等艺术再创造活动，从而使评点本获得了自身的版本价值和文学价值。这一现象如果衡之以当今的文学批评观念乃不可思议，因为这已越出了文学批评的职能范围；而在中国古代也并不多见，古代诗文在其流传过程中随着历史年代的变迁，其版本歧异容或有之，但同一作品经批评者的手定更易而广为流传却是极为罕见的现象。而在古代白话小说领域，这种现象却屡见不鲜，且几乎与白话小说的发展历史相始终。

一　文本价值的生成原因

小说评点在小说自身的发展中能获得文本价值,其生成原因是多方面的,而最主要的因素约有三个。

在中国古代文学发展史上,小说尤其是白话小说是一种地位卑下的文体,虽然数百年间小说创作极为繁盛且影响深远,但这一文体始终处在中国古代各体文学之边缘,而未真正被古代正统文人所接纳。这一现象对白话小说发展的影响有二:一是流传的民间性,二是创作队伍的下层性。而这些又使得白话小说始终未能得到社会的真正重视,也未能在创作者的观念中真正作为正宗的事业加以从事。就是在白话小说进入文人独创时期的乾隆年间,人们仍然对吴敬梓发出这样的叹惋:"《外史》纪儒林,刻画何工妍。吾为斯人悲,竟以稗说传。"❶白话小说流传的民间性使其从创作到刊行大多经历了一段漫长的钞本流传阶段,这样辗转流传,小说在文本上的变异十分明显,而最终得以刊行的小说,由于基本以"坊刻"为主,其商业营利性又使小说的刊行颇为粗糙。这种流传上的特色使白话小说评点在某种程度上就成了一种对小说重新修订和增饰的行为。而创作者地位的下层性又使这种行为趋于公开和近乎合法。古代白话小说有大量的创作者湮没无闻,而其作品在很大程度上也就成了书坊能任意翻刻和更改的对象。因此小说评点能获取文本价值,其首要因素是小说地位之卑下,可以说,这是白话小说评点在外部社会文化环境影响下所形成的一种并不正常的现象。

小说评点之能获得文本价值与古代白话小说独特的编创方式也密切相关。白话小说的编创方式在其发展进程中体现了一条由"世代累积型"向"个人独创型"发展的演化轨迹。而所谓"世代累积型"的编创方式是指有很大一部分白话小说的创作在故事题材和艺术形式两方面都体现了一个不断累积、逐步完善的过程,因此小说文本并不是一次成形、独立完成的。在明清小说发展史上,这种

---

❶ (清) 程晋芳:《怀人诗》之十六,《勉行堂诗集》卷二《春帆集》,《清代诗文集汇编》三四三,上海古籍出版社 2010 年版,第 262 页。

编创方式曾是有明一代最为主要的创作方式,进入清代以后,白话小说的编创方式虽然逐步向"个人独创型"发展,但前者仍未断绝。"世代累积型"编创方式的形成有种种因素,但最为根本的还在于白话小说的民间性。明清白话小说承宋元话本而来,因此宋元话本尤其是讲史在民间的大量流传便成了白话小说创作的一个重要源泉。或由雪球般滚动,经历了由单一到复杂、由简约到丰满的过程,最终成一巨帙,如《三国演义》《西游记》等;或如百川归海,逐步聚集,最后融为长篇宏制,如《水浒传》等。这种在民间流传基础上逐步成书的编创方式为小说评点获取文本价值确立了一个基本前提,这我们可以简单地表述为"白话小说文本的流动性"。古代小说正因是在"流动"中逐步成书的,故其成书也并非最终定型,仍为后代的增订留有较多余地;同时,正因其本身始终处于流动状态,故评点者对其做新的增订就较少观念上的障碍。虽然评点者常常以得"古本"来为其增饰作遮眼,如金圣叹云得"贯华堂古本"并妄撰施耐庵序,如毛氏父子所云"悉依古本改正"等,但这种狡狯其实是尽人皆知的,评点者对此其实也并不太为在意。这一基本前提就为评点者在对小说进行品评时融入个人的艺术创造提供了很大的空间和便利,而小说评点本的文本价值也便由此产生。

　　小说评点之获得文本价值与评点者的批评旨趣也有着深切的关系。评点作为一种文学批评方法本无对文本做增饰的功能,但因了上述两层因素,小说评点在批评旨趣上出现了一种与古代其他文学批评形态截然不同的趋向,即:评点者常常将自己的评点视为一种艺术再创造活动。金圣叹曾宣称:"圣叹批《西厢记》是圣叹文字,不是《西厢记》文字。"❶他批《水浒》虽无类似宣言,然旨趣却是同一的。他腰斩、改编《水浒》并使之自成面目,正强烈地体现了这种批评精神。张竹坡亦谓:"我自做我之《金瓶梅》,我何暇与人批《金瓶梅》也哉!"❷哈斯宝更明确倡言:"曹雪芹先生是奇人,他为何那样必为曹雪芹,我为何步他后尘费尽心血……那曹雪芹有他的心,我这曹雪芹也有我的心"❸,因此"摘译者是我,加批

❶ (清)金圣叹著,陆林辑校整理:《金圣叹全集》(修订版)第二册,凤凰出版社2016年版,第865页。

❷ (清)张竹坡:《第一奇书金瓶梅·竹坡闲话》,引自朱一玄编:《〈金瓶梅〉资料汇编》,南开大学出版社2002年版,第417页。

❸ (清)哈斯宝:《新译红楼梦》第四十四回回批,引自朱一玄编:《〈红楼梦〉资料汇编》,南开大学出版社2012年版,第825页。

者是我，此书便是我的另一部《红楼梦》。"❶以上言论在小说评点中有一定的代表性，虽然在整体上小说评点并非全然体现这一特色，但在那些成功的小说评点本中，却是共同的旨趣和精神。小说评点正因有了这一种批评精神，故逐渐成了批评者的立身事业，他们将自己的思想感情、审美趣味乃至生命体验都融入批评对象之中，而当作品之内涵不合其情感和审美需要时，便不惜改编作品。于是，作品文本也在这种更改中体现出批评者的主体特性，从而确立了小说评点的文本价值。

二　文本价值的内在演化与表现形态

小说评点的文本价值就其历史演化而言，经历了三个阶段：明万历年间、明末清初和清乾隆以降。在表现形态上则构成了三个层面：作品情感主旨的强化或修正；作品艺术形式的加工和增饰；作品体制和文字的修订。

就现存资料而言，白话小说的评点萌生于明万历年间，在此时期存留的二十余种评本中，体现文本价值的主要有如下几种：

《三国志通俗演义》(万卷楼刊本)

《水浒志传评林》(双峰堂刊本)

《李卓吾批评忠义水浒传》(容与堂刊本)

《新镌李氏藏本忠义水浒传》(袁无涯刊本)

《绣榻野史》(醉眠阁刊本)

在上述五种刊本中，对文本的修订大多出自书坊主及其周围的下层文人之手，虽然后三种评本均署"李卓吾批评"，但真正出自李氏之手的实属少数，《绣榻

---

❶ (清) 哈斯宝：《新译红楼梦总录》，引自朱一玄编：《〈红楼梦〉资料汇编》，南开大学出版社 2012 年版，第 826 页。

野史》之评点则显系伪托李卓吾。❶ 因此显而易见,这五种评本大多是在书坊主的控制下从事的,其文本价值主要体现为对小说文本体制的局部修订。如刊行《三国志通俗演义》的书坊主周曰校"购求古本,敦请名士,按鉴参考,再三雠校"。❷ 如《水浒志传评林》余象斗的"改正增评"。❸ 如袁无涯本《水浒传》的改订诗词、修正文字等都体现了这一特色。值得注意的是,此时期的小说评点也开始出现对小说内容的增删,余象斗《水浒辨》云:"今双峰堂余子改正增评,有不便览者芟之,有漏者删之,内有失韵诗词欲削去,恐观者言其省漏,皆记上层。"在《绣榻野史》评本中,评点者将"品评""批抹""断略"融为一体,其中"批抹"是对文本的删改,"断略"则是评点者缀于篇末的劝惩性文字。❹ 尤可注意的是容与堂本《水浒传》,此书之评者在对文本作赏评的同时,对作品情节也做了较多改定,但在正文中不直接删去,而是多设拟删节符号,或上下钩乙,或句旁直勒,并刻上"可删"字样,这一改订对后世的《水浒》刊本也有较大影响。

　　明末清初是小说评点实现文本价值的重要时期,也是小说评点最为兴盛、成就最为卓越的阶段。其中体现文本价值最为重要的作品是一组明代"四大奇书"的评点本,主要有:

《第五才子书水浒传》(明崇祯刊本)

《新刻绣像批评金瓶梅》(明崇祯刊本)

《西游证道书》(清初黄周星定本)

《三国志演义》(清康熙年间毛氏评本)

《皋鹤堂批评第一奇书金瓶梅》(清康熙年间张竹坡评本)

　　以上五种评本的一个明显变化是小说评点者已从书坊主逐步转向文人。这一变化使得小说评点在整体上增强了小说批评者的主体意识,表现在评点形态

---

❶ 参见谭帆:《小说评点的萌兴——明万历年间小说评点述略》,《文艺理论研究》1996年第6期。

❷ 《三国志通俗演义》封面"识语",万历十九年(1591)万卷楼刊本。

❸ (明)余象斗:《水浒辨》,《水浒志传评林》万历二十二年(1594)双峰堂刊本。

❹ (明)憨憨子:《绣榻野史序》,引自朱一玄编,朱天吉校:《明清小说资料选编》(下),南开大学出版社2012年版,第758页。

上，则是简约的赏评和单纯的修订已被对作品的整体加工和全面评析所取代。此时期小说评点的文本价值表现在如下几个方面。

首先，评点者对小说作品的表现内容做出具有强烈主体特性的修正，这突出地表现在金圣叹对《水浒传》的改定和毛氏父子对《三国演义》的评改之中。

金圣叹批改《水浒传》体现了三层情感内涵：一是忧天下纷乱、揭竿斩木者此起彼伏的现实情结；二是辨明作品中人物忠奸的政治分析；三是区分人物真假性情的道德判断。由此，他腰斩《水浒》，并妄撰卢俊义"惊恶梦"一节，以表现其对现实的忧虑；突出乱自上作，指斥奸臣贪虐、祸国殃民的罪恶；又"独恶宋江"，突出其虚伪不实，并以李逵等为"天人"。这三者明显构成了金氏批改《水浒》的主体特性，并在众多的《水浒》刊本中独树一帜，表现出独特的思想与艺术个性。毛氏批改《三国演义》最为明显的特性是进一步强化"拥刘反曹"的正统观念，其《读法》开首即云："读《三国志》者，当知有正统、闰运、僭国之别。正统者何？蜀汉是也；僭国者何？吴魏是也；闰运者何？晋是也……陈寿之《志》，未及辨此，余故折中于紫阳《纲目》而特于演义中附正之。"❶本着这种观念，毛氏对《三国演义》做了较多的增删，从情节的设置、史料的运用、人物的塑造乃至个别用词（如原作称曹操为"曹公"处即大多改去），毛氏都循着这一观念和精神加以改造❷，从而使毛本《三国》成了《三国演义》文本中最重正统、最富文人色彩的版本。

其二，评点者对小说文本的形式体制做了整体的加工和清理，使白话小说（主要指长篇章回小说）在形式上趋于固定和完善。

古代白话小说源于宋元话本，因此在从话本到小说读本的进化中，其形式体制必定要经由一个逐渐变化的过程。明末清初的小说评点者选取在白话小说发展中具有典范意义的明代"四大奇书"为评点对象，他们对作品形式的修订在某种程度上即可视为完善和固定了白话小说的形式体制，并对后世的小说创作起了示范作用。如崇祯本《金瓶梅》删去了"词话本"中的大量词曲，使带有明显"说话"性质的《金瓶梅》由"说唱本"演为"说散本"。再如《西游证道书》对百回本《西

❶《读三国志法》，朱一玄、刘毓忱编：《〈三国演义〉资料汇编》，南开大学出版社 2012 年版，第 254—255 页。
❷ 参见秦亢宗：《谈毛宗岗修订三国志通俗演义》，《浙江学刊》1981 年第 3 期。

游记》中人物"自报家门式"的大量诗句也做了删改,从而使作品从话本的形式渐变为读本的格局。对回目的修订也是此时期小说评改的一个重要方面,这一工作明中叶就已开始,至此时期渐趋完善。如毛氏批本《三国演义》"悉体作者之意而连贯之,每回必以二语对偶为题,务取精工"。❶ 回目对句,语言求精,富于文采,遂成章回小说之一大特色,而至《红楼梦》达峰巅状态。

第三,评点者对小说文本在艺术上做了较多的增饰和加工,使小说文本愈益精致。这也包括三个方面。一是补正小说情节之疏漏。白话小说由于其民间性的特色,其情节之疏漏可谓比比皆是,评点者基于对作品的仔细批读,将其一一指出,并逐一补正。二是对小说情节框架的整体调整。如金圣叹腰斩《水浒》而保留其精华部分,虽有思想观念的制约,但也包含艺术上的考虑;再如崇祯本《金瓶梅》将原本首回"景阳岗武松打虎"改为"西门庆热结十兄弟",让主人公提早出场,从而使情节相对比较紧凑。又如《西游证道书》补写唐僧出身一节而成《西游记》足本等,都对小说文本在整体上有所增饰和调整。三是对人物形象和语言艺术的加工,此种例证俯拾皆是,此不赘述。

总之,此时期的小说评点对明代的白话小说尤其是"四大奇书"做了一定程度的总结,这种总结既表现于理论批评,也体现于小说文本,在某种程度上我们可以这样认为:此时期的小说评点是明代白话小说的真正终结。同时,它也使"世代累积型"这一明代白话小说编创方式的主体形式在整体上趋于收束。

乾隆以降,由于白话小说"个人独创型"编创方式的日益成熟,也因为白话小说中富于民间色彩的"历史演义""神魔小说""英雄传奇"等的创作和传播地位逐渐被富有个体创作特色的言情小说所取代,小说评点者对文本的增饰也相应减弱,小说评点的文本价值又回复到了以文字和形式的修订为主流。如乾隆以来,《红楼梦》与《西游记》曾一度成为小说评点之热门,但在众多的《西游记》评本中,唯有《西游真诠》(乾隆刊本,陈士斌评点)一书,评点者对小说原文稍加压缩,而压缩之内容也仅是书中之韵语和赞语。在《红楼梦》的诸多评本中,亦主要有《增评补图石头记》(光绪年间刊王希廉、姚燮合评本)一种对小说文本较多指谬,且

---

❶ (清)毛宗岗:《三国志演义·凡例》,引自朱一玄、刘毓忱编:《〈三国演义〉资料汇编》,南开大学出版社2012年版,第215页。

评点者不对文本做直接修订，而仅于书前单列"摘误"一段特加指出。此时期小说评本有一定文本价值的还有两种。一是刊于乾隆年间署"秣陵蔡元放批评"的《东周列国志》，此书乃蔡氏据冯梦龙《新列国志》稍加润色增删，并修订其中错讹而成。二是刊于同治十三年（1874）的《齐省堂增订儒林外史》，然所谓"增订"也大多属形式层次，如"改订回目""补正疏漏""整理幽榜""删润字句"等。因此，从整体上看，小说评点的文本价值经由明末清初之高峰后，乾隆以来已渐趋尾声。

从小说评点的文本价值而言，此时期出现的一个新现象倒值得注意，这便是小说评点对"续书"的影响。如道光年间的《三续金瓶梅》，据该书作者讷音居士所云，其创作受张竹坡评本《金瓶梅》的影响，该书又名《小补奇酸志》，"奇酸志"一语即出自张竹坡评本中《苦孝说》一文。又如道光年间俞万春之《荡寇志》，其创作也明显受金批《水浒传》之影响。小说评点与"续书"之关系是小说评点史上又一值得考察的现象，也是小说评点文本价值的又一表现形态，在古代小说发展史上也有重要地位。

三　文本价值的历史评估

小说评点体现文本价值，这在中国古代文学批评中确是一个独特的现象。作为一种批评形态，小说评点"介入"小说文本实已超出了它的职能范围，故而可以说，这是一种并不正常的现象。但评价一种文化现象不应脱离特定的历史环境，如果我们将这一现象置于中国古代俗文学的发展长河中加以考察，那我们对小说评点的文本价值就有另一番评判了。

宋元以来，中国古代之雅俗文学明显趋于分流，从逻辑上讲，所谓雅俗文学之分流是指俗文学逐渐脱离正统士大夫文人之视野而向着民间性演进。宋元时期，这种演进轨迹是清晰可见的，宋元话本讲史、宋金杂剧南戏、诸宫调等，其民间色彩都十分浓烈，且在元代结出了一朵奇葩——元杂剧。因而从分流的态势来看待俗文学的这一段历史及其所获得的杰出成就，那我们完全有理由这样认为：中国俗文学的成就是文学走向民间性和通俗化的结果。然而，我们也应看到,民间性和通俗化诚然是俗文学在宋元以来获得价值的一个重要因素,但雅俗文学之分流在很大程度上也会使俗文学逐渐失却正统士大夫文人的精心培育,而这无疑也是俗文学在其发展过程中的一大损失。因此,如何在保持其民间性和通俗化的前提下求得其思想价值和审美品位的提升,是俗文学在发展过程中所面临的一个重要课题。宋元以后,俗文学在整体上便是朝着这一方向发展的,尤其是作为俗文学主干的戏曲和白话小说,但两者的发展进程并不完全同步和平衡。对此,我们不妨对两者的文人化进程做一比较,并在这种比较中来确立小说评点文本价值的历史地位。

不难发现,中国古代戏曲自元代杂剧以后并未完全循着民间性和通俗化一路发展,而是比较明显地显示了一条逐渐朝着文人化发展的创作轨迹。这里所说的"文人化"有两个基本内涵。一是戏曲创作中作家"主体性"的强化,也即作家创作戏曲有其明确的文人本位性,突出表现其现实情感、政治忧患和文人使命感。二是在艺术上追求稳定、完美的艺术格局和相对雅化的语言风格。这种进程就其源头而言发端于元代,这便是马致远剧作对于现实人生的忧患意识和高明剧作重视伦常、维持风化的教化意识。这两种创作意识为明代传奇作家所普遍接受,邱濬《五伦全备记》、邵璨《香囊记》等将高明《琵琶记》之风化主题引向极端,而在《宝剑记》《浣纱记》《鸣凤记》等剧作中,则是对现实人生的忧患意识做了很好的延续。由此以后,传奇文学在表现内容和形式格局等方面都顺此而发展。至万历年间,以汤显祖"临川四梦"为其代表的文人化倾向更为浓郁。入清以后,文人化进程犹未终止,而在"南洪北孔"的笔下,这一文人化进程终于被推向了高潮。当然,明清传奇文学的发展是一个复杂的现象,但以上简约的描述却是传奇文学发展中一条颇为明晰的主线,这条主线构成了中国古代戏曲文学中的一代之文学——文人传奇时代。

与戏曲相比较,白话小说的文人化程度在整体上要比戏曲来得薄弱,其文人化进程也比戏曲来得缓慢。一方面,作为明清白话小说之源头的宋元话本讲史,其本身就没有如元杂剧那样,在民间性和通俗化之中包含有文人化的素质,基本上是一种出自民间并在民间流传的通俗艺术。故而缘此而来的明清白话小说就带有其先天的特性,文人化程度的淡薄并不奇怪。同时,明清白话小说与戏曲相比较,其文艺商品化的特性更为强烈,这种特性也妨碍了白话小说向文人化方向发展。因此,上文所说的白话小说"流传的民间性"和"创作队伍的下层性"无疑是一个必然的现象。当然,综观白话小说的发展历史,其文人化进程还是有迹可寻的,尤其是它的两端:元末明初的《三国演义》《水浒传》和清乾隆时期的《红楼梦》《儒林外史》,白话小说的文人化可说是有一个良好的开端和完满的收束,但在这两端之间,白话小说的文人化却经历了一段漫长且缓慢的进程。正是在这种背景下,小说评点所体现的文本价值便有了突出的地位。

首先,在白话小说的文人化过程中,小说评点者充当着一个重要的角色,这是白话小说在很大程度上脱离正统文人精心培育之下的一种补偿,是白话小说在清康乾时期迎来小说艺术黄金时代的一次重要准备。

在中国俗文学的发展中,明万历年间至清初是白话小说和戏曲发展的一个重要阶段。而这一阶段正是小说评点体现文本价值的一个重要时期,尤其是明末清初,大量出色的小说评点家和小说作家一起共同完成了白话小说艺术审美特性的转型。他们改编、批评、刊刻白话小说,一时成为风气,这大大提高了白话小说的思想和艺术价值。这种阶段性且集合性的小说评改使白话小说的发展迈上了一个新的台阶,可以说,白话小说至此划出了一个新的时代。

其次,在白话小说的发展中,明代"四大奇书"有着特殊的意义,这是一组具有典范性的小说作品,在小说史上有着深远的影响。然而,"四大奇书"的文化品位也是在不断累积中逐步形成的,而在这一过程中,小说评点所起的作用不容低估。从万历时期"李卓吾评本"对《水浒传》"忠义"内涵的倡扬,到金圣叹许《水浒传》为"才子"之书,再到明末清初评点家所标榜的"奇书"系列,可以说,"四大奇书"的文化品位在不断提升。小说评点家以其才子之"文心"对作品的增饰是白话小说文人化的一个重要环节,"四大奇书"正是这一环节中最为重要的作品。清人黄叔瑛对此评价道:"信乎笔削之能,功倍作者。"❶虽有所夸大,但也并非全然虚言。清初以来,"四大奇书"以评点家之"定本"流行便是一个明证。

历来治小说史者,常常把小说创作和小说评点分而论之,叙述小说史者一般

---

❶ (清)黄叔瑛:《第一才子书三国志·序》,雍正十二年(1734)郁郁堂本《官板大字全像批评三国志》卷首,引自朱一玄、刘毓忱编:《〈三国演义〉资料汇编》,南开大学出版社 2012 年版,第 422 页。

不涉及评点对小说文本的影响(有时更从反面批评),而研究小说评点者又每每局限于小说评点之理论批评内涵。于是,小说评点的文本价值也就成了一个两不关涉的"空白地带",这实在是一个研究的"误区"。因此,如果我们在小说史的叙述中适当注目评点对小说发展的影响,并对其有一个恰当的评价,那我们所叙述的小说史也许会更贴近白话小说发展的"原生状态"。

第二节　传播价值：小说评点的基本功能

在中国古代文学批评的诸种形式中,评点是一种在最大程度上以"读者"为本位的批评形态,而在评点所涉及的多种文体中,小说评点所体现的这一特色似乎更为明显。小说评点之发生、兴盛,其根本因素乃在于小说评点所显现的强烈的传播价值。所谓小说评点的传播价值大致表现为内外两端,就外在现象而言,是指小说评点对小说传播和普及的促进;而就内在形态而言,则表现为评点本身在欣赏层面上对读者的阅读影响和指导作用。

一　小说评点传播价值的独特个性

小说评点的传播功能在其自身的发展中形成了颇为独特的个性。

首先,小说评点之对象以中国古代白话小说为其主流,而古代白话小说的发展轨迹几乎与小说评点的发展相重合。从明代嘉靖年间白话小说的崛起,一直到晚清"新小说"的风行,小说评点始终伴随着白话小说的发展进程。白话小说形成的一次次创作高峰,总有相应的评点为其传播拓路鸣道,而明代"四大奇书"在社会上引起的强烈反响和广泛传播更是与评点的推动和促进密切相关。

在中国古代诸种文体中,白话小说是一种具有特殊艺术品格的文体样式,这种特殊艺术品格简言之就是白话小说在整体上表现出一种浓重的文学商品化的特色。而所谓"文学商品化"是指白话小说在最大程度上以娱乐和消遣为其主要目的,小说创作的主要动力亦在于读者的接受和传播。实际上,所谓雅俗文学之分野并不主要表现于思想之警拔与卑陋或辞句的典雅与俚俗,雅文学中思想陈腐之作比比皆是,而俗文学中却不乏思想颖异的作品。同时,人们也并不会因陶渊明诗风的自然通俗而否认其雅文学的品位,而明代文人传奇虽颇多辞藻华美之章,但仍属俗文学之行列。其实,所谓雅俗文学之界域乃主要在于创作主体和接受主体何者属重:以创作主体为主,那便主要倾向于言志抒情的雅文学,而以接受主体为主,则在艺术格调上较多倾向于俗文学。虽然俗文学中也包括言志抒情之成分,但读者之消遣、娱乐仍为其创作之本根和旨归。中国古代白话小说的创作发展就其根本性质而言正属于这种境况,因此勾勒古代白话小说的发展,除了梳理特定的时代情状对白话小说创作的影响和白话小说自身的演化之迹外,不能忽视读者接受这一商业性传播的制约。在某种程度上我们可以这样认为,古代白话小说所形成的多种创作现象,如《三国演义》影响下的历史演义、《西游记》影响下的神魔小说和明末清初才子佳人小说的大量泛滥,也可看作是这种商业传播制约的结果。故小说评点以白话小说为主要对象,便自然地染上了白话小说"文学商品化"的色素,具有浓重的商业气息。诚然,南宋以来的古文选评也有商业因素在内,但除却以举业为目的的评注外,小说评点可说是古代文学评点中最重商业性的一种批评体式。

其次,小说评点不独具有商业气息,且以"传播"为其主要目的。南宋以来,古文选评名声日隆,但一般并不纯以"传播"为归趋,选评者往往视揭示范文之精华为径,而以指导写作为归。吕祖谦在《看古文要法》中便列《论作文法》一节以明其旨归,而以场屋之需为目的的选评更是如此,且看几则评论:

> 编取韩愈、柳宗元、欧阳修、曾巩、苏洵、苏轼、张耒之文凡六十余篇,各标举其命意布局之处,示学者以门径。❶(《古文关键》)
> 其大略如吕祖氏《关键》,而所取自《史》《汉》以下,至于本朝,篇目增多,

---

❶ (清)永瑢等:《四库全书总目提要·集部四十》,中华书局 1965 年版,第 1698 页。

发明尤精当,学者便之。❶（《崇古文诀》）

坤所选录尚得繁简之中,集中评语虽所见未深,而亦足为初学之门径,一二百年以来,家弦户诵,固亦由矣。❷（《唐宋八大家文钞》）

古文评点在指导阅读鉴赏的基础上示人以写作之门径,这无疑是古文评点与小说评点的一个重要分野。金圣叹在评点不同的文体时就表现出了明显的区别,如其古文选评本《才子必读书》:"仆昔因儿子及甥侄辈要他做好文字,曾将《左传》《国策》《庄》《骚》《公》《谷》《史》《汉》韩柳三苏等书,杂撰一百余篇,……名曰《才子必读书》,盖致望读之者之必为才子也。"❸而在《水浒传》评点中,金氏虽也颇多揭示文法,但其所谓文法并非直接用以指导读者从事小说这种文体的创作,更多的是用以指导阅读。这种评点中的两副笔墨、两种思路仍根植于白话小说的文体地位。在中国古代,白话小说虽然颇为兴盛,且亦吸引了大量的读者,但综观古代小说评点史,绝少有评点家有意倡导白话小说的创作,并将自己的品评文字有意识地作为小说创作之门径。"通作者之意,开览者之心"❹,是其评点的根本目的。这种纯以"传播"为归趋的评点境况亦与同为俗文学的戏曲文学评点有异趣,戏曲文学在明清两代曾吸引了一大批上层文人的参与,其文体地位明显高于白话小说,故其评点在指导鉴赏的同时亦示创作者以规范和典则,并在戏曲评点史上形成了一个以专门改编曲文、考订格律为主的评点流派,这就是明代吴江派成员对戏曲的改编与评点。如沈璟就常在自己的剧作中自加眉批,说明格律字音问题,而臧晋叔评改的《玉茗堂四种曲》、冯梦龙的《墨憨斋定本传奇》等,都是将文学鉴赏、曲律考订和演出规范融为一体。故从古代文学评点史的角度而言,白话小说评点确乎是一个具有独特个性的批评系统,其传播价值要高于一般的文学评点。

---

❶ （宋）陈振孙撰,徐小蛮、顾美华点校:《直斋书录解题》,上海古籍出版社2015年版,第452页。
❷ （清）永瑢等:《四库全书总目提要·集部四十二》,中华书局1965年版,第1719页。
❸ （清）金圣叹著,陆林辑校整理:《金圣叹全集》(修订版)第二册,凤凰出版社2016年版,第856页。
❹ （明）李贽:《忠义水浒全书发凡》,《忠义水浒全书》,明万历年间袁无涯刊本,引自黄霖、韩同文选注:《中国历代小说论著选》,江西人民出版社2000年版,第214页。

二 评点与小说传播的商业手段

小说评点既以"传播"为主要旨归,又以具有浓郁商品气息的白话小说为评点主流,则小说评点就明显地成为白话小说在其传播过程中一个重要的促销手段。

中国古代白话小说之兴盛大致是在明中叶以后,而此时正是明代商品经济走向繁荣之际,书坊的大量盛行正顺应着这一历史潮流。书坊当然是以谋利为目的,但在客观上也促进了书籍的流通。书坊之刻书以供应民众日常所需为主,如医书、科举用书、童蒙读物等,白话小说也是其中一个十分重要的书籍门类。在某种程度上我们可以这样认为,白话小说之刻印和在社会上的流通即主要赖于书坊的盛行。据胡应麟《少室山房笔丛》载,当时刻书地主要有三:吴、越、闽。而这三个地方也是白话小说大量刊印流播之地。颇有意味的是,刊刻小说评点本最多的正是这三地书坊,而小说评点之发源又是这三地书坊中最重商业性的福建书林。明谢肇淛曰:"闽建安有书坊,出书最多,而版纸俱最滥恶,盖徒为射利计,非为传世也。"❶郎瑛亦谓:"盖闽专以货利为计。"❷因而从小说评点之发生角度看,评点为小说传播的商业手段是必然的现象。

评点作为小说传播的商业手段有如下表现形态。

评点常常作为小说流通的广告内容之一而向读者刊布,从而招徕读者购买。这有三种形式,一是在小说封面直接镌刻"识语"加以说明,二是表现在小说的序跋、题词和凡例等文字之中,三是在小说的全名标题中刻上"×××批点"字样。

白话小说的评点本刻上"×××批点"字样是明清白话小说刊印的常例,如果评点出自名家手笔那更是书坊主在刊印时不容轻忽的推销手段。在书籍上刻上书坊主所拟"识语"也是白话小说刊行时常见的现象。此举较早见于万历十九

---

❶ (明)谢肇淛:《五杂俎》卷十三,上海书店出版社 2001 年版,第 266 页。
❷ (明)郎瑛:《七修类稿》卷四十五"书册",上海书店出版社 2009 年版,第 478 页。

年(1591)金陵周曰校刊本《新刻校正古本大字音释三国志通俗演义》,而在余象斗小说刊本中使用较为普遍,如万历二十年(1592)余氏双峰堂刊本《按鉴批点演义全像三国评林》和万历二十二年(1594)《京本增补校正全像忠义水浒志传评林》均有余象斗"识语",其中都明确标出"批点"字样,以别其他刊本。万历三十四年(1606),余氏又刻《春秋列国志传》,封面"识语"云:"谨依古板校正批点无讹。"越九年,姑苏书林龚绍山重刻该书,以《新镌陈眉公先生批评春秋列国志传》书名梓行,亦刻"识语"云:"本坊新镌《春秋列国志传批评》,皆出陈眉公手阅,删繁补阙而正讹谬,精工绘像,灿烂可观。"❶可见,在"识语"中标列"评点"字样已是当时白话小说刊行时一个比较普遍的现象。这一现象一直到清代后期犹然,天目山樵批评《儒林外史》就在书籍封面或目录后常附"识语"。而在白话小说的序跋、题词、凡例中,标举"评点"者更比比皆是。

以"评点"尤其是名家评点来壮大白话小说之声威是明清小说传播中一个重要的商业手段。这一手段本是书坊的商业传播伎俩,余象斗便是其中一位老手。有趣的是,余氏刊刻白话小说在"评点"这一层面上尚未作假,他的"评林"本一般都直署"书坊仰止余象乌批评"或"书林文台余象斗评梓"。但到了明末清初,此类行为却滥行无忌了,如明代"四大奇书"除《金瓶梅》外,均有署为"李卓吾批评"的版本行世,明万历醉眠阁本《绣榻野史》、明万历金闾五雅堂本《片璧列国志》(其实书中无评语)亦署李卓吾批评;又如明崇祯年间刊行的《详情公案》,内题"新镌国朝名公李卓吾详情公案",而实际上每则总评署为"无怀子曰"。此类例子举不胜举,而其目的均为招揽读者以求书坊之牟利。

在明清小说评点史上,试图以评点来壮大小说之声威者莫过于清初吕熊的《女仙外史》。吕熊(约1641—约1722),字文兆,号逸田叟,生平不详。其所撰《女仙外史》曾得当时显宦刘廷玑、叶南田、陈奕禧和文学名家洪昇等的赏识。刘氏还曾允其刊刻该书,后因刘氏落职而未果。❷ 康熙五十年(1711),《女仙外史》由钓璜轩刻印,此书不仅有"江西廉使刘廷玑品题""江西学使杨念亭评论""江西南安郡守陈奕禧序言"和"广州府太守叶南田跋语",还广集诸家评点,其评点者

---

❶《新镌陈眉公先生批评春秋列国志传》识评,明万历四十三年(1615)刊本。
❷ 参见(清)刘廷玑:《在园杂志》卷二"吕文兆",中华书局2005年版,第63页。

之伙堪称小说评点之冠。据笔者粗略统计,此书评点者计有 67 人,评语总得264 条,如此多的评点者为一书批点,在古代确属罕见,且其中不乏知名人士。刘廷玑在"品题"中还对吕熊及其《女仙外史》大加褒赏,称其人为"奇人""奇才",称其书为"至奇而归于至正者。"❶ 如此庞大的评点队伍和众多名人的品题对小说传播的影响是不言而喻的。

明清白话小说的刊行有时还以"批本丛书系列"的形式出现。如明万历年间余象斗双峰堂连续刊出《三国演义》和《水浒传》"评林"本,明天启年间积庆堂连续刊出"钟惺评"《三国》《水浒》姐妹本,而《水浒》《三国》《西游》均有"李卓吾批本"行世,虽未见同一书坊所出之原刻本,但从现存刊本的外在形态,如图像(均为刘君裕所刻)、行款(均为半叶 10 行,行 22 字)看,曾经刊行过"批本丛书系列"的可能性仍然不小。❷ 且现已基本考定,此三书之评点乃伪托李卓吾,实大多出自叶昼之手。入清以后,小说评点还出现了一个新的现象,这就是某一评点者对同一作者所撰小说的专门评点❸,这种评者与作者之间相对稳定的格局虽然不以"批点系列丛书"的面貌出现,但如此专门性的品题对小说的传播是不无裨益的。况评者专门批点某一作家的作品又是建立在彼此相知相契的基础之上,如评点者"青门逸史"与小说家"娥川主人"为好友,娥川主人的三部小说《炎凉岸》《生花梦》《世无匹》均由其评点。青门逸史《生花梦序》云:"予与主人居同里,长同游,有同有情癖,知主人者深。"❹可见其相知甚深。

当然,评点不是明清白话小说传播中唯一的商业手段,从小说刊本的形态而言,与评点相比并者尚有"全像""音释"等多种名目,其中尤以在书中配刻版图更具宣传促销之效应。因此,白话小说传播的商业手段是一种综合形态,但在这综合形态中,评点无疑占有十分重要的地位。

---

❶ (清) 刘廷玑:《女仙外史·品题》,(清) 吕熊:《女仙外史》,《古本小说集成》本,上海古籍出版社 1994年版,第 21 页。
❷ 参见[英] 魏安:《〈三国演义〉版本考·〈三国演义〉现存版本目录》,上海古籍出版社 1996 年版。
❸ 详见本书上编第四章"小说评点之类型"第一节"小说评点者之构成"。
❹ (清) 青门逸史:《生花梦序》,(清) 娥川主人编次:《生花梦》,《古本小说集成》本,上海古籍出版社1994 年版,第 11—12 页。

三　评点与小说鉴赏学的建立

在小说评点的传播价值中,最重要的当然是评点对于读者阅读的影响和指导作用。晚清觚庵在论及《三国演义》之所以在社会上广为普及的原因时,提出了所谓的"三得力",其云:

> 《三国演义》一书,其能普及于社会者,不仅文字之力。余谓得力于毛氏之批评,能使读者不致如猪八戒之吃人参果囫囵吞下,绝未注意于篇法、章法、句法,一也。得力于梨园弟子……粉墨杂演,描写忠奸,足使当场数百十人同时感触而增记忆,二也。得力于评话家柳敬亭一流人,善揣摩社会心理,就书中记载,为之穷形极相,描头添足,令听者眉色飞舞,不肯间断,三也。❶

其实,小说评点对读者的影响不独表现在揭示了所谓的"篇法章法句法",更重要的是评点者将自己的感悟直接传递给读者,并通过长期的努力,逐步建立了一套白话小说的鉴赏法则。这主要包括如下三个方面。

首先,小说评点者要求读者在小说鉴赏时要"略其形迹,伸其神理"❷,不要囿于小说的故事情节,而要深切把握作品的情感主旨。蔡元放即这样告诫读者:"善读书者,必有以深窥乎作者之用心,而后不负乎其立言之本趣。"❸在评点者看来,白话小说以情节见长,读者亦以娱乐为归趣,然以此读小说往往会忽略作者之本意。"即小说一则,奇如《水浒记》,而不善读之,乃误豪侠为盗趣;如《西门传》,而不善读之,乃误风流而为淫。"❹本着这种精神,评点者要求读者在阅读小

---

❶ (清)觚庵:《觚庵漫笔》,引自阿英编:《晚清文学丛钞·小说戏曲研究卷》,中华书局1960年版,第437—438页。

❷ (清)金圣叹:《第五才子书水浒传·序三》,(明)施耐庵:《第五才子书水浒传》,《古本小说集成》本,上海古籍出版社1994版,第43页。

❸ (清)蔡元放:《评刻水浒后传序》,《蔡昇评水浒后传》乾隆三十五年(1770)刊本。

❹ (清)鸳湖紫髯狂客:《豆棚闲话》卷末总评,(清)艾衲居士编:《豆棚闲话》,《古本小说集成》本,上海古籍出版社1994年版,第404页。

说时要注意作品的"立意"。张竹坡谓:"读《金瓶》当知其用意处,夫会得其处处用意处,方许他读《金瓶梅》,方许他自言读文字也。"❶对此,评点者一方面从理论上归纳小说之"读法",提出了诸如"两面观"、察言外之意等方法。同时,更以大量的笔墨在其评点实践中为读者揭示作品之旨意,从而"使作者正意,书中反面,一齐涌现"。❷ 金圣叹谓《水浒》所叙,叙一百八人,其人不出绿林,其事不出劫杀",而其评点即是要略去这种"形迹",而申明作者之"神理"。毛批《三国》亦然,其《读法》开首即谓:"读《三国》者,当知有正统、闰运、僭国之别。"而张竹坡在《金瓶梅》评点中处处标明作者之"喻义""寓意",虽不无牵强附会之处,但旨趣昭然,其目的正是要使读者不独"只看其淫处",而要看出其中蕴含的"史公文字"。❸ 故而可以说,为小说揭橥其旨意是小说评点者在其评点实践中的一个重要组成部分。当然,囿于评点者自身的思想局限,其中也鱼龙混杂,但那些出色的评点确乎能给读者以有益的启示。如《儒林外史》卧评以"功名富贵为一篇之骨",并将其贯串小说中的四种人物,"有心艳功名富贵而媚人下人者,有倚仗功名富贵而骄人傲人者,有假托无意功名富贵自以为高、被人看破耻笑者,终乃以辞却功名富贵,品地最上一层为中流砥柱"❹,即其中突出的例子。

其次,评点者在理论与批评实践中逐步确立了人物形象在小说鉴赏中的中心地位。以人物形象为中心是小说鉴赏中文体独立的一个重要标志,也是中国古代文学理论中叙事文学理论成熟的重要标志。这种批评与鉴赏观念大致从明中叶开始出现,小说与戏曲几乎同步发展。在此之前,戏曲批评固守曲学一隅,其批评体式以曲话、序跋为主,小说批评则在序跋和札记中较多讨论小说的分类、地位和功能等问题。但从明中叶开始,这一格局有了明显的改变,而其中一个重要因素就是评点在小说戏曲领域的引入和兴盛。评点作为一种批评体式,最为重要的特性就是对于文本的依附,它要求批评者随着情节的发展而情感为之起伏,故故事情节的行为主体——人物便自然而然地成为评点的中心部分,并

---

❶ (清)张竹坡:《金瓶梅读法》,引自朱一玄编:《〈金瓶梅〉资料汇编》,南开大学出版社 2012 年版,第439 页。

❷ (清)张新之:《红楼梦读法》,同上书,第 713 页。

❸ (清)张竹坡:《金瓶梅读法》,同上书,第 437 页。

❹ (清)闲斋老人:《儒林外史序》,引自朱一玄、刘毓忱编:《〈儒林外史〉资料汇编》,南开大学出版社2012 年版,第 254 页。

对读者的阅读欣赏产生了深远影响。金圣叹即谓："别一部书看过一遍即休，独有《水浒传》只是看不厌，无非为他把一百八人性格都写出来了。"并认为，不独读者如此，就是作者也"只是贪他三十六个人，便有三十六样出身，三十六样面孔，三十六样性格"而撰成此书。❶ 毛氏父子亦认为，读者"独贪看《三国志》者"，也是因为"三国有三奇，可称三绝，诸葛孔明一绝也，关云长一绝也，曹操亦一绝也"，故"有此三奇"，"读遍古史而愈不得不喜读《三国志演义》"也。❷ 不独金、毛二氏如此，实际上，从余氏"评林"开始一直到晚清，小说评点者都是将人物形象作为其评点重心，余氏"评林"就常常特标"评宋江""评李逵"等字样，以明其评点之旨趣。容与堂刊本《水浒传》在评点时还常常点出人物形象之关节处，并告诫读者"请自着眼"。❸ 董月岩评《雪月梅》更认为读者如果不重人物形象之把握，而"走马看花读去，便是罪过"。❹ 这种对人物的品评在小说评点中都占有极高的比重，从而确立了人物形象在小说鉴赏中的中心地位。

第三，小说评点者针对读者阅读白话小说只看故事、不重视小说文学性的通病，一方面在理论上阐明白话小说的文学价值，同时在评点实践中大量归纳"文法"，以此对读者做出阅读之提示。将阅读白话小说作为"消遣"和"娱乐"，是古代白话小说欣赏之通例，也较为符合白话小说的文体特性。小说评点者也不否认这一点，但他们对读者仅"助其酒前茶后雄谭快笑之旗鼓"而置书中"无数方法，无数筋节，悉付之于茫然不知"的境况深表遗憾❺，并试图改变这一欣赏习惯。金圣叹云："古人著书，每每若干年布想，若干年储才，又复若干年经营点窜，而后得脱于稿，哀然成一书也。今人不会看书，往往将书容易混账过去。"❻因

---

❶ （清）金圣叹：《读第五才子书法》，（明）施耐庵：《第五才子书水浒传》，《古本小说集成》本，上海古籍出版社 1994 版，第 3 页。

❷ （清）毛宗岗：《读三国志法》，引自朱一玄、刘毓忱编：《〈三国演义〉资料汇编》，南开大学出版社 2012 年版，第 255—256 页。

❸ （明）李贽：容与堂本《水浒传》第十五回评语，引自朱一玄、刘毓忱编：《〈水浒传〉资料汇编》，南开大学出版社 2002 年版，第 174 页。

❹ （清）董月岩：《雪月梅·读法》，（清）镜湖逸叟：《雪月梅》，《古本小说集成》本，上海古籍出版社 1994 年版，第 2 页。

❺ （清）金圣叹：《第五才子书水浒传》楔子评语，（明）施耐庵：《第五才子书水浒传》，《古本小说集成》本，上海古籍出版社 1994 版，第 5—6 页。

❻ 同上书，第 5 页。

此，阅读小说"不得第以事观，而不寻文章妙处"。❶ 在小说评点中，对于"文法"的重视即由此生出；尤其是经过金圣叹的评点实践，揭示"文法"在清代的小说评点中已成为一个普遍的现象。虽然其中带有较浓烈的时文选家气息，但也有某种合理的地方，对读者阅读也不无裨益，尤其是对作品"叙事法"的揭示更能为读者提供一个提纲挈领式的叙事框架。清人黄叔瑛评毛批《三国》时即谓："观其领挈纲提，针藏线伏，波澜意度，万窍玲珑，真是通身手眼。而此书所自有之奇与前代所未剖之密，一旦披剥尽致，轩豁呈露。"❷细观毛批《三国》，此亦非虚夸之语。

从以上分析可知，在古代小说传播史上，无论是作者、刊刻者还是读者和评点者，都是将评点作为小说的传播手段加以看待的。而小说评点史与小说创作史、传播史的基本合一也充分证明了小说评点传播价值的重要。由此，我们不难引出小说评点的一个重要批评原则，这就是：面向读者、贴近作品和以传播接受为归趋，这是小说评点之所以兴起并盛行的一个终极原因，同时，它也使文学批评逐步趋向世俗化和实用性。文学批评其实不应该是批评者纯然自足乃至封闭的形式，对读者的引导，对阅读趣味的针砭和对作品的解析无疑是其中一个重要的批评目的，文学批评应该与作品一起在读者中赢得自身的地位和价值，否则，批评将是一个空中楼阁，或者纯然是批评家自身的一种游戏。对此，古代小说评点的基本精神无疑可作为一个殷鉴。

四　小说评点本的域外传播❸

"小说评点本的域外传播"是一个有价值但难度较大的论题，限于资料，本书仅以朝鲜时期为论述中心。中国与古代朝鲜的文化交流源远流长，由于两国在当时均用汉字，地理上又相联属，故中国文化对古代朝鲜的影响颇为深刻。儒教

---

❶ （清）冯镇峦：《读聊斋杂说》，引自（清）蒲松龄著，张友鹤辑校：《聊斋志异》（会注会校会评本）"各本序跋题辞"，上海古籍出版社 2011 年版，第 17 页。
❷ （清）黄叔瑛：《第一才子书三国志序》，《官板大字全像批评三国志》卷首，清雍正十二年(1734)郁郁堂刊本，引自朱一玄、刘毓忱编：《〈三国演义〉资料汇编》，南开大学出版社 2012 年版，第 422—423 页。
❸ 本节是笔者在韩国东义大学中文系工作时与东义大学郑沃根博士合作完成的。

经典、诗文艺术乃至稗官小说都在古代朝鲜有着长久的流传和广泛的传播。

朝鲜时期(1392—1910)与中国明清两代(1368—1911)在时间上大致重合，这一阶段，正是中国小说，尤其是白话小说的繁荣时期。虽然朝鲜时期的文学观念与中国古代相似，亦视小说为"小道"而尊崇诗文艺术，但中国古代小说的传播还是比较兴盛的，并影响了古代朝鲜汉文小说的产生和成熟。为此，我们先简单回顾一下中国古代小说在朝鲜时期的流行情况，进而分析小说评点本的传入与影响。

中国小说在朝鲜时期的传入主要是依靠朝贡使团，其中的主要方式是购买。姜绍书云：

> 朝鲜国人最好书，凡使臣入贡，五六十人；或旧典，或新书，或稗官小说，在彼所缺者，日出市中，各写书目，逢人遍问，不惜重直购回，故彼国反有异书藏本。❶

朝鲜朝自建国以来，由于明清政府对朝鲜奉行不开放的政策，故朝鲜与中国的交流主要依赖朝贡制度。两国之间的物贸交易、文化交流和人员往来基本上是由朝贡使团来完成的。大凡冬至、圣节等为定期，君王去世、嗣位、册妃、建储等，亦需不定期派遣使团到中国。这种往返的使团除了履行常规的使命外，另一个重要的任务就是引进中国的学术文化，因此本来单一的朝贡逐渐扩大为政治的、经济的和文化的多重内涵。中国古代小说的传入即主要通过这一方式。《朝鲜王朝实录》就载有燕山君于1506年"令谢恩使贸来"《剪灯新话》《剪灯余话》《效颦集》《娇红记》和《西厢记》等。英祖在乙未年(1775)亦通过"永城副尉申绥使首译李湛贸来一册"《续金瓶梅》。❷ 而朝鲜纯祖年间(1831—1834)的宰相李相璜(1763—1841)靠朝贡使团贸得的中国小说竟有数千卷之多：

> 桐渔李公平日手不释者，即稗说也。毋论某种，好阅新本，时带译院都

---

❶ 姜绍书：《韵石斋笔谈》，《笔记小说大观》第22编第5册，台北新兴书局1977年版，第2717页。
❷ 李圭景：《五洲衍文长笺散稿》卷七《小说辩证》，首尔东国文化社1969年版，第230页。

相象译之赴燕者,争相购纳,积至屡千卷。❶

如此酷嗜中国古代小说的上流人士当不在少数,带动了中国古代小说在朝鲜的大量传入。何况在这种朝贡使团中,还有不少对小说不但感兴趣,且日后成为朝鲜史上著名小说家的人物,许筠(1569—1618)便是其中出色的一个,他曾多次担任出访使臣,《闲情录·凡例》云:

甲寅、乙卯两年,因事再赴帝都,斥家贷,购得书籍几四千余卷。❷

这其中就有不少中国古典小说,如《三国演义》《水浒传》《西游记》《残唐五代演义》等。据说许筠在大量阅读中国古代小说的基础上,创作了小说《洪吉童传》,成为朝鲜小说史上的著名人物。

朝鲜的朝贡使团出访归来,带回了大量的中国小说,而中国的使臣有时在出访朝鲜时亦将小说作为礼品赠与朝鲜友人,如《世说新语》即"朱天使之蕃携来,赠柳西坰,遂为我东词人所欣睹焉"。❸

大致说来,在朝鲜朝时期,中国小说的传入经历了这样一个过程:16世纪之前,传入朝鲜的小说主要是文言小说,尤其以瞿佑《剪灯新话》和李祯《剪灯余话》最为风行,朝鲜作家金时习(1435—1493)在此影响下还创作了文言小说集《金鳌新话》;从16世纪末开始,随着白话小说创作的繁荣,大量的白话小说流入朝鲜,其中又以历史演义居多;17世纪中叶,由于丙子(1636)胡乱,朝鲜与清朝的关系趋于紧张,朝鲜统治者标榜"尊明排清",文化交流一度中断。但以实学思想为代表的改革派最终冲破了文化的禁制,要求吸收外来文化,小说的流入也随之再盛,《金瓶梅》《红楼梦》《东周列国志》《封神演义》等一大批小说大致在18世纪以后逐渐传入朝鲜;一直到19世纪,中国古代小说可谓风靡朝鲜半岛。❹

---

❶ 李裕元:《林下笔记》卷二七,首尔成均馆大学大东文化研究院1961年版,第682页。
❷ 许筠:《闲情录·凡例》,《许筠全书》,首尔亚细亚文化社影印,1980年,第253页。
❸ 李宜显:《陶谷集·杂著·陶峡丛说》,见《韩国文集丛刊》第181册,韩国民族文化推进会1997年版,第448页。
❹ 参见许辉勋:《试谈明清小说对朝鲜古典小说的影响》,《延边大学学报》1987年第1期。

中国古代小说传入朝鲜以后，主要以五种方式在古代朝鲜传播：汉文原本、朝鲜翻刻本、朝鲜手抄本、朝鲜翻译本和口头说唱。这五种方式又大致对应三种欣赏对象：国君及王亲国戚、文人士大夫和下层民众。

宫廷中的国君和王室宗亲是中国古代小说传播过程中的一个特殊群体，他们有闲情和闲时，也有相应的文化修养，更有不受舆论约束的特殊便利；汉文原文和韩文译本是他们主要的阅读对象，用以消闲遣闷。汉文原本一般经由朝贡使节贸来，他们有先睹为快和优先收藏的便利，同时更有充足的财力和人力来组织人员从事翻译。从现有资料来看，有三则材料最能说明中国古代小说在朝鲜宫廷的传播和流行情况。一是《中国小说绘模本》，此书是英祖宠妃完山李氏组织宫廷画工金德成(1729—1797)等模照中国小说插图绘制而成。书前有完山李氏于英祖三十八年(1762)所撰之《序》和《小叙》，在《小叙》中，李氏标列了 93 种书目，其中小说书目竟达 70 余种。❶ 二是朝鲜王朝后期的高宗朝(在位时间1864—1906)曾组织译官集中翻译了明清小说近 100 种，这就是著名的"乐善斋翻译小说"。三是崔溶澈、朴在渊两教授曾对韩国国会图书馆等二十余家图书馆做了调查，辑录成《韩国所见中国小说书目》，得中国小说近 200 种，而在众多的书目中，标有"集玉斋印"的占据了大部分，"集玉斋"正是朝鲜朝之宫廷书斋，也即王家图书馆。以上三例充分说明了朝鲜王室贵族阅读中国古代小说的盛况。

朝鲜朝的文人士大夫阅读中国小说主要是汉文原本和朝鲜翻刻本。他们阅读文言小说颇早，《山海经》《搜神记》《世说新语》《太平广记》等在此之前就早已流入朝鲜半岛。朝鲜朝以来，仍然在文人士大夫中间流行，其中《世说新语》和《太平广记》最为风行。《太平广记》在明天顺四年(1460)还出版了成和仲编的简本，名为《详节太平广记》，《世说新语》也有大量汉文原刻本和朝鲜翻刻本。明代文言小说最早传入的是《剪灯新话》和《剪灯余话》，时间约为十六世纪初叶。而白话小说在朝鲜文人中流传则大致是从十六世纪末开始的，以后便风行不衰，文人士大夫对此赏读、评判，甚至在科场考试中亦举以为题。李瀷(1681—1763)《星湖僿说》云：

---

❶ 参见朴在渊编：《中国小说绘模本》，江原大学校出版部 1993 年版。

（《三国演义》）在今印出广布，家户诵读，试场之中，举而为题，前后相续。❶

沈绛《松泉笔记》亦云：

《西游记》《水浒传》文章机轴，稗书中大家数也。先辈或有发迹，于是书而成文章云。❷

以白话小说之内容作为科举试题，这在中国乃亘古未有，而从白话小说中悟出为文章之法，亦为一奇事，朝鲜朝之文人士大夫浸淫中国古代小说之深于此可见一斑。

在中国古代小说的传播过程中，文人士大夫无疑是最值得重视的一个群体，因为他们一方面是在中国古代小说的传播过程中，数量最大、文化修养最高、对朝鲜文化最具影响的人物。同时，他们又是朝鲜小说自身发展过程中的创作者，是中国古代小说与朝鲜古代小说之间传递影响的真正桥梁。《剪灯新话》与《金鳌新话》的出现，《三国演义》与《壬辰录》等军谈小说的出现，《水浒传》《西游记》与《洪吉童传》等韩文小说的出现，均与这一群体的桥梁作用密切相关。

朝鲜时期的普通民众亦受中国古代小说之影响，但他们是通过一种特殊的方式——说唱艺术来接受的，这与中国古代的境况相似。

在中国小说流播古代朝鲜的过程中，小说评点本又是扮演了一个怎样的角色呢？我们可从两个角度加以分析。

首先，中国小说在古代朝鲜的传播过程与中国小说评点自身的发展轨迹基本重合，古代小说在朝鲜时期流传的高峰与中国小说评点的兴盛时期大致对应。因此，小说评点本大量流入朝鲜应是一个不争的事实。

❶ 引自陈文新、闵宽东：《韩国所见中国古代小说史料》，武汉大学出版社 2011 年版，第 161 页。
❷ 引自〔韩〕闵宽东等：《中国古典小说批评资料丛考》，首尔学古房 2003 年版，第 185 页。

十六世纪末是中国小说传入古代朝鲜的发端时期，这一时期也正是中国小说评点的发端时期。万历二十年（1592）左右，中国小说史和小说评点史上的两位重要人物加入了小说评点行列，他们就是李卓吾和余象斗，从此，中国小说评点正式揭开了帷幕。同年，余象斗刊出《新刻按鉴全像批评三国志传》，两年后，又刊出《水浒志传评林》，而李卓吾批评《水浒传》亦已在士林中传为美谈。至万历三十八年（1610）以后，署为李卓吾评点的"容本"和"袁本"《水浒传》几乎同时问世，这两种评本的问世，标志着小说评点已趋于成熟。崇祯十四年（1641），金圣叹《第五才子书水浒传》的成书，更将小说评点推向了高潮，以后，毛氏父子约于康熙五年（1666）完成了《三国演义》的评点，张竹坡于康熙三十四年（1695）推出了《皋鹤堂批评第一奇书金瓶梅》，至此，小说评点进入了它的黄金时代。且金批《水浒传》、毛批《三国演义》和张批《金瓶梅》已取代了以往的刊本而成为最为流行的读本。从十六世纪末到十七世纪末这百来年是中国小说评点最为辉煌的时期，也是中国古代小说流入朝鲜时期的一个重要阶段，《水浒》《三国》《西游》等著名白话小说均在此时期流入朝鲜。许筠尝云：

　　　　余得戏家说数十种，除《三国》《隋唐》外，《两汉》龉，《齐魏》拙，《五代残唐》率，《北宋》略，《水浒》则奸骗机巧，皆不足训；而著于一人手，宜罗氏之三世哑也。❶

　　在上述小说中，其中就有不少是小说评本，如《三国演义》《五代残唐》（即《残唐五代史演义传》）等，其中《三国演义》当指书林周曰校刊本《新刊校正出像古本大字音释三国志通俗演义》，此书刊于万历十九年（1591），在毛批本《三国演义》流入朝鲜以前，在古代朝鲜非常流行。此书虽未标出"评点"字样，实已具备"评点本"之功能。该书封面"识语"云：

　　　　俾句读有圈点，难字有音注，地理有释义，典故有考证，缺略有增补，节

---

❶ 许筠：《西游录跋》，《惺所覆瓿稿》卷十三，见《韩国文集丛刊》第 74 册，首尔景仁文化社 1991 年版，第 249 页。

上编　第五章　小说评点之价值

177

目有全像。❶

　　书中校注形式有"释义、补遗、考证、论曰、补注、断论"等数种,其中"论曰"
"断论""补注"等已明显有评论性质。其他小说如《残唐五代史演义传》也是评点
本,题"贯中罗本编辑""李卓吾批点"。

　　由此可知,许筠所提及的小说中已有不少是小说评本,而许筠的《惺所覆瓿
稿》成书于 1611 年,可见在这之前,中国小说评本已传入朝鲜。现在韩国学者一
般都认为,中国小说评点本是在十八世纪中叶以后流入朝鲜的。❷ 其实不然,从
上述分析可知,时间至少应提前一个半世纪,即十六世纪末左右,可以说,中国小
说评点本是与中国小说同时流入古代朝鲜的。

　　文言小说评点本亦大致在此时流入朝鲜,有两则材料可资说明,许筠云:

　　　　刘说、何书行于东已久,而独所谓删补者,未之睹焉。曾于弁州文部中
　　见其序,尝欲购得全书,愿未之果。丙午春,朱太史(之蕃)奉诏东临,不佞与
　　为侯僚,深被奖诩。将别,出数种书以赠,则是书居其一也。❸

　　许筠于丙午(1606)春得《世说新语》的王世贞删补本,此书即为《世说新语
补》,题"刘义庆撰、刘孝标注、刘辰翁批、何良俊增、王世贞删定、王世懋批释"。
李宜显(1669—1745)《陶谷集·杂著》亦明示了该书的传入时间:

　　　　(《世说新语》)明人删其芜,补其奇,作为一书,诚艺林珍宝也。朱天使
　　之蕃携来,赠西垧,遂为吾东词人所欣睹焉。❹

---

❶ 《三国志通俗演义》识语,《古本小说集成》本,上海古籍出版社 1990 年版卷首。
❷ (韩)金庚美:《朝鲜朝后期评点本小说的出现及其意义》,见《古小说研究论丛》,首尔景仁文化社
　1994 年版。
❸ 许筠:《世说删补注解序》,《惺所覆瓿稿》卷四,见《韩国文集丛刊》第 74 册,首尔景仁文化社 1991 年
　版,第 173 页。
❹ 李宜显:《陶谷集·杂著·陶峡丛说》,见《韩国文集丛刊》第 181 册,韩国民族文化推进会 1997 年版,
　第 448 页。

朱之蕃作为使节出访朝鲜的时间是朝鲜宣祖三十九年，即公元1606年。由此可见，中国小说评点本在十六世纪末左右传入朝鲜当是确凿无疑的。

十八世纪以后，中国小说评点持续发展，金批《水浒》、毛批《三国》、张批《金瓶梅》已经占据了三部小说名著的流通市场，而《西游记》评点在此时期也不断升温，出现了如张书绅的《新说西游记》（乾隆十三年，1748）、蔡元放增评的《西游证道书》（乾隆十五年，1750）、陈士斌的《西游真诠》（乾隆四十五年，1780）等评点本，再加上蔡元放的《东周列国志》评本、董孟汾的《雪月梅》评点、许宝善的《南北史演义》评点，十八世纪的小说评点仍是层出无穷。一直到十九世纪，又出现了《红楼梦》《儒林外史》《聊斋志异》评点三足鼎立的局面。如《红楼梦》评点在道光年间就"不下数十家"❶，其中以王希廉、张新之、姚燮三家评本最负盛名；《儒林外史》在卧评本以后，纯以评点本传世；《聊斋志异》则有冯镇峦、何守奇、但明伦等数家评本；另如《野叟曝言》《花月痕》《青楼梦》等评点本，十九世纪的小说评点可谓佳作迭生。在古代朝鲜时期，十八、十九世纪是中国小说传播最为兴盛的时期，而此时中国的小说尤其是白话小说市场是以小说评点本为其主流的。这一背景正可说明小说评点本在古代朝鲜时期是流传深广和影响深远的。

其次，从现存韩国的中国古代小说书目来分析，我们亦可看出，在存留的小说书目中，小说评点本占据了很大部分，尤其是中国小说史上的名著巨作更是以评点本为其传播主体。

笔者曾以韩国崔溶澈、朴在渊教授所辑《韩国所见中国小说书目》为基础，整理了一份《韩国所见中国小说评点本书目》（稿本），在这份并不完备的书目中，我们亦能大致看出小说评点本在古代朝鲜的传播情况。现据《书目》约略分析如下。

（1）据书目所载，现存韩国的中国小说评点本有60余种（不含异名的同本小说和同一小说的不同版本），虽不算太多，但小说史上的一些重要小说几乎囊括殆尽。如明代"四大奇书"，清代的《红楼梦》《儒林外史》《聊斋志异》，他如《世说新语》《东周列国志》"三言""二拍"《型世言》《隋唐演义》《封神演义》《荡寇志》

---

❶ 张东屏：《致太平闲人书》，引自朱一玄编：《〈红楼梦〉资料汇编》，南开大学出版社2012年版，第700页。

《平山冷燕》《儿女英雄传》等知名小说均有评本存世。

（2）在存留的小说评点本书目中，各种小说评点的刊本情况颇多差异。如果以存世的刊本多寡为标准，那中国小说评点本在古代朝鲜的流行情况大致依次为：《三国演义》《水浒传》《东周列国志》《西游记》《封神演义》《红楼梦》《平山冷燕》《世说新语》《隋唐演义》《荡寇志》《白圭志》《聊斋志异》《金瓶梅》《儒林外史》等。这一顺序与小说评本在中国古代的流传情况不尽相同，其中差异最大的是世情小说评本的相对冷落，《红楼梦》《金瓶梅》《儒林外史》等刊本均寥寥无几，与历史演义评本和神魔小说评本相比数量大为悬殊。

（3）从小说评点的版本情况而言，流传的小说评点本相对单一。如《三国演义》，明清两代的评本有"评林本""万卷楼本""钟惺批本""李卓吾批本""毛氏批本"等多种，但韩国现存的书目除少数"万卷楼本"外，余者均为"毛氏父子批本"。他如《西游记》，仅陈士斌批点的《西游真诠》和张书绅批点的《新说西游记》两种，《红楼梦》则仅《金玉缘》一种，《聊斋志异》《金瓶梅》《儒林外史》亦仅有一种评本。《水浒传》有《忠义水浒传》和金圣叹批本两种，但前者流传不广。❶《世说新语》则为王世贞删定本。这一现象一方面反映了古代朝鲜流行的小说评本并不那么丰富，但也基本体现了中国小说评点的创作成就。因为随着时间的推移，不少小说评本确实在市场流通过程中逐渐被淘汰了，故小说评点版本在古代朝鲜的相对单一，在很大程度上也反映了小说评点的实际流行情况。

上文说过，中国小说在古代朝鲜时期主要有三种欣赏对象：王室贵族、文人士大夫和下层民众。而小说评点本的阅读对象则主要是文人士大夫，因为下层民众以说唱为接受形式，王室贵族虽也读汉文原本，但更多的是阅读翻译本，而翻译的中国小说一般都是节译或改译，小说中的评点文字大多被删去。

文人士大夫是阅读中国小说评点本的主体，因此小说评点对他们产生了一定影响。就现有资料而言，这种影响包括两个方面：一是对小说评点的直接评述；二是在中国小说评点的影响下出现的朝鲜汉文小说评点。

---

❶ 温阳郑氏（1725—1799）在朝鲜正祖年间（1786—1790）抄写的《玉冤再合奇缘》卷十四、十五内封里有当时所存的小说书目，其中有《忠义水浒传》《圣叹水浒传》韩文书名，前者疑为李卓吾批本，但此书已不见于现存的书目中。

朝鲜时期的文人士大夫对中国小说评点作出直接的评述约始于十八世纪中晚期,这与小说评点本的传入时间差异很大。个中原因,主要是与古代朝鲜时期视小说为"小道"的观念有关。古代朝鲜文人中虽然也流行白话小说,但将其阅读感想形诸笔端者则寥寥无几,故朝鲜时期的中国小说批评成就并不突出,大多延续中国小说批评之成说,因袭祖述,殊少特别之发明。对小说之批评尚且如此,则评点之论述更可想而知。至十八世纪中晚期以后,才有零星材料问世。较早对小说评点做出正面评述的是安鼎福(1712—1791),其云:

> 余观唐板小说,有四大奇书,一《三国志》,二《水浒志》,三《西游记》,四《金瓶(屏)梅》也。试《三国》一匣,其评论新奇,多可观,其凡例亦可观,其序文亦以一奇字命意,而其文法亦甚奇。考其人则金人瑞、毛宗岗也,考其时则顺治甲申年(1644年)也。未知金人瑞毛宗岗为何如人,而顺治甲申岁,此天地变易,华夏沦没之时,中原衣冠,涸入于剃发左衽之类,文人才子之怨抑而不遇者,其或托此而寓其志耶!❶

这是一篇在古代朝鲜时期难得的有关小说评点的评论文章,对毛氏父子的《三国演义》评点给予了充分的肯定和很高的评价,虽考论未精,但其所揭示的小说评点者"托此而寓其志"的特色却颇有价值。这种全面肯定小说评点价值的评论在朝鲜时期颇为少见,李裕元(1814—1888)《林下笔记》卷二七《喜看稗说》一文亦有肯定之成分:

> 李扆翁晚秀,平生不知稗说为何书,一日,有人赠金圣叹所批《西厢记》《水浒传》两种,公一览大惊曰:"不图此书能具文字之变幻也。"由是大变文体。❷

---

❶ 安鼎福:《顺庵杂志》,第42册,引自陈文新、闵宽东:《韩国所见中国古代小说史料》,武汉大学出版社2011年版,第162—163页。
❷ 引自(韩)闵宽东等:《中国古典小说批评资料丛考》,首尔学古房2003年版,第185页。

通常对小说评点的评述以贬斥为多,或肯定评点者之才,但否定评点之本身价值。如李德懋(1741—1793)认为小说有"三惑",评点即其中之一:

> 小说有三惑:架虚凿空,谈鬼说梦,作之者一惑也;羽翼浮诞,鼓吹浅陋,评之者二惑也;虚费膏晷,鲁莽经典,看之者三惑也。作之犹不可,何心以为评?评之犹不可,又有续《三国志》者,续《水浒传》者,鄙哉!鄙哉!尤不足论也。呜呼!以施耐庵圣叹辈之才且慧,移此勤于本分事,则其可不敬之乎?❶

中国小说评点研究新编

182

中国小说评点家在朝鲜时期影响最大的是金圣叹,他评点的《水浒传》《西厢记》广为流传,加上毛批《三国》亦有伪托金圣叹之序,不少《三国》评点本更直书"金圣叹批评",使其声名更著,而留下的评论文字亦最多。对金氏的评论比较典型地体现了古代朝鲜文人的矛盾心态,即:充分肯定金氏之才,但又否定其评点。如张混肯定"圣叹氏才固奇矣"❷,李德懋也认为"圣叹慧眼"❸,但对金圣叹热心于此道则大惑不解:

> 小说,上不及党论清谈诗律,中不及稗官野谈,下不及传奇志怪。圣叹辈独以何心攘臂其间,标榜五才子,助其浅陋,甘为说家之忠臣,俗流之知己?❹

他甚至要求"笔诛人瑞,手火其书"。❺ 这种对小说评点者及其著作的大张挞伐在古代朝鲜时期有一定的市场,而之所以形成这一现象,大致有这样几个原

---

❶ 李德懋:《婴处杂稿》一,《青庄馆全书》卷五,见《韩国文集丛刊》第 257 册,首尔景仁文化社 2001 年版,第 97 页。

❷ 张混:《读水浒传》,《而已广集》卷十四,见《韩国文集丛刊》第 270 册,首尔景仁文化社 2001 年版,第 590 页。

❸ 李德懋:《清脾录》卷三《郑鸱鸪学黄鹤楼》,《青庄馆全书》卷三十四,见《韩国文集丛刊》第 258 册,首尔景仁文化社 2001 年版,第 49 页。

❹ 李德懋:《婴处杂稿》一,《青庄馆全书》卷五,见《韩国文集丛刊》第 257 册,首尔景仁文化社 2001 年版,第 98 页。

❺ 李德懋:《雅亭遗稿》卷七《与朴在先齐家书》,美国国会图书馆藏李朝正祖二十年芸阁活字本。

因。一是如上文所说，小说在古代朝鲜时期亦被视为"小道"，认为其"乱正史，坏人心"者大有人在，要求禁毁小说的社会舆论也不绝如缕，甚至还认为小说能"使世道萎靡，竟致宗社之瓦裂"。❶ 而政府亦于正祖年间（1777—1800）和纯祖八年（1808）多次禁止输入中国小说。故在这种社会背景下，小说及其评点虽流传甚广，且深得文人的喜爱，但起而赞美且形诸文字者毕竟须得一定的勇气；而迎合社会舆论的贬斥之词则似乎更堂而皇之，故而对小说评点之评论出现上述现象乃并不奇怪，其实不能说明当时的实际情况。二是，对于小说评点的贬斥亦与一些文人的自身喜好有关，上文提及的李德懋和张混对小说就素无好感，张混自诩"余素不喜稗官传奇，行年五十七，阅《三国志》数过外，他未尝窥"。"乙亥居忧，疾多作，儿子辈请进《水浒传》"，但"读至半部"仍未觉出其好处。他的最后结论是："非是书文章之奇奇于他书"，而是因为金圣叹以"奇瑰之笔，使此文乃称奇而又奇，岂本有光怪万变，出神入鬼者！"❷李德懋亦素来认为"小说最坏人心术"❸，在与友人的一封书信中，他更将友人病体难愈"归咎"于金圣叹：

> 足下知病之崇乎？金人瑞，灾人也，《西厢记》，灾书也。足下卧病，不恬心静气，淡泊萧闲为弭忧销疾之地。而笔之所淋，眸之所烛，心之所役，无之而非金人瑞，而然犹欲延医议药，足下何不晓之深也。愿足下笔诛人瑞，手火其书，更邀如仆者，日讲《论语》，然后病良已矣。❹

如此议论，真迂腐得可以！故在他们笔下出现对小说评点的贬斥之辞是非常自然的。

一种文学现象对域外或后世的影响最重要的乃是表现于实际的创作之中，一种批评体式的影响同样也是如此。中国小说，包括文言和白话小说都对朝鲜

---

❶ 洪万宗：《旬五志》，蔡美花、赵季主编：《韩国诗话全编校注》第 4 册，人民文学出版社 2012 年版，第 2538 页。

❷ 张混：《读水浒传》，《而已广集》卷十四，见《韩国文集丛刊》第 270 册，首尔景仁文化社 2001 年版，第 590 页。

❸ 李德懋：《婴处杂稿》一，《青庄馆全书》卷五，见《韩国文集丛刊》第 257 册，首尔景仁文化社 2000 年版，第 97 页。

❹ 李德懋：《雅亭遗稿》卷七《与朴在先齐家书》，美国国会图书馆藏李朝正祖二十年（1756）芸阁活字本。

时期的汉文小说有过深切的影响,而在中国小说评点的影响下,大约在十九世纪中后期,古代朝鲜的汉文小说评点也应运而生。

汉文小说评点近来已逐步受到韩国学者的注意,资料工作正在整理发掘之中。本文拟以《水山广寒楼记》为例,介绍古代朝鲜小说评点的特色,并由此分析中国小说评点的影响。

《水山广寒楼记》即《春香传》之异名,《春香传》是韩国小说中最负盛名的作品之一,可谓家喻户晓,影响深远。《春香传》版本甚伙,有 100 余种之多,《水山广寒楼记》为汉文抄评本,计八回,正文题"云林樵客编辑、小广主人批评",作、评者均生平不详,写作时间约为十九世纪中期。这是一部形态比较完备,评论亦甚出色的小说评点本。正文前有《广寒楼记叙》,末署"时白猪端阳云林樵客书",次有评点者小广主人所撰之《广寒楼记叙二》和《广寒楼记读法》八则,正文中有回前、回后总评和双行夹批。评论内容丰富,篇幅亦较大,总体上有这样几个特色:

首先,《水山广寒楼记》的评点受金圣叹影响较大,由于这是一部言情小说,故评点者纯以金批《西厢记》为比照对象,评点形态、目的乃至行文风格基本上都从金批《西厢记》脱化而来。如以"痛哭古人"和"留赠后人"为评点目的纯然来自金圣叹的观点,其《读法》八则也多有从金批《西厢记读法》化出,如《读法》标举"宜饮酒读,可以助气,宜弹琴读,可以助韵,宜对月读,可以助神,宜看花读,可以助格"❶也与金圣叹在《西厢记读法》中的某些观点十分相似。再如《读法》中对"淫书说"的批驳也颇有金圣叹批评之口吻:

> 冬烘先生见《广寒楼记》,必曰:"是淫书,是淫书!"此三家村常谈也,彼曷尝知淫与不淫也,但见男女间事则辄以"淫"字当之。……故水山之为《广寒楼记》也,千发愿万发愿却不使冬烘先生读之。❷

其次,评点者多从审美的角度评判作品的情节和人物,比较重视作品的艺术特性,也提出了不少颇有意味的见解。如在与《西厢记》的比较中,评点者做了这

❶ 成贤庆等:《广寒楼记译注研究》附《水山广寒楼记》影印本,首尔博而精出版社 1997 年版,第 10 页。
❷ 同上书,第 16 页。

样的分析：

> 《广寒楼》之文与《西厢》之文有三同而二异：《西厢》之文如雨洒巫峡，
> 《广寒楼》之文如月映湘江；《西厢》之文以文行情，文过于情，《广寒楼》之文
> 以情行文，情胜于文，所以异者二也。其所以同者，则《西厢》之文奇而《广寒
> 楼》之文亦奇，《西厢》之文精而《广寒楼》之文亦精，《西厢》之文华丽而《广寒
> 楼》之文亦华丽，此三同也。❶

评点者以"三同二异"概括《西厢记》和《广寒楼记》的特色，所取的视角是审美的、艺术的，这种批评视角在朝鲜时期的中国小说批评中非常少见。当然概括并不完全正确，如以"以文行情""文过于情"指称《西厢记》的特色即不恰切，《西厢记》是中国戏曲史上最为著名的"言情"之作，其情感表现的力度和深度在中国古典戏曲中是非常突出的，故其特色是情文并茂，而非"文过于情"。以"华丽"概括《西厢记》的语言特色也不妥当，《西厢记》的语言固然有华丽的一面，它大量熔铸了中国古典诗歌的艺术特性，但更把古典诗歌所固有的艺术品格与戏曲这一独特的艺术样式做了有机的统一，从而形成了华而不艳、雅俗相间的语言特色，历来被戏曲家奉为"本色"的典范。《广寒楼记》以"华丽"称之倒颇为确当，在某种程度上已有过施文采之弊。朝鲜时期的文人一般都有很好的古典诗文的写作技巧，但对通俗文体的把握相对不足，因而表现在汉文小说中，语言的过求华丽常常是其突出的现象。《广寒楼记》亦然，作者通篇以浅近的文言为之，文笔华艳，甚至人物之间的对话亦用规整的对偶句。评点者以"华丽"指称两部作品的语言特色，其实还出自于个人的偏好，如作品中书童金汉满口典故和之乎者也，但评点者不以为病，反以欣赏的口吻作赞美："谁谓一房子（即书童），辞令乃如是。"❷这种赞美其实并不合适。

　　第三，正因为评点者偏爱华丽的文笔，故其评点文字非常优美，他往往以描

---

❶ 成贤庆等：《广寒楼记译注研究》附《水山广寒楼记》影印本，首尔博而精出版社 1997 年版，第 34—35 页。

❷ 同上书，第 25 页。

述性而非论析性的方式加以评点,从而使评点文字有一种浓郁的文学意味。如《读法》中"对月以助神"一段:

> 鸣呼,一轮(明)月,千古一色也。奈之何见之者千万人,而千万人各有千万怀抱也,彼团团明月岂能知千万人怀抱间哉,惟千万人之怀抱不同故也。读书之法亦然,对月而读清旷之书,则书益清而月益旷;对月而读悲凉之书,则书益悲而月益凉。今《广寒楼记》兼此数者而尽之矣,或清而旷,或悲而凉。愿普天下锦绣才子看得《广寒楼记》中一轮明月自有无限色态,然后归而读之可也。❶

在十九世纪中晚期,除《水山广寒楼记》外,小说评点本尚有《汉唐遗事》等,但不甚出色。可以说,《水山广寒楼记》代表了朝鲜时期汉文小说评点的最高成就。

从整体而言,朝鲜时期的小说评点尚处在模仿阶段,还未形成具有自身特色的批评格局。但这一现象的出现在古代朝鲜小说史上有一定的价值,评点者以金圣叹的"痛哭古人""留赠后人"为其创作张目,在某种程度上突破了朝鲜时期传统的视小说为"小道",或仅以"消闲"看待小说的观念,使小说创作和批评也可成为一种留给后人的"名山"事业。同时,以艺术的、审美的视角评论小说,也发展了朝鲜时期的小说批评。

第三节 理论价值:小说评点的思想建树

理论价值是当今小说评点研究中最为重视的部分,也是研究最为充分的部分。但对理论价值的真正重视却是相当晚近了,近代以来,小说评点随着新的标点形式的出现而在传统小说和新小说的刊本中消失了,随之对于小说评点的评

---

❶ 成贤庆等:《广寒楼记译注研究》附《水山广寒楼记》影印本,首尔博而精出版社 1997 年版,第 13—14 页。

判就出现了一种全盘否定的趋向。其中胡适的评论最具代表性,胡氏在其《水浒传考证》中用"八股选家的流毒"和"理学先生气"来批评金圣叹的《水浒》评点,这在当时影响很大,故有很长一段时期,小说评点没有进入人们的研究视野。对于小说评点的重视是与文学批评史学科的发展相同步的,故理论价值就自然而然地成了评点的研究重心。数十年来从理论角度对小说评点做分析研究的已有不少,对此,本文不做具体的、个案的理论分析,而仅对小说评点的理论价值做总体性的评判。

一　小说价值的定位与鼓吹

　　小说评点较为全面地吸收了中国传统文艺思想中的价值观念,从而为白话小说作价值定位。传统文艺思想中的价值观念约有三个层次:功利性、宣泄性和娱乐性,其中又以功利性的价值观念占据主导地位。❶ 功利性的价值观是以儒家思想为其理论依据的,其特点是追求文艺自上而下的教化、自下而上的讽谏这种双向关系,并强调文艺以维系个体与社会群体之间的和谐为目的。这是古代一脉源远流长、影响深远的理论思想,是一种合目的性的文艺价值观念。所谓宣泄性的价值观则更强调创作主体的情感内涵,要求文艺更充分地表现个体与社会群体之间的矛盾和冲突,从而通过情感的宣泄而获得一种感性的情感愉悦。司马迁的"发愤著书"、韩愈的"不平则鸣"、欧阳修的"穷而后工"等学说都是其中重要的思想命题。而娱乐性的价值观在文艺的价值取向上则主要包含两个因素:一是通过文艺来求得感官的刺激和情感愉悦,二是以文艺作为消遣、娱乐的工具。这三种价值观念在中国古代同时并存,互为影响,共同制约着古代文学的发展。小说评点者在对小说作价值定位时便主要以这三种观念为其思想渊源,并做出了合乎小说文体特性的改造。他们首先接过传统"教化"的旗帜而为小说张目,申言小说"结构之佳者,忠孝节义,声情激越,可师可敬,可歌可泣,颇足兴

---

❶ 参见谭帆:《试析古代文论中的价值观念》,《文艺理论研究》1991年第4期。

起百世观感之心"。❶ 更从通俗角度张扬小说的教化功能，许宝善《北史演义序》云："晋陈寿《三国志》结构谨严，叙次峻洁，可谓一代良史。然使执卷问人，往往有不知寿为何人，《志》属何代者。独《三国演义》，虽农工商贾妇人女子无不争相传诵。夫岂演义之转出正史上哉？其所论说易晓耳。"正是基于这种认识，评点者为白话小说确立了"既可娱目，即以醒心"的基本价值功能，"娱目"指娱乐消遣，"醒心"即指道德教化。❷ 在小说评点史上，评点者还以传统的"发愤著书"观念来观照小说的创作，强调小说创作中作家个体的情感宣泄作用。如"《水浒传》者，发愤之所作也"❸，"其言甚激，殊伤雅道，然怨毒著书，史迁不免，于稗官又奚责焉"❹。张竹坡更直接认为《金瓶梅》就是一部"泄愤"之书，有着一股浓烈的"愤懑的气象"。❺ 这种将传统的宣泄观念移用于小说的做法实际上是在强化小说创作的作家主体性。在中国古代文学中，所谓雅俗文学之分野其首要之点就在于作家主体性的强弱问题，雅文学的抒情言志，俗文学的娱乐消遣，都关乎作家主体性的强弱，因此，俗文学中作家主体性越强，作品的文人化程度就越高。强调小说创作的宣泄功能大致是在明末清初，而此时正是白话小说的创作由"累积型"向"独创型"的过渡时期，故这种观念对白话小说的创作无疑也会起到一定的作用。清初以来，尤其是康乾时期，白话小说创作出现了一个新气象，这就是作品中作家主体性的加强，《红楼梦》《儒林外史》便是其中突出的代表。价值观念是小说评点中颇为重要的理论思想，可以说，这是古人在给小说作定位，同时也影响着小说的发展。因此，"教化""娱乐"是小说的基本功能，而作家主体性的加强则是古代小说提高其文化品位的一个重要因素。

---

❶ （清）惺园退士：《儒林外史序》，《齐省堂增订儒林外史》，同治十三年（1874）刊本，引自朱一玄、刘毓忱编：《〈儒林外史〉资料汇编》，南开大学出版社 2012 年版，第 284 页。
❷ （清）许宝善：《娱目醒心编序》，（清）草亭老人编次：《娱目醒心编》，《古本小说集成》本，上海古籍出版社 1994 年版，第 4—5 页。
❸ （明）李贽：《忠义水浒传叙》，（明）施耐庵集撰，罗贯中纂修：《李卓吾批评忠义水浒传》，《古本小说集成》书末辑补，上海古籍出版社 1994 年版，第 2 页。
❹ （清）金圣叹：《第五才子书水浒传》十八回评语，（明）施耐庵：《第五才子书水浒传》，《古本小说集成》本，上海古籍出版社 1994 年版，第 961 页。
❺ （清）张竹坡：《金瓶梅读法》，（明）兰陵笑笑生著，（清）张竹坡评：《金瓶梅》，齐鲁书社 1991 年版，第 45 页。

二 小说评点中的"叙事学"

　　小说评点中的理论思想是中国古代叙事文学理论之主体。中国古代是诗的王国，抒情文学占据了古代文学的中心地位，因此，古代文学理论亦以抒情文学理论为重心，可以说，"诗""乐"理论是古代文艺思想之灵魂。相对而言，叙事文学理论要贫弱得多。古代叙事文学理论是以戏曲理论和小说理论为主体的，但戏曲理论由于其自身艺术形态的限制，叙事理论的发展并不充分，中国古代的戏曲理论包括"曲学理论""剧学理论"和"叙事理论"三大体系❶，而在这三大体系中又以"曲学理论"为贯穿始终的总线索和理论之重心。古代戏曲理论从宋元时期开始发端，但在明中叶以前，戏曲观念固守"曲学"一隅，他们把戏曲看成为诗歌的一种，故戏曲研究仍然循着"音律""文采"等传统思路，由此"曲学理论"有了很大的发展，并占据了戏曲理论的主体地位。到了明代中叶，随着评点在戏曲领域的引入，人们对于戏曲的叙事性有了相应的重视，戏曲的"叙事理论"便由此逐步生成。然而，一方面评点没能在戏曲理论批评中取得主导地位，故而叙事理论没能得到充分的发展，同时，随着明清传奇文人化的逐步加深，戏曲文学的抒情性仍有所发展，"曲学理论"便自然地仍然作为戏曲理论之重心。清初李渔在《闲情偶寄》中特标"结构第一"，可看作对这一理论批评格局的有意反拨。故从总体而言，"叙事理论"在古代戏曲理论中是一个最为薄弱的思想体系。正是在这一背景下，小说评点的理论思想便在古代叙事文学理论中占据了突出的地位。首先，评点是古代小说理论批评中居于主导地位的批评形态。古代小说批评的基本形态有序跋、笔记、评点等多种，专题论文则到近代才开始出现，故评点无疑是古代小说批评的主体。由于评点这一批评体式的独特性，小说评点的理论思想是以叙事理论为主要内涵的，有关情节结构的叙事法则、人物形象的塑造方法等是这一理论思想中最为重要的部分。这一现象使古代叙事文学理论有了长足的

---

❶ 参见谭帆：《中国古典戏剧理论史》第二章，中国社会科学出版社 1993 年版。

发展,也丰富和完善了古代文学理论自身的思想格局。其次,小说评点与古代小说相一致,其艺术和思想渊源是以古代史学为其根底的,古代小说尤其是白话小说受历史的影响非常深厚,这不仅表现在题材内容上,也表现在艺术形式和手法上,可以说,历史—讲史—小说构成了一条颇为明显的演化轨迹。如果说,古代戏曲的精神实质是"诗"的,那么,古代小说的精神实质是"史"的。古代戏曲以"诗"为其精神实质,这不仅是指戏曲的表现形态是"以曲为本位",即以诗体的形式——"曲"来推演情节,抒发情感。更为本质的内涵是:戏曲是以"主体性"这一诗歌的本质特征为其创作原则的,而作为叙事文学最基本的规范——故事情节的客体性制约却相对比较淡薄。古代小说的创作原则则相反,它以客体性来制约和规范小说的创作,追求小说情节的真实性和自身完满性。故而小说评点既以史学为其思想根底,又以强化故事情节的白话小说为其主要对象,其理论思想便自然地以叙事理论为其主要内核,从而在中国古代文学思想史上独树一帜。

　　小说评点在其长期的发展中逐步形成了独特的叙事文学理论,这些理论思想虽然如散金碎玉,但细加整理分析则可发现其中所蕴含的系统性和完整性。诸如小说创作与社会生活之关系、小说之价值功能、小说的审美形态、小说的艺术形式和小说的人物塑造,等等,都可以在小说评点中发掘出其中蕴含的系统的理论思想。这些理论思想近人论述颇多,不再赘述。尤可注意的是:小说评点由于有着对作品强烈的依附性,故其理论思想形成了与作品类型相对应的理论内涵。中国古代白话小说的发展有其自身的演化轨迹,但其纵向的变化之迹其实没有横向的类的展开来得清晰,白话小说在整体上是循着"英雄传奇""历史演义""神魔小说"和"世情小说"四大类型向前发展的,这是古代颇富民族特色的小说形态。与之相应,小说评点对应着特殊的批评对象,形成了独特的小说理论的分类学说,如李卓吾、叶昼、金圣叹等之于"英雄传奇",毛氏父子、蔡元放等之于"历史演义",张竹坡、脂砚斋等之于"世情小说",汪象旭、刘一明等之于"神魔小说",都在不同对象的制约下形成了独特的分类学说。这些理论思想既有一定的普泛性,更具强烈的特殊性,构成了古代小说理论的独特面貌,也是认识和分析古代小说不可或缺的理论材料。

三　小说评点中的"异端"思想

如前所述,中国古代俗文学在一定程度上游离于整体意识形态之外❶,这是一种有着浓厚民间气息的文学形态。尤其是白话小说,它在社会上的广泛传播在很大程度上取决于广大读者的接受,故而白话小说的创作也较多地接受了与正统规范并不完全一致的民间思想。明清时期,官府的不断例禁,社会斥之为"海淫""海盗",正是白话小说与正统思想相悖异的一个明确表征。小说评点对于白话小说的这种思想内涵基本上是以赞赏的态度予以揭示,并据个人的情感思想做生发和延伸,从而使小说评点充满了富于思想价值的理论内涵,尤其在文人评点中更是如此。

古代白话小说的文人评点发端于李卓吾,而李卓吾正是明中后期"异端"思想的代表人物。他对道学的猛烈批判,对人情、人欲的大胆肯定,在社会上引起了轩然大波。他的"童心说",他的"穿衣吃饭即是人伦物理"的理论思想深刻地影响了晚明的知识界,也深深地影响了小说的评点,使得反道学、提倡真性情成了小说评点的一个常见主题。在"容本"《水浒》中,托名李卓吾的叶昼评点继承了李卓吾的思想精神,对道学之批判可谓不遗余力,并常常以性格率真的水浒英雄作榜样。如:

> 此回文字,分明是个《成佛作祖图》,若是那班闭眼合掌的和尚,决无成佛之理。何也？外面模样尽好看,佛性反无一些。如鲁智深,吃酒打人,无所不为,无所不做,佛性反是完全的,所以到底成了正果。算来外面模样,看不得人,济不得事。此假道学之所以可恶也与！此假道学之所以可恶也与！
>
> 凡言词修饰、礼数闲熟的心肝,倒是强盗。如李大哥,虽是鲁莽,不知礼

---

❶ 所谓"整体意识形态"是笔者的杜撰,主要是指在古代占统治地位的政治思想、伦理观念和行为规范等。

数，却是情真意实，生死可托。❶

这类评语在"容本"《水浒》中可谓比比皆是，就是对于王矮虎这种好色之徒，评者也是从性情真率的角度予以肯定：

> 王矮虎还是个性之的圣人，实是好色，却不遮掩，即在性命相拼之地，只是率其性耳。若是道学先生，便有无数藏头盖尾的所在，口夷行跖的光景。呜呼，毕竟何益哉！❷

毛氏父子评点的《三国演义》一般均以思想正统和"拥刘反曹"目之。但在具体的评点中，毛氏对于道学的批判亦甚为激烈，且出乎意料地对曹操"宁使我负天下人，休教天下人负我"这一有悖传统伦理道德的言论大加辩护：

> 读书者至此，无不诟之詈之，争欲杀之矣。不知此犹孟德之过人处也。试问天下人，谁不有此心者，谁复能开此口乎？至于讲道学诸公，且反其语曰："宁使人负我，休教我负人。"非不说得好听，然察其行事，却是步步私学孟德二语者，则孟德不失为心口如一之小人。而此辈之口是心非，反不如孟德之直捷痛快也。吾故曰："此犹孟德之过人处也。"❸

毛氏虽然以所谓"小人"看待曹操，但对其"心口如一""直捷痛快"的品性大加赞赏，这种以真性情评判人物的行为无疑与李卓吾的思想一脉相承，同时又是评点者对世道不古、人情浇薄所发出的现实感慨。

在小说评点中，对于情爱的肯定和歌颂也是其中与传统伦理思想颇相悖异

---

❶ 容与堂本《水浒传》第四回、第三十八回总评，参见(明) 施耐庵集撰，罗贯中纂修：《李卓吾批评忠义水浒传》，《古本小说集成》本，上海古籍出版社 1994 年版，第 151、1243 页。

❷ 容与堂本《水浒传》四十八回总评，参见(明) 施耐庵集撰，罗贯中纂修：《李卓吾批评忠义水浒传》，《古本小说集成》本，上海古籍出版社 1994 年版，第 1600 页。

❸ (清) 毛宗岗：《第一才子书三国演义》第四回总评，引自朱一玄、刘毓忱编：《〈三国演义〉资料汇编》，南开大学出版社 2012 年版，第 270 页。

的内涵，尤其是对《红楼梦》这种思想卓越的爱情小说的评点，更是体现出了富于新意的思想内涵。我们且看道光年间的陈其泰对宝玉"泛爱"的评述："宝玉与黛玉、宝钗、湘云契好，其意全不在床笫之间。故不嫌于泛爱，与俗情自是不同，不得谓其情无一定，不专注黛玉而责之也。"❶陈其泰的这一评述一方面深契宝玉的性格特性和情感追求，同时也表现出陈氏情爱观念的不同流俗。陈其泰对妙玉的评述也十分精彩，他认为："妙玉非不能断尘缘也，见宝玉则不觉心为一动耳。若竟不动，须是枯木死灰，不成其为妙玉矣。"（八十七回评语）他进而分析道："若痴情，则女子之本色也，倘妙玉和光同尘，人人见好，固不成其为妙玉。然使见宝玉而漠然忘情，又岂慧美女子之天性乎。"这段评论情感真切，率直大胆，可谓与传统伦理大异其趣。其末后之结论更为精彩和大胆：

> 《红楼梦》，情书也。无情之人，何必写之。倘妙玉六根清净，则已到佛菩萨地位，必以佛菩萨视妙玉，则《红楼梦》之书，可以不作矣。❷

小说评点中的理论思想是颇为丰富的，其中与传统规范悖异的"异端"思想也层出不穷，如金圣叹以"乱自上作"评述水浒英雄的"逼上梁山"，张竹坡以"作秽言以泄其愤"评价《金瓶梅》均表现了卓尔不群的理论精神，这些思想是小说评点中最有价值的内涵。

以上我们对小说评点的价值系统做了简单的清理和分析，我们不难看到，小说评点是一个复杂的组合体，并非能以单一的理论批评价值就可涵盖。实际上，小说评点已经成为一种独特的文化现象，尤其是在俗文化领域中奠定了自身的地位。故只有从综合的角度观照小说评点，才能更贴近小说评点的原生状态，从而准确地评判其价值。当然，小说评点也是一个鱼龙混杂、参差不齐的庞杂领域，评点质量颇不平衡。作为一个界于雅俗两种文化之间的独特领域，小说评点容纳了颇为复杂的创作人员，书商、文人、官僚以及亦文亦商的文化商人，而如金

---

❶（清）陈其泰：《桐花凤阁评〈红楼梦〉》第二十九回评语，(清)陈其泰评，刘操南辑：《桐花凤阁评〈红楼梦〉辑录》，天津人民出版社 1981 年版，第 119 页。

❷（清）陈其泰：《桐花凤阁评〈红楼梦〉》第一百十二回评语，同上书，第 343 页。

圣叹、毛氏父子、张竹坡等那种呕心沥血、性命与之的评点家更在少数。大量的评点之作思想平庸、陈陈相因、粗制滥造甚至作伪造假，这也引起了人们颇多的批评，这同样也是一个不能回避的事实。当然，作为一个在古代曾经颇有影响的文化现象，小说评点的价值是不能低估的。

第四节　《儒林外史》评点的源流与价值

评点对于《儒林外史》有特殊的意义。这种特殊性包含有两个方面：一是评点本是《儒林外史》在古代流传的主体，评点已成了作品刊刻、流播的重要组成部分，两者已融为一体；二是《儒林外史》的思想艺术特色在历代的评点中有较为深入的阐发，它对读者欣赏、接受《儒林外史》产生了深远的影响。

一　《儒林外史》的评点源流

《儒林外史》约成书于乾隆十三年(1748)到乾隆十五年(1750)之间，它在古代的流传经历了"抄本"和"刊本"两个阶段。而我们现在所能看到的最早刊本是刻于嘉庆八年(1803)的卧闲草堂本，此时距成书已有半个世纪。在这以后百年左右的流传中，《儒林外史》的流传与其他小说相比有一个明显的特色：《儒林外史》在卧闲草堂本以后是纯以评点本流播的。这种小说版本与评本的合一在古代小说的流传中颇为罕见。需要指出的是，《儒林外史》的评点除了评刊本外，尚有两个过录本值得注意，这就是过录于苏州群玉斋本的黄小田评本和抄于光绪十年(1884)的徐允临从好斋辑校本。其中以黄小田评本更为重要。

在《儒林外史》的评点史上，所有评本均以卧闲草堂本为唯一底本，因此卧评是《儒林外史》评点的共同之源。而在以后的发展中，评点者在卧评的基础上，或增评，或生发，从而使《儒林外史》的评点形成了四个基本的评本系列。这就是作为祖本的卧评本系列、齐省堂评本系列、天目山樵评本系列和独立的黄小田抄评本。

所谓卧评本系列是指卧闲草堂本及其在后世的覆刻本，主要包括清江浦注礼阁刊本（嘉庆二十一年，1816）、艺古堂刊本（嘉庆二十一年）和苏州群玉斋刊本（同治七年，1868）。卧本就评点而言，包括署名闲斋老人的《序》和全书回评（缺四十二至四十四、五十三至五十五回）。《序》末署"乾隆元年春二月闲斋老人序"，其时间显属谬误，《儒林外史》成书于乾隆十三年（1748）到十五年之间，而《序》中口气又显为得见成书之后。是书评点时间不确，但书中三十四回回评有"湖亭大会，又是一部《燕兰小谱》"。《燕兰小谱》刊于乾隆五十年（1785），故作评时间一般不会超过是年。此书之序、评浑然一体，内涵极为相似，在某种程度上可以这样认为：《序》中思想似有对《儒林外史》评论的总纲性质，而其五十则回评是对《序》中思想的生发和延伸。故一般认为序、评同出于一人之手，亦非全然无稽之论。卧闲草堂评本是《儒林外史》评点的奠基之作，基本确立了《儒林外史》评点的理论思想，诸如以"功名富贵为一篇之骨"的内涵把握、《儒林外史》的讽刺艺术、作品的历史地位和艺术风格等，均是后世评点中广泛涉及的论题。

齐省堂评本系列仅有两种刊本，即《齐省堂增订儒林外史》（同治十三年，1874）和《增补齐省堂儒林外史》（光绪十四年，1888）。后者除增补四回而成六十回本外，在评点方面全以前者为本，仅增入东武惜红生《序》一篇。齐省堂评本以卧评本为底本，将卧本中全部评语悉数阑入，亦收入略有改动的闲斋老人《序》。而所谓"增订"者则是做了如下三方面的工作。一是卷首的惺园退士《序》对《儒林外史》和卧评做了整体评价。二是补写了卧评本原缺的六回回评，增加了十三则评语和数量颇丰的眉批，使《儒林外史》作为评点本有了一个完整的格局。三是对《儒林外史》的文本做了一定修订，并在其《例言》中详加说明。是书不署评者，但从《序》中可知，此书之增评与修订实出惺园退士之手：

> 余素喜披览，辄加批注，屡为友人攫去。近年原板已毁，或以活字摆印，惜多错误。偶于古纸摊头得一旧帙，兼有增批，闲居无事，复为补辑，顿成新观。❶

---

❶ （清）惺园退士：《齐省堂增订儒林外史序》，引自朱一玄、刘毓忱编：《〈儒林外史〉资料汇编》，南开大学出版社 2003 年版，第 285 页。

在《儒林外史》评点中，天目山樵评本系列最为复杂，也是卧评之外影响最大的评本。现有评刊本两种：申报馆第二次排印本《儒林外史》（同治七年，1881）和《儒林外史评》（光绪十年，1884）。有辑校本一种：从好斋辑校《儒林外史》（光绪十年，1884）。评者张文虎（约 1808—1885），字孟彪，又字啸山，号华谷里民，天目山樵，南汇（今属上海）人。张文虎对《儒林外史》情有独钟，愈到晚年，其情愈烈，他平时"好读是书"，又"好坐茶寮，人或疑之，曰：'吾温《儒林外史》也'"。❶张文虎评《儒林外史》约始于清同治十二年（1873），其时已为六十余岁的老翁了，但他批评《儒林外史》历十余年而不辍，在光绪三年（1877）已"评是书凡四脱稿矣"。❷以后仍不断修订、不断完善而成评点定本。值得注意的是，在当时的上海地区，张文虎已成为评点、鉴赏、传播《儒林外史》的中心人物。他的评本被人传抄、过录，先后有雷谔卿、闵熙生、沈锐卿、朱贡三、杨古酝、艾补园和徐允临等数人。其中尤以徐允临用力最勤，他曾两次辑校张文虎评语，同时，在他的周围也形成了一个辑校、评订《儒林外史》和天目山樵评语的群体，如王承基、华约渔和金和之子金是珠等。这样一个研究群体的不断切磋、审订和评点，大大扩大了《儒林外史》在上海地区的传播。而黄小田及其子黄安谨与天目山樵的交往，又使天目山樵评本融入了黄小田评点的内涵。同时，天目山樵评本还引起了清末学者平步青的注意，其对天目山樵评语的评骘也成了这一系列的有机组成部分。❸

相对而言，黄小田评本影响最小，因为在中国古代，它是由天目山樵评本间接流传的，虽然其部分评点思想已融入了天目山樵评语之中，但署为"萍叟"（黄小田之号）者仅有三条。同时，黄小田评本并非刊本，而是直接抄写于《儒林外史》刊本之中，20 世纪 80 年代中叶发现的黄评即过录于苏州群玉斋本《儒林外史》上。然而这仍然是一部值得注意的小说评本，从评点年代来看，黄评仅次于卧评本，约在咸丰三年（1853）到同治元年（1862）之间❹，评者黄小田（1795—

❶ 刘咸炘：《小说裁论》，《校雠述林》卷四，刘咸炘著，黄曙辉编校：《刘咸炘学术论集·校雠学编》，广西师范大学出版社 2010 年版，第 243 页。
❷ （清）张文虎：《儒林外史评》"丁丑嘉平小寒天目山樵识语"，引自朱一玄、刘毓忱编：《〈儒林外史〉资料汇编》，南开大学出版社 2003 年版，第 441 页。
❸ （清）平步青：《小栖霞说稗》，《霞外捃屑》卷九，同上书，第 443—447 页。
❹ （清）吴敬梓著，（清）黄小田评点，李汉秋辑校：《儒林外史》"前言"，黄山书社 1986 年版。

1867），名富民，小田为其字，自号萍叟，原籍安徽当涂，世居芜湖，太平军攻克芜湖（1853）后移居松江、苏州和上海。黄小田是一位居官的封建士大夫，曾官礼部侍郎，但对小说颇有嗜好，尝言："予最服膺者三书：《聊斋志异》《儒林外史》《石头记》也。"❶故其评《儒林外史》乃既有官场之经历又熟悉小说艺术之特性，由此其评点文字便深得《儒林外史》之奥趣。从现存辑本来看，黄小田评本承接卧本，其批语总计有：自写回评 14 则，评骘卧评 34 则，于七回回目下写评语 7 则，另有眉批 2 000 余条。

《儒林外史》评点除了以卧评为唯一祖本外，各家评点在内涵上还有明显的传承性，因此《儒林外史》的评点表现为在同一源头之下不断累积和聚合的过程。这种各评本之间的传承性主要表现在两个方面：首先，在《儒林外史》的评点中，评点者之间的关系相对比较密切。除卧评作于乾隆五十年（1785）到嘉庆八年（1803）之外，其余三种评本的评点时间比较接近，评点者基本上属于同一个时代。卧评本是《儒林外史》评点的唯一祖本，三家评点均以此为底本，且都有颇为精深的把握。而在三家评点之间，其中关系也清晰可观，如齐省堂评本与天目山樵评本，其评点部位便颇多重合，仅第三回眉批重合处就有 13 处之多，可见天目山樵对齐评本是有把握的。而黄小田与天目山樵的关系就更为密切了，黄于1853 年避乱离芜湖泛游苏南后，便结识了张文虎，并将评点手稿示与天目山樵。❷ 在《儒林外史评》一书的金和《跋》后识语中，张文虎更详尽地叙述了他与黄小田在评点《儒林外史》上的关系和其处理黄批的两个阶段：

> 昔黄小田农部示余所批《外史》，……颇得作者本意，而似有未尽，因别有所增减。适工人有议重刊者，即以付之，三年矣，竟不果。去年，黄子慎（小田之子）太守又示我常熟刊本，提纲及下场语"幽榜"均有改窜，仍未妥洽，因重为批阅，间附农部旧评，所标萍叟者是也。❸

❶ （清）黄富民：《儒林外史又识》，引自朱一玄、刘毓忱编：《〈儒林外史〉资料汇编》，南开大学出版社2003 年版，第 281 页。
❷ （清）黄小田：《访啸山（文虎）留宿因赠》："悔于世事言多激，剩有诗篇老尚贪。谁道天涯少知己，三年博得性情谙。"
❸ （清）天目山樵：《儒林外史评》金和《跋》后识语，光绪十二年（1886）宝文阁刊本，引自朱一玄、刘毓忱编：《〈儒林外史〉资料汇编》，南开大学出版社 2003 年版，第 440—441 页。

《儒林外史》评本之间的承传性还表现为各评本之间评论内容的直接继承，或沿用，或生发，或辩驳，显现出一条颇为清晰的发展线索。我们姑举一例以概其余：作品第二回"王孝廉村学识同科，周蒙师暮年登上第"开首描写乡绅夏总甲之亲家申祥圃于观音庵得意扬扬，指三骂四，用以衬托夏总甲的权势，从而讽刺富贵功名对人心的荼毒。对此，卧评有这样一段评述：

> "功名富贵"四字是此书之大主脑，作者不惜千变万化以写之。起首不写王侯将相，却先写一夏总甲。夫总甲是何功名，是何富贵？而彼意气扬扬，欣然自得。颇有"官到尚书吏到都"的景象。牟尼所谓"三千大千世界"，庄子所谓"朝菌不知晦朔，蟪蛄不知春秋"也。文笔之妙乃至于此。❶

黄、齐、张三家评点对此做了生发和延伸，均加眉批曰：

> 黄评：初写俗情即具如此妙笔。盖是书所写不出"势利"二字，申祥甫因亲家为总甲，势也；荀老爹穿得齐整，利也。虽极可笑，然一部书用意早具于此。
>
> 齐评：一部大书，开首先写一个夏总甲还不算出奇，最先便写总甲的亲家气焰就甚大，真不知作者如何落想到此。所谓风起于青萍之末也。
>
> 张评：申祥甫者，夏总甲之亲家也，欲写夏总甲，先写申祥甫之发作和尚，以见其声势与彼七八个人绝不同，而夏总甲可知矣。❷

以上四则评语之继承关系十分明显，而这种例子在整个《儒林外史》的评点中可谓所在多有。由此可见，《儒林外史》的评点不像《红楼梦》和《西游记》那样，各家评点各执一词，而是有着相对意义上的一致性。故《儒林外史》的评点是一个相对整合的系统。如果把《儒林外史》评点列成一表的话，那可作如下图示：

---

❶ （清）吴敬梓著，李汉秋辑校：《儒林外史汇校汇评》，上海古籍出版社 2010 年版，第 29 页。
❷ 同上书，第 18 页。

```
                        ┌→ 齐省堂评点 ┐
          卧闲草堂评本 →             ├→ 天目山樵评本
                        └→ 黄小田评本 ┘
```

二 《儒林外史》评点的理论价值

明确了《儒林外史》的评点是一个相对整合的系统,那我们对《儒林外史》评点的价值评判就可以以这一系统为对象做整体分析了。

在小说评点研究中,理论价值是以往研究者最为重视的,我们甚至可以这样认为,人们已在很大程度上把小说评点史研究和小说理论史研究等同起来。这种观念当然无可厚非,因为在中国小说批评史上,小说评点中的理论思想确乎是最为出色的,小说理论史如果抽去评点这一脉线索,那所谓的小说理论就相当苍白和贫弱了。然而就小说评点的本性而言,其实所谓"理论"并非小说评点者最为主要的追求目标,评点者最为倾心的实际上是将自己对作品的独特感悟传递给读者,从而指导欣赏、促进传播。因此在大量的小说评本中,理论性并非其最重要的价值所在。

从整体而言,《儒林外史》的评点也属于这种境况。当然,由于《儒林外史》是一部出色的经典名著,尤其是在讽刺艺术和人物塑造两方面有着突出的成就,故而评点者对这些特性的揭示和评判也有一定的理论价值,亦具备小说创作的普遍意义。对于《儒林外史》评点的理论价值我们选取数端一一评述。

《儒林外史》是一部出色的讽刺小说,而既曰"讽刺",在人物塑造上就不免用夸张、喜剧性的笔墨来塑造人物形象。但在整体上,《儒林外史》并未使人物形象脸谱化,作品中无论是肯定的理想人物还是否定的士林小人,作者都没有做简单化的处理。在评点者看来,《儒林外史》在此所体现的艺术手法主要有两个方面。

一是作品中人物形象的"非类型化"处理,使人物形象比较丰满。卧评本第六回在评述小说人物严贡生时即揭示了这一创作特色:

> 此篇是放笔写严大老官之可恶,然行文有次第,有先后,……非犹俗笔

稗官，凡写一可恶之人便欲打、欲骂、欲杀、欲割，惟恐人不恶之。而究竟所记之事，皆在情理之外，并不能行之于当世者。此古人所谓"画鬼怪易，画人物难"。世间惟最平实者而为万目所共见者，为最难得其神似也。❶

《儒林外史》在人物塑造上正是得其"神似"之笔，而所谓"平实"是指人物形象的合情合理，从而避免了单一化的处理。评点者还认为，作品之所以形成这一特色，是与作者的创作态度和创作主旨密切相关的，表现了作者对于"士林"人物那种既痛恨又怜惜的矛盾心理。如黄小田所云，乃作者"讥之亦所以惜之"。❷这一评述无疑是深契《儒林外史》的创作内涵的。

二是作品中人物形象的"动态性"描写。所谓"动态性"描写是指《儒林外史》不以静止的、固定的性格内涵塑造人物，使人物形象有一种内在的张力。评点者认为，《儒林外史》这一特性的形成是由于作者从人物所处的特定环境入手，描摹其随着环境、地位的变化而发生的性格变化。如匡超人，这本是一个勤勉、纯朴的农家少年，但随着环境的变化，尤其是进入科举、势利场之后，其性格、形象有了根本性的蜕变。对此，卧评本从社会环境角度做了分析：

> 匡超人之为人，学问既不深，性气又未定，假使平生所遇皆马二先生辈，或者不至于陡然变为势利熏心之人。无如一出门即遇景（兰江）、赵（雪斋）诸公，虽欲不趋于势利，宁可得乎？蓬生麻中，不扶自直，苟为素丝，未有不遭染者也。❸

黄小田评本则从"功名富贵"角度做了分析：

> 匡二本质似美矣，而一入势利场，遂全失本来面目，反不如其兄蠢然无知得保本质。然则功名富贵非贼人之物哉！❹

❶（清）吴敬梓著，李汉秋辑校：《儒林外史汇校汇评》，上海古籍出版社 2010 年版，第 88 页。
❷ 同上书，第 202 页。
❸ 同上书，第 226 页。
❹ 同上书，第 206 页。

在《儒林外史》的评点中，此类评点文字可谓随处可见，虽简略数语，但颇得人物之神韵，也包含一定的创作手法。

《儒林外史》评点受乾嘉以来考据学风的影响，还较多重视对作品人物原型的考证，形成了一股对人物原型的"索隐"之风。此风由金和发其端，天目山樵畅其绪，而以平步青对天目山樵索隐的评骘终结。

金和在作于同治八年(1869)的《儒林外史》跋文中首次对作品的人物原型做了分析，认为"全书载笔，言皆有物，绝无凿空而谈者。若以雍乾间诸家文集细绎而参稽之，往往十得八九"。他并据其母(其母为吴敬梓从兄吴檠女孙)之闻见，列出人物原型近三十人。金和之后，天目山樵、平步青在原型考索上更为勤勉，在金和的基础上，又考出生活原型十余人，几乎将《儒林外史》的主要人物——考据列出。《儒林外史》所表现的主要是士林生活，这与作者的生活经历颇为相近，因此作品人物与生活原型之相似或者有之，也不足为怪。而对小说人物作考据索隐，是当时的一种时代风气，非独《儒林外史》评点如此。这种批评对把握作品内涵、爬梳作品之创作底蕴也有一定益处，但纯然对号入座无疑是有违艺术创作规律的。《儒林外史》评点的一个可贵之处就在于及时地对此做了分析评判，并提出了合理的创作思想。如齐省堂评本《增订儒林外史·例言》就提出了不同的看法：

> 窃谓古人寓言十九，如毛颖、宋清等传，韩、柳亦有此种笔墨。只论有益世教人心与否，空中楼阁，正复可观。必欲求其人以实之，则凿矣。且传奇小说，往往移名换姓，即使果有其人，而百年后亦已茫然莫识，阅者姑存其说，仍作镜花水月观之可耳。❶

光绪十一年(1885)，黄安谨作《儒林外史评序》，综合了两种说法，对《儒林外史》的人物塑造与生活原型的关系做了更为公允的评判：

> 《儒林外史》一书，盖出雍乾之际，我皖南北人多好之。以其颇涉大江南

---

❶ 朱一玄、刘毓忱编：《〈儒林外史〉资料汇编》，南开大学出版社 2003 年版，第 207 页。

北风俗事故，又所记大抵日用常情，无虚无缥缈之谈。所指之人，盖都可得之，似是而非，似非而或是，故爱之者几百读不厌。❶

"似是而非""似非而或是"，一语中的地揭示了《儒林外史》在人物塑造上的特点，即成功的艺术形象对生活既依附又超越的特性。《儒林外史》人物塑造的成功之处也正在此。诚如卧评本所言，"慎勿读《儒林外史》，读之乃觉身世酬应之间，无往而非《儒林外史》"。❷

三 《儒林外史》评点的传播价值

小说评点的传播价值有内外两端，就外在现象而言表现为评点本是否能取代以往的刊本流行。《儒林外史》卧评本一出，刊本与评本纯然合一，故其外在的传播作用已不言自明。而就内在形态而言则表现为评点文字本身对读者的阅读影响和指导作用。《儒林外史》评点的传播价值主要表现为三个方面。

其一，针对《儒林外史》表现内涵的特殊性，评点者在与其他小说，尤其是明代"四大奇书"的比较中充分肯定了作品的价值。在《儒林外史》之前，中国古代小说的基本类型业已形成，"四大奇书"更在社会上流传深广，故人们对于小说的接受已形成了明显的欣赏习惯。金戈铁马、儿女风情、神魔鬼怪，这种在内涵上趋于外露、发散的作品有着广阔的传播市场。而《儒林外史》则大异其趣，如胡适所言，"书里的人物又都是'儒林'中人，谈什么'举业''选政'，都不是普通一般人能了解的"。❸ 这种独特的内涵使得评点者首先注目的便是对作品的价值评判，以破除读者阅读的心理障碍。闲斋老人在卧评本《序》开首即言："古今稗官野史，不下数百千种，而《三国志》《西游记》《水浒传》及《金瓶梅演义》，世称'四大奇书'，人人乐得而观之。余窃有疑焉。"接着，他对"四大奇书"的表现内容逐一批

---

❶ 朱一玄、刘毓忱编：《〈儒林外史〉资料汇编》，南开大学出版社 2003 年版，第 442 页。
❷ （清）惺园退士：《儒林外史序》，同治十三年（1874）齐省堂《增订儒林外史》卷首，引自朱一玄、刘毓忱编：《〈儒林外史〉资料汇编》，南开大学出版社 2003 年版，第 285 页。
❸ 胡适：《五十年来中国之文学》，《胡适文存》二集卷二，中央编译出版社 1929 年版，第 173 页。

驳，认为人们之所以喜爱"四大奇书"是因其"未见《儒林外史》一书"，而一旦读得《儒林外史》，则"与其读《水浒》《金瓶梅》，无宁读《儒林外史》"。那《儒林外史》为何有如此价值呢？评点者对此做了两方面的分析：一是指出作品"迥异元虚荒渺之谈"❶，"描写世事，实情实理"❷，"事则家常习见，语则应对常谈，口吻须眉惟肖惟妙"。❸ 认为作品以平易的现实人生为对象，故而在阅读中无间隔之感；二是肯定作品具有强烈的认识功能和感染力，"读之者，无论是何人品，无不可取以自镜"❹，认为"读先生是书而不愧且悔"，"与不读书同"。❺ 故《儒林外史》可为"世道人心之一助"❻，只有能"读《儒林外史》"，才是"善读稗官者"。❼ 由此可见，人们评点《儒林外史》一个很大的目的便是要使读者真正认识作品的价值，从而为作品的传播廓清观念和习惯上的障碍。

其二，评点者对作品的思想主旨做了深入的把握和评析，认为作品揭示了"士林"在科举制度下、在追求功名富贵中的心灵向背和行为归趋，而其主旨是对于"功名富贵"的批判。此说首见于卧评本闲斋老人《序》：

> 其书以功名富贵为一篇之骨：有心艳功名富贵而媚人下人者，有倚仗功名富贵而骄人傲人者，有假托无意功名富贵自以为高、被人看破耻笑者，终乃以辞却功名富贵，品地最上一层为中流砥柱。❽

在《儒林外史》的评点中，此说已为不刊之论而被广泛引用。如"卧评本"第

---

❶ （清）闲斋老人：《儒林外史序》，（清）吴敬梓：《儒林外史》，《古本小说集成》本，上海古籍出版社1994年版，第4页。

❷ （清）张文虎：《儒林外史》卷首识语，引自朱一玄、刘毓忱编：《〈儒林外史〉资料汇编》，南开大学出版社2003年版，第292页。

❸ （清）黄富民：《儒林外史序》，引自朱一玄、刘毓忱编：《〈儒林外史〉资料汇编》，南开大学出版社2003年版，第280页。

❹ （清）闲斋老人：《儒林外史序》，（清）吴敬梓：《儒林外史》，《古本小说集成》本，上海古籍出版社1994年版，第6页。

❺ （清）金和：《儒林外史跋》，同治八年(1869)群玉斋本卷末，引自朱一玄、刘毓忱编：《〈儒林外史〉资料汇编》，南开大学出版社2003年版，第279页。

❻ （清）惺园退士：《儒林外史序》，同治十三年(1874)齐省堂《增订儒林外史》卷首，同上书，第285页。

❼ （清）闲斋老人：《儒林外史序》，（清）吴敬梓：《儒林外史》，《古本小说集成》本，上海古籍出版社1994年版，第7页。

❽ 同上。

二回总批："'功名富贵'四字是此书之大头脑,作者不惜千变万化以写之。"黄小田评本于开首词"功名富贵无凭据"一句作批："一篇主意。"齐省堂评本亦在大致相同部位作批："全书主脑。"天目山樵更在闲斋老人《序》后作《识语》云："功名富贵具酸甜苦辣四味,炮制不如法令人病失心疯,来路不正者能杀人。服食家须用淡水浸透,至极淡无味乃可入药。"言语幽默又讥刺入骨。可见此说在评点者心目中已成定论,且通过评点而广为流播。尤须注意的是,此处所谓的"功名富贵"并非是空泛的,而是直接以科举制度下"士林"的人生追求为对象,将"士林"之求科举、求功名与追求富贵之目的紧紧连在一起,从而揭露了当时文人在仕途上的实用性和虚伪性。在《儒林外史》的评点中,所谓"功名富贵"有其内在的逻辑层次。齐省堂评本云:

> 士人居家敦行,只以自尽心力。及入世,则以文字为功名之阶,以功名为势利之的,群趋群效,不外乎此。❶

天目山樵评本亦云:

> 何以要做举业?求科第耳。何以要做科第?要做官耳。儒者之能事毕矣。❷

对于"功名富贵"的批判是此时期小说创作的一个重要主题,《聊斋志异》和《红楼梦》等都表现了这种内涵,《儒林外史》则纯以此为对象,表现了其批评的尖锐性和深刻性。《儒林外史》的评点者敏锐地把握了这一内涵,以极其显著的笔墨加以揭示、评判和分析,对《儒林外史》的传播产生了深远影响,也成了人们接受和欣赏《儒林外史》的一个基本观念。

其三,《儒林外史》评点的传播价值还表现在独特的评点风格之中。这种评

❶ 《增订儒林外史》第十六回总批,同治十三年(1874)齐省堂评本,引自吴敬梓著,李汉秋辑校:《儒林外史汇校汇评》,上海古籍出版社 2010 年版,第 214 页。
❷ (清)张文虎:《儒林外史》第十三回评语,光绪十一年(1885)宝文阁刻本,引自吴敬梓著,李汉秋辑校:《儒林外史汇校汇评》,上海古籍出版社 2010 年版,第 173 页。

点风格主要有两个方面。一是表现为评点文风与作品艺术风格，以及评点者主体情感与作品思想内涵的高度契合。《儒林外史》是一部讽刺小说的杰作，但其讽刺不流于嬉戏浅薄，而是讥刺之中包含怜惜之情，嘲讽之中深寓警世之志，故其风格既诙谐杂出又沉郁悲凉。评点者对此深有把握，而其评点文风也便随着情节的转换，或幽默风趣，或讥刺入骨，或沉郁顿挫，从而使评点与作品融为一体，形成了一个较为完满的整体。二是《儒林外史》评点在形态上比较简约，它不取明末以来小说评点由"读法""总批""眉批""夹批"等组成的综合形态。除卧评本纯为回末总评外，一般以眉批、夹批居多，就是总批也言简意赅，短小精致。这样，小说评点与文本之间不致本末错位，而是相得益彰，较少如金圣叹、张竹坡评点那样因发长篇宏论而形成的对读者阅读连续性的阻滞之感。同时，评点者披文入情，娓娓道来，较好地完成了小说评点的向导作用。故人们论卧评"论事精透，用笔老辣"❶，认为"不读张先生（文虎）评，是欲探河源而未造于巴颜喀喇，吾恐未极其蕴也"，而"得读张先生评，方之《汉书》下酒，快意多矣"。❷ 指的都是评点在《儒林外史》欣赏、传播过程中所起到的独特功用。

四 《儒林外史》评点的文本价值

　　小说评点的文本价值是评点研究中较为忽视的一个层面，但实际上，这是一个不容轻视的重要内涵。在中国小说评点史上，一些重要的小说评点本如容与堂本、金圣叹批本《水浒传》、毛氏父子批本《三国演义》等，其文本价值绝不低于理论价值。

　　一般地说，评点者对于小说文本的创作参与有两个方面：一是对作品的增删改易，评点者以自身的思想情感和审美追求对原作进行修正；二是对作品的文学形式予以修订。从史的线索而言，明代到清初的小说评点一般是双管齐下，而

---

❶ 《齐省堂增订儒林外史·例言》，同治十三年（1874）齐省堂刊本，引自朱一玄、刘毓忱编：《〈儒林外史〉资料汇编》，南开大学出版社 2003 年版，第 206 页。
❷ （清）徐允临：《儒林外史跋》，从好斋辑校本《儒林外史》，引自吴敬梓著，李汉秋辑校：《儒林外史汇校汇评》，上海古籍出版社 2010 年版，第 699 页。

清初以后，尤其是乾隆以降，随着小说编创方式由"世代累积型"向"个人独创型"的转变，评点者对小说文本的增改逐步减弱，而以文字和局部情节的修订为主流。

《儒林外史》评点所体现的文本价值主要属于后者。上文说过，在《儒林外史》的评本系列中，卧评本是唯一的祖本，故而评点者对于文本的修订乃是针对卧本而言。在此，具有文本修订价值的主要是齐省堂评本和天目山樵评本，尤以前者用力更勤。

《儒林外史》评点的文本价值大致表现在两个方面：

一是在《儒林外史》的刊本流传中，小说文本的错讹情况比较严重，错字、漏字所在多有，评点者一般据于文意做了修订，改正了刊本中的错误，从而使《儒林外史》文本在刊本流传中日益完善。

二是在文字修订的基础上，评点者对作品回目、情节疏漏，尤其是末回"幽榜"做了考订、删润和更正。如齐省堂本在《例言》中就详细说明了所做的修订工作，该评本对小说文本所做的修订工作主要有四：一是考订回目文字，将书中回目不妥者按"总以本回事迹，联为对偶"的原则，"代为改正"；二是弥补书中情节的某些缺漏，将故事中一些显为不合理的情节"修饰一二"；三是对末回"幽榜"人物"去取位置，未尽合宜处"，"辄为更正"；四是对作品中的"冗泛字句""稍加删润"。❶

经过评点者不断的改订修正，《儒林外史》文本确乎体现了一个逐步完善的发展进程，这对小说的流传有不可磨灭的作用。但须指出的是，由于评点者自身思想和艺术素养的局限，对小说文本的改订也时有谬误，有的甚至对小说的思想艺术价值也颇多贬损。比如齐省堂评本对小说第三回周进一段描述的改订：此回描写了久困场屋的周进骤然间中举人、进士，并授广东学道。当他坐在堂上考童生时，见老童生范进衣衫不整，甚为狼狈，想起了自身的遭遇。他"看着自己身上，绯袍金带，何等辉煌"，不禁动起了恻隐之心。此一段描写实为传神之笔，有着颇为深刻的内涵，启人联想。但齐省堂本却将周进的这一段"自白"文字删去，

❶ 《齐省堂增订儒林外史·例言》，同治十三年(1874)齐省堂刊本，引自朱一玄、刘毓忱编：《〈儒林外史〉资料汇编》，南开大学出版社 2003 年版，第 206—207 页。

明显地减损了原作的艺术价值。

　　以上我们对《儒林外史》评点的源流和价值做了一定的分析。从整体来看，《儒林外史》评点没有如《水浒》评点、《三国演义》评点等出色，尤其没有出现如金圣叹、毛氏父子和张竹坡这样的评点大家，故其价值与影响相对有限。但这仍然是一个值得重视和发掘其内涵的评点系统，特别是评点对小说流传的影响、对作品艺术规律的揭示都有可圈可点之处。❶

❶ 本节的写作参阅了孙逊先生有关《儒林外史》评点的研究论文，参见《明清小说论稿》，上海古籍出版社1986年版。

下　编
文言小说评点研究

第一章　文言小说评点的分期及特点

文言小说的评点情况相当复杂，这既是相较于白话小说而言的，也是由其自身属性所决定的。正如厘清中国古代的"小说"概念绝非易事，"文言小说"作为古代"小说"的主体，其范围之界定自然也就颇费思量。换句话说，"文言小说"的复杂内涵决定了无论我们抱持何种"文言小说"的定义去筛选文本，得到的文本都将或多或少在各个层面存在差异。我们这里以历代公私书志的"小说"观念为基础，参照现代普遍公认的"小说"概念，来确定"文言小说"的范畴❶，进而又在其中选取文言小说评点本，得到总数近两百种。

由于文言小说的生成方式关系到评点主导者的不同，我们分析文言小说评点，首先要从前者入手。要言之，文言小说的生成方式有三：撰述、丛钞，以及两者兼具。撰述类文言小说即文人创作或记录的异闻、杂事、琐记等，从形式上看包括单篇小说和小说集，时间上则贯穿了整个文言小说的发展史。丛钞类文言小说，指的是编选者从其他书籍抄录、杂俎而成的作品集，其主潮兴起于明中后期，不少小说书题径带一"编"字，如《捧腹编》《艳异编》《省括编》《一见赏心编》，也有直接以"类""选""集"标名的，如《说类》《清谈万选》《初潭集》。此类选集多为文人研经阅史的副产品，是他们在闲暇之时顺手编就的。以万历时期叶向高编纂的《说类》为例，叶氏自序其书云："余在留曹日，偶得一书，皆唐宋小说数十种，摘其可广闻见、供谈资者，录而存之。"❷第三类文言小说，性兼撰述、丛钞两

---

❶ 也就是刘天振所说的界定文言小说的"第三种方法"："先遴选古代'小说家'中有小说意味的作品，再补充'小说家'未收的文学性小说。"见《明代文言小说汇编类文献研究·自序》，中国社会科学出版社2021年版。

❷ （明）叶向高编，林茂槐增删：《说类》，《四库全书存目丛书》影印中国科学院图书馆藏明刻本。

种,问世时间亦属居中者。北宋张师正所纂《括异志》一书,大多条目末尾注明内容出处,如"此皆略取张仲举学士所撰《陈靖传》云"(卷一《陈靖》),可知出于丛钞;间有条目记录他人所述,如"进士魏泰呼英公为皇祖,得闻其事"(卷一《仆射厅》)、"张都官子谅言"(卷六《率子廉》)、"得之李林宗秘校"(卷七《毕道人》)等。❶ 降至清代,此类小说不但愈发常见,而且其中丛钞的篇目日益增多,丛钞的来源日趋丰富,以至于在数量和地位上俱可与撰述部分平分秋色。例如,乾隆时期《小豆棚》杂糅了编著者曾衍东的实地见闻、书籍抄撮和客谈记录,曾氏自道:"每因行踪所至,见夫山川古迹、人事物类,或取一二野史家钞本剩录及座客谈论,博采旁收,辑成一部,十余万言。"❷ 又如,光绪末年吴趼人《中国侦探案》中《自行侦探》篇末有评:"此乃明世宗朝事,杂见诸家记载,各有详略,为采辑于此。"至于同书《守贞》篇末所云"此事吾幼时即闻古老言之……后阅桐城许叔平所著《里乘》载此条"❸,可知此处纪闻与摘录庶几已合二为一,难辨彼此了。文言小说的三种成书方式,决定了它们相应的评点主导者必然各有歧异。撰述类文言小说一般附有作者自评,丛钞类文言小说以编者评点为主,兼有两者的文言小说则多以友人评点点缀其中。

　　当然,此仅就其大势而论,实际的情况要繁复得多。设若存在一部评点形态完备周全的文言小说刊本,那么,它的书首将会有序跋、图赞,主体部分会有圈点、作者自评、作者友人或其他读者的评语、编者评语、编者从他书转录的评语,以及后之藏者、读者手书于其上的评语等,形式上颇有叠床架屋之感。而从内容上看,每一种后出之评,皆可对既有评语进行评价,如编者评中或亦包含针对自评的批评。此外,由于文言小说的成书、评点、传钞、付梓的时间往往并不一致,有时甚至相去极远,这也增加了评点面貌的复杂性。有鉴于此,我们将从分期及特点、格式与形态、内容与性质、文言和白话小说的评点异同四个方面着手,概述文言小说的评点情况,以使文言小说评点的全貌清晰化,条理化。

　　先谈分期与特点,根据不同时期文言小说评点本的数量及其特点,我们将文

---

❶ (宋) 张师正:《括异志》,《四部丛刊续编》影印常熟瞿氏铁琴铜剑楼藏景宋钞本。
❷ (清) 曾衍东:《小豆棚》,国家图书馆藏清光绪六年(1880)上海申报馆铅印本。
❸ (清) 吴趼人:《中国侦探案》,卢叔度辑校:《我佛山人短篇小说集》,花城出版社 1984 年版,第 91—146 页。

言小说评点大致分为四个阶段进行梳理：万历以前的酝酿萌发期、万历至明末的成熟兴盛期、清初到乾嘉时期的承袭新变期和道光至清末的守成衰退期。以下分而论之。

第一节　明万历以前：酝酿萌发期（1573 年之前）

明朝万历以前的文言小说评点尚处于酝酿萌发阶段，数量不多，而且分布星散。既知的 186 种文言小说评点本❶，出现在此阶段的仅有 22 种。其中，评于南朝的 1 种，唐代 2 种，宋代 11 种，元代 2 种，明弘治至嘉靖 6 种。尽管评点时间较早，但这些评点存见的载体几乎都传钞或刊刻在明清两代，只有宋刻本《新编醉翁谈录》、金刻本《云斋广录》、元刻本《桯史》之《义鹘传》、元刻本《世说新语》四种属于例外。这一所谓"酝酿萌发期"，可从三个方面来理解。

首先，本阶段的评点格式❷还很随机，评点规范尚未形成。

其次，本阶段的评点形态较为单一，基本仅有文末评一种。元刻本《世说新语》❸虽在眉端、行侧均有批语，然细究之下不难发现，这些评语是在正文或注文之末毫无余地的情况下，才被刻于天头或行间的。也就是说，它们虽在形式上类似于眉批、旁批，但还是一种被动呈现的结果，称不上是对评点形态的主动辨别和自觉区分。与此同时，本阶段的文末评只在作者自评或编者评语中占据其一，还没产生后世那种既有自评又有他评的多层套叠评语。

复次，从评点的渊源来看，这些文末评皆脱化自同一渊源：以《左传》"君子曰"和以《史记》"太史公曰"为代表的史传论赞体例。唐人高彦休，号参寥子，其所撰述之书《阙史》，除一处文末评作"议者曰"，余皆以"参寥子曰"或"参寥子云"领起。❹ 与书名的"阙史"之说相应，高氏自评多为治身理家、拾遗补阙之论，仅

---

❶ 这些评点本的具体信息，请参见另行的《文言小说评点编年叙录》。计算评点本的数量时，总集、类书、丛书等丛钞类文言小说评点本，假如评语是编者统一施加或编辑的，计为一种；反之则逐一计算其中带有评点的零种单篇。

❷ 关于文言小说评点格式的说明和演变，请见本编第二章。

❸ （宋）刘应登删注，刘辰翁增评：《世说新语》，日本内阁文库藏元至元二十四年（1287）刊本。

❹ （唐）高彦休述：《阙史》，台湾图书馆藏清雍正四年（1726）仁和赵氏小山堂钞本。

有一条评语略含矜异色彩。北宋乐史撰写的《绿珠传》和《杨太真外传》，文末评分署"南阳生曰"和"史臣曰"。❶ 乐史官太常博士，凡三直史馆，著有《总记传》一百三十卷，此二传当在其中。受出仕经历的影响，乐史作品之文末评兼有儒士和史臣的本色：这两篇小说的文末评，分别提出了"窒祸源"和"惩祸阶"的观念，两者实则如出一辙。与之类似，岳珂《义骍传》的篇末评署为"稗官氏曰"。❷ 由此我们不妨推断，在本阶段的评者眼中，"史余"定位仍是小说文体不可撼动的题中之意。即便是《绿窗新话》《醉翁谈录》这类市民化、娱乐化的小说集，文末评也以评人论事为主，鲜少关注内容之奇与文笔之妙。

然而，此时坚硬的外壳已有被撬开缝隙的迹象。高彦休和乐史的评论隐约透出了喜谈因果、矜奇尚异的点点微光。《括异志》《青琐高议》《云斋广录》等小说集的文末评，也共享着儒、释观念交融的评点风尚。到了弘治朝雷燮的《奇见异闻笔坡丛脞》，评点思潮的转移已昭然在目。此书先在标题大张旗鼓地宣"奇"道"异"，进而又在评点上大做文章。尽管每涉怪力乱神之辞，以"南谷曰"领起的文末自评必以有助世道为之辩护，如评《毛娇娘传》"如毛娇娘事亦怪异，余闻而传之，盖神禹图山川异怪传于九鼎，使人先知所避无患焉，非为后之好语怪者道耳"，评《竹亭听笛记》"足以为世道戒，故录之；虽曰涉于怪诞亦不暇论也"❸，但在事实上很难改变"劝百讽一"的阅读效果了。

总体而言，这一时期的评语在拾遗补阙、淑世问道的"史余"定位和炫奇谈怪、属意果报的"娱乐"属性之间进行拉锯，后者不敢贸然褪下"合理化"外衣，故而前者终究占了上风。在本阶段的评点本中，唯有署名刘辰翁评点❹的《世说新语》在文辞和人物的审美鉴赏方面创获较丰。可以说，本阶段的评点以资料性、训诫性内容为主，处于从偶发的评论性语词到真正的小说评论的过渡时期。

❶ （宋）乐史：《绿珠传》《杨太真外传》，涵芬楼刊张宗祥校明抄本《说郛》。
❷ （宋）岳珂：《义骍传》，《四部丛刊续编》影印常熟瞿氏铁琴铜剑楼藏元刊本《桯史》。
❸ （明）雷燮：《奇见异闻笔坡丛脞》，国家图书馆藏明弘治十七年(1504)刊本。
❹ 署名刘辰翁的评语真实性存在争议，具体请见潘建国《〈世说新语〉元刻本考：兼论"刘辰翁"评点实系元代坊肆伪托》（《文学遗产》2009 年第 6 期）、周兴陆《元刻本〈世说新语〉补刻刘辰翁评点真伪考》（《文艺研究》2011 年第 11 期）、丁豫龙《〈世说新语〉刘辰翁评点研究——中国小说评点之祖的商榷》（《成大中文学报》2014 年第 44 期）。无论评语是否出自刘辰翁，观之内容，当为不乏识具的文士所撰。为表述严谨，本编提及元刻本《世说新语》评者，均于"刘辰翁"之前添上"署名"二字。

第二节　万历至崇祯：成熟兴盛期(1573—1644)

　　万历以降，文言小说评点迎来了井喷式的发展。本阶段不足百年，在四个阶段里是时间跨度最小的，但诞生的文言小说评点本却为数最多，足占总量的四成有余。更重要的是，从本阶段起，带有明确文字标识和格式标识的评语正式出现，评点形态趋于多样，鉴赏性评点显著增加——关于这几个方面，下文将做详谈。这里仅就这一时期文言小说评点本的若干新特点展开说明。

　　其一，丛钞类文言小说大量出现，由于这类小说评点本中的相当一部分评点是随正文一同从其他书籍摘录而来的，后人或可循着评点顺藤摸瓜，查考小说的素材来源。以潘之恒所辑的《亘史》和《合刻三志》两部书为例。《亘史》之《王翠翘》所叙故事乃一时热点，众多文人皆有涉笔，但据文末"外史氏曰"的评语内容，可知此为徐学谟所作，出自徐氏《海隅集》。同理，《梅妃传》文末"赞曰"及编者识语，应是照搬自《说郛》。❶ 再看《合刻三志》，此书文末评语题署多样，但依此法可知《义妓传》之评参考了《情史》，《续齐谐记》摘自七卷本《虞初志》，因此还破坏了《合刻三志》的评点体例，出现了全书仅有的一处眉批。❷ 又如，世德堂本《新镌批点出像一见赏心编》的"杂传类"篇末评，与同是世德堂刊行的《绣谷春容》"寓言摭粹"类评语保持一致，仅在部分正文和原有自评部分略施眉批。❸ 马嘉松辑《十可篇》时，如遇原书自带评语的情况，便不另增议论，只是摘录原评，并加以注明。该书选自冯梦龙《智囊》的《孔子》和《陆文裕》两篇，以及选自朱国桢《涌幢小品》的《吕光洵》一篇，在评语处皆标"原评"，便是此意。❹

　　其二，围绕同一主题的文言小说选本成批出现，此可权称"专题小说"。具言之，本阶段涌现出了"世说体"、智书类、谐谑类等不同专题的小说评点本，每类各有十余种。"世说体"即《世说新语》及其续书、仿书。正是此类小说开启了彼时

❶ (明)潘之恒辑，潘弼亮整理：《亘史》，台湾图书馆藏天启六年(1626)天都潘氏家刊本。
❷ (明)冰华居士编：《合刻三志》，美国国会图书馆藏明刻本。
❸ (明)洛源子编评：《新镌批点出像一见赏心编》，国家图书馆藏明世德堂刻本。
❹ (明)马嘉松辑：《十可篇》，《四库全书存目丛书》影印中国科学院图书馆藏明崇祯刻本。

"专题小说"的评点之风。自嘉靖朝始,"世说体"小说的刊刻逐渐升温,《世说新语》的不同评点本以及其他"世说体"的评点本也流传不辍。诸如王世贞删定、李卓吾批点的《世说新语补》等评点本还远播海外,甚至衍生出日本和刻本❶、朝鲜实录字本《世说新语补》❷,对整个东亚汉文化圈产生了深远的影响。

就在同一时期,一批文人借助智书类小说的编纂来关切时局,以古鉴今。《智品》编者"以为天下事无不济于智者";❸《益智编》编刊于"时局日非,当事者有功成之危"之际;❹《智囊补》之所以成书,也是因为"感时事之棼丝,叹当局之束手,因思古才智之士必有说而处此,惩溺计援,视症发药"。❺ 此类小说的评点,在崇智风潮的统摄下呈现出一定的共性。❻

面对同样的社会状况,与智书类小说与现实短兵相接的姿态迥异,谐谑类小说以逃避抑或自娱的心境,在板荡的末世求取精神的庇荫和狂欢的借口,极大地迎合了通俗化、娱乐化的时代趋向。《绝缨三笑》书前序文《辑三笑略》在陈述《时笑》的成书经过时说:"笑话旧俗刻无论,近刻收稍广而加以议论者。"❼根据卷首落款的时间,此书刊于万历四十四年(1616),可见谐谑类小说评点成势较晚,是晚明时兴的现象。该序文内列举了《笑林评》《笑赞》《笑府》三书,应是根据问世

❶ 李评本在日本流行甚广,多部和刻本据之翻刻,如元禄七年(1694)林九兵卫刊本(台北广文书局 1980年重印)、安永己亥(1779)刻本(北京大学图书馆藏本、上海图书馆藏本)。日人碛允明云:"临川之《世说》,已得孝标之注,愈妙也;世贞补之,亦妙哉! 小美既锲之,豫章以还,诸刻稍多,而李老批评本最行于海之内外云。"见《重刻世说新语补跋》,安永本《李卓吾批点世说新语补》。
❷ 参见[韩]卢庆熙:《显宗实录字本〈世说新语补〉出版与流传的文化史意义》,《韩国汉文学研究》2013年第 52 辑。
❸ (明)于伦:《叙》,樊玉冲辑:《智品》,国家图书馆藏明万历四十二年(1614)刻本。
❹ (明)邬鸣雷:《益智编序》,孙能传辑:《益智编》,《四库全书存目丛书》影印北京大学图书馆藏万历刻本。
❺ 梅之焕:《智囊补序》,(明)冯梦龙辑:《智囊补》,魏同贤主编:《冯梦龙全集》,影印浙江省图书馆藏明末刻本,上海古籍出版社 1993 年版,第 1—2 页。
❻ 智书类小说的远源,可追溯至南宋皇室后裔赵善璙的《自警编》。《自警编》按类收着了北宋名臣大儒可为法则的嘉言懿行,用以自警。此书在嘉靖、万历两朝屡经重刻,嘉靖王文禄的《机警》自序中说"书史中应变神速、转败为功者,录以开予心",莫不受此影响。万历一朝,《省括编》《益智编》《智品》等智书不惟在编纂的意图上极为相似,节选、编次、分类、评点的方式也十分雷同。这批小说连同稍晚的《智囊》和《智囊补》往往子史兼收,有条目杂俎、真赝错陈、删削随意、分类欠妥、不注出处等弊病。此中富有小说意味的篇目,无疑区别于普通小说谈谐笑,广见闻的休闲化、私人化风格,也比一般意义上寓劝惩、助世教的小说更具急迫的现实针对性。它们共享着救世急切、风格肃然的样貌以及以古鉴今、干预时下的责任担当,是明末文人在故纸堆中探寻济世良方的具体表现。
❼ 《辑三笑略》,(明)开口世人辑:《绝缨三笑》,原书藏于东京大学文学部汉籍中心,未能亲见。今据大冢秀高著,刘珊珊译:《关于〈绝缨三笑〉》,《明清小说研究》2005 年第 3 期,第 182 页。

先后排次的，大致勾勒了彼时谐谑类小说评点的大致面貌。这类小说汇编的表层目的，如《笑林评》所云是"资谈谐"❶，而其深层目的，则如"梁溪文通子叶昼题"之《笑林评序》介绍，"多借古今事林以寓所欲言，热棒痛喝，真为人天眼目"。而谐谑类小说编者之"所欲言"，不但寓于正文，也见诸评点。署名"憨憨子"、实为《笑林评》编评者杨茂谦所撰的跋文，特别强调了这类小说评语的重要性："《笑林》二卷，无非可笑，而一则一评，评尤可笑。"这些评语，或是褒贬人物、讽刺时风、推演事理，或是提示笑话流行过程中存在的不同版本。另有少数评点，例如杨茂谦之于《笑林评》、冯梦龙之于《笑府》、赵南星之于《笑赞》，具有少许文人化的色彩，注意到了语言的特点和效果。

　　总的来说，这批小说的评点各有所属专题的共同特色。"世说体"评本围绕条目的归类聚讼纷纭，形成了"以类为评"的批评方式，在《世说新语》评点接受史上意义深远。❷ 智书类小说评点强调学习古今智术的可能性和必要性，其评点的形式及个中观念，直至清初赵吉士《寄园寄所寄》"智术"类犹余波不绝。❸ 谐谑类小说的评点多为条末评，少数附带眉批。这些评语少量是肯定式的，评者从条目内容里提炼道理、度人金针；绝大多数评语是否定式的，从就事论事出发，以借题发挥为指归，重在批判某类世人或某种风气。以浮白主人《笑林》为例，书中《富翁戴巾》一条评语分作两层，分别用以评价具体事件和指摘同类弊病。❹

　　其三，在晚明时期，汇辑多位评者批语的文言小说集评本纷至沓来。晚明文言小说集评本之兴起，是建立在印刷技术更新和出版行业发展的基础之上的。一方面，此二者使得编者能够更加便捷地掌握多种评本，以之作为集评的文献材

---

❶《笑林评》卷上"有咏渔父"条评语："诗家多此病，余尝荟之以资谈谐，姑识其一。"《续笑林评》第一条的评语也说："此笑惊天动地，取为《续林》压卷。"参见杨茂谦辑：《笑林评》《续笑林评》，《明清善本小说丛刊》影印日本内阁文库藏万历三十九年(1611)刊本。

❷ 参见林莹：《"以类为评"：〈世说新语〉分类体系接受史的新视角》，《中南大学学报》(社会科学版)2019年第6期。

❸ 此书在编辑方式和评语结构等方面，均可看出《智囊》的影响——本书首卷即名为"囊底寄"，《凡例》业已说明"凡《智囊》已载者，概不复采"，评语亦如《智囊》，分为总叙、小引、条末评三层。

❹ 此条写"财主命牧童晒巾，牧童晒之牛角上。牛临水照视，惊而走逸。童问人曰：'见一只戴巾牛否？'"条末评的两层意义之间用"○"隔开，曰："此牛自知份量，胜却主翁多许。○迩来术士、闲汉，无不戴巾者，反觉有穷相，不若滂头帽子冠冕。"见(明) 浮白主人辑《笑林》首条，国家图书馆藏《破愁一夕话》明刻本。

料;另一方面,套印技术的诞生也为区分诸家评点提供了形式上的便利。明末凌氏朱墨套印《虞初志》即为典型的集评本,其《凡例》云:"批评悉遵石公遗本,复采之诸名家,以集众美,使观览者一展卷而《虞初》之精彩焕然在目矣","诸名家评语,各出所见,参差不齐。故各标姓字,以俟具目者鉴之"。❶ 套印技术不仅使诸家评点众美云集成为可能,也使《虞初志》一书灿然精致,耳目一新。

再以"世说体"评点本的集评情况为例。万历十三年(1585)张文柱刊印、王世贞删定本《世说新语补》是明代集评"世说体"的嚆矢之作。全书择取《世说新语》的十之七八,与何良俊《何氏语林》的十之二三合为一书。书中出自《世说新语》的选文,附上了刘辰翁、王世懋二人评语,眉端分别标为"刘云"和"王云"。与后来的"世说体"集评本相比,王世贞《世说新语补》所汇评家数量并不算多,但它首次将刘、王两家评语并置而观,王评的因袭发挥之处益显鲜明。随后,凌濛初《世说新语鼓吹》收录了包括他自己在内的十二家批注,又新添了杨慎、陈基虞、王乾开、张凤翼、吴安国、郎瑛等人评语,皆辑自各家文集。由《凡例》可知,凌氏对刘、王两家评点尤为认同:"刘会孟谭言微中,王敬美剔垢磨取:诸家指陈,皆足发明余蕴,不佞参考,颇亦有功。"❷凌濛初从兄凌瀛初刊行的《世说新语》更是采用了四色套印术,将刘应登、刘辰翁、王世懋之评分别对应于黄、蓝、朱三色。除了颜色有异,三家评选用的字体也有所区别,开卷观览,赏心悦目,又一目了然。张懋辰订本《世说新语》汇集的评者数量堪称"世说体"集评本之最,有刘应登、刘辰翁、王世懋、王世贞、李贽、王乾开、凌濛初、杨慎、袁宏道、陈继儒、陈梦槐、黄辉、王思任、张懋辰等,诸家评语皆缀于条末。在"世说体"的仿作中,明末张墉所辑《廿一史识余》亦集诸家之评,眉批多标以"某某曰"。除编者和订者数人兼任评者之外,评语还来自唐顺之、钟惺、柴世亮、顾起元、郑中燮、洪吉臣等,殊难尽举。❸

其四,此时期文言小说评点的商业化特征更趋显著。这表现在三个方面。

一是敦请名人评点,打造广告效应。《舌华录》之袁中道《序》述及自己评点

❶ 七卷本《虞初志·凡例》,国家图书馆藏明末凌氏朱墨套印本。
❷ 凌濛初:《世说新语鼓吹·凡例》,上海图书馆藏明末刻本。
❸ (明)张墉:《廿一史识余》,《四库全书存目丛书》影印安徽大学图书馆藏明崇祯十七年(1644)刻本。

此书的因缘：郝公琰来函，介绍其友人曹臣新编的《舌华录》一书，并邀请他予以评校，由于"邮者取回甚急，（袁氏）不得已，强一披阅"。❶ 这解释了袁氏评语简略的原因，也昭示了小说编刊者力求速售的心理。明刻《评释娇红记》是小说《娇红记》现存的唯一单行本，卷首题署"闽武夷彭海东评释 建书林郑云竹绣梓"。经查考，这位彭海东在万历二十至三十年间（1592—1602）颇为活跃，可谓晚明时期经验颇丰、知名度高的评释者。他与书坊主郑云竹屡屡合作，以"宗文书舍"名义发行的书籍多达数十种。❷ 此外，这一时期还出现了评点本假托名家的特殊出版现象，这与此时白话小说评点的冒名情况十分相似，留待后文详述。❸

二是催生了适应于商业销售的新型出版策略。此时一些精明的书坊主，把主题相关的小说附在戏曲剧本之前，兼取托名和精刻两种手段，以期自己出品的书籍在市场上占领一席之地。晚明的"书林萧腾鸿师俭堂刊本"《鼎镌陈眉公先生批评绣襦记》书前附有《陈眉公批评汧国传》，无署名的朱墨套印评本《绣襦记》书前附有《汧国夫人传》，《鼎镌陈眉公先生批评西厢记》书前附有《鼎镌陈眉公先生批评会真记》。这几部小说戏曲单行本，无不评语丰赡、印制华美，堪称一时经典。除此之外，不少书坊创新地推出分层设类的通俗类书，上、下栏分别刊刻不同内容，用以同时满足大众读者的多种阅读需求。《国色天香》《绣谷春容》《燕居笔记》便是此中代表。在这批畅销书中，评点扮演着引导读者的关键角色。其中评点形态最为完备的文言小说，非余公仁辑评本《燕居笔记》莫属。

三是晚明的一些文言小说被反复刊印或多次收录进不同选集，新刊本、新选本对于评点有意识地更新或袭用，均凸显了评点之于出版、销售的重要意义。新刊本的评语更新以浙江图书馆藏本《智囊补》为例。顾名思义，《智囊补》是《智囊》的续编，而处于《智囊》与浙图藏本《智囊补》之间，还有一个过渡的本子，即积秀堂本《智囊补》。对照两个版本的《智囊补》，可以看出浙图藏本《发凡》所说绝非虚言，"各条有与原刻不同者，始略而今详也。其评辞，亦间有改窜，时露新裁"。❹

---

❶ （明）袁中道：《舌华录序》，曹臣辑：《舌华录》，《四库全书存目丛书》影印清华大学图书馆藏明万历刻本。

❷ 参见林莹：《稀见明刻单行本〈评释娇红记〉新考》，《励耘学刊》2021年第1辑。

❸ 参见本编第四章。

❹ （明）冯梦龙：《智囊补·发凡》，魏同贤主编：《冯梦龙全集》，影印浙江图书馆藏明末刻本，上海古籍出版社1993年版，第2页。

在新选本的评语袭用方面,《风流十传》与余公仁本《燕居笔记》,《鸳渚志余雪窗谈异》与《清谈万选》这两组评语的雷同现象值得关注。余公仁本《燕居笔记》中《钟情丽集》《双双传》二文未署名文末评,与下帙的篇首题词及夹批,应当一同录自《风流十传》。❶《鸳渚志余雪窗谈异》与《清谈万选》评语的相似度更高。一般来说,《鸳渚志余雪窗谈异》的篇末评常常遭到拆解,零散地分布在《清谈万选》的不同眉批当中。例如前书之《秋居仙访录》篇末评,在后书的《吴生仙访》里拆分为两条眉批,前书之《硖山遇故录》篇末评,同样散见于后书的《贝琼遇旧》一篇,变为六条眉批。二书的具体关系还待考察,可以确认的是,《清谈万选》的成书定然与《鸳渚志余雪窗谈异》有所关联。❷ 而对《鸳渚志余雪窗谈异》已有评语颇费心思的袭用和拆分,正说明了《清谈万选》编刊者重视评语、利用评语的商业敏感。

第三节　清初至乾嘉：承袭新变期（1644—1820）

　　清初至乾嘉时期的文言小说评点,一言以蔽之,曰承上而启下。一方面,晚明丛钞类小说的编纂风气仍在持续,评点依然可以作为追索材料来源的一种依据。康熙时期,张潮所编辑的《虞初新志》有部分作品自带原评:毛奇龄《陈老莲别传》文末有未署名的"原评",王晫《看花述异记》有袁箨庵、李湘北、徐竹逸等人评语,徐瑶《髯参军传》援引唐铸万评语,钱宜《记同梦》文末附闺秀顾启姬的评语。嘉庆朝郑澍若《虞初续志》继承了《虞初新志》的体例,书中毛奇龄《曼殊回生记》、陆陇其《崇明老人记》等文末均另行列出"原评云",陆次云作品后有高澹人、汪东川之评——在康熙年间刊印的陆氏文集中,已见此二位的评语。

　　另一方面,《聊斋志异》《阅微草堂笔记》这两部代表了清代文言小说不同风格的扛鼎之作诞生于此时,开启了文言小说评点的崭新局面。若从二书自身的

---

❶ 本书中篇传奇小说《三奇志》《钟情丽集》《双双传》《三妙传》《天缘奇遇》《拥炉娇红传》《怀春雅集》《五金鱼传》直接挪用自《风流十传》,"惟《钟情丽集》前半及《风流十传》未收的《刘生觅莲记》,另采自《万锦情林》",参见陈益源:《从〈娇红记〉到〈红楼梦〉》,辽宁古籍出版社1996年版,第8页。

❷ 关于这一问题,可参见任明菊、任明华:《〈古今清谈万选〉的编者、来源、改动及价值》,《喀什师范学院学报》2011年7月。

评点本来看，这一阶段的情况略有不同：《聊斋志异》评点本集中出现，先后登场的评者有王士禛、王金范、王东序、方舒岩、王芑孙、何守奇等；《阅微草堂笔记》的评点本迟至下一阶段方才姗姗而至。

不过，抛开各自的评点本，二书此时的影响力体现出了很大的共性。它们的影响既广且深，不管彼时文人承认与否，它们都像磁铁一般，对后来者创作、批评的路线造成引力或斥力。二书很快完成了经典化的过程，作为文言小说的两种"标准"，迎接着无尽的仰望、反复的效仿，以及有意无意、或明或暗的较量。这一时期的评者在指称《聊斋志异》《阅微草堂笔记》过人地位的同时，也会策略性地提升自己所评对象的意义，将之视为在价值上堪与二书相提并论，甚至在局部上已超越二书的佳作。就如光绪刻本《里乘》序文称此二书"皆龙门所谓自成一家之言者"，复又自谦"岂敢望鼎立于蒲、纪二公间哉！"❶这种自谦里面，未尝没有自信、自重的意味。咸丰时高继珩《蝶阶外史》书前有《评跋》两则，分别由两位友人撰写。《评跋》其二曰"古今稗官凡数十种，能与《阅微草堂笔记》《聊斋志异》骖驔者甚属寥寥"，旋即便称"尊著卷帙无多，足征博雅，而笔力运掉，可挽千钧。方之《草堂》《聊斋》，允堪并美"。❷

咸、同之间解鉴的《益智录》虽为《聊斋志异》的仿作，也不可否认地受到了《阅微草堂笔记》的影响。观之叶芸士、杜鹃等人序文，皆评此书较之《聊斋志异》有优胜处："虽与《聊斋》同一游戏之笔，而是书独能有裨于世道，是其读书养气之功，视《聊斋》差有一长也"，"大异乎《聊斋》之呵神詈鬼，以抒其抑郁牢骚之气者，斯言当矣。顾余尤喜其逼肖留仙，而无刻意规摹之迹，是真善学前贤而遗貌取神者"。杨祺福的序文则并称二书："《聊斋》善摹情景，抽密呈妍，穷形尽相，才子之文也，其间嬉笑怒骂，无所不有，可为劝惩者十之三；《阅微草堂》则善谈理致，牛毛茧细，推敲辨晰，期于理得心安而后已，著作家之文也。不矜雕饰，不事穿凿，可为劝惩者十之七。"❸《益智录》每篇后皆有作者篇末自评，仿《聊斋》之"异史氏曰"作"虚白道人曰"，卷一《狐夫人》评语，甚至直接蹈袭卷一《娇娜》评语。❹ 不

❶ （清）许奉恩：《里乘》之《自序》，《续修四库全书》影印光绪常熟抱芳阁版。
❷ （清）龚庄：《评跋》，高继珩：《蝶阶外史》，国家图书馆藏咸丰庚申(1860)重刊本。
❸ （清）解鉴撰，王恒柱、张宗茹校点：《益智录：烟雨楼续聊斋志异》，人民文学出版社1999年版。
❹ 彭美菁：《〈聊斋志异〉影响之研究》，台湾中正大学2003年硕士学位论文，第61页。

过，杨祺福在序中称赞这样的作者自评，竟不从《聊斋志异》出发，而论其神似《阅微草堂笔记》：“虚白道人评语，则不悖于《阅微草堂》之旨也。”❶

诸如此类的表述举不胜举，俱言彼时文人在两部巨著笼罩下的复杂心境——既以无限接近二书为喜，又不甘于亦步亦趋；既承认二书难以逾越，又视眼前作品已更胜一筹。上一段的引文皆出自这一时期文言小说评本序跋中，而在小说评语里称引二书的现象更是所在多有。朱作霖评《对山书屋墨余录》之《媚姝殊遇》曰：“试于香清茶热时，静读一过，如觌《聊斋》副墨也。”❷许秋垞《闻见异辞》文末自评曰：“花样精神玉样身，巧将诗句缔良姻。风流若拟《聊斋》笔，青凤而今有替人。”❸金心山评《狯园》卷十四《帚精》“《阅微草堂记》与此同”，评卷十六《毛面人》“《阅微草堂》亦载此事”。❹

这一时期，除却《聊斋志异》和《阅微草堂笔记》送来的新气息，还出现了有清一代文言小说评点的三种新表现。

首先，前引张潮《虞初新志》、郑澍若《虞初续志》，再加上黄承增《广虞初新志》，三部书所代表的清代“虞初体”小说选本及其评点之新变令人瞩目。“虞初体”以嘉靖时陆采《虞初志》为滥觞，其主要标志有三：大多记一人之始终；内容上尚奇述异；文笔上长于描摹。自张潮编辑《虞初新志》始，又发展出了两个新特点：一是把“奇”向伦理纲常的维度拓展，非但将人物的忠孝节义推向极致，复借动物极端异况的诸种情形来补益人心；二是强调内容的当代性，“事多近代”，“文多时贤”❺，所收作品皆关涉时贤近事。清代“虞初体”的更新，自然如同多米诺效应，会为“虞初体”评点带来以下若干新变。其一，清代“虞初体”评点注意到了人物“合传”这种未见于明代“虞初体”的新形式。《虞初新志》中，金棕亭评方苞《孙文正黄石斋两逸事》“望溪文直接史迁，今连缀二事，亦宛然龙门合传之体”。这与作者、编者在文体选择上的自觉是一致的。❻其二，清代“虞初体”小说的作

❶ （清）解鉴撰，王恒柱、张宗茹校点：《益智录：烟雨楼续聊斋志异》，人民文学出版社1999年版。

❷ （清）毛祥麟：《对山书屋墨余录》，国家图书馆藏清同治九年(1870)湖州醉六堂刻本。

❸ （清）许秋垞撰述：《闻见异辞》，国家图书馆藏光绪四年(1878)《申报馆丛书》铅印本。

❹ （清）钱希言：《狯园》，《续修四库全书》影印国家图书馆藏清抄本。

❺ （清）张潮：《虞初新志·自叙》，《古本小说集成》影印上海图书馆藏康熙刻本。

❻ 《虞初续志》收录邵长蘅《侯方域魏禧传》，作者自记：“侯方域、魏禧，操行不同。予论次两家文，乃合传之。”《广虞初新志》中《两女将军传》编者注曰：“云英事已见毛西河文，而毛文骈体，故并刊。”

者、传主、评者、编者之间，存在空前紧密的关系。《虞初新志》的编辑得益于友人投赠和公开征稿。《虞初新志》在康熙二十二年（1683）至三十九年（1700）间编刊完成，书中的一位作者陈鼎，在其自刻于康熙三十七年（1698）的文集里便收录了张潮之评。陈鼎能及早看到涨潮对自己文章的评语，可见其与涨潮过从之密。这并非孤例，在清代"虞初体"作者群中，往往存在这样的现象：一篇文章的作者，很可能就是另一篇的传主或评者。杜濬《张侍郎传》的评者陈维崧，也是此书多篇文章的作者。如果说清代"虞初体"在选文题材、作者、评点诸多方面发掘新趋势的同时，又陷入了某种新的定势，这种文人"共同体"的强化，即为原因之一。

其三，清代"虞初体"小说的社会性增强了，肩负起纪实、教化之功用；对应的一面也就是内容的杂芜化和小说性的弱化。明代"虞初体"的文体定位是相当清晰的。《虞初志》曾被誉为"小说家之珍珠船"，旧署汤显祖《续虞初志》和邓乔林《广虞初志》这两部晚明"虞初体"小说的序文，不约而同地强调"小说"概念如何包罗万象。与此形成对照的是，清代"虞初体"究竟属于何种文体，言人人殊，莫衷一是。❶ 不过，从提供篇末自评的作者立场来看，他们自署的别号仍透露出以创作"野史""外史""街谈巷语"自居的"稗官"心态。例如，吴肃公《五人传》自评署"街史氏曰"，吴伟业《柳敬亭传》自评署"旧史氏曰"，张明弼《四氏子传》、余怀《王翠翘传》自评署"外史氏曰"，张总《万夫雄大虎传》自评署"南村野史曰"，黄周星《补张灵崔莹合传》自评署"畸史氏"，徐瑶《太恨生传》自评署"幻史氏曰"，等等，这应成为今人试图理解清代"虞初体"时不可忽视的材料。

这一时期文言小说评点新表现，其次体现在"同事异辞"现象（或曰"同题材"写作方式）的出现。此前虽有"同事异辞"现象，但较为偶发，例如袁柳庄善相术之事，明人《白醉琐言》《庚巳编》二书皆录。❷ 到了清代，这种现象既已极为常见，评点者愈发加以留意，终而贯通了整个清代。《广虞初新志》收录冯景《书明

---

❶ 如陈文新将《虞初新志》定位为清代传奇小说（《文言小说审美发展史》），吴志达将《虞初新志》中《大铁椎传》等作品称为"传记性文言小说"（《中国文言小说史》），占骁勇认为此类作品是"类似小说的传记文"（《清代志怪传奇小说集研究》），李军均指出清代"虞初"系列选作"界乎文集与说部之间"（《传奇小说文体研究》），陆学松认为《虞初新志》选文大部分是源于史传、强调"纪实性"的"传记文学作品"，还有部分作品内容承继自唐传奇，采用人物传记的写法，属于荒诞离奇的"传记体小说"（《〈虞初新志〉中传记文研究》）。参见李琰：《〈虞初新志〉研究》"综述"部分，中国人民大学 2017 年硕士学位论文。

❷ 王兆云《白醉琐言》原书已佚，见《坚瓠广集》卷五所引"丐儿还金"。参见石昌渝：《中国古代小说总目·文言卷》，山西教育出版社 2004 年版，第 5 页。

亡九道人事》，文末蒋蒋村评曰："虽见心斋前刻，而文各异，故并录。""心斋前刻"即指张潮《虞初新志》。同书中，黄承增评汪道昆《查八十传》："查八十已见顾黄公所传桂岩公诸客中，而此详于彼，故并录。"评《两女将军传》："云英事已见毛西河文，而毛文骈体，故并刊。"❶"同事异辞"的详略之别、骈散之异，都逃不出评者的细察，而此处的评者亦即编者，也以平等、宽容的眼光对这些"同事异辞"兼收并蓄。同样，《虞初续志》的评语也多与"前志"即《虞初新志》对照，辨析二书的"同事异辞"书写。例如，评邱维屏《述赵希干事》"此篇与前志少异，故录之"，评蒲松龄《林四娘记》"前志有《林四娘记》，吾闽林西仲先生文也。其中事迹，与此篇迥殊……此实陈公任青州道时之事，留仙自当详悉颠末……录之以见与前篇传闻之异"❷，既表明了收录理由，又考辨了信从的基础。这类情形不仅存在于"虞初体"的评点中。这一时期，《聊斋志异》的评者方舒岩对此也有所关注，他为卷三《林四娘》撰评曰："按林西仲《縠音集》云……与此迥异。《聊斋》岂传之非真耶？且陈为林面述，嘱记其事，似较可信"，又评卷一《叶生》"此与沙定峰前辈所记侯官老儒事异而情同"，《水莽草》"此与宋射陵所传《鬼孝子》同"。❸ 比他稍晚的《聊斋志异》评者何守奇，也尝论书中《王者》一篇"此事累见他书，不无少异，要是剑客之流"。❹

最后，采用骈体来撰写文言小说的序跋和评语，渐次成为乾嘉时期新风尚。康熙朝张贵胜《遣愁集》前附一篇署名顾有孝的骈文序言，而《聊斋志异》书首《聊斋自志》，以及书中《犬奸》《叶生》《赌符》等篇末自评均以骈文书写。这表明，早在清初，骈文序评已间或出现。乾嘉以后，顺着骈文中兴之势，骈体的序评更是蔚然成风。《聊斋剩稿》是文言小说《萤窗异草》的前身，在其乾隆时期稿本当中，署名"外史氏曰"的篇末评皆采用四六句式。《萤窗异草》稍后出场，书中一编卷四《固安尼》所附"余友邵次彭"《解冤经》、二编卷一《酒狂》所附《莺莺灰》、二编卷四《子都》所附戏拟之祭文均为骈文。❺ 与之类似，乐钧《耳食录》成书于乾隆时，

❶ （清）黄承增辑：《广虞初新志》，国家图书馆藏嘉庆八年（1803）寄鸥闲坊刻本。
❷ （清）郑澍若辑：《虞初续志》，《续修四库全书》影印咸丰元年（1851）小琅嬛山馆重校刊本。
❸ 方舒岩评本《聊斋志异》藏于安徽省博物馆，原书未见。今据汪庆元、陈迪光《方评〈聊斋志异〉评语辑录》《方评〈聊斋志异〉评语辑录（续）》二文（《蒲松龄研究》2001 年第 1、2 期）。
❹ （清）蒲松龄著，何守奇评：《批点聊斋志异》，法国国家图书馆藏清末一经堂刊本。
❺ （清）长白浩歌子：《萤窗异草》，《续修四库全书》影印光绪《申报馆丛书》本。

其中二编卷三《并蒂莲》的文末评亦为骈体,二编卷八《痴女子》写一痴女子以读《红楼梦》而死,评者更是以骈文之体,长篇敷演《红楼梦》的"真情说"。❶ 同一时期沈起凤的《谐铎》,书前有韩藻、王昶、马惠等人的骈文序跋,沈氏本人为卷一《兔孕》、卷七《无气官》、卷九《眼前杀报》撰写自评时,也习用骈体之句式,甚至《无气官》一篇还专门以骈文"戏作广文先生四书文,附录于此,以博一笑"。❷ 时至嘉道两朝,方舒岩评本《聊斋志异》、《影谈》的自评和他评仍然多见骈体评语,《蟫史》《六合内外琐言》《守一斋客窗二笔》《蕉轩摭录》《铁若笔谈》的部分序文,亦同样以骈体撰成。

第四节　道光至宣统:守成衰退期(1820—1911)

这段时间的文言小说亮点不多,又因有《聊斋志异》和《阅微草堂笔记》珠玉在前而益显晦暗。《醉茶志怪》作者李庆辰在写于光绪十八年(1892)的《自叙》中提到:"一编志异,留仙叟才迥过人;五种传奇,文达公言能警世。由今溯古,绝后空前。"将蒲松龄和纪昀两书的超群地位展现无遗。李氏自己的《醉茶志怪》一书,亦径从《阅微草堂笔记》摭取不少素材❸,但他不以蹈袭为意,倒颇以此而自矜,宣称:"编中事迹有与前贤仿佛者,乃词非虚构,事本直书"。❹

就《聊斋志异》《阅微草堂笔记》二书的评点而言,前者的评点本继承上一阶段的发展势头并继续推进,后者的评点本则在这一时期陆续推出。此时《聊斋志异》主要有两种重要的评点本:道光二十二年(1842)《聊斋志异新评》与光绪十七年(1891)合阳喻氏本《聊斋志异》。这两部评点本的刊行,为《聊斋志异》批评史增添了但明伦、冯镇峦两位极为出色的评者——冯评虽作于嘉庆年间,但直至此书付梓才为人所知。大约在同治末年,收藏家、书法家徐康开始为青柯亭本

---

❶ (清)乐钧:《耳食录》,清同治十年(1871)味经堂重刊本。
❷ (清)沈起凤:《谐铎》,《古本小说集成》影印乾隆五十七年(1792)刊本。
❸ 《醉茶志怪》至少有 11 处素材出自《阅微草堂笔记》,参见秦冉冉:《李庆辰及其〈醉茶志怪〉研究》,山东师范大学 2010 年硕士学位论文,第 69—70 页。
❹ (清)李庆辰:《醉茶志怪·自叙》,天津古籍书店 1990 年影印光绪十八年(1892)刊本。

《聊斋志异》撰评，评语涉及语词、思想、笔法意境和篇章结构等。光绪十年（1884），徐氏挚友赵宗建之侄赵性禾过录批语，并得到了徐氏的亲自校改。❶

在这一时期开始涌现的《阅微草堂笔记》评点本，包括道光二十七年（1847）徐琪选评的《纪氏嘉言》、咸丰年间的翁心存评本、同治年间的徐时栋批注本、光绪三十一年（1905）子延氏评本、光绪三十二年（1906）王伯恭评本等。这些评者多数有任官经历，颇能体会纪昀的文心识见和现实关切。此中最有特色的评者，当推徐琪、翁心存二位。

徐琪《纪氏嘉言》的条目编次与原书不同，或因随阅随录而成，或是多次批览所致。徐评附于篇末，评语主要基于任职地方的亲身经验而加以发挥，因此可为纪昀原文提供更为详细的现实记录，具有深刻的社会意义。而身居高位的翁心存与纪昀在出身、任官和交游等诸多方面都极为接近，故在众多评者之中，翁评体现出与原书最多的共鸣，如评卷十三"于南溟明经"条"身亲阅历乃能为是言"，评卷十五"董家庄佃户"条"虽深文，却近理"等。此外，翁氏也借评语褒抑世态、指示建议，内容涉及修身、齐家、读书、为官等，与纪昀以小说益世的心愿一脉相承。❷

总的来说，本阶段文言小说的评点几乎是前一阶段的复刻版，守成持旧，日渐式微。

一方面，乾嘉时期方兴未艾的骈体序评触目即是，却又新意有限。道光《闻见异辞》、同治《对山书屋墨余录》、光绪《夜雨秋灯录》《夜雨秋灯续录》等小说序文，以及前述《醉茶志怪》的序作和评语皆可为证。

另一方面，评者虽然对"同事异辞"现象保持关注，但大多数并没有展开更为新异或深入的分析。徐时栋评《阅微草堂笔记》卷十二"乌鲁木齐多狭斜"条曰："不知何处小说记一事与此略同，惟是一羊，非十余豕，亦为人所见。疑同一事而传闻异辞者。"评卷十四"张某瞿某"曰："忆此事他小说亦记之。此人不是作事已甚，只是存心太刻薄耳。"❸光绪年间陈彝《谈异》的编者评语，也仅直陈素材的多

---

❶ 参见南江涛：《徐康批校本〈聊斋志异〉初探》，《明清小说研究》2020 年第 1 期。
❷ 本编有关《阅微草堂笔记》评本的内容，若无特别说明，均据胡光明：《〈阅微草堂笔记〉版本与评点研究》，北京大学 2011 年硕士学位论文。特此说明，并致谢忱。
❸ 参见徐时栋批注本《阅微草堂笔记》，国家图书馆藏嘉庆二十一年（1816）北平盛氏重刻本。

种来源，或简述一事的其他异文，资料价值明显高于理论价值。例如，卷二《徐文敬公》条末曰"右见方氏《蔗余偶笔》"，同卷《周大麻子》条末曰"右一条善书中屡载，今于滇刻《丹桂籍》注见之，因忆周大麻子事，牵连录之"；卷四《假长斋》条末曰"记他书中亦有类此者一则。此则近时之事，更足以为劝也"。❶

光绪一朝的这类评点，见于俞樾《荟蕞编》一书《黄洪元》《石哈生　宋石芝》《宋释之》《浦起伦》《孙秀姑》等篇末的"曲园居士曰"❷，曾衍东《小豆棚》之《猴诉》一篇的文末评，《里乘》之《乡场显报》《孙明府》篇末的"里乘子曰"，高继珩《蝶阶外史》之《看鼓楼人》篇末的"外史氏曰"等，情形雷同，兹不赘引。直至光绪末年，《中国侦探案》仍颇常用此类评语，如《东湖冤妇案》文末"野史氏曰……后阅薛叔耘《庸庵笔记》亦载此事，惜乎张公之名已佚之矣"，《慈溪冤女案》文末"野史氏曰：此条曾见于某笔记。后阅大令所著《三异笔谈》，亦载此事"云云。

在这方面稍有变化的是道光年间小说集《埋忧集》的评语。朱翊清的作者自评和此书读者的评语多见"同题异辞"的内容。较之前述这类评语，本书评语对"同事异辞"的关注略有进步。例如，卷一《熊太太》文末"外史氏曰：《熊太太》，余尝得之友人，以为创闻，故特叙而传之。或云此事已见《子不语》，此篇叙事，未知能出其范围否，否则删之可耳"。朱翊清对素材"创闻"性的追求，对叙事"独特"性的重视，在此自评中昭然可见。卷六《夫妇重逢》篇末有朱氏学生蒋季卿的评语，曰："此事余尝见之《熙朝新语》。其间夫人为贼所得一段，则《新语》所未详也，而前后亦间有增损。或谓此先生润色为之耳。然先生多闻，其所据未必皆《新语》所可该，乃其文则以奇而生色矣。"❸蒋评看到了乃师所记与其他异文在文字多寡上的不同，并凸显了《夫妇重逢》在文辞方面的出色表现。

---

❶（清）陈彝录：《谈异》，美国国会图书馆藏清光绪十九年（1893）刻木活字本。
❷（清）俞樾编纂：《荟蕞编》，美国哈佛燕京图书馆藏清光绪七年（1881）申报馆丛书本。
❸（清）朱翊清：《埋忧集》，天津图书馆藏清同治十二年（1873）杭州文元堂刻本。

第二章　文言小说评点的格式与形态

　　文言小说评点的最初形态是较为单一的文末评。一般情况下,当评语系于篇末时,可以通过格式标识或文字标识将其与正文区分开来。❶ 南朝萧绮整理的《王子年拾遗记》篇末评语即以"录曰"领起,这种以"某某曰"为文字标识的文末评在自评中相当普遍,如前所述,这是史传论赞传统影响的结果。其实,作为文言小说文末评借鉴对象的史传论赞,如《史记》的篇末议论"太史公曰",也经历过格式标识从无到有的过程。❷ 手稿本《聊斋志异》篇末"异史氏曰"自评,有时在文末另行低一格领起,也偶有空两格,接于正文之后的。❸ 假若格式或文字标识不够明晰,篇末评在流传中就会面临被遗落的风险。通行本《聊斋志异》卷一《僧孽》篇末有"异史氏"自评:"鬼狱渺茫,恶人每以自解;而不知昭昭之祸,即冥冥之罚也。可勿惧哉!"二十四卷抄本即无此评。❹ 如果排除通行本后增评语的可能,手抄本篇末评之丢失,或许就与格式标识不明直接相关。

---

❶ 文言小说多在篇末垂诫,本编所认为的评点本,仅以有格式或文字标识者为准。详见林莹:《论文言小说篇末评的特点与界定》(未刊稿)。

❷ 今见冠有"太史公曰"的108篇评赞中,多数"太史公曰"为他人所加;另有一部分虽有"太史公曰",但"太史公"并非指代司马迁,而是表明司马迁引用乃父司马谈之语。"在司马迁创造论赞这一形式时,引用了其父太史公的话,形成了'太史公曰'最早的论赞形式。东方朔在'平定'《史记》时,感觉'太史公曰'能醒目地表明是'论赞',于是在没有'太史公曰'的论赞前署上了'太史公曰'。'太史公曰'这一论赞形式便于读者区分本传和司马迁的评论",参见吴名岗:《"太史公曰"式论赞探源》,《渭南师范大学学报》2016年第13期。

❸ 手稿本《聊斋志异》,《中华再造善本》影印辽宁省图书馆藏本。

❹ (清)蒲松龄:《聊斋志异》,齐鲁书社1991年影印二十四卷清抄本,第56页。

第一节　文言小说评点格式的生成

文言小说的篇末评,经历了从格式随机、容易遗失,到格式固定、面貌清晰的发展过程。宋元时期,文言小说的作者或编者自评多数没有格式标识,有的甚至也没有文字标识。委心子编纂的《分门古今类事》成书于南宋乾道五年(1169)。书中部分条目末尾在辑录他书原文的基础上,多出了编者的简略评语,然而因为没有明确的文字或格式标识❶,读者很难分辨正文与评语是在何处分界的,只能根据条末注明的出处按图索骥找到原书,再将此书条目与原书内容进行比对,从而辨认出编者增添的评语。类似这种评点格式随机的情况,在明代以前的文言小说评本中相当普遍。北宋李献民《云斋广录》存有金刻本,书中"丽情新说"门下有三篇小说篇末附评:两篇以"评曰"领起,一篇没有文字标识,仅与正文隔开一字的距离。❷ 宋刻本《新编醉翁谈录》的两处篇末评虽均以阴文❸"醉翁曰"另行领起,但一处顶格,一处低二格出之,格式并不统一。❹

文言小说篇末评的标识统一,是在明代中后期逐渐完成的。❺ 嘉靖朝王文禄《机警》的条末评皆以"沂阳子曰"领起,文字标识已经统一了,但都紧接于正文之后,辨识度仍相对有限。❻ 前文提到,万历以前的评点形态并不固定,旁批和眉批只是依循空间的有无而随机布置,元刻本《世说新语》的"眉批"形态可为例证。❼ 篇末评作为评点形态之一,也于万历之时趋于固定。在周绍濂《鸳渚志余雪窗谈异》万历刻本中,除《东坡三过记》《鬻柑老人录》两篇,其余二十六篇各有

❶ (宋)委心子编:《分门古今类事》,清代《十万卷楼丛书》本。
❷ (宋)李献民:《云斋广录》八卷、后集一卷,据台湾图书馆藏金刊本。
❸ 元刻本《世说新语》的评语也用阴文标注。
❹ (宋)罗烨编:《新编醉翁谈录》,"爱如生"中国基本古籍库所收日本"观澜阁藏孤本宋椠"影印本。
❺ 这一论断主要针对刻本而言,稿本评语的格式标识较为随机。即便到了晚清,方浚颐在同治十三年(1874)前后完成的稿本《梦园琐记》,文末偶附"予曰"或"梦园主人曰"之评,仍无明确格式标识。
❻ (明)王文禄辑:《机警》,《丛书集成初编》影印明隆庆《百陵学山》本。
❼ 此外,历代都有读者见缝插针地将评语写在稿本或刻本上的情形,这种评点形态也很难称得上自觉。比如,晚清徐康批校本《聊斋志异》,天头地脚、行间篇末皆有评语,并不属于有意区分的眉批、旁批和篇末评。徐康批校本的样貌,可见影印本《青柯亭本聊斋志异》,国家图书馆出版社2020年版。

长短不一的文末评，俱以"评曰"领起。❶ 有学者指出："小说作品中密度如此<u>丛</u><u>集</u>——近乎篇篇都有'评曰'的创作模式，在传奇小说史上，却是发轫于周绍濂。"❷

这种篇末评语格式化的趋势，还显著地体现为晚明评者对前代无格式自评的有意调整。同在万历朝，通俗类书《绣谷春容》"新话撷粹"门类专录文言小说选段，条末多附简评，以小字另行降两格作为标识。与所录原文两相比照，编者将篇末自评单独析出的意图昭然在目。例如，"情好类"《杨娟善媚南越侯》篇末另行降两格列出"夫娟，以色事人者也，非其利则不合矣。杨能报侯以死，义也；却侯之赂，廉也。虽为娟，差足多乎"，相当于把《杨娟传》原本属于正文末尾的议论段落剥离出来了。"贤行类"《李娃使郑子登科》的篇末评，也把出自《艳异编》"妓女部"《李娃传》的文末评单独摘出。❸ 同样是这两条评语，在冯梦龙《情史》卷一"情贞类"《杨娟》、卷十六"情报类"《荥阳郑生》之末，也都单独列出，分别标以"房千里曰"和"弇州山人曰"。❹ 这两条评语经受的格式调整表明，一些原属正文有机组成部分的议论，在明末编刊者手中，实现了脱离正文、走向独立的转化。

同在明末问世的七卷汇评本《虞初志》，也传递出编刊者对于篇末自评走向独立的充分认可。此书用特殊符号"⌐"❺或另行顶格等"格式标识"凸显自评的存在，又为这些自评添上"叹曰""赞曰""君子曰"等"文字标识"，用以强调作者录善劝诫的初衷。书中《无双传》《杨娟传》《李娃传》《任氏传》《谢小娥传》等篇的自评，语义重点分别落在叹赏异事、义廉、贞节、真情等。熟悉唐传奇的读者都很清楚，这些自评原仅以"噫""嗟乎""呜呼"之类的感叹词领起，直接跟正文的主体叙述之后，广义上仍属于正文的一部分，并不为作者所特意渲染，也不为读者所格外注目。明末编刊者通过格式或文字标识将它们单独析出，旨在表明自己对于

---

❶ （明）周绍濂评述：《鸳渚志余雪窗谈异》，参见程毅中、于文藻点校：《花影集 鸳渚志余雪窗谈异》，中华书局 2008 年版。
❷ 陈国军：《论〈鸳渚志余雪窗谈异〉的作者、创作时间及其他》，收入《中华文史论丛》第 75 辑，上海古籍出版社 2004 年版，第 120 页。
❸ （明）起北赤心子辑：《绣谷春容》，《古本小说集成》影印明金陵世德堂刊本。
❹ （明）冯梦龙辑：《情史》，魏同贤主编：《冯梦龙全集》影印上海图书馆藏、浙江图书馆藏明刊本，上海古籍出版社 1993 年版。
❺ 主要出现在卷一《集异记》和卷二的唐传奇中，符号后的内容为作者说明或评语。准确地说，是以这类符号划分篇章段落，文末自评往往因此被区隔开来，客观上凸显了自评的存在。

伦理的关切,并唤起他人的分外留心。书中署名汤若士的评者还称道《南柯记》的文末议论"结法全是太史"❶,可见评者也是从篇末评的角度来看待这部分议论的。明末梅鼎祚编撰《青泥莲花记》,对《虞初志》的内容有所袭取,因此,《青泥莲花记》也受这种处理方式的启发,为《李娃传》和《杨娟传》中本属正文的篇末议论文字,新添了篇末评的文字标识"赞曰"。❷

与汇评本《虞初志》对《无双传》的收录和处理类似,天启本《亘史》"外纪"也收录了《无双》,将原本以"噫"领起的无格式评议单独析出,在文末另行顶格,标以"本传赞云",与书中增补的"野史氏云""亘史云"保持格式的统一。这样的情况,在《亘史》"外纪"中比比皆是。如卷四收录宋懋澄的《刘东山》一文,改题《刘东山遇侠事》,也在本无任何标识的文末评议前添上了"宋叔意云"的文字标识。以上所举析出自评的种种例证,无不反映了万历以降编刊者对篇末自评敏感度的提升,篇末评也由此而取得了某种程度上的独立。

假如文言小说评本不止自评一种形态时,格式的区分就显得更为必要了。这种格式的区分,同样是在万历以降大规模出现的。陈俊邦《广谐史》中的自评数量颇多,文字标识为"太史公曰""赞曰""史臣曰""野史氏曰""外史氏曰"等,格式上均另行顶格列出;在偶尔需要附上他人评语的时候,此书便另行低两格列出,以示与自评的区分。

闵于忱的《枕函小史》由《谭史》和《癖史》两部分构成。其中《癖史》的评语分为两种:一是随正文一同采录的署名为屠隆、袁宏道的评语;二是新撰的朱批,即《凡例》所谓"晟水朱评绚烂宇内……读此编者开卷爽然,不鼓掌解颐者谁"是也。从格式的区分来看,屠、袁之评为旁批,朱批则为眉批和条末评。❸ 与眉批、条末评相比,旁批显得零星而粗略,四库馆臣批评此书"各加评点,总不出明季佻纤之习"❹,或许是特别针对旁批而发的。

清代文言小说的评点沿袭了晚明以来的定例,仍以文字和格式的标识来区

❶ 七卷汇评本《虞初志》,国家图书馆藏明末凌氏朱墨套印本。
❷ (明)梅鼎祚:《青泥莲花记》,《四库全书存目丛书》影印国家图书馆藏明万历三十年(1602)鹿角山房刻本。
❸ (明)闵于忱辑:《枕函小史》,《四库全书存目丛书》影印辽宁省图书馆藏明松筠馆刻朱墨套印本。
❹ 《四库全书总目》卷一三二,中华书局2016年版,第1128页。

别不同的评点形态或评点层级。《虞初新志》文末评凡三层：一为作者自评，类似史传论赞，以"某某曰""论曰""赞曰"道出，多另行顶格标出；二为作品自带原评，如毛奇龄《陈老莲别传》文末未署名号的"原评"、钱宜《记同梦》征引的闺秀顾启姬的评语等；三为编者评论，均另行降格以"张山来曰"出之。清代另外两部"虞初体"《虞初续志》和《广虞初新志》，也存在类似的三层评语结构。

在"虞初体"之外，嘉庆朝梓华生❶编写《昔柳摭谈》，篇末另行附上作者自评及其亲友评论，前者以"梓华生曰"领起，顶格出之；后者则低一格，标明评者。❷ 道光朝吴炽昌著《客窗闲话》，文末另行顶格以附作者自评，使用"芗厈曰"的文字标识；另行低一格处，间或呈现方幼樗、黄湘筠二人的评语。❸ 光绪朝胡源祚《采异录》的编者自评和所录篇目自带的原评也设有格式之别：自评另行低一格，评末系小字"源祚"；原评另行顶格出评，并带有文字标识，如出自《秋坪新语》的评语标为"浮槎散人曰"，出自《虞初续志》的文末评统一作"郑醒愚曰"等。❹

有意思的是，日本江户时期的《李卓吾先生批点四书笑》作为一部域外汉文写本，同样存在评点分层、评点格式趋于复杂的现象。此书正文与明末刻本《书笑》基本重合，仅在评语部分略有增删。该写本在《书笑》的原评之外，增加了署名"下士"的评语。"下士曰"之评间或出现，在格式上复降一格或随后列出，连同没有标识的原评一起，构成了两层的评论形式，评语在不同的意义层次之间用符号"○"隔开。❺

第二节　文言小说评点的形态特性

以上所谈为评点的格式问题，主要谈的是篇末评。对文言小说评点的诸种

❶ 新近研究成果表明，梓华生为冯起凤之兄冯跃龙，另著有《梓花楼骈体文》。参见施晔：《〈昔柳摭谈〉作者冯跃龙考：为鲁迅"冯起凤说"正误——兼论该书版本及伪作》，《中华文史论丛》2019 年第 3 期。
❷ （清）梓华生编：《昔柳摭谈》，美国哈佛大学燕京图书馆藏嘉庆二十年(1815)刊本。
❸ （清）吴炽昌：《客窗闲话》，《续修四库全书》影印辽宁省图书馆藏清光绪元年(1875)味经堂刻本。
❹ （清）胡源祚辑：《采异录》，台北新兴书局《笔记小说大观》影印光绪抄本。
❺ （明）开口世人辑：《李卓吾先生批点四书笑》，《明清善本小说丛刊》影印日本内阁文库藏江户初写本。

形态来说,篇末评(包括作者、编者、读者的评语)是出现时间最早、存在范围最广、持续时段最长、产生影响最大❶的一种。篇末评类似于章回小说的回末评,除此以外,与白话小说评点相似,文言小说还有圈点、图赞、篇首评、眉批、旁批、夹批等评语形态。其中,眉、旁、夹批诞生于明中后期的<u>丛钞</u>类小说中,倚赖于晚明印刷术、出版的发展,大体上与白话小说评点的兴盛同步。

表二和图一为186种评点本的评点形态在所处相应时期的占比情况。

表二　不同评点形态占相应时期评本总量的比例资料表

	作者篇末自评	编者评	篇首评	眉批	旁批	夹批
总占比	74/186 39.78%❷	84/186 45.16%	25/186 13.44%	57/186 30.65%	33/186 17.75%	8/186 4.30%
明代以前	10/16 62.50%	6/16 37.50%	无 0	1❸/16 6.25%	1❹/16 6.25%	无 0
明洪武至嘉、隆	2/6 33.33%	5/6 83.33%	无 0	无 0	无 0	无 0
万历以降的晚明	12/78 15.38%	约53❺/78 约67.95%	19❻/78 24.36%	38/78 48.72%	19/78 24.36%	5/78 6.41%
有清一代	50/86 58.14%	20/86 23.26%	6/86 6.98%	18❼/86 20.93%	13/86 15.12%	3/86 3.49%

在进入统计的84种明代评本中,刊刻于万历前的仅有6种:1种刊于弘治年间,5种出现在嘉靖时期。结合前举资料和图势可以看出,万历时期是评点形

---

❶ 域外汉文小说也时时可见篇末评的踪迹。越南汉文小说《见闻录》有"兰池渔者曰",《云囊小史》有"云史氏曰",《野史》有"云史氏曰""逸史氏曰""评曰"等。日本菊池三溪的《奇文观止本朝虞初新志》和伊田百川的《谭海》,也分别有篇末评"三溪氏曰"和"百川曰"。

❷ 本表数字四舍五入保留小数点后两位。

❸ 此一种指的是元刻本《世说新语》。但如前所述,此书的"眉批"是因为刊刻空间受限而产生的。

❹ 同上。

❺ 中晚明小说评本的一部分评语是否为编者所加,殊难确定,故这里取的是约数,总量在53±5之间。

❻ 这19种含篇首评的评本,基本都为"世说体"、智书类、谐谑类小说,以及《祝氏事偶》《亘史》等类书类小说。

❼ 清代评本中的眉批,有一部分是读者阅读时手书其上的(如日本庆应义塾大学藏本《秋坪新语》、国家图书馆藏翁同龢批点本《宋稗类钞》),与中晚明眉批直接包含在印版的情况有所不同;另有一部分是中晚明的翻刻本(如国家图书馆藏本《二刻泉潮荔镜奇逢集》)。

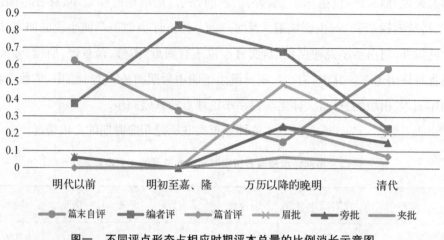

图一　不同评点形态占相应时期评本总量的比例消长示意图

图例：●篇末自评　■编者评　◆篇首评　✕眉批　▲旁批　━夹批

态变化的重要转折点。篇末作者自评在明前和清代两个阶段占比最高，呈现出批评传统成型与回归的态势，指示着此两阶段文言小说创作的文人性和私人性特质。相比之下，晚明的文言小说最具商业性。晚明时期，作者的篇末自评数量遽减，篇首评、眉批、旁批、夹批等各种新兴评点形态则极为繁盛。可以说，万历一朝开启了评点形态愈加繁复和趋于齐备的新阶段。

以万历四十八年（1620）序刊本《闲情野史风流十传》为例，书中《钟情丽集》《双双传》两卷均有丰富可观的评点形态：篇首题解、圈点、眉批、旁批、夹批、文末评，等等。而对《风流十传》有所采录的余公仁辑评本《燕居笔记》，其评点形态则更为多样，一举囊括了圈点、图赞、篇首题词、夹批、旁批和文末评。这种评点形态齐备、评点数量激增的态势，既与彼时出版技术的进步、商业社会的发展密不可分，又与同一时期白话小说评点的发展节奏同频共振。如要细辨此时文言小说与白话小说评点的不同，关键即在于前者出现了大量后者所无的编者评语，这是从钞类文言小说的发展所带来的评点新面貌。

也是在明代中晚期，文言小说评点还零星出现了论赞式评语的案例，如《笑禅录》每则分"举""说""颂"三段，"颂曰"类似于评点，用四句七言偈语来概论作结。❶《虎苑》每篇之末系有三十二字赞语，编者自云评语精简，乃是因为"譬诸

---

❶　（明）潘游龙辑：《笑禅录》，不分卷，《续修四库全书》影印明末陶珽《说郛续》本。

饮食，粱肉取饱，若夫山豆海俎，指多染即厌矣”。❶ 后来《闻见异辞》以七绝作篇末评，可能也受到了这类评本的启发。这类批评音形兼美、内涵隽永，在古代小说评点中独树一帜。

相比于评语，图赞和圈点也具有一定程度的批评属性，但鲜少为后人关注。就文言小说而论，图赞较为罕见，仅散见于一些业已通俗化的小说类书，此处不展开分析。圈点虽则常见，然因体乏定例，向来缺少定论。譬如，嘉庆朝《昔柳摭谈》一书圈点频出，涵括实心圈、实心点及空心圈三种圈点方式，但不同圈点形式究竟如何分工，读者很难确知。根据已掌握的材料，明确对圈点符号做出解释的小说评点本是屈指可数的。本书上编曾举万历刊本《三教开迷归正演义》、天启刊本《禅真逸史》二书的《凡例》以及乾隆年间《妆钿铲传》的《圈点辨异》，用以解释白话小的圈点用法。❷ 而文言小说的类似说明，笔者目前仅见万历时杨茂谦《笑林评・凡例》和晚明汇评本《虞初志・圈点凡例》两例。《笑林评・凡例》曰：“句读从点，佳处从圈，可笑处密点，评有意义者密圈，直批者止圈，句读中有字义双关者重圈。”对于密点、密圈、单圈、重圈的指向做了较为细致、清晰的界定，易于操作和辨识。因笑话文体的特色之一为“谐音”的利用，《笑林评・凡例》还特以“重圈”标出“字义双关者”，相当具有针对性。《虞初志・圈点凡例》给出的圈点样式则更繁杂，颇可见出南宋以来古文选评的影响：

一、大截 

一、小截 

一、开键节目 

一、精彩 ○

一、景色 

一、字法并倩句 

---

❶ （明）王稚登：《虎苑》，《续修四库全书》影印中科院图书馆藏万历十二年（1584）吴氏萧疏斋刻本。
❷ 参见本书上编第三章第二节“小说评点形态之分解”。

一、过脉总结 ◎

"大截""小截""过脉总结"等术语及符号与文义有关。从《虞初志》中实际的使用情况来看,"大截"常常把文末作者赞语或说明与正文内容隔开,"小截"多出现在语义分界处,而"过脉总结"用于标出具有过渡性质的字句。其余的圈点符号,则不时与眉批配合着出现。例如,《续齐谐记·华阴黄雀》以"✑"标出"乃移置巾箱中,啖以黄花"一句,眉批为:"汤若士评:'巾箱''黄花'语,点染甚佳。"《续齐谐记·洛水白獭》以"○"圈出"美静可怜""画板作两生鲻鱼"两句,眉批为:"汤若士评:'美静可怜',是好诗句。又评:画板为鱼,尤佳。"《柳毅传》则以"◥"标出"(引者按:龙女郊野牧羊)风鬟雨鬓"与"(引者按:龙君设宴,与毅)密席贯坐"两处,署名袁石公者分别批道:"只此四字,的是书叙之外,悉以心诚,临行之嘱庶不负却","无数殷勤,只此四字写尽。"❶

圈点的得当运用,自然能使批评有的放矢,事半功倍。不过,即便附有解释圈点的凡例,依然难免有言之未尽的地方。仍以上述汇评本《虞初志》为例,此中部分作品的篇首题目加上了符号"○",但《圈点凡例》并未道明此为何意。实际上,晚明以降,在标题或正文前加有圈点的小说刻、稿本十分普遍,冯梦龙《古今谭概》、李卓吾评本《世说新语补》、王世贞阅订本《白醉琐言》,以及胡源祚《采异录》的光绪抄本,均有相似的现象。究其原因,一部分书籍是通过在标题上加圈,来指示新旧版本之间的内容差异。❷ 万历时期,陈俊邦编撰《广谐史》是为了补充《谐史》之未备,最后使得全书从七十三篇扩增至二百四十二篇。其中,《谐史》旧篇,"悉仍旧刻,新增入者,各于目录上着一圈以别之"。❸《世说新语补》的圈点应当也是同样情况。另有一部分小说,例如《古今谭概》的"题目上加圈",当是表示出批评的意味:"如迂腐部《问牛》,题目上用'○○',表示作品的可读性及趣

---

❶ 七卷本《虞初志》,国家图书馆藏明末凌氏朱墨套印本,卷一、卷二。

❷ 对于新增内容,也有以低一格的方式以作区别的。旧题钟惺批评的明刻本《新订增补夷坚志》,书前目录末附"后学李玄晖、邓嗣德定次"之识语云:"景庐是纪,真可与史册并驱;而伯敬先生复为鼓吹,何异芳兰敬秀、荆玉并辉哉? 第一例浑编、漫无主客,故将增入者,仅录低一字,则两贤之辙轨,同而径异矣。"因书中增订的条目没有文字标识,故编次者选择"低一格"之法在格式上予以区分。

❸ (明)陈俊邦编:《广谐史·凡例》,《四库全书存目丛书》影印清华大学图书馆藏明万历四十三年(1615)沈应魁刻本。

味性。其中，有不加圈、加一圈、加双圈三种，可读性及趣味性随圈数提高。"❶结合一些古代小说片段❷，这个推测应该没有背离古人的阅读习惯，具备一定的可信度。

---

❶ 吴俐雯：《论〈古今谭概〉的编纂体例与特色》，台湾《耕莘学报》2012 年 10 月，第 51 页。
❷ 在《红楼梦》"香菱学诗"情节单元里，黛玉告知香菱自己选出了王维集中的好诗，标题前画了圈圈的便是。由此大致可以感知，施于标题的圈点或许代表着评者对于佳篇的拣选。

第三章　文言小说评点的内容与性质

从文体的定位来看，文言小说既立足于"子部"，自然内蕴"子部"的论说属性。与此同时，文言小说又多少兼有"史部"的训诫属性和"集部"的文采属性。因此，对应着子、史、集部的不同侧重点，文言小说的评语也涵括了以下三类主要内容：佐证主旨的资料性评语，发挥补遗或训诫作用的实用性评语，以及关注艺术效果的鉴赏性评语。

资料性评语的意义不局限于提供资料，更重要的是通过同类资料的累积（即"比物连类"）来佐证观点、强化主旨，以此突出文言小说的"子部"属性。实用性评语或是直接用于补充主流记载的不足，或是试图向读者乃至为官者分享史鉴的教益❶，此可谓"史部"传统的延伸。鉴赏性评语在文言小说评点里出现最晚，但最富有文学的审美性，寻根究源，离不开"集部"的批评特色。如果说实用性评语重视"事理"，鉴赏性评语更关注的就是"文理"。❷ 由此观之，文言小说评点的发展史，其实质便是从仅论事理到兼论文理的转型史。

一般来说，文言小说的资料性、实用性评语多出现在篇末，鉴赏性评语则随

---

❶ （唐）李肇《国史补·序》、（五代）孙光宪《北梦琐言·序》、（金）刘祁《归潜志·序》、（元）杨瑀《山居新话·后序》、（清）王晫《今世说·自序》、（清）王士禛《池北偶谈·自序》，无不强调笔记"大之可以蓄德，小亦可以博识"的作用。参见陈文新：《中国小说的谱系与文体形态》，中国社会科学出版社 2012 年版，第 7—8 页；于兴汉、吉晓明：《试论中国古代小说批评中的'史家意识'》，《山西师大学报》（社会科学版）1995 年第 2 期。

❷ "清代的评点者通过放大、拔高符合其时主流意识的人伦教化和道德劝惩，来肯定《聊斋志异》的意义与价值。从唐梦赉、王士禛到冯镇峦、但明伦都可以强调《聊斋志异》的伦理正确性"；"古代小说评点的思路可以分为两大类：一是论事理，二是论文理，其本质是按八股文的标准评小说。论事者，即'商榷事理'。梁启超将史家'看古人如何应付事物，如何成功，如何失败，指出如何才合理，如何便不合理'的著述，称为'事理学'。"（引者按：梁启超《中国历史研究法》）参见王昕：《〈聊斋志异〉研究三百年——以方法论的线索与转向为中心》，《文学遗产》2015 年第 6 期，第 163 页。

文而设,有眉批、旁批、夹批等。下文分论三类评语的具体表现。

第一节　资料性评语

文言小说的资料性评语,一般是指有关小说素材来源、人物资料、采编经历、写作心境等内容的评语。这类评语可以是作者的自评,也可以是作者亲友等知情者的评语。以《小豆棚》为例,《庄仙人》篇末评为作者友人袁硕夫所撰,评语透露了作者曾七如的写作心态:"作宦不得志于大官强于得罪子民,千古一辙,良可寄慨。七如是作岂自道耶?"同书《人参考》和《小黄粱》两篇的自评分别为"余在边外四年,此条辩证最确,不特得之采访,亦复亲为考据。一物一地,曾无撼饰半字","此条在任城和希斋巡漕行馆作记室时稿"。作者在评语中坦言写作心态,这对读者来说,不啻于便捷获取了一种"知人论世"的阅读路径。

一般意义上的资料性评语易为读者所觉察,不见得有专门解释的必要。倒是相对特殊的资料性评语,包括"附记"和"合看"两类,值得给予额外的关注。严格来说,"附记"的性质介于按语、评语之间❶,以事证文,强化论点。泛而论之,也可视为一种批评。"参看"则指明了小说互文的对象与读者理解的方向。这两种评语在文言小说评本中极为常见,它们的功用都不容小觑。

一　"附记"类评语

在文言小说的篇末,作者、编者、评者习于附记同类事件,庶几成为一种定

---

❶ 少数评点本明确区分了按语和评语,比如凌濛初刻《世说新语鼓吹》用"按"和"凌初成曰"两种文字标识区分了按语与评语,参见潘建国:《凌濛初刊刻、评点〈世说新语〉考述》,《上海师范大学学报》(哲学社会科学版)2004 年第 5 期。值得关注的是,凌濛初开创的"按""曰"之别,为后之刊印者、评点者所继承。在鼓吹本《世说》问世不久后,同样主持会评《世说》的张懋辰,便以"张懋辰曰"的形式引出评点(如《方正》"韩康伯"条"张懋辰曰:壮士居闲,易生忿叹"),以"按"字标示按语(如《任诞》首条"按此首载竹林,见为任诞之始,不宜删去")。

例。宋代《括异志》一书的"附记"和"评语"在格式上是有所区别的,评语出现在条末,另行低一格,以"评曰"领起;而卷九《罗著作》条后随附"富民邓氏"之事,末曰"事与罗绍相近,故附之",没有特别的格式标识。在清人俞梦蕉《蕉轩摭录》的道光刊本中,评语另行顶格,标为"蕉轩氏曰",附记则另行低两格,也略有差异。明人孙能传《益智编·凡例》曰:"事后间附评语,证以事类,或摭旧闻,或摅臆见,特千百中一二耳。凡旧闻冠以姓氏或某书,其出自臆见则第'曰''按'云。"孙能传清楚地区分了"旧闻"的援引和"臆见"的抒发。他用"附记""证以事类"的意图,正如《文心雕龙》解释"事类"所言,"盖文章之外,据事以类义,援古以证今者也"。

不过,"附记"与"评语"两相融合、不辨你我的情况更为多见。王文禄《机警》"赵从善尹临安"条,其末附评提及"相传开济馆某尚书家,上郊祀,索白染围垆三百",并曰:"二事正符,岂暗合耶? 亦见此推之也,以故贵读书多。""附记"之事与评语论点彼此应和,水乳交融。

《绿窗新话》中以"评曰"领起的篇末评大多附记同类事件,以类相从,然后再提掇论点,返回简评正文的故事。这些夹杂在评语中的"附记",大可以在话本小说创作过程中被用作头回故事,成为沟通文言小说与话本小说的津梁。❶ 举例来说,《柳耆卿因词得妓》的正文叙述与评语"附记"情境相似,结局却正相反。正文写柳永与一官妓以杜门为期,妓生异心,柳氏写词寄之,妓遂负愧,终身相从;文末评辄记叙秦观与其所狎之妓立有盟约,其妓见秦词似有他意而落发为尼,其末发论道:"秦、柳二公,得失可判矣。"又《赵才卿黠慧敏词》正文内容与篇末评里的"附记"事件高度趋同,均以描述官妓如何慧黠多才为主题。评语曰:"以一妓(引者按:指'附记'中的主角)之识,而能承意顺旨,而推赏如此。若才卿者,诚不易得也。"❷ 二文附记的内容都对正文意旨起到了强化的作用。前引《文心雕

❶ 关于此书性质,李建军结合鲁迅、胡士莹、程毅中、大塚秀高诸贤观点,认为是"种本式风月类编","既选择、节录、改编现成的书面文本,为说话艺人'各运匠心,随机生发'提供'梁子',又吸吮着说话艺术的乳汁,将说书场对故事的口头改编落实为书面文本,再反哺给说话艺人",参见李建军:《〈绿窗新话〉文本性质新探》,《文学遗产》2019 年第 6 期。另外,书中篇目的标题均为七言,相邻之题两两对仗。"三言"的篇目命名方式显然受此影响。

❷ (宋)皇都风月主人编:《绿窗新话》,上海古籍出版社整理《艺文杂志》所录吴兴嘉业堂藏抄本。此书明抄本全帙,藏于南京图书馆。

龙·事类》云："盖文章之外，据事以类义，援古以证今者也。"文言小说的"附记"，不一定是"援古以证今"，还能"援彼以证此"。

鉴于"附记"本质上是为小说的主旨积累论据，"附记"未必需要回归正文，有时只是列出了见闻或阅读所得的同类事件，以事代评，省却文字之繁。冯梦龙《古今谭概》部分条末在"附记"之后径云，"事类此""亦此意""二事正相类""二事绝相类"等。卷一"张角起义"条，记叙诵《孝经》而退敌兵之事，评语附记明初孝子认为读《孝经》可息讼祛病的观念；同卷中的"宋文帝好忌讳"条，附记编者所知的民间俗讳，以及谢肇淛、华济之所述士人忌讳；卷三"乌程金生"条，也附记了编者亲见的同类事件。❶ 再看同为冯梦龙编评的《笑府》。此书多在条末附上同类事件或同一事件的其他版本，以"又""余又闻""旧话云""曾见""一说"等语词带出。❷ 杨茂谦《笑林评》的评语极为凝练，少则一句，多则两三句。饶是如此，评语亦间或附记与正文相同或相反之事，注明"此与……同""此与……不同""此与……堪称鼎足""此士类之""亦是此意""语正相类"，等等。

这一体例亦可见诸有清一代。张潮编选《虞初新志》，于文末评中广泛附记同类事件。周亮工《唐仲言传》记述瞽者行迹，张潮评语将其他瞽者奇行"附记于此，以供谈柄"。赵吉士所辑《寄园寄所寄》，条末悉以另行低格出评，亦将同类事件附记其中，即《凡例》所言"凡属生平所历，偶有触者，辄附于末，以见世间事原有两相符合处"。嘉庆朝《昔柳摭谈》篇末亦多"附记"，如卷七《掘藏二则》文末"梓华生曰：沈阿爷致富之由，正所谓'银钱赶人八只脚'也。余悲夫山西贾一念之贪，丧家废业，故并记之"。

前文提及《聊斋志异》和《阅微草堂笔记》二书的评点在清代文言小说评点史上意义不凡。从"附记"的角度来看，方舒岩评本《聊斋志异》和翁心存评本《阅微草堂笔记》分别在二书的众多评本中脱颖而出，各自为两部小说提供了与小说原文相近的材料，而且这些材料基本都来自评者的亲身经历。

方舒岩的评语经常附记与正文相关的见闻或撰述，所记事件集中于乡里的

❶ （明）冯梦龙辑：《古今谭概》，魏同贤主编：《冯梦龙全集》影印明末叶昆池刻本，上海古籍出版社 1993年版。

❷ （明）冯梦龙辑：《笑府》，魏同贤主编：《冯梦龙全集》影印日本内阁文库藏明末写刻本，上海古籍出版社 1993年版。

近闻和北游的经历。他是以这样的表述开启"附记"的,"余曾有效《鸳鸯记》一则,为死情尘者惜,实为未入欲海者戒,云……"(卷一《画壁》),"乾隆己卯,婺源县余氏女"(卷二《巧娘》),"歙县陈九郎……"(卷三《大男》),"歙县曹文敏公祖墓……"(卷三《姊妹易嫁》),"余尝游长安……"(卷五《续黄粱》),"淳县方一全……"(卷六《刘海石》),"歙邑贾某……"(卷六《公孙九娘》),"岁癸亥,余与孙佩金、吴效昆同馆长林……"(卷七《江城》),"昔绍兴某幕宾,佐某公于滕邑……"(卷七《梅女》),"歙县程廷瓒……"(卷七《青娥》),"吾尝游燕都育婴堂……"(卷七《鸦头》)。❶

翁心存的评语,则有相当一部分附记与正文相关的人物、舆地、习俗等,为正文补述文献资料。例如,卷二"董文恪公为少司空时"条,翁氏的眉批便记叙了董公早年的一段轶事。此外,翁评还附记族人的闻历,如卷一"河间堂生""陈云亭舍人言"条、卷五"献县城东双塔村"条等,也附记自己的亲身经验,如卷一"董曲江言默庵先生"条、卷三"前母张太夫人"条、卷六"福建曹藩司绳柱言"条、卷十"翰林院"条等。❷ 翁氏因其身份和经历而在《阅微草堂笔记》诸多评者中与作者最为接近。从这个角度来说,翁评的"附记"部分也使之更进一步成为《阅微草堂笔记》评点中最具资料价值的一种。

时至晚清,文言小说评点中的"附记"余风尚在。同光时期方浚颐《梦园琐记》卷二十"吉甫言族兄"条,文末有"梦园主人曰:此与汤氏之米龙相似,第大小不同耳"。❸ 光绪朝宣鼎《夜雨秋灯录》卷三《佟阿紫》评语末了曰:"尝闻四川周姓,亦曾有之,与此事同"❹,种蕉艺兰生《异闻益智丛录》卷二十二《误捉贼》条末曰"尝闻某乡绅……此事正与相类",卷二十七"诙谐"《论年岁》条末评"相传有两姬……此说尤妙,附录之"❺,等等,莫不如是。

---

❶ 方舒岩的评语,参见汪庆元、陈迪光:《方评〈聊斋志异〉评语辑录》《方评〈聊斋志异〉评语辑录(续)》,《蒲松龄研究》2001年第1—2期。
❷ 翁心存的评点,手书于国家图书馆藏《阅微草堂笔记》嘉庆十七年(1812)重刻本上。
❸ (清)方浚颐:《梦园琐记》,《四库未收书辑刊》影印中国科学院图书馆藏清稿本。
❹ (清)宣鼎:《夜雨秋灯录》,《续修四库全书》影印光绪三年(1877)申报馆丛书铅印本。
❺ (清)蒋升:《异闻益智丛录》,美国哈佛燕京图书馆藏光绪二十六年(1900)江南书局印本。另,关于种蕉艺兰生为蒋升的考证,参见叶文玲、张振国:《晚清徐汇公学校长蒋邑虚生平著述考》,《成都师范学院学报》2015年第4期。

二 "参看"类评语

所谓"参看",指的是在评语中引述特定篇目,使之与正文合观、互释的做法。大约从万历时期开始,形成了在评语中提点"参看"材料的风气。周绍濂《鸳渚志余雪窗谈异》帙上《甘节楼记》条末评曰:"有夫妇而后有父子,则夫妇者,又三纲之首也。今人情爱是溺,浩气夺于朱铅,阳刚挫乎枕褥。由是尊卑之分稍脱略矣……再合《卖妇叹》及《羞墓记》二条与此条参看,益可识此记命笔劝世之旨。"此处评语提示的"参看"资料与所评对象出自同一本书。如果我们把"参看"视作一种"文本超链接"的话,被设为"超链接"的文本其实不必局限在同一部书之内,还可以推广到其他更多文献。

"参看"与前述的"附记"在为小说主旨提供更多同类资料的方面呈现一定的相似性,但也存在以下两个方面的差异。

其一,"参看"的范畴比"附记"更大,它与正文的关系,不一定表现为事件的相似,也可以是情理的相通或艺术的相当。明末《广虞初志》一书中,《赵飞燕外传》篇末评曰:"小说中惟《汉杂事秘辛》载吴姁入燕处审视梁后,足堪伯仲,并为压卷耳。"《汉杂事秘辛》则评曰:"今录吴灼入燕处审视后诸语,最为藻艳……无论宋元及六朝,与唐文士吮毫,安敢望乎汉人文字之妙。如此小说家,当与伶玄《飞燕外传》允称第一。"《赵飞燕外传》和《汉杂事秘辛》可谓互为观照,互相生发。同书之中,《柳归舜传》评曰:"唐人小说之妙,一至如此,非他传记所能仿佛也。稗官家说幻者,尤以此称压卷。余为《板桥记》,差堪伯仲。"翻检此书,《板桥记》也收录在内。❶ 可见《广虞初志》的编者与评者是二位一体的,他从艺术价值的维度入手,在本书范围内择取"参看"的对象,又在两个文本值得参看的地方,寄寓他的批评观念。

与此类似,余公仁本《燕居笔记》评《杜丽娘记》云:"天下有情女子,亦往往有

---

❶ (明)邓乔林辑:《广虞初志》,北京大学图书馆藏明末刻本。

之，但以还魂以通交好者，此颇谓之奇矣。又有《离魂记》可与此记参看，总之情之所恋，不能忘故也。"❶而在这部《燕居笔记》中，《杜丽娘记》后一篇即《离魂记》，《离魂记》之文末评亦涉及叹奇、尚情两种题旨——余公仁的编辑思路和鉴赏提示，由此得以彰显。

其二，由于"参看"的对象或者就在同书之中，或者是一般读者耳熟能详的篇目，甚而赋有一种"事典"或"经典"的性质，所以引据材料时一般相对简略；而"附记"则多举评者个人的耳闻目见来验证小说正文的真实性或意旨的正确性，普适的意味相对较弱，所以在援引时常常不惮辞费。前文论及方舒岩评本《聊斋志异》，当方评关涉"附记"时，便如前引的几处评述，将亲身闻历中的同类事件和盘托出。与此形成对照的是，在方评指示"参看"内容时，只是略记梗概，如评卷一《叶生》"此与沙定峰前辈所记《侯官老儒》，事异而情同"，卷二《水莽草》"此与宋射陵所传《鬼孝子》同"。

晚明旧题钟惺评本《新订增补夷坚志》卷二十四《宣城葛女》、卷二十八《星空密钥》眉批分别为"何异《羊叔子探环》事"，"情境类李药师传《龙舟》事"❷——此二事，当为"理想读者"所熟稔。

收录在万历刊本《亘史钞》中的《雪涛小书》"外纪"部分，由谈丛、纪闻、诗评、谐史四个板块构成。这四部分的评语均不乏"参看"的提示：《谈丛》"夏、严二相"条末有"亘史云：余'别纪'有《严请夏宴》，仿佛魏其、武安，当与此参看"，《纪闻》"纪天佑·武宗久驻扬州"条末有"亘史云：此当与《冰坚可渡》同看"。❸

嘉庆时期屠绅《六合内外琐言图说》卷六《老妪血海》末句"是妪神异，比钮婆云"，钮婆是唐人《灵怪集·关司法》中的人物，因此评语先是提醒读者此文对于唐稗的蹈袭。在此文末，评语还给出了"参看"的建议："薛小仙曰：此篇当与《三

---

❶ （明）余公仁辑评：《燕居笔记》，《古本小说集成》影印日本宫内厅书陵部藏明末刻本。
❷ 旧署（明）钟惺评本：《新订增补夷坚志》，国家图书馆藏明刻本。
❸ （明）江盈科：《雪涛小书》，《四库全书存目丛书》影印浙江图书馆藏明万历四十年(1612)刊本《亘史钞》"外纪"部分。另有一种潘之恒第四子潘弼亮编定的天启本《亘史》，"天启本《亘史》是修订本，它的条目清晰，而万历本是'亟亟亟梓'的，它的编次比较混乱，但两种版本的《亘史》在内容上最大的区别还在于万历本《亘史》收录了潘之恒评定的江氏《雪涛小书》与《雪涛小说》，而天启本则未收"。参见郑志良：《〈亘史钞〉中的〈雪涛小书〉与〈雪涛小说〉》，《中国文学研究（辑刊）》2001年第2期，第267—268页。

郎一妹》参看。"❶《三郎一妹》收于同书的卷十三。光绪时期宣鼎《夜雨秋灯续录》卷四《坐地虎》篇末总评谈事论理之余,不忘提供"参看"的思路:"懊侬氏曰:讼则终凶,捉刀人靡有不身败名裂,而此公以虎名独无恙者,何与? 缘性能侃直,遇不平则起,否则已耳。噫! 何党中无善士哉! 此篇当与前录《卖儿田》参看。"❷

当然,也有少数"参看"是与"附记"结合在一起的,或是提示了读者可以参看的内容,并将之附记于后,或是先附记一篇故事,再指点其他的参看篇目。在明末潘之恒参与的两部小说丛书中,《合刻三志》之《南柯记》文末附有《枕中记》,其后未署名的评语颇似编者口吻,评曰:"《南柯》一记,其原似出于庄生蛮触之说,而李邺侯《枕中记》托喻相似,故附以为破愁梦之一助云。"《亘史》之《南滁妇》文末,先附王行甫《耳谭》的一篇故事,随后提示"与《南滁妇传》同看"。❸

总而论之,得宜的"参看"提示,确能使受评对象与"参看"材料相得益彰,也能展现出评者的裁别能力和文学观念,帮助读者更好地沿着既有路径解读文本。例如,清代破额山人《夜航船》卷四《红蝙蝠》一文,篇末附评为"钱侠君曰:此与第六卷书余氏女子绣洛神句、为郭十三郎切齿者,一幅稿子",显示了评者眼中两篇作品的同构性,这也提示了读者解读此文的一种绝妙方式。

清代曾衍东《小豆棚》的"参看"评语,则点明了书中作品对于前代名作的继承和创新。如卷五《梦花记摘略》评语,"与《刘碧环》同一笔仗,即《聊斋》之十八姨等耳",《刘碧环》为该书卷十一的首篇,此评相当于为两个篇目提醒了"参看"的对象。又如卷十一《胡曼》评语,"是《聊斋·水莽草》一段情景脱化出来",傅声谷亦云"观此,则倩女离魂合抱为一,当不虚也";同卷《罗浮心》评语亦曰:"又与《情史·化石人》同一窠臼,而胸罗青翠,离合风雨,更有奇致出尘。"这样的"参看"提示无疑可以增进读者对此书创作缘起、叙事技巧、艺术追求的理解,尤其可以帮助后世读者认识、还原文言小说家的文学素养与创作状态。

❶ (清) 屠绅:《六合内外琐言图说》,台湾《笔记小说大观》本影印嘉庆二年(1797)刻本。
❷ (清) 宣鼎:《夜雨秋灯续录》,《续修四库全书》影印光绪六年(1880)申报馆丛书铅印本。
❸ (明) 破额山人编:《夜航船》,台北新兴书局《笔记小说大观》本。

第二节 实用性评语

实用性评语可以说是文言小说评语中最传统、最普遍的一种类型,它对应文言小说极为关键的"史余"定位。具体来说,实用性评语又可细分为两种:一是明确提出拾遗补阙目的的补遗类评语;二是提供警示或借鉴等现实教育作用的训诫类评语。

一 补遗类评语

补遗类评语的撰写者既以拾遗补缺者的身份自居,也就凸显了对所评小说的重视和期许。元人徐显编写《稗史集传》,序中表明"自比于稗官小说,题曰《稗史集传》,以俟夫后世欧阳子择焉"❶,期待后世出现欧阳修这样的有志修史之士,能够留意、采撷自己的编著。明初雷燮《奇见异闻笔坡丛胜》之《按察使祠志》记福建按察使张公事迹,末了赞叹张公之忠义大节"诚与日月争光",故"志其事,以俟秉春秋笔者采焉",表达的是同样的期盼。乾隆时《萤窗异草》的作者长白浩歌子,在自评中显现出强烈的补遗意识,所评皆如"及闻此事于瑞五后裔,虽荒诞不经,而未始不可补开元遗事。故存其异而录之,以俟世之问津者"(初编卷一《天宝遗迹》),"得此可补贤传之未及矣"(卷四《胎异》),"自古名姝艳鬼,多有风流话柄,供人剧谈。而多情如虢国,反独无之,似乎网漏于吞舟矣。今得此事,足见夫人亦未能忘情于地下。亟登之,以补旧闻之缺"(二编卷四《虢国夫人》)等。

除了对史书的"补阙",一些评点也表露了补足文言小说经典作品的心愿。明末闵于忱编辑《枕函小史》,书前《凡例》将《谭史》与《世说新语》并称,称许道:"单辞词组,便足千秋;而诙谐谑浪,不减江左清谭。孝标而在,必补入《世说》。"

---

❶ (元)徐显:《稗史集传》,国家图书馆藏明刻本。

其中的部分内容，据眉批所云，的确已经被"兖州采入《世说补》"。张潮《虞初新志》之王晫《看花述异记》篇末，录有原评"徐竹逸曰：逸兴如落花依草，可补《虞初志》《艳异编》之所未备。文心九曲，几欲占尽风流"，评者认为此文足以补足《虞初志》《艳异编》，自然说明他对此文推崇备至。

曹宗璠《尘余》一书写在明清鼎革之际，书末有清代学者杨复吉的跋语。杨《跋》赞赏此作可以媲美王世贞效法《战国策》而作的《短长》一书，"尝读弇州山人所著《短长》，叹为补阙求间，得未曾有。兹更扩而充之"❶，堪称此书的解人。晚清许奉恩《里乘》卷四《太史鬼求代》一文附自评曰："至若太史为优伶死，尤为绝无仅有，可补《情史》之缺……古今忠孝节义，皆不外一情字，但恐人误用其情耳。"可见其对冯梦龙"尊情""情教"等创作主旨与"情外无物"文学理念的承续与发扬。这样的评语未必都是作者的"夫子自道"，也可出自"知音"的"慧眼"。

二　训诫类评语

相比于补遗类评语，文言小说的训诫类评语为数更多，也更为主流。此处先从明、清两代各选一部评点本略加介绍。明代以评纂于万历朝的《王太蒙先生类纂批评灼艾集》为例。单从题名，即可明确此书修身淑世之意图。此书嘉靖二十八年(1549)初刻本《题灼艾集引》的解题云："夫艾者，治百病、医万载之矣。倘亦人心有病，非善言莫能疗救……'灼艾'之语，即针砭之谓欤!"职是之故，"当书一通于座右""可为……之戒"之类的史鉴意味浓厚的语词频频出现于眉批之中，也不足为怪了。评者王佐借此畅言有关读书和为官的感慨，如卷一《训储》"肃宗为太子时"条选自《次柳氏旧闻》，称颂肃宗惜食惜福之举，眉批曰"当书此亦训弟子"；卷二《感孚》"楚师伐宋师"条选自《余冬序录》，书写楚子关怀三军二师之事，眉批曰"仁言仁声，自足感人"。❷

清代文言小说的训诫类评语，可以乾隆时期《谐铎》一书的评语为例。此书

❶ (清) 曹宗璠：《尘余》，道光年间世楷堂藏版《昭代丛书》本。
❷ (明) 万表辑，王佐纂评：《王太蒙先生类纂批评灼艾集》，国家图书馆藏明刻本。

标题也已昭告"以谐入铎"的苦心。诚如序文所言,"搜神说鬼,虽同赘客之谐;振聩发聋,不减逌人之铎","偶以订顽之义,托诸志怪之书"。正因此书"托谐自隐""救世婆心"的定位,评语亦多注重义理阐扬而轻视艺术赏鉴。书中评语皆如"昔人以不读书为快活神仙,此等是其吃苦处"(卷三《遮眼神》),"吾愿饬箦篿者,自一钱始"(卷三《一钱落职》),"夫我辈读书论世,务须放开眼孔,不可因贤者而护其短,不可因不肖者而没其长""而贤者终成为贤,不肖者终归于不肖,盖一眚不足以掩大德,小善不能以盖巨丑也"(卷三《两指题旌》),"康庄大道,即从荆棘中辟之。可知善恶两途,相去不咫尺耳。危哉!"(卷四《荆棘里》),"暗室难欺,殷鉴不远,保身哲士,尚其勉旃!"(卷八《生吊》),"贪淫殒命,好博倾家"(卷十《神赌》),"士先德行,次及文章。故春秋榜上,大半积福儿郎也"(卷十一《扫帚村钝秀才》),等等,于士人操守再三致意,无处不见耳提面命的垂训姿态。

训诫性评语可以说是文言小说评语的核心类型,这表现为,即便在传奇类、志怪类、谐谑类、通俗类等偏重娱乐适俗属性的文言小说中,这类评语也俯拾即是,从不缺席。传奇类小说从史传和杂史杂传脱化而来,其篇末垂诫的传统由来有自,诸多唐代传奇均可为证。此风余韵,流播于元明两代的中篇文言传奇。嘉靖时期中篇传奇《丽史》的篇末批语仍旧评骘人物、宣扬教义,并在对"善观记者"的期许中强调劝诫的意味:"君子闻之曰:言以文乱弗记,智以遂奸弗记,行以诡世弗记。若斯人者,研削何所施哉!惟贵不害明,爱不害义,乔公其贤乎?顺可全宗,恭可范俗,乔氏之女其贤乎?贞一不二,视死如归,凌氏之女其贤乎?智以成美,忠以酬恩,李氏其贤乎?执信守义,矢志不回,伊楚玉其贤乎?仆夫存孤报仇,童子出奇靖难,伊櫼、伊力其贤乎?夫不知而不传,犹可也;详其事,而扬其辞矣。若斯人者,虽弗记而自见其颠末。善观记者,观其所主可以为劝,之其所及可以为戒,如此而已。"❶

志怪类小说评语的训诫性不像传奇类那样外化,往往藏匿在奇幻文笔及果报逻辑的表象之后。《奇见异闻笔坡丛脞》中的《零陵香怪录》的评语议论神怪之事"固不可晓,然亦知避则无患也","但录为后人戒";《竹亭听笛记》的评语写道,"足以为世道戒,故录之。虽曰涉于怪诞,亦不暇论也"。《鸳渚志余雪窗谈异》一

---

❶ 参见官桂铨:《新发现的明代文言小说〈丽史〉》,《文献》1993 年第 3 期。引文部分句读有所微调。

书则寓移风易俗之理想于怪奇关目之中,《天王冥会录》评语关注禾城"以女师男,老少杂处""习染牢深,法不能易"的陋闻,指出:"今得张笔一诛,大破群邪肝胆,则洁己者当思自悛,溺俗者亦知自惧。其于世教,岂无益哉!"《妖柳传》与此同调,评曰:"此妖柳所以反复百端,极阐情弊,悟陶生以及天下并功名而欲去之也。故不论得志与否,能雨窗醉烛之下试读一过,真可以起溺药迷。"同样,《虞初新志》中陈玉璂《刘医记》篇末评为:"陈子闻之曰:虽其事近于荒唐怪异,君子亦当悯其志而姑信之也。"何守奇评本《聊斋志异》虽极欣赏书中的"怪怪奇奇",又于《序》中强调阅读此书需"持之以正"。具言之,其"持正"之论多见于揭示主旨的篇末评,如《放蝶》文末"王以风流害物,于以风流放诞且害人,风流放诞者不可不思",《花神》文末"此书之旨,在于赏善罚淫"。❶ 值得注意的是,志怪小说的训诫性评语旨在公诸同好,在姿态上较为平等,表达上又较蕴藉,这与白话小说评点针对愚夫愚妇的上对下式宣教态度有所不同。❷

　　谐谑类小说评语的训诫性,也有嬉戏娱乐的表象包裹在外。李贽《雅笑》第二卷的眉批虽以"谐"为关注点,然而评语的落脚点却在世俗风教上,如"虽谐,亦砭愚"(《蜥蜴求雨》),"堪作一箴语,非止谐也"(《瓮算》),"虽谑话,教戒中仍有关风化"(《伐冢》)等。❸《古今谭概》的编纂更是刻意融合了怡情、刺邪两大主旨,"怡情"即为该书前身《古今笑》❹在序文里所说的自娱心态——"唯一笑足以自娱,于是争以笑尚""古今来原无真可认,无真可认,吾但有笑而已矣"❺,"刺邪"则为该书序作者梅之熉所说的美刺目的——"夫罗古今于掌上,寄《春秋》于舌端,美可以代舆人之诵,而刺亦不违乡校之公,此诚士君子不得志于时者之快事也"。同样地,杨茂谦汇编《笑林评》的显性目的是"资谈谐"❻,深层意图却如叶

---

❶ 参见孙大海:《何守奇及其〈聊斋志异〉评点——以北大藏本〈批点聊斋志异〉为中心》,《蒲松龄研究》2015 年第 4 期。

❷ 白话小说评点与文言小说评点在这方面的异同,详见本编第四章。

❸ (明)李贽辑:《雅笑》,《续修四库全书》影印国家图书馆藏明末刻本。

❹《古今笑·自叙》下署"庚申春朝书于墨憨斋",庚申春为万历四十八年(1620),题为《古今笑》,稍后重刻时改称《古今谭概》。

❺ (明)韵社第五人《题〈古今笑〉》、冯梦龙《自叙》,参见魏同贤主编:《冯梦龙全集》影印《古今谭概》附录,上海古籍出版社 1993 年版。

❻ 卷上"有咏渔父"条评语说:"诗家多此病,余尝荟之以资谈谐,姑识其一。"(注者按:杨氏"余尝荟之"之作,或即《诗笑》一书)续编第一条的评语也说:"此笑惊天动地,取为《续林》压卷。"见(明)杨茂谦辑:《笑林评》两卷,续一卷,《明清善本小说丛刊》影印日本内阁文库藏明万历三十九年(1611)刊本。

昼序文所言,"多借古今事林以寓所欲言,热棒痛喝,真为人天眼目"。赵南星在《笑赞》书首自撰的《题词》中亦称:"书传之所纪,目前之所见,不乏可笑者,世所传笑谈,乃其影子耳。时或忆及,为之解颐,此孤居无聊之一助也。然亦可以谈名理,可以通世故,染翰舒文者能知其解,其为机锋之助良非浅鲜。"❶清代的谐谑类作品不像明末笑话集那样特色鲜明,但类似于前述沈起凤《谐铎》一书,张贵胜所辑《遣愁集》,同样在内封的广告词上标榜"有裨于实学"的实效:"是书名为遣愁,以消遣愁怀为主。凡事之风韵洒脱、变怪新奇,以及忠孝节义、智愚巧诈,靡不必备……悉以史鉴传记为本,拔萃撷尤,阅之可识典故、可广见闻,洵有裨于实学,并非稗官之比。"❷

至于通俗类小说评语的训诫性,可从万历时期骤然涌现的通俗类书当中窥探一二。以《绣谷春容》一书为例,"淫戏类"《唐明皇咽助情花》《永年妻奉莲花杯》和"诙谐类"《陈居士暂寄师叔》等篇评语,分别为"人之溺于嗜欲,于智者犹有不免","甚哉,人之趋利也","人置一物,必有一累":无一不首先揭露人性弱点,继而取以为鉴,以资劝诫。余公仁本《燕居笔记》书中的篇末评亦是如此,卷九《酒孽迷人传》评曰:"此传劝人当施德,即拾金不还,托酒孽以儆世。呜呼,可不慎欤!"《刘方三义传》又曰:"刘方以一女子而能成父母之志,后世有一种男子不及多多矣,观此能不愧夫?"下帙卷十一《蒋兴哥重会珍珠衫》的评语更是思虑周全,对王三巧、蒋兴哥两位主人公以及阅读此文的不同读者均各有劝诫奉上:"自古道:'六婆不入门',此良言也……可不谨欤?""天理昭彰,善恶之报不爽……君子者,当兢兢自省,可于造次仓惶忽之耶?"

第三节　鉴赏性评语

文言小说的鉴赏性评语主要是针对美学效果而发的。这类评语出现时间最晚,但也最接近今日之文学批评观念。就其鉴赏的内容而言,主要涉及文法、人

---

❶ (明) 赵南星:《笑赞》,天津图书馆藏明末刻本。
❷ (清) 张贵胜纂辑:《遣愁集》,《续修四库全书》影印上海图书馆藏康熙二十七年(1688)刻本。

物、情节和结构等方面的赏鉴和评析。

一　鉴　赏　文　法

　　鉴于小说评点与文章学渊源深厚，有关文法的批评，自然构成了文言小说鉴赏类评语的主体部分。文法批评大致有三种情况。第一种受文章学的影响最大，直接借用原本分析古文的术语或理路来判读小说的合理性与艺术性。此法多出于文章妙手的评笔下，后文对此将有细致的说明。❶

　　谈到这类批语，《聊斋志异》《阅微草堂笔记》两书的评点本尤其值得关注。何守奇评点《聊斋志异》既借鉴了古文的术语，也在小说文法的提炼方面有其新意。比如，《婴宁》叙吴生为缓解王子服相思之苦，假言婴宁为其表妹，何氏评此情节曰"赝伏"；后王子服见鬼母，发现竟真有亲属关系，何氏又评之曰"实应"。"赝伏实应"之说，不仅道出了情节结构上的对应关系，术语本身也极具概括性和创造性，可用以指称小说叙事"由假生真"的独特类型。❷

　　徐时栋批注本《阅微草堂笔记》，则是在《阅微草堂笔记》日益经典化过程中罕见的勇于提呈异议的评本。徐评全面审视了书中的措辞和逻辑，详细指出措辞不妥帖、逻辑不周全之处。他驳斥用词闪失的评语有"'祠门'二字，无根"（卷一"福建汀州试院"条）、"'不测'二字，未妥"（卷二"幽明异路"条）等；指出情理纰漏的批语如"此句露马脚矣，凡告诸他人，则宜有此语；若侪辈自语，有何不知，尚须说耶？"（卷一"交河老儒"条），"有如此怪事，岂有小婢不惊告主人之理？而乃任其晏起，起尚不告，至呼之不至，问之而后乃告之耶？文达小小叙事亦完密，此则疏矣"（卷一"有某生在家偶晏起"条），"必加五字，情节方不至支离"（卷五"献县城东"条，旁批添上"庵旁邻人见"五个字），"虽小说中，亦不可用此无稽之言"（卷十"乾隆己卯"条），"'一日'句是追叙文渊旧语，稍欠明晰"（卷十一"益都"

---

❶ 关于这点，详见本编第四章。
❷ 参见孙大海：《何守奇及其〈聊斋志异〉评点——以北大藏本〈批点聊斋志异〉为中心》，《蒲松龄研究》2015 年 4 期。

条),"及细读之,乃知叙事欠详明"(卷十五"乌鲁木齐牧厂"条),等等。

第二种关于文法的评语,重在分析语词调遣、细节处理、意境营造等文学笔法及其美学效果,评语本身也往往饶有风韵。元刻本《世说新语》中署名刘辰翁之评多属此类,其评如"如此细事,写得宛至,更有不厌"(《德行》"吴郡陈遗"条),"《世说》长处在写一时小小节次,如见,可想"(《言语》"顾司空未知名"条),"此纤悉曲折,可尚"(《文学》"张凭举孝廉"条),"语甚感动,节次皆是"(《方正》"郭淮作关中都督"条),"谈文有法,补句自佳"(《文学》"桓宣武命袁彦伯"条),等等。

天启时孙一观《志林》除首尾司马迁《司马相如传》、宋濂《竹溪逸民传》二文外,其余篇目皆选自《虞初志》《续虞初志》当中自唐至明的传奇小说。《志林》为之新增的篇末评,大多雅致绚丽而又切中肯綮,如评《红线传》"意趣灵异,笔兴飞舞",《长恨传》"幽若溪流,闲如野草",《周秦行纪》"空灵玄幻",《莺莺传》"雅艳绝伦",《杜牧传》"绝韵",《崔玄微传》"可称解语花矣",《昆仑奴传》"是旋转手段,隽绝隽绝",《却要传》"雅谑可人",《妖柳传》"语语不离本色,思巧笔玄",等等。❶嘉庆时《昔柳摭谈》一书的文末评语与此相类,多以三言两语点明小说创作的要妙之处,譬如评卷二《奔女完节》"此事之难能绘其细节也……此事尤细,然亦可以想见其人矣",同卷《士女冤狱》"王六车中堂上一节,奕奕有神,令人毛发皆竖",又评卷八《讼师》"最妙则在其自说劣迹及其妻哭骂语",等等。

第三种与文法相关的评语,乃通过模拟其他艺术体裁,来指明小说创作与其他艺术形式的相通之处,或是衬托小说文体与众不同的独到之处。这种带有通感或模拟手法的评论,虽在其他文学形式的批评中亦时或见之,但对文言小说来说,则更加集中和突出。这可能是因为文言小说"文备众体",对各种艺术要素的吸收最为全面。具体来看,在文言小说评语中,作为参照的艺术体裁有诗词歌赋、杂剧传奇、散文史志、绘画艺术等。

以诗词歌赋作模拟对象的评语,多是表达对小说韵语部分的欣赏。譬如,王世懋评《世说新语·赏誉》"王恭始"条中"清露晨流,新桐初引"八字"佳句似赋"❷,《新订增补夷坚志》卷二《义倡传》眉批"叙事言情,藻艳委宛,足敌白香山

❶ (明)孙一观辑:《志林》,《四库全书存目丛书》影印天津图书馆藏明天启《刻徐文长先生秘集》卷六。
❷ (明)王世懋评本《世说新语》,国家图书馆藏明万历九年(1581)乔懋敬刊本。

《琵琶行》",张潮《虞初新志》评《书姜次生印章前》"仆不识姜君,然读此传时,亦觉耳中如听歌《会稽太守词》,酒气拂拂,从歌声中出也",但明伦评《聊斋志异》卷一《王成》"数语是一首《斗鹌行》"❶,和邦额《夜谭随录》之评"一语抵一篇《洛神赋》"❷,《小豆棚》之评"此段文字如和靖诗",等等。《小豆棚》卷二《浣衣妇》评语"传奇中《锁云囊》有女盗挂须髯,绝相类",天启本《智囊》"明智部"《西门豹》叙西门豹将巫妪诸弟子投江,夹批"绝好一出杂剧"❸,则将小说拟以剧作,看中的是情节类型和声情效果上的相似性。

　　评语借散文史志以为模拟,评价了小说散文部分的高妙。比如《续虞初志》中《杜牧传》眉批"数语便是《扬州小志》",《裴越客传》眉批"似《柳州记》中语",天启本《亘史》之《新声》的文末评"文似《国语》,匪直以侠足似也",《虞初新志》中钮琇《物觚》"姑苏金老"条的评语"气静而神完,非深于《庄子》者不能逮",《埋忧集》中《邵士梅》文末评"篇中纯用散叙,简核错落。文之妙在于能碎,非昌黎以下所及也",《夜雨秋灯续录》中《燕尾儿》的评语"太史公游侠传中,当为此公添第一座矣",《守一斋客窗二笔》中《二兰合传》的评语"摹写苦节,令人欲泣欲歌,笔法纯似昌黎公《书张中丞传后》"❹,等等。

　　从时空关系与创作欣赏的角度而论,小说叙事与诗词歌赋、杂剧传奇、散文史志的共通处较多,与绘画艺术的距离似乎较为遥远。不过,在文言小说评点中,以绘事作为模拟对象的批语却屡见不鲜。王世懋评《世说新语》便多有这样的议论:评《言语》"千岩竞秀,万壑争流"条"便是虎头画思",《方正》"王敦既下"条"叙事如画",《规箴》"郗太尉晚节好谈"条"叙得情状如画"。《新订增补夷坚志》卷二十九《高安赵生》,有眉批曰"摩棱棱巉骨如画";在《广虞初新志》中,黄承增评林璐《江南丁藩伯还妇记》"至篇中点美人处,正如徐熙画落梅,无一瓣相似,所谓小题有大文字也";赵翼评《守一斋客窗二笔》之《书易大令断虎事》"此吴道子写生手也,文笔至此,进乎技矣";黄振元序文称赞《采异录》"汇感应阴骘之理,而以虞初秘辛之笔出之,道子画壁、生公登坛不能过也";《夜谭随录》也有"布置

❶ (清)但明伦:《聊斋志异新评》,美国国会图书馆藏清末广顺但氏朱墨套印本。
❷ (清)和邦额:《夜谭随录》,国家图书馆藏清光绪二年(1876)刊本。
❸ (明)冯梦龙编:《智囊》,国家图书馆藏明天启六年(1626)刻本。
❹ (清)金捧阊:《守一斋客窗二笔》,国家图书馆藏清同治十二年(1873)重刊本。

井井,恍如亲见""情景如画"之评。这类评语的着眼点,主要在于小说家状物摹形、写情肖神的不俗笔力。

从文言小说的细分文类来看,传奇小说和诗文小说是这类评语的主要施与对象。借由评语的形式,诸多文人表达了对于这两种小说"文备众体"特质的认识与欣赏。就传奇小说而言,汇评本《虞初志》中《枕中记》一篇有署名袁石公的评语:"一上疏、一降诏,摹状宠荣,极其周悉。"《高力士外传》一篇也有同样署名的评语,褒扬了诗之妙用:"同病相怜,赋诗慰藉。放置之余,却不可少此。"也是在《高力士外传》中,署名汤若士者评道:"以四六走联历叙时事,殊觉气沉雄而语悲壮。"接续《虞初志》传统的《广虞初志》一书,其评亦多此类观照,如评《薛昭传》,"诗句有唐人手笔,事奇亦大可观""此诗形容舞态,绝佳",评《柳归舜传》"诗可入六朝",评《崔炜传》"诗太弱"等。

诗文小说可以晚明时期的《鸳渚志余雪窗谈异》《清谈万选》《幽怪诗谭》和余公仁本《燕居笔记》这几部评点本为例。《鸳渚志余雪窗谈异》和《清谈万选》共享了诸多评语,其中不少是称赞诗词灵韵的评语,如"细咏晚秋村乐二十一篇,虽出于一时之倡和,然而景状之妙不减唐之皮、陆,岂皮、陆哉?虽钟、吕再生,予以为不过如是也","三人一倡一和,言言模写景象,言言有悠然自得之操怀","《行路难》一阕,虽有蹈袭,亦善模写世态者","联句俱寓讽谏,意辞亦甚切当"。抛开评语里溢美的成分不谈,评者显然已将诗词视为小说的构成要素和艺术精髓了。《清谈万选》中的《顾妃灵爽》一篇,眉批强调事与诗当分途而观,且不应轻视后者,"二律朗吟且觉古雅入诗彀,固不当因其事之异常而并轻其诗也";《花姬诗咏》眉批指出诗词在表意维度的天然优势,"诗能发意,不拘拘于一字一句之奇者"。❶

《幽怪诗谭》书中针对诗词韵文而发的眉批,同样占到了评语的绝大多数。评者谓《清江遇故》吕氏在江心寺所撰诗作"不减宋之问赋灵隐",王氏诗作"伯劳飞燕,肠断风烟";《月下良缘》美人所歌之曲"张子野《浣溪沙》不似此雅丽";《寄

---

❶ (明)周近泉绣梓:《清谈万选》,美国国会图书馆藏明大有堂刊本。

寓觀奇《室女牽情》中的诗词分别"写出客况""宛然楚骚"。❶ 余公仁本《燕居笔记》的夹批也多与韵文相关，所评多如"诗长而富，赋情之佳者也"（卷八《四女同欢记》），"诗多不精，已删去数首"（下帙《三奇志》），"意合情切，妙妙""瑜本善歌，生每每求之不一得者，至是始歌焉"（《钟情丽集》），"曲清而练"（《五金鱼传》）等。

二 评 议 人 物

有关小说人物的点评，一般围绕人物的言行、品性和心理等方面展开。其中，相当部分的评者关注小说人物的塑造是否达到真实化、个性化的效果。《新订增补夷坚志》中，这类眉批有"称虎为牛，宛是稚子口吻"（卷二《丰城孝妇》），"大❷语，毕见其憨"（卷三《褚大震死》），"写出狂措大常态"（卷三十一《杨大方》）等，重点关心人物的声口、举止是否合乎身份设定。汇评本《虞初志》的托名评语中亦多有此论，如"字字是钱塘君口中吐出，只此数字，雄气百倍"（《柳毅传》袁石公评），"姥凑趣数语，虽或面是心非，然'情苟相得'句是彻骨语，固非姥不能言也"（《李娃传》李卓吾评），"鲍外便僻巧言，只数语已见大略"（《霍小玉传》屠赤水评），"句句是橐驼本色"（《东阳夜怪录》屠赤水评）。明刻单行本《评释娇红记》在品读人物言行心绪上细致入理，评语皆如"生泊舟而待，不忍遽归；娇登舟握手，挥泪大怃。言言永诀，之死靡他，钟情之至，无以加矣""此见娇娘之谨始虑终，非贪欢卖俏者比也""生之襟怀洒落，故其发为词章，清新典雅，脍炙人口"❸，等等，评笔熨帖，悉心引导读者体味小说人物的宛转情思。

清代评者同样激赏这类曲折细腻的人物摹写技法。《夜雨秋灯续录》中有"秀才呆且怪，妓女优以柔，无赖之子谑而虐，均可鼎足"之评，《夜谭随录》也有"绝妙情态曲曲写来，一种小儿女痴媚光景如绘纸上，真乃写生手也""写出村老

---

❶ （明）碧山卧樵纂辑，栩庵居士评阅：《幽怪诗谭》，《中华再造善本》影印南京大学图书馆、国家图书馆藏明末刻本配补本。

❷ 此字漫漶，或曰"大"为"此"。

❸ 《评释娇红记》，日本汲古书院2014年影印东京大学东洋文化研究所藏明刻单行本。整理本见（元）宋远著，林莹校证：《娇红记校证》，中华书局2023年版（即出）。

口角如生""另是一番称赞,老妪与少女,心思不同,故言语自别""曲曲写出儿女子相悦情态""是听得来语""口角如生"等评语。

三　分析情节和结构

对于小说的情节和结构,评点者在一般性的褒贬之外,还可能动用观察、总结的能力,归纳出一定的故事"常套"。前引《评释娇红记》即有"履危涉险、以表真识,亦是常套"的评语。在汇评本《虞初志》里,托名袁石公之评也多总结小说和戏曲习用的故事法则。他评《莺莺传》"属句传情,原是偷香妙诀",《柳氏传》"妙常寄迹女真,莺莺寄迹普救,柳姬又寄迹法灵,佛寺中观音,其屡现矣",《韦安道传》"从此嵌入天后,后面觉有根据,岂惟敷衍数行? 文字结构之妙,皆本于此"。托名袁氏者又评价《无双传》的毁婚约情节道:"有此参差,来后一许,翻觉有味。"《谢小娥传》内含梦传谜语的关目,托名屠赤水者评道:"伊父与夫梦语何不直告其名,设此谜语? 曰:不如此,不奇。"特用设问的手法,提点情节安排的壶奥所在,以便读者知情会意。

针对部分读者对《虞初新志》中《补张灵崔莹合传》一文所叙"犹追恨于梦晋之蚤死,以为梦晋若不死,则素琼遣归之日,正崔、张好合之年,后此或白头唱和、兰玉盈阶,未可知也"的抱憾之意,编者张潮认同作者自评所言"此固庸庸蚩蚩者之厚福也,何有于才子佳人哉!"并为此引申道:"梦晋若不蚤死,无以成素琼殉死之奇,此正崔、张得意处也。"

小说结构方面,在《清谈万选》中,《顾妃灵爽》《拜月美人》《窗前琴怪》等篇目均有评语关注情节之伏脉,依次为"先叙顾妃生前宠幸,复叙葬所,皆为后面灵爽根本""清夜月明,景独佳胜,宜窦生之不成寐也""叙事处先点乐琴书,下面便有张本"。余公仁本《燕居笔记》则更看重小说结构的布局,评《成令言遇仙记》"此记前半截乃装饰之辞,后则成仙实录也",又评《五金鱼传》"始以五金鱼分,而终于五金鱼合",将二篇小说的两段式结构提炼了出来。

以上所引评语,均对小说的情节和结构安排持有认同的态度,而署名陈眉公评本《汧国传》的评语，则与小说作者观点相左。这位评者一面指摘小说设计姨宅、实施圈套等内容"叙处太烦，便非高手"，一面又批判生娃联姻后"有灵芝产于倚庐"的细节描写有失真之嫌，"太妆点"。❶ 这种锐评很鲜见，也很有价值。

第四节　三种评语的关联

　　若从批评主体的维度回看上述三种评语，大致是资料性、实用性评语源于作者自评，鉴赏性评语出自编者和读者之手。譬如道光朝吴炽昌《客窗闲话》一书，自评致力于抉发正文意涵，读者评语则多称颂艺术成就。自评以"芗厈曰"领起，如卷五《刘大汉》之末"芗厈曰：防风之骨可专车，长狄之身横九亩。巨人自古有之，不足奇。所可异者，富寿而多裔，立功而不居，惟圣人之邦，斯有此贤隐士耳"，又屡屡谈及"交游者其慎诸"（卷二《无真叟》）、"义者，开国成家之至宝也"（卷三《义丐》）、"谦，福之基也"（卷五《俞生》）等人伦至理。读者评语侧重于文学效果和阅读感受，如卷二《磁州地震记》"黄湘筠云：笔如环转，备极形容，披读一过，宛如目睹情形，使我心胆俱碎，所谓绘风有色、绘水有声者"，卷五《刘大汉》"方幼樗云：论语古音古节，绝妙文字，唐人说部不是过也"，卷六《查商》"方幼樗云：叙次简而明，详而练，最爱收处直截了当，亦深得史公笔意"，卷七《骗子十二则》"方幼樗云：一片婆心，映醒世间多少自欺欺人之辈，笔亦古秀而健"。❷
　　考虑到"虞初体"小说的评语存在清晰的分层现象，我们不妨也以之为例，看待编者评语与书中具体篇目的作者自评异同问题。在《虞初新志》中，《大铁椎传》的作者自评慨叹天生异人却无用武之地，张潮则评"篇中点睛。在三称'吾去矣'句。至其历落入古处，如名手画龙，有东云见鳞、西云见爪之妙"。《汤琵琶传》文末作者自评为："轸石王子曰：古今以琵琶著名者多矣，未有如汤君者。夫人苟非有至性，则其情必不深，乌能传于后世乎？……世之沦落不偶而叹息于知

❶ 《陈眉公批评汧国传》，附于薛近衮《鼎镌陈眉公先生批评绣襦记》正文前，台湾图书馆藏书林萧腾鸿师俭堂刊本。
❷ （清）吴炽昌：《客窗闲话》，《续修四库全书》影印辽宁省图书馆藏清光绪元年（1875）味经堂刻本。

意者,独君也乎哉?"张潮评语则曰:"韩昌黎《颖师琴》诗,欧阳子谓其是听琵琶,予初疑之,盖以琵琶未必能如诗中所云之妙也。今读此文,觉'尔汝轩昂、顷刻变换''浔阳江口',尚逊一筹耳。"由此可见,作者自评倾向于品谈书写对象、强调主旨思想,编者评议更留意于书写技巧和呈现效果。

在"虞初体"另一部作品《虞初续志》中,作者自评也与他人评语互有离合,相离之处同样体现出了这样的区分。作者自评多介绍写作的过程和目的,编者或读者评论更关注内容和写法。例如,袁枚《徐灵胎先生传》的自评称赞传主艺德俱佳,并还原自己的写作细节。编者评语则赞叹袁枚的文字,曰:"传其人之艺,并传其人之遭际,根本学术,经济敷施,戛戛生新,照耀人耳目。笔曲而达,仍复博大昌明,绝不肤泛。末段绮散余霞,峰青江上,尤适如其分量焉。"《彭夫人家传》自评激赏夫人智量不凡,署名"椒峰"的读者评价此文道:"逐段散叙,若不相属,如秋山数点,出于云际。而字字生致,无一语粘滞处,逼真史迁矣!"

此外,对于不同类型的文言小说,评语的内容与性质也有所不同。撰述类的单篇文言小说,评点呈现出更多的实用性和鉴赏性。丛钞类的文言小说集,一般兼有实用性的作者自评和资料性的编者评语。而兼有撰述、丛钞两者性质的文言小说,评点往往比较芜杂,可能同时存在资料性、实用性和鉴赏性的评语,只是分布未必均衡,落实到具体文本便各有差异。

最后需要补充的是,鉴赏性评语与实用性评语可能存在龃龉,毕竟前者更看重形而上的文学创造力和美学价值,而后者的立场是文学书写最终为了服务形而下的社会现实。以宋懋澄《九籥别集·珠衫》一篇的评语为例。篇末评提及小说的另一种结局设计及其承载的世道观念:"或曰新安人客粤遭盗劫,尽负债不得还。愁忿病剧,乃召其妻室至粤就家。妻至,会夫已物故。楚人所置后室,即新安人妻也。废人曰:若此,则天道太近,世无非理人矣"。❶ 此处署名"废人"的评者显然不认可"换妻"的结局,他对"天道远近""人间事理"与故事韵味之间复杂关系的认识,颇为引人深思。但是,在此处遭到"废人"批评的"换妻"结局,却在冯梦龙据此演绎的白话小说"三言"首篇《蒋兴哥重会珍珠衫》里得以延续,传

---

❶ (明) 宋懋澄:《九籥别集》,《续修四库全书》影印中国社会科学院图书馆藏清初刻本。

递着报应不爽的通俗观念。"废人"的评语从艺术效果出发,认为这样的安排过于概念化而流于失真,因此不够妥当;冯梦龙显然更愿意借果报之力来强调扬清激浊、维持风教的现实意义。可见,对故事结局的不同设想和相反评价,除了小说语体之别使然,还取决于审美趣味和人生观念的个体差异。

第四章　文言小说评点与白话小说评点之异同

　　文言小说与白话小说的评点总体上是异多于同的。其根源在于两种小说的作者和读者群体大相径庭。文言小说的写作更多是向内的、以自省为意旨的，文言小说的阅读和评点也是在相对有门槛、有边界的文人群体中进行的。白话小说评点则是向外的、以破愚为目标的，受众是相对开放的、广泛的民众群体。文言小说创作和接收群体的文人属性决定了文言小说评点者对小说理论的兴趣更浓，关于理论的探讨也比白话小说评点者更为自觉。以下将从写作倾向、受众群体和理论探讨等角度，对文言小说与白话小说评点的异同予以详述。

第一节　相异之处

一　文言小说评点向内的自省性

　　白话小说评点普遍采取向外的姿态，以廓清阅读障碍、增进传播和教化民众为导向，而文言小说的评点更多地体现出向内的自省性，更留意培育智识德行、扶翼世道人心的作用，倾向于以准情酌理、中正多元的眼光看待事物。因此，文言小说评者热衷于引用经传，指明君子理应置之座右、自我鉴照的经验和道理。唐人高彦休《阙史》卷上《荥阳公清俭》的自评为"参寥子曰：《传》不云乎'俭，德之功也；侈，恶之大也。'公所执如此，宜乎子孙昌衍，光辅累朝矣"，卷下《韦进士见亡妓""参寥子曰：夫凡人之情，鲜不惑者……由是老子目盲耳聋之诫，宜置于座右"。南宋岳珂《义骗传》文末自评亦援引经典，用以劝诫"君子"："稗官氏曰：孔子曰'骥不称其力，称其德也'。今视骗之事，信然！夫不苟受以为正，报施以为仁，舆以用其权，而决以致其功，又卒不失其义以死，非德其孰能称之也……余意君子之将有取也，而居是乡、详其事，故私剟取着于篇。"

这一传统于唐宋发其端，在明清衍其绪。嘉靖朝王文禄《机警》书前引语以"沂阳子曰"领起，自谦"生也朴窒，见事每迟"，遂将"书史中应变神速、转败为功者，录以开予心"，其编撰的起点和归趋方向都是朝内的，指向了自我提升。方苞评点《世说新语》也常留心慎言守礼的处世法则。他评《德行》"华歆遇子弟甚整"条"处家者当以子渔为法"，评《德行》"晋文王称阮嗣宗至慎"条"评论时事，臧否人物，最易招尤而贾祸。有识者定当以嗣宗为法"。❶ 茅坤评《何氏语林》，也在批语中频频自现其身并反躬自省。只见他评《言语》"郭洗马"条曰"郭洗马之不知曲，与予同"，评《言语》"萧大圜"条曰"予录之座右，日诵此文"。❷ 晚明托名陈继儒的评本《会真记》，其眉批也体现了周延的视角和警醒的态度，评莺莺端服俨容数落张生之举，曰："以纸笔掠人，强煞戈兵；致乱于文士，更胜莽贼"，"以乱易乱固不可，若用鄙靡之词，禁人非礼之动，以淫止淫，可乎？"❸

清代文言小说的自省性评点有增而无减。乐钧《耳食录》评语强调慎始、慎独之重要，所评皆如"高明之家，鬼瞰其室。《春秋》之责，贤者为重。甚哉神明之可畏，而士君子之宜自惕也！陶生以不知慎微之道，几遭冥冥之谴而贻士林羞，然即能悔咎自省，泯其过于终食间，君子称之。乃其妻者，深心远识，亦岂寻常巾帼哉？昔乐羊子捐遗金于野，激于其妻之一言，陶生之事近之矣"（卷九《红纱灯笼》），"士君子守身克念，暗室无欺。一念之差，岂不远哉？岂不危哉？"（卷十《芙蓉馆扫花女》），"慎始之道已失"（卷十一《香囊妇》）。❹

同一时期《萤窗异草》的自评也植根于儒家观念，对包括作者自己在内的"子

❶ （清）方苞批本《世说新语》，此据汪庆元《〈世说新语〉方苞批本试探》（《桐城派研究》2003 年第 1 期）整理，底本为安徽省博物馆藏方苞批万历刻本。
❷ （明）茅坤评本《何氏语林》，中国科学院文献情报中心藏明天启四年(1624)本。
❸ 《鼎镌陈眉公先生批评会真记》，附《鼎镌陈眉公先生批评西厢记》一书前，台湾图书馆藏萧腾鸿师俭堂刊本。
❹ （清）乐钧：《耳食录》初编，清同治十年(1871)味经堂重刊本。

弟""君子"群体大加讽谏。初编卷一《翠衣国》文末"外史氏曰：鸟之酬恩无足深异，异在间关对语，俨有乡人话旧、知己谈心之状。而吟诗一段，尤为惨动心脾。宜乎蒋子不忍闻而纵之归也！昔有达人，尝戒子弟畜鸟，谓其音凄楚，人家有此，多近不祥。语虽迂而实切于理。今闻是事，益信达者非无稽之谈，恻隐君子所宜深戒焉。"《埋忧集》评语所寄寓的训诫意味，也是明确针对像自己这样的"富贵弟子"和"君子"而发的。其书评语如"右二事，余得之传记中。富贵子弟读之，足以警矣"（卷一《扛米》《无锡老人》），"君子见几而作，当自有其道矣"（卷五《谄祸》），"余述此事，盖为昵比顽童而广田自荒者戒，非敢仍他人牙慧也，故复存之"（卷五《药渣》）。

"士""君子"群体也是方舒岩评本《聊斋志异》的预设对话者，类似的评语包括"士患不自立耳，一时蹭蹬何有哉？"（《叶生》）、"德义，天下之大防也"（《聂小倩》）、"君子之交，淡以成也"（《田七郎》）等。翁心存《阅微草堂笔记》评语的理想读者，同样不是市井细民，而是与自己相近的缙绅士人。这类评语有"士大夫宜慎之，勿为奇邪所惑"（卷一"德州宋清远"条），"为牧令者慎之，为刑官者慎之"（卷四"再从伯灿臣公言"条），"凡事类然，宜戒其偏"（卷七开篇识语，圈出"一有偏嗜，必有浸淫而不自已者"句），"莫若训其择交，然子弟既长成，岂能时时监察之？还在子弟之自择耳"（卷十"陈石闾言"条），"此一条名言至理，在官者宜书诸绅"（卷十四"明公恕斋"条），"笔端舌端皆宜致谨，即颜色亦宜慎之"（卷二十"科场"条），等等。

晚清的文言小说评点接续这一风气。在许奉恩《里乘》卷三《凤冤》、卷五《欧公子》、卷六《吾乡某太史》《猎人某》，《醉茶志怪》卷二《黄老》，王伯恭评本《阅微草堂笔记》卷一"沧州刘士玉"条、卷十六"相传魏环极先生"条等评语❶中均可找到这类自省之言。

二 文言小说评点流通场域的文人性

对于撰述类和兼有撰述、丛钞性质的文言小说而言，它们的读者首先是小说

❶ （清）王伯恭评本《阅微草堂笔记》，国家图书馆藏清嘉庆二十一年（1816）重刻本。

作者的亲友群体,这天然具有一定的封闭性;这些亲友同时可能是小说素材或评论的提供者,这就进一步强化了小群体相对于外界的独立性。清人费南辉《野语》卷九《还难妇》一篇为"德清俞剑花孝廉"所言,而俞氏正是此书的评者之一。❶乐钧的友人吴嵩梁不仅为《耳食录》初编撰写序文,还多次以素材提供者的身份出现在书中。沈起凤《谐铎》的评语及成书面貌也直接与作者的诸多弟子有关。书中每篇末尾皆有作者以"铎曰"领起的自评,其后偶附弟子的识语,落款为"受业某某谨题/谨志/附识"的弟子计有九人。据其弟子胡文水记述,沈起凤是在他的建议下,才又新增了较原稿多出一倍有余的旧闻近事,终而编成此书,并刊诸枣梨的,"(先生)惟检行箧,得《谐铎》五十余条,出以示水。卒读之,遂进而请曰:'先生其有救世之婆心,而托于谐以自隐,如古之东方曼倩其人者,曷亟付之梓,以是为遁人之徇耶?'比蒙许可,追忆旧闻,撼采近事若干条,厘卷十二。斯条亦系开雕时补入者"。如是种种,可见作者亲友之于文言小说成书以及批评的重要性。

有趣的是,文言小说作者与亲友之间鲜活的互动印记,时常留存在评点之中,使得后人可以据此遥想小说创作、批评的历史现场。明万历邵景詹纂录《觅灯因话》,在《小引》中自道与宾客共谈异事,"各以己意附赞于末"的情形。故而此书多数篇末皆附作者及其友人的评语,署以"子墨客卿氏""梦觉生""自好子""思玄子"等,其中"自好子"即邵景詹。由《桂迁梦感录》文末"子墨客卿氏曰:余睹桂生事,而叹天心之重弃善良也……幸与不幸在毫发之间耳,老氏之言曰:'既以为人己愈有,既以与人己益多',余故详其事、著于篇,以少裨世风劝戒焉"可知,"子墨客卿氏"既是此事的讲述者,又是此文的评点者。❷

和邦额在《夜谭随录》自序中,记述其创作本末云:"予今年四十有四矣,未尝遇怪,而每喜与二三友朋于酒舫茶榻间,灭烛谈鬼,坐月说狐。稍涉匪夷,辄取为记载。日久成帙,聊以自娱。"他曾以八旗之"俊秀可以学习者"身份入咸安宫官学,此书不少篇幅记述的就是彼时他与同窗共学者谈鬼说狐的经历。比如,《杂记》五则之所以成文,缘起是"与诸同学偶谈及狐怪,择尤者五则,记之"。这五则

---

❶ （清）费南辉编:《野语》,国家图书馆藏清道光二十五年(1845)增刻本。
❷ （明）邵景詹纂录:《觅灯因话》,《古本小说集成》影印清刊本。

趣事以"胡辉岸谓""鞠慕周最善说狐,不能悉记。其有奇者,足发一大噱。言其客关中时……""薛鲁园谓:此皆不奇,奇莫奇于宛邱之狐矣""慕周拊髀曰:是诚奇文也。然余所闻某教授之事,亦罕遘哉"之类的过渡性语句衔接彼此,每事谈毕,循例皆有作者闲斋、友人兰岩等的评论。并且,兰岩和作者其他同好阿林保、恩茂先等人,经常在评语中互相应和。比如,《棘闱志异》八则之"监生"条末尾,先是福霁堂评了一句"诚所谓玩人丧德者",不知出自哪位友人笔下的旁批立即反驳道:"断章取义""错甚"。《苏仲芬》篇末作者自评"或谓是鬼,予力辩是狐",恩茂先接话,曰:"无论是狐是鬼,仲芬儒衣儒冠而为人师表者,较此女为何如!"这些作者与评者之间、评者与评者之间的交流过程,富有意义,又饶有生趣。《白萍》篇末恩茂评曰:"祖有德,而子孙发甲,固天所以报告人。乃又斩厥祀,殊不可解。"闲斋断然驳之曰:"否,否! 愈远愈疏,古圣人所以有承祧之义也。林生绝嗣,天所以报林生,非所以报其祖,何则林祖父有发甲之子孙,而林不得为人之祖父也? 天何负于吉人哉!"更有趣的是,随后作者不忘追加一笔,记下茂先听闻此语的反应:"茂先大笑叫绝"。《夜谭随录》的前身《霁园杂记》❶或许保留了有关作者与友人互动的更多内容,应当更接近当时的现场实录,值得进一步探究。

与此极为相类的是嘉庆朝的《影谈》。此书的评者管柳衣是作者管世灏的从祖,书成之后,管柳衣"暇日乃戏缀评语,各附于末"。其中,卷四《程筠》篇末评是批评活动的精彩记录——"柳衣氏曰:'予疑娼妇不能为鬼,以其烟花水性,魄既不贞,魂亦易散也。'月楣应曰:'其用物也宏矣,其取精也多矣,非娼妇成鬼之注脚耶!'同座莫不捧腹,予亦大噱。"❷亲友评说、其乐融融的场景跃然纸上,摇曳生姿。

在嘉庆朝破额山人所编的《夜航船》中,卷八《脱换司》文末评先是有"王望云曰"领起的评语,继之以"王逊堂曰:兄论良是"云云,可见评者之间有所互动。《昔柳摭谈》的文末评多有关于创作资料的记录,而若追寻这些资料的来源,作者亲友的贡献不容忽视。举例来说,卷一《大鸟散鸳鸯》篇末"梓华生曰:松雨史丈曾目击幕友办此案。余客沛上,史丈饮余古柏庭中。酒酣,形容施郎初婚夕,淋

❶ 萧相恺:《和邦额文言小说〈霁园杂记〉考论》,《文学遗产》2003年第3期,第5页。
❷ (清)管世灏:《影谈》,台北新兴书局《笔记小说大观》影印上海进步书局石印本。

漓尽致,无不绝倒。惜余笔钝,未能曲绘而达",卷二《弃弟成名》篇末"梓华生曰:此事禾人唐君为我言之,啧啧叹卫叟不置,余记其事",表明两处素材均来自友人的当面讲述。卷七《花二郎》评语曰:"此事曾见于胡慧园未刻之《耳谐》卷中,今已不能记其全篇,姑忆所纪之大概以足成之",而据同卷张红《谦厄》首句"同邑胡慧园",可知胡慧园与作者的私交关系,也说明了此篇是作者在阅读同邑友人的稿本以后凭借记忆进行的二度创作。

如是情形,好似道光时双保《铁若笔谈自叙》所提及的"予性好谈论,每朋侪齐坐,或论诗文,或谈典故,及一切因果报应、畸事异闻"❶,以及光绪年间李庆辰《醉茶志怪》序文所自道的,"仆半生抑郁,累日长愁,借中书君为扫愁帚,故随时随地,闻则记之,聊以自娱。于是二三良朋,时来蜗舍,此谈异说,彼述奇闻"。这些封存在序跋和评语之中的交流往还信息,使得评者与作者的相互问答、同座之人的实时反馈如在今之读者目前,历久而弥新。这些画面足与"昼宴夜话,各征其异说"(《任氏传》)、"座上诸君子,各各明君耳。听我做文章,说此河南事"(徐坚《初学记》引刘谧之《庞郎赋》)等唐人有关文言小说及评论诞生的描述相印证。文言小说独特的创作和批评生态,自唐至清,已然绵延了千余载。

三　文言小说评点理论的系统化趋向

正因文言小说评点所属圈层的文人性特征,文言小说评点中探索小说观念、特点、发展历史和理论命题等方面的内容较多,逐代累积,渐次构成了一个趋于系统化的理论框架,具体表现在以下几个方面。

其一,评者围绕小说的观念、特点等话题各抒己见。由于文言小说的概念范畴相对于白话小说更为模糊不清、变动不居,历代评者均对此类话题抱有探索的热情。元刻本《世说新语》中署名刘辰翁之评指出,小说因不弃委巷街语、无根之谈而显得包容、丰富,"写得直似可憎,又自如见。人情有此。传闻❷之秽,小说

---

❶ (清)双保:《铁若笔谈·自叙》,《北京师范大学图书馆藏稿抄本丛刊》影印道光丙申(1836)抄本。
❷ "闻"字原文漫漶,或曰为"有"。

不厌"(《雅量》"羊绥第二子"条)。在他看来,为了达到某种艺术效果,小说可以以降低写实性为代价。而这种凌驾于写实性之上的艺术性,正是小说文体的特性所在。例如,《俭啬》"苏峻之乱"条写庾亮受陶侃赏识,庾进餐时将薤根留下,陶问缘由,庾答以再种,赢得了陶氏"非惟风流,兼有治实"的赞语,此评者道:"小说取笑,岂有熟薤更种耶? 陶未易愚。"《汰侈》"石崇每要客燕集"条载石崇以美人行酒,客饮不尽则斩美人,评者又曰"绝无斩人劝饮,血当盈庭矣"。透过这些批语,我们看到了这位评者的小说观:小说的游谈无根并非缺陷,反而为小说创作的驰骋夸饰、自由发挥提供了充足空间。他还注意到那些具备转折、收尾,创造出生动人物或经典情节的小说文本,提出它们已从单纯的文字品评("品藻")或简单的相貌描写("容止")升格为"小说"了。比如,《容止》"魏武将见匈奴使"条中有下令追杀的情节,评语"谓'追杀此使',乃小说常情",《简傲》"王子猷作桓车骑骑兵参军"条对话有趣、兼事用典,评语曰"亦似小说书袋子",《假谲》"袁绍年少时"条内含"巧合",评语又道:"自非露卧,剑至即止,又不如迁以避之。小说多巧。"

《续虞初志》的评者与《世说新语》署名刘辰翁的评者堪称异时知音,他也认为"小说"文体应当具备取材广泛、包容虚实的特性。书中《雷民传》文末评曰:"小说家唯说鬼,说狐,说盗,说黥,说雷,说水银,说幻术,说妖道士,皆厥体中第一义也。"❶这两位评者传达了他们对于小说文体更为包容、通达的认识。《对山书屋墨余录》与《金壶七墨》的序文则是从稗类进则可入史、退则可居说部的角度来强调小说价值的。前者提到,"(小说)其制通严肃,互庄谐,虽于艺文无当,而自典章法度……浅之而仅为说部者,深之又具有史裁"。后者亦曰:"古人小说谓纪事实,探物理,示劝戒,资谈笑。"❷这种以史书的地位和特点作为文言小说文体参照的想法,在文言小说评者中相当普遍。❸

其二,不少评者对文言小说的历时发展给出了总体性的判断。万历许自昌《捧腹编》的序文评价唐宋元明小说变迁,曰:"夫稗官野史,莫盛于开元天宝间,

---

❶ 旧署(明)汤显祖辑:《续虞初志》,美国国会图书馆藏明万历刻本。

❷ (清)黄钧宰:《金壶七墨》,《续修四库全书》影印吉林大学图书馆藏清同治十二年(1873)刻本。

❸ 清人《瓶庵笔记》评价《耳食录》之时,也以距史学之远近确认说部之高下:"大凡笔记小说,以识见理解独辟蹊径者为尚,如《阅微》之类是也。次则遗闻佚事、有关掌故者,如《郎潜纪闻》《啸亭杂录》之类是也。次则考据经史、赏奇析疑,以资引证者,如《居易录》《容斋随笔》之类是也。若掇拾琐闻,泛记狐鬼,无关宏旨,等自郐矣。"参见朱一玄:《明清小说资料选编》,齐鲁书社1985年版,第1256页。

或据实纪异,或架空缀说,口绣笔采,用以资清尘、消雄心。而宋元诸公皆称述朝家耳目之事,略涉谐部,有关风教。迨我明兴,寥寥无几,独杨用修、祝希哲、王元美数公富有纂著,丹铅所历,累累充笈。"❶此论所示的厚古薄今之小说史观,在明清两代流行甚广。

明末汇评本《虞初志》在《集异记》之末附有两则关于小说变迁的断语,颇具明代中叶复古思潮的色彩,后人经常征引。其中一则未署名号❷,亦谓唐宋小说天壤有别:"唐之文未纯于古,而高词丽句犹存江左余味,虽野书稗说之靡亦臻其妙,萧然有言外之趣,非复后世所能及。宋人极力模仿,若洪野处者犹未足比肩,况其它乎?"另一则托名汤若士,继续抒发今不如昔之慨:"《集异》较《齐谐》气韵便减,矧后世之记载乎?词意痴木,都不足观。"

在明末清初周之标选评的《香螺卮》中,评者也借评析隋代贺若弼《胡母班传》发挥道:"此传神奇其说,自是六朝结习,为唐人开小说门户,然与唐宋作笔自异。"❸钱希言的《狯园自叙》则扬唐抑宋道:"稗至唐而郁乎盛矣,响亦绝焉……唐人善用虚,宋人善用实;唐人情深趣胜,为能沿泛波澜,宋人执理局方,惟事穿凿议论;唐人以文为稗,妙在不典不经;宋人以稗为文,病在亦趋亦步。由斯以观,非其才之罪也。文章与时高下,大抵然耳。"他对唐宋小说的观察,采用了用虚、用实,以文为稗、以稗为文等对比维度,有其洞见。

咸、同之间,解鉴模仿《聊斋志异》而创作《益智录》。书前多篇序文都谈到了小说文体的变迁问题。其中一位序文作者郑锡麟肯定小说之劝惩性而否定其娱乐性,他所开列的小说清单,在某种程度上表明了小说史观:"尝考著书之家,如道家、释家、法家、名家、农家、兵家、医家、纵横家,莫不各抒所见,自成一家之言;而于劝惩之义,则概未有闻。说部中如《搜神记》《述异记》《续齐谐记》《神异经》《十洲记》《高士传》《神仙传》《洞冥记》《英雄记抄》《穆天子传》《武帝内传》《飞燕外传》《杂事秘辛》《辍耕录》《云仙散录》《湘山野录》,皆足广见闻,纪风土,补史乘,资谭笑矣。然而,述奇怪则满纸螺亭鼠国,谈神仙则一篇玉液丹砂,夸智谋则

---

❶ (明)许自昌辑:《捧腹编》,《续修四库全书》影印明万历四十七年(1619)刻本。
❷ 末有"是记本十卷……余窃爱而刻之,不忍以残缺废焉"之语,为如隐草堂本所无,故应出自吴仲虚或凌性德之手。
❸ (明)周之标选评:《香螺卮》,参见黄霖:《关于古小说〈香螺卮〉》,《明清小说研究》1999 年第 3 期。

使我心惊舌咋,写娟丽则令人目骇情摇;至于令见之者生慕,闻之者怀惭,刻薄者识偏私之无用,诡谲者悔机械之徒劳,则亦概未有闻。"另一位序作者杨福棋则把小说史的梳理更新至他所处的时代,进而盛赞《聊斋志异》《阅微草堂笔记》二书的价值:"小说家言起于汉晋,而盛于唐宋,自《冥洞》《搜神》而下,其名更仆难数。近今则《聊斋志异》一书,脍炙人口。嗣是作者如林,虽各有所长,要皆出于蓝而不必胜于蓝也……后得河间纪晓岚先生《阅微草堂》五种,见其寓庄于谐,约奇于正,叙事则简而明,言情则隽而雅。在先生则为游戏之作,在读者已获药石之益。始知稗官小说,以大手笔为之,其异人固如是也。"

其三,文言小说评者热衷于依据批评对象提炼理论命题,这种热情相对较少受到商业出版的直接驱动,而是从评议小说内容、鉴赏小说特色的表层工作出发,逐渐触及技巧、思想等更深层次问题的。他们抽绎出的命题主要关涉"奇与幻""虚与实""奇与情""奇与真""事与理"等几组概念。《新订增补夷坚志》的评语虽多宣扬果报思想,但也偶发超越之论,勘破了志怪小说"幻由人设"的妙处及"不奇之奇"的本质。卷二十三《金钗辟鬼》眉批"鬼畏革带、畏金钗,幻而有致",卷五十《误入阴府》眉批"疾苦了不异生人,正是善说鬼处"便是如此。同样处理"奇与幻"这组概念的评语,还有明末邓乔林的《广虞初志》和陈俊邦的《广谐史》。二书均以幻笔为特色、以修辞为风格,恰到好处地促进了有关"奇与幻"命题的思考。其中,《广谐史》的评语出诸众手,却又不约而同地聚焦作品的艺术水平及创作手法,他们不仅关注"幻与真",还涉及"虚与实"的命题。❶ 而对于题材同类、风格统一的《虞初新志》与《虞初续志》二书,编者评点所关切的问题也相差无几:前者关心"奇"的视角与"情"的联动,后者勤于探讨"奇"与"真"的关联。

嘉庆时屠绅《六合内外琐言图说》内容怪怪奇奇,不少评论亦因此而被激发,探究其间的"非常之常"和"异中之理"。譬如卷六《海市舶》"殷柳园曰:……此篇非志怪也,语常也",同卷《卵陷》文末"赵味辛曰:游戏之文,亦示惩儆。作者固深于理也",卷九《铸镜叟》文末"吴念湖曰:……故事幻而理真,士大夫正坐不

---

❶ 罗书华将书首李日华的序文视为"实假虚真:虚实理论的完成"。参见罗书华:《中国小说学主流》,上海书店出版社 2007 版,第 159 页。

如此",卷十四《二浦二石》"祴华氏曰：……作者殆深于寓言，非徒述异"等评，莫不由此立意。同治徐时栋评议《阅微草堂笔记》也以"奇"为关键词，他对"奇"的看法可用卷二十二"门人"条的评语来概括，"凡实有之事，千奇百怪，自然惊人。若纯构虚词，虽其心思笔墨极变化灵幻，总觉平平无奇也"。可以引来作为旁证的是他对卷二"先姚安公有仆"条中所记姚安公之语的认同。彼处姚公曰："夫鬼神颠倒，岂徒博人一快哉？凡以示戒云尔。故遇此事，当生警惕心，不可生欢喜心。"徐评称赞这是"老成阅历之言"，可见他警觉于伴随"奇幻"而来的魅惑效果，而更认同"奇幻"背后的事实本质和实际用途。

再看光绪李庆辰《醉茶志怪》，卷二《鼋精》的评语之后有小字注曰"理所必无，事或须有，姑妄言之，姑听之可耳"，同卷《西贾》文末评谓"溺鬼缢鬼，皆能求代，由来已久。其事卒不绝，其理终不可解"，卷四《刘玉厅》评语又曰"不知理虽非正，事总非虚，岂即置而勿论乎？宋儒之迂拘，往往类此，真不足一噱"。这样的评论持理一贯，无不显示了作者对于"事与理"关系的思考：看重实有之"事"，对不可解之"理"始终抱有审慎而又包容的姿态。

以上谈论文言小说评点有别于白话小说的数种表现，是从大处着眼的。实际上，上述的每一种表现都并不固化，而是随时变迁，顺势起伏的。以文言小说评点流通场域的文人性为例，这种文人性并没有长期维持在同一水平。晚明时期，一些文言小说评点就趋于通俗化，评点的商业性可以暂时超越文人性而跃居主流；时至清初，商业性与文人性渐成交融状态；从乾嘉时期开始，文言小说评点的文人性才又复归主流。

本编第二章所附的图表，一方面展示了作者自评的历时变化，另一方面也可部分印证这一评点形态文人性的高低起落。有趣的是，作为"非常态"的晚明文言小说评点的商业化倾向，恰恰就是文言小说评点与白话小说评点为数不多的相同点。二者的另一相同点，也出现在晚明这一时期，表现为评点内容鉴赏属性的强化。也是从晚明时期开始，文言小说评点频频称引白话小说的经典作品，文言小说和白话小说生成、批评、流通的交融程度加深，白话小说创作和评点对文言小说的影响日益增强——此亦为文言小说评点通俗化之一大背景。

第二节　相　同　之　处

一　文言小说与白话小说评点商业化的趋同

　　如前所述,文言小说评点从万历开始趋于商业化。这种商业化的具体表现有二。一是托名批评蔚然成风。尽管元刻本《世说新语》中署名刘辰翁的评点已有可能是托名,但作为一时风尚的托名批评现象,要到晚明才真正出现。万历时期陈俊邦编《广谐史》,其《凡例》对这种现象提出了锐评:"时尚批点以便初学观览,非大方体。且或称卓吾,或称中郎,无论真伪,反惑人真解。况藻滥不同,似难一律。故不敢沿袭俗套,以为有识者鄙。"陈俊邦既有意要挣脱这一潮流,便也道出了这股潮流极大的裹挟力。

　　彼时热门的托名对象有李卓吾、汤显祖、陈继儒、钟伯敬、屠隆、徐文长等,与白话小说评点史上托名现象的流行时段和伪托对象几乎完全重合。❶ 汇评本《虞初志》有署名袁宏道、李贽、屠隆、汤显祖之评,闵于忱《枕函小史》的《癖史》部分有署名为屠隆、袁宏道的评语,《新订增补夷坚志》署名钟惺批评,《闲情野史风流十传》以及随《陈眉公批评汧国传》《鼎镌陈眉公先生批评会真记》二书刊行的文言小说都号称是陈继儒批评的。这些"名家"评本,根据评点的内容判断,恐怕十有八九都是书商的谋利之计。❷

---

❶ "此举最为盛行的是万历中后期到明末这一阶段,而被冒用之名家最风行的是李卓吾、陈眉公、钟伯敬、汤显祖诸公",请见本书上编第四章第一节"小说评点者之构成"。

❷ 以汇评本《虞初志》为例,虽有学者认为"从版本的年代来看,三家评的真实性是基本可以肯定的,袁、屠的评点当在他们去世之后不久刊印,汤显祖评则在他生前梓行"(孔庆茂《〈虞初志〉三家评略论》,《明清小说研究》1999 年第 1 期),但学界主流仍视之为伪托。程毅中的依据是"后出的翻刻本则加上了许多伪托的作者姓名","乱派作者的事恐怕也不会是汤显祖干的"(《〈虞初志〉的编者和版本》,《文献》1988 年第 2 期),王重民也怀疑"袁、屠仍是托名"(《中国善本书提要》,上海古籍出版社 1983 年版,第 396 页),叶德钧则从凌氏刻本"不少依托欺世的书",推断"凌性德的《虞初志》也是在这风气盛行时的产物","所谓汤、袁、屠的纂辑、批评、点阅都是凌氏的依托",(《〈虞初志〉的编者》,收于《戏曲小说丛考》,中华书局 2004 年版,第 517 页)。注者按:卷三《枕中记》文末有署名汤显祖的评语曰"举世方熟邯郸一梦,予故演付伶人以歌舞之",语义过于刻意,或可为作伪之证据。

文言小说托名批评的余风，一直延续到了清代。清稿本《聊斋剩稿》内含四种评语，两种为后来付梓的光绪申报馆丛书本《萤窗异草》所有，但标注方式却有差异：在稿本中，自评以"异史氏曰"领起，而非刊本标注的"外史氏曰"；刊本中有的"随园老人曰"评语，稿本则作"王渔洋曰"。❶《萤窗异草》刊本卷首署"长白浩歌子著　武林随园老人续评　关中柳桥居士重订"，而所谓"随园老人"续评，竟与《聊斋剩稿》中"王渔洋曰"的内容完全相同。由是可知，无论是"随园老人"抑或"王渔洋"，皆为编者自造或请人伪造的。袁枚和王士禛都是清人作伪时常常借重的名号。《昔柳摭谈》有一种标于嘉庆年间"新刻"的伪书《剪灯闲话》，该本也是把原本的"平湖梓华楼冯氏编"替换成了"随园主人戏编"。❷

在文言小说史上，另有特殊的冒名情况，似非借重他人之名，而将他人评语挪归己有。明末宋存标所撰《情种》，书中《珠衫》一篇出自宋存标伯父宋懋澄，篇末评原署名"废人曰"，"废人"当为宋懋澄之友钱希言。可在《情种》里，宋存标直接把"废人曰"替换为"居士曰"，评语内容却一字未改。《情种》还收录了同为宋懋澄撰写的《负情侬传》。对于这篇小说，宋存标先是冒领部分原评，复次增加了少许新的批语。宋存标允许评语冒领或掺杂的状况充斥自己编纂的小说集，足见其并不重视评语的所属权问题。第二种冒名与王韬有关。他刊登在《点石斋画报》上的《玉儿小传》一文❸，其实摘抄自王嘉桢《在野迩言·玉儿》。❹ 原文篇末有"野狐氏曰"的评语，王韬将之改为"逸史氏曰"并照单全录。王韬的版权意识较为淡薄，学界已有研究，此非孤例。❺

文言小说评点商业化的另一表现是广告语词的渗透。白话小说刊布广告，主要是宣称刊刻之优良、评点之精当，以此招徕读者。❻ 这是单向的，是书坊对于读者的吸引。文言小说的广告语词，则多关系到后续的出版计划，是征稿与广

---

❶ 稿本还独有刊本未见的两种评语，一是未知来源的"外史氏曰"，一是署名"少垣"的评语，当出自收藏者或阅书人。参见戴不凡：《小说见闻录》，浙江人民出版社 1980 年版，第 243—247 页。

❷ 这一伪书藏于伦敦大学亚非学院古籍特藏室。参见施晔：《〈昔柳摭谈〉作者冯跃龙考：为鲁迅"冯起凤说"正误——兼论该书版本及伪作》，《中华文史论丛》2019 年第 3 期。

❸ 此文稍后收入上海点石斋石印单行本《淞隐漫录》卷十二。

❹ （清）王嘉桢：《在野迩言》，国家图书馆藏清光绪十三年(1887)善堂刊本。

❺ 他例参见张振国：《王韬小说集中部分作品著作权质疑》，《南京师范大学文学院学报》2009 年第 4 期。

❻ 参见本书上编第四章第一节"小说评点者之构成"、第二节"小说评点的基本类型"，第五章第二节"传播价值：小说评点的基本功能"。

告两相结合的、兼顾读者与编者的双向行为，其商业性与文人性连结在了一起。《今世说》评点本在《例言》里号召读者，曰："凡我远近诸名家，倘以全集见贻，自当细搜续辑，汇订《今世说补》一书。务期蚤寄邮筒，庶免遗漏之意。"❶许奉恩在光绪刻本《里乘》的《说例》中，也提到"尚愿再撰《里剩》一书，以续其后。伏望四海同志，遇有可欣可愕、足资劝惩之事，不吝邮寄大略，俾得捃掇成编"，广求天下知音的真诚溢于言表。

清初张潮的《虞初新志》是随编随刊的，他在书前的一则《凡例》中公开征稿，广告中有"或后或先，总以邮筒为次""随到随评，即付剞劂之手""凡有新篇，速祈惠教"等企盼之辞。他在另一则《凡例》中强调了评点之重要，表明了他作为编者愿与读者分享评点的期望，"盖由流连欣赏，随手腕以加评；抑且阐发揄扬，并胸怀而迸露。兹集触目赏心，漫附数言于篇末；挥毫拍案，忽加赘语于幅余。或评其事而忼慨激昂，或赏其文而咨嗟唱叹。敢谓发明？聊抒兴趣；既自怡悦，愿共讨论"。与此同时，书末的《总跋》自叹"穷愁著书"，以期"世之读我书者兼有以知我之境遇而悯之"，这种私人化、情绪化的表达，似与《凡例》充满公共意味的激越风格迥然有异。联系《凡例》和《总跋》两处文字可知，《虞初新志》是一部结合了征稿和选评、兼有文人性与商业性的小说选集。这类文言小说的评点，在商业化的维度上，是与白话小说评点大方向趋同而又存有细微差异的。

二　文言小说与白话小说评点鉴赏性的强化

鉴赏性的强化是晚明文言小说评点和白话小说评点的共同趋势，这可以从两个方面来看。一是不少评语开始区分小说所叙内容（"事""人"）和所用文笔（"文""语"），意识到这两者是互有区别、互相成就的。以白话小说的评点为例，晚明李卓吾评本《西游记》有"思笔双幻"之说。❷清初许宝善评白话小说《娱目

---

❶ （清）王晫：《今世说》，《续修四库全书》影印华东师范大学图书馆藏清康熙二十二年（1683）霞举堂刻本。
❷ 《李卓吾先生批评西游记》第七回旁批："趣甚，妙甚！何物文人，思笔双幻乃尔。"参见《续修四库全书》影印本。

醒心编》,评语曰:"事奇,文亦奇""事情忙杀,文章闲杀"。❶ 王希廉评《红楼梦》"贾宝玉神游太虚幻境"一段,亦曰:"梦是幻仙,笔亦仙幻。"❷

对文言小说来说,早在嘉靖陆采辑本《虞初志》中,《非烟传》文末评曰:"非烟,女之荡者也,不足取,取其文而已。"不过,与其说这一评语是从鉴赏的眼光夸赞"文"之可取,不如说是从训诫的眼光否定"女"之品性。再晚一些,也就是万历时期,当白话小说评语呈现出将文笔与内容剥离开来的自觉,文言小说评点对于文笔的鉴赏,才真正地占据了主流。

如本编第三章所述,万历以降,正是文言小说的鉴赏性评语涌现之时。极力称扬小说笔法如何高明,成为这一时期文言小说评者不约而同的行为。同样是《虞初志》,在晚明的七卷汇评本中,托名汤若士者评《续齐谐记·金凤凰》曰"只一细事,说得如许飞动",托名钟瑞先者评《谢小娥传》曰"此系当时实事,故文不甚隽永",俱已明确评者有意将"事""文"分而论之,并格外关注"文"之效果。这种对于鉴赏性的强调,与嘉靖陆采辑本评语对于伦理性的重视,可谓判然有别。

再以"世说体"小说的评点为例。《初潭集》"夫妇·合婚"一类收录了《世说新语·贤媛》"许允妇是阮卫尉女"条,李贽评之曰"事奇,语奇,文奇"。《舌华录》中,袁中道评"豪语"类"仪真王维宁"条"事语两佳",评"谐语"类"王俭尝集有才之士"条"事胜于语",评"韵语"类"李宗闵多宾客谈笑"条"意佳语劣"等。这些评点都跳出了"事"的畛域,认识到"语"与"文"的价值。同一时期的这类评点尚有不少例证。譬如《新订增补夷坚志》的评者,认为卷二十四《王敬伯》"令小婢取箜篌作宛转歌"之句"事语俱俊",《合刻三志》的一位评者,指出《狂奴传》"陆羽"篇"人奇,文亦奇"。

入清以后,小说评者对"文"之效果仍多属意。清代的"虞初体"系列虽以写人为主体,但评者关于"文"的鉴赏兴致依旧浓厚。这是因为,正如评者指出的,清代的"虞初体"作者将"奇人当借妙文传"视作创作的一大宗旨。《虞初新志》之《秋声诗自序》写京中善口技者,文末云:"张山来曰:绝世奇技,复得此奇文以传

---

❶ 《娱目醒心编》卷二夹批、回末评,《古本小说集成》影印华东师范大学藏清乾隆五十七年(1792)刻本。
❷ 《新评绣像红楼梦全传》第五回回末评,北京图书馆出版社 2004 年影印本。

之。读竟，辄浮大白。"同书《汪十四传》文末有"张山来曰：文之夭矫奇恣，尤堪与汪十四相副也"。两则评语都称扬了"人"与"文"的"相副"。在《虞初续志》中，袁枚《书鲁亮侪》文末"郑醒愚曰：奇人奇事。得此妙文传之，可称双绝"，东轩主人《口技记》文末"郑醒愚曰：技至此，神乎技矣。在奏者穷形尽相，几于万窍皆鸣。而作记者，亦复墨舞笔飞，不啻双管齐下。技也，而进于道矣，吾于斯记亦云然"，陆次云《王别驾传》文末有"汪东川云：其事不朽，文更能不朽"等，也是强调奇文之妙，得与奇人、奇事、奇技共相不朽。《广虞初志》一书的《赵飞燕外传》文末评亦曰："古人叙丽人、丽事者，无出此传右矣"，"昭仪得此传文，骨虽朽，其貌犹存。宇宙快事，有此人便当有此文，谁谓不然"，亦同时称赞了传主与传文。

即使是那些不以写人为主而重在记事的清代文言小说❶，也有不少表现出"事""文"分观的倾向。味经堂本《耳食录》书首附吴山锡《叙》，其中介绍作者乐钧"凡生平所闻所传闻者悉载焉"，"其事之怪怪奇奇固足发心骇目，而文章之妙，如云霞变幻、风雨离合"。《谐铎》书前的韩藻之序，亦拈出"言""事"两端，评道："言则白傅谈诗，老妪亦参妙解；事则道元画壁，渔罟尽乐皈依。有裨人心，无惭明教。"

《聊斋志异》评本同样实践着这样的评点思路。王士禛评《青梅》"事妙文妙，可以传矣"；但明伦评《庚娘》"天外飞来，事奇文亦奇"，评《张诚》"一篇孝友传，事奇文奇"。在诸评家中，王东序、冯镇峦围绕"事""文"关系而发表的评论最为典型。王东序评《促织》"事虽诞而文精极，玩其文不必究其事"，评《大男》"事无甚奇，而如此叙来遂有地中鸣鼓角、天上下将军之势。文人之笔狡绘万变不可端倪，有如是耶?"评《陈锡九》"此自是故作一折，以为文字波澜，非必真有气绝事也"。而冯镇峦则说"《聊斋》每篇直是有意作文，非以其事也"(《王六郎》)，又几番强调"先生此书……有意作文，非徒纪事"，"读《聊斋》，不作文章看，但作故事看，便是呆汉……不得第以事视，而不寻文章妙处"(《读聊斋杂说》)。

《萤窗异草》作为深受《聊斋志异》影响的作品，其初编卷二《温玉》文末云："随园老人曰：人谓似《聊斋·莲香传》，余亦谓似《聊斋·莲香传》。然非鬼狐之

---

❶ 实际上，事与人是很难截然两分的。即便是以写人为核心的"虞初体"小说，也并未抛下对"事"的关注。归根到底，事、人都需借文而传，即《虞初新志·自序》所言"表彰轶事，传布奇文"是也。

迹略同,人亦乌从寻针线迹耶? 事奇、文奇,安在莲香后,不可复有温玉?"二编卷四《镜儿》文末云:"随园老人曰:两事迥不相谋,而合成一片,几于无缝天衣。高僧孝子传中,乃得此旖旎文字,足称奇观,不独奇事"。尽管前文提及,这里的"随园老人"很可能是一种托名,但从"伪评"也能管窥彼时评者分论"事""文"的共识。《小豆棚》一书也有类似的评语,如"其笔意奇绝,可与烈妇俱传"(卷一《张烈妇》)、"事甚诡谲,而笔能达之,故佳"(卷十一《僵鬼》)、"有此奇事,便有此奇文以传"(卷十四《赵殿臣》)等。

若将视野拓宽至笔记小说,这类评点同样是存在的。金捧阊《守一斋客窗偶笔》之《治酒病》评语曰"事妙笔妙,而用笔处处以利人济物为心",《黄姑》评语曰"事甚奇,如读海上异书,而叙次明晰乃尔,故佳"。❶ 梓华生《昔柳摭谈》卷一《崇明老人》的文末评即有此鉴赏性,"乙云山人曰:奇人有奇命,享奇福,载奇事,成奇文,感发语令人泣下,诙谐语令人失笑"。《箬廊琐记》成书于道光年间,王济宏在卷三《记奸狱》文末评中表示自谦,则曰:"其事奇,情节俱奇,惜余文不能奇。"❷

评语鉴赏性增强的第二个表现是,从万历开始,在"文""事"分途的基础上,白话小说、文言小说的评者都选择把目光聚焦于小说的文法,将很多文章学的评点术语和评点思路带入到小说的评点当中。万历末期袁无涯评本《水浒传》频繁提及"叙事养题""逆法""离法"等文法术语,"可视为小说评点史上文法总结之开端"。❸

从文章学与小说文体的关系来看,文言小说与文章学的亲缘更近。前文在论及文言小说评者关于文法的批点时,着重提到的是《聊斋志异》《阅微草堂笔记》二书的评点。此处将引入更多这一类型的文言小说评点,并以评者的文章学修养为切入点来展开讨论。

茅坤评批《何氏语林》一书,凭恃的就是他的古文家眼光。他在评点时着重分析了文章做法,评《言语》下"张曲江"条乃"作文法",《言志》下"茅山元符宫"条

---

❶ (清)金捧阊:《守一斋客窗偶笔》,国家图书馆藏清同治十二年(1873)重刻本。
❷ (清)王济宏:《箬廊琐记》,台北新兴书局《笔记小说大观》影印清咸丰四年(1854)晋文斋刻本。
❸ 参见本书上编第二章第二节"小说评点的萌兴"。

中《自赞》"短章自韵"。《文学》下"苏子由"条载"苏子由尝云：'予少作文，要使心如旋床，大事大圆成，小事小圆转，每句如珠圆'"，茅坤对此十分欣赏，评曰："子由得作文法！"

赵学辙赏析《守一斋客窗偶笔》，最为关心的也正是金捧阊的文章笔法。因此，赵评常见"著此句倍觉沉痛""下半篇文字从此生出""欧、曾得意之笔""收束劲净"（卷一《孙节母》），"书起书结""余波亦奇"（卷一《赵氏牡丹》），"笔所未到气已吞，具见束上起下之法"（卷二《玉田狐》），"此段用史家论赞兼补传中所缺法也，不满百字而连叙四事，咄咄怕人，是何手笔"（卷二《崔从庆》），"叙次简劲，结亦峭"（卷二《黄彦需》），"讽喻得《三百篇》遗意"（卷三《平乐豹》）这类语词。赵评多以品读史传的眼光来观看是书，此即其《序》中所谓读之"如入左史之室"的具体表现。两年后，金捧阊完成了《守一斋客窗二笔》的编撰工作，而这套《守一斋客窗偶笔》《守一斋客窗二笔》的另一位评者赵翼，便在序中评价道："非说部一流，直可作古文读，故总名曰《守一斋古文》。"我们可以参照赵氏置于文末的评语，看到他在事理报应和行文笔法两端所下的功夫，其中又以后者用力最深，如"序次坚洁，收束隽永，行远垂世之文"（评《书戚氏女守志事》），"写速报真有雷轰电掣之势，尤妙于急脉缓受，而章法一丝不乱"（评《冥府速报司记》），"慷慨淋漓，其与龙门列传笔法所谓不烦绳削而自合者"（评《书叶太翁还金全节报》），"提掇郑重，序次明净，收应完足"（评《白副戎传》），"收束，吞吐，抑扬，妙有至理"（评《书张缺嘴事》），等等。

《对山书屋墨余录》的评者朱作霖，亦在眉批里指出行文笔法的佳处。例如，卷一《丁祭盛仪》眉批"语极洗练""列叙处皆有渲染，自不同帐籍文字""彬雅之致，跃见纸上""一笔总束，即以点题"，《瞿松涛传》眉批"畸行迈俗，妙在叙得无痕，洵是斫轮老手""为瞿传神""点睛处"，卷二《沪城火药局灾》眉批"境佳，由于笔曲""闲笔见姿致""句甚明捷"，卷六《南海生》眉批"即是闲适笔，亦举重若轻"，卷八《记许静山梦异》眉批"囫囵语恰得要领""伏笔""一笔双钩"，卷十《教子升天杯》眉批"文约而旨达，叙事极妙"，卷十四《梨云堂》眉批"曲折叙来，如画如话"，等等：评语无不极尽夸美之辞。据李曾珂《跋》透露，"南邑朱君雨苍，尝以古文鸣"。擅长古文写作的朱作霖，果然在批评方式、关注重心上展露了他的才华和特点。

值得注意的是,桐城派文法异于一般古文法之处,在于更为推崇"雅洁"和"义法"。因此,在桐城派的小说创作中,亦有这一方面的实践自觉。观之桐城派小说中最为知名的《里乘》,有学者指出,此书"行文上力求'雅洁',于小说中严守古文'法'的壁垒;在立意上尚真、宗经、致用,并确保解读的稳固性和单一性,以追求'义'的雅洁"。书中篇末评"议论大都平淡不奇,但其有自身重要的特点,一是严肃,二是确凿不移",结果是"以故事解读的确定性和唯一性,放逐了潜在意蕴的可能性;以意义阐释的严肃性消弭了可能产生的游戏性和脱序性"。❶

此外,《夜谭随录》诸家评者均对精心铺设、简省适当的行文多有关注,相关评语如"草蛇灰线""述事简便""补笔细""语词韵甚""更进一层""尽伏后文,无一闲笔"。这类点到即止的文法批评,在文言小说评点中数见不鲜,此处不多赘言。

三　文言小说评点的通俗化：白话小说作品及评点的渗入

万历以降,文言小说评点进入成熟发展的阶段,白话小说评点也同步走向炽盛。从彼时开始,白话小说及其评点逐步渗入到文言小说的评点中来,促进了文言小说评点的通俗化过程。文言小说评点提及最多的白话小说是"四大奇书"。清中叶开始,也出现了称引《豆棚闲话》《醒世姻缘传》《女仙外史》《红楼梦》等作品的文言小说评语。

文言小说和白话小说并不天然对应着"雅"与"俗"的两端。从小说创作及评点的"知识"含量来看,白话小说与文言小说是很难强分轩轾的。但明伦称赞《聊斋志异·葛巾》"写牡丹确是牡丹,移置别花而不得",冯镇峦评点两引《牡丹谱》作证,表明蒲松龄的精确描写,有赖于他的花卉知识。《绿野仙踪》序后识语也强

---

❶ 程维:《论桐城派小说的"雅洁"追求——以许奉恩〈里乘〉为中心》,《明清小说研究》2020 年第 4 期。

调"此书与略识几字并半明半昧人无缘",从小说知识性内容的角度,明确指出了《绿野仙踪》的特点与对读者的知识要求。❶ 并且,既然文言小说的评语迎来了白话小说的渗入,白话小说的评语也理应不乏文言小说的渗入印记。正如《红楼梦》评者太平闲人张新之曾经宣称"今日小说,闲人止取其二:一《聊斋志异》,一《红楼梦》",舒其锳《注聊斋志异跋》亦认为《聊斋志异》与《红楼梦》是清人的"两大手笔",可以并传于后世。❷

不过,从实际情况来看,白话小说对文言小说的渗入比反向渗入更为显著,这是与两类小说发展态势的消长和整个时代文化的趋向相关的。在文言小说评点当中,白话小说所带来的作品及评点之渗入表现为两方面。一方面,文言小说评者作为白话小说的阅读者,极为推崇白话小说的艺术成就,敏觉地意识到优秀白话小说与自己所评的文言小说作品在情节描写、细节要素、人物形象等维度具有相似性。明末汇评本《虞初志》之《集异记·韦知微》写及"猕猴大才如栗,跳踯宛转""腾跃踊骇,化为虎焉",评者由此联想到《西游记》,称此"便为《西游》小说作俑"。天启本《智囊》"上智部"《楚庄王 袁盎》记种世衡的轶事,便有夹批云"《三国演义》貂蝉事套此";"胆智部"的《诛恶仆》一篇,文末有评者称赞"亦智亦侠,绝似《水浒传》中奇事"。天启本《亘史》也倚仗《水浒传》来提高批评对象的地位,指出《刘东山遇侠事》一篇"此文高手,非《水浒》能仿佛也"。

上述批语比拟《西游》《三国》《水浒》诸书的题材和手法,乃是评者兴之所至,调遣自身白话小说阅读经验而撰写的。明末评者议论《幽怪诗谭》之《申阳福地》一文,拈出其中"吾祖卜居花果山,经世几百劫"句,评道:"原来孙悟空有此贤胤,非寻常两岸呼啼者。"《新订增补夷坚志》卷一《陈才辅》写"其三人皆饮所饷酒,亦醉。买菜作羹,一坐房前,一吹火灶下,一洗菜水畔",眉批评曰"举拟宛肖,可想是编《金瓶》《水浒》"。乾隆王东序评本《聊斋志异》评《红玉》"全学《水浒》笔意",评《阎王》"摹写悍妇声口逼肖,不文不俗,自成一家,酷似《水浒传》中阎婆惜、《金瓶梅》上潘金莲"。诸如此类的评语,说明"四大奇书"的题材和风格已经在问世

❶ 此处关于小说"知识"的论述,出自刘勇强:《"小说知识学"的艺术基础与批评实践——以明清小说评点为中心看"知识"维度在小说研究中的运用》,《文学遗产》2022年第4期。

❷ 孙大海:《从"并提"与"续仿"看〈聊斋志异〉和〈红楼梦〉在清代接受史中的交互》,《红楼梦学刊》2021年第4辑。

后不长的时间内，成为了一种"范式"，对文言小说的创作和批评产生了巨大影响。当然，文言小说对"四大奇书"的模仿，文言小说评点对"四大奇书"的称引，也助力了"四大奇书"经典化的历程。

另一方面，由于文言小说评者在阅读白话小说的同时，也接触到了相关评点，因此，文言小说评者不仅是白话小说的阅读者，也是白话小说评者有意或无意的效仿者。在《幽怪诗谭·小引》中，听石居士将此书与《三国》之外的三大奇书并论："诗自魏晋以至唐宋，号称巨匠七十余家……而总之以百回小说作七十余家之语。不观李温陵赏《水浒》《西游》、汤临川赏《金瓶梅词话》乎？《水浒传》，一部'阴符'也；《西游记》，一部'黄庭'也；《金瓶梅》，一部'世说'也。然则此集邮传于世，即谓晋魏来一部'诗谭'亦可。"评者以李贽对《水浒传》《西游记》、汤显祖对《金瓶梅词话》的赏识为参照，开始着手针对《幽怪诗谭》的批评工作。

细察王东序对《聊斋志异》的评点，亦可发现王氏非常熟悉金圣叹的批评路径。他经常依据《水浒传》《西厢记》等金批经典来协助开展小说文本的分析，有些地方甚至直接搬出金批原文。譬如，他评价《连城》："崔相国夫人再现矣。与《西厢》赖婚何异？"议论《婴宁》："用潘金莲对武松长奴三岁语，阅圣叹批乃知奇妙。"对于《崔猛》一文，他指出文中急人所难的豪语是"从《西厢》惠明语夺胎"，认为其中急于复仇而被劝止的情境"如武松欲打蒋门人（神），施恩劝令明日去。松云：'明日去不打紧，又累我气这一夜'，即是此处神理"。评析《司文郎》曰："武松醉打孔亮篇，因砍狗跌落溪里，黄狗便立定了叫，金圣叹批云：'黄狗得意。'此余杭生得意，真如黄狗也。"❶王氏对金批之熟悉、服膺，在在可见。道光时期，吴炽昌在评价《续客窗闲话》之《义猫》一篇时，援引金圣叹提及的"名以银成，无别术也"现象，或许也是金圣叹的追慕者。

白话小说正文及评点对于文言小说评点的渗入，客观上使得后者成为一种宝贵的文献资料。换言之，文言小说在反映作品之间影响关系的同时，也侧面记录了相关白话小说的流行范围和影响程度。此处以语涉《红楼梦》的评点为例。

---

❶ 王东序评本《聊斋志异》，参见张菊如：《〈王批聊斋志异〉评介》，《明清小说研究》1988 年第 3 期；关于王评与金批关系的论述，参见孙大海：《有正书局〈原本加批聊斋志异〉批语的价值重估》，《北京社会科学》2019 年第 8 期。

《夜谭随录》中《棘闱志异》八则之"李伯瑟言"条,有一眉批提及《红楼梦》:"昔读《红楼梦》,《芙蓉诔》有云:'茜纱帐里,公子情多;黄土垄中,佳人命薄。'当为文炳、小蕙泣涕而吊之。"乐钧《耳食录》二编卷八《痴女子》写一痴女子因览《红楼梦》而亡,文末所附的长评隽永而有力,堪称一篇演绎《红楼梦》"真情说"的论述文。《夜谭随录》和《耳食录》分别成书于清乾隆四十四年(1779)、乾隆五十九年(1794)。前者成书时,《红楼梦》尚处在以稿本流行的阶段,后者问世于程本梓行的三两年内:它们都是表现《红楼梦》早期接受史的宝贵资料。《小豆棚》一书卷九《刘祭酒》评语有曰:"近日《红楼梦》中小儿女情景,有此等别致否?"也有同样的价值,《小豆棚》的刊刻时间是乾隆六十年(1795)。值得注意的是,《小豆棚》序文里也提到了清初白话小说《豆棚闲话》,自称此书"较《豆棚闲话》更觉取精用宏"。因此,这个表述变相讲述了《豆棚闲话》的价值和地位,也证实了此书以"豆棚"为题绝非偶然,自有与《豆棚闲话》一争高下的雄心。

这类具有文献价值的文言小说评点资料还有很多。比如,光绪刻本《里乘》卷七《有外山王》文末评语提及《女仙外史》云:"昔永乐时,鱼台妖妇唐赛儿谋逆,或借其事撰《女仙外史》。稗说谓为靖难诸臣雪愤,今证以野老所言,或亦有因。惟某甲能知天命,甘心伏剑,使一切篝火狐鸣、妄希非分者观之,亦可爽然自失矣。"光绪种蕉艺兰生(即蒋升)《异闻益智丛录》卷二十四"戏弄"类《狄希陈》一篇,乃《醒世姻缘传》狄希陈故事之缩改版,其评云:"机诈之心,人人所有,然非正理也。能化之者,不矜才,不使气,行其心之所安,'不忮❶不求,何用不臧?'"

此外,如果从文本价值的角度看待小说评点,那么,白话小说评点在文本方面的价值,或许也为我们理解文言小说评点文本价值的生成带来了启发。所谓文本价值,是指"评点者对小说文本所做出的增饰、改订等艺术再创造活动,从而使评点本获得了自身的版本价值和文学价值"。❷尽管由于作者身份、流通圈层和成书方式上的差异,文言小说经由他人修订的情况较为罕见,但是,也仍有少数评者遵从自己内心对于作品的理解,勇于提出改订文本的建议,甚至不惧俗见,付诸行动。

清末民初狄平子改订的《原本加批聊斋志异》就是典型的一例。此书如其在

---

❶ 此字漫漶,依据《诗经·邶风·雄雉》补。
❷ 参见本书上编第五章第一节"文本价值:小说评点的重要层面"。

《续黄粱》眉批所云"俗本开卷乃系《考城隍》一则",自我标榜为"原本",而贬抑其他版本为"俗本"。所谓"原本""俗本"之说,与金圣叹标榜《水浒传》的"古本""俗本"之论如出一辙,应当是受到了金批《水浒》的启发。此书对《儒林外史》篡改颇多,有针对语词的改动,也有关涉情节的删订。前者如《狐嫁女》一篇,狄平子将原著"既而酌以金爵,大容数斗"句中后四字删去,并加眉批云:"俗本'酌以金爵'下有'大容数斗'四字,如此大爵何以能纳袖中? 加此四字可谓荒谬"。❶ 后者则如《阿宝》一篇,狄平子因无法容忍阿宝遭恶少围观,删去了阿宝与孙子楚浴佛节相会的情节,评曰:"夫恶少环立,品头论足已极不堪,兹又出游,岂竟不爱其鼎? 不知陋儒何仇于宝,而必淋漓尽致,糟蹋不已也。"❷

再以《聊斋志异》的仿作《益智录》为例。从此书稿本留存的篇末评笔迹来看,在稿本上做出改动的可能是李瑜、渔樵散人、杨子厚、秦次山等人。他们改动稿本的情况大致如下:卷一《何福》稿本原文为"因汝奸淫而死,汝自拟抵,尚望生还乎?"评者为这句话增添数字,改为"'被汝污而死,汝应拟抵,尚望生还乎?'乙俯首无辞,论罪如律",并加眉批曰"论罪如律句,似不可少"。在卷二中,另有评语将《于媪》"何苦如之"改为"悲填胸臆",依照笔迹,似为李瑜所改。卷八《矫娘》的改动最多,评者几乎变换了全文,并在卷末附抨击道:"文妙事妙,嫌词多繁复,以私意略节之,诚不知其点金成铁也"。❸ 暂且不论评改者的考虑是否有理、改订后的版本是否得当,这类评点确为文言小说提供了"新"的版本,也显现出类似于白话小说评点所具有的文本价值。

综上所述,白话小说评点与文言小说评点是异中有同的,二者的趋同之势在晚明时期最为显著。也是在晚明时期,正式开启了二者之间以白话小说评点向文言小说评点渗透为主、反方向渗透为辅的互动进程。关于古代小说评点的研究,应当同等对待白话小说评点与文言小说评点,既使二者互为坐标,显现出各自的特点,也将二者合而观之,看到双线发展与影响关系。唯有如此,才能真正认识到中国小说评点的全貌与本质。

---

❶ 杨海儒:《有正本〈原本加批聊斋志异〉对原著的肆意篡改》,《明清小说研究》1994 年第 1 期。

❷ 此处信息为孙大海兄惠赐。特此说明,并致谢忱。

❸ 参见王恒柱:《整理后记》,解鉴著,王恒柱、张宗茹校点:《益智录:烟雨楼续聊斋志异》附录,人民文学出版社 1999 年版。

参考书目

1. 孙楷第:《中国通俗小说书目》,作家出版社 1957 年版。

2. 蒋瑞藻:《小说考证》,古典文学出版社 1957 年版。

3. 〔日〕小川环树著:《中小学说史の研究》,岩波书店 1968 年版。

4. *Chin Sheng-t'an:His Life and Literary Criticism*, John C. Y. Wang, Twayne Publishers, 1972. 中译本见《金圣叹的生平及其文学批评》,〔美〕王靖宇著,谈蓓芳译,上海古籍出版社 2004 年版。

5. *Chinese Narrative:Critical and Theoretical Essays*, ed. Andrew H. Plaks, Princeton University Press, 1977. 中译本见《中国叙事:批评与理论》,〔美〕浦安迪主编,吴文权译,上海远东出版社 2021 年版。

6. *Chinese Approaches to Literature from Confucius to Liang Ch'i-Ch'ao*, ed. Adele Austin Rickett, Princeton University Press, 1978.

7. 鲁迅:《中国小说史略》,人民文学出版社 1976 年版。

8. 郭豫适:《红楼梦研究小史稿》,上海文艺出版社 1980 年版。

9. 胡士莹:《话本小说概论》,中华书局 1980 年版。

10. 戴不凡:《小说见闻录》,浙江人民出版社 1980 年版。

11. 一粟编:《红楼梦书录》,上海古籍出版社 1981 年版。

12. 王利器辑:《元明清三代禁毁小说戏曲史料》,上海古籍出版社 1981 年版。

13. 郭豫适:《红楼梦研究小史续稿》,上海文艺出版社 1981 年版。

14. 孙逊:《红楼梦脂批研究》,上海古籍出版社 1981 年版。

15. 袁行霈、侯忠义编：《中国文言小说书目》，北京大学出版社 1981 年版。

16. 《笔记小说大观》，新兴书局 1981 年版。

17. 叶朗：《中国小说美学》，北京大学出版社 1982 年版。

18. 孔另境编：《中国小说史料》，上海古籍出版社 1982 年版。

19. 《中国善本书提要》，上海古籍出版社 1983 年版。

20. 吴晗、郑振铎等：《论金瓶梅》，文化艺术出版社 1984 年版。

21. 李汉秋辑校：《儒林外史会校会评本》，上海古籍出版社 1984 年版。

22. 侯忠义编：《中国文言小说参考资料》，北京大学出版社 1985 年版。

23. 黄霖、韩同文编：《中国历代小说论著选》，江西人民出版社 1985 年版。

24. 曹方人、周锡山点校：《金圣叹全集》，江苏古籍出版社 1985 年版。

25. 《四库全书简明目录》，上海古籍出版社 1985 年版。

26. 《丛书集成初编》，中华书局 1985 年版。

27. 孙逊：《明清小说论稿》，上海古籍出版社 1986 年版。

28. 刘辉：《金瓶梅成书与版本研究》，辽宁人民出版社 1986 年版。

29. 康来新：《晚清小说理论研究》，台湾大安出版社 1986 年版。

30. 马蹄疾编：《水浒书录》，上海古籍出版社 1986 年版。

31. 张友鹤辑校：《聊斋志异会校会注会评本》，上海古籍出版社 1986 年版。

32. 杨绳信编：《中国版刻综录》，陕西人民出版社 1987 年版。

33. 郑如斯、肖东发：《中国书史》，书目文献出版社 1987 年版。

34. 韩锡铎、王清原编纂：《小说书坊录》，春风文艺出版社 1987 年版。

35. *The Four Masterworks of the Ming Novel*，Andrew H. Plaks，Princeton Univerisity Press，1987. 中译本见《明代小说四大奇书》，［美］浦安迪著，沈亨寿译，中国和平出版社 1993 年版，生活·读书·新知三联书店 2006 年、2015 年版。

36. 郭豫适编：《红楼梦研究文选》，华东师范大学出版社 1988 年版。

37. 王先霈、周伟民：《明清小说理论批评史》，花城出版社 1988 年版。

38. 陈平原：《中国小说叙事模式的转变》，上海人民出版社 1988 年版。

39. 张志哲：《中国史籍概论》，江苏古籍出版社 1988 年版。

40. 林辰：《明末清初小说述录》，春风文艺出版社 1988 年版。

41. 张秀民：《中国印刷史》，上海人民出版社 1989 年版。

42. 范胜田主编：《中国古典小说艺术技法例释》，浙江古籍出版社 1989 年版。

43. 陈美林：《吴敬梓传》，南京大学出版社 1990 年版。

44. 方正耀著，郭豫适审订：《中国小说批评史略》，中国社会科学出版社 1990 年版。

45. 《中国通俗小说总目提要》，中国文联出版公司 1990 年版。

46. *How to Read the Chinese Novel*，ed. David L. Rolston，Princeton University Press，1990.

47. 《古本小说丛刊》，中华书局 1991 年版。

48. 冯其庸编：《八家评批红楼梦》，文化艺术出版社 1991 年版。

49. 朱一玄主编：《明清小说资料选编》，齐鲁书社 1991 年版。

50. 汪耀楠：《注释学纲要》，语文出版社 1991 年版。

51. 刘良明：《中国小说理论批评史》，武汉大学出版社 1991 年版。

52. 郭豫适：《中国古代小说论集》（修订 3 版），华东师范大学出版社 1992 年版。

53. 程毅中：《古代小说史料漫话》，辽宁教育出版社 1992 年版。

54. 萧相恺：《珍本禁毁小说大观》，中州古籍出版社 1992 年版。

55. 陈洪：《中国小说理论史》，安徽文艺出版社 1992 年版。

56. 于曼玲编：《中国古典戏曲小说研究索引》（上下），广东高等教育出版社 1992 年版。

57. 《中国古代小说百科全书》，中国大百科全书出版社 1993 年版。

58. 黄霖：《近代文学批评史》，上海古籍出版社 1993 年版。

59. 徐朔方：《晚明曲家年谱》，浙江古籍出版社 1993 年版。

60. 章培恒：《献疑集》，岳麓书社 1993 年版。

61. 周钧韬主编：《中国通俗小说家评传》，中州古籍出版社 1993 年版。

62. 侯忠义、刘世林：《中国文言小说史稿》，北京大学出版社 1993 年版。

63. 陈大康：《通俗小说的历史轨迹》，湖南出版社 1993 年版。

64. 陆树仑：《冯梦龙散论》，上海古籍出版社 1993 年版。

65. 董洪利：《古籍的阐释》，辽宁教育出版社 1993 年版。

66. 李剑国：《唐五代志怪传奇小说叙录》，南开大学出版社 1993 年版。

67. 吴志达：《中国文言小说史》，齐鲁书社 1994 年版。

68. 李梦生：《中国禁毁小说百话》，上海古籍出版社 1994 年版。

69. 《古本小说集成》，上海古籍出版社 1994 年版。

70. 陈美林主编：《儒林外史辞典》，南京大学出版社 1994 年版。

71. 徐中玉主编：《中国近代文学大系》（文学理论卷），上海书店出版社 1994 年版。

72. 《中国古籍善本书目》，上海古籍出版社 1994 年版。

73. *The Johns Hopkins Guide to Literary Theory and Criticism*, ed. Michael Groedon and Martin Kreisworth, Johns Hopkins University Press, 1994.

74. 宁宗一主编：《中国小说学通论》，安徽教育出版社 1995 年版。

75. 《明清善本小说丛刊初编》十八辑《艳情小说专辑》，天一出版社 1995 年版。

76. 陈洪：《金圣叹传论》，天津人民出版社 1996 年版。

77. 宁稼雨编：《中国文言小说总目提要》，齐鲁书社 1996 年版。

78. ［英］魏安著：《三国演义版本考》，上海古籍出版社 1996 年版。

79. 丁锡根编：《中国历代小说序跋集》，人民文学出版社 1996 年版。

80. 陈益源：《从〈娇红记〉到〈红楼梦〉》，辽宁古籍出版社 1996 年版。

81. 陈平原、夏晓虹编：《20 世纪中国小说理论资料》（第一卷），北京大学出版社 1997 年版。

82. 徐朔方：《小说考信编》，上海古籍出版社 1997 年版。

83. 胡从经：《胡从经书话》，北京出版社 1997 年版。

84. 《四库全书存目丛书》，齐鲁书社 1997 年版。

85. 《四库禁毁书丛刊》，北京出版社 1997 年版。

86. ［美］浦安迪：《红楼梦批语偏全》，台北南天书局 1997 年版，北京大学出版社 2003 年版。

87. *Traditional Chinese Fiction and Fiction Commentary: Reading and Writing Between the Lines*, David L. Rolston, Stanford University Press,

1997.

88. ［韩］闵宽东：《中国古典小说在韩国之传播》，学林出版社 1998 年版。

89. 王琼玲：《清代四大才学小说》，台湾商务印书馆 1998 年版。

90. 辜美高、李金生主编：《新加坡国立大学中文图书馆藏中国明清通俗小说书目提要》，新加坡国立大学中文系汉学研究中心 1998 年版。

91. ［日］中川谕：《『三国志演义』版本の研究》，汲古书院 1998 年版。中译本见《〈三国志演义〉版本研究》，林妙燕译，上海古籍出版社 2010 年版。

92. *Appropriation and Representation：Feng Menglong and the Chinese Vernacular Story*，Shuhui Yang，University of Michigan Press，1998.

93. 孙琴安：《中国评点文学史》，上海社会科学院出版社 1999 年版。

94. 林岗：《明清之际小说评点学之研究》，北京大学出版社 1999 年版。

95. 王恒柱、张宗茹校点：《益智录：烟雨楼续聊斋志异》，人民文学出版社 1999 年版。

96. 马振方：《小说艺术论》，北京大学出版社 1999 年版。

97. 陈大康：《明代小说史》，上海文艺出版社 2000 年版。

98. 李剑国：《宋代志怪传奇小说叙录》，南开大学出版社 2000 年版。

99. 《四库未收书辑刊》，北京出版社 2000 年版。

100. 王平：《中国古代小说叙事研究》，河北人民出版社 2001 年版。

101. 黄霖等：《中国小说研究史》，浙江古籍出版社 2002 年版。

102. 章培恒、［美］王靖宇编：《中国文学评点研究论集》，上海古籍出版社 2002 年版。

103. 《续修四库全书》，上海古籍出版社 2002 年版。

104. *Reconstruction the Historical Discourse of Traditional Chinese Fiction*，Liang Shi，The Edwin Mellen Press，2002.

105. 占骁勇：《清代志怪传奇小说集研究》，华中科技大学出版社 2003 年版。

106. 刘上生：《中国古代小说艺术史》，湖南师范大学出版社 2003 年版。

107. 石昌渝：《中国古代小说总目》（共三册），山西教育出版社 2004 年版。

108. 曹立波：《红楼梦东观阁本研究》，北京图书馆出版社 2004 年版。

109. 宋莉华：《明清时期的小说传播》，中国社会科学出版社 2004 年版。

110. 白岚玲：《才子文心——金圣叹小说理论探源》，北京广播学院出版社 2002 年版。

111. 孟昭连、宁宗一：《中国小说艺术史》，浙江古籍出版社 2003 年版。

112. 陈洪：《沧海蠡得——陈洪自选集》，南开大学出版社 2004 年版。

113. 萧相恺主编：《中国文言小说家评传》，中州古籍出版社 2004 年版。

114. 潘建国：《古代小说书目简论》，山西人民出版社发行部 2005 年版。

115. 黄强：《八股文与明清文学论稿》，上海古籍出版社 2005 年版。

116. 高小康：《中国古代叙事观念与意识形态》，北京大学出版社 2005 年版。

117. 方正耀著，郭豫适审订：《中国古典小说理论史》（修订版），华东师范大学出版社 2005 年版。

118. 钟锡南：《金圣叹文学批评理论研究》，上海古籍出版社 2006 年版。

119. 郑艳玲：《钟惺评点研究》，人民日报出版社 2006 年版。

120. 雷庆锐：《晚明文人思想探析：〈型世言〉评点与陆云龙思想研究》，中国社会科学出版社 2006 年版。

121. 竺洪波：《四百年〈西游记〉学术史》，复旦大学出版社 2006 年版。

122. 王进驹：《乾隆时期自况性长篇小说研究》，中国社会科学出版社 2006 年版。

123. 游秀云：《王韬小说三书研究》，秀威信息科技股份有限公司 2006 年版。

124. 刘继保：《红楼梦评点研究》，北京图书馆出版社 2007 年版。

125. 孙中旺：《金圣叹研究资料汇编》，广陵书社 2007 年版。

126. 张世君：《明清小说评点叙事概念研究》，中国社会科学出版社 2007 年版。

127. 罗书华：《中国小说学主流》，上海书店出版社 2007 年版。

128. 吴士余：《中国古典小说的文学叙事》，上海古籍出版社 2007 年版。

129. 陈文新：《文言小说审美发展史》，武汉大学出版社 2007 年版。

130. 程国赋：《明代书坊与小说研究》，中华书局 2008 年版。

131. 陆林辑校整理：《金圣叹全集》，凤凰出版社 2008 年版。

132. 程毅中、于文藻点校：《花影集　鸳渚志余雪窗谈异》，中华书局 2008 年版。

133. 林雅玲：《余象斗小说评点及出版文化研究》，里仁书局 2009 年版。

134. 吴敢：《张竹坡与〈金瓶梅〉研究》，文物出版社 2009 年版。

135. 吴子林：《经典再生产——金圣叹小说评点的文化透视》，北京大学出版社 2009 年版。

136. 路善全：《在盛衰的背后——明代建阳书坊传播生态研究》，中国传媒大学出版社 2009 年版。

137. 周建渝：《多重视野中的〈三国志通俗演义〉》，中国社会科学出版社 2009 年版。

138. 黄霖编，罗书华撰：《中国历代小说批评史料汇编校释》，百花洲文艺出版社 2009 年版。

139. 顾克勇：《书坊主作家：陆云龙兄弟研究》，中国社会科学出版社 2010 年版。

140. 李正学：《毛宗岗小说批评研究》，中国社会科学出版社 2010 年版。

141. 张国星编：《鲁迅、胡适等解读〈金瓶梅〉》，辽海出版社 2010 年版。

142. 郭孟良：《晚明商业出版》，中国书籍出版社 2010 年版。

143. 胡晴：《红楼梦评点中的人物评价》，华艺出版社 2010 年版。

144. 刘海燕：《明清〈三国志演义〉文本演变与评点研究》，福建人民出版社 2010 年版。

145. 董上德：《古代戏曲小说叙事研究》，广东高等教育出版社 2011 年版。

146. 《北京师范大学图书馆藏稿抄本丛刊》，国家图书馆出版社 2011 年版。

147. ［美］浦安迪：《浦安迪自选集》，生活·读书·新知三联书店 2011 年版。

148. 石麟：《中国古代小说评点派研究》，中国社会科学出版社 2011 年版。

149. 张振国：《晚清民国志怪传奇小说集研究》，凤凰出版社 2011 年版。

150. 萧佳慧：《笑话的书写与阅读——冯梦龙〈笑府〉〈古今笑〉探论》，花木兰文化出版社 2011 年版。

151. 纪德君：《中国古代小说文体生成及其他》，商务印书馆 2012 年版。

152. 刘强：《世说学引论》，上海古籍出版社 2012 年版。

153. 韩春平编：《明清时期南京通俗小说创作与刊刻研究》，暨南大学出版社

2012 年版。

154. 朱一玄编：《明清小说资料选编》，南开大学出版社 2012 年版。

155. 陈文新：《中国小说的谱系与文体形态》，中国社会科学出版社 2012 年版。

156. 吴盈静：《王希廉的红学初探》，花木兰文化出版社 2012 年版。

157. 刘思怡：《宋枨澄及其〈九钥集〉研究》（上下），花木兰文化出版社 2012 年版。

158. 洪佳愉：《和邦额〈夜谭随录〉研究》，花木兰文化出版社 2012 年版。

159. 吴敢：《话说张竹坡》，江苏人民出版社 2012 年版。

160. 纪德君：《明清通俗小说编创方式研究》，社会科学文献出版社 2012 年版。

161. 张曙光：《叙事文学评点理论的现代阐释》，山东人民出版社 2012 年版。

162. 陈洪：《金圣叹传》，人民文学出版社 2012 年版。

163. 吴波等辑：《阅微草堂笔记会校会注会评》，凤凰出版社 2012 年版。

164. 杨志平：《中国古代小说文法论研究》，齐鲁书社 2013 年版。

165. 傅承洲：《冯梦龙文学研究》，中国社会科学出版社 2013 年版。

166. 王玉超：《明清科举与小说》，商务印书馆 2013 年版。

167. 谭帆等：《中国古代小说文体文法术语考释》，上海古籍出版社 2013 年版。

168. 陈才训：《古代小说家、评点家文化素养论》，中国社会科学出版社 2014 年版。

169. 刘天振：《明代类书体小说集研究》，中国社会科学出版社 2014 年版。

170. 曾守仁：《金圣叹评点活动研究：拟结构主义的重构与解构》，花木兰文化出版社 2014 年版。

171. 林明昌：《古文细部批评研究》，花木兰文化出版社 2014 年版。

172. 林淑媛：《晚明水浒人物评论之研究——以金圣叹评〈水浒传〉为范例》，花木兰文化出版社 2014 年版。

173. 陈大康：《中国近代小说编年史》，人民文学出版社 2014 年版。

174. 石昌渝：《中国小说源流论》（修订版），生活·读书·新知三联书店 2015 年版。

175. 吴敢：《金瓶梅研究史》，中州古籍出版社 2015 年版。

176. 陆林：《金圣叹史实研究》，人民文学出版社 2015 年版。

177. 何红梅：《〈红楼梦〉评点理论研究——以脂砚斋等 10 家评点为中心（汉英对照）》，齐鲁书社 2015 年版。

178. 焦印亭：《刘辰翁文学评点寻绎》，中国社会科学出版社 2015 年版。

179. 黄霖、周兴陆主编：《复旦大学第三届文学评点学术研讨会论文集》，凤凰出版社 2015 年版。

180. 《四部丛刊续编》，上海书店出版社 2015 年版。

181. 《海外中华古籍书志书目丛刊》，国家图书馆出版社 2015 年版（未结束）。

182. 黄佳颖：《和邦额〈夜谭随录〉研究》，花木兰文化出版社 2015 年版。

183. 《四库全书总目》，中华书局 2016 年版。

184. 陈国军：《明代志怪传奇小说叙录》，商务印书馆 2016 年版。

185. 任笃行辑校：《聊斋志异全校会注集评》（修订本），人民文学出版社 2016 年版。

186. 曾晓娟：《"评"与"改"：中国古典白话小说之雅化过程——以〈水浒传〉为中心》，南开大学出版社 2017 年版。

187. 李汉秋编著：《儒林外史研究资料集成》，上海古籍出版社 2017 年版。

188. 黄霖主编：《文学评点论稿》，凤凰出版社 2017 年版。

189. 程毅中：《古体小说论要》，北京出版社 2017 年版。

190. 《海外中文古籍总目》，中华书局 2017 年版（未结束）。

191. 黄铃棋：《胡应麟叙事理论及其批评与创作实践——以〈少室山房笔丛〉与〈甲乙剩言〉为论》，花木兰文化事业有限公司 2017 年版。

192. ［日］仙石知子：《毛宗岗批评『三国志演义』の研究》，汲古书院 2017 年版。

193. 黄霖编：《历代小说话》，凤凰出版社 2018 年版。

194. 黄霖、陈维昭、周兴陆主编，周兴陆辑注：《世说新语汇校汇注汇评》，凤凰出版社 2018 年版。

195. 陈才训：《明清小说文本形态生成与演变研究》，上海古籍出版社 2018 年版。

196. 张春燕：《明清小说评点中的阅读美学》，中国社会科学出版社 2018 年版。

197. 傅承洲：《戊戌集　宋元明清文学论稿》,凤凰出版社 2018 年版。

198. 黄卓越主编：《海外汉学与中国文论》,北京师范大学出版社 2018 年版。

199. 周兴陆编：《传承与开拓：复旦大学第四届中国文论国际学术研讨会论文集》,凤凰出版社 2018 年版。

200. 刘凤泉：《中国古代文论旨要》(上下),花木兰文化事业有限公司 2018 年版。

201. 李小龙校证：《〈异闻集〉校证》,中华书局 2019 年版。

202. 刘强：《〈世说新语〉研究史论》,复旦大学出版社 2019 年版。

203. 盛洋：《"入世"与"出世"间的纠结——宣鼎及其〈夜雨秋灯录〉》,博扬文化出版社 2019 年版。

204. 王振良主编：《民国时期小说研究稀见资料集成》,广东人民出版社 2020 年版。

205. 郝敬：《建构"小说"——中国古体小说观念流变》,中华书局 2020 年版。

206. 谭帆：《中国小说史研究之检讨》,上海古籍出版社 2020 年版。

207. ［日］小松谦：《水浒传と金瓶梅の研究》,汲古书院 2020 年版。

208. 刘天振：《明代文言小说汇编类文献研究》,中国社会科学出版社 2021 年版。

209. 赵建忠：《红学流派批评史论》,中华书局 2021 年版。

210. 刘玄：《"四大奇书"评点本研究》,学苑出版社 2021 年版。

211. 石麟：《古代小说理论切磋》,花木兰文化事业有限公司 2021 年版。

212. 柳志杰：《"三言"评点教化研究》,花木兰文化事业有限公司 2021 年版。

213. 《中国科学院文献情报中心古籍普查登记目录》(全五册),国家图书馆出版社 2022 年版。

214. 李梦圆：《明清小说评点范畴谱系研究》(上中下),花木兰文化事业有限公司 2022 年版。

附录一　论海外学界的中国小说评点研究

林　莹

　　国内学界对于小说评点的研究约始于 19 世纪末,其中尤以近二十年的成果最为丰硕❶。在海外,中国小说评点的译介早在鸦片战争前夕便已肇始,但严格意义上的学术研究要再过百年才真正起步。20 世纪下半叶,海外学界的小说评点研究蔚然可观,进而与国内研究盛势遥相呼应,至 21 世纪迈向平稳开拓的阶段。鉴于海外研究的传统、贡献与地缘密切相关,在区分欧洲、北美、日韩越、新马泰、澳大利亚及中国港台地区的框架下讨论是合理且必要的。各板块间的交互关联,也将在行文中加以阐明。

一　欧洲的小说评点研究

　　欧洲对中国古典小说的关注为时颇早。18 世纪初,旅法华人黄嘉略(Arcade Houange)完成了《玉娇梨》前三回的法译手稿;法国耶稣会士殷弘绪(François-Xavier Dentrecolles)选译了《今古奇观》的三篇作品,随着《中华帝国全志》的出版而正式发行。❷ 不过,小说评语译介的出现,还要再迟一个世纪。鸦片战争前夕,欧洲传教士及驻华官员受宗教、政治等因素驱动,借小说以认识

---

❶ 参见谭帆:《小说评点研究之检讨——以近二十年来小说评点研究为中心》,《中国文学批评》2021 年第 3 期。《新华文摘》2021 年第 22 期转载。
❷ 宋丽娟:《西方的中国古典小说研究(1714—1919)》,上海古籍出版社 2022 年版,第 5—7 页。

中国之需求愈显迫切。他们更关注小说内容而非形式，即便接触到小说评本，也暂无顾及评点的闲趣与能力。1807—1823 年，英国新教传教士马礼逊（Robert Morrison）在粤采购了张评本《金瓶梅》、东观阁评本《红楼梦》和文言小说评本《昔柳摭谈》等❶，却未对书中评点有何致意。1820 年，英国东印度公司的汤姆斯（Peter Perring Thoms）于《亚洲杂志》连载译文《著名丞相董卓之死》，在题注里较完整地翻译了托名金圣叹的《三国志序》❷，这是评本序跋在西方译介的起始，也是西人知晓"才子书"的契机。1867 年，英国外交官梅辉立（William Frederick Mayers）也在《中日释疑》提及"才子书"之说源于"著名编辑兼评论家金圣叹的图书分类"。❸ 此前，英国第二任香港总督德庇时（John Francis Davis）、英国传教士美魏茶（William Charles Milne）虽然均据毛评本翻译《三国演义》，但前者只保留正文、删尽评注，后者误将夹批与正文混为一谈。❹ 直至英国传教士艾约瑟（Joseph Edkins）的《三国演义》译文选段出现在《汉语会话》上，译者对评语"视而不见"的情况才有所转变。该片段题为《神仙于吉之死》，随正文摘译了毛批二十条，"用以说明'中国批评的精神和方式'"，此举堪称小说评语的首次西译。所选评语对于吉身上的玄幻色彩表示疑虑，与译者身为传教士"咤责异教、反对鬼神"的立场不谋而合，这或许是这些评语受到摘译的缘由。❺ 值得注意的是，梅辉立也曾在《中日释疑》上译介《聊斋志异》。他褒扬但明伦评本价值最高，但在王士禛与《聊斋》的关系上却一反常理，臆测王氏为了邀名而主动撰评❻。可见此阶段的评点译介不惟粗浅，亦多纰漏。评点初入西方乃受驱于非学术的偶然性，评点本身的重要性尚待识辨。

19 世纪下半叶的小说评点研究逐渐转由汉学家主导，这也是评点继续在译介中留痕并注入学理性眼光的转折阶段。法国学者巴赞（Antoine Pierre Louis Bazin）在其中国文学断代史《元代》中选译了《水浒传》前两卷，底本为金批本。

---

❶ 宋丽娟：《西方的中国古典小说研究(1714—1919)》，上海古籍出版社 2022 年版，第 64—65 页。
❷ 王燕：《19 世纪〈三国演义〉英译文献研究》，中国社会科学出版社 2018 年版，第 17、253 页。
❸ 同上书，第 263 页。
❹ 同上书，第 18、133 页。
❺ 同上书，第 22 页。
❻ 王燕：《英国汉学家梅辉立〈聊斋志异〉译介刍议》，《蒲松龄研究》2011 年第 3 期，第 85—95 页。

其中与武松有关的片段又被他视作《金瓶梅》首回,收入《现代文学》一书。❶ 这说明巴赞的关注点在于情节大意,他选用评本为底本主要出于版本易得性的考虑——法国国家图书馆藏有金批本,而他本人对版本差异和评点价值则知之有限。1880 年出版的翟理斯(Herbert Allen Giles)英译本《聊斋志异》便有所不同,此书纠正了前述梅辉立译介的一些讹误,还特意说明选用了他认为最好的但明伦评本。❷ 此时欧洲的汉籍书目,如大英博物馆、林赛文库、法国国家图书馆、剑桥大学图书馆等处书目,均在著录评本时将张竹坡、王士正(祯)、何守奇、王希廉等评者信息登记在案。❸ 此乃评点渐受重视的又一缩影。

时至 20 世纪,经典小说的评本进一步走进欧洲学者的视野。1934 年,苏联作家阿列克谢耶夫(B. M. Алексеев)完成了《聊斋自志》的首次俄译❹,还在研究中引证王士祯卷后题诗❺,认识到评点资料的价值。法国学者雷威安(André Lévy)与之所见略同,他认为在《聊斋》各序跋中,《自志》最为高妙。❻ 不过,大概由于早期译介重在服务异质文化中的读者,学者们更倾向于为特定语词添加注释,尚未留意文中批点,这使得受关注的评点资料在很长一段时间内仅限于评本序跋,散见行间眉头的批语依旧备受冷落。1956 年,法国汉学家戴密微(Paul Demiéville)发掘了《水浒传》李卓吾评本的价值,扭转了上述局面。他比较《水浒传》诸评本,指出李评本最佳。❼ 此前因巴赞的译文广泛转载,金批本更为人知。戴密微之所以能摆脱时代惯性而别有新见,是因为受益于北美学者艾熙亭(Richard Gregg Irwin)的研究。

随着对经典小说评本的"再认识",20 世纪的欧洲也见证了小说评本的"新发现"。荷兰高罗佩(Robert Hans van Gulik)、苏联李福清(Б. Л. Рифтин)、法

❶ 宋丽娟:《西方的中国古典小说研究(1714—1919)》,上海古籍出版社 2022 年版,第 156—161 页。

❷ 同上书,第 81 页。

❸ 同上书,第 285—288、306、322 页。

❹ 高玉海:《阿列克谢耶夫〈聊斋志异〉俄译版本百年流变》,《明清小说研究》2017 年第 2 期,第 170—182 页。

❺ 李逸津:《跨越时空的心灵沟通——B. M. 阿列克谢耶夫"聊斋学"成功奥秘探论》,《山东社会科学》2012 年第 4 期,第 39—43 页。

❻ [法] 雷威安:《漫谈〈聊斋志异·自志〉》,[新加坡] 辜美高、王枝忠主编:《国际聊斋论文集》,北京师范学院出版社 1992 年版,第 276—281 页。

❼ Demiéville, Paul. "Au Bord de l'eau." T'oung Pao 44(1956): 242–265.

国华裔学者陈庆浩（Hing-Ho Chan）在此方面成就斐然。高罗佩藏有日人手抄《女子现形记》一册，此乃重要的《痴婆子传》罕见本，比通行的圣华房本多出了简评小说主旨的"报虎老人"《原序》，另增一段解说世情的篇末评，所谈宗旨迥异于通行本。❶ 李福清发现的《石头记》列藏本是早期脂评本之一，内附回前总批、眉批、侧批和夹批，其中眉批和侧批均不见于其他脂本❷，引起了学者的热烈讨论。❸ 1966 年，李福清又在列宁图书馆发现一个小说抄本，因未知是何作品，仅就所见略作描述。后来陈庆浩在吴晓玲处见到周越然印制的残卷一种，将之与这份著录联系起来，经调查确认为海内仅存的全本《姑妄言》。该抄本富有评语，至今仍是中外学人研讨的对象。❹ 陈庆浩还是《型世言》的发现者。1987 年，他在韩国奎章阁邂逅尘封的《型世言》。在后续为台湾地区影印本撰写的导言及法语论文中，他介绍了评者陆云龙，并提及书中存有书商与后人的评点痕迹。❺ 陈庆浩在评点文献的整理方面亦卓有贡献。他以俞平伯《脂砚斋红楼梦辑评》为基础编成《红楼梦脂砚斋评语辑校》，几经增订，复以《新编石头记脂砚斋评语辑校》之名通行。❻ 1987—1991 年，他与学者刘世德、石昌渝共辑《古本小说丛刊》两百余册，收录《幻中真》《夏商合传》《钟伯敬先生批评水浒传》等藏于巴黎的小说评本。

　　经由欧洲语言的译介，小说评本踏上了走向西方的漫漫征途。尽管欧洲学者最初以评本为翻译底本的选择并非自觉，但在客观上推助了金批"水浒"、毛批"三国"、张批"金瓶梅"、"西游真诠"、但评"聊斋"等名著评本的通行。早先的欧

❶ 施晔：《〈痴婆子传〉在日本的传播——以高罗佩藏手抄本为讨论中心》，《明清小说研究》2012 年第 3 期，第 213—222 页。

❷ ［苏联］李福清、孟列夫：《新发现的石头记抄本》，《亚非人民》1964 年第 5 期，第 121—128 页；胡文彬：《列藏本〈石头记〉概论》，《思想战线》1984 年第 2 期，第 68—77 页。

❸ 元之凡：《列藏本脂批考证——兼与潘重规教授商榷》，《红楼梦学刊》1988 年第 2 期，第 283—324 页；潘重规：《关于列藏本石头记眉批侧批的问题——答元之凡先生》，《红楼梦学刊》1990 年第 3 期，第 139—154 页。

❹ 美国黄卫总、中国董定一等曾撰文讨论。2010 年河北师范大学齐晓威、2020 年青岛大学姜悦撰有专研《姑妄言》评点的硕士论文。

❺ ［法］陈庆浩：《型世言》"导言"，台湾"中研院"中国文哲研究所 1992 年版；Chan, Hing-Ho. "Un Recueil De Contes Retrouvé Après Trois Cents Ans: Le «Xing Shi Yan»." T'oung Pao 1(1995): 81-107.

❻ ［法］陈庆浩：《红楼梦脂砚斋评语辑校》，巴黎第七大学东亚出版中心、香港中文大学新亚书院红楼梦研究小组 1972 年版；［法］陈庆浩：《新编石头记脂砚斋评语辑校》，台北联经出版事业（股）公司 1979 年版；中国友谊出版公司 1987 年版。其中联经版于 2010、2018 年再版。

洲学者较少关注随文评批,对评点资料的利用仅限于评本序跋。20世纪下半叶,在北美研究的影响下,他们开始与国际学界的动向接轨,逐步出现了专门的评点整理与研究成果。欧洲学界的中国小说研究从一开始就有重视文献的良好传统,欧洲所藏小说评本的陆续发现,也为全世界的评点研究提供了强有力的文献支持。

二　北美的小说评点研究

北美的汉学研究从欧洲发源,在"二战"后走向独立。如果算上借重评点的课题,早在20世纪中叶,前述艾熙亭的水浒研究便已征引了评点资料。艾熙亭还在论文中节译了金圣叹《读第五才子书法》。❶ 随后的二十年里,韩南(Patrick Hanan)的白话短篇小说研究❷、马丁森(Paul Varo Martinson)的《金瓶梅》"果报"思想研究❸、李培瑞(Peter Li)的叙事结构研究❹等,皆有赖于评点材料的支持。由于引用评点往往需要学者自行翻译,因此,与欧洲学界对评点的关注起于译介而未必纵深至研究一线的情况不同,北美的评点翻译工作是直接应研究之需而启动的,研究过程自然而然带动了译文的产出。同时,为了方便英文读者理解,不少学者调用西方理论来阐释评点理念,变相引发了评点及与之相近的西方术语的异同辨析。❺

若论狭义的小说评点研究,斯坦福大学华裔学者王靖宇(John C. Y. Wang)是当之无愧的开风气者。20世纪70年代,他出版了专著《金圣叹的生平

❶ Irwin, Richard Gregg. *The Evolution of a Chinese Novel: Shui-hu-chuan*, Harvard University Press, 1953. 此书于1966年、2012年再版。

❷ Hanan, Patrick. *The Chinese Short Story: Studies in Dating, Authorship, and Composition*, Harvard University Press, 1973. 此书于1981年再版。中译本见王青平、曾虹译:《中国短篇小说》,台北编译馆1997年版。

❸ Martinson, Paul Varo. "*Pao* Order and Redemption: Perspectives on Chinese Religion and Society Based on a Study of the *Chin P'ing Mei*." Ph. D. diss., University of Chicago, 1973.

❹ Peter Li. "Narrative Pattern in *San-kuo* and *Shui-hu*." Plaks, Andrew, ed. *Chinese Narrative: Critical and Theoretical Essays*, Princeton University Press, 1977, pp. 73-84.

❺ 诸如"草蛇灰线法"与"复调意象","绵针泥刺法"与"反讽"等概念的对照关系,参见李金梅:《北美之金圣叹〈书法〉文法译介与阐释》,《闽南师范大学学报》2021年第1期,第104—111页。

及其文学批评》。❶ 该书内容详实，结构完整，在方法和观念上极大推动了西方学界的小说评点研究。多年后，他重新翻译金圣叹《读第五才子书法》，并为中国读者撰写《简介美国的金圣叹研究》❷，可见其研究的持续性。王靖宇也是北美最早研究《红楼梦》评点的学者，撰有《脂评与〈红楼梦〉》《简论王希廉的红楼梦评》二文。❸

在王靖宇着手金圣叹研究后不久，普林斯顿大学浦安迪（Andrew H. Plaks）和密歇根大学陆大伟（David L. Rolston）也先后开始了专题研究，进而成长为北美学界评点研究的中坚力量。浦安迪的工作包括三个方面。其一，召集了 1974 年普林斯顿大学叙事学会议，并在三年后推出颇具影响的论文集。❹ 会上浦安迪提交了《中国叙事文学批评理论初探》，"首次突破实证主义对具体现象进行研究的方式，对中国叙事学及其相关问题做了整体性的思考"。❺ 其二，他将评点理路与四大奇书及《红楼梦》的文本细读相结合，完成了对"奇书体"文人属性的认定，撰成专著《明代四大奇书》❻和讲稿《中国叙事学》❼。他有关"奇书"的论说或有可商榷处，但自成体系、富有新意的探讨，已经赋予了论说本身自足的学术价值。其三，他开拓了《金瓶梅》《红楼梦》的评点研究。在《金瓶梅》词话本、张评本热度更高的情况下，浦安迪率先留意崇祯本评点，《瑕中之瑜：论崇祯

❶ Wang, John. *Chin Sheng-t'an: His Life and Literary Criticism*, Twayne Publishers, 1972. 中译本见谈蓓芳译：《金圣叹的生平及其文学批评》，上海古籍出版社 2004 年版。

❷ ［美］王靖宇：《简介美国的金圣叹研究》，章培恒、［美］王靖宇编：《中国文学评点研究论集》，上海古籍出版社 2002 年版，第 351—362 页。

❸ Wang, John. "The Chih-yen Chai Commentary and the *Dream of the Red Chamber*: A Literary Study." Rickett, Adele Austin, ed. *Chinese Approaches to Literature from Confucius to Liang Ch'i-Ch'ao*, Princeton University Press, 1978, pp. 189-220. 此书于 2015 年再版，入选普林斯顿大学出版社荣誉书系"普林斯顿出存书文库"（Princeton Legacy Library）。［美］王靖宇：《简论王希廉的红楼梦评》，《红楼梦学刊》1982 年第 3 期，第 231—240 页。后两篇中译收入《〈左传〉与传统小说论集》，北京大学出版社 1989 年。

❹ Plaks, Andrew, ed. *Chinese Narrative: Critical and Theoretical Essays*, Princeton University Press, 1977. 此书于 1987 年、2014 年再版，入选普林斯顿大学出版社荣誉书系"普林斯顿出存书文库"。中译本见吴文权译：《中国叙事：批评与理论》，上海远东出版社 2021 年版。

❺ 黄卓越：《海外汉学与中国文论（英美卷）》，北京师范大学出版社 2018 年版，第 348 页。

❻ Plaks, Andrew. *The Four Masterworks of the Ming Novel*, Princeton University Press, 1987. 此书于 2016 年再版，入选普林斯顿大学出版社荣誉书系"普林斯顿杰出存书文库"。中译本参见沈亨寿译：《明代小说四大奇书》，中国和平出版社 1993 年；生活·读书·新知三联书店 2006 年，其中联译本于 2015 年再版。

❼ 《中国叙事学》为浦安迪北京大学讲演整理稿，由陈珏整理，北京大学出版社 1996 年版，2018 年再版。

本《金瓶梅》的评注》开篇便指出评点资源丰赡却取用不足的现状，揭示了崇祯本评点对张评的影响。❶ 他还率先关注《红楼梦》张新之评语，这些评语的影响在其专著《〈红楼梦〉的原型与寓意》❷ 中随处可见。1986 年，他提交给哈尔滨国际红楼梦研讨会的论文又从"孝""明明德""易理"等角度分析张新之评语。❸ 时至世纪之交，他从《红楼梦》十六种评本中拣选"最尖锐、最深刻"的评语，按"通""奇""深"三类归置并附按语，编就《红楼梦批语偏全》。❹ 如加州大学尔湾分校黄卫总（Martin W. Huang）所言，此书将脂批与清末评语并置一处，可使评点发展脉络一目了然。❺ 浦安迪在书中表达了他对评点的总体看法：小说评点在看似牵强处总有价值存焉，"因为那些旧时的评书家与我们异时异地的现代读者比起来，总是和原来作者意中的看官听众隔得近一些。所以，当我们在瞎中猜谜似地窥探红楼梦隐含本义的全豹时，这些批评资料可以提供莫大的启示"，"红楼批语最大价值正在于评者不拘定论，总有触文生意的倾向"。❻

　　浦安迪《红楼梦批语偏全》的书末附有《红楼梦旧评点版本要览》，编者正是陆大伟。陆大伟的评点研究成就主要见于两部书。一是 1990 年编写的《中国古典小说读法》（或译为《中国传统章回小说读法》）。❼ 该书邀请北美同行译介重要的评点资料，如王靖宇译介金圣叹《读第五才子书法》——此次翻译对其早前金圣叹研究专著中的译文进行了修订，芮效卫（David Tod Roy）译介毛宗岗《读三国志法》和张竹坡《金瓶梅读法》，陆大伟译介《儒林外史》闲斋老人序，林顺夫译介卧闲草堂本《儒林外史》回评，余国藩译介刘一明《西游原旨读法》，浦安迪译介张新之《红楼梦读法》。此书附上了评点资料清单，另附陆大伟的论文，其话题

❶ Plaks, Andrew. "The chongzhen Commentary on the *Jin Ping Mei*: Gems Amidst the Dross." *CLEAR* 8(1986): 19-30. 中译本见徐朔方编，沈亨寿译：《〈金瓶梅〉西方论文集》，上海古籍出版社 1987 年版。

❷ Plaks, Andrew. *Archetype and Allegory in the Dream of the Red Chamber*, Princeton University Press, 1976. 中译本参见夏薇译：《红楼梦的原型与寓意》，生活·读书·新知三联书店 2018 年版。

❸ ［美］浦安迪：《晚清儒教与张新之批本红楼梦》，《红楼梦学刊》1986 年第 4 期，第 227—236 页，收入张锦池、邹进先编：《中外学者论红楼：哈尔滨国际红楼梦研讨会文选》，北方文艺出版社 1989 年版。

❹ ［美］浦安迪：《红楼梦批语偏全》，南天书局 1997 年版，北京大学出版社 2003 年版。

❺ *Honglou meng piyu pianquan*, Review by Huang, Martin. *CLEAR* 22(2000): 173-175.

❻ ［美］浦安迪：《自序》，《红楼梦批语偏全》，北京大学出版社 2003 年版。

❼ David L. Rolston. *How to Read the Chinese Novel*, Princeton University Press, 1990. 此书于 2016 年再版，入选普林斯顿大学出版社荣誉书系"普林斯顿杰出存书文库"。

从小说评点来源到金圣叹之前的评点家，再到《水浒传》李贽评点的真实性，不一而足。二是1997年出版的专著《行间读写：中国古典小说与小说评点》❶，这是根据博士论文❷深度改写而成的。书前导言将评点传统放置在全球背景和中国传统之中加以审视，书分五个章节，首先介绍杜濬、黄周星、汪象旭、蔡元放、张文虎、黄小田等颇具影响的评者，其次说明评点如何提高小说地位、吸引读者并影响后之作者，再次探讨评点如何将作者和读者的焦点从情节移至人物，进而研究评点如何左右小说的叙述和结构，最后考察作者应对评点的四种方式。❸ 此书理论阐释的系统性较之资料掌握的全面性更胜一筹，在白话小说评点研究领域起到了示范作用，影响很大。韩国学者赵宽熙将此书译成韩文版，2009年由韩国召命出版。在对评点和创作关系的认识方面，陆大伟受到了导师芮效卫的影响，又与何谷理（Robert E. Hegel）针对17世纪小说的研究❹有相似处。何谷理论述《隋唐演义》的创作如何受金圣叹、毛宗岗、张竹坡评点影响，认为评点沟通了理论与实践，还指导了此刻的阅读与未来的创作。❺

除了浦安迪、陆大伟所做的综合性研究，北美的评点专题研究也值得关注。芮效卫是全本《金瓶梅词话》的首位英译者，也是最早呼吁重视张竹坡的学者之一。1974年，他在前述普林斯顿叙事学会议上发表《张竹坡的〈金瓶梅〉评点》❻，介绍张竹坡的基本情况及其评点实践。在他看来，相对于一般评点传统对寓意阐释、主旨评判、文笔褒贬的关切，张竹坡因强调小说结构的完整性而格外脱俗。芮效卫辨析了哪些是可用以阐释的细节，哪些是所谓的"整体性"，并译出他眼中最有深度、最具启发的评语。他明确指出小说评本的流行不仅影响读者的阐释，还引导了后之小说的编创方式，比如张竹坡的小说技法理论就对曹雪芹影响甚

❶ Rolston, David. *Traditional Chinese Fiction and Fiction Commentary: Reading and Writing Between the Lines*, Stanford University Press, 1997.

❷ Rolston, David. "Theory and Practice: Fiction, Fiction Criticism, and the Writing of the *Ju-lin Wai-shih*." Ph. D. diss., University of Chicago, 1988.

❸ 四种方式分别是直接评论、以叙述者身份发出评论、隐藏评论、所有方式合而为一（Auto-commentary, Commentator-Narrators, Latent Commentary, Everything All at Once）。

❹ Hegel, Robert. *The Novel in Seventeenth Century China*, Columbia University Press, 1981.

❺ 邹颖：《美国的明清小说研究》，南京大学出版社2016年版，第31页。

❻ Roy, David. "Chang Chu-P'o's Commentary on the *Chin P'ing Mei*," Plaks, Andrew, ed. *Chinese Narrative: Critical and Theoretical Essays*, Princeton University Press, 1977, pp. 115–123.

巨,因为《金瓶梅》《红楼梦》在"整体性"上的相似性远非巧合所能解释(the degree of congruity is too great to be fortuitous)。在冯梦龙专题研究上,卓有建树的是贝兹大学华裔学者杨曙辉,他著有《点石成金:冯梦龙与中国白话小说》。❶ 1992年起,他与在联合国担任同声传译的妻子杨韵琴共译"三言"❷,"韵散不废,巨细无遗,包括冯的眉批夹评,再加导言注释","填补了白话短篇小说英译的一项空白"。❸ 如前所述,古代小说的早期译者普遍对评点熟视无睹。此次将评语随文一同翻译,无疑表明二杨对评点极度重视。"三言"评本英译版的推出,势必还将激发英语世界冯梦龙研究的热情。

根据现有资料,加拿大的小说评点研究始于20世纪90年代,主力是执教于多伦多大学的捷克裔汉学家米列娜(Milena Doleželová-Velingerová)及其博士生贝莉(Catherine Diana Alison Bailey)和吴华(Hua Laura Wu)。贝莉的研究关注毛宗岗《三国演义》评点❹,吴华则将视点投向她所认定的"中国小说理论的奠基者"金圣叹❺,两文均部分收入米列娜主编的《东西诗学》❻。米列娜还参与编写了介绍世界文学批评理论的《约翰·霍普金斯文学理论与批评指南》,负责"中国明清小说戏曲理论"部分。她以中美学界的研究为参考,谈及《世说新语》刘辰翁评点、庸愚子《三国志演义序》、李贽文学思想、冯梦龙文学实践,介绍金圣叹、毛氏父子、张竹坡、李渔、陈忱、卧闲草堂、刘一明、张新之、脂砚斋等评者。该书列举小说评点的不同形态,指出评点构成了小说理论的三个部分:有关小说生产过程(包括认知、编创两个阶段)的讨论、有关具体文本艺术特征的解析,以及有关读者反应的考察。她认为评点这种紧密附丽于文本的形式为理解中国传统批评与西方小说理论差异提供了新视角:西方针对具体文本的理论阐述重在

---

❶ Yang, Shuhui. *Appropriation and Representation: Feng Menglong and the Chinese Vernacular Story*, University of Michigan Press, 1998.

❷ "三言"英译本分别于2000、2005、2009年在西雅图的华盛顿大学出版社出版,二杨合译本《拍案惊奇》也于2018年在同一出版社发行。

❸ 李国庆:《美国明清小说的研究和翻译近况》,《明清小说研究》2011年第2期,第259页。

❹ Bailey, Catherine. "The Mediating Eye: Mao Lun, Mao Zonggang, and the Reading of the *Sanguo Zhi Yanyi*." Ph. D. diss., University of Toronto, 1991.

❺ Wu, Hua Laura. "Jin Shengtan (1608—1661): Founder of a Chinese Theory of the Novel." Ph. D. diss., University of Toronto, 1993.

❻ Doleželová-Velingerová, Milena. *Poetics East and West*, Toronto Semiotic Circle (monograph series), 1989.

演绎论点，中国传统理论思辨的基本方式则是归纳法，以文本细察为起点，推导至更广泛、更理论化的本质。❶ 这种中西参照的比较眼光，显然有助于凸显评点这一批评方式的特色与价值。米列娜与前述浦安迪、陆大伟研究一样，主要是围绕白话小说评点来开展综合研究。他们都将评语与所处文本位置及功能相联系，给出了对于评语的不同分类方式。❷

如果说欧洲学界在小说评本的收藏、著录和译介上导夫先路，那么北美学界则在确立评点研究范式、开掘评点价值等领域独领风骚。例如，欧洲早期留意到的"才子书"概念，在陆大伟、浦安迪、夏志清等的评点研究和文本批评中得以深化。❸ 而随着交流增多、研究深入，美中两国学者的研究既有合作对话，又有不约而同的共识。例如 20 世纪末，魏爱莲（Ellen Widmer）利用黄周星尺牍和剧作，印证了官桂铨关于黄周星是《西游证道书》评者的认定；❹21 世纪初，复旦大学力邀王靖宇合编了《中国文学评点研究论集》。又如北美学者注意到小说评点中即便最接近"反映论"的词句（如"逼真""如画"等）也不过是针对细节或特定作品而发的，未曾用于描述文学的整体性质，加之中国文学重在"载道"而非"拟真"，传统文人并不标举小说的现实反映功能。❺ 北美学者对基于"模仿"原则的"narrative"一词能否指代中国"叙事"文类的发问，与本土学者考辨"叙事"语义源流所得的观点殊途而同归。❻

从 20 世纪下半叶的专题评点研究开始，北美学者逐渐强化评点研究的深度，继往开来、辐射全球，形成一股兼具引导性和凝聚力的强劲能量。理论阐发

---

❶ Doleželová-Velingerová, Milena. "Pre-Modern Theories of Fiction and Drama" of "Chinese Theory and Criticism." *The Johns Hopkins Guide to Literary Theory and Criticism*, Michael Groden, and Martin Kreiswirth, eds. Johns Hopkins University Press, 1994. pp. 132 – 139. 此书于 2005 年再版。

❷ 关于这三位学者对评点不同类型及功能的分析，参见李金梅：《北美明清小说评点谱系研究与理论建构》，《明清小说研究》2022 年第 3 期，第 238—240 页。

❸ 宋丽娟：《西方的中国古典小说研究(1714—1919)》，上海古籍出版社 2022 年版，第 277 页。

❹ [美]魏爱莲：《黄周星与西游证道书的新材料》，《'93 中国古代小说国际研讨会论文集》，开明出版社 1996 年，第 341—346 页；官桂铨：《黄周星与〈西游证道书〉》，《中华文史论丛》1982 年第 2 期，第 200—261 页。

❺ 如鲁晓鹏 *From Historicity to Fictionality: The Chinese Poetics of Narrative*, Stanford University Press, 1994, 顾明栋 *Chinese Theories of Fiction: A Non-Western Narrative System*, State University of New York Press, 2006. 参见黄卓越：《海外汉学与中国文论(英美卷)》，北京师范大学出版社 2018 年版，第 346—357 页。

❻ 参见谭帆：《"叙事"语义源流考——兼论中国古代小说的叙事传统》，《文学遗产》2018 年第 3 期，第 83—96 页。

方面,他们将评点材料与新批评、结构主义、叙事学等此消彼长的思潮融合❶,又将古代小说视为中国文学的一部分、将中国文学视为世界文学的一部分,用拉开焦距的比较视域,赋予了评点研究全新的视野。此处不妨以三位华裔学者为例。黄卫总《古代小说评点的"作者"与读者》从"述"与"作"的区分入手,联系经、集两部的编评史和晚明选本评点的兴盛背景,以更大、更广的视角解读小说评点的文化渊源。❷ 史亮《重构中国传统小说的历史话语》着重解读"奇""游戏""道"等古代语境里的重要术语,将相关概念梳理进这些术语❸,如"在论述'奇'时,他把'怪''异''玄''诞'等概念统摄进来",以此重建中国小说的理解和评价范式。❹顾明栋抽绎出《金瓶梅》崇祯本和张竹坡评点中的"织"❺,联系罗兰·巴特关于素材和语言的"编织"理论,试图通过传统评点与现代叙事理论的沟通,构建"一个整体性的中国传统小说创作和阅读的诗学"。❻

近三十年来,北美的评点专题研究逐渐告一段落,学者们一方面利用评点持续深耕经典文本或经典问题,柯丽德(Katherine Carlitz)的《金瓶梅》修辞研究❼、拉什顿(Peter Rushton)从《金瓶梅》引申出的章回小说"非线性"特征❽、何建军对"月娘烧香"情节的解读❾、魏爱莲关于《水浒后传》成书问题的讨论❿、罗

---

❶ "他们所捕捉的中西文学思想之间的契合点自然也会随着研究模式的转变所带来的理论冲击力而向前推移。此外,不同的学者在方法论的选取上也会有所区别",参见黄卓越:《海外汉学与中国文论(英美卷)》,北京师范大学出版社 2018 年版,第 359 页。此章"更深的开掘:中国小说戏曲评点研究"重点评述美国学界对四大奇书、《红楼梦》评点的研究及对小说评点的综合探讨,涉及学者有王靖宇、浦安迪、陆大伟、芮效卫、何谷理等。

❷ Huang, Martin. "Author(ity) and Reader in Traditional Chinese Xiaoshuo Commentary." *CLEAR* 16 (1994): 41–67.

❸ Shi, Liang. *Reconstruction the Historical Discourse of Traditional Chinese Fiction*, Edwin Mellen Press, 2002.

❹ 黄卓越:《海外汉学与中国文论(英美卷)》,北京师范大学出版社 2018 年版,第 356 页。

❺ Gu, Mingdong. "Brocade of Human Desires: The Poetics of Weaving in the *Jin Ping Mei* and Traditional Commentaries." *The Journal of Asian Studies* 2(2004): 333–356.

❻ 邹颖:《美国的明清小说研究》,南京大学出版社 2016 年版,第 203 页。

❼ Carlitz, Katherine. *The Rhetoric of* Chin P'Ing Mei, Indiana University Press, 1986.

❽ Rushton, Peter. *The* Jin Ping Mei *and the Non-Linear Dimensions of the Traditional Chinese Novel*, Edwin Mellen Press, 1994.

❾ He, Jianjun. "Burning Incense at Night: A Reading of Wu Yueniang in *Jin Ping Mei*." *CLEAR* 29 (2007): 85–103.

❿ Widmer, Ellen. *The Margins of Utopia: Shui-hu hou-chuan and the Literature of Ming Loyalism*, Harvard University Asia Center, 1987.

伯森(Carl A. Robertson)对《西游证道书》"真假"的观照❶、李惠仪关于《红楼梦》秩序与欲望的分析❷、苏源熙(Haun Saussy)对《红楼梦》作者之于文本解读必要性的质询❸等,均在梳理传统评点的基础上重审经典。另一方面,他们不断扩大评点研究的文本范围、打破文体壁垒,如王岗(Richard Gang Wang)揭示中篇文言传奇出版时倚重评点的现象❹,凌筱峤发现孤本小说《海陵佚史》眉批通篇挪用《西厢记》曲文❺,韩若愚(Rivi Handler-Spitz)将李贽与同时代法国散文家蒙田(Montaigne)进行比较❻等。哥伦比亚大学商伟教授站在更高角度,指出小说戏曲评点研究既可以也需要突破文学理论和文学批评的传统框架。他以《才子牡丹亭》评语为例,指出有些"不着调"的评注虽不符合现代文学批评定义,但其诠释《牡丹亭》的方式能够指示晚明戏曲小说的母题与象征系统。❼ 这与他透过晚明印刷文化中评点的流行来看待《金瓶梅》文本世界的"多语性"有方法上的相通处❽,令人耳目一新。总的来说,北美学界的小说评点研究,较充分地探究了评点在阅读阐释、创作实践、出版传播、理论建构等多维度的综合价值。不过,多数研究仍局限在以"六大名著"为主的章回小说和以冯梦龙、李渔作品为代表的短篇白话小说范围内,文言小说评点方面仅涉及《聊斋志异》❾,相当于把其

❶ Robertson, Carl. "Untangling the Allegory: The Genuine and the Counterfeit in *Xiyou Zhengdao Shu*." *Tamkang Review* 1(2007): 214-252.

❷ Li, Wai-Yee. *Enchantment and Disenchantment: Love and Illusion in Chinese Literature*, Princeton University Press, 1993.

❸ Saussy, Haun. "The Age of Attribution, Or How *the Honglou Meng* Finally Acquired an Author." *CLEAR* 25(2003): 119-132. 中译收入卞东波编译:《中国古典文学研究的新视镜》,安徽教育出版社 2016 年版。

❹ Wang, Gang. *Ming Erotic Novellas: Genre, Consumption, and Religiosity in Cultural Practice*, The Chinese University Press, 2011.

❺ 凌筱峤:《夷虏淫毒之惨:借〈西厢记〉阅读〈海陵佚史〉》,《清华中文学报》2014 年 12 月,第 153—200 页。

❻ Handler-spitz, Rivi. "Provocative Texts: Li Zhi, Montaigne, and the Promotion of Critical Judgment in Early Modern Readers." CLEAR 35(2013): 123-153.

❼ 杨彬访谈:《小说研究的路径与方法——商伟教授访谈录》,《文艺研究》2013 年第 7 期,第 78—88 页。

❽ [美]商伟:《金瓶梅词话与晚明商业印刷文化》,乐黛云等主编:《跨文化对话》第 33 辑。生活·读书·新知三联书店 2015 年版,第 289—323 页。

❾ 北美的《聊斋志异》评点研究参见蔡九迪的专著: Zeitlin, Judith. *Historian of the Strange: Pu Songling and the Chinese Classical Tale*, Stanford University Press, 1993. 另有英国汉学家白亚仁的文章可供参考: Barr, Allen, "*Liaozhaizhiyi* and Chinese Vernacular Fiction." Daria Berg ed., *Reading China: Fiction, History and the Dynamics of Discourse*, *Essays in Honor of Professor Glen Dudbridge*, Brill, 2006, pp. 3-36。

他大量的评点文本排除在外了。

三　日本、韩国、越南的小说评点研究

　　日本、韩国和越南历史上同属东亚汉文化圈,对中国小说的阅读、仿写和研究渊源有自。❶ 与欧美学界相同,日韩两国的评点研究也是从金圣叹开始的。1897 年,笹川种郎《中国小说戏曲小史》设有专节推介金圣叹的小说批评,其后又有幸田露伴、辛岛骁、松枝茂夫等研究金圣叹的文章或专著问世。❷ 在韩国,首尔大学李锡浩 1961 年撰成硕士论文《金圣叹论》。这些研究在时间上都早于王靖宇的专著,但在研究的深度和系统性上则有所不及。

　　日本学界成规模的评点研究是从 20 世纪下半叶开始的,特点主要有二。一是与版本研究合二为一,这与日藏汉籍之丰富有关。1968 年,小川环树《中国小说史的研究》设有专门研讨《三国演义毛声山批评本与李笠翁本》的部分。❸ 从 20 世纪 60 年代至今,大内田三郎的金批本《水浒》研究❹、白木直也的李评本《水浒》研究及其与钟伯敬评本的关系研究❺,以及中川谕的《三国》评本研究❻先后问世。大塚秀高提交给 2004 年北京小说文献与小说史国际研讨会的论文比勘了日藏四种《古今小说》,评本也包括在内。❼ 二是日本学者尤擅专书研究,治学

---

❶ 关于朝鲜时期小说评点本的接受情况,请见本书上编第五章第二节的"小说评点本的域外传播"部分。

❷ 黄霖:《近百年来的金圣叹研究——以〈水浒〉评点为中心》,《明清小说研究》2003 第 2 期,第 189—207 页。

❸ [日] 小川环树:《中国小说史の研究》,岩波书店 1968 年版,第 153—162 页。中译本见孙玉明译:《〈三国演义〉的毛声山批评本和李笠翁本》,《明清小说研究》1993 第 2 期,第 96、204—211 页。

❹ [日] 大内田三郎:《金圣叹と水浒传——金圣叹の水浒观を中心に》,《天理大学学报》1969 年第 3 期,第 47—59 页。

❺ [日] 白木直也:《钟伯敬批评四知馆刊本的研究——李卓吾批评容与堂刊本との关系》,《广岛大学文学部纪要》1972 年第 1 期,第 116—148 页;《一百二十回水浒全传の研究——其の"李卓吾评"をめぐって》,《日本中国学会报》1974 年第 10 期,第 95—111 页。

❻ [日] 中川谕:《〈三国演义〉版本の研究——毛宗岗の成立过程》,《集刊东洋学》1989 年第 61 期,第 65—84 页。中川谕的专著《三国志演义版本研究》(汲古书院 1998 年)设专节讨论李卓吾评本、毛宗岗本、钟伯敬评本、李笠翁评本,中译本由林妙燕译,上海古籍出版社 2010 年版。

❼ [日] 大塚秀高撰,刘珊珊译:《关于〈古今小说〉的版本问题》,《保定师范专科学校学报》2007 年第 3 期,第 1—17 页。

之深与专构成了一体两面。伊藤漱平之于脂评《石头记》❶、仙石知子之于毛评《三国》❷、福岛真奈美之于李评《西游》❸、青木隆之于金圣叹文学思想❹、北村真由美之于金评《水浒》❺、川岛优子之于金评《水浒》及张评《金瓶梅》研究❻，皆是如此。

　　近年来的日本评点研究呈现出这样的动向：与出版相关的评点研究持续升温，如上田望《毛纶、毛宗岗批评"四大奇书三国志演义"与清代出版文化》❼、广泽裕介《明末江南李卓吾批评白话小说的出版》❽。也有研究将评点放在文化源流或成书背景之下看待，如高津孝《明代评点考》❾、竹下咲子《金圣叹批评源流探究——以百二十回本〈水浒传〉李卓吾批评为中心》❿、大塚秀高《三国志物语的成长：从〈三国志平话〉成立前后到毛宗岗本〈三国志演义〉》⓫。

　　与日本相比，韩国或因深受儒家文化影响，较少专研李卓吾⓬和张竹坡⓭的评点。总体而言，韩国是从 20 世纪 80 年代末开始评点研究的。彼时，全南大学闵惠兰（민혜란）接连发表了《毛宗岗评点〈三国演义〉考》和《金圣叹的小说理论

❶　伊藤漱平的研究见大阪市立大学大学院文学研究科纪要《人文研究》第 12—15、17 号。
❷　仙石知子的论文结集为《毛宗岗批评〈三国志演义〉の研究》，汲古书院 2017 年。
❸　福岛真奈美的研究见日本东北大学中国文学谈话会记录第 163、164 回。
❹　青木隆的研究见《东方学》第 93 号、东京大学中国哲学研究会《中国哲学研究》第 16 号、日本大学文理学部人文科学研究所《研究纪要》第 69 号。
❺　北村真由美的研究见早稻田大学中国文学会《中国文学研究》第 26—28、30 号。
❻　川岛优子的研究见《东方学》第 136 辑、《表现技术研究》第 16 号。
❼　［日］上田望：《毛纶、毛宗岗批评『四大奇书三国志演义』と清代の出版文化》，《东方学》2001 年第 101 期，第 119—131 页。
❽　［日］广泽裕介：《明末江南における李卓吾批评白话小说の出版》，神户中文研究会所《未名》2006 年第 3 期，第 1—31 页。
❾　［日］高津孝：《明代评点考》，章培恒、［美］王靖宇编：《中国文学评点研究论集》，上海古籍出版社 2002 年版，第 87—100 页。
❿　［日］竹下咲子：《金圣叹批评の源流を探る——百二十回本『水浒传』李卓吾批评を中心に》，《和汉语文研究》2009 年第 11 期，第 79—92 页。
⓫　［日］大塚秀高：《三国志物语の成长：『三国志平话』成立前后から毛宗岗本『三国志演义』まで》，《日本中国学会报》2018 年第 79 期，第 146—161 页。
⓬　崔珍民《李卓吾的文学理论研究》（釜山大学文学硕士论文，1993 年）与具教贤《李卓吾和朝鲜后期童心思维形态的考察》（中国汉语文学研究会《中文文学论集》2010 年第 64 辑，第 443—464 页）并不专论小说评点。
⓭　如水源大学宋真荣《张评本〈金瓶梅〉版本考》（韩国中国小说学会《中国小说论丛》2008 年第 28 辑，第 191—213 页）和《关于〈皋鹤堂批评第一奇书金瓶梅〉》（梨花女子大学韩国文化研究院《韩国文化研究》2007 年第 13 辑，第 155—184 页）。仅济州大学金泰坤《〈金瓶梅〉小说构成的张竹坡评点研究》（韩国中文学会《中国人文科学》2006 年第 34 辑，第 365—388 页）是针对张评的专论。

小考》。1993—1994 年，她的《17 世纪中国小说批评的展开——以金圣叹、毛宗岗、张竹坡的小说本质论为中心》分上下篇，分别刊于《石堂论丛》和《中国人文科学》，《关于清代〈聊斋志异〉的评论》也随后见于《石堂论丛》。❶ 李文赫(이문혁)的金圣叹研究也同样从 20 世纪 80 年代持续到了 90 年代。❷ 此时也是韩国《红楼梦》评点研究的发轫期。留学中国台湾的崔溶澈(최용철)《〈红楼梦〉脂评的艺术分析研究》《〈红楼梦〉的评点批评研究》发出了韩国《红楼梦》研究的先声❸，韩国天主教大学韩惠京(한혜경)《从王希廉的评点看〈红楼梦〉的构成》《从王张姚三家评点看〈红楼梦〉的寓意体系》紧随其后。❹ 近二十年来，韩国学者在毛宗岗、金圣叹、脂砚斋等经典议题上持续发力。李基勉(이기면)❺、李胜洙(이승수)❻、郑善姬(정선희)❼是金圣叹的研究者，大邱晓星天主教大学李镇国(이진국)❽则深入研究毛宗岗评点。又松大学朴永钟(박영종)《金圣叹与毛宗岗的"虚实论"研究》❾、详明大学赵宽熙(조관희)《中国古代小说中的"重复"叙事论：

❶ [韩] 闵惠兰：《毛宗岗评点〈三国演义〉考》，《中国人文科学》1988 年第 7 辑，第 237—258 页；《金圣叹的小说理论小考》，《中国人文科学》1990 年第 9 辑，第 311—340 页；《17 世纪中国小说批评的展开 1——以金圣叹、毛宗岗、张竹坡的小说本质论为中心》，东亚大学石堂传统文化研究院《石堂论丛》1993 年第 19 辑，第 377—415 页；《17 世纪中国小说批评的展开——以金圣叹、毛宗岗、张竹坡的小说本质论为中心》，《中国人文科学》1994 年第 13 辑，第 479—510 页；《关于清代对〈聊斋志异〉的评论》，《石堂论丛》1996 年第 23 辑，第 231—262 页。

❷ [韩] 李文赫：《金圣叹的〈水浒传〉批评与小说论》，成均馆大学文学硕士论文，1989 年；《金圣叹小说批评论研究》，韩国中文学会《中国文学研究》1997 年第 15 辑，第 145—180 页。

❸ 汉阳大学校人文科学大学《人文论丛》1990 年第 19 辑，第 31—51 页；1991 年第 21 辑，第 277—297 页。

❹ 《中国小说论丛》1995 年第 4 辑，第 451—467 页；1997 年第 6 辑，第 169—192 页。

❺ [韩] 李基勉：《金圣叹的文学思想研究：以人性解放和自我表现的"进程"为中心》，高丽大学文学硕士论文，1989 年；《金圣叹文学思想的人性解放论》，中国文化研究学会《中国文化研究》2007 年第 10 辑，第 179—198 页；《金圣叹的自我文学论》，中国语文研究会《中国语文论丛》2008 年第 38 辑，第 183—201 页。

❻ [韩] 李胜洙：《〈水浒传〉林冲叙事的金圣叹式读法》，韩国汉文学会《韩国汉文学研究》2007 年第 40 辑，第 529—559 页；《〈水浒传〉武松评中体现的金圣叹的批评意识：以武十回为中心》，韩国古小说学会《古小说研究》2007 年第 24 辑，第 289—319 回；《黑旋风李逵的人物形象和叙事功能——从金圣叹批评的角度》，《古小说研究》2010 年 29 辑，第 537—569 页；《金圣叹的〈水浒传〉批评》，《韩国汉文学研究》2020 年第 80 辑，第 207—239 页。

❼ [韩] 郑善姬：《金圣叹评批本的读书后评和朝鲜后期小说批评的发展》，梨花女子大学韩国文化研究院《韩国文化研究院学术大会》，2005 年，第 92—117 页；《朝鲜后期文人对金圣叹评批本的读书理论研究》，延世大学国学研究院《东方学杂志》2005 年第 129 辑，第 305—345 页。

❽ [韩] 李镇国：《关于毛评本〈三国演义〉中"连断"技法的分析》，岭南中国语文学会《中国语文学》1998 年第 32 辑，第 421—446 页；《〈三国演义〉的伏线构造分析：关于毛宗岗评点》，韩国中国语文学会《中国文学》1999 年第 31 辑，第 145—161 页；《〈三国演义〉毛批本评语的一种特性》，《中国语文学》2007 年第 50 辑，第 319—338 页。

❾ 韩中人文学会《韩中人文学研究》2005 年第 15 辑，第 217—239 页。

以金圣叹与毛宗岗的评点为中心》❶将金圣叹和毛宗岗批语合观。《红楼梦》评点方面,庆熙大学刘僖俊(유희준)硕、博士论文分别为《脂砚斋批语中的小说论研究》《〈红楼梦〉脂评的文艺美学论研究》,另有《〈红楼梦〉早期评家研究:以脂砚斋为中心》《苏州李鼎与〈石头记〉:以脂砚斋为中心》二文见刊。❷

　　与此同时,韩国的评点研究也出现了新面相。一是冯梦龙、陆云龙成为研究热点。全南大学校李腾渊(이등연)《试论冯梦龙小说评语中的小说观念:以戏曲、小说文类分合为中心》❸、淑明女子大学咸恩仙(함은선)《现代文艺理论视角下的冯梦龙小说理论研究》❹、鲜文大学柳正一(유정일)《〈情史〉之评辑者与成书年代考证》《冯梦龙〈情史〉评语的存在方式与情教思想》❺是研究冯梦龙评点的代表作。而早在《型世言》发现之初,朴在渊(박재연)便认定评者为陆云龙,与合作者同撰《韩国所见奎章阁藏本〈型世言〉》❻,所论与陈庆浩观点相通;后有崔溶澈加入探讨,关注序文及眉批的批评形式与思想,撰有《〈型世言〉的评者与评点批评研究》。❼梨花女子大学金秀燕(김수연)《明末商业规范小说的形成和朝鲜王的小说阅读——奎章阁本〈型世言〉为中心》❽、高丽大学华裔学者赵冬梅《融文章作法于小说——〈型世言〉的叙事特色》❾也都关心《型世言》的评点情况。二是以《剪灯新话句解》为主的中国小说朝鲜注本以及以《折花奇谈》《广寒楼记》《汉唐遗事》为代表的朝鲜汉文小说评点研究均有进展,二者构成了中国小说评点域外影响的重要部分。相关论文有崔溶澈《朝鲜注解本〈剪灯新话句解〉研究》❿、李腾渊《试论朝鲜〈广寒楼记〉评点的主要特征——与金圣叹〈西厢记〉评点相比较》⓫、赵冬梅《中国古代小说戏曲评点对朝鲜汉文小说创作的影响——

---

❶《中国小说论丛》2016 年第 49 辑,第 67—89 页。
❷ 淑明女子大学硕士论文,2005 年;淑明女子大学博士论文,2009 年;《中国小说论丛》2006 年第 24 辑,第 257—284 页;《中国小说论丛》2016 年第 49 辑,第 147—172 页。
❸《中国人文科学》2014 年第 58 辑,第 243—255 页。
❹《中国文化研究》2014 年 26 辑,第 159—175 页。
❺《中国小说论丛》2015 年第 45 辑,第 115—140 页;2018 年第 55 辑,第 27—49 页。
❻《文学遗产》1993 年第 3 期,第 114—122 页(与朴德俊合撰)。
❼《中国学论丛》2012 年第 35 辑,第 121—152 页。
❽ 韩国古典文学会《古典文学研究》2015 年第 47 辑,第 35—63 页。
❾《中国学论丛》2018 年第 60 辑,第 37—54 页。
❿ 收入章培恒、[美]王靖宇编:《中国文学评点研究论集》,上海古籍出版社 2002 年版,第 237—254 页。
⓫ 同上书,第 474—521 页。

中国小说评点研究新编

以《广寒楼记》和《汉唐遗事》为例》❶等。三是传统评点与古今文化的融合研究渐成气候。高丽大学张艺俊(장예준)《小说评点的夹批位置与文本性质、阅读行为——通过综艺节目的字幕理解小说评点》❷注意到评点与流行文化之相似处；高丽大学洪润基(홍윤기)结合毛评本与朝鲜碑文，撰成《朝鲜高宗〈北庙庙庭碑〉碑文的关羽相关记录和毛宗岗评本〈三国演义〉》。❸ 值得注意的是，赵宽熙除了翻译前述陆大伟的专著，还将中国评点研究经典《中国小说评点研究》(谭帆著，华东师范大学出版社 2001 年版)译为韩文《中国古代小说评点简论》(学古房 2014 年)，另译有《古代中国小说读法》和《中国古代小说技法》(宝库社 2012、2015 年)两书。

历史上，越南士人也阅读、创作了不少汉文小说。在越南汉文小说中，《云囊小史》《伦理教科书——人中物》及深受《剪灯新话》影响的《传奇漫录》、可能受《聊斋志异》影响的《圣宗遗草》等作品，文末均附有评语。其中，《翘传》的续书之一《桃花梦记——续断肠新声》的评语最引人关注。该书评者对小说笔法的认识颇为深刻，屡引中国小说为证。例如，举《杏花天》《桃花影》两部中国小说来看待《桃花梦记》的名实异同，评道："小说之家，多以花树名者，《杏花天》《桃花影》之类是也。然两书以桃、杏为名，亦以自美其颜号而已，非有所为而为之。此书以桃花神入梦而名，其命名则同，而实有大异。况两书所叙皆是花朝月夕，密约私情，淫谑之风；至于礼义弃捐、廉耻丧尽，与《国色天香录》同一其归。"❹第二回评语还特以《水浒传》为标准，称许《桃花梦》得其壶奥："下笔者先究其根其因，而后其事其人，始有条绪……又如《水浒》欲写群贼，先说'洪太尉误走妖魔'以为之因，则天罡地煞之降生，不为无据。"❺《桃花梦记》约在十九世纪中叶撰成❻，彼时越南尚未启动中国小说的翻译工程。因此，评者对《杏花天》《桃花影》《水浒传》的称引，不仅可证这三部小说早已入越❼，亦可说明越南士人对中国小说的研读

308

---

❶ 《哈尔滨工业大学学报》(社会科学版)2004 年第 3 期，第 109—114 页。
❷ 列上古典研究会《列上古典研究》2018 年第 64 辑，第 101—149 页。
❸ 《中国语文论丛》2018 年第 90 辑，第 99—129 页。
❹ 孙逊、[越] 郑克孟、陈益源主编：《越南汉文小说集成》第五册，上海古籍出版社 2010 年版，第 218 页。
❺ 同上书，第 224 页。
❻ 参见陈庆浩所撰"提要"，同上书，第 188 页。
❼ 学界对《水浒传》在越流布情况知之甚少，最早只提到二十世纪初的译本——"同日本、朝鲜相比，《水浒传》传入越南的时间似乎晚了些"，彼处仅举 1906—1910 年西贡出版的阮安姜译本《水浒传》为例。参见胡文彬：《〈红楼梦〉在国外》，中华书局 1993 年版，第 46 页。

已具深度。❶ 此外,晚清文言小说评本《后聊斋志异》❷鲜为国人所知,在越南却颇有影响。越南汉文小说《传记摘录》选择其中 13 篇,仅稍改动人名地名,余皆照搬,编造出一部以越南时空为背景的小说集。❸ 在汉文小说之外,根据中国小说改编的喃传也出现了评点本。喃传《二度梅传》由邓春榜进士改写,邓玉端评点;《好逑新传》由玉塔武芝亭改写,书前三首汉诗也有评论性质。❹ 这两部喃传在题材选择上深受欧洲尤其是法国的影响,然其评点之根源来自于中国小说的评点传统。目前越南学界对小说评点的关注暂付阙如,汉文小说及喃传的评点研究亦尚待来者。

四 新加坡、马来西亚、泰国、澳大利亚的小说评点研究

东南亚和澳洲的评点研究成果较少,基本倚赖于当地学者的个人志趣。新加坡学者辜美高在《聊斋志异》研究和小说文献的发掘上贡献甚多。1989 年,他发文对比了明末清初小说《女开科传》三个刻本的评语。❺ 供职于大连市图书馆的汪孝海受此启发,遂将大连本的回末评辑录出来,嘉惠学林。❻ 其后,辜美高又根据日、美藏本进行补校。❼ 二人之往来遂成佳话一桩。辜美高也很关注东南亚报刊上的晚清小说,他合作的关于《清末新加坡〈叻报〉附张的小说》的论文,提交给前述大塚秀高参与的 2004 年北京小说文献与小说史国际研讨会。该文披露清末民初作家瞻庐的小说《孝女泪》末尾附上了效仿“太史公曰”的自评。❽

---

❶ 参见林莹:《从称引维度探求古代小说在越南的影响——兼谈〈金瓶梅〉在越传播的特殊性》,中国《金瓶梅》研究会(筹)编:《金瓶梅研究》第 13 辑,复旦大学出版社 2021 年版,第 364—382 页。
❷ 无锡顾氏著,书中多见无明确标识的评语,惟《贞女小传》文末另行降格出评,以“异史氏曰”领起。
❸ 陈益源:《〈聊斋志异〉〈后聊斋志异〉与越南的〈传记摘录〉》,《厦门教育学院学报》2004 年第 3 期,第 9—13 页。
❹ [越] 黎文诗:《中国小说在越南改写的版本述录》,《古籍研究》2020 年第 2 期,第 161—169 页。
❺ [新加坡] 辜美高:《美国哈佛藏本、日本庆应藏本〈女开科传〉及其与“春风文艺”刊本校补记》,《文献》1989 年第 4 期,第 55—66、289 页。
❻ 汪孝海:《〈女开科传〉回后评语辑录》,《文献》1990 年第 4 期,第 274—280 页。
❼ [新加坡] 辜美高:《〈女开科传〉回后评语补校》,《文献》1991 年第 3 期,第 286—288 页。
❽ [新加坡] 辜美高、严晓薇:《清末新加坡〈叻报〉附张的小说》,《上海师范大学学报》(哲学社会科学版)2005 年第 1 期,第 58—61 页。

在新加坡,以学位论文形式完成的评点研究有新加坡国立大学赵振兴 2015 年博士论文《怪诞化了的抒情诗世界:〈金瓶梅〉的"畸艳"审美特质》、南洋理工大学刘伟奇 2014 年本科论文《从异端到英雄:李贽思想形象探析》等。

马来西亚的中国小说研究重镇是马来亚大学。其总图书馆设有红楼梦研究资料中心,产出了一批红学成果,张惠思交给 2019 马来西亚《红楼梦》国际学术研讨会的论文《往事追忆的抒情姿态——从脂评的感性基调看小说评点中的抒情性作用》❶便是其中代表。泰国方面,华裔学者张硕人曾对脂砚斋的身份及脂批价值提出质疑。❷

澳大利亚墨尔本大学教授马兰安(Anne E. Mclaren)主要从事明代说唱文学和章回小说的研究。1995 年,她发表英文论文《明代的观众和白话诠释——以〈三国演义〉的使用为例》,后又加入评点材料,撰写出中文修订版《明代小说评点以及读者普及问题——〈三国志传〉初探》❸,提交给前述 2004 年小说文献与小说史国际研讨会。该文分析简本系统上不为人注意的评点,认为简本在明代明显指向平民读者,有着特殊的传播意义,因此《三国志演义》《水浒传》《西游记》也就不能简单地被统称为"文人小说",而应被视为面向多种类型读者的小说作品。

综观海外学界,除开成果较为零散的东南亚及澳大利亚,各区域的中国小说评点研究均从金圣叹起始,这绝非偶然。这与小说评点史发展的代表性人物、关键性时刻相契合❹,也因金圣叹"重文轻事"的小说理念、情理兼具的批评风格具有跨文化的共通性。从同一起点出发,传统与方法的不同催发出各不相同的研究路径,和而不同,交互相生。无论从哪个地域来看,时至今日,现代学术意义上的小说评点研究均可谓历时已久。但因为信息不对称,兼之近年来中国研究成果激增,学者对海外评点研究状况的掌握还远做不到及时全面,这既容易导致重

---

❶ 2019 马来西亚《红楼梦》国际学术研讨会论文集,第 241—245 页。
❷ [泰]张硕人:《中国古典文学〈红楼梦〉研究点滴》,国光图书杂志社 1983 年。
❸ Mclaren Anne. "Ming Audiences and Vernacular Hermeneutics: The Uses of *the Romance of the Three Kingdoms*." *T'oung Pao* 81(1995): 51-80.
❹ 参见刘勇强:《后金圣叹时代的小说认知与阐释——〈儒林外史〉的文本特点及其评点的特殊意义》,《红楼梦学刊》2021 年第 5 辑,第 62—93 页。

复劳动，也致使一些优秀学术成果久遭遮蔽。系统而客观地整理、评价、利用这些研究成果，是在新时期推进小说评点研究的题中之义。关于北美的小说评点研究，已有同道并肩探索；❶其他区域以及跨区域的评点研究梳理工作，同样大有可为。如前所述，中国小说评本在中外文化交流中扮演了关键角色。回顾中国小说评点在古代东亚汉文化圈和近代中外交流中的重要作用，自可加深对于小说评点涉外传播价值的认识。为了保存伟大的人类智慧，美国普林斯顿大学出版社专门设立了"普林斯顿杰出存书文库"（Princeton Legacy Library）荣誉书系❷，其中涵括若干种译介或研究中国古代小说评点的著作。对于如此珍贵的文化遗产，我们更应细致深入地去保护和探索，并借他山之石相与磋磨，这是文明古国兼当今大国所当具备的眼界与胸襟。

❶ 参见前引黄卓越、邹颖、李金梅等学者的研究。

❷ 这套书采用最新"按需印制"技术，再版普林斯顿大学出版社早已脱销的杰出书籍："伟大的思想永不过时，杰出的书籍也不应脱销。本社以耐用的平装或精装的版式印行本社此前已经脱销的杰出存书。这些再版书将重要书籍的初版保存下来，以使本社自 1905 年成立至今发行的丰富学术遗产惠及更多读者"，详见普林斯顿大学出版社官网"普林斯顿杰出存书文库"介绍页面 https: // press. princeton. edu/ collections/ princeton-legacy-library。

附录二　21世纪以来中国小说评点研究总目

陈　飞　整理

1. 任笃行：《聊斋志异全校会注集评本》，齐鲁书社 2000 年版。

2. 吴敢：《中国小说戏曲论集》，文史哲出版社 2000 年版。

3. 管曙光：《金瓶梅之谜》，中州古籍出版社 2000 年版。

4. 万晴川：《命相·占卜·谶应与中国古代小说研究》，中国文联出版社 2000 年版。

5. 刘良明：《近代初期小说理论批评的"袭故"特征及其成因》，《人文论丛》2000 年 0 期。

6. 王奎军：《"新批评"与小说评点之可比性研究》，《郑州大学学报》（社会科学版）2000 年 1 期。

7. 吴子林：《明清之际小说评点兴盛的成因》，《晋东南师范专科学校学报》2000 年 1 期。

8. 陈果安：《张竹坡对典型理论的贡献》，《南华大学学报》（社会科学版）2000 年 1 期。

9. 黄丽丽：《〈红楼梦〉及红学评点与〈左传〉》，《淮阴师范学院学报》2000 年 1 期。

10. 李伟实：《毛氏父子所称〈三国演义〉俗本与古本考》，《明清小说研究》2000 年 1 期。

11. 宋凤娣：《〈三国演义〉毛评的情节结构论》，《广播电视大学学报》（哲学社会科学版）2000 年 1 期。

12. 刘春宇：《署名李卓吾〈水浒传〉评点的人物形象论》，《广播电视大学学报》（哲学社会科学版）2000 年 1 期。

13. 谭帆：《小说评点的解读——〈中国小说评点研究·导言〉》，《文艺理论研究》2000 年 1 期。

14. 王珏：《金圣叹批〈水浒传〉浅析之一》，《济宁师专学报》2000 年 1 期。

15. 石麟：《金圣叹批评〈水浒传〉二题》，《湖北师范学院学报》（哲学社会科学版）2000 年 1 期。

16. 陈慧娟：《简析金圣叹论读者的阅读心理》，《中央民族大学学报》2000 年 2 期。

17. 宋莉华：《明清小说评点的广告意识及其传播功能》，《北方论丛》2000 年 2 期。

18. 王丽文：《金批〈水浒〉对中国古代小说叙事模式的突破》，《南开学报》2000 年 3 期。

19. 联群：《明清小说评点艺术今观》，《广播电视大学学报》（哲学社会科学版）2000 年 3 期。

20. 高洁：《话说"评点"》，《阅读与写作》2000 年 4 期。

21. 齐鲁青：《金圣叹小说人物性格批评论》，《内蒙古大学学报》（人文社会科学版）2000 年 4 期。

22. 李钊平：《论中国古典叙事学的嬗变》，《淮阴师范学院学报》（哲学社会科学版）2000 年 5 期。

23. 郁朝阳：《情节与"闲笔"——毛宗岗、金圣叹小说结构观念比较》，《郑州大学学报》（哲学社会科学版）2000 年 5 期。

24. 范道济：《"天下之文章，无有出〈水浒〉右者"——金圣叹小说理论研究之一（上）》，《黄冈师范学院学报》2000 年 5 期。

25. 崔茂新：《从金评本〈水浒传〉看"腰斩"问题》，《齐鲁学刊》2000 年 5 期。

26. 陆林：《生命中的最后一次欢会——金圣叹晚期事迹探微》，《南京师大学报》（社会科学版）2000 年 6 期。

27. 谭帆：《清后期小说评点尘谈》，《学术月刊》2000 年 12 期。

28. 程克团：《万历时期小说评点研究》，武汉大学硕士论文 2000 年。

29. 吴晓凤：《〈红楼梦〉与"脂评"的美学价值研究》，兰州大学硕士论文 2000 年。

30. 姬文山：《金圣叹的小说评点》，厦门大学硕士论文 2000 年。

31. 高小慧：《明清小说批评中的创作动机论研究》，武汉大学硕士论文 2000 年。

32. 王汝梅、张羽：《中国小说理论史》，浙江古籍出版社 2001 年版。

33. 陈洪：《浅俗之下的厚重——小说·宗教·文化》，南开大学出版社 2001 年版。

34. 郭豫适：《半砖园文集》，江苏古籍出版社 2001 年版。

35. 王平：《中国古代小说叙事研究》，河北人民出版社 2001 年版。

36. 谭帆：《中国小说评点研究》，华东师范大学出版社 2001 年版。

37. 吕启祥、林东海：《红楼梦研究稀见资料汇编》，人民文学出版社 2001 年版。

38. 王云高：《十字街口的狂客——金圣叹外传》，东方出版社 2001 年版。

39. 吴子凌：《小说评点知识谱系考察》，《东方丛刊》2001 年第三辑。

40. 钱正：《金圣叹之谜》，《传统文化研究》第九辑，白山出版社 2001 年版。

41. 陈文新：《金圣叹论小说"文法"》，《水浒争鸣》第六辑，光明日报出版社 2001 年版。

42. 石麟：《金批〈水浒〉的人物塑造理论》，《水浒争鸣》第六辑，光明日报出版社 2001 年版。

43. 罗德荣：《金圣叹小说美学的成就与贡献》，《水浒争鸣》第六辑，光明日报出版社 2001 年版。

44. 蔡钟翔：《金圣叹的小说结构理论》，《水浒争鸣》第六辑，光明日报出版社 2001 年版。

45. 梁归智：《草蛇灰线之演绎——由清代人两段点评窥探〈红楼梦〉之境界》，《红楼梦学刊》2001 年 1 期。

46. 张小钢：《金圣叹的文学批评与日本江户文学》，《吉林大学社会科学学报》2001 年 1 期。

47. 范道济：《"天下之文章，无有出〈水浒〉右者"——金圣叹小说理论研究之一（下）》，《黄冈师范学院学报》2001 年 1 期。

48. 施荣华：《论金圣叹俩〈读法〉的文艺美学思想》，《云南师范大学学报》（哲学社会科学版）2001 年 1 期。

49. 韩晓：《金圣叹小说评点的阐释价值论析》，《湖北大学学报》（哲学社会科学版）2001 年 1 期。

50. 张国光：《鲁迅等定谳的金圣叹"腰斩"水浒一案不能翻》，《湖北大学学报》（哲学社会科学版）2001 年 1 期。

51. 许抄珍：《从〈必读才子书〉看金圣叹的评点特色》，《北京印刷学院学报》2001 年 2 期。

52. 陈永康、赵永清：《金圣叹之死》，《档案与建设》2001 年 2 期。

53. 吴子凌：《对话金圣叹的评点与英美新批评》，《浙江社会科学》2001 年 2 期。

54. 陈维昭：《金圣叹：一个企望文化主流的边缘狂士》，《广东社会科学》2001 年 2 期。

55. 魏中林、王晓顺：《20 世纪金圣叹小说戏曲理论研究》，《学术研究》2001 年 2 期。

56. 吴子林：《小说评点知识谱系考索》，《浙江学刊》2001 年 2 期。

57. 吴文薇：《寻求中西叙事理论的对话与沟通——关于建构中国当代叙事学的思考》，《安徽大学学报》2001 年 2 期。

58. 宋凤娣：《〈三国演义〉毛评的人物形象理论新探》，《内蒙古师大学报》（哲学社会科学版）2001 年 2 期。

59. 孙逊、潘建国：《不断拓展古代小说研究的新视野——孙逊教授访谈》，《学术月刊》2001 年 3 期。

60. 范胜田：《古代小说艺术技法三题》，《阅读与写作》2001 年 3 期。

61. 江海鹰：《史传理论"白描"的另一种渊源》，《华南师范大学学报》（社会科学版）2001 年 3 期。

62. 罗德荣、胡如光：《金圣叹小说美学体系述论》，《天津大学学报》（社会科学版）2001 年 3 期。

63. 曾凡盛：《金圣叹诗学理论初探》，《株洲师范高等专科学校学报》2001 年 3 期。

64. 董文波：《情与理的抗衡——从李贽、金圣叹评点〈水浒传〉析其妇女观》，《金华职业技术学院学报》2001年3期。

65. 裴宏：《金圣叹的率性意识与李逵评点》，《明清小说研究》2001年3期。

66. 李昕：《试析金圣叹的小说创作论》，《山西教育学院学报》2001年3期。

67. 王卫红：《论金圣叹小说与戏曲人物理论》，《连云港职业技术学院学报》2001年4期。

68. 周虹：《"极微"观和"那碾"法——金圣叹评点小说戏曲的修辞方法论》，《上海财经大学学报》2001年4期。

69. 闵虹：《白描与中国古典小说的人物塑造》，《山东教育学院学报》2001年4期。

70. 谭帆：《"小说学"论纲——兼谈20世纪中国古代小说理论批评研究》，《中国社会科学》2001年4期。

71. 郭豫适：《评谭帆〈中国小说评点研究〉》，《文学评论》2001年4期。

72. 谭帆：《小说评点研究的三种视角》，《中文自学指导》2001年4期。

73. 宁宗一：《小说评点与小说艺术》，《寻根》2001年4期。

74. 张世君：《明清小说评点的书法入思方式》，《暨南学报》2001年5期。

75. 霍雅娟：《简论小说评点的作用》，《赤峰教育学院学报》2001年5期。

76. 叶晓梅：《在金圣叹与王国维之间》，《福建艺术》2001年5期。

77. 张小钢：《金圣叹的文学批评与日本江户文学》，《外国文学研究》2001年6期。

78. 尹缉熙：《金圣叹的次要人物论》，《云梦学刊》2001年6期。

79. 董小玉：《中国古代小说评点研究的拓展》，《文艺研究》2001年6期。

80. 张世君：《中国古代小说评点空间叙事理论探微》，《广州大学学报》2001年7期。

81. 宁宗一：《小说评点与章回小说的传播——借鉴一隅（之四）上》，《章回小说》2001年10期。

82. 宁宗一：《小说评点与章回小说的传播——借鉴一隅（之四）下》，《章回小说》2001年11期。

83. 张维昭：《论金圣叹之至情至性》，《江汉论坛》2001 年 12 期。

84. 关艳霞：《明清章回小说评点与读者接受研究》，郑州大学硕士论文 2001 年。

85. 赵红梅：《试论晚明文学思潮与金圣叹的小说性格理论》，首都师范大学硕士论文 2001 年。

86. 杨再喜：《论古典小说批评中的史学尺度》，湘潭大学硕士论文 2001 年。

87. 白岚玲：《才子文心——金圣叹小说理论探源》，北京广播学院出版社 2002 年版。

88. 张国星编：《鲁迅、胡适等解读〈金瓶梅〉》，辽海出版社 2002 年版。

89. 沈伯俊：《三国演义新探》，四川人民出版社 2002 年版。

90. 黄霖等：《中国小说研究史》，浙江古籍出版社 2002 年版。

91. 田若虹：《陆士谔研究》，岳麓书社 2002 年版。

92. 章培恒、王靖宇主编：《中国文学评点研究论集》，上海古籍出版社 2002 年版。

93. 张世君：《小说叙事空间结构概念——间架》，《东方丛刊》2002 年第二辑。

94. 赖祥亮：《由明清小说评点话语探〈史记〉对明清长篇小说叙事的影响》，《三明高等专科学校学报》2002 年 1 期。

95. 张世君：《明清小说评点山水画概念析》，《学术研究》2002 年 1 期。

96. 张世君：《明清小说评点的空间连叙概念——一线穿》，《广州大学学报》2002 年 1 期。

97. 吴华：《金圣叹论创作》（上），《保定师范专科学校学报》2002 年 1 期。

98. 罗德荣：《古代小说技法学成因及渊源探迹》，《明清小说研究》2002 年 1 期。

99. 石麟：《张竹坡批评〈金瓶梅〉写作技巧探胜》，《湖北师范学院学报》（哲学社会科学版)2002 年 1 期。

100. 邓绍秋：《李贽、金圣叹小说理论研究百年回顾》，《株洲师范高等专科学校学报》2002 年 1 期。

101. 张小钢：《金圣叹的文学批评与科举》，《清史研究》2002 年 1 期。

102. 陆林：《〈晚明曲家年谱〉 金圣叹史实研究献疑》，《文学遗产》2002 年 1 期。

103. 周杰：《熟识的陌生人——别林斯基与金圣叹典型理论的比较》，《沈阳师范大学学报》（社会科学版）2002 年 2 期。

104. 张钧：《从作家出发还是从文本出发——谈金圣叹对宋江形象的"误解"》，《明清小说研究》2002 年 2 期。

105. 邬国平：《徐增与金圣叹——附金圣叹两篇佚作》，《中华文史论丛》2002 年 2 期。

106. 赵元领：《金圣叹叙事理论的历史渊源及其历史地位》，《济宁师范专科学校学报》2002 年 2 期。

107. 沈新林：《中国古代小说、戏曲批评之比较研究》，《明清小说研究》2002 年 2 期。

108. 吴华：《金圣叹论创作》（下），《保定师范专科学校学报》2002 年 3 期。

109. 杜庆波：《论毛宗岗小说评点之"戏曲手眼"》，《五邑大学学报》（社会科学版）2002 年 3 期。

110. 周兰桂：《释义与循环——金圣叹腰斩、评点〈水浒传〉的释义语境及历史后果》，《武汉科技大学学报》（社会科学版）2002 年 3 期。

111. 邓新华：《金圣叹小说戏曲接受理论的基本特色》，《山西师大学报》（社会科学版）2002 年 4 期。

112. 饶道庆：《〈红楼梦〉脂评中的画论术语探源》，《红楼梦学刊》2002 年 4 期。

113. 陆林：《金圣叹与王鏊后裔关系探微》，《江海学刊》2002 年 4 期。

114. 张祝平：《"发愤之所作"与"心闲试笔"——李贽、金圣叹〈水浒〉创作动因论比较》，《明清小说研究》2002 年 4 期。

115. 竺洪波：《金圣叹与中国叙事学》，《明清小说研究》2002 年 4 期。

116. 喻斌：《桃李遍湖北，笔锋扫千军——记著名文史专家、〈水浒〉学与金圣叹学新流派的代表张国光教授》，《郧阳师范高等专科学校学报》2002 年 5 期。

117. 张国光：《要正确阐释 1975 年毛泽东评〈水浒〉的语录——兼论亟需澄清对鲁迅评〈水浒〉宋江、金圣叹诸文的误解》，《郧阳师范高等专科学校》2002 年 5 期。

118. 谭帆、郑沃根：《中国小说评点本在朝鲜时期的传播与影响》，《常熟高专学报》2002 年 5 期。

119. 张世君：《一线穿——一个本土的叙事概念》,《暨南学报》2002 年 5 期。

120. 肖巧朋：《明清小说评点的商业价值》,《郴州师范高等专科学校学报》2002 年 6 期。

121. 张世君：《明清小说评点的空间转换概念——脱卸》,《西南师范大学学报》2002 年 6 期。

122. 杨玉华：《金圣叹文论二题》,《社会科学研究》2002 年 6 期。

123. 毛慧玉：《于细微处见差别——金圣叹、李卓吾〈水浒传〉批评比较谈》,《荆州师范学院学报》2002 年 6 期。

124. 李社教：《金圣叹欣赏理论的心理学分析》,《西南民族学院学报》(哲学社会科学版)2002 年 8 期。

125. 孙建三：《生命力·创造力·感染力——叶朗教授和他的美学追求》,《当代电视》2002 年 9 期。

126. 张世君：《间架——一个本土的理论概念》,《学术研究》2002 年 10 期。

127. 吴子林：《经典再生产：金圣叹小说评点的文化透视》,北京师范大学博士论文 2002 年。

128. 江海鹰：《叙事视角下的明清小说评点》,华南师范大学硕士论文 2002 年。

129. 武小新：《论金批〈水浒〉对小说写作技巧的探索》,南京师范大学硕士论文 2002 年。

130. 董玉洪：《清代〈聊斋志异〉评点研究》,安徽大学硕士论文 2002 年。

131. 曾凡盛：《金圣叹文学批评的主体性研究》,湖南师范大学硕士论文 2002 年。

132. 李红茹：《〈西游记〉陈评李评中的创作论研究》,内蒙古师范大学硕士论文 2002 年。

133. 李忠明：《17 世纪中国白话小说编年史》,安徽大学出版社 2003 年版。

134. 袁世硕主编：《蒲松龄志》,山东人民出版社 2003 年版。

135. 宁宗一：《倾听民间心灵回声》,山西古籍出版社 2003 年版。

136. 刘良明等：《近代小说理论批评流派研究》,武汉大学出版社 2003 年版。

137. 张建业主编：《李贽与麻城》，中国广播电视出版社 2003 年版。

138. 刘世德：《〈红楼梦〉版本探微》，华东师范大学出版社 2003 年版。

139. 吴子林：《金圣叹小说评点的研究与反思》，《东方丛刊》2003 年第二辑。

140. 陈倩：《从"张力论"看〈浮生六记〉中的"克制陈述"——兼论新批评与明清小说评点的方法相似性》，《东方丛刊》2003 年第四辑。

141. 蔡钟翔、白岚玲：《金圣叹研究大有可为》，《水浒争鸣》2003 年 0 期。

142. 饶道庆：《明清小说评点中画论术语一览——颊上三毛》，《明清小说研究》2003 年 1 期。

143. 吴子林：《小说评点作为意识形态的生产》，《浙江学刊》2003 年 1 期。

144. 周兰桂：《道统文化与审美语境的消解共生——对金圣叹〈水浒〉释义文本的释读（二）》，《娄底师专学报》2003 年 1 期。

145. 张振国：《〈水浒传〉英雄"性恶"分析》，《江西教育学院学报》2003 年 1 期。

146. 蒋成德：《金圣叹是"并非反抗的叛徒"还是"清议运动的代表"——试比较鲁迅与胡适的批评》，《徐州教育学院学报》2003 年 1 期。

147. 吴子林：《叙事：历史还是小说？——金圣叹"以文运事""因文生事"辨析》，《浙江社会科学》2003 年 1 期。

148. 王进驹：《论脂砚斋评语对〈红楼梦〉"自譬"创作特征的揭示》，《红楼梦学刊》2003 年 1 期。

149. 饶道庆：《点睛——明清小说评点中画论术语一探》，《温州师范学院学报》2003 年 2 期。

150. 李金松、黄莺：《金批〈水浒传〉的小说评点范式意义》，《江西教育学院学报》2003 年 2 期。

151. 金晓民：《明清小说评点与科举文化》，《明清小说研究》2003 年 2 期。

152. 黄霖：《近百年来的金圣叹研究——以〈水浒〉评点为中心》，《明清小说研究》2003 年 2 期。

153. 吴子林：《"才子"说——金圣叹小说理论的核心范畴》，《学术论坛》2003 年 2 期。

154. 刘南南：《金圣叹与弗洛伊德的文学创作心理论之比较》，《兰州大学学报》

（社会科学版）2003 年 2 期。

155. 陆靓霞、何卫妹：《"十年格物，一朝物格"——试论金圣叹的小说创作理论》，《西北成人教育学报》2003 年 3 期。

156. 李昕、张敏：《金圣叹"文成于难"辨》，《山西师大学报》（社会科学版）2003 年 3 期。

157. 钮燕枫：《金圣叹对小说理论批评发展的贡献——评金批〈水浒〉的特点》，《南昌大学学报》（人文社会科学版）2003 年 3 期。

158. 刘良明：《近代小说理论批评流派研究刍议》，《文艺研究》2003 年 3 期。

159. 孙虎堂：《试论〈聊斋志异〉冯评与但评的阐释价值》，《厦门教育学院学报》2003 年 3 期。

160. 邹璟菲：《评点与对中国古典小说空间化的接受——以金圣叹评点〈第五才子书施耐庵水浒传〉为例》，《中山大学研究生学刊》（社会科学版）2003 年 3 期。

161. 曹立波：《蝶芗仙史的〈红楼梦〉批语考辨》，《红楼梦学刊》2003 年 3 期。

162. 谭光辉：《"白描"源流论》，《张家口师专学报》2003 年 4 期。

163. 陆林：《周亮工参与刊刻金圣叹批评〈水浒〉、古文考证》，《社会科学战线》2003 年 4 期。

164. 缪小云：《论金圣叹对"水浒三杰"的钟爱及其原因》，《贵州社会科学》2003 年 4 期。

165. 周兰桂：《金圣叹腰斩评点〈水浒传〉的释文本质》，《广西社会科学》2003 年 4 期。

166. 尹缉熙：《金圣叹的文学典型观》，《岳阳职业技术学院学报》2003 年 4 期。

167. 赵元龄：《从金圣叹评点看文学阅读的"有无相生"》，《济宁师范专科学校学报》2003 年 4 期。

168. 陈清茹：《明清传奇小说评点的审美差异——以〈虞初志〉和〈虞初新志〉之评点比较为例》，《中州学刊》2003 年 5 期。

169. 李腾渊：《试论朝鲜〈广寒楼记〉评点的主要特征——与金圣叹〈西厢记〉评点比较》，《南京师大学报》（社会科学版）2003 年 5 期。

170. 谭帆：《"奇书"与"才子书"——关于明末清初小说史上一种文化现象的解读》，《华东师范大学学报》2003 年 6 期。

171. 饶道庆：《山阴道上令人应接不暇——明清小说评点批语例释》，《古典文学知识》2003 年 6 期。

172. 曾凡盛：《金圣叹的编辑主体意识解读》，《编辑之友》2003 年 6 期。

173. 刘杰超：《金圣叹评点〈水浒传〉的二律背反现象》，《学术研究》2003 年 8 期。

174. 牧惠：《杂谈金圣叹》，《社会科学论坛》2003 年 10 期。

175. 刘杰超：《金圣叹力贬宋江探析》，《韶关学院学报》2003 年 11 期。

176. 黄霖：《评谭帆〈中国小说评点研究〉》，台湾"中研院"《中国文哲研究集刊》22 期，2003 年。

177. 孙开东：《明清〈三国演义〉批评之研究》，南京大学博士论文 2003 年。

178. 杨峰：《〈林兰香〉新论》，曲阜师范大学硕士论文 2003 年。

179. 孙洛中：《〈聊斋志异〉商业文化思想探析》，山东师范大学硕士论文 2003 年。

180. 吴新苗：《〈诗说〉与〈儒林外史〉相关问题研究》，安徽大学硕士论文 2003 年。

181. 连勇：《叙事写人：明清小说美学中的人物塑造观》，华南师范大学硕士论文 2003 年。

182. 阎霞：《试论中国古代文学批评文体的特征及其成因》，华中师范大学硕士论文 2003 年。

183. 缪小云：《金圣叹小说人物性格理论探微》，扬州大学硕士论文 2003 年。

184. 孙虎堂：《简论〈聊斋志异〉评点的价值——以冯评、但评为中心》，曲阜师范大学硕士论文 2003 年。

185. 刘堂春：《金圣叹小说评点的叙述学研究》，湖南师范大学硕士论文 2003 年。

186. 杨慧：《〈红楼梦〉古今评点谫论》，辽宁师范大学硕士论文 2003 年。

187. 曹立波：《红楼梦东观阁本研究》，北京图书馆出版社 2004 年版。

188. 董国炎：《明清小说思潮》，山西人民出版社 2004 年版。

189. [美]王靖宇著，谈蓓芳译：《金圣叹的生平及其文学批评》，上海古籍出版社 2004 年版。

190. 韩进廉：《中国小说美学史》，河北大学出版社 2004 年版。

191. 范培松、金学智主编：《插图本苏州文学通史》，江苏教育出版社 2004 年版。

192. 宋莉华：《明清时期的小说传播》，中国社会科学出版社 2004 年版。

193. 陈洪：《沧海蠡得——陈洪自选集》，南开大学出版社 2004 年版。

194. 赵兴勤：《中国古典戏曲小说考论》，吉林教育出版社 2004 年版。

195. 吴盈静：《清代台湾红学初探》，大安出版社 2004 年版。

196. 朱忠元：《略论明代小说评点的审美取向》，《中国古代小说戏剧研究丛刊》2004 年 0 期。

197. 李艳：《浅论中国古典小说修辞的民族风格》，《中国青年政治学院学报》2004 年 1 期。

198. 段江丽：《论王希廉〈红楼梦〉"评语"的小说学思想》，《红楼梦学刊》2004 年 1 期。

199. 石麟：《古代小说的史鉴功能和劝戒功能——中国古代小说评点派研究二题》，《湖北师范学院学报》（哲学社会科学版）2004 年 1 期。

200. 曹立波：《〈增评补图石头记〉的传播盛况述评》，《红楼梦学刊》2004 年 1 期。

201. 陈亚利：《"因文生事"——金圣叹的小说观》，《上饶师范学院学报》2004 年 1 期。

202. 李金松：《论金本〈水浒传〉的文体革新》，《江西师范大学学报》（哲学社会科学版）2004 年 1 期。

203. 贡树铭：《金圣叹的"不亦快哉"——金氏最快乐设想亦即最佳养生心态》，《医古文知识》2004 年 1 期。

204. 张维昭：《真——金圣叹人物性格论的核心》，《济宁师范专科学校学报》2004 年 1 期。

205. 蒋成德：《李贽与金圣叹的〈水浒传〉批评之比较》，《徐州教育学院学报》

2004 年 1 期。

206. 王海燕：《怨毒著书、文以载道还是文以自娱？——金圣叹的〈水浒〉创作动机观之分析》，《船山学刊》2004 年 1 期。

207. 吴正岚：《华严心本原说与金圣叹的文学思想》，《东南学术》2004 年 1 期。

208. 徐希平、于野：《叙事美学的整合与建构——评〈梦与醒的匠心——蠡测缕析《红楼梦》的写作技法〉》，《西南民族大学学报》（人文社科版）2004 年 2 期。

209. 徐国华：《作为评点文学名家的汤显祖》，《古典文学知识》2004 年 2 期。

210. 樊宝英：《论金圣叹的细读批评》，《齐鲁学刊》2004 年 2 期。

211. 曹辛华：《论刘辰翁的小说评点修辞思想——以〈世说新语〉评点为例》，《山东师范大学学报》（社会科学版）2004 年 2 期。

212. 孙秋克：《论戏曲评点的特点、历史发展和理论建树》，《云南艺术学院学报》2004 年 2 期。

213. 王冉冉：《以论说文文法评点小说结构——金圣叹小说评点的一个本质特征》，《华东师范大学学报》2004 年 2 期。

214. 卢晓：《黑格尔的理想性格理论与金圣叹的个性性格理论之比较》，《黄冈师范学院学报》2004 年 2 期。

215. 张维娜：《试论金圣叹评点〈水浒传〉中人物性格的对照模式》，《理论界》2004 年 2 期。

216. 张世君：《中西文学叙事概念比较》，《西南师范大学学报》2004 年 3 期。

217. 张世君：《明清小说评点章法概念析》，《暨南学报》2004 年 3 期。

218. 张稔穰：《明清小说评点中的"另类"——冯镇峦、但明伦等对〈聊斋志异〉艺术规律的发掘》，《齐鲁学刊》2004 年 3 期。

219. 陈美林：《"通作者之意，开览者之心"——以传统形式研究〈儒林外史〉的回顾（上）》，《古典文学知识》2004 年 3 期。

220. 石麟：《古代小说的娱乐功能和审美功能——中国古代小说评点派研究二题》，《长江大学学报》（社会科学版）2004 年 3 期。

221. 饶道庆：《如灯取影：明清小说评点批语例释》，《温州师范学院学报》（哲学社会科学版)2004年3期。

222. 赵冬梅：《中国古代小说戏曲评点对朝鲜汉文小说创作的影响——以〈广寒楼记〉和〈汉唐遗事〉为例》，《哈尔滨工业大学学报》（社会科学版）2004年3期。

223. 左健：《金圣叹文学鉴赏"快活"论》，《明清小说研究》2004年3期。

224. 吴子林：《传神写照——金圣叹的人物性格理论》，《中国文学研究》2004年3期。

225. 张维昭：《至情至性之论——真：金圣叹人物性格论的核心》，《哈尔滨工业大学学报》（社会科学版）2004年3期。

226. 李镇风：《金圣叹与李渔戏剧结构论比较》，《阴山学刊》2004年3期。

227. 张天星：《金圣叹腰斩〈水浒传〉与〈西厢记〉新探》，《四川师范大学学报》（社会科学版）2004年3期。

228. 韩梅：《论金圣叹文学评点在韩国的传播》，《东岳论丛》2004年3期。

229. 尹缉熙：《金圣叹的小说结构技巧论初探》，《湖南第一师范学报》2004年3期。

230. 卢永和：《论金圣叹文学批评的读者观》，《肇庆学院学报》2004年3期。

231. 张维昭：《论金圣叹人物性格论的审美心理机制》，《新疆大学学报》（哲学社会科学版）2004年3期。

232. 关艳霞：《明清章回小说评点的价值》，《天中学刊》2004年4期。

233. 谢许航：《金圣叹评点〈水浒传〉之价值分析》，《昭通师范高等专科学校学报》2004年4期。

234. 蒋成德：《从金圣叹评〈水浒〉看其创作思想》，《盐城师范学院学报》（人文社会科学版）2004年4期。

235. 刘堂春：《金圣叹叙事视角论》，《湖南农业大学学报》（社会科学版）2004年4期。

236. 周虹：《金圣叹的修辞鉴赏理论初探》，《韶关学院学报》2004年4期。

237. 张军：《金圣叹的心态与文学批评（上）》，《湖北经济学院学报》2004年4期。

238. 陈美林：《"通作者之意，开览者之心"——以传统形式研究〈儒林外史〉的回顾(下)》，《古典文学知识》2004 年 4 期。

239. 武小新：《论金批〈水浒传〉对小说语言技巧的探索》，《淮海工学院学报》(人文社会科学版)2004 年 4 期。

240. 黄慧：《浅议那辗的叙事艺术》，《语文学刊》2004 年 5 期。

241. 夏惠绩：《横云断山的叙事功能》，《语文学刊》2004 年 5 期。

242. 潘建国：《凌濛初刊刻、评点〈世说新语〉考述》，《上海师范大学学报》(哲学社会科学版)2004 年 5 期。

243. 蒋成德：《金圣叹是"拾人唾余"还是"眼光过人"——鲁迅与胡适的批评再比较》，《黔南民族师范学院学报》2004 年 5 期。

244. 张军：《金圣叹的心态与文学批评(下)》，《湖北经济学院学报》2004 年 5 期。

245. 张小芳：《论金圣叹对叙事文学的诗化解读》，《中州学刊》2004 年 5 期。

246. 曲原：《闲闲渐写　意趣横生——"月度回廊"法探微》，《语文学刊》2004 年 9 期。

247. 黄立平：《关于小小说评点》，《求索》2004 年 10 期。

248. 刘杰超：《金圣叹鉴赏〈水浒传〉的整体观》，《学术研究》2004 年 12 期。

249. 吴少平：《明代笑话评点探微》，《文教资料》2004 年 19 期。

250. 钟锡南：《金圣叹文学批评理论研究》，上海师范大学博士论文 2004 年。

251. 刘继保：《〈红楼梦〉评点研究》，首都师范大学博士论文 2004 年。

252. 顾克勇：《陆云龙、陆人龙兄弟文学研究》，浙江大学博士论文 2004 年。

253. 张军：《金圣叹的心态与文学批评》，华中师范大学硕士论文 2004 年。

254. 凌宏发：《王韬小说研究》，上海师范大学硕士论文 2004 年。

255. 胡晴：《〈红楼梦〉评点中人物塑造理论的考察与研究》，中国艺术研究院硕士论文 2004 年。

256. 刘晓军：《张竹坡叙事理论研究》，湖南师范大学硕士论文 2004 年。

257. 黄娟：《毛纶、毛宗岗叙事理论研究》，湖南师范大学硕士论文 2004 年。

258. 薛莹：《叙事之技与叙事之道——论浦安迪的中国四大奇书研究》，华东师范大学硕士论文 2004 年。

259. [美]艾梅兰著,罗琳译:《竞争的话语:明清小说中的正统性、本真性及所生成之意义》,江苏人民出版社 2005 年版。

260. 谭帆:《古代小说评点简论》,山西人民出版社 2005 年版。

261. 李玉莲:《中国古代白话小说戏曲传播论》,山西教育出版社 2005 年版。

262. 蒋凡、郁源主编:《中国古代文论教程》,中华书局 2005 年版。

263. 黄强:《八股文与明清文学论稿》,上海古籍出版社 2005 年版。

264. 张少康:《中国文学理论批评史(上下)》(第 2 版),北京大学出版社 2005 年版。

265. 高小康:《中国古代叙事观念与意识形态》,北京大学出版社 2005 年版。

266. 方正耀:《中国古典小说理论史(修订版)》,华东师范大学出版社 2005 年版。

267. 钱淑芳:《明清小说评点艺术论》,内蒙古人民出版社 2005 年版。

268. 潘建国:《中国古代小说书目研究》,上海古籍出版社 2005 年版。

269. 孔祥丽:《浅谈"烘云托月"法》,《语文学刊》2005 年 1 期。

270. 石麟:《小说评点派论"叙事视角"》,《湖北师范学院学报》(哲学社会科学版)2005 年 1 期。

271. 董玉洪:《〈聊斋志异〉评点勃兴的原因》,《古籍研究》2005 年 1 期。

272. 尹缉熙:《金圣叹"独恶宋江"论——兼谈文学接受中的误读》,《船山学刊》2005 年 1 期。

273. 吴功正:《金圣叹的〈水浒传〉评点及其小说美学思想》,《湖南师范大学社会科学学报》2005 年 1 期。

274. 张晓丽:《金圣叹〈水浒传〉评点动机谈》,《广播电视大学学报》(哲学社会科学版)2005 年 1 期。

275. 胡晴:《〈红楼梦〉评点中人物塑造理论的考察与研究之一》,《红楼梦学刊》2005 年 2 期。

276. 翁筱曼:《"灵魂在杰作间冒险"——明清小说评点的一种解读》,《惠州学院学报》(社会科学版)2005 年 2 期。

277. 尹绪熙：《中国古代小说评点简论——兼论金圣叹在文学批评史上的地位》，《岳阳职业技术学院学报》2005 年 2 期。

278. 张平仁：《金圣叹删评〈水浒传〉的诗性思维》，《明清小说研究》2005 年 2 期。

279. 胡晴：《〈红楼梦〉评点中人物塑造理论的考察与研究之一》，《红楼梦学刊》2005 年 3 期。

280. 泓峻：《从金圣叹研究看当代学术研究中存在的误区》，《南都学坛》2005 年 3 期。

281. 钟锡南：《小说史观与金圣叹的小说评点》，《长沙大学学报》2005 年 3 期。

282. 孙洛中：《张竹坡之〈金瓶梅〉"寓言"观评说》，《潍坊学院学报》2005 年 3 期。

283. 岳筱宁：《金圣叹情节技法撷谈》，《语文学刊》2005 年 3 期。

284. 石麟：《书中之秘法亦复不少——〈红楼梦〉脂批以"美文"评"作法"谈片》，《铜仁师范专科学校学报》2005 年 3 期。

285. 顾宇：《论张竹坡批点〈金瓶梅〉之"时文手眼"》，《连云港职业技术学院学报》2005 年 3 期。

286. 石麟：《古代小说评点派的形成、演变和主要特点》，《福州大学学报》（哲学社会科学版）2005 年 3 期。

287. 潘承玉：《从"五四"出发看金圣叹"腰斩"〈水浒〉》，《深圳大学学报》（人文社会科学版）2005 年 3 期。

288. 吴子林：《金圣叹与吴中文化》，《浙江学刊》2005 年 3 期。

289. 张世君：《中西叙事概念比较》，《国外文学》2005 年 4 期。

290. 刘宁：《中国叙事理论的发展及研究评价》，《西安文理学院学报》（社会科学版）2005 年 4 期。

291. 刘晓军：《二十世纪张竹坡评点〈金瓶梅〉研究述评》，《中国文学研究》2005 年 4 期。

292. 吴少平：《明代笑话评点初探》，《明清小说研究》2005 年 4 期。

293. 钟锡南：《八股论文与金圣叹文学评点》，《中国文学研究》2005 年 4 期。

294. 陈捷：《金圣叹鉴赏理论解读》，《重庆邮电学院学报》(社会科学版)2005 年 4 期。

295. 张勇：《命运与艺术的取舍——金圣叹、梁启超、詹姆斯小说理论的"对话"》，《云南师范大学学报》(哲学社会科学版)2005 年 4 期。

296. 陈刚：《金圣叹的文学接受理论初探——以其戏曲小说评点为例》，《宁夏社会科学》2005 年 5 期。

297. 胡晴：《〈红楼梦〉评点中人物塑造理论的考察与研究之三》，《红楼梦学刊》2005 年 5 期。

298. 官春蕾、黄念然：《20 世纪金圣叹小说理论研究述评》，《黄冈师范学院学报》2005 年 5 期。

299. 武小新：《从金批〈水浒〉看金圣叹对叙事学的开创性贡献》，《甘肃社会科学》2005 年 5 期。

300. 刘堂春：《金圣叹叙事节奏论》，《湖南城市学院学报》(人文社会科学版)2005 年 6 期。

301. 潘建国：《稀见清代禁毁小说〈诊痴符〉》，《文学遗产》2005 年 6 期。

302. 高小康：《重新审视小说评点的审美阅读意义》，《学术研究》2005 年 10 期。

303. 张世君：《明清小说评点中的戏曲概念析》，《学术研究》2005 年 10 期。

304. 丁利荣：《从"游"看小说评点的审美特性》，《湖北社会科学》2005 年 11 期。

305. 董玉洪：《在比较中见成就——试论文言小说评点中的文学比较批评法》，《社会科学家》2005 年 S1 期。

306. 竺洪波：《四百年〈西游记〉学术史》，华东师范大学博士论文 2005 年。

307. 董玉洪：《中国文言小说评点研究》，华东师范大学博士论文 2005 年。

308. 郑艳玲：《钟惺评点研究》，复旦大学博士论文 2005 年。

309. 郑菡：《"李卓吾"小说、戏曲评点研究》，复旦大学博士论文 2005 年。

310. 李桂奎：《中国写人学》，复旦大学博士论文 2005 年。

311. 胡淳艳：《〈西游记〉传播研究》，北京师范大学博士论文 2005 年。

312. 杨爱君：《明清小说评点中的叙事结构论》，北京师范大学博士论文 2005 年。

313. 李燕妮：《释"锦心绣口"说——金圣叹评点〈水浒传〉的文学批评思想》，曲阜师范大学硕士论文 2005 年。

314. 刘继平：《试论但明伦的小说创作技法论——但明伦小说美学思想初探之一》，贵州大学硕士论文 2005 年。

315. 钟慧笑：《论金圣叹的"才子说"》，中央民族大学硕士论文 2005 年。

316. 曾礼军：《〈情史〉研究》，浙江师范大学硕士论文 2005 年。

317. 苏静：《〈西游记〉文本的传播与接受》，武汉大学硕士论文 2005 年。

318. 葛跃：《金圣叹小说叙事学思想研究》，华东师范大学硕士论文 2005 年。

319. 陈洁：《中国近代评点传播美学思想探赜》，北京印刷学院硕士论文 2005 年。

320. 宋振宏：《容与堂本〈水浒传〉评点研究》，青岛大学硕士论文 2005 年。

321. 高静：《脂砚斋叙事思想研究》，湖南师范大学硕士论文 2005 年。

322. 张文：《〈聊斋志异〉之"但评"研究》，山东师范大学硕士论文 2005 年。

323. 张天星：《明代心学思潮与容与堂刊本〈水浒传〉的评点》，四川师范大学硕士论文 2005 年。

324. 贺根民：《张竹坡、文龙〈金瓶梅〉人物批评比较研究》，广西师范大学硕士论文 2005 年。

325. 洪爱春：《〈新译红楼梦〉及其回批所体现的文艺观点——从对〈红楼梦〉的取舍编译谈起》，内蒙古师范大学硕士论文 2005 年。

326. 马将伟：《〈水浒传〉金评中的叙事理论研究》，内蒙古师范大学硕士论文 2005 年。

327. 钟锡南：《金圣叹文学批评理论研究》，上海古籍出版社 2006 年版。

328. 陈国军：《明代志怪传奇小说研究》，天津古籍出版社 2006 年版。

329. 陈熙中：《中国古代小说研究论辩》，百花洲文艺出版社 2006 年版。

330. 潘建国：《古代小说文献丛考》，中华书局 2006 年版。

331. 胡全章：《传统与现代之间的探询——吴趼人小说研究》，河南大学出版社 2006 年版。

332. 陈曦钟、段江丽、白岚玲等：《中国古代小说研究论辩（文学卷）》，百花洲文艺出版社 2006 年版。

333. 吴波：《明清小说创作与接受研究》，湖南人民出版社 2006 年版。

334. 丘振声：《品读三国》，漓江出版社 2006 年版。

335. 严明、张爱玲：《东亚视野中的明清小说》，圣环图书股份有限公司 2006 年版。

336. 郑艳玲：《钟惺评点研究》，人民日报出版社 2006 年版。

337. 雷庆锐：《晚明文人思想探析——〈型世言〉评点与陆云龙思想研究》，中国社会科学出版社 2006 年版。

338. 谭帆：《中国雅俗文学思想论集》，中华书局 2006 年版。

339. 竺洪波：《四百年〈西游记〉学术史》，复旦大学出版社 2006 年版。

340. 吴正岚：《金圣叹评传》，南京大学出版社 2006 年版。

341. 王冉冉：《章法——论金圣叹小说评点的叙事学》，《古代文学理论研究》第二十四辑，2006 年。

342. 周赟龙：《浅谈中国古典长篇小说中的"草蛇灰线"》，《国际关系学院学报》2006 年 1 期。

343. 谭帆：《漫谈古代小说理论批评研究之"缺失"》，《文学遗产》2006 年 1 期。

344. 卢永和：《论李贽〈四书评〉的文学化批评倾向》，《肇庆学院学报》2006 年 1 期。

345. 许娇娜：《论金圣叹〈水浒传〉评点对作品文学价值的影响》，《江淮论坛》2006 年 1 期。

346. 李金松：《技巧即文学——金圣叹的文学本体论》，《江西师范大学学报》（哲学社会科学版）2006 年 2 期。

347. 王冉冉：《从"史"到"文"——明末清初小说观念的一大变迁》，《南阳师范学院学报》（社会科学版）2006 年 2 期。

348. 刘海燕、马春玲：《〈三国演义〉毛评中的互文批评举隅——以景物描写的评点为例》，《修辞学习》2006 年 2 期。

349. 邓慧：《小议李贽〈水浒传〉评点的意义》，《平顶山工学院学报》2006 年 2 期。

350. 陈莉：《接受视野中的金圣叹研究——以金评本〈水浒传〉为接受史研究重点》，《广西民族学院学报》（哲学社会科学版）2006 年 2 期。

351. 刘良明、吕建红：《金圣叹、李渔文论之不同特点新探》，《武汉大学学报》（人文科学版）2006 年 2 期。

352. 左健：《金圣叹的文学鉴赏观》，《江苏社会科学》2006 年 2 期。

353. 贺根民：《反讽——张竹坡、文龙〈金瓶梅〉人物评点差异溯因》，《中北大学学报》（社会科学版）2006 年 3 期。

354. 贺根民：《文体自觉——张竹坡、文龙〈金瓶梅〉人物评点差异溯因》，《贵州文史丛刊》2006 年 3 期。

355. 杨雨、李晶：《论中国古代小说评点的心灵化特征》，《湖南第一师范学报》2006 年 3 期。

356. 赖祥亮：《明清长篇小说塑人艺术的〈史记〉渊源——从小说评点话语谈起》，《三明学院学报》2006 年 3 期。

357. 樊宝英：《金圣叹文学形式批评的现代思考》，《江汉论坛》2006 年 3 期。

358. 运丽君：《钩沉抉宝　妙解文心——评〈明清小说评点艺术〉》，《内蒙古教育》2006 年 4 期。

359. 程致中：《理论与方法：鲁迅小说批评的实践》，《文艺理论与批评》2006 年 4 期。

360. 杨亮：《万历二十年——中国小说评点的突围》，《三峡大学学报》（人文社会科学版）2006 年 4 期。

361. 石麟：《集体意识与个体意识的分别体现——中国古代小说评点人物论扫描之一》，《扬州大学学报》（人文社会科学版）2006 年 4 期。

362. 张世君：《明清小说评点叙事的空间性观念》，《暨南学报》（哲学社会科学版）2006 年 4 期。

363. 肖春燕：《小说创作的"三境界"说——论金圣叹的小说创作理论》，《天水师范学院学报》2006 年 4 期。

364. 吴子林：《叙事成规：金圣叹的"文法"理论》，《河北学刊》2006 年 5 期。

365. 李桂奎：《中国古代小说写人评点的喻说特征及话语层解》，《社会科学辑刊》2006 年 5 期。

366. 杨志平：《张新之〈红楼梦〉"品"评论略》，《红楼梦学刊》2006 年 5 期。

367. 孙宗胜、吴子林：《金圣叹对〈水浒〉的"症候阅读"》，《中南大学学报》(社会科学版)2006 年 5 期。

368. 刘堂春、黄博：《金圣叹论公开叙述声音》，《湖南城市学院学报》2006 年 5 期。

369. 何红梅：《试论哈斯宝的"暗中抨击之法"》，《山东教育学院学报》2006 年 6 期。

370. 贺根民：《巅峰之失——小说评点衰落的学理分析》，《学术论坛》2006 年 7 期。

371. 葛跃：《金圣叹叙事学思想研究——从金圣叹对〈水浒〉〈西厢记〉的局部修改看其叙事学思想》，《湖南科技学院学报》2006 年 8 期。

372. 冯仲平：《金圣叹〈水浒〉评点的理论价值》，《学术论坛》2006 年 9 期。

373. 赖祥亮：《论明清长篇小说体例的〈史记〉渊源——从小说评点话语谈起》，《语文学刊》2006 年 13 期。

374. 陈莉：《金圣叹小说评点的当代阐释》，南开大学博士论文 2006 年。

375. 张敏：《李贽〈忠义水浒传〉人物评点研究》，宁夏大学硕士论文 2006 年。

376. 周彤彤：《金圣叹小说评点研究》，北京师范大学硕士论文 2006 年。

377. 李强：《论金圣叹的文章观及其对文学评点的影响》，首都师范大学硕士论文 2006 年。

378. 朱光立：《金圣叹杜诗学研究》，南京大学硕士论文 2006 年。

379. 夏惠绩：《〈才子古文〉金批的散文理论研究》，内蒙古师范大学硕士论文 2006 年。

380. 黄晓明：《〈聊斋志异〉评点之我见》，四川大学硕士论文 2006 年。

381. 李化来：《毛纶、毛宗岗叙事结构研究》，广西师范大学硕士论文 2006 年。

382. 代智敏：《明代小说选本研究》，暨南大学硕士论文 2006 年。

383. 蔡靖芳：《张竹坡小说评点的主体间性研究》，厦门大学硕士论文 2006 年。

384. 卢世炬：《回归文本与小说阐释——金圣叹"三境"说之理论阐发与比较研

究》,西南交通大学硕士论文 2006 年。

385. 李菁:《晚明文人陈继儒研究》,上海师范大学硕士论文 2006 年。

386. 刘继保:《红楼梦评点研究》,北京图书馆出版社 2007 年版。

387. 杨鸿儒:《细述金瓶梅》,东方出版社 2007 年版。

388. 陈洪等:《中国小说通史(清代卷)》,高等教育出版社 2007 年版。

389. 孙中旺:《金圣叹研究资料汇编》,广陵书社 2007 年版。

390. 曹立波:《红楼梦版本与文本》,中华书局 2007 年版。

391. 张世君:《明清小说评点叙事概念研究》,中国社会科学出版社 2007 年版。

392. 王运熙、顾易生主编:《中国文学批评史新编》(第 2 版),复旦大学出版社 2007 年版。

393. 白盾、汪大白:《红楼争鸣二百年》,天津人民出版社 2007 年版。

394. 罗书华:《中国小说学主流》,上海书店出版社 2007 年版。

395. 庄桂成:《中国文学批评现代转型发生论:1897—1917 年间的中国文学批评生态研究》,中国社会科学出版社 2007 年版。

396. 林春虹:《金圣叹小说理论溯源》,《明清小说研究》2007 年 1 期。

397. 丁利荣:《虚空出生色相——从"极微法"理论看金圣叹小说评点的佛学立场》,《湖北大学学报》(哲学社会科学版)2007 年 1 期。

398. 魏佳:《金圣叹〈水浒传〉评点中的比喻艺术》,《甘肃联合大学学报》(社会科学版)2007 年 1 期。

399. 陈美珍:《李贽"童心说"对俗文学的影响》,《延安大学学报》(社会科学版)2007 年 1 期。

400. 李晶:《心灵化批评传统在〈土门〉评点本中的继承与发扬》,《萍乡高等专科学校学报》2007 年 1 期。

401. 王晓兵:《浅谈叶昼小说评点的虚实观》,《太原大学学报》2007 年 1 期。

402. 石麟:《小说评点派论"谋篇布局"》,《湖北师范学院学报》(哲学社会科学版)2007 年 2 期。

403. 胡胜:《抄本〈西游记记〉发微》,《文献》2007 年 2 期。

404. 贺根民:《文龙〈金瓶梅〉批评的现实指寓》,《西安石油大学学报》(社会科学版)2007 年 2 期。

405. 贺根民：《艰难跋涉——小说观念的近代化进程》，《东方丛刊》2007 年 2 期。

406. 张稔穰：《冯镇峦〈聊斋志异〉评点的理论建树》，《蒲松龄研究》2007 年 3 期。

407. 阮芳：《草蛇灰线　伏脉千里——中国古典小说一种独特的结构技巧》，《湖北广播电视大学学报》2007 年 3 期。

408. 李小兰：《近 30 年中国古代文学批评文体研究述评》，《襄樊学院学报》2007 年 3 期。

409. 谭帆：《评点与小说之传播》，《中国文学研究》（辑刊）2007 年 3 期。

410. 原方：《余象斗"评林体"初探》，《明清小说研究》2007 年 3 期。

411. 夏薇：《补拙斋抄本——一部新发现带批语的〈红楼梦〉抄本》，《明清小说研究》2007 年 3 期。

412. 孙伟科：《〈红楼梦〉"笔法"例释》，《红楼梦学刊》2007 年 4 期。

413. 袁魁昌：《金圣叹与叙事问题》，《枣庄学院学报》2007 年 4 期。

414. 陈心浩：《"真"解——明清小说评点范畴例释》，《内蒙古民族大学学报》2007 年 4 期。

415. 段战戈：《书商余象斗和明代白话小说》，《中共郑州市委党校学报》2007 年 4 期。

416. 何晓苇：《笔削之功——论毛氏父子修订〈三国〉的性质及意义》，《明清小说研究》2007 年 4 期。

417. 杨志平：《释"大落墨"——以〈红楼梦〉张新之评本为中心》，《红楼梦学刊》第五辑，2007 年 5 期。

418. 马将伟：《"间架经营"——金评〈水浒传〉中的空间结构观念之考察》，《贵州社会科学》2007 年 5 期。

419. 胡晴：《信手拈来无不是——论脂批引用绘画术语及其合理性》，《红楼梦学刊》2007 年 5 期。

420. 陈心浩、李金善：《"妙"解——明清小说评点范畴例释》，《河北学刊》2007

年 5 期。

421. 赵国安：《近十年来明清小说评点研究综述》，《百色学院学报》2007 年 5 期。

422. 陈才训：《"闲笔"不闲——论古典小说中"闲笔"的审美功能》，《内蒙古社会科学》2007 年 6 期。

423. 叶楚炎：《"时文眼"中的金圣叹小说评点》，《青海师范大学学报》（哲学社会科学版）2007 年 6 期。

424. 董玉洪：《浅论文言小说评点中的比较批评法》，《阜阳师范学院学报》（社会科学版）2007 年 6 期。

425. 杨志平：《释"横云断山"与"山断云连"——以古代小说评点为中心》，《学术论坛》2007 年 8 期。

426. 胡全章：《作为叙述的评点——吴趼人小说研究的盲区》，《商丘师范学院学报》2007 年 8 期。

427. 于鹏：《金圣叹小说评点中的叙事视角研究》，《辽宁教育行政学院学报》2007 年 9 期。

428. 倪梁敏：《金圣叹〈水浒传〉评点中的意象批评》，《安徽文学》（下半月）2007 年 11 期。

429. 杨志平：《小说"章法"辨》，《名作欣赏》2007 年 12 期。

430. 刘方、孙逊：《中国古代小说研究现代学术范式的历史生成》，《文艺研究》2007 年 12 期。

431. 吴晓风：《〈红楼梦〉评点研究》，复旦大学博士论文 2007 年。

432. 邓百意：《中国古代小说节奏论》，复旦大学博士论文 2007 年。

433. 何红梅：《〈红楼梦〉评点理论研究——以脂砚斋等 10 家评点为中心》，山东师范大学博士论文 2007 年。

434. 丁利荣：《金圣叹美学思想研究》，武汉大学博士论文 2007 年。

435. 李正学：《毛宗岗小说理论研究》，山东师范大学博士论文 2007 年。

436. 何晓苇：《毛本〈三国演义〉研究》，四川大学博士论文 2007 年。

437. 黄廷富：《〈姑妄言〉研究》，北京师范大学博士论文 2007 年。

438. 梁苑：《才子佳人小说：从一种新小说类型到一种新文学样式》，复旦大学博士论文 2007 年。

439. 王真：《论金圣叹的文学观——以"锦心绣口"说为中心》，曲阜师范大学硕士论文 2007 年。

440. 葛新：《毛氏修订〈三国〉研究》，西南交通大学硕士论文 2007 年。

441. 房莹：《明清人对〈金瓶梅〉主旨的阐释》，华东师范大学硕士论文 2007 年。

442. 韩国颖：《论中国古典小说的先验性结构》，华东师范大学硕士论文 2007 年。

443. 徐甜田：《明清英雄传奇小说叙事文法研究——以金圣叹的小说评点理论为参照系》，北京师范大学硕士论文 2007 年。

444. 陈铭：《虚实之间——列国系列小说演变研究》，华东师范大学硕士论文 2007 年。

445. 黄翠华：《"虞初"系列选集研究》，首都师范大学硕士论文 2007 年。

446. 杨阳：《论金圣叹的小说创作理论》，新疆大学硕士论文 2007 年。

447. 王琼茹：《嬉笑怒骂——〈绿野仙踪〉评点研究》，暨南大学硕士论文 2007 年。

448. 郑媛元：《〈金瓶梅〉叙事艺术》，政治大学硕士论文 2007 年。

449. 张伟：《金圣叹小说美学思想述论》，安徽大学硕士论文 2007 年。

450. 张俊喜：《金圣叹小说评点的叙事学研究》，内蒙古师范大学硕士论文 2007 年。

451. 吉朋辉：《和邦额及其〈夜谭随录〉考论》，苏州大学硕士论文 2007 年。

452. 吴肇彦：《〈聊斋志异〉叙事研究》，厦门大学硕士论文 2007 年。

453. 刘志凤：《晚明小说审美与大众阅读兴趣——以〈西游记〉为例的考察》，南昌大学硕士论文 2007 年。

454. 原方：《余象斗小说评点研究》，暨南大学硕士论文 2007 年。

455. 程国赋：《明代书坊与小说研究》，中华书局 2008 年版。

456. 马经义：《中国红学概论》，四川大学出版社 2008 年版。

457. 黎必信：《论毛氏父子（毛纶、毛宗岗）与金圣叹小说评点取向之异同》，《明代文学与科举文化》2008 年。

458. 石麟：《金批〈水浒传〉叙事研究——〈读第五才子书法〉"文法"刍议》，《水浒争鸣》第十辑，崇文书局 2008 年版。

459. 杨志平：《论"草蛇灰线"与中国古代小说评点》，《求是学刊》2008 年 1 期。

460. 李化来、崔永模：《对偶与对称：毛纶、毛宗岗论〈三国演义〉叙事结构》，《菏泽学院学报》2008 年 1 期。

461. 赵平平：《浅议金评〈水浒传〉对小说评点理论的影响》，《和田师范专科学校学报》2008 年 1 期。

462. 胡胜、赵毓龙：《另类的评点——抄本〈西游记记〉批语试论》，《明清小说研究》2008 年 1 期。

463. 张晓丽：《论金圣叹之"草蛇灰线法"》，《内蒙古师范大学学报》（哲学社会科学版）2008 年 2 期。

464. 高淮生：《〈红楼梦〉王蒙评与清代八家评之比较研究》，《红楼梦学刊》2008 年 2 期。

465. 曹成竹：《冯镇峦〈聊斋志异〉评点的理论贡献》，《四川理工学院学报》（社会科学版）2008 年 2 期。

466. 曹成竹：《冯镇峦的〈聊斋志异〉评点》，《重庆交通大学学报》（社会科学版）2008 年 2 期。

467. 向芃：《才子书与才情论——清初白话小说评点以"才"为中心的理论提升》，《明清小说研究》2008 年 2 期。

468. 古耜：《"评点"小议》，《文学自由谈》2008 年 3 期。

469. 张曙光：《谈金圣叹叙事文学评点中的结构观念》，《山东师范大学学报》（社会科学版）2008 年 3 期。

470. 钱成：《明清八股文法理论对张批〈金瓶梅〉影响试论》，《扬州职业大学学报》2008 年 3 期。

471. 石麟：《古代小说评点家论叙事之"埋伏照应"》，《湖北师范学院学报》（哲学社会科学版）2008 年 3 期。

472. 李小兰：《论批评功能与批评文体》，《宁夏社会科学》2008 年 4 期。

473. 刘俐俐：《关于文学"如何"的文学理论》，《文学评论》2008 年 4 期。

474. 董玉洪：《文言小说评点之界说》，《阜阳师范学院学报》(社会科学版)2008 年 4 期。

475. 蔡靖芳：《张竹坡小说创作论的主体间性》，《山东科技大学学报》(社会科学版)2008 年 4 期。

476. 刘晓军：《张竹坡论人物角色的叙事功能》，《中国文学研究》2008 年 4 期。

477. 蔡靖芳：《张竹坡小说接受论的主体间性》，《中国矿业大学学报》(社会科学版)2008 年 4 期。

478. 李蕊芹：《〈西游记〉在明代的文本传播》，《社会科学辑刊》2008 年 5 期。

479. 陈心浩：《论明清小说评点中诗性精神与文学精神的圆融统一》，《晋阳学刊》2008 年 5 期。

480. 蔡靖芳：《张竹坡小说评点家的角色意识与主体间性》，《宝鸡文理学院学报》(社会科学版)2008 年 5 期。

481. 李洲良：《春秋笔法与中国小说叙事学》，《文学评论》2008 年 6 期。

482. 李洲良：《春秋笔法：中国古代小说的叙事技巧——春秋笔法与小说叙事(下)》，《北方论丛》2008 年 6 期。

483. 韩春平：《明代南京万卷楼本〈三国志通俗演义〉评点本及其意义》，《华南师范大学学报》(社会科学版)2008 年 6 期。

484. 纪德君：《明清历史演义小说的编创方式及其演变》，《社会科学》2008 年 7 期。

485. 杨志平：《释"狮子滚球"法》，《学术论坛》2008 年 9 期。

486. 张玉华：《试论明代小说评点的形式渊源》，《商丘师范学院学报》2008 年 10 期。

487. 方紫云：《纳博科夫的〈文学讲稿〉与以金圣叹、张竹坡为代表的明清小说评点之比较及其对小说研究的价值》，《文教资料》2008 年 28 期。

488. 贺根民：《中国小说观念的近代化进程》，扬州大学博士论文 2008 年。

489. 韩春平：《传统与变迁：明清时期南京通俗小说创作与刊刻研究》，暨南大学博士论文 2008 年。

490. 张永葳：《稗史文心——论明末清初白话小说的文章化现象》，浙江大学博士论文 2008 年。

491. 甄静：《元明清时期〈世说新语〉传播研究》，暨南大学博士论文 2008 年。

492. 杨志平：《中国古代小说技法论研究》，华东师范大学博士论文 2008 年。

493. 张晓丽：《"直取其文心"——金圣叹小说评点方式研究》，北京师范大学博士论文 2008 年。

494. 张曙光：《中国古代叙事文本评点理论研究——以金圣叹评点为中心的现代阐释》，山东师范大学博士论文 2008 年。

495. 李晶：《论小说评点的心灵化特征及其现代适用性》，中南大学硕士论文 2008 年。

496. 李云涛：《从李贽对〈水浒传〉的评点看其"童心说"之文学理论思想》，云南大学硕士论文 2008 年。

497. 雷娜：《〈红楼梦〉"三家评本"的研究》，云南大学硕士论文 2008 年。

498. 谢艳花：《李贽小说美学思想研究》，湖南师范大学硕士论文 2008 年。

499. 李忠伟：《〈儒林外史〉卧闲草堂评本研究》，兰州大学硕士论文 2008 年。

500. 周明鉴：《〈太平广记钞〉研究》，北京师范大学硕士论文 2008 年。

501. 钟雪梅：《清代〈红楼梦〉批评研究》，厦门大学硕士论文 2008 年。

502. 于鹏：《从金批〈水浒〉看金圣叹的小说叙事理论》，沈阳师范大学硕士论文 2008 年。

503. 左云成：《脂砚斋评点〈石头记〉修辞阐释》，福建师范大学硕士论文 2008 年。

504. 倪梁敏：《论金圣叹的意象批评》，华东师范大学硕士论文 2008 年。

505. 朱佳：《论金圣叹对小说语言的评点》，郑州大学硕士论文 2008 年。

506. 马秋穗：《明清〈水浒传〉评点之叙事理论解读》，四川师范大学硕士论文 2008 年。

507. 曹成竹：《"追忆"批评的理论意义与文化价值——以冯镇峦〈聊斋志异〉评点为例》，广西民族大学硕士论文 2008 年。

508. 杨杨：《张竹坡〈金瓶梅〉批评研究》，兰州大学硕士论文 2008 年。

509. 黄红：《试论金圣叹评点中的接受美学思想》，扬州大学硕士论文2008年。

510. 葛勇：《金圣叹细节理论研究》，扬州大学硕士论文2008年。

511. 丁桂奇：《中国小说评点传统与王蒙〈红楼梦〉评点》，中国海洋大学硕士论文2008年。

512. 唐婷：《论明清白话小说评点》，新疆大学硕士论文2008年。

513. 吴瑞涛：《〈聊斋志异〉的评点接受研究》，山东大学硕士论文2008年。

514. 谢春玲：《明清"虞初"系列小说研究》，湘潭大学硕士论文2008年。

515. 孙建永：《明清小说评点的文学阐释学研究》，青海师范大学硕士论文2008年。

516. 张馨月：《以接受美学视角看张竹坡的〈金瓶梅〉评点》，吉林大学硕士论文2008年。

517. 王希：《"天真"——金圣叹小说理论的灵魂》，东北师范大学硕士论文2008年。

518. 张代会：《杜濬研究》，华东师范大学硕士论文2008年。

519. 陈薇：《试探毛宗岗〈三国演义〉评点的悲剧意识》，华东师范大学硕士论文2008年。

520. 楼顺忠：《〈西游记记〉研究》，华东师范大学硕士论文2008年。

521. 林雅玲：《余象斗小说评点及出版文化研究》，里仁书局2009年版。

522. 吴敢：《张竹坡与〈金瓶梅〉研究》，文物出版社2009年版。

523. 吴子林：《经典再生产——金圣叹小说评点的文化透视》，北京大学出版社2009年版。

524. 路善全：《在盛衰的背后——明代建阳书坊传播生态研究》，中国传媒大学出版社2009年版。

525. 黄霖、李桂奎、韩晓、邓百意：《中国古代小说叙事三维论》，上海书店出版社2009年版。

526. 曹高菲：《〈儿女英雄传〉叙事研究》，黑龙江教育出版社2009年版。

527. 周建渝：《多重视野中的〈三国志通俗演义〉》，中国社会科学出版社2009年版。

528. 孙爱玲：《千秋苦心递金针——张竹坡之〈金瓶梅〉结构章法论》，《贵阳学院学报》（社会科学版）2009 年 1 期。

529. 胡晴：《近三十年脂评理论性研究综述（期刊部分）》，《红楼梦学刊》2009 年 2 期。

530. 罗明镜：《论金圣叹评点〈水浒传〉中的文法观》，《湖南税务高等专科学校学报》2009 年 2 期。

531. 杨志平：《释"水穷云起"法》，《名作欣赏》2009 年 3 期。

532. 孙虎堂：《论〈聊斋志异〉评点的传播价值——以冯评、但评为中心》，《山东理工大学学报》（社会科学版）2009 年 3 期。

533. 李金善、陈心浩：《"奇"解——明清小说评点范畴例释》，《河北学刊》2009 年 3 期。

534. 张世君：《中西叙事概念"间架"与"插曲"辨析》，《文艺理论研究》2009 年 3 期。

535. 陈莉：《金圣叹小说评点影响简述》，《新乡学院学报》（社会科学版）2009 年 3 期。

536. 曹成竹：《文言小说评点的里程碑——冯镇峦〈聊斋志异〉评点的理论贡献》，《贵州师范大学学报》（社会科学版）2009 年 3 期。

537. 杨志平：《释"羯鼓解秽"法》，《明清小说研究》2009 年 4 期。

538. 谢仁敏：《中国传统小说批评的现代转型——以晚清报刊小说评点为视角》，《青海师范大学学报》（哲学社会科学版）2009 年 4 期。

539. 杨广敏、张学艳：《近三十年〈聊斋志异〉评点研究综述》，《蒲松龄研究》2009 年 4 期。

540. 方志红：《中国古代小说叙事虚实笔法及其理论》，《当代小说》（下半月）2009 年 5 期。

541. 钱成：《论张竹坡小说评点艺术的来源及对后世之影响》，《郑州航空工业管理学院学报》（社会科学版）2009 年 5 期。

542. 钱成：《论张竹坡小说批评理论的来源、地位与影响》，《安康学院学报》2009 年 5 期。

543. 杨志平：《论堪舆理论对古代小说技法论之影响》，《海南大学学报》（社科版）2009 年 6 期。

544. 潘建国：《〈世说新语〉元刻本考——兼论"刘辰翁"评点实系元代坊肆伪托》，《文学遗产》2009 年 6 期。

545. 葛鑫：《从诗性思维角度谈金圣叹对〈水浒传〉的评点》，《广东外语外贸大学学报》2009 年 6 期。

546. 郝威：《浅析毛宗岗点评〈三国演义〉中叙事意识的自觉与成熟》，《电影评介》2009 年 7 期。

547. 陈心浩：《试论明清小说评点中的拟史批评》，《社会科学战线》2009 年 7 期。

548. 方志红：《明清小说评点虚实相生叙事笔法理论及其价值》，《长城》2009 年 8 期。

549. 孙云：《脂评中的画论术语含义及其产生的原因》，《宜宾学院学报》2009 年 8 期。

550. 顾宇、钱成：《论张批〈金瓶梅〉对八股文法的借鉴与运用》，《怀化学院学报》2009 年 9 期。

551. 钱成：《论八股文法对张竹坡批点〈金瓶梅〉的影响》，《赤峰学院学报》（汉文哲学社会科学版）2009 年 11 期。

552. 陈静、黄艳红：《释"绝妙好辞（词）"——对古代小说语言艺术的一种审视》，《名作欣赏》2009 年 20 期。

553. 代智敏：《明清小说选本研究》，暨南大学博士论文 2009 年。

554. 胡海义：《科举文化与明清小说研究》，暨南大学博士论文 2009 年。

555. 郭素媛：《〈三国演义〉诠释史论》，山东大学博士论文 2009 年。

556. 蒋俊芳：《〈红楼梦〉脂砚斋评语研究》，北京师范大学硕士论文 2009 年。

557. 齐晓威：《〈姑妄言〉评点研究》，河北师范大学硕士论文 2009 年。

558. 马春瑛：《〈红楼梦〉中的明清时期民俗研究》，南开大学硕士论文 2009 年。

559. 张舒宁：《中国小说评点形式的现代性思考》，清华大学硕士论文 2009 年。

560. 姚芳芳：《我国古建筑文化对古典小说理论的影响》，浙江工业大学硕士论文 2009 年。

561. 张玉华：《李贽小说评点的理论价值——以容与堂〈水浒传〉为例》，广西民族大学硕士论文 2009 年。

562. 李美乐：《但明伦〈聊斋志异〉评点叙事理论研究》，广西民族大学硕士论文 2009 年。

563. 陈亮：《浦安迪〈中国叙事学〉辨要》，内蒙古师范大学硕士论文 2009 年。

564. 白廷廷：《"因文生事"及其逻辑展开——论金圣叹小说批评的核心观念》，西北大学硕士论文 2009 年。

565. 魏广言：《明清〈西游记〉评点本初探》，吉林大学硕士论文 2009 年。

566. 冷雪梅：《文龙〈金瓶梅〉人物评点研究》，吉林大学硕士论文 2009 年。

567. 白宇：《〈红楼梦〉三家评研究》，吉林大学硕士论文 2009 年。

568. 杨丽静：《毛宗岗小说人物塑造理论研究》，山东师范大学硕士论文 2009 年。

569. 李萍：《"奇书""才子书"与章回小说的经典化》，中国海洋大学硕士论文 2009 年。

570. 张云娟：《金批〈水浒〉价值论》，华东师范大学硕士论文 2009 年。

571. 李正学：《毛宗岗小说批评研究》，中国社会科学出版社 2010 年版。

572. 冯仲平等：《中国古代小说理论名家研究》，广西师范大学出版社 2010 年版。

573. 顾克勇：《书坊主作家——陆云龙兄弟研究》，中国社会科学出版社 2010 年版。

574. 李广柏：《红学史》，广东教育出版社 2010 年版。

575. 郭豫适：《半砖园居笔记》，东方出版中心 2010 年版。

576. 张建业主编：《李贽全集注》，社会科学文献出版社 2010 年版。

577. 徐文凯：《有韵说部无声戏：清代戏曲小说相互改编研究》，中国传媒大学出版社 2010 年版。

578. 蔡铁鹰编：《西游记资料汇编》，中华书局 2010 年版。

579. 万晴川等：《中国古代小说与吴越文化》，光明日报出版社 2010 年版。

580. 刘海燕:《明清〈三国志演义〉文本演变与评点研究》,福建人民出版社 2010 年版。

581. 郭孟良:《晚明商业出版》,中国书籍出版社 2010 年版。

582. 胡晴:《红楼梦评点中的人物批评》,华艺出版社 2010 年版。

583. 石松:《金圣叹与契诃夫的写作体验比较谈》,《水浒争鸣》第十二辑,2010 年。

584. 张虹:《浅论金圣叹水浒评点的理论构建》,《水浒争鸣》第十二辑,2010 年。

585. 刘强:《刘辰翁与〈世说新语〉》,《古典文学知识》2010 年 1 期。

586. 程国赋、蔡亚平:《论明清小说读者与白话小说传播的关系——以识语、凡例作为考察中心》,《南开学报》(哲学社会科学版)2010 年 1 期。

587. 谢君:《书坊业与明清通俗小说评点》,《湖南人文科技学院学报》2010 年 1 期。

588. 韩春平:《论清初通俗小说"四大奇书"评点本刊刻的意义》,《海南大学学报》(人文社会科学版)2010 年 1 期。

589. 马秋穗:《神变与严整叙事理论视阈下的"文法"——以明清〈水浒传〉评点为例》,《中外文化与文论》2010 年 1 期。

590. 王青、彭师敏:《叙事学视阈下小说评点者及其美学价值》,《中外文化与文论》2010 年 1 期。

591. 郭素媛:《论明清时期对〈三国演义〉"拥刘反曹"思想的诠释》,《山东省青年管理干部学院学报》2010 年 2 期。

592. 郝威、胡滢颖:《明清小说评点者的多重身份刍议》,《安徽农业大学学报》(社会科学版)2010 年 2 期。

593. 陈才训:《文章学视野下的明清小说评点》,《求是学刊》2010 年 2 期。

594. 方志红:《小说评点"春秋笔法"理论与中国叙事学》,《语文知识》2010 年 2 期。

595. 蔡靖芳:《解释学视野下张竹坡小说评点的教化因素》,《江苏工业学院学报》(社会科学版)2010 年 2 期。

596. 张小芳:《〈野叟曝言〉评点研究》,《明清小说研究》2010 年 2 期。

597. 郭健：《是儒家心学还是道教内丹学——析〈李卓吾先生批评西游记〉批语的立足点》，《宗教学研究》2010 年 2 期。

598. 王平：《从文化与文本中寻求历史真相——读吴子林〈经典再生产——金圣叹小说评点的文化透视〉》，《西南大学学报》（社会科学版）2010 年 3 期。

599. 李桂奎：《"拟剧"批评与中国古代小说人物之"态"追摄》，《中山大学学报》（社会科学版）2010 年 3 期。

600. 韩梅：《韩国古典小说批评与金圣叹文学评点》，《解放军外国语学院学报》2010 年 3 期。

601. 张晚林：《论金圣叹小说评点的精神底蕴及其限度——以吴子林〈经典再生产——金圣叹小说评点的文化透视〉为切入点》，《中国文学研究》2010 年 3 期。

602. 董玉洪：《明代的文言小说评点及其理论批评价值》，《明清小说研究》2010 年 3 期。

603. 董国炎：《张竹坡小说评点之疑窦和原因——试论吴月娘孟玉楼公案》，《苏州教育学院学报》2010 年 3 期。

604. 翁再红：《出版商：经典诞生的"助产医生"——以中国古典小说传播中的书坊主为例》，《周口师范学院学报》2010 年 4 期。

605. 曾凡安、石麟：《叙事妙在虚实真幻之间——古代小说批评的辩证思维之一斑》，《南昌大学学报》（人文社会科学版）2010 年 4 期。

606. 陈莉：《金圣叹小说评点评价模式的衍变》，《广西师范大学学报》（哲学社会科学版）2010 年 4 期。

607. 王平：《对金批〈水浒传〉悖反式叙事理论的解读》，《明清小说研究》2010 年 4 期。

608. 贺根民：《〈金瓶梅〉评点的情节技法》，《邯郸学院学报》2010 年 4 期。

609. 向芃：《〈女仙外史〉评点探微》，《明清小说研究》2010 年 4 期。

610. 向芃：《金"针"之度：传统小说评点意象批评举隅》，《求索》2010 年 5 期。

611. 纪德君：《明清神魔小说评点与编创之关系探析》，《求是学刊》2010 年 5 期。

612. 纪德君：《明清讲史演义小说编创与评点的互动》，《文艺理论研究》2010 年 5 期。

613. 张曙光：《从"才子文心"到叙事文的生命形态——金圣叹"才子文心"概念的现代解读》，《北方论丛》2010 年 5 期。

614. 王芹：《李贽与"侠"再论——以〈容与堂本水浒传〉评点为中心》，《德州学院学报》2010 年第 5 期。

615. 吕红侠：《中国金圣叹批〈水浒传〉研究追溯》，《文学界》(理论版)2010 年 6 期。

616. 李桂奎：《"以画拟稗"意识与中国古代小说批评》，《文艺研究》2010 年 7 期。

617. 纪德君：《明清小说编创与评点的互动及其影响——以明清时期世情小说为例》，《文艺研究》2010 年 10 期。

618. 石麟：《伦理道德的载体——论明清小说创作与批评中的忠孝节义人物》，《广东技术师范学院学报》2010 年 10 期。

619. 张晓丽：《金圣叹小说评点技法的当代价值——由新版电视剧〈红楼梦〉的改编生发》，《重庆社会科学》2010 年 12 期。

620. 刘海燕：《关于〈三国演义〉评点研究的再思考》，《襄樊学院学报》2010 年 12 期。

621. 冀运鲁：《〈聊斋志异〉叙事艺术之渊源研究》，上海大学博士论文 2010 年。

622. 王玉超：《明清科举与小说》，扬州大学博士论文 2010 年。

623. 陈心浩：《明清小说评点范畴研究》，河北大学博士论文 2010 年。

624. 蔡亚平：《读者与明清白话小说创作、传播的关系研究》，暨南大学博士论文 2010 年。

625. 王莉莉：《〈聊斋志异〉中的植物形象——从文本内外植物形象体系的互看中呈现其美学与文化意义》，中国人民大学博士论文 2010 年。

626. 张明远：《〈金瓶梅〉诠释史论》，山东大学博士论文 2010 年。

627. 廖宏春：《杜濬年谱》，广西师范大学硕士论文 2010 年。

628. 孙云：《明清小说评点中的戏曲因素》，温州大学硕士论文 2010 年。

629. 王大元：《明清时期〈西游记〉的传播》，扬州大学硕士论文 2010 年。

630. 顾晶晶：《评点者与创作者的互生共存——以杜濬与李渔为例》，扬州大学硕士论文 2010 年。

631. 郑瑜辉：《朱自清、金圣叹"文本细读"比较研究》，福建师范大学硕士论文 2010 年。

632. 万明凡：《〈李卓吾先生批评西游记〉研究》，福建师范大学硕士论文 2010 年。

633. 申阅：《金圣叹唐诗评点的独创价值研究》，上海财经大学硕士论文 2010 年。

634. 曹琳：《清初文人刘廷玑与通俗文学——兼论清初小说文人化》，北京大学硕士论文 2010 年。

635. 刘香：《〈李卓吾先生批评三国志〉研究》，福建师范大学硕士论文 2010 年。

636. 王晓红：《明清时期宋江形象的传播接受研究》，西北大学硕士论文 2010 年。

637. 李一灯：《金圣叹小说批评研究》，福建师范大学硕士论文 2010 年。

638. 张洁：《结构·反讽·理学——美国学者浦安迪研究明代四大奇书的新视角》，华东师范大学硕士论文 2010 年。

639. 代亮：《钟惺〈三国演义〉评点的理论价值》，广西民族大学硕士论文 2010 年。

640. 齐晓威：《〈姑妄言〉评点研究》，河北师范大学硕士论文 2010 年。

641. 张学艳：《清代〈聊斋志异〉评点研究》，集美大学硕士论文 2010 年。

642. 张芸：《〈聊斋志异〉评点中的民俗内涵研究》，华东师范大学硕士论文 2010 年。

643. 吕素端：《〈西游记〉叙事研究》，花木兰文化出版社 2011 年版。

644. 〔美〕浦安迪：《浦安迪自选集》，生活·读书·新知三联书店 2011 年版。

645. 李爱红：《〈封神演义〉的艺术想象与经典化研究》，齐鲁书社 2011 年版。

646. 邱昌员：《晋唐两宋江西小说史话》，中国社会科学出版社 2011 年版。

647. 石麟：《中国古代小说评点派研究》，中国社会科学出版社 2011 年版。

648. 韩洪举编：《浙江近现代小说史》,杭州出版社 2011 年版。

649. 李胜：《〈聊斋〉冯评对王评的接受与反拔》,《长江师范学院学报》2011 年 1 期。

650. 贺根民：《〈金瓶梅〉批评"非淫书"说谫论》,《广西师范学院学报》(哲学社会科学版)2011 年 1 期。

651. 贺根民：《〈金瓶梅〉评点题旨论》,《廊坊师范学院学报》(社会科学版)2011 年 1 期。

652. 胡薇、杨志平：《〈红楼梦〉脂评本技法论价值之探讨》,《阴山学刊》2011 年 1 期。

653. 贺根民：《〈金瓶梅〉评点的空间叙事探赜》,《宝鸡文理学院学报》(社会科学版)2011 年 1 期。

654. 逄淑济：《冯镇峦评点〈聊斋志异〉研究综述》,《蒲松龄研究》2011 年 1 期。

655. 曾垂超、李军均：《小说评点文体的独立：从子史之评到文学之评——刘辰翁〈世说新语〉评点的源流及意义论析》,《蒲松龄研究》2011 年 1 期。

656. 孙超：《论晚清文龙评批〈金瓶梅〉的新策略与新识见》,《聊城大学学报》(社会科学版)2011 年 1 期。

657. 沈治钧：《黄小田批语和范锴所见旧抄本》,《曹雪芹研究》2011 年 1 期。

658. 李冬红：《论王伯沆评批〈红楼梦〉之"运诗词意入白话"》,《明清小说研究》2011 年 1 期。

659. 甄静：《略论王世懋〈世说新语〉的评点特色》,《西安电子科技大学学报》(社会科学版)2011 年 1 期。

660. 杨志平、胡薇：《释"背面傅粉"——以〈红楼梦〉评点为中心》,《名作欣赏》2011 年 2 期。

661. 贺根民：《〈金瓶梅〉评点的八股技法》,《南通大学学报》(社会科学版)2011 年 2 期。

662. 载予：《〈红楼梦〉评点中的人物批评》,《红楼梦学刊》2011 年 2 期。

663. 贺根民：《〈金瓶梅〉评点的死亡论述》,《钦州学院学报》2011 年 2 期。

664. 魏广言：《明清〈西游记〉评点本的艺术价值》,《呼伦贝尔学院学报》2011 年

2 期。

665. 王进驹：《论张竹坡批评〈金瓶梅〉的孟玉楼为作者"自喻"说》，《明清小说研究》2011 年 2 期。

666. 李汉秋：《新发现的〈儒林外史〉则仙评批》，《文献》2011 年 2 期。

667. 刘勇强：《中国古代小说的叙事学研究反思》，《明清小说研究》2011 年 2 期。

668. 王汝梅：《〈金瓶梅〉评点第四家赞——纪念〈金瓶梅词话〉发现八十周年》，《明清小说研究》2011 年 2 期。

669. 谭帆、杨志平：《中国古典小说文法术语考论》，《文学遗产》2011 年 3 期。

670. 杨志平：《古代小说技法论之阐释价值》，《北方论丛》2011 年 3 期。

671. 高淮生：《当代〈红楼梦〉评点"四家评"综论之一——以周汝昌、冯其庸、蔡义江、王蒙为例》，《中国矿业大学学报》(社会科学版)2011 年 3 期。

672. 李鹏飞：《古代小说主题的接受、传承及其研究》，《北京大学学报》(哲学社会科学版)2011 年 3 期。

673. 张晓丽：《中国小说评点叙事的现代转化》，《前沿》2011 年 4 期。

674. 曹立波、谭君华：《〈红楼梦〉张汝执评点述论》，《红楼梦学刊》2011 年 4 期。

675. 卢永和：《文人趣味与白话小说的评点——金批〈水浒〉新论》，《山西师大学报》(社会科学版)2011 年 4 期。

676. 胡小龙：《金本〈水浒传〉广泛传播之特质分析》，《长治学院学报》2011 年 4 期。

677. 陆林：《二十世纪金圣叹史实研究的滥觞》，《明清小说研究》2011 年 4 期。

678. 荀莹莹：《浅谈容与堂本〈李卓吾先生批评忠义水浒传〉》，《邢台学院学报》2011 年 4 期。

679. 周剑之：《文人趣味与大众趣味的沟通与拉锯——以金圣叹评点〈水浒传〉为场域》，《哈尔滨学院学报》2011 年 4 期。

680. 张晓丽：《论金圣叹小说评点对"奇"的求索》，《语文学刊》2011 年 5 期。

681. 石麟：《惟犯之而后避之乃见其能避也——古代小说批评中关于"避"与"犯"的辩证思维》，《广东技术师范学院学报》2011 年 5 期。

682. 张璇：《评刘辰翁〈世说新语评〉》，《内蒙古大学学报》（哲学社会科学版）2011 年 5 期。

683. 严裕梅、邱昌员：《刘应登批注〈世说新语〉简论》，《赣南师范学院学报》2011 年 5 期。

684. 王轻鸿：《走向融合创新的文论阐释——评吴子林〈经典再生产——金圣叹小说评点的文化透视〉》，《社会科学战线》2011 年 6 期。

685. 张利群：《论毛宗岗评点〈三国演义〉"叙事妙品"的叙事学意义》，《太原师范学院学报》（社会科学版）2011 年 6 期。

686. 王进驹：《明清戏曲小说批评中的"化身"说及相关话语》，《文艺理论研究》2011 年 6 期。

687. 石麟：《一支笔作千百支用——小说评点者论"叙述语言"》，《内江师范学院学报》2011 年 9 期。

688. 沈超：《论刘辰翁〈世说新语〉评点的人物塑造思想》，《怀化学院学报》2011 年 11 期。

689. 林沙欧：《中国古代小说体叙事的历时性研究》，浙江大学博士论文 2011 年。

690. 陈永辉：《中国古代文学批评的文体嬗变》，武汉大学博士论文 2011 年。

691. 张璇：《刘辰翁〈世说新语〉评点研究》，南开大学博士论文 2011 年。

692. 张萍：《金圣叹小说美学理论探究》，沈阳师范大学硕士论文 2011 年。

693. 朱家英：《金圣叹的小说评点与明代"以文为戏"观》，中国海洋大学硕士论文 2011 年。

694. 胡光明：《〈阅微草堂笔记〉版本与评点研究》，北京大学硕士论文 2011 年。

695. 程玉佳：《金圣叹〈左传〉评点研究》，河北大学硕士论文 2011 年。

696. 杨之娴：《〈世说新语〉历代重要评注的比较研究》，台北大学硕士论文 2011 年。

697. 姜乃菡：《〈拾遗记〉研究》，广西师范大学硕士论文 2011 年。

698. 王静清：《魏晋时期的小说评论》，西南大学硕士论文 2011 年。

699. 王凤靖：《脂砚斋〈红楼梦〉评点中的"神理"》，辽宁大学硕士论文 2011 年。

700. 刘琳：《〈红楼梦〉脂评评者的文化素养述略》，上海师范大学硕士论文 2011 年。

701. 马佳丽：《蔡元放〈东周列国志〉评点研究》，兰州大学硕士论文 2011 年。

702. 田奇：《张竹坡〈金瓶梅〉评点研究》，陕西师范大学硕士论文 2011 年。

703. 郭琳：《张书绅〈新说西游记图像〉点评研究》，湖南师范大学硕士论文 2011 年。

704. 高红娟：《张竹坡的小说美学观》，中南民族大学硕士论文 2011 年。

705. 欧阳泱：《毛宗岗小说评点范畴研究》，北京大学硕士论文 2011 年。

706. 郑宁：《明末清初才子佳人小说评点研究》，福建师范大学硕士论文 2011 年。

707. 林岗：《明清小说评点》，北京大学出版社 2012 年版。

708. 吴盈静：《王希廉的红学初探》，花木兰文化出版社 2012 年版。

709. 吴敢：《话说张竹坡》，江苏人民出版社 2012 年版。

710. 纪德君：《明清白话小说编创方式研究》，社会科学文献出版社 2012 年版。

711. 张金梅：《〈春秋〉笔法与中国文论》，中国社会科学出版社 2012 年版。

712. 纪德君：《中国古代小说文体生成及其他》，商务印书馆 2012 年版。

713. 刘强编：《世说学引论》，上海古籍出版社 2012 年版。

714. 韩春平编：《明清时期南京白话小说创作与刊刻研究》，暨南大学出版社 2012 年版。

715. 刘晓安、刘雪梅编纂：《〈红楼梦〉研究资料分类索引》，国家图书馆出版社 2012 年版。

716. 张曙光：《叙事文学评点理论的现代阐释》，山东人民出版社 2012 年版。

717. 陈洪：《金圣叹传》，人民文学出版社 2012 年版。

718. 朱一玄编：《明清小说资料选编》，南开大学出版社 2012 年版。

719. 陆林：《金圣叹史实研究的现代历程》，《明清文学与文献》第一辑，2012 年。

720. 张媛：《论张竹坡、金圣叹小说批评之异同》，《水浒争鸣》第十三辑，2012 年。

721. 焦印亭：《〈世说新语〉刘辰翁评点辑录》，《古代文学理论研究》第三十四辑，

2012 年。

722. 杨帆：《析明清小说批评中的情理观念》，《语文学刊》2012 年 1 期。

723. 王玉超、刘明坤：《明清小说评点对八股文死法的借用》，《曲靖师范学院学报》2012 年 1 期。

724. 董定一：《浅析〈姑妄言〉评点中的情节结构论》，《辽东学院学报》（社会科学版）2012 年 1 期。

725. 贺根民：《〈金瓶梅〉人物描写技法评点摭谈》，《河西学院学报》2012 年 1 期。

726. 胡晴：《从陈其泰评点看程本人物形象接受》，《曹雪芹研究》2012 年 1 期。

727. 杨志平、郭亮亮：《古代小说文法论之传播价值》，《文艺评论》2012 年 2 期。

728. 覃佳：《论明清小说对八股文的接受》，《传奇·传记文学选刊》（理论研究）2012 年 2 期。

729. 向芃、蒋玉斌：《清初小说评点中评改合一现象》，《贵州师范大学学报》（社会科学版）2012 年 2 期。

730. 王玉超、刘明坤：《明清小说评点对八股文体式的借用》，《贵州师范大学学报》（社会科学版）2012 年 2 期。

731. 张金梅：《史家笔法作为中国古代小说评点话语的建构》，《集美大学学报》（哲学社会科学版）2012 年 2 期。

732. 黄霖：《中国文学名著汇评本的价值》，《复旦学报》（社会科学版）2012 年 2 期。

733. 祁志祥：《毛宗岗的〈三国演义〉评点》，《辽宁大学学报》（哲学社会科学版）2012 年 2 期。

734. 张曙光：《"圣叹文字"与文本解释中的自我理解——从哲学解释学谈金圣叹叙事文学评点》，《湖南师范大学社会科学学报》2012 年 2 期。

735. 任在喻：《从〈红楼梦〉脂批看小说评点之感性思维》，《遵义师范学院学报》2012 年 3 期。

736. 高淮生：《当代〈红楼梦〉评点"四家评"综论之二——周汝昌与冯其庸的〈红楼梦〉评点比较谈》，《中国矿业大学学报》（社会科学版）2012 年 3 期。

737. 杨剑兵：《论〈女仙外史〉的评点特色》，《山西师大学报》（社会科学版）2012年4期。

738. 格非、陆楠楠：《小说评点与准文本》，《当代作家评论》2012年4期。

739. 杨志平：《"白描"作为画论术语向小说文法术语的转变》，《江西师范大学学报》（哲学社会科学版）2012年4期。

740. 傅承洲：《〈智囊〉的编辑与评点》，《江苏社会科学》2012年4期。

741. 薛红娟：《杨葆光过录黄小田〈红楼梦〉批语的几个问题》，《红楼梦学刊》2012年4期。

742. 金惠经：《李贽与〈三国演义〉》，《北京科技大学学报》（社会科学版）2012年4期。

743. 李开：《〈金瓶梅〉绣像本评点研究述评》，《赤峰学院学报》（汉文哲学社会科学版）2012年4期。

744. 祁志祥：《明清小说评点的艺术真实论》，《社会科学辑刊》2012年5期。

745. 曾绍皇：《试论明清时期文学名著的"集评"现象》，《复旦学报》（社会科学版）2012年5期。

746. 刘莉：《从〈聊斋志异〉评点看冯镇峦的小说观》，《三峡大学学报》（人文社会科学版）2012年5期。

747. 亓群：《论明清小说评点的三重影响》，《齐齐哈尔大学学报》（哲学社会科学版）2012年5期。

748. 王玉超：《八股活法与明清小说评点的文学意韵》，《湖北民族学院学报》（哲学社会科学版）2012年6期。

749. 纪德君：《明清小说接受中"不善读"现象探论》，《文艺研究》2012年6期。

750. 韩珊：《毛宗岗评点〈三国演义〉之"隐"的运用》，《湖北师范学院学报》（哲学社会科学版）2012年6期。

751. 傅承洲：《冯梦龙〈太平广记钞〉的删订与评点》，《南京师大学报》（社会科学版）2012年6期。

752. 张伟、周群：《"以文为戏"——试论明清小说评点文本的戏谑化书写》，《兰州学刊》2012年10期。

753. 郭艺丁：《金圣叹〈水浒传〉评点创作动机浅析》，《文学界》（理论版）2012年12期。

754. 周海鸥：《古典小说评点理论对小说中读者因素的揭示》，《学理论》2012年15期。

755. 郭婷：《评点群体与〈女仙外史〉传播研究》，《名作欣赏》2012年23期。

756. 顾建新：《小说评点写作刍议》，《写作》2012年Z1期。

757. 曾晓娟：《"评"与"改"——中国古典白话小说之雅化过程》，南开大学博士论文2012年。

758. 金淑香：《金圣叹古文批评研究》，复旦大学博士论文2012年。

759. 黎泽潮：《明清小说评点的文化传播学研究》，安徽师范大学博士论文2012年。

760. 刘培辉：《晚明〈水浒传〉评点研究》，汕头大学硕士论文2012年。

761. 陈洵：《李汝珍〈镜花缘〉研究》，东南大学硕士论文2012年。

762. 周睿：《金圣叹与毛氏父子文学批评比较研究——以小说戏曲评点为中心》，江西师范大学硕士论文2012年。

763. 李开：《〈金瓶梅〉评点补笔研究——以绣像本评点和张竹坡评点为例》，集美大学硕士论文2012年。

764. 丁姐：《〈水浒传〉金批对前代文史作品的评点研究》，杭州师范大学硕士论文2012年。

765. 李飞：《论〈红楼梦〉三家评的思想艺术价值》，河北大学硕士论文2012年。

766. 卫慧勤：《〈儒林外史〉黄小田评点研究》，河北大学硕士论文2012年。

767. 王伦：《〈红楼梦〉脂评文学思想研究》，青海师范大学硕士论文2012年。

768. 程憧丽：《〈新刻绣像批评金瓶梅〉人物评点研究》，河南大学硕士论文2012年。

769. 谭君华：《〈红楼梦〉张汝执评点研究》，中央民族大学硕士论文2012年。

770. 刘楠楠：《〈世说新语〉评点研究》，集美大学硕士论文2012年。

771. 彭佳佳：《明代唐传奇评点研究》，集美大学硕士论文2012年。

772. 韩晓可：《冯评〈聊斋志异〉的文学阐释研究》，重庆工商大学硕士论文

2012 年。

773. 尚旸：《脂砚斋评点语言的修辞研究》，渤海大学硕士论文 2012 年。

774. 胡蓉：《姚燮〈红楼梦〉评点研究》，福建师范大学硕士论文 2012 年。

775. 游丽萍：《晚明人文思潮视野下的〈水浒〉鲁莽英雄形象评点》，福建师范大学硕士论文 2012 年。

776. 王亚凤：《蔡元放小说评点研究》，福建师范大学硕士论文 2012 年。

777. 闻玉坤：《明末清初拟话本小说评点研究》，暨南大学硕士论文 2012 年。

778. 张兴国：《明代书坊主熊大木、余象斗小说创作比较研究》，中国海洋大学硕士论文 2012 年。

779. 杨剑龙：《明清历史演义小说"虚实观"研究》，吉林大学硕士论文 2012 年。

780. 武秀凤：《明清小说"一笔多用"理论探究》，湖北师范学院硕士论文 2012 年。

781. 刘永成：《毛氏父子〈三国演义〉评点"结构"观之探讨》，山东大学硕士论文 2012 年。

782. 杨志平：《中国古代小说文法论研究》，齐鲁书社 2013 年版。

783. 应守岩：《说海浅探》，中国文联出版社 2013 年版。

784. 张永葳：《稗史文心——明末清初白话小说的文章化现象研究》，上海三联书店 2013 年版。

785. 竺洪波：《英雄谱与英雄母题：三国演义与水浒传研究》，上海古籍出版社 2013 年版。

786. 王玉超：《明清科举与小说》，商务印书馆 2013 年版。

787. 谭帆、王冉冉、李军均：《中国分体文学学史（小说学卷）》，山西教育出版社 2013 年版。

788. 王庆云：《〈红楼梦〉与中国文学传统》，中国书籍出版社 2013 年版。

789. 傅承洲：《冯梦龙文学研究》，中国社会科学出版社 2013 年版。

790. 陈美林：《三读集——读稗读曲读诗文》，商务印书馆 2013 年版。

791. 陈美林：《独断与考索——〈儒林外史〉研究》，商务印书馆 2013 年版。

792. 竺洪波：《论〈西游记〉世德堂本的评本性质》，《古代文学理论研究》第三十五辑,2013 年。

793. 张晓丽:《金圣叹评点中的读者理论研究》,《中国古代文学理论学会第十八届年会暨国际学术研讨会论文集》2013 年版。

794. 丁利荣:《古典小说评点的终结与衍生》,《中国社会科学报》2013 年 1 月 25 日总 409 期。

795. 许景昭:《评论与修改——明清小说评点的功能及意义》,《古典文献研究》2013 年 0 期。

796. 张伟、周群:《互文小说评点中品评标准的画学透视》,《内蒙古社会科学》(汉文版)2013 年 1 期。

797. 张伟、周群:《互文性视阈下小说评点文本的画学叙事》,《东疆学刊》2013 年 1 期。

798. 凌士彬:《学习小说评点 培养探究能力》,《学语文》2013 年 1 期。

799. 卢旭:《论杜濬小说评点的喜剧性及其成因》,《河南教育学院学报》(哲学社会科学版)2013 年 1 期。

800. 谢君:《明清书坊业与白话小说销售》,《江汉学术》2013 年 1 期。

801. 李爱娟:《〈红楼梦〉评点中的死亡论述》,《河西学院学报》2013 年 1 期。

802. 朱万曙:《文情士心:明清文学评点的精神向度》,《吉林大学社会科学学报》2013 年 1 期。

803. 都兴东:《夺他人之酒杯 浇自己之垒块——谈李贽与"容刻本"〈水浒传〉评点的社会思想》,《湖北社会科学》2013 年 1 期。

804. 张曙光:《"作者意图"追问与叙事作品的意义解释——从解释学视角谈金圣叹叙事作品评点》,《山西师大学报》(社会科学版)2013 年 1 期。

805. 宋庆中:《杨葆光首次过录黄小田〈红楼梦〉批语的时间问题》,《曹雪芹研究》2013 年 1 期。

806. 刘勇强:《"言""曰"之间——〈阅微草堂笔记〉的叙事策略》,《明清小说研究》2013 年 1 期。

807. 陆林:《鲁迅、周作人论金圣叹——明末清初文学与现代文学关系之个案考察》,《文史哲》2013 年 1 期。

808. 杨志平：《古代书画理论对小说技法批评之影响》,《学术论坛》2013 年 2 期。

809. 蔡亚平、程国赋：《论明清时期读者与白话小说评点的关系》,《南京师大学报》(社会科学版)2013 年 2 期。

810. 罗春磊：《金圣叹小说评点之"闲笔"论》,《广西职业技术学院学报》2013 年 2 期。

811. 张永葳：《古代小说评点类型的分野——金圣叹论文型小说评点刍议》,《明清小说研究》2013 年 2 期。

812. 黎子鹏：《从〈胜旅景程〉的小说评点看传教士"耶儒会通"的策略》,《基督教文化学刊》2013 年 2 期。

813. 吕冰莹、饶道庆：《〈红楼梦〉评点中的比喻手法》,《红楼梦学刊》2013 年 3 期。

814. 任在喻、谭本龙：《脂批的诗性审美探析——从"妙赏"说起》,《遵义师范学院学报》2013 年 3 期。

815. 王凌：《毛宗岗小说评点与"互文"批评视角略论》,《明清小说研究》2013 年 3 期。

816. 吴敢：《〈金瓶梅〉评点综论》,《明清小说研究》2013 年 3 期。

817. 高日晖、师帅帅：《"把关人"理论与古代小说评点》,《大连大学学报》2013 年 4 期。

818. 杜静仪：《明清小说评点中的尚远意向探析》,《文学教育》(上)2013 年 4 期。

819. 陈才训：《明清小说评点中的"合掌"说》,《古典文学知识》2013 年 4 期。

820. 张晓丽：《文化诗学语境下的中国小说评点关键词研究》,《东北师大学报》(哲学社会科学版)2013 年 4 期。

821. 樊宝英：《论金圣叹文学评点中的文情相生观》,《齐鲁学刊》2013 年 4 期。

822. 朱冬云：《〈儒林外史〉黄小田评点艺术探析》,《莆田学院学报》2013 年 4 期。

823. 吴波：《〈阅微草堂笔记〉"四大家"评点论略》,《山西大学学报》(哲学社会科学版)2013 年 4 期。

824. 刘继保:《清代〈红楼梦〉评点对一百二十回的认识》,《红楼梦学刊》2013 年
4 期。

825. 王楠:《论张竹坡〈金瓶梅〉评点中的"情理"》,《沈阳师范大学学报》(社会科
学版)2013 年 5 期。

826. 贺根民:《简论〈金瓶梅〉评点的美学价值》,《克拉玛依学刊》2013 年 5 期。

827. 何毅、张恩普:《叶昼小说评点的主要倾向》,《古籍整理研究学刊》2013 年
6 期。

828. 张俊、沈治钧:《〈红楼梦〉评点断想》,《红楼梦学刊》2013 年 6 期。

829. 刘欣:《古代历史小说评点的伦理维度》,《文艺评论》2013 年 8 期。

830. 张伟:《明清小说评点文本中的意象化书写及其互文指向》,《广西社会科
学》2013 年 9 期。

831. 代大为:《〈林兰香〉作者年代考》,《长江大学学报》(社会科学版)2013 年
11 期。

832. 谭帆、刘晓军:《在小说戏曲研究领域的坚守与开拓——谭帆教授访谈》,
《学术月刊》2013 年 11 期。

833. 宁宗一:《〈金瓶梅〉评点的新范式——读卜键〈双舸榭重校评批金瓶梅〉》,
《书城》2013 年 12 期。

834. 景圣琪:《金圣叹美学思想对清代小说批评的影响》,《兰台世界》2013 年
33 期。

835. 任在喻:《"率性"〈水浒〉评点中的魏晋风度》,《小说评论》2013 年 S1 期。

836. 张宁:《清代满族文言小说家及其小说创作研究》,南开大学博士论文
2013 年。

837. 薛红娟:《清代评点家视野下的〈红楼梦〉后四十回》,中央民族大学硕士论
文 2013 年。

838. 戴义涛:《论张竹坡对〈金瓶梅〉崇祯本评点的继承与发展》,中央民族大学
硕士论文 2013 年。

839. 栾静艳:《论"文文相生"》,河北师范大学硕士论文 2013 年。

840. 吕冰莹：《明清小说评点中的比喻与模拟手法》，温州大学硕士论文 2013 年。

841. 韩珊：《〈红楼梦〉脂评中小说写作技巧研究》，湖北师范学院硕士论文 2013 年。

842. 张丹：《明末话本小说传播技巧研究》，沈阳师范大学硕士论文 2013 年。

843. 司伟伟：《李贽〈水浒传〉评点研究》，辽宁大学硕士论文 2013 年。

844. 纪尧：《金圣叹论小说创作》，安徽大学硕士论文 2013 年。

845. 常舒雅：《毛宗岗〈三国演义〉评点"叙事之法"研究》，广西师范大学硕士论文 2013 年。

846. 梅伟：《李贽〈水浒传〉评点中的"叙事养题"说研究》，广西师范大学硕士论文 2013 年。

847. 王哲昱：《金圣叹文学理论的矛盾及其原因研究》，复旦大学硕士论文 2013 年。

848. 李如春：《浦安迪〈中国叙事学〉研究》，华中师范大学硕士论文 2013 年。

849. 季孟瑶：《苏州书坊与明清小说》，东北师范大学硕士论文 2013 年。

850. 张兰：《建国前〈儒林外史〉诠释研究》，吉林大学硕士论文 2013 年。

851. 赵阳阳：《论〈聊斋志异〉"冯评"的个性色彩与历史地位》，湖北师范学院硕士论文 2013 年。

852. 农美芬：《张竹坡的小说批评范畴研究》，中南民族大学硕士论文 2013 年。

853. 郭婷：《明代历史演义小说评点研究》，暨南大学硕士论文 2013 年。

854. 李苗苗：《王士祯、但明伦〈聊斋志异〉评点比较》，牡丹江师范学院硕士论文 2013 年。

855. 赵洋：《明清杭州、湖州书坊与白话小说研究》，延边大学硕士论文 2013 年。

856. 陈才训：《古代小说家、评点家文化素养论》，中国社会科学出版社 2014 年版。

857. 翁再红：《走向经典之路——以中国古典小说为例》，南京大学出版社 2014 年版。

858. 孙琳：《〈水浒传〉续作研究》，中国社会科学出版社 2014 年版。

859. 王辉斌：《四大奇书探究》，黄山书社 2014 年版。

860. 王凌：《古代小说评点中的引用修辞与互文解读策略——以毛宗岗〈三国志演义〉评点为例》，《理论月刊》2014 年 1 期。

861. 杜文平：《小说评点者的三种角色对于中国古典白话小说文本开放性的意义》，《鲁东大学学报》（哲学社会科学版）2014 年 1 期。

862. 王永军：《明清小说评点叙事的画学符号及其互文指向》，《学术界》2014 年 1 期。

863. 赵建忠：《论红学评点派的文化渊源与批评功能》，《文艺研究》2014 年 2 期。

864. 王凌：《互文性视阈下古代小说文本研究的现状与思考》，《云南师范大学学报》（哲学社会科学版）2014 年 2 期。

865. 白岚玲：《从"诗中有画"到"稗中有画"——脂砚斋小说评点的新变》，《红楼梦学刊》2014 年 2 期。

866. 邓大情、林青：《中韩古代小说自我评点之比较——以〈聊斋志异〉和〈天倪录〉为中心》，《延边大学学报》（社会科学版）2014 年 2 期。

867. 贺根民：《张竹坡〈金瓶梅〉评点的绘画之思》，《河南教育学院学报》（哲学社会科学版）2014 年 2 期。

868. 张伟：《互文性视域下明清小说评点叙事的戏曲符号及其审美指向》，《贵州师范大学学报》（社会科学版）2014 年 2 期。

869. 邓雷：《金圣叹评点〈水浒传〉的历时性》，《哈尔滨学院学报》2014 年 2 期。

870. 张珊：《金圣叹文学评点背后的经学思维探析——以评点词"春秋笔法"为线索》，《明清小说研究》2014 年 2 期。

871. 缪小云：《明代建阳书坊主余象斗小说刊本研究评述》，《闽江学院学报》2014 年 3 期。

872. 刘玄：《评点的"再生"功能与〈水浒传〉的经典化》，《河北北方学院学报》（社会科学版）2014 年 3 期。

873. 邓雷：《明代〈水浒传〉评点的历史变迁》，《内江师范学院学报》2014 年 3 期。

874. 曾晓娟：《论史书写作对金圣叹小说评点的影响》,《西华大学学报》(哲学社会科学版)2014 年 4 期。

875. 苗怀明：《本世纪以来中国小说文献研究的新进展——以其间出版的相关书籍为例》,《文献》2014 年 4 期。

876. 曾晓娟：《重评"袁无涯本"〈水浒传〉之文本价值》,《明清小说研究》2014 年 4 期。

877. 游丽萍、涂秀虹：《从〈水浒〉鲁莽英雄形象评点看晚明士人的英雄观》,《菏泽学院学报》2014 年 4 期。

878. 朱姗：《新发现的吕寸田评本〈歧路灯〉及其学术价值》,《明清小说研究》2014 年 4 期。

879. 王凌：《〈三国演义〉叙事结构中的"互文"美学》,《浙江学刊》2014 年 5 期。

880. 陈平原：《作为"绣像小说"的〈文明小史〉》,《西北师大学报》(社会科学版)2014 年 5 期。

881. 杨倩：《论明人对〈文心雕龙〉小说理论的接受》,《内蒙古师范大学学报》(哲学社会科学版)2014 年 5 期。

882. 陈刚：《论金批〈水浒〉的评点思路》,《内蒙古师范大学学报》(哲学社会科学版)2014 年 6 期。

883. 刘继保：《文献整理、文本阐释、理论建构——关于〈红楼梦〉评点本的整理与研究》,《红楼梦学刊》2014 年 6 期。

884. 李云涛：《李贽"童心"说之"知行合一"观在小说评点中的运用和体现》,《学术探索》2014 年 9 期。

885. 张珊：《论金圣叹小说评点对中国传统绘画技法的借鉴》,《安徽文学》(下半月)2014 年 9 期。

886. 李云涛：《署名李贽批评的几种〈忠义水浒传〉刊本之真伪略述》,《大理学院学报》2014 年 11 期。

887. 曾晓娟：《试论〈水浒〉评点中的武松形象演变》,《内江师范学院学报》2014 年 11 期。

888. 张莹：《〈西游证道书〉评点者辨析》,《文艺评论》2014 年 12 期。

889. 童圆：《新批评与张竹坡小说评点之比较》，《学理论》2014 年 27 期。

890. 张春燕：《审美经验的凸显——明清小说评点中的阅读美学》，南开大学博士论文 2014 年。

891. 何毅：《叶昼等作"伪李评本"小说评点中的理论论述研究》，东北师范大学博士论文 2014 年。

892. 王小轩：《明清小说评点中的"避"与"犯"》，辽宁大学硕士论文 2014 年。

893. 张艳侠：《金圣叹小说"文法"理论探析》，辽宁大学硕士论文 2014 年。

894. 曹红霞：《论脂评对〈红楼梦〉的接受》，安徽师范大学硕士论文 2014 年。

895. 刘璇：《〈三国志演义〉序跋集释考论》，陕西师范大学硕士论文 2014 年。

896. 元彩红：《〈红楼梦〉脂评小说批评研究》，青海师范大学硕士论文 2014 年。

897. 王惠惠：《张文虎〈儒林外史〉评点研究》，湖北师范学院硕士论文 2014 年。

898. 林海霞：《金圣叹评点〈水浒传〉的语言研究》，湖北师范学院硕士论文 2014 年。

899. 张少殿：《〈儒林外史〉卧批研究》，华中师范大学硕士论文 2014 年。

900. 杨春旭：《刘辰翁文学评点研究》，华中师范大学硕士论文 2014 年。

901. 刘书军：《〈双舸榭重校评批金瓶梅〉研究》，河北大学硕士论文 2014 年。

902. 蒋晶晶：《〈红楼梦〉评点话语之核心概念探究》，中南民族大学硕士论文 2014 年。

903. 王佳宁：《论浦安迪"二元补衬"视阈下的〈金瓶梅〉研究》，华东师范大学硕士论文 2014 年。

904. 邓雷：《明代〈水浒传〉评点研究》，东华理工大学硕士论文 2014 年。

905. 何敏：《士绅型小说评点研究》，江西师范大学硕士论文 2014 年。

906. 李爱娟：《明代四大奇书评点中的死亡论述》，广西师范学院硕士论文 2014 年。

907. 王文茜：《金圣叹批评文体研究》，东华理工大学硕士论文 2014 年。

908. 李芳欣：《张竹坡小说美学观研究》，云南大学硕士论文 2014 年。

909. 薛宁：《黄周星文艺思想研究》，牡丹江师范学院硕士论文 2014 年。

910. 张洁：《金圣叹叙事学话语之关键词探究》，中南民族大学硕士论文

2014 年。

911. 王汝梅：《〈金瓶梅〉版本史》，齐鲁书社 2015 年版。

912. 马步升、巨虹：《冯梦龙》，江苏人民出版社 2015 年版。

913. 吴敢：《金瓶梅研究史》，中州古籍出版社 2015 年版。

914. 陆林：《金圣叹史实研究》，人民文学出版社 2015 年版。

915. 何红梅：《〈红楼梦〉评点理论研究——以脂砚斋等 10 家评点为中心》，齐鲁书社 2015 年版。

916. ［美］浦安迪著，沈亨寿译：《经典与人物——明代小说四大奇书》，生活·读书·新知三联书店 2015 年版。

917. 焦印亭：《刘辰翁文学评点寻绎》，中国社会科学出版社 2015 年版。

918. 余娇：《金圣叹评点水浒传》，北京时代华文书局 2015 年版。

919. 江守义：《小说评点的伦理意图》，《古代文学理论研究》第四十一辑，2015 年。

920. 申重实：《论读者阶层对明代白话小说出版的传播影响》，《中国古代小说戏剧研究》2015 年 0 期。

921. 陈庆祝：《金圣叹"文法"论探究》，《湘潭大学学报》（哲学社会科学版）2015 年 1 期。

922. 刘玄：《论陈其泰〈红楼梦〉评点中的叙事理论》，《红楼梦学刊》2015 年 1 期。

923. 付善明：《审美接受视域下的〈金瓶梅〉三家评》，《河南理工大学学报》（社会科学版）2015 年 1 期。

924. 宋庆中：《〈红楼梦〉评点家陈其泰、黄小田交游及批语关系考》，《曹雪芹研究》2015 年 1 期。

925. 王强：《容与堂〈水浒传〉评点所见"佛"字浅析》，《内江师范学院学报》2015 年 3 期。

926. 杨慧：《新批评与小说评点当代适用性探析》，《大连教育学院学报》2015 年 4 期。

927. 孙大海：《何守奇及其〈聊斋志异〉评点——以北大藏本〈批点聊斋志异〉为

中心》，《蒲松龄研究》2015 年 4 期。

928. 王晓娟：《〈醒世姻缘传〉清人薛景泰批语辑考》，《蒲松龄研究》2015 年
    4 期。

929. 邓雷：《钟伯敬本〈水浒传〉批语略论》，《文艺评论》2015 年 4 期。

930. 钟锡南：《金圣叹文学评点的女性观》，《中国文学研究》2015 年 4 期。

931. 李蕊沁：《评点家眼中的钗黛之辨》，《曹雪芹研究》2015 年 4 期。

932. 严光：《〈水浒志传评林〉中诗词的编辑和评点》，《闽江学院学报》2015 年
    4 期。

933. 邓雷：《无穷会本〈水浒传〉研究——以批语、插图、回目为中心》，《东方论坛
    青岛大学学报》2015 年 5 期。

934. 邓雷：《〈水浒传〉林九兵卫本与袁无涯本比较研究——以评语为考察视
    阈》，《山西师大学报》（社会科学版）2015 年 5 期。

935. 彭志坚：《日韩学者笔下的李贽》，《文艺评论》2015 年 6 期。

936. 郭素媛：《明清时期〈三国演义〉小说文本的"二级传播"探析——〈三国演
    义〉动态传播研究之一》，《山东青年政治学院学报》2015 年 6 期。

937. 王昕：《〈聊斋志异〉研究三百年——以方法论的线索与转向为中心》，《文学
    遗产》2015 年 6 期。

938. 刘继保：《〈红楼梦〉评点中的拟史批评》，《红楼梦学刊》2015 年 6 期。

939. 张伟：《明清小说评点理论建构的权力镜像与互文指向》，《求索》2015 年
    10 期。

940. 李云涛：《论李贽评点〈水浒传〉的原因及对小说思想、人物性格的肯定和赞
    扬》，《大理学院学报》2015 年 11 期。

941. 杨慧：《中国古典小说评点文化价值探寻》，《辽宁经济》2015 年 12 期。

942. 魏佳：《近三十年明清白话小说编创与评点研究综述》，《名作欣赏》2015 年
    18 期。

943. 王俊德：《明代后期拟话本小说传播的特殊方式》，《兰台世界》2015 年
    28 期。

944. 辛明玉：《王渔洋文言小说研究》，山东师范大学博士论文 2015 年。

945. 王翼雨：《明清历史小说叙事伦理研究》，安徽师范大学硕士论文 2015 年。

946. 张瑀：《消费社会背景下明清小说评点对现代广告的启示》，安徽师范大学硕士论文 2015 年。

947. 闫玉立：《试论金圣叹阐释美学的嬗变》，郑州大学硕士论文 2015 年。

948. 杨敏娇：《金圣叹叙事思想研究》，山西师范大学硕士论文 2015 年。

949. 王萌：《金圣叹小说人物论在清代的接受与发展》，青海师范大学硕士论文 2015 年。

950. 高雪琪：《试论明清八股论评对小说评点的影响》，吉林大学硕士论文 2015 年。

951. 丁欢：《传播生态学视域下明清之际白话小说评点研究》，吉林大学硕士论文 2015 年。

952. 李琦：《近代小说叙事形式论研究》，中南民族大学硕士论文 2015 年。

953. 曹子轩：《明代〈世说新语〉评点研究》，西北师范大学硕士论文 2015 年。

954. 张璐：《谢肇淛小说批评研究》，湖南大学硕士论文 2015 年。

955. 张羽、王汝梅：《中国小说理论通史》，北京师范大学出版社 2016 年版。

956. 蔡靖芳：《融合与对话——传媒与文学评估》，人民日报出版社 2016 年版。

957. 吕玉华：《中国古代小说理论发展研究》，山东教育出版社 2016 年版。

958. 盛世闲人：《清代红学史》，贵州教育出版社 2016 年版。

959. 吴子林：《批评档案——文学症候的多重阐释》，中国言实出版社 2016 年版。

960. 许振东：《明清小说的文学诠释与传播》，高等教育出版社 2016 年版。

961. 张羽：《传统文化视野下的明清小说理论》，吉林大学出版社 2016 年版。

962. 高淮生：《红楼梦丛论新稿》，中国矿业大学出版社 2016 年版。

963. 江守义、刘欣：《中国古典小说叙事伦理研究》，安徽教育出版社 2016 年版。

964. 郑铁生：《曹雪芹与〈红楼梦〉》，中州古籍出版社 2016 年版。

965. 周书文：《明清小说点评今析》，长江文艺出版社 2016 年版。

966. 张羽：《"热闹中不废冷案"——〈金瓶梅〉崇祯本评点的重情论》，《吉林大学社会科学学报》2016 年 1 期。

967. 于晓川、第环宁：《明清小说评点中的"趣"论》，《西北民族大学学报》（哲学社会科学版）2016 年 1 期。

968. 李勇：《"才子书"与"奇书"：美国汉学明清小说研究的两个关键词》，《咸阳师范学院学报》2016 年 1 期。

969. 窦爱玲：《〈红楼梦〉评点派研究综述》，《天津职业院校联合学报》2016 年 1 期。

970. 魏佳：《讲史小说编创与评点的互动关系研究》，《焦作大学学报》2016 年 1 期。

971. 赵雅丽：《从评点看明代建阳刊本〈三国志演义〉的读者定位》，《广西师范学院学报》（哲学社会科学版）2016 年 1 期。

972. 陈向红：《文本之外的操控——〈新小说〉杂志中翻译小说副文本研究》，《当代外语研究》2016 年 2 期。

973. 郭守运：《明清小说评点"远近"范畴的美学考索》，《中国社会科学院研究生院学报》2016 年 2 期。

974. 陈士部：《论明清小说评点中的审美主体间性话语》，《沈阳工程学院学报》（社会科学版）2016 年 2 期。

975. 何红梅：《清代〈红楼梦〉评点论"一僧一道"》，《齐鲁师范学院学报》2016 年 2 期。

976. 杨志平：《以稗官说稗官——论明清小说文本中的小说批评》，《江西社会科学》2016 年 3 期。

977. 陈才训：《论张竹坡小说评点的八股思维及其得失》，《吉林师范大学学报》（人文社会科学版）2016 年 3 期。

978. 俞樟华、虞芳芳：《从金批〈水浒传〉看古代小说评点与〈史记〉评点的关系》，《解放军艺术学院学报》2016 年 3 期。

979. 李梦圆、Sang Qiubo：《儒家思想与明清小说中的"泄愤"——以〈水浒传〉及其评点为中心》，《孔学堂》2016 年 3 期。

980. 项旋：《美国国会图书馆摄甲戌本缩微胶卷所见附条批语考论》，《红楼梦学刊》2016 年 3 期。

981. 方红梅：《但明伦叙事论之语符系初探》,《中南民族大学学报》（人文社会科学版）2016 年 4 期。

982. 吕绍玖：《"叙事写人"在明清小说叙事文中的地位以及美学追求》,《景德镇学院学报》2016 年 4 期。

983. 李军峰：《张竹坡评点〈金瓶梅〉中"映"的多义意蕴展现》,《昌吉学院学报》2016 年 4 期。

984. 陈维昭：《论评点重构叙事》,《文艺研究》2016 年 4 期。

985. 王军明、吴敢：《第一奇书的一个重要版本——苹华堂藏版〈彭城张竹坡批评金瓶梅第一奇书〉评议》,《明清小说研究》2016 年第 4 期。

986. 刘玄：《论陈其泰〈红楼梦〉后四十回的评点》,《曹雪芹研究》2016 年 4 期。

987. 王晓玲：《张竹坡〈金瓶梅〉评点中的〈史记〉文学性阐释》,《文艺评论》2016 年 5 期。

988. 陈才训：《论评点者对明清小说文本形态的影响》,《南京师大学报》（社会科学版）2016 年 5 期。

989. 祁志祥：《明代的〈水浒传〉评点——以李贽、叶昼为个案》,《云南大学学报》（社会科学版）2016 年 5 期。

990. 蒋玉斌：《清代的小说评点与小说刊印》,《兰州学刊》2016 年 6 期。

991. 刘继保：《话石主人评点考论》,《红楼梦学刊》2016 年 6 期。

992. 赵雅丽：《明代建阳刊〈三国志演义〉的评点及其价值》,《学术交流》2016 年 9 期。

993. 韩丽霞、李忠伟：《小说评点与人文精神重构——以〈儒林外史〉为个案》,《齐齐哈尔大学学报》（哲学社会科学版）2016 年 11 期。

994. 宗立东：《评点者对小说命名的影响》,《商丘师范学院学报》2016 年 11 期。

995. 李雨露、熊恺妮：《喧宾夺主——传播学视域下的小说评点与弹幕比较》,《新闻研究导刊》2016 年 19 期。

996. 李金梅：《〈水浒传〉在英语世界的改写与研究》,北京外国语大学博士论文 2016 年。

997. 周娅：《明清至近现代小说批评思维嬗变》,湖南师范大学博士论文

2016 年。

998. 许丹：《金圣叹评点〈水浒传〉叙事结构研究》，广西师范大学硕士论文 2016 年。

999. 曾志松：《张竹坡评点〈金瓶梅〉之名号批评研究》，广西师范大学硕士论文 2016 年。

1000. 郭洋洋：《〈水浒传〉繁简本比较研究》，河南师范大学硕士论文 2016 年。

1001. 曹哲：《晚明拟话本小说研究》，湖南师范大学硕士论文 2016 年。

1002. 张蓓蓓：《苏州绘画传统与金圣叹文学评点之人物塑造法研究》，河北大学硕士论文 2016 年。

1003. 王文娟：《近代章回体翻译小说研究》，华东师范大学硕士论文 2016 年。

1004. 任筝：《社会史视域下的金圣叹研究》，苏州科技大学硕士论文 2016 年。

1005. 田艳芳：《论"偏至之性"说对中国古代性格理论的意义》，陕西师范大学硕士论文 2016 年。

1006. 包梦岩：《蔡元放小说评点研究》，中央民族大学硕士论文 2016 年。

1007. 陈蒙：《〈小说鉴赏〉与金批〈水浒传〉的"细读法"比较》，西南大学硕士论文 2016 年。

1008. 孙小银：《〈儒林外史〉三家评研究》，重庆工商大学硕士论文 2016 年。

1009. 陈蕾：《文康小说理论研究》，江西师范大学硕士论文 2016 年。

1010. 郭素媛：《〈三国演义〉诠释史研究》，中国社会科学出版社 2017 年版。

1011. 孙一珍：《明清小说论赏撷粹》，文学艺术与新闻传播出版中心 2017 年版。

1012. 李汉秋：《儒林外史研究资料集成》，上海古籍出版社 2017 年版。

1013. 张法主编：《中国美学经典》，北京师范大学出版社 2017 年版。

1014. 何毅：《叶昼小说理论体系》，吉林人民出版社 2017 年版。

1015. 曾晓娟：《"评"与"改"：中国古典白话小说之雅化过程——以〈水浒传〉为中心》，南开大学出版社 2017 年版。

1016. 凯玫丽亚：《论谈虎客批点〈东欧女豪杰〉》，《古代文学理论研究》第四十五辑，2017 年。

1017. 孙逊：《小说与非小说——中国古典小说新视域举隅》，《河北学刊》2017

年 1 期。

1018. 冯保善：《论江苏明清小说创作的地理分布》，《明清小说研究》2017 年
1 期。

1019. 江守义：《小说评点的伦理阐释》，《黑龙江社会科学》2017 年 1 期。

1020. 李梦圆：《明清小说评点中的"学"范畴》，《齐鲁学刊》2017 年 1 期。

1021. 郭素媛：《论余象斗〈三国演义〉刊刻评点的商业气息与文人情怀》，《中国
文学研究》2017 年 1 期。

1022. 熊明：《中国古代小说追求文体平等地位的努力与路径》，《求索》2017 年
3 期。

1023. 严维哲、孙逊：《晚清文人小说评点的经典意识——以〈儒林外史〉张文虎
评本为中心》，《天津社会科学》2017 年 3 期。

1024. 邓雷：《袁无涯刊本〈水浒传〉原本问题及刊刻年代考辨——兼及李卓吾评
本〈水浒传〉真伪问题》，《福建师范大学学报》（哲学社会科学版）2017 年
3 期。

1025. 闫娜：《从审美之"趣"到娱乐之"趣"——晚明小说观念中的趣味化研究》，
《理论月刊》2017 年 5 期。

1026. 何毅：《曲亭马琴批点〈明板水浒后传序评〉解析》，《古籍整理研究学刊》
2017 年 5 期。

1027. 刘彦青：《论金圣叹拟史评点的小说史价值》，《云南师范大学学报》（哲学
社会科学版）2017 年 6 期。

1028. 李远达：《金圣叹文学批评中的佛学思想转关——以其对〈水浒传〉〈西厢
记〉的评点为例》，《北京社会科学》2017 年 8 期。

1029. 朱洁、王思：《中国小说评点在越南的传播与接受》，《江西社会科学》2017
年 9 期。

1030. 付康平、王则远：《近代〈儒林外史〉评点、序跋及评论综述》，《齐齐哈尔大
学学报》（哲学社会科学版）2017 年 11 期。

1031. 黎泽潮、张瑀：《图书推广的评点传播模式研究》，《新闻战线》2017 年
19 期。

1032. 张玄:《晚明笔记体小说研究》,华东师范大学博士论文 2017 年。

1033. 黄山:《文言小说注释研究》,华东师范大学硕士论文 2017 年。

1034. 李美静:《冯镇峦〈聊斋志异〉评点研究》,辽宁大学硕士论文 2017 年。

1035. 李修怡:《金圣叹小说评点对于中学语文教学的启示》,华中师范大学硕士论文 2017 年。

1036. 高载欣:《〈聊斋志异〉蒲松龄自评与何守奇评之比较研究》,绍兴文理学院硕士论文 2017 年。

1037. 夏朋飞:《明清〈水浒传〉插图与评点的比较研究》,东南大学硕士论文 2017 年。

1038. 黄悦:《明清小说文本中的小说理论研究》,浙江工业大学硕士论文 2017 年。

1039. 黄霖编著:《历代小说话》,凤凰出版社 2018 年版。

1040. 陈才训:《明清小说文本形态生成与演变研究》,上海古籍出版社 2018 年版。

1041. 张春燕:《明清小说评点中的阅读美学》,中国社会科学出版社 2018 年版。

1042. 傅承洲:《戊戌集 宋元明清文学论稿》,凤凰出版社 2018 年版。

1043. 黄卓越主编:《海外汉学与中国文论》,北京师范大学出版社 2018 年版。

1044. 陈飞:《千秋一叹——金圣叹传》,作家出版社 2018 年版。

1045. 宁宗一:《说不尽的〈金瓶梅〉(增订本)》,北方文艺出版社 2018 年版。

1046. 郭守运主编:《中国古代文学文体范畴研究》,广东高等教育出版社 2018 年版。

1047. 祁志祥:《中国美学全史 第 4 卷 明清近代美学》,上海人民出版社 2018 年版。

1048. 吴敬梓著,李汉秋辑校:《儒林外史汇校汇评本》,上海古籍出版社 2018 年版。

1049. 陈才训:《论金圣叹〈水浒传〉评点的古文视野》,《明清文学与文献》第七辑,2018 年。

1050. 林海霞:《娓娓道来与点到为止的辩证统一——金圣叹评点〈水浒传〉语言

的篇幅特点》，《水浒争鸣》第十七辑，2018 年。

1051. 朱锐泉：《论古代小说中伦理道德批评的特点与焦点》，《古代文学理论研究》第四十六辑，2018 年。

1052. 魏艳：《"新小说"的两种解读——谈周桂笙译、吴趼人评点的晚清翻译小说〈毒蛇圈〉》，《中国比较文学》2018 年 1 期。

1053. 夏朋飞：《〈水浒传〉插图与评点关系试探》，《中山大学研究生学刊》2018 年 1 期。

1054. 蔡宗齐、蒋乃玢：《"情"之再思考——晚清时期中国传统文学批评的转型》，《中国美学研究》2018 年 1 期。

1055. 蔡爱国：《论〈江湖奇侠传〉与〈近代侠义英雄传〉的小说评点》，《西南大学学报》(社会科学版)2018 年 2 期。

1056. 蒋玉斌：《清代小说评点的征实倾向与文献价值》，《西华师范大学学报》(哲学社会科学版)2018 年 2 期。

1057. 李桂奎：《中国传统小说写人文本之"读图"美感》，《甘肃社会科学》2018 年 2 期。

1058. 刘树胜：《人物塑造·小说评点·画像题赞——谈《水浒》人物的评价形式的多样性》(上)(下)，《荆楚学刊》2018 年 2、3 期。

1059. 孙超：《拟于画、剧：解析〈金瓶梅〉写人的"似真"效果》，《明清小说研究》2018 年第 3 期。

1060. 黄敬宗：《〈醒世姻缘传〉评点者葛受之考》，《蒲松龄研究》2018 年 3 期。

1061. 郭健：《明刊百回本〈西游记〉序言、批语、卷名及题辞探微》，《文学遗产》2018 年 4 期。

1062. 木斋：《大红学史观方法论及甲戌本凡例　楔子评点——脂评甲戌评点(系列之一)》，《云梦学刊》2018 年 4 期。

1063. 刘亚宁：《新见〈水石缘〉光绪抄评本考述》，《衡水学院学报》2018 年 4 期。

1064. 木斋：《红楼梦幻笔写法及甲戌本第一回评点——脂评石头记甲戌本连载(系列之二)》，《云梦学刊》2018 年 5 期。

1065. 曾志松：《张竹坡评点〈金瓶梅〉动因论析》，《重庆师范大学学报》(社会科学版)2018 年 6 期。

1066. 刘继保：《张新之"以易解红"诠释理路的再评价》，《红楼梦学刊》2018 年 6 期。

1067. 木斋：《回风舞雪倒峡逆波：脂砚斋皴染荣国府——甲戌本第二回评点（系列之三）》，《云梦学刊》2018 年 6 期。

1068. 余岱宗：《小说批评话语"转译"与"转型"》，《文艺争鸣》2018 年 9 期。

1069. 胡健：《"休闲美学"与"闲书""闲评"——明清市民美学漫论》，《美与时代》（下）2018 年 9 期。

1070. 陈才训：《论李贽〈水浒传〉评点的时代文化意义》，《学术交流》2018 年 11 期。

1071. 武迪：《杜濬的话本小说评点之理论价值》，《内江师范学院学报》2018 年 11 期。

1072. 魏佳：《讲史小说的兴起及其评点的产生》，《名作欣赏》2018 年 35 期。

1073. 黄显明：《冯梦龙文言小说评点研究》，南京师范大学硕士论文 2018 年。

1074. 曹伟娟：《试论明清章回小说评点中的生命化批评》，湖北大学硕士论文 2018 年。

1075. 王佳：《〈儒林外史〉评点之叙述学语符系研究》，中南民族大学硕士论文 2018 年。

1076. 杨明月：《评点法在中学〈红楼梦〉教学中的运用》，河北师范大学硕士论文 2018 年。

1077. 权爱娟：《〈新列国志〉叙事艺术研究》，集美大学硕士论文 2018 年。

1078. 宋庆中：《红楼梦黄小田评点研究》，知识产权出版社 2019 年版。

1079. 吴正岚：《江苏历代文化名人传　金圣叹》，江苏人民出版社 2019 年版。

1080. 李桂奎、樊庆彦主编：《聊斋学研究初集》，齐鲁书社 2019 年版。

1081. 曹雪芹著，脂砚斋评：《红楼梦脂砚斋全评本》，岳麓书社 2019 年版。

1082. 刘强：《〈世说新语〉研究史论》，复旦大学出版社 2019 年版。

1083. 曹雪芹著，陈文新、王炜辑评：《红楼梦　百家精评本》，崇文书局 2019 年版。

1084. 吴承恩著，吴圣燮辑评：《西游记　百家精评本》，崇文书局 2019 年版。

1085. 陈道谆：《古代阅读观的现代阐释》，中国社会科学出版社 2019 年版。

1086. 周晓波、张劲松、雷庭来：《〈红楼梦〉中的文化密码》，巴蜀书社 2019 版。

1087. 罗剑波：《论文学评点之兴》，《齐鲁学刊》2019 年 1 期。

1088. 刘海燕：《明建阳刊小说的评点形态与编辑活动》，《南开学报》（哲学社会科学版）2019 年 1 期。

1089. 武迪：《上图藏"省吾居"姚燮评红批语抄本考辨》，《曹雪芹研究》2019 年 1 期。

1090. 彭慧慧：《〈儒林外史〉评点的"异论"的文学批评价值》，《宁夏大学学报》（人文社会科学版）2019 年 1 期。

1091. 木斋：《林黛玉逃难入贾府　脂砚斋滴血写红楼——甲戌本第三回评点（系列之四）》，《云梦学刊》2019 年 1 期。

1092. 魏佳：《神魔小说的兴起及其评点的产生》，《名作欣赏》2019 年 2 期。

1093. 高红豪：《画心品稗——明清小说评点中的品第批评概观》，《理论界》2019 年 2 期。

1094. 木斋：《薛宝钗推后入曹府　脂砚斋提前写香菱——石头记甲戌本第四回评点（系列之五）》，《云梦学刊》2019 年 2 期。

1095. 木斋：《新作者预演红楼梦　旧宝玉初尝云雨情——〈石头记〉甲戌本第五回评点（系列之六）》，《燕山大学学报》（哲学社会科学版）2019 年 2 期。

1096. 冯晓玲：《论中国古代小说评点中的线式思维》，《明清小说研究》2019 年 2 期。

1097. 崔文东：《小说评点的叙事功能：以毛评本〈三国演义〉对庞德形象的重塑为例》，《中外文论》2019 年 2 期。

1098. 朱燕玲：《〈女仙外史〉评点者新考》，《人文论丛》2019 年 2 期。

1099. 木斋：《脂砚斋三染红楼梦　刘姥姥初进荣国府——红楼梦甲戌本第六回评点（系列之七）》，《云梦学刊》2019 年 3 期。

1100. 施晔：《〈昔柳摭谈〉作者冯跃龙考：为鲁迅"冯起凤说"正误——兼论该书版本及伪作》，《中华文史论丛》2019 年 3 期。

1101. 吴子林、陈加：《新时代文艺理论的"破"与"立"》，《南方文坛》2019 年 4 期。

1102. 李梦圆：《明清小说评点中的"期待视野"》，《安庆师范大学学报》（社会科学版）2019 年 4 期。

1103. 木斋：《新作者聚散法写众生原宝玉少年时会秦钟——红楼梦甲戌本第七回评点（系列之八）》，《云梦学刊》2019 年 4 期。

1104. 木斋：《宝黛萌生木石恋 钗玉初显金玉缘——石头记甲戌本评点（系列之九）》，《哈尔滨师范大学社会科学学报》2019 年 4 期。

1105. 魏佳：《世情小说的兴起及其评点的产生》，《名作欣赏》2019 年 5 期。

1106. 高明月：《近四十年〈红楼梦〉脂评研究综述》，《三峡大学学报》（人文社会科学版）2019 年 5 期。

1107. 杨志平、陈崇军：《论明清文人对小说"评点"传播功能的认识》，《南昌工程学院学报》2019 年 5 期。

1108. 窦瑜彬、王炜：《〈儒林外史〉天目山樵评本的特征论析》，《江西师范大学学报》（哲学社会科学版）2019 年 5 期。

1109. 胡晴：《批评之批评——谈王伯沆对王希廉评语的评点》，《红楼梦学刊》2019 年 5 期。

1110. 木斋：《脂砚代写红楼梦 畸笏初评秦可聊——石头记甲戌本评点（系列之十）》，《云梦学刊》2019 年 5 期。

1111. 刘继保：《张新之〈妙复轩评石头记〉的三个诠释角度》，《青海师范大学学报》（哲学社会科学版）2019 年 6 期。

1112. 李梦圆：《〈红楼梦〉研究与评点的一次飞跃——木斋〈读懂红楼梦——甲戌本评点研究〉特质论》，《哈尔滨师范大学社会科学学报》2019 年 6 期。

1113. 蒋玉斌：《晚清的小说评点与思想启蒙》，《西华师范大学学报》（哲学社会科学版）2019 年 6 期。

1114. 林莹：《"以类为评"〈世说新语〉分类体系接受史的新视角》，《中南大学学报》（社会科学版）2019 年 6 期。

1115. 木斋：《第十四回 新作者初回旧作者 假宝玉仍扮真宝玉——石头记甲

戌本第十四回评点（系列之十一）》，《云梦学刊》2019 年 6 期。

1116. 龚宗杰：《古代堪舆术与明清文学批评》，《文学遗产》2019 年 6 期。

1117. 李建军：《〈绿窗新话〉文本性质新探》，《文学遗产》2019 年 6 期。

1118. 孙大海：《有正书局〈原本加批聊斋志异〉批语的价值重估》，《北京社会科学》2019 年 8 期。

1119. 蒋玉斌、刘婷：《清代的小说评点与考据学风》，《内江师范学院学报》2019 年 11 期。

1120. 吴露：《李卓吾与金圣叹评水浒中对宋江评点的分析》，《大众文艺》2019 年 21 期。

1121. 张珂欣：《李贽的小说创作与评点理论》，《名作欣赏》2019 年 32 期。

1122. 李晓丽：《晚清报刊与小说理论批评的现代转型研究》，扬州大学博士论文 2019 年。

1123. 张梦媛：《明清话本小说序跋刍论》，海南师范大学硕士论文 2019 年。

1124. 唐铭珠：《结构主义视野下的金圣叹小说评点》，四川外国语大学硕士论文 2019 年。

1125. 王蓉：《刘辰翁〈班马异同评〉研究》，安徽大学硕士论文 2019 年。

1126. 刘弘凌：《儒家思想视野中的张竹坡〈金瓶梅〉评点研究》，吉林大学硕士论文 2019 年。

1127. 王秋：《〈三国演义〉评点之叙述学术语系研究》，中南民族大学硕士论文 2019 年。

1128. 熊翠霞：《小说评点的文体意蕴——以金圣叹评点本〈水浒传〉为例》，华中师范大学硕士论文 2019 年。

1129. 徐烨：《〈水浒传〉李贽评点研究》，华中科技大学硕士论文 2019 年。

1130. 杨宇琦：《文章学与但明伦〈聊斋志异〉评点》，集美大学硕士论文 2019 年。

1131. 欧阳远萍：《阅读参与与文学活动的完成——以金圣叹评点〈水浒传〉为例》，集美大学硕士论文 2019 年。

1132. 柳鹤：《文章学视野下的〈聊斋志异〉冯镇峦评点研究》，集美大学硕士论文 2019 年。

1133. 拜剑锋：《张新之〈妙复轩评石头记〉抄本研究》，中国矿业大学硕士论文 2019 年。

1134. 孙琪：《但明伦〈聊斋志异〉评点研究》，重庆师范大学硕士论文 2019 年。

1135. 娜荷芽：《哈斯宝、王希廉〈红楼梦〉评点中的林黛玉形象比较研究》，内蒙古大学硕士论文 2019 年。

1136. 谭帆：《中国小说史研究之检讨》，上海古籍出版社 2020 年版。

1137. 黄曼：《民初小说编年史》，武汉大学出版社 2020 年版。

1138. 冯其庸评点：《冯其庸评点红楼梦》，青岛出版社 2020 年版。

1139. 王蒙：《评点〈红楼梦〉上中下》，人民文学出版社 2020 年版。

1140. 施耐庵著，金圣叹评：《金圣叹批评本水浒》，北京联合出版公司 2020 年版。

1141. 李雪莉：《评点式批评的历史演进及其当代运用》，《中国社会科学报》2020 年 4 月 27 日。

1142. 林海霞：《肺腑之言与伪饰之论的辩证统一——金圣叹评点〈水浒传〉语言的思想特点》，《水浒争鸣》第十八辑，2020 年。

1143. 黄霖：《关于内阁本〈金瓶梅〉》，《明清小说研究》2020 年 1 期。

1144. 武迪：《首都图书馆藏有正大字本〈国初钞本原本红楼梦〉考论——兼论李荟亭、吴晓铃的批语价值》，《图书馆理论与实践》2020 年 1 期。

1145. 吴佳儒：《新见缪荃孙评〈红楼梦〉考述》，《曹雪芹研究》2020 年 1 期。

1146. 邓雷：《从建阳刊〈水浒传〉看建本小说编辑的演变》，《励耘学刊》2020 年 1 期。

1147. 木斋：《第十五回　脂砚斋重写石头记　畸笏叟再续鲸卿情——石头记甲戌本第十五回评点（系列之十二）》，《云梦学刊》2020 年 1 期。

1148. 竺洪波：《花妍叶美　马骏鞍鲜——评梁归智新式评校本〈西游记〉》，《学术交流》2020 年 1 期。

1149. 南江涛：《徐康批校本〈聊斋志异〉初探》，《明清小说研究》2020 年第 1 期。

1150. 戴峰：《"只是一篇文字"：金圣叹〈水浒传〉评点的小说结构理论》，《人文论丛》2020 年 1 期。

1151. 吴佳儒：《新见缪荃孙评〈红楼梦〉考述》,《曹雪芹研究》2020 年 1 期。

1152. 何红梅：《清代〈红楼梦〉评点论尤氏及其"心下悲苦"》,《名作欣赏》2020 年 2 期。

1153. 李震：《小说评点的别样风景——以晚清翻译小说为中心》,《外语研究》2020 年 2 期。

1154. 贾艳艳：《金圣叹小说戏曲评点术语与八股文术语之双向互渗》,《古代文学理论研究》2020 年 2 期。

1155. 何红梅、刘佳禾：《清代〈红楼梦〉评点论刘姥姥及其"三进荣府"》,《齐鲁师范学院学报》2020 年 2 期。

1156. 木斋：《宝玉入魔预演贾府抄家　薛蟠迷倒暗示黛玉命运——石头记甲戌本第二十五回评点研究》,《哈尔滨师范大学社会科学学报》2020 年 2 期。

1157. 梁建蕊：《〈虞初志〉凌刻本评点考辨及价值重估》,《中国文学研究》2020 年 3 期。

1158. 胡晴：《论脂批中的诗词曲文嵌入现象》,《明清小说研究》2020 年 3 期。

1159. 卢旭：《论杜濬对〈十二楼〉的评点》,《辽宁师专学报》(社会科学版)2020 年 3 期。

1160. 竺青：《〈红楼梦〉百廿回本钞评者徐臻寿父子考述》,《明清小说研究》2020 年 3 期。

1161. 程维：《论桐城派小说的"雅洁"追求——以许奉恩〈里乘〉为中心》,《明清小说研究》2020 年 4 期。

1162. 黄霖：《张评〈金瓶梅〉大连本是原刊吗?》,《文学遗产》2020 年 4 期。

1163. 李梦圆：《明清小说评点之"陋"》,《云梦学刊》2020 年 4 期。

1164. 朱万曙：《明清戏曲小说评点的叙事理论建构》,《中国高校社会科学》2020 年 4 期。

1165. 何红梅、刘佳禾：《清代〈红楼梦〉评点中与宋江有关的批语》,《菏泽学院学报》2020 年 4 期。

1166. 吴丽娜：《论毛本〈三国演义〉中诗歌的人物评点》,《美与时代》(下)2020 年 4 期。

1167. 周淑婷：《"写出自家锦心绣口"——金圣叹小说叙事理论关键概念命题研究之二》，《河池学院学报》2020年4期。

1168. 谭志轩：《接受美学视域下〈绿野仙踪〉评点谫论》，《六盘水师范学院学报》2020年6期。

1169. 周淑婷：《"圣境""神境""化境"——金圣叹小说叙事理论关键概念命题研究之三》，《河池学院学报》2020年6期。

1170. 闵虹：《新媒体文学语境中的"观看"方式——关于王蒙〈红楼梦〉评点的传播学视角》，《河南教育学院学报》（哲学社会科学版）2020年6期。

1171. 蒋玉斌、韩庆乙：《清代的小说评点与"春秋笔法"》，《西华师范大学学报》（哲学社会科学版）2020年6期。

1172. 陈博：《刘一明〈西游原旨〉评点动机探微》，《西部学刊》2020年7期。

1173. 林慧娇：《联想扩大阅读视野，比较打开思维空间——〈贯华堂第五才子书水浒传〉中联想性评点的艺术价值和启示》，《语文教学与研究》2020年9期。

1174. 何红梅、刘佳禾：《清代〈红楼梦〉评点论夏金桂及其"自害自身"》，《名作欣赏》2020年11期。

1175. 李辰辰：《金圣叹小说批评理论研究——以〈贯华堂第五才子书水浒传〉为例》，《黄河科技学院学报》2020年12期。

1176. 李颖燕：《清代评点家眼中的〈林黛玉进贾府〉》，《语文建设》2020年17期。

1177. 何红梅：《清代〈红楼梦〉评点论李纨及其"一生苦节"》，《名作欣赏》2020年20期。

1178. 马娜：《〈西游记〉评点互文性研究》，《青年文学家》2020年30期。

1179. 何红梅：《清代〈红楼梦〉评点论邢岫烟及其"丝萝相附"》，《名作欣赏》2020年35期。

1180. 刘佳禾：《清代〈红楼梦〉评点论"荼蘼花"与麝月》，《名作欣赏》2020年35期。

1181. 孙大海：《〈聊斋志异〉清代评论研究》，北京大学博士论文2020年。

1182. 金久民：《高中语文古典小说评点式阅读教学研究》，内蒙古师范大学硕士论文 2020 年。

1183. 李鑫：《清末民初小说评点之新变》，华东师范大学硕士论文 2020 年。

1184. 陈崇军：《〈绿野仙踪〉评点研究》，江西师范大学硕士论文 2020 年。

1185. 牛宏岩：《〈聊斋志异〉评点研究》，山东师范大学硕士论文 2020 年。

1186. 乌日汉：《哈斯宝、毛宗岗人物塑造理论比较研究》，内蒙古大学硕士论文 2020 年。

1187. 武凤梅：《明代文章学视域下的〈金瓶梅〉评点研究》，云南师范大学硕士论文 2020 年。

1188. 张梓烨：《明清〈西游记〉插图批评研究》，东南大学硕士论文 2020 年。

1189. 张国栋：《文龙〈金瓶梅〉批评研究》，河北师范大学硕士论文 2020 年。

1190. 刘露：《金圣叹小说评点理论在初中小说阅读教学中的应用研究》，河南大学硕士论文 2020 年。

1191. 陈博：《刘一明〈西游原旨〉评点研究》，重庆师范大学硕士论文 2020 年。

1192. 余芳芳：《清代前中期才子佳人小说评点研究》，广西大学硕士论文 2020 年。

1193. 梁彤彤：《〈儒林外史〉评点研究》，曲阜师范大学硕士论文 2020 年。

1194. 康闻：《明清小说评点方式研究》，黑龙江大学硕士论文 2020 年。

1195. 姜悦：《林钝翁〈姑妄言〉评点研究》，青岛大学硕士论文 2020 年。

1196. 杨艳文：《明清文言小说评点之叙述理论研究》，中南民族大学硕士论文 2020 年。

1197. 周健强：《中国古典小说在日本江户时期的流播》，中国社会科学出版社 2021 年版。

1198. 张同胜：《水浒传诠释史论》，中国社会科学出版社 2021 年版。

1199. 刘玄：《批点成书 "四大奇书"评点本研究》，学苑出版社 2021 年版。

1200. 朱泽宝：《新见〈增补儒林外史眉评〉考论》，《文献》2021 年 2 期。

1201. 林莹：《稀见明刻单行本〈评释娇红记〉新考》，《励耘学刊》2021 年第 1 辑。

1202. 郭健：《清稿本〈〈西游记〉记〉作者、批语及价值考论》，《浙江大学学报》（人文社会科学版)2021 年 1 期。

1203. 刘彦青：《论明清〈史记〉评点与小说评点的互济为用》,《励耘学刊》2021
年 1 期。

1204. 周淑婷：《"生读者之精神"——金圣叹小说叙事理论关键概念命题研究之
四》,《河池学院学报》2021 年 1 期。

1205. 陈蕾、程华平：《金圣叹话语权力的多维生成探究——以"扶乩降神"与"小
说评点"为考察对象》,《古代文学理论研究》2021 年 1 期。

1206. 李金梅：《北美之金圣叹〈书法〉文法译介与阐释》,《闽南师范大学学报》
(哲学社会科学版)2021 年 1 期。

1207. 郭健：《〈西游记评注〉：被忽视的清代评注本收官之作》,《文学遗产》,
2021 年 1 期。

1208. 叶桂桐：《"万历本"晚于"崇祯本"的文献依据——论"崇祯本"眉批中"原
本""元本"的版本学价值》,《明清小说研究》2021 年 1 期。

1209. 羊红、孙逊：《中国古代小说注释源流及价值考论》,《明清小说研究》2021
年第 1 期。

1210. 何红梅、刘佳禾：《清代〈红楼梦〉评点论香菱及其"有命无运"》,《齐鲁师范
学院学报》2021 年 1 期。

1211. 木斋：《论李贽写作〈金瓶梅〉始于〈水浒传〉评点》,《哈尔滨师范大学社会
科学学报》2021 年 2 期。

1212. 朱泽宝：《"论事"转向与语言狂欢——论童叶庚〈增补儒林外史眉评〉的小
说评点史价值》,《文学研究》2021 年 2 期。

1213. 周淑婷：《"欲成绝世奇又以自娱乐"与"亦以娱乐后世之人"——金圣叹小
说叙事理论关键概念命题研究之五》,《河池学院学报》2021 年 2 期。

1214. 徐静：《冯镇峦〈聊斋志异〉评点对"画鬼"论的借镜融通》,《艺术学界》2021
年 2 期。

1215. 张丹丹：《同而不同处有辨——〈新列国志〉〈东周列国志〉〈鬼谷四友志〉评
点比较研究》,《集美大学学报》(哲学社会科学版),2021 年 2 期。

1216. 刘佳禾：《清代〈红楼梦〉评点论"并蒂花"与香菱》,《名作欣赏》2021 年

2 期。

1217. 何红梅：《清代〈红楼梦〉评点论莺儿及其"竟入幽谷"》，《名作欣赏》2021年2期。

1218. 谭帆：《小说评点研究之检讨——以近二十年来小说评点研究为中心》，《中国文学批评》2021年3期。

1219. 李桂奎：《中国古代小说评点中的"文妙"观念》，《中国文学批评》2021年3期。

1220. 张永葳：《语体转掖与小说评点独特个性的生成》，《哈尔滨工业大学学报》（社会科学版）2021年3期。

1221. 罗紫鹏：《抉微与论文：清末民初文人对古代小说批评之检讨》，《中国文学研究》2021年3期。

1222. 王雨晴：《〈聊斋志异〉方舒岩点评之特点与价值》，《海南热带海洋学院学报》2021年3期。

1223. 黄海丹：《妙笔仍可点佳文——论民国时期的鸳鸯蝴蝶派小说评点》，《苏州教育学院学报》2021年3期。

1224. 周淑婷：《"才子应须才子知"——金圣叹小说叙事理论关键概念命题研究之一》，《河池学院学报》2021年3期。

1225. 陈岗龙：《谈哈斯宝〈新译红楼梦〉的整本结构与评点类型》，《国学学刊》2021年3期。

1226. 温永明：《名家评点与古典小说阅读教学——以金圣叹评点〈林教头风雪山神庙〉为例》，《学语文》2021年3期。

1227. 李晓彤：《论金圣叹小说评点中"奇"的美学内涵——以〈水浒传〉评点为例》，《河北学刊》2021年3期。

1228. 谷文彬：《论明清小说家、评点家对"鹅笼书生"故事的接受》，《华中学术》2021年3期。

1229. 张芃葳：《金圣叹与毛氏父子文学批评比较方法探究》，《名家名作》2021年4期。

1230. 木斋：《论大文学史观方法论下曹学向脂学的转型》，《云梦学刊》2021年

4 期。

1231. 周淑婷：《"非常之才""非常之笔""非常之力"——金圣叹小说叙事理论关
　　　键概念命题研究之六》，《昆明学院学报》2021 年 4 期。

1232. 程国赋、李国平：《论明清古典小说的近代插图本传播——以小说评点与
　　　插图的关系为中心》，《暨南学报》(哲学社会科学版)，2021 年 4 期。

1233. 蓝青：《张枞恒〈评订红楼梦〉考论》，《红楼梦学刊》2021 年 4 期。

1234. 杨刘秀子：《蓝公武〈红楼梦评论〉新探》，《红楼梦学刊》2021 年 4 期。

1235. 何红梅：《清代〈红楼梦〉评点中与李逵有关的批语》，《菏泽学院学报》2021
　　　年 4 期。

1236. 何红梅：《清代〈红楼梦〉评点中与曹操有关的批语》，《济宁学院学报》2021
　　　年 4 期。

1237. 王凌、马娜：《金批〈水浒传〉的对读之法与互文意识》，《西安工业大学学
　　　报》2021 年 4 期。

1238. 张义宏：《英语世界张竹坡〈金瓶梅〉评点的翻译与研究》，《中国文学研究》
　　　2021 年 4 期。

1239. 刘勇强：《后金圣叹时代的小说认知与阐释——〈儒林外史〉的文本特点及
　　　其评点的特殊意义》，《红楼梦学刊》2021 年 5 期。

1240. 张彦芸：《清代评点派对王熙凤形象接受倾向初探》，《佳木斯大学社会科
　　　学学报》2021 年 5 期。

1241. 周淑婷：《"结构"——金圣叹小说叙事理论关键概念命题研究之七》，《广
　　　西民族师范学院学报》2021 年 5 期。

1242. 李彤彤：《陈其泰家世、生平、交游及其〈红楼梦〉评点补考》，《学术交流》
　　　2021 年 6 期。

1243. 张晓丽：《生命体验的再书写：明清小说评点情感语的价值》，《语文学刊》
　　　2021 年 6 期。

1244. 株娜、额尔很巴雅尔：《哈斯宝与金圣叹消遣说之比较研究——基于〈新译
　　　《红楼梦》〉序和〈第六才子书西厢记〉序的对比》，《红楼梦学刊》2021 年
　　　6 期。

1245. 贾艳艳、李桂奎：《明代小说刊行中的图评消长及拟画批评之兴起》，《社会科学》2021 年 9 期。

1246. 张义春：《论脂批位置——以甲戌本为例》，《内江师范学院学报》2021 年 9 期。

1247. 李小军：《深耕细耘评红楼——冯其庸〈重校八家评批红楼梦〉荐读》，《语文学习》2021 年 10 期。

1248. 刘佳禾：《清代〈红楼梦〉评点论"梨花"与宝钗》，《名作欣赏》2021 年 11 期。

1249. 张硕：《释明清小说评点中的"背面铺粉"与"烘云托月"》，《赤峰学院学报》（汉文哲学社会科学版），2021 年 11 期。

1250. 何红梅：《清代〈红楼梦〉评点论小红及其"有余情处"》，《名作欣赏》2021 年 11 期。

1251. 颜欣萌：《〈水浒传〉中慢节奏叙事的结构及审美意义研究——从金圣叹评点入手》，《青年文学家》2021 年 14 期。

1252. 何红梅：《清代〈红楼梦〉评点论迎春及其"不得其夫"》，《名作欣赏》2021 年 20 期。

1253. 何红梅：《清代〈红楼梦〉评点论惜春及其"矢志出家"》，《名作欣赏》2021 年 29 期。

1254. 马娜：《四大名著评点互文性研究》，西安工业大学硕士论文 2021 年。

1255. 张社：《金圣叹小说评点理论在高中古代小说教学中的应用研究》，河北师范大学硕士论文 2021 年。

1256. 刘玲：《文龙〈金瓶梅〉评点术语及其内在逻辑研究》，山东大学硕士论文 2021 年。

1257. 朱泽清：《程本、脂本尤三姐故事异文成因研究》，青海师范大学硕士论文 2021 年。

1258. 罗慧：《金圣叹小说创作理论研究》，新疆师范大学硕士论文 2021 年。

1259. 何修枫：《哈斯宝、张竹坡人物论比较研究》，内蒙古大学硕士论文 2021 年。

1260. 满杨：《基于金圣叹阅读方法的初中名著导读教学研究》，宁夏大学硕士论文 2021 年。

1261. 郭士礼、石中琪：《史学视野下的红学研究》，中国社会科学出版社 2022 年版。

1262. 江守义：《明代小说评点伦理意图的形成》，《浙江工商大学学报》2022 年 1 期。

1263. 木斋：《从版本的演变解读〈红楼梦〉的作者及其写作历程》，《云梦学刊》2022 年 1 期。

1264. 武迪：《国图藏〈妙复轩评石头记〉抄本考辨》，《红楼梦学刊》2022 年 1 期。

1265. 冯韵：《试论明代世情小说"图文评本"中插图、文本、评点之关系——以崇祯本〈金瓶梅〉为例》，《宝鸡文理学院学报》（社会科学版）2022 年 1 期。

1266. 李鹏飞：《脂砚二人说与一人说之重审——没有靖批我们能否证明脂砚二人说？》，《红楼梦研究》2022 年第 2 辑。

1267. 何红梅：《清代〈红楼梦〉评点论元春及其"不永所寿"》，《名作欣赏》2022 年 2 期。

1268. 许冬阳：《〈西游补〉明清版本比较研究》，《江苏海洋大学学报》（人文社会科学版）2022 年 2 期。

1269. 周姝岐：《〈李卓吾先生批评忠义水浒传〉中的关目评点思想》，《菏泽学院学报》2022 年 3 期。

1270. 伊崇喆：《李评〈红拂记〉思想艺术价值论析》，《安庆师范大学学报》（社会科学版）2022 年 3 期。

1271. 何红梅：《清代〈红楼梦〉评点论贾母及其"福寿两全"》，《名作欣赏》2022 年 8 期。

1272. 何红梅：《清代〈红楼梦〉评点论尤二姐及其"吞金自尽"》，《名作欣赏》2022 年 14 期。

1273. 杨陆海：《从评点中看〈西游记〉前七回孙悟空形象——兼论叶昼评点〈西游记〉的特点》，《名作欣赏》2022 年 18 期。

1274. 刘化兵：《〈儒林外史〉评点献疑》，山东大学"中国小说论坛"论文集，2022年7月。

1275. 蒋玉斌：《观念·话语·参照：晚清西学东渐下的小说评点》，山东大学《中国小说论坛》2022年7月。

1276. 王军明：《清代世情小说的经典化与小说序跋》，山东大学《中国小说论坛》2022年7月。

1277. 刘勇强：《"小说知识学"的艺术基础与批评实践——以明清小说评点为中心看"知识"维度在小说研究中的运用》，《文学遗产》2022年4期。

1278. 谭帆：《论中国古代小说文体研究的三个维度》，《文学遗产》2022年4期。

初版后记

　　"评点"研究是我在中国古代小说领域选取的第一个研究课题。1994年,我师从郭豫适教授在职攻读中国小说史博士学位,由于以往一直在研究中国文学批评史,尤其是戏曲批评史,所以"小说评点"这一与文学批评相关的小说论题便首先进入了我的视野,并以此作为博士学位论文选题。这一课题断断续续做了五年,时间不算太短,但回过头来重新校读书稿,还是发现不少遗憾,如文言小说评点除《聊斋志异》外较少涉及;将"小说评点"作为一个"文化现象"加以研究,只是强化了这一研究观念,但实际涉及的内涵还比较薄弱;"编年叙录"由于涉及面太广,各种评点本的叙录在梳理的细密和论述的深度上也不尽一致,等等。这些都有待于今后的进一步研究。

　　本书是在博士学位论文基础上完成的,在写作期间,得到了导师郭豫适教授的精心指导,书稿部分内容作为学位论文还经中国社会科学院文学研究所邓绍基教授、山东大学袁世硕教授、南京大学吴新雷教授、复旦大学章培恒教授、应必诚教授、黄霖教授、上海师大孙逊教授、李时人教授和华东师大陈谦豫教授、齐森华教授、陈大康教授的审读,他们匡正指谬,又多予鼓励,在此深表谢意。

　　书稿撰写过程中,还得到了众多师友的帮助,部分章节承《文学评论》《文学遗产》等刊物编辑的好意得以发表,对于他们的支持我将铭记在心。另外,我的两位博士生任明华和王庆华为书稿仔细核对了原文,责任编辑姜汉椿兄承担了大量琐碎的编辑工作,在此亦一并致谢。

　　光阴荏苒,不知不觉间已过不惑之年。就研究进程而言,我从以往主要从事戏曲史和戏曲批评史研究转向了小说史和小说批评史研究。这一转向对我来说不仅是暂时改变了研究领域，同时也扩展了研究的视野。在小说评点研究基础上，我现在正撰写《中国小说学史》，希望就中国古代对小说文体和小说存在方式的研究有一个整体的把握和清理。在这之后，我试图将小说与戏曲结合起来研究，并以小说戏曲为中心，逐步以"俗文学"为观照视角，不断拓宽研究领域。对此，我有两个设想：一是从"文体形态"角度对中国俗文学作"散点透视"，清理中国俗文学文体的"形式构成"及其发展历史；二是从创作思想角度对中国古代的俗文学家作"个案研究"，试图以作家研究为基点打通文体界线，从而更清晰地梳理出中国俗文学的发展状况。前者是以文体为纲的"中国俗文学文体形态研究"，后者是以作家为中心的"中国俗文学思想研究"。这将是一个漫长而又艰辛的研究过程，我将加倍努力。

2000 年岁末于华东师大三村

新编后记

提笔写再版后记，总会情不自禁地翻看初版的相关文字。本书初版后记写定于 2000 年岁末，距今已二十余载。岁月不居，时节如流，不免生出些许感慨。

感慨一：不要轻易构想自己的研究计划，学术有如人生要"随遇而安"。

在我出版的几部小书中，有两部书的"后记"谈到未来的研究计划。如《中国小说评点研究》后记称未来"试图将小说与戏曲结合起来研究，并以小说戏曲为中心，逐步以'俗文学'为观照视角，不断拓宽研究领域"。拟撰写"以文体为纲的'中国俗文学文体形态研究'"和"以作家为中心的'中国俗文学思想研究'"。现在看来，这个构想的确有点理想化，虽然申报了课题并获得了资助，也发表了《"俗文学"辨——兼谈 20 世纪中国俗文学研究的逻辑进程》(《文学评论》2007 年第 1 期)、《稗戏相异论——古典小说戏曲"叙事性"与"通俗性"辨析》(《文学遗产》2006 年第 4 期)等数篇论文，但终因论题过大、不易把握而中辍。倒是因《演义考》(《文学遗产》2002 年第 2 期)一文引发了对小说术语的系列考释，并与学生合作出版了《中国古代小说文体文法术语考释》(上海古籍出版社 2013 年版)。又从文体术语考释延伸到了古代小说文体史的撰写，主持国家社科基金重大项目"中国小说文体发展史"，完成"中国古代小说文体研究书系"，含：《中国古代小说文体文法术语考释》(增订版)、《中国古代小说文体史》(三卷本)和《中国古代小说文体史料系年辑录》。二十余年的学术研究，基本偏离了当初预想的学术轨道。

2020 年，我出版了论文集《中国小说史研究之检讨》。在"自序"中又一次构想了未来的学术课题："近年来，我的研究和阅读兴趣已慢慢转向笔记及笔记体小说，我近年所带的博士研究生和合作的博士后研究人员也逐步聚焦这一领域。目前已经完成的博士论文和博士后出站报告有：《唐宋笔记小说研究》（周瑾锋）、《晚明笔记体小说研究》（张玄）、《清前四朝笔记体小说研究》（宋世瑞）、《清代笔记观初探》（岳永）和《明代笔记序跋编年辑录》（张淼）等，希望未来数年我们能在这一研究领域有更多的收获。"但"墨迹未干"，2021年，我们就成功申报了国家社科基金重大项目"中国小说评点史及相关文献整理与研究"。又一次偏离了预想的学术轨道，且回到了二十年前的"原点"——小说评点研究。当然，两者在研究思路上还是有很大差别的，前者重在理论研究和宏观研究，后者重在历史研究和文献整理。

谚曰：人生皆有缘。学术亦然，不必深究，认真从事即可。

感慨二：六十之年，忽焉已至。故既要珍惜时光，更要强健体魄。

这二十年间，仅初版后记中所列感谢之前辈即有六位先生驾鹤西去，分别是导师郭豫适教授、中国社会科学院文学研究所邓绍基教授、复旦大学章培恒教授、华东师大陈谦豫教授和上海师大孙逊教授、李时人教授。诸位先生惠我良多，音容笑貌，至今如在目前。尤其是孙逊教授，素来健壮，精力充沛，思路明晰，不意七十多岁便撒手人寰，的确令人唏嘘。

最后说几句感谢的话，感谢华东师范大学出版社及王焰社长的大力支持，感谢编辑朱华华、孙莺女史为本书的出版所付出的辛勤劳动，感谢林莹博士和陈飞同学的合作，感谢南通大学文学院王瑜锦博士和苏州大学文学院周瑾锋博士为本书所做的资料校对和文字核查工作。

2022年6月28日